D0385752

MARCELYNE CLAUDAIS

Un jour la jument va parler...

ÉDITION DU CLUB QUÉBEC LOISIRS INC.

Dépôt légal 3e trimestre 1983
ISBN 2-89430-031-X
(publié précédemment sous ISBN 2-89074-080-3)

À Emmanuel
et Marie-Nathalie…

De la même auteure:
J'espère au moins
qu'y va faire beau

À paraître, automne 1987:
Des cerisiers en fleur,
c'est si joli!

Ce que la chenille appelle:
«la fin du monde...»
l'Être l'appelle:
«un Papillon...»
(R. Bach ILLUSIONS!)

Versailles!
ou la fuite...

Mercredi le 2 février...

C'est ma fête, j'ai trente-huit ans! J'ouvre les yeux, il fait soleil et le temps semble doux. Je m'éveille lentement. Gabriel est déjà levé depuis un bon moment, je l'ai entendu tousser et cracher durant vingt minutes, comme tous les matins puis comme tous les matins, les choses se sont calmées et je me suis rendormie de ce demi-sommeil qui m'incite à rester au lit jusqu'à ce que j'aie trouvé une bonne raison de me lever. Il est sept heures, moins huit minutes! À sept heures le réveil va sonner. Je savoure ces huit minutes, seconde par seconde... encore cinq... encore trois... encore une... DRING! C'est l'heure! Alexandre et Mélanie montent en se bousculant dans l'escalier.

— Pas si fort, les enfants!

J'entends la voix de Gabriel et je frissonne. Je n'ai plus le choix, je dois les affronter. Je me lève sans joie, enfile mon plus beau peignoir et passe par la salle de bain pour me brosser les cheveux et me laver les dents: je suis prête. Je sais qu'ils oublieront que c'est ma fête; Gabriel n'y pense jamais et les enfants ne s'en souviendront qu'au moment du dîner. Ils reviendront de l'école piteux, mal à l'aise et moi, je vais souffrir toute la journée...

Élise, chère Élise, tu ne souffriras que si tu veux...

Or, aujourd'hui, je ne veux pas. Aujourd'hui, je ne souffrirai pas. Je me dirige vers la cuisine calmement, solennellement ; j'entre triomphalement en m'embrassant les mains et en chantant:

«Ma chère Élise, c'est à ton tour,
de te laisser parler d'amour!»

L'effet est foudroyant. Les enfants me sautent au cou et m'embrassent:

— Bonne fête! Maman.
— Bonne fête! Maman.

Gabriel s'avance en me tendant les bras:

— Bon anniversaire, Mon Chérie!

Il m'appelle toujours «Mon Chérie», même dans les disputes. Mélanie beurre mes rôties, Alexandre me verse un jus d'orange, j'ai réussi. Ils peuvent partir en paix pour l'école, je ne pleurerai pas. J'avais le choix, on a toujours le choix de s'apitoyer sur son sort ou de poser un geste pour se libérer de son angoisse. Je me sens heureuse, sereine, et ce, malgré la situation tendue qui existe entre Gabriel et moi depuis quelques mois. Il boit trop, je ne le supporte plus. Déjà, à neuf heures et demie du matin, il en est à son deuxième verre. Il est descendu au sous-sol, je l'entends aller et venir tandis que, seule dans la cuisine, je lis tranquillement le journal en sirotant mon deuxième café.

Je ne vais certainement pas passer toute la journée dans la maison, il fait trop beau, je veux me faire belle aussi et aller montrer mes trente-huit ans. Je soigne ma coiffure, mon maquillage, j'enfile ma plus belle jupe et mon chemisier préféré.

L'envie me prend de me payer une petite folie; je vais descendre au centre d'achat et m'acheter quelques bons livres. Je prendrai tout mon temps pour bouquiner à mon aise; c'est ma journée et je me fête!

Gabriel s'apprête également à sortir. C'est l'heure de son pélerinage quotidien à la sacro sainte Société des Alcools. Tous les jours, il va chercher son «quarante onces»; c'est un rite. Si au moins il en profitait pour faire une petite marche de santé, mais non, il saute dans son auto et hop!... Je l'entends bardasser et sacrer.

— T... où sont mes bas?

— Dans ton tiroir!

— H... de C... où sont mes gants?

— Dans tes poches ou sur la table de l'entrée!

La porte se ferme avec fracas . Je pousse un grand soupir; mon Dieu, combien de temps encore vais-je pouvoir endurer ça?..À peine me suis-je posée la question que la porte d'entrée claque à nouveau. Gabriel revient.

— H... de C... de T...

Je commets l'impardonnable imprudence de lui demander:

— Qu'est-ce que tu as?

Aussitôt dit, le ciel me tombe sur la tête.

— Ah! tu veux savoir ce que j'ai? Eh! bien, tu vas le savoir. T... Alexandre a même pas été foutu de balayer l'entrée du garage!

J'essaie d'être douce:

— Mais, il l'a fait, Mon Chéri, rappelle-toi, hier soir; il te l'a dit. Il a venté toute la nuit et avec la rafale et la poudrerie...

— Y travaille comme un con parce que tu l'élèves comme un con!

Il est rouge de colère. Il rage, il tape du poing.

— Voyons, Mon Chéri, calme-toi!...

J'ai dit exactement ce qu'il ne fallait pas dire; je le savais pourtant mais je l'ai dit quand même: «Calme-toi» et la corrida commence.

— JE me calmerai si JE veux!

Je crois qu'il vaux mieux que je m'enlève de là. J'enfile mon manteau.

— Où c'est que tu vas?

Je ne réponds pas. Il crie plus fort.

— Où c'est que tu vas?

— Au centre d'achat, m'acheter des livres!

— Des livres, des livres, encore des livres, c'est rien que ça que tu fais, lire.

Il est furieux et crie à tue-tête. Il commence sérieusement à me faire peur. Je change de place, il me suit. Il est tout rouge, il a les yeux sortis de la tête. Il s'engueule avec lui-même, il s'ambitionne, j'ai peur! Je me réfugie près de la porte de la cuisine, bien décidée à laisser passer la crise sans dire un mot de plus. Je suis traquée, prise au piège, comme une souris dans son trou. Je n'ai plus d'issue. Il s'approche de moi, fou de rage, il lève le bras, je vois sa main qui s'ouvre, IL VA ME FRAPPER...

— Je vais te mettre du plomb dans la tête!

Et vlan! Il me donne un grand coup sur le front avec la paume de sa main. Ma tête frappe le mur. Tout se déroule au ralenti. C'est flou. Je vois sa figure rouge, sa bouche ouverte et n'ai plus qu'une idée, me sauver. Il faut que je fasse vite. Je me ressaisis, et me dirige vers la porte en accrochant mon sac resté sur le divan. Gabriel me rattrape, saisit mon poignet d'une main, et de l'autre, tord le collet de mon manteau. Il me regarde dans les yeux avec une telle rage que j'en frissonne de tout mon corps. Il a la figure boursouflée, il respire fort. Je sens une forte odeur d'alcool sur ma figure...

«Mon Dieu, aide-moi!»

Je ne sais pas ce qui se passe mais, je sens en moi, soudain, une force insoupçonnée. Je regarde à mon tour Gabriel dans les yeux et lui dis calmement:

— Si tu voulais me faire peur, tu as réussi, mais c'est fini, JE N'AI PLUS PEUR!... Maintenant, laisse-moi...

Il se détend et lâche prise. Je n'ai plus une seconde à perdre, je me dirige rapidement vers la sortie ; je suis sur le point de refermer la porte quand Gabriel se retourne brusquement et donne un grand coup de poing sur le mur du salon; j'entends ma collection de porcelaine de Delft se fracasser sur le plancher... J'hésite un instant à l'idée d'aller réparer les dégâts mais je me ravise aussitôt et JE SORS!

Élise, chère Élise, pourquoi pleurer sur des bébelles?

Libre, enfin libre! Je respire à pleins poumons. J'ai les jambes molles et le cœur qui bat à tout rompre. J'ai peur, peur que Gabriel me rattrape et je me mets à courir à toutes jambes en regardant constamment derrière moi. Je me sens poursuivie, traquée. Ce n'est pas vrai, je rêve, c'est du cinéma, on ne voit ça qu'au cinéma, dans la vraie vie ce n'est pas comme ça, on ne se frappe pas, on ne se sauve pas. C'est un cauchemar!... Je rêve, c'est ça, j'ai trouvé, je rêve, et je vais me réveiller... JE VEUX ME RÉVEILLER!

Au même instant, je manque le pas et me retrouve à plat ventre dans la neige; c'est froid!... Donc, je ne rêve pas, le film est vrai; je tourne ma propre vie, je sauve ma propre peau... Qui l'eût crû?

Comment peut-on en arriver à fuir l'homme qu'on aime? Comment ai-je pu avoir peur à ce point de l'être avec qui j'ai partagé presque 20 ans de ma vie?

J'arrive à l'arrêt d'autobus complètement épuisée, vidée. Je n'ai certes plus envie d'aller bouquiner. Je ne sais plus quoi faire ni où aller. J'entre dans une boîte téléphonique, j'appelle Lorraine, ma sœur cadette, et lui propose de dîner ensemble. Nous nous retrouverons à son bureau.

Je monte dans l'autobus qui me conduira au métro. J'ai froid, je grelotte, j'ai mal à mon Amour. Je me sens terriblement vieille tout à coup, comme si la vie me rattrapait soudain. J'ai le cœur gros, je retiens mes larmes avec peine.

— Élise, chère Élise, tu ne vas tout de même pas te mettre à pleurer dans le métro?

Les gens qui me croisent ne peuvent s'imaginer ce que je vis. Je tourne et retourne la scène cent fois, mille fois dans ma tête, en accéléré puis au ralenti, en essayant de dédramatiser, de comprendre. Je dois bien me l'avouer, la guenille brûlait déjà chez nous depuis un bon moment mais j'espérais toujours le Miracle: Un jour, Gabriel comprendrait, il arrêterait de boire et on se retrouverait tous deux, amoureux, comme avant... Comme avant! Comme avant?... Il y a si longtemps de ça!

Il y avait bien encore de temps à autres des moments de tendresse, mais ce n'était plus «comme avant», comme avant la colère, comme avant la bouteille. Maudite bouteille!... On fait des campagnes monstres, sans doute avec raison, pour condamner l'abus de la cigarette mais qui a déjà vu quelqu'un «fumer sa paye» ou encore battre sa femme et ses enfants après avoir trop fumé?...

Lorraine fait les cent pas sur le trottoir. Elle est un peu pressée, nous irons manger tout de suite. Encore fébrile, je lui raconte ce qui vient de m'arriver. Ma petit sœur se doutait bien qu'il se passait quelque chose mais jamais elle n'aurait imaginé que ce fût à ce point. Attablées dans un coin tranquille, nous commandons machinalement deux lasagnes, pour la forme, je n'ai pas faim, elle n'a plus faim. Je tremble comme une feuille.

— Je ne veux pas retourner à la maison ce soir, tu comprends?

— Où iras-tu?

— Chez Jacqueline!

— Et les enfants?

— Oh! Mon Dieu! J'oubliais les enfants.

Vite je téléphone à l'école et leur laisse le message de se rendre directement chez mon amie Jacqueline après la classe. Elle ne sait rien encore de mon histoire mais notre amitié profonde me permet de prévoir sa réaction, elle sera la première à m'ouvrir sa porte.

Quand je la rejoins, vers quatre heures, elle n'a pas encore vu les enfants; sans doute sont-ils au parc avec les siens. Je lui raconte rapidement, elle ne comprend pas, elle a vu Gabriel, il y a une heure, à peine. Elle n'a rien remarqué. Gabriel avait l'air normal, très correct, très sociable, comme d'habitude. Il ne lui a parlé de rien. Mon amie m'invite à souper chez elle avec les enfants.

— Vous pourrez même rester à coucher, si tu veux...

J'accepte son invitation, on va camper. Mélanie partagera le lit d'Anne-Marie, elles ont le même âge, tandis qu'Alexandre dormira sur le divan du salon. Moi, je m'installerai bien confortablement sur le sofa du sous-sol, près de la cheminée. Demain matin, nous y verrons plus clair. Gabriel aura eu le temps de réfléchir aux conséquences de son geste et nous pourrons avoir, enfin, une conversation un peu plus calme.

Tout est silencieux. La bûche qui crépite dans l'âtre donne à la pièce une chaude couleur rougeâtre. Je n'arrive pas à dormir. Je pense à Gabriel qui ne sait pas où nous sommes et qui doit s'inquiéter. C'est absurde! Comment en sommes-nous arrivés là? Que s'est-il passé? Il aura fallu moins de cinq minutes pour tout casser. C'est impossible, ça ne se peut pas, on ne se sépare pas comme ça.

Je repense à ma vie avec Gabriel, à mon amour pour Gabriel. Demain, je vais l'appeler, lui parler, lui expliquer. Nous sommes à l'orée d'une ère nouvelle. J'ai la certitude que nous allons sortir vivants de cette tempête pour nous retrouver plus forts et plus amoureux. Nous nous sommes mariés pour le meilleur et pour le pire; nous vivons le pire mais le meilleur est pour demain. Je connais des couples qui ont survécu à des moments extrêmement difficiles et qui ont finalement repris la route ensemble...

Peu à peu, mes rêves de bonheur prennent toute la place et me grisent. Il fait bon, il fait chaud, je prie un peu:

«Mon Dieu! donnez-moi la sérénité d'accepter les choses que je ne peux changer,
le courage de changer les choses que je peux
et la sagesse d'en connaître la différence...»

Quel programme!

Je suis sur le point de céder au sommeil quand j'entends des pas dans l'escalier. Jacqueline passe sa tête dans l'embrasure de la porte;

— Dors-tu?
— Non, tu peux venir...

— J'avais oublié de te souhaiter un bon anniversaire...

Je la serre dans mes bras et lui fais une petite place près de moi, comme lorsque nous étions adolescentes et que nous dormions ensemble. Nous chuchotons jusqu'à l'aube, nous faisant des confidences que seule la braise du foyer connaîtra.

Les enfants partent pour l'école, comme d'habitude, ils reviendront chez Jacqueline après la classe; d'ici là, je déciderai si nous devons retourner à la maison.

La nuit m'a fait du bien. Je me sens plus forte et mieux en mesure d'agir. Mais d'abord, je dois téléphoner à Gabriel pour le rassurer et lui dire où nous sommes. C'est bizarre, il n'y a pas de réponse... ça m'inquiète. Jacqueline me fait remarquer que c'est l'heure de son pèlerinage. J'attends!.. J'essaie encore, toujours rien, j'ai peur! Et s'il s'était suicidé! Jacqueline n'y tient plus, elle prend sa voiture et va passer devant notre maison... l'auto de Gabriel est là, donc,*il ne veut pas répondre.* Il est encore furieux contre moi et tente de m'attirer dans ses quartiers en gardant le silence. Je tourne en rond, comme un renard qui sent le piège...

J'ai trouvé! Je téléphone à Marc-André, le neveu de Gabriel et lui demande de m'aider. Il m'invite à dîner. Je le rejoins dans un petit restaurant, rue Saint-Denis.

Mon récit ne l'étonne pas tellement; Marc-André connait bien son oncle et pense, tout comme moi, que Gabriel fait exprès pour ne pas répondre au téléphone, sachant très bien que je vais m'inquiéter et probablement rappliquer.

Pour l'instant, il me conseille de retourner chez Jacqueline. Après son travail, il viendra me chercher puis nous irons ensemble à Versailles voir si le Roi se meurt!

Sept heures!... Huit heures!... Marc-André ne donne toujours pas de nouvelles. Et me voilà attendant encore. Quand aurai-je donc fini d'attendre? J'ai attendu toute ma vie. Je vivais constamment dans un état d'attente, un état qui vous coupe les jambes et vous enlève toute capacité de fonctionner. Impossible de lire, impossible de sortir, impossible de dormir... On attend... On attend l'appel, le signal, la cloche, comme à l'école.

Les enfants s'amusent au sous-sol. Jacqueline joue du piano et moi, recroquevillée sur le divan, je joue et rejoue mille fois dans ma tête le même scénario: Marc-André arrive, il vient avec moi à la maison, je parle à cœur ouvert à Gabriel qui me tend les bras, mais, juste au moment où je m'avance vers lui, la scène s'embrouille et recommence...

Le téléphone! Enfin, c'est lui, j'en suis certaine... Fausse alerte, c'est pour Jacqueline. Elle parle rapidement et raccroche aussitôt pour ne pas monopoliser la ligne. Il ne faut JAMAIS donner à la personne qui doit nous téléphoner la chance de nous dire: «J'ai bien essayé de te rejoindre mais la ligne était toujours occupée...»

Je ne sais plus quoi penser. Il est dix heures passées et Marc-André n'est pas encore arrivé. J'ai téléphoné à son bureau sans succès, il n'y a pas de réponse chez lui non plus, donc, il doit être en route. Je commence sérieusement à être inquiète, et à penser qu'il lui est peut-être arrivé quelque chose. Et s'il avait eu un accident? UN ACCIDENT!

Élise, chère Élise, combien de fois as-tu appréhendé l'accident?

J'avais toujours peur que Gabriel ait eu un accident. Je passais des heures à la fenêtre, surveillant les voitures et tournant la tête dès qu'une auto s'approchait de notre maison, au point d'en avoir mal au cou. Gabriel avait eu un accident! J'en étais certaine, je pleurais, je tremblais, je m'affolais. Je me voyais déjà veuve ou femme d'un paraplégique. Pauvre de moi! Quand Gabriel arrivait tard, très tard, je lui sautais au cou en l'embrassant, trop heureuse qu'il soit sain et sauf, qu'il me revienne bien vivant. Pauvre conne! Il me bécotait, me rassurait:

— Mais, Mon Chérie, tu n'aurais pas dû m'attendre, ce n'est pas raisonnable.

— Tu sens l'alcool!

— Tu sais ce que c'est, j'ai pris un verre avec des clients, un gros contrat...

Oh! oui, je savais, je comprenais, je m'excusais même de l'avoir attendu.

— Tu aurais dû te coucher, tu sais que ça m'inquiète quand tu m'attends comme ça. Tu as les yeux cernés. Promets-moi de ne plus veiller aussi tard... C'est promis?

— C'est promis!... Tu aurais quand même pu téléphoner.

— J'ai essayé mais la ligne était occupée...

— Mais personne ne m'a téléphoné...

— C'est ça, traite-moi de menteur pendant que tu y es.

— Je ne te traite pas de menteur, je te dis simplement que personne n'a appelé... sauf, vers sept heures, un vendeur de journaux...

— C'est ça, c'est exactement ça! C'était vers sept heures!... Tu vois comme tu es?

Pauvre Gabriel! Et moi qui doutais de lui. Il travaillait comme un forcené et moi j'étais la reine des ingrates. Et pour qui croyais-je donc qu'il peinait si fort? Mais pour nous, bien sûr, sinon ce n'était pas la peine. Il me prenait alors amoureusement dans ses bras et de sa voix chaude me murmurait à l'oreille:

— Crois-tu que c'est drôle de passer mes soirées dans les bars avec tous ces clients ennuyeux?... Je voudrais t'y voir, tiens! Crois moi, Mon Chérie, je préférerais de beaucoup passer mes soirées à la maison avec toi et les enfants...

Et moi, je le croyais, je le plaignais même. J'en rage! Et voilà que ce soir, je m'inquiète encore pour cet imbécile de Marc-André qui ne daigne même pas donner signe de vie. Je suis folle, complètement folle!

— Aimerais-tu que nous allions passer devant chez toi?

La voix de Jacqueline me ramène à la réalité. Aller passer devant la maison, en avoir le cœur net... Le cœur net de quoi?

Je n'ai plus la force de lutter, je la laisse m'entraîner. Nous partons seules, toutes les deux. Nous prenons le boulevard de Blois puis le boulevard Tracy. Je tremble, j'ai les mains moites. Nous approchons. Il y a de la lumière. L'auto de Marc-André est à la porte. Il m'a trahi. Il devait m'appeler; il avait promis. J'ai mal à mon Amour... J'ai mal à l'Autre... J'ai mal à la Vie... Il m'avait promis!

Jacqueline me ramène chez elle. Les enfants sont déjà couchés. Je retrouve le divan du sous-sol. Je me sens seule, abandonnée, trahie. La tête me tourne. Je vais MOURIR! Je ne me retiens plus. Je me laisse aller et, pour la première fois depuis mon départ, je me jette par terre et je pleure.

* * *

Jacqueline et son mari se sont envolés cette nuit pour des vacances d'une semaine aux Bermudes. Ils sont partis sans faire de bruit et c'est la sonnerie persistante du téléphone qui me force à sortir du lit. Un peu timide, me sachant sans doute de très mauvais poil, le cher Marc-André m'explique qu'hier soir, déviant du programme, il avait décidé d'aller parler d'abord à son oncle et que, pris au piège, il n'avait pu quitter la place qu'aux petites heures du matin...

— Gabriel t'aime, il a beaucoup pleuré, mais il est calme et il attend tes excuses!...

Je bondis.

— Mes excuses... Quelles excuses?...

Je raccroche furieusement. Ah! il peut toujours les attendre, mes excuses... Je vais lui en faire, moi, des excuses, je ne rentrerai pas de la fin de semaine; tant pis pour lui, je l'emmerde! Dans le fond j'ai la trouille; aussitôt revenue à la maison tout recommencerait, les chicanes, les cris, JE N'EN PEUX PLUS! Aussi longtemps qu'une femme crie qu'elle n'en peut plus, c'est qu'elle en peut encore; quand elle n'en peut vraiment plus, elle ne crie plus, elle agit... JE NE RENTRERAI PAS!

Mes parents, ayant appris par Lorraine la nouvelle de mon départ, s'inquiètent de moi et des enfants. Juste un coup de fil pour les rassurer. Je vais bien, les enfants aussi, et j'irai les voir tout à l'heure, c'est promis!

Johanne, la plus jeune de mes sœurs, me propose de prendre Mélanie chez elle pour quelques jours, tandis que Marc-André emmènera Alexandre dans le nord pour le week-end. Mes deux enfants étant en sécurité, je peux me permettre d'accepter l'invitation de Lorraine et d'Antoine qui m'offrent l'hospitalité le temps de me retourner et d'y voir clair.

Je fais un saut dans les magasins et achète quelques vêtements pour Alexandre qui n'a que son jean et son chandail de laine à se mettre sur le dos. Je trouve une blouse indienne, deux paires de bas et deux petites culottes de rechange pour tenir le coup. Comme l'argent passe vite! Il ne me reste que six dollars en poche. J'ai froid aux mains et dans ma course folle, j'ai oublié mes gants; j'en trouve une paire en solde à un dollar. C'est donné! Je n'ai pas les moyens de faire la difficile.

Chacun prend sa route. Mélanie suit son oncle Robert qui la regarde en souriant. Marc-André emmène Alexandre et je me dirige de mon côté en tournant deux cents fois la tête pour leur dire au revoir. J'espère au moins qu'ils savent à quel point je les aime et combien il m'est pénible de me séparer d'eux.

Il fait beau, le ciel est d'un bleu profond. Je me sens libre, pauvre et traquée tout à la fois. Gabriel ne sait pas où nous sommes. Demain, je demanderai à Jean, un ami sûr de lui téléphoner pour le rassurer sans lui dévoiler nos cachettes. Pour le moment, j'ai besoin d'être seule et de réfléchir.

Il est 6 heures du matin. Lorraine et Antoine dorment encore mais moi je suis réveillée depuis un bon moment. Soudain, j'entends un voisin tousser. Il tousse et crache comme Gabriel et moi, je me mets à trembler de tout mon corps, mes genoux se cognent, mes dents claquent, j'ai froid. Il fait pourtant chaud, dans la maison, mais moi, j'ai froid, j'ai la sensation d'avoir les os gelés. Je tremble et je me rends compte que ça fait des mois que je tremble. En fait, depuis que je sais pour Gabriel, pour sa cirrhose. Son médecin a été formel; le diagnostic est clair: cirrhose du foie et varices à l'œsophage. Gabriel risque l'hémorragie à chaque instant! il va bientôt cracher le sang, s'il ne l'a déjà fait . Je sais depuis longtemps qu'il est alcoolique; c'est évident, mais l'hémorragie, ça me fait mourir de peur.

Depuis des mois, le même scénario se répétait. Gabriel se levait vers 6 heures, allait dans la salle de bain, toussait, crachait, retoussait et recrachait. J'avais beau me cacher la tête sous l'oreiller pour ne pas l'entendre, je l'entendais quand même.

Je revis tout cela, ce matin, en écoutant ce voisin tousser. Je ne peux plus le supporter. Je n'arrive pas à m'arrêter de trembler. Le voisin se tait, je me calme et je pleure. Je laisse couler mes larmes, elles sont chaudes et salées, je les lèche, comme une enfant. Ça me fait du bien.

Je pense à Gabriel. Dort-il? Pleure-t-il? Je ne veux pas lui téléphoner avant de mieux savoir où j'en suis. Je sais trop bien que, si j'entends sa voix, je vais m'attendrir. Il faut qu'il comprenne que je ne suis plus capable de vivre avec docteur Jeckill et monsieur Hyde. L'alcool a vraiment pris trop de place dans sa vie; dans notre vie. Pas un jour, pas une heure sans alcool, c'est insupportable. Je n'ai pas le droit de permettre que le comportement de Gabriel bouleverse à ce point ma vie et celle des enfants. Je me sens complètement démolie, humiliée. Jusqu'où et jusqu'à quand doit-on endurer sans réagir? J'ai tout essayé. J'ai bu avec lui mais je me suis retrouvée malade et désabusée. Heureusement, pour moi, je n'avais pas ce qu'il faut pour devenir alcoolique; car, ne devient pas alcoolique qui veut. Comme je n'ai jamais aimé perdre le contrôle de mes idées, j'ai éliminé très vite cette solution. J'ai compté les bouteilles, je les ai marquées, j'ai souvent pensé en verser une partie dans l'évier mais je ne l'ai pas fait. J'ai pleuré, j'ai supplié, sans succès. Aujourd'hui, calmement et sans amertume, je dis: «C'est assez!» Ma décision est prise je ne retournerai pas à la maison avant d'avoir fait un cheminement important de mon côté et que Gabriel en ait fait un du sien. Je n'ai plus le droit d'hésiter.

Les enfants ont besoin de savoir que je sais où je vais. Je ne leur ai jamais caché notre situation; ils connaissent la maladie de leur père et ils sont d'accord avec moi quand je dis que ça ne peut plus durer comme ça.

«Mon Dieu! aidez-moi à prendre la décision juste et donnez-moi le courage de tenir le coup...»

Lorraine se lève et me rejoint au salon.

— Je vais nous faire du bon café!

Elle est douce Lorraine et je sens qu'elle m'aime beaucoup. Je l'entends fredonner; elle est heureuse. Sa cuisine est inondée de soleil, toute blanche et jaune, comme elle. Si je peignais le portrait de ma sœur, je la ferais toute blanche et jaune comme une belle fleur, gaie, vibrante et simple dansant dans un rayon de soleil. Chez elle, tout est chaleureux, bien rangé, de bon goût.

Antoine se lève à son tour et m'embrasse tendrement. Je le sens vraiment désolé, il est déchiré dans cette histoire. Gabriel et lui sont de bons amis, ils ont travaillé ensemble au début, quand Antoine est arrivé d'Égypte. C'est Gabriel qui l'a amené à la maison un soir de Noël et c'est chez nous, ce soir-là, qu'il a rencontré ma sœur Lorraine. Pauvre Antoine, il est tellement gentil!

— Le déjeuner est servi!

Ça sent bon! J'ai faim. Pleurer m'a creusé l'appétit. Le téléphone de Jean nous arrive entre deux cafés. Il a parlé à Gabriel qui lui a paru dans de bonnes dispositions mais il me conseille d'attendre encore un peu avant de l'appeler. Pour le moment, il accepte de servir d'intermédiaire entre nous et me rappellera dès qu'il aura des nouvelles. Je peux compter sur cet homme, il a toute ma confiance; faisant partie des Alcooliques Anonymes, il connaît mieux que personne le problème de Gabriel et ses conseils me sont extrêmement précieux. On ne sait jamais ce que l'amitié nous réserve.

C'est samedi, Lorraine m'entraîne dans les magasins. Les enfants me manquent, comme ils sont loin! Je leur ai parlé à tous les deux ce matin, au téléphone. Ils sont perturbés, bien sûr, c'est normal, mais ils m'ont quand même semblé calmes. Il me font confiance, j'en ai besoin.

Je refuse de faire des plans pour le moment, je suis en léthargie. Je regarde les vitrines et me promène dans les magasins comme une automate. J'ai hâte de revenir chez Lorraine mais je ne veux pas les bousculer. D'ailleurs, je ne sais pas très bien pourquoi j'ai hâte de rentrer.

Nous soupons tranquillement tous les trois quand mon amie Barbara s'amène, un livre et quelques fleurs à la main. Devinant ma cachette, elle a voulu venir m'y souhaiter un bon anniversaire, même avec quelques jours de retard. Elle est là, pimpante, épanouie, ses yeux magnifiques lui mangent la moitié de la face et son sourire extraordinaire dévore le reste. C'est une bohème, une romanichelle, un cadeau de la nature. Ses cheveux ébouriffés, sa jupe plissée et sa blouse paysanne lui donnent un air de saltimbanque. Quelle brave fille! Quand je pense que pendant deux ans elle a été ma nièce. Mariée avec Marc-André, leur union s'est effritée mais notre amitié est restée intacte. Après leur séparation, elle est retournée au CEGEP, étudiant le jour et travaillant le soir comme serveuse de restaurant pour payer ses études. Elle sait ce qu'elle veut, elle sait où elle va et je suis très heureuse de l'avoir pour amie.

Lorraine a préparé du café à la crème glacée, un vrai délice! Nous bavardons tous ensemble en écoutant de la musique. Je ne me suis jamais sentie aussi bien; peut-être est-ce la présence de Barbara, la gentillesse de Lorraine et d'Antoine et la sensation de calme et de tranquillité... Je me sens libre et, pour la première fois depuis mon départ, j'envisage l'idée de vivre seule; avec les enfants, bien sûr, mais sans Gabriel. Plus personne pour crier, plus personne pour chicaner: la Paix!... Barbara a été le témoin impuissant de tant de scènes violentes que sa présence, me réconforte. L'amitié de cette femme me redonne du courage.

Élise, chère Élise, le temps serait-il venu de briser les chaînes?

* * *

Dimanche le 6 février...

Je campe toujours chez ma sœur. Le téléphone de Jean me réveille; il a eu des nouvelles de Gabriel: il n'a pas bu depuis deux jours et il souffre. Il a demandé à me voir mais Jean lui a dit qu'il ne connaissait pas ma cachette; ce qui est vrai, puisqu'il ne connaît pas Lorraine, ne sait pas où elle habite, et qu'il n'a que ce numéro pour me rejoindre. Je meurs d'envie de téléphoner à Gabriel et de lui demander de venir me chercher mais ça n'arrangerait rien; il doit d'abord faire le point avec lui-même avant que j'envisage des retrouvailles. Demain, je tenterai peut-être de l'appeler; aujourd'hui, je n'aurais pas la force de faire face à ses reproches, encore moins à ses larmes.

Lorraine essaie de me changer les idées. Sitôt après déjeuner, elle décide de me couper les cheveux, de les teindre, puis de me faire une mise en pli digne des plus grands salons. Je lave ma blouse et mes dessous pour la quatrième fois en autant de jours. Décidée à me faire belle, je revêts un tailleur-pantalon noir appartenant à ma sœur et lui emprunte quelques bijoux. J'ai l'air d'une

«Cendrillon» attendant son Prince Charmant. Pourvu que la voiture d'Antoine ne se transforme pas en citrouille!

Ce soir, nous sortons. Les parents d'Antoine m'ont invitée à partager leur réunion dominicale. Bien sûr, ils ignorent tout de mon histoire et je n'ai nullement l'intention de leur en parler, du moins pour le moment. Lorraine leur a raconté que Gabriel était en voyage d'affaires pour quelques jours et cette raison «officielle» leur a suffi.

On me réserve un accueil bien chaleureux. La mère d'Antoine nous sert des fruits, du gâteau et du café très, très fort, dans de toutes petites tasses.

Je fais la connaissance de Tante Claire, une égyptienne corpulente et animée qui lit dans le marc de café. À peine ai-je terminé de boire le mien, qu'elle s'empare de ma tasse; puis, parlant d'une voix forte, en rrroulant les «r» me dit:

— Mon petit, je vois un départ... vous passez une porte... c'est la première... mais il y en a DEUX autres...

Elle me regarde droit dans les yeux pour bien me faire comprendre la portée de ses paroles:

— Vous m'entendez bien, n'est-ce pas?..TROIS portes, Vous passerez TROIS portes, et puis vous serez TRÈS heureuse!

Comment pourrait-elle deviner que je viens effectivement de passer la PREMIÈRE? Sa voix résonne dans ma tête: «DEUX AUTRES PORTES...» Je frissonne, j'ai peur!

Durant le trajet du retour, je me recroqueville sur la banquette arrière de la voiture, n'osant dire un mot, encore toute impressionnée par la portée des paroles de cette adorable sorcière.

En rentrant Alexandre téléphone pour me rassurer; Marc-André l'a ramené chez mes parents, comme convenu, et il y passera la nuit. Demain, il ira en classe; après?... On verra! Tandis que nous parlons, une téléphoniste interrompt notre conversation. Gabriel a fait couper la communication. Affolée, je raccroche. Je refuse de lui parler. Puisqu'il a deviné ma cachette, il voudra venir m'y chercher et je ne veux pas; j'ai peur de lui... j'ai peur de moi.

Le téléphone sonne à nouveau. Cette fois, plus de doute, c'est LUI. Lorraine répond nerveusement:

— Allô!

Je lui fais de grands signes pour lui signifier de dire que je ne suis pas là.

— Élise?... Non, elle n'est pas chez nous.

Je prends mes cliques et mes claques et dévale l'escalier en courant, Antoine me suit. J'entends la voix tremblotante de Lorraine:

— Mais non, Gabriel, elle n'est pas ici... Je te jure qu'elle n'est pas ici...

Elle ne ment plus, je suis partie.

Antoine me laisse à la première station de métro. J'irai quelque part, chez des amis...

— Surtout, ne vous inquiétez pas, je téléphonerai en arrivant... Merci!

Il retourne apaiser Lorraine qui doit être dans tous ses états. Il est minuit, je suis seule dans la station Sauvé et j'ignore où je vais coucher. J'ose timidement téléphoner chez Jean. Il n'est pas là mais Monique, sa femme, m'offre l'hospitalité; je suis la bienvenue. Ces deux-là sont les rois des portes ouvertes, des tables ouvertes et des cœurs ouverts.

Je suis la seule femme du wagon. Trois ou quatre hommes me regardent curieusement. Je dois avoir l'air bizarre. Je tremble. J'ai la désagréable sensation d'être poursuivie. Je deviens une espionne. Je dissimule des micro-films dans mon sac et, dans quelques instants, je franchirai la frontière sous le regard soupçonneux d'une centaine de douaniers armés jusqu'aux dents. C'est du suspense à son meilleur. Quand je pense qu'il y a des gens qui passent leur temps à se sauver. Quelle vie!

Station Guy, enfin rendue! Je ne croise personne ni dans la station, ni dans la rue. Il est maintenant près d'une heure du matin, il fait terriblement froid, je suis transie et je meurs de peur. Heureusement, l'autobus ne tarde pas à arriver. Je m'installe sur le petit banc isolé, près de la porte pour ne pas risquer d'être importunée. Le chauffeur me regarde de temps à autres par son rétroviseur; jamais je n'oublierai ce regard. J'ai l'autobus pour moi toute seule.

Terminus! Je descends et cours, cours, cours, de toutes mes jambes, en regardant sans cesse derrière moi. J'ai le diable à mes trousses, comme dirait ma grand-mère. J'arrive, la porte s'ouvre, Monique est là, je me jette dans ses bras, JE SUIS SAUVÉE!

Elle m'entraîne dans sa chambre et ferme la porte pour ne pas déranger les enfants. Elle nous a préparé du café.

— J'ai pensé que tu aimerais te réchauffer...

— Tu es gentille!... Tu permets que j'appelle Lorraine?

— Bien sûr!

Je rassure Lorraine et Antoine, tel que promis, puis rejoins Monique sur le bord du lit.

— Ta sœur s'en est bien tirée?

— Pas trop mal, elle a craint, durant un moment, que Gabriel s'amène chez elle pour vérifier, mais maintenant tout va bien, le cauchemar est terminé. Gabriel a téléphoné chez mes parents et parlé à Alexandre qui lui a fait promettre de ne pas venir le chercher; Gabriel a promis...

Monique me calme et me rassure. Nous parlons, ou plutôt, *je* parle, sans arrêt, comme une pie. Quelle patience a cette femme! Elle m'écoute attentivement et ce n'est que lorsqu'elle a la certitude que j'ai complètement vidé mon sac, qu'elle m'invite à la suivre dans la chambre d'amie. Ici, je me sens en sécurité, rien ne peut m'arriver, je vais dormir en paix!

* * *

J'entends de la musique. Quelle merveilleuse façon de commencer la journée. Le lavage est en branle et, entre deux brassées, Monique joue une sonate de Chopin au piano. Il est neuf heures. J'ai bien dormi. Le piano se tait et on n'entend plus que le ron-ron régulier de la machine à laver. Monique s'approche à pas feutrés. J'ouvre la porte.

— Que dirais-tu d'un bon petit déjeuner?

— Je crois que j'ai faim!

Mon amie me prend par l'épaule et m'amène dans la cuisine où des piles de linge sale attendent patiemment leur tour d'aller dans la machine à laver. Elle prépare un plateau et nous allons prendre le petit déjeuner dans la salle à manger. Assise en face de moi, Monique me sourit, elle sourit toujours d'ailleurs, elle est heureuse. Mariée depuis bientôt vingt-cinq ans, elle a trouvé dans sa relation avec Jean, le genre de bonheur qui lui convient.

— Un peu de sucre?

— Non, merci.

Monique tient sa tasse entre ses deux mains, comme pour les réchauffer. Elle me regarde avec tendresse.

— Et alors, que comptes-tu faire?

Le poids de la réalité retombe soudain sur mes épaules. Je me sentais si bien que j'en avais presque oublié Gabriel et les enfants. Ce que je compte faire? Honnêtement, je ne le sais pas. Je me sens un peu coupable de laisser Gabriel sans nouvelles mais j'ai peur de lui téléphoner. Je le connais tellement bien, je sais qu'il aurait vite fait de me rattraper par de belles paroles et de belles promesses.

Retourner à la maison maintenant, ce serait faire comme s'il ne s'était jamais rien passé; j'aurais vécu et surtout fait vivre cette aventure aux enfants tout à fait inutilement. À la première occasion, Gabriel remettrait ça et tout serait à recommencer. Je veux me donner un peu de temps, me trouver des amarres solides, je me sens encore beaucoup trop vulnérable. Je lui parlerais, il «pardonnerait», je pleurerais et tout rentrerait «dans l'ordre», comme avant, or, je ne veux plus que ce soit comme avant puisque c'était invivable.

— Je vais parler aux enfants et les laisser libres de retourner à la maison. Je n'ai pas le droit de leur imposer des décisions qui les impliquent.

J'hésite à laisser les enfants retourner à la maison avec leur père, mais comme ils sont avertis de la gravité de sa maladie, ils prendront la décision eux-mêmes. Pour ma part, je sais que je ne suis plus capable de supporter les colères de Gabriel. Voir l'homme qu'on aime se détruire jour après jour et, bien que se sentant complètement impuissante devant cette situation, arriver à fonctionner quand même d'une façon acceptable, ça se fait, on y arrive, mais quand la violence s'en mêle, il faut réagir. Il vient un moment où la dignité humaine est en jeu et alors on n'a pas le droit de laisser l'autre nous démolir sans rien faire.

Monique m'écoute. Je parle sans arrêt. Je tourne en rond. Je dois d'abord trouver du travail, je dois d'abord trouver un appartement, je dois d'abord trouver de l'argent, je dois d'abord... Tout s'embrouille dans ma tête. Évidemment, j'espère toujours le Miracle.

Si seulement il pouvait se passer quelque chose qui me dégage de la nécessité de prendre une décision.

«Mon Dieu! faites que ce Calice passe sans que je le boive...»

J'ai dans la tête un petit scénario de premier ordre: Gabriel reçoit un choc tel qu'il arrête de boire, il entre chez les Alcooliques Anonymes et moi, je retourne à la maison où je vis heureuse, le supportant dans sa thérapie en savourant la paix de sa sobriété nouvelle.

Élise, chère Élise, serait-il vraiment toujours souhaitable que Dieu se prête à nos miracles?

J'ai tellement peur d'agir, de poser un geste, je voudrais tant que la situation se règle d'elle-même. Si Gabriel mourrait, par exemple, notre histoire finirait bien et je pourrais porter mon veuvage en bannière. Un frisson d'horreur me glace le dos. Moi, Élise, sainte Élise, qui vit avec Gabriel le plus beau roman d'amour depuis Roméo et Juliette, je suis prête à supprimer mon héros d'un coup sec, juste pour que mon histoire finisse bien, c'est affreux!

— Tu comprends Monique, tout ce que je fais, c'est *pour son bien!*

— Donne-toi du temps. Vis un jour à la fois, c'est bien assez, tu verras. Les choses finissent toujours par se tasser, crois-moi.

Je la crois mais je voudrais voir tout de suite, savoir si je trouverai du travail, si Gabriel arrêtera de boire, si je retournerai à la maison, si...si...si...

Comme je dois être fatigante pour Monique. Elle est d'une telle patience avec moi. J'essaie de relaxer, de me calmer, de changer de sujet de conversation:

— Vous partez toujours en Europe au mois d'août?

— Toujours, c'est notre deuxième voyage de noces...

Elle me répond simplement, comme si elle ne voyait pas mon manège. Je l'aide à ranger la vaisselle.

— J'ai peur que Gabriel se suicide!

Ça y est, me voilà repartie. Je suis décidément incapable de parler d'autre chose.

* * *

Alexandre vient me rejoindre à la fin de l'après-midi et nous retournons passer la nuit chez Lorraine. J'ai téléphoné à Mélanie qui loge toujours chez Johanne et Robert. Elle s'ennuie un peu et se demande comment tout ça va finir. Elle est persuadée que si je rencontrais son père, tout s'arrangerait. Elle ne comprend pas pourquoi j'hésite à retourner à la maison.Je lui explique que ce n'est qu'une simple question de temps; ça la rassure, elle me fait confiance. Alexandre aussi est courageux, il tente de me supporter le plus possible. Je peux compter sur eux. Je ne leur ai jamais menti et ils savent que je les mettrai au courant de tout ce que je compte faire au fur et à mesure que je prendrai des décisions.

Lorraine installe un matelas par terre dans sa chambre et nous dormons tous ensemble. Gabriel n'a pas rappliqué... Quel soulagement!

Je me suis réveillée bien avant l'aube. Je regarde le plafond de la chambre en essayant d'y trouver une réponse. Je prends une grande décision, je vais louer une chambre, juste une chambre, n'importe où, pour quelques jours. Si j'ai un pied-à-terre quelque part, je serai en meilleure posture pour rencontrer Gabriel puisque je me sentirai retenue de l'extérieur et, du même fait, moins vulnérable.

Sitôt après le départ d'Alexandre et d'Antoine, Lorraine et moi feuilletons le journal du matin à la rubrique des «CHAMBRES À LOUER», dans l'espoir d'y découvrir un coin de rêves.

— Tiens, là: «Chambre meublée, quarante dollars par semaine...»

— C'est bien trop cher!... Regarde ici: «Grande chambre double, dans maison privée, chez gens tranquilles...» Ouais, avec Alexandre et Mélanie...

Soudain, j'ai peur de me retrouver seule avec les enfants, dans une chambre inconnue, dans une maison inconnue, chez des gens inconnus.

Antoine téléphone du bureau. En passant au coin des rues Saint-Laurent et Henri-Bourassa, il a noté qu'on y annonçait des appartements à louer «au mois». C'est peut-être une solution? Je vais y aller à tout hasard mais d'abord, je dois absolument passer à la banque, je n'ai plus le sou.

Le jour où, à la suite d'une dispute, Gabriel a vidé notre compte conjoint, il ne m'est resté qu'un tout petit compte personnel dans lequel j'ai accumulé le peu d'argent gagné en travaillant quelquefois à temps partiel. Je ne dispose en tout et pour tout que de sept cent vingt dollars!

— Je voudrais retirer cinquante dollars...

Pendant que la caissière prépare le bordereau, je regarde constamment autour de moi pour m'assurer que Gabriel n'est pas dans les parages. Je me sens comme on doit se sentir quand on est sur le point de faire un hold-up: traquée, nerveuse, sur le qui-vive.

La caissière est souriante et gentille, comme d'habitude. Le gérant me salue, comme d'habitude. Le policier en faction me dit: «Bonjour, madame, beau temps pour la saison...» comme d'habitude... Ils ne remarquent pas?... Ça ne se voit donc pas que je suis en train d'accoucher de la plus importante décision de toute ma vie? Je voudrais leur crier: «Regardez-moi, j'ai quitté la maison, mon mari me cherche, je me cache, j'ai peur de lui... et je vais peut-être DIVORCER!

Cette idée me glace. Le policier m'ouvre la porte gentiment en souriant; je lui rends son sourire, je sors, je respire, je suis libre. Je marche très lentement en fixant le bout de mes bottes. J'ai la désagréable impression que tous le monde me regarde et moi, je ne veux voir personne.

Nous sommes, aujourd'hui, mardi, le huit février. Demain, il y aura exactement une semaine que je me sauve... une semaine ou un siècle?.. Je ne le sais plus. Je porte les mêmes vêtements depuis ce temps-là; il faudra bien pourtant que je me décide... Oui mais, d'abord, trouvons la chambre!

Je me rends à l'adresse indiquée par Antoine: 20 Henri-Bourassa, ouest. Une grosse boîte de béton blanc fait le coin de la rue Saint-Laurent. J'hésite un peu puis je me donne une contenance et pénètre dans la loge du concierge, un jeune homme d'environ trente ans, à qui j'invente une histoire:

— Mon mari est malade... très malade... on a dû l'opérer d'urgence; comme j'habite la banlieue et que je n'ai pas de voiture, j'aimerais louer un appartement pour disons trois semaines afin de me rapprocher de l'hôpital.

— Quelle grandeur?

— Pardon?

— Vous le voulez quelle grandeur l'appartement? Un et demi, deux et demi, trois et demi? C'est vous qui décidez!

— Ben... Heu... Boff... Heu... le moins cher...

— Meublé?

— De préférence, oui!

— C'est les «batchéleurs!»

— Combien?

— Cent quatre-vingts par mois, chauffé, éclairé pis accès à la piscine... l'été comme de raison.

— Je peux voir?

— Y a rien là!

Il sort un énorme trousseau de clés de son tiroir et passe devant moi en m'indiquant l'ascenseur. En montant, j'en profite pour mentionner que j'ai deux enfants et qu'ils vivront avec moi durant cette période. Ce monsieur a l'air de s'en foutre complètement. Il me conduit au bout d'un long corridor et me fait visiter d'abord l'appartement trois cent quinze puis le trois cent dix-sept:

— Y sont pareils, sauf que celui-là, y a des fleurs collés su' la toilette pis su' le frigidaire...

D'énormes fleurs de vinyle oranges et bleues ornent la porte du réfrigérateur et le couvercle du bol de toilette. J'ai, malgré moi, un mouvement de recul.

— Je pourrais voir l'autre?

— Pas de problème... c'est en face!

Nous entrons au trois cent dix-sept. C'est propre, très propre même, et l'ameublement me parait convenable. Évidemment, c'est petit mais, pour trois semaines...

— Je le prends!

Nous redescendons à la loge où ce concierge semble régner en maître sur une montagne de papiers qu'il repousse allégrement pour se faire de la place.

— Vous le prenez rien que pour trois semaines?

— Si possible... mais je suis prête à vous payer le mois en entier, vous savez... Ce n'est pas une question d'argent!

— Non, non, c'est correct, y a rien là!

Il semble faire des calculs extrêmement sérieux puis relevant la tête:

— Ça va faire cent vingt pour le loyer; je vous ai rajouté quatre-vingt-dix piastres de dépôt pour les meubles; y demandent toujours ça, sans ça y en a qui partent avec... Ça fait: deux cent dix piastres.

— C'est parfait!

Je fais un chèque de deux cent dix dollars, non sans en éprouver une certaine crainte en pensant à mon compte en banque qui fond à vue d'œil, puis, je signe le premier bail à *mon* nom. Même pour trois semaines, ça compte!

— Savez, moi je fais ça rien que pour vous parce que d'habitude les boss y d'mandent trois mois...

— Je vous remercie, c'est gentil!

Je ressens tout à coup un grand besoin de prendre une bouffée d'air. La perspective de passer trois semaines enfermée dans ce building anonyme me glace. Trois semaines, comme cela me parait long. Se pourrait-il que d'ici trois semaines la situation ne soit pas rétablie entre Gabriel et moi?

Je retourne chez Lorraine soulagée, presque heureuse. Alexandre y est déjà. J'annonce ma nouvelle. Antoine et Lorraine acceptent de m'aider en me prêtant l'essentiel pour me dépanner en attendant que je puisse *aller à la maison chercher quelques affaires* ou que je *retourne à la maison retrouver mes affaires:*

3 assiettes,
3 tasses,
3 soucoupes,
3 bols à soupe,
1 grand bol,
2 draps,
2 couvertures,
3 oreillers, etc., etc., etc.,

Quelques conserves, des ustensiles, un ouvre-boîte, du papier de toilette, des serviettes, du savon, un peu de shampoing, de la mousse pour le bain et une bougie pour le romantisme...

Antoine nous prête son appareil de télévision noir et blanc. Il n'est pas en excellente condition mais, pour trois semaines, c'est mieux que rien. Lorraine ajoute quelques bonbons, des fruits, de jolis napperons et un petit oiseau de porcelaine pour décorer notre nouveau home et nous porter bonheur. Elle remplit une boîte de choses essentielles comme du lait, du pain, du beurre et sur le dessus, elle dépose un magnifique gâteau au chocolat tout frais sorti du four.

Nous voilà prêts à nous mettre en route. L'auto d'Antoine est surchargée, nous y montons avec peine tant il y a de bagages. Je me laisse traîner comme un veau qu'on mène à l'abattoir. Je me sens dépassée par les évènements. Je marche comme un automate; j'avance et voudrais reculer en même temps. Je n'ai plus qu'une envie, retrouver Mélanie que je n'ai pas vue depuis plusieurs jours et passer une bonne nuit avec elle et Alexandre, tous les trois enfin réunis...

* * *

Biarritz!

BIARRITZ! nous voici!..

J'ai la manie de baptiser de noms pompeux les endroits où j'habite; c'est un jeu qui m'amuse. Comme notre maison de banlieue s'appellait Versailles, ce serait tentant d'appeler notre trou de souris Le Petit Trianon mais, en voyant que notre balcon donne sur la cour intérieure et que, en s'étirant bien, on peut apercevoir au bout de la cour une partie de la piscine en béton bleu tant vantée sur la réclame à l'entrée du building..., je fais immédiatement un rapprochement avec les célèbres villes d'eau où la grande Colette et ses amis allaient prendre des bains de santé. J'aurais pu choisir Vichy mais Biarritz me semble plus approprié. J'ouvre donc toute grande la porte patio et, en lançant un verre d'eau sur le balcon, je baptise officiellement notre planque du nom fabuleux de Biarritz.

Je me sens maintenant chez moi. Johanne et Robert me ramènent ma fille et ont la gentillesse de m'apporter leur aspirateur. Nous nous mettons tous en frais de faire le ménage. Un lave l'évier pendant que l'autre fait le lit.

Lorraine se charge de la salle de bain et Johanne astique le poêle et le réfrigérateur. Nous nous marchons littérallement sur les pieds. Cet appartement est vraiment très, très petit. En fait, ce n'est qu'une grande pièce avec une alcôve pour le lit et une salle de bain. La cuisine est séparée du coin salon par un comptoir d'arborite en forme de langue et deux petits bancs en fer forgé avec des coussins de cuirette noire et rouge. Sur le comptoir, une grosse boule de plastique rouge montée sur trois pattes de plastique noir éclaire la place d'une lueur rougeâtre; on se croirait dans une boite de nuit. Il ne manque que le maître de cérémonie criant: «Show time»...

Au fond de la pièce, la porte patio donne sur un balcon mitoyen. Je n'aime pas tellement ce partage de galerie. Les enfants regrettent que ce soit l'hiver, ils ne pourront certainement pas se prévaloir de leur «droit à l'usage de la piscine» durant les trois prochaines semaines. Enfin, nous avons un toit sur la tête et pour l'instant, c'est tout ce qui importe.

Nos invités partis, nous nous retrouvons seuls tous les trois. Je fais du thé et nous mangeons un morceau du gâteau que Lorraine nous a donné, en nous racontant mutuellement les évènements des derniers jours. Nous sommes heureux. Je n'ai jamais senti mes enfants aussi proches de moi. Alexandre installe les coussins du divan sur le plancher, il dormira par terre tandis que Mélanie partagera le lit avec moi. Ce n'est pas l'idéal, bien sûr, mais au moins nous ne dérangeons personne.

Je regarde longuement le plafond avant de m'endormir. Je me sens maintenant capable d'affronter Gabriel. Je suis plus forte, plus sûre de moi et moins susceptible de succomber à ses charmes. Je lui téléphonerai à la première heure demain...

«Mon Dieu! donnez-moi le courage de changer les choses que je peux... Amen!»

* * *

Les enfants sont partis à l'école. Ils devront voyager à Duvernay, ce n'est pas la peine de les changer d'école pour trois semaines. Ils dîneront à la cafétéria et marcheront le plus souvent possible jusqu'au terminus d'autobus de Laval pour éviter de payer double tarif. Il faudra vraiment que chacun y mette du sien pour éviter les dépenses inutiles.

Pour la première fois, depuis une semaine, je suis seule. Je tourne en rond. Vivre dans une grande maison de banlieue pendant huit ans et se retrouver brusquement dans une seule pièce, ça fait toute une différence. Une pièce, ça se range en quelques minutes et je n'ai pas de lavage à faire puisque nous ne possédons que le linge que nous avons sur le dos. J'ai la journée pour moi toute seule. Je ne me sens pas en état d'aller chercher du travail et je n'ai pas envie de sortir; pourtant, tout à l'heure, il faudra bien que je sorte pour aller téléphoner à Gabriel. Biarritz n'a pas le téléphone et, pour trois semaines... Je me sens à l'abri, au chaud, en sécurité. Personne ne sait où je suis, à part mes sœurs, même ma mère préfère ignorer le lieu de ma cachette craignant de se trahir si jamais Gabriel l'appelait.

Je me prépare quelque chose à manger. Dehors il fait froid, il tombe une petite neige mouillante. Lorraine m'a prêté un bon livre que je vais pouvoir dévorer en toute tranquillité. Plus tard, un peu plus tard, je penserai à Gabriel.

Élise, chère Élise, tu recules l'échéance...

Honnêtement, j'ai peur, j'appréhende sa réaction et suis déjà sur le point de me convaincre d'attendre encore un jour quand on sonne à la porte. Qui ça peut-il être? J'ouvre, c'est Alexandre qui revient de l'école précipitamment, il est affolé.

— Maman, papa a kidnappé Mélanie. Il est venu nous chercher à l'école et nous a fait monter dans sa voiture pour nous amener à la maison. Il a accepté de me laisser partir quand je lui ai dit que nous n'avions pas le téléphone et qu'il fallait que je vienne t'avertir mais il a gardé Mélanie en *otage!* Il veut que tu l'appelles...

KIDNAPPING! OTAGE! Il faut d'abord calmer Alexandre.

— Ton père avait-il bu?

— Je ne crois pas!

— Était-il en colère?

— Non, il était très froid, direct...

— Alors, ta sœur n'est certainement pas en danger.

Gabriel aime trop sa fille pour lui faire du mal de sang-froid mais je crains qu'il tende un piège pour m'attirer. Je prends d'abord une grande respiration puis je sors téléphoner à mon ami Jean, qui me rassure: il téléphonera lui-même à Gabriel pour voir ce qui se passe. Il conseille alors de descendre chez lui avec Alexandre, il nous y rejoindra et, de là, nous déciderons de ce qu'il faut faire.

Prévenue de notre visite, Monique nous attendait déjà. Je lui tombe dans les bras en pleurant des tonnes de larmes. La peur me donne des crampes dans le ventre. Je pense à Mélanie, je suis inquiète.

Jean arrive presque aussitôt. Il a parlé à Gabriel, qui insiste pour que je l'appelle, et il a également parlé à Mélanie, tout allait bien, elle était en train de faire du lavage.

— Ne tarde pas trop à l'appeler si tu ne veux pas l'exaspérer.

Je compose le numéro en tremblant, je sens mon pouls battre dans mes tempes... Un coup, deux coups, trois coups... Gabriel fait exprès pour me laisser languir.

— Allô, j'écoute!

Sa voix me coupe le souffle. Je suis trop émue, je n'arrive pas à sortir un seul mot. Je sens que je vais pleurer, je ne veux pas. J'aime cet homme de toutes mes forces et je suis malheureuse. Gabriel me parle doucement, sans faire de reproches, et demande que j'aille à la maison chercher le linge que Mélanie a préparé. Je refuse, je crains de m'attendrir. Je sens que, si je rentre à la maison, je n'en ressortirai pas. Il accepte ma proposition d'envoyer Antoine chercher Mélanie mais à la condition formelle que je consente à le rencontrer.

— Je suis d'accord! Retrouve-moi demain à la sortie sud du métro Henri-Bourassa.

Je raccroche et m'écrase dans un fauteuil, je suis vidée.

Antoine accepte de bonne grâce cette mission délicate. Il ira chercher Mélanie tandis que Lorraine me rejoindra à Biarritz. Je retourne à l'appartement, certaine de n'avoir pu remercier suffisamment Monique et Jean pour tout le mal qu'ils se sont donné.

Lorraine m'attend déjà au coin de la rue. Nous sommes aussi fébriles l'une que l'autre. Nous apercevons bientôt l'auto d'Antoine à l'horizon; elle approche, je ne tiens plus en place. Mélanie se précipite dans mes bras. Elle sourit, Dieu, que j'ai eu peur!

Antoine monte les bagages. Gabriel nous a envoyé deux poches de linge; n'importe quoi: des robes longues que je ne porte plus depuis des années, des sacs du soir, enfin, n'importe quoi! Tant pis, je ferai le tri plus tard. Pour l'instant, le contact est rétabli, c'est l'essentiel. Mélanie me tend une enveloppe:

— Tiens, papa t'envoie une lettre!

Du coup, plus rien ne compte. Lorraine et Antoine le comprennent et se retirent. J'attends maintenant que les enfants soient couchés pour savourer à loisir cette missive que je n'ai pas encore osé ouvrir. Quand ils dorment enfin j'ouvre la radio en mettant le son très bas et ne laisse que la lumière rouge allumée: éclairage tamisé, musique de fond, je peux enfin me délecter.

Je reste sur ma soif. Je suis déçue. Moi, qui m'attendais à une déclaration d'amour, à une lettre brûlante de repentir et de tendresse, j'en prends pour mon rhume. J'aurais dû m'en douter. Gabriel blague et s'excuse, durant une page et demie, de m'écrire sur mon plus beau papier à lettres et me reproche ensuite de l'avoir devancé en partant juste au moment où il venait lui-même de décider de le faire... c'est tant pis pour moi! Il signe: *Avec Amour/Humour, G.*

Je décide de lui répondre. Ma mise en scène est cocasse. Juchée sur un des tabourets en fer forgé et appuyée sur le comptoir d'arborite, je me prépare à écrire la lettre de ma vie. L'éclairage est «sexy» et la musique romantique; tout me porte à la tendresse et à l'apitoiement. Je me sens une grande âme d'écrivain, je suis à la fois, Colette et George Sand. Ma plume se fait tendre, ma plume se fait douce: *Mon Bel Amour... Mon Tendre Amour...* Je pleure, quelques larmes tombent sur la feuille et viennent brouiller l'encre. Oh! larmes mille fois bénies, il va savoir que j'ai pleuré. Si seulement il pouvait comprendre, si seulement...

Élise, chère Élise, tu charries...

J'éteins la lumière et me glisse doucement sous les draps. Je regarde les enfants dormir...

«Mon Dieu! faites que tout s'arrange... VITE!»

* * *

Les enfants sont partis. Je peux enfin me consacrer entièrement à moi. Rien ne doit risquer de perturber ma rencontre avec Gabriel; je dois être belle, la plus belle de toutes. J'ai soigné ma coiffure et mon maquillage, je me suis déjà parfumée trois fois et j'ai encore une heure à perdre. Le temps ne passe pas. Je suis nerveuse, je bois café pardessus café.

Il fait un temps superbe et je vais vers Gabriel comme une étudiante à son premier rendez-vous d'amour. J'ai le cœur battant, les mains moites. Je n'ai pas vu mon Amour depuis neuf jours... neuf jours... jamais nous n'avons été séparés aussi longtemps.

Je l'attends près de la porte du métro. Et s'il allait ne pas venir? Mais non, il est là, il klaxonne et me fait signe de monter dans l'auto.

— Je t'invite à dîner. Je te propose un de ces repas, je ne te dis que ça...

Il se conduit avec moi comme avec une maîtresse qu'on rencontre à la sauvette. Il me prend la main, l'embrasse. Je reconnais bien là le tombeur de ces dames. Il rit, gesticule, blague, il a le geste galant et le sourire facile. Toujours le panache! Je constate avec joie qu'il n'a pas bu, du moins pas ce matin car il ne sent pas l'alcool.

Durant le trajet, nous évitons de parler du sujet qui nous préoccupe tous les deux. Nous arrivons au restaurant «Les Goélands». Gabriel stationne l'auto et m'aide à descendre. Tout est dans le grand style. C'est la première fois que je viens à ce restaurant; Gabriel, au contraire, semble très bien connaître l'endroit.

Mon chevalier servant interpelle familièrement les garçons, salue l'hôtesse, taquine la fille du vestiaire, bref, il nage comme un poisson dans l'eau. Je me sens niaiseusement légitime.

Élise, chère Élise, tu ne vas pas te mettre encore à ressasser ces vieilles histoires?...

C'est vrai, ce n'est pas le moment d'attiser ma jalousie. Je regarde Gabriel comme si je le voyais pour la première fois, son parfum me grise. Nous suivons le garçon qui nous installe dans une espèce de petite cellule avec des barreaux; c'est le genre «intime» de la maison. Je me retrouve en prison.

Le dîner s'annonce difficile. Gabriel me tient la main, il pleure. Je lui tends ma lettre. Il la lit et se cache la figure dans ses mains. Il sanglote. Moi, je ne pleure pas. Je n'y comprends rien mais je n'ai pas envie de pleurer, rien, pas une larme.

— Je t'aime comme un fou!.. Je n'ai jamais aimé que toi, les autres ça ne comptait pas, c'était des histoires...

— Mais la question n'est pas là, du moins elle n'est plus là. Il y a eu d'autres femmes, d'accord, ça m'a fait mal, d'accord, mais aujourd'hui, c'est différent, l'alcool a pris toute la place et l'heure est à la violence; je ne le supporte pas.

Aussi longtemps que Gabriel rentrait tard ou ne rentrait pas, c'était difficile à vivre mais ça ne blessait personne. Depuis qu'il a laissé son dernier emploi pour ne travailler qu'à la pige à la maison, les choses n'ont fait qu'empirer.

— J'ai besoin de prendre du recul, tu comprends?

Il ne comprend pas, je sens qu'il ne comprend pas mais il n'insiste pas. Nous en reparlerons dans quelque temps quand les choses se seront tassées. Je lui parle de notre nouvel appartement, des enfants, de notre nouvelle vie à Biarritz.

— Nous aimerions tellement, tous les trois, vivre avec toi une vie sans colères et sans crises.

— Laisse-moi un peu de temps...

Ces derniers mots me donnent de l'espoir. Bien sûr que je vais lui laisser du temps! Tout le temps qu'il faudra pour qu'il se reprenne en main. De toute façon, mon loyer est payé jusqu'à la fin du mois, ça nous donne encore plus de deux semaines.

— On y va?

— On y va!

Nous sortons du restaurant bras dessus, bras dessous. J'arrête chez le serrurier et fais tailler des clés pour les enfants. Gabriel m'accompagne, il a l'air heureux. Il me fait un peu la cour et j'avoue que ça me plaît.

— Je peux t'inviter à Biarritz?

— Ça me tente!

— Alors, viens!

Nous nous embrassons dans l'ascenseur. Je suis certaine qu'il m'aime encore et que d'ici quelques jours, tout rentrera dans l'ordre. Dieu merci, je n'ai signé qu'un bail de trois semaines, nous pourrons retourner à la maison sans problèmes.

Troisième étage, long corridor, première porte à droite: Padam!... C'est Biarritz! Les enfants ont la surprise de nous voir arriver ensemble et ne savent pas trop quelle attitude adopter; en nous voyant sourire, ils sont rassurés. Je fais du thé. Nous bavardons tous les quatre comme nous ne l'avons pas fait depuis fort longtemps. C'est bien agréable!

— Maman, j'aimerais ça faire un gâteau!

Évidemment, nous n'avons pas de moules et le malaxeur est resté à Versailles. Gabriel consent à m'y conduire et à me laisser prendre quelques articles de cuisine; inutile que je vide la place puisque j'y reviendrai bientôt.

En entrant, je me sens un peu embarrassée. Je remarque que mes plantes ont besoin d'eau mais pour le reste tout peut aller. J'évite volontairement de descendre au sous-sol. Je fouille dans les armoires pour prendre quelques affaires mais je suis mal à l'aise. Le temps passe et Gabriel se fait tendre; je ne veux pas me laisser prendre au piège. Mieux vaut partir.

Gabriel me ramène et me laisse à ma porte. Nous nous embrassons longuement puis je monte chez moi en chantant. Je croise le concierge:

— Vot' mari va mieux?

— Beaucoup mieux, merci!

Je suis heureuse, j'ai des ailes. Je me prépare un sandwich au fromage que je mange en virevoltant dans la pièce. Je chante, je danse, je ris. Tout va s'arranger. Gabriel va arrêter de boire, je le sais, je le sens. Comme nous allons être heureux!

Les enfants sont sortis; j'ai hâte qu'ils reviennent. Je sirote un café en regardant la télévision sans vraiment voir l'émission qu'on y présente. Je ne pense qu'à Gabriel et je nous rêve une vie nouvelle. Il faut absolument que j'appelle Lorraine! Je descends téléphoner. Je ne me sens plus obligée de gratter mes sous; maintenant qu'il y a de l'espoir dans l'air, ça me paraît moins nécessaire.

Lorraine n'est pas chez elle, tant pis. J'aperçois les enfants qui reviennent de chez leur nouvel ami, François. Ils courent vers moi.

— Pis, M'man, comment ça s'est passé?

Je leur raconte ma rencontre avec leur père; ils veulent en connaître tous les détails. Nous montons chez nous et je fais du chocolat chaud que nous buvons assis par terre en placotant. Jamais conversation n'a été plus animée, plus joyeuse. Mélanie est heureuse, elle pose sa tête sur mes genoux:

— Maman, crois-tu que la jument va parler?
— Bien sûr, ma chouette, qu'elle va parler...

La jument qui parle, c'est l'impossible, l'inespéré, le Miracle. Je suis certaine qu'elle va parler; ce n'est plus qu'une question de temps.

«Mon Dieu! si la jument parle, faites donc qu'elle dise ce que je veux qu'elle dise... Amen!»

* * *

Il est neuf heures, j'ai rangé l'appartement, j'ai pris mon bain et n'ai plus rien à faire avant le retour des enfants. Je regarde par la fenêtre; il tombe une petite neige mouillante qui m'enlève toute envie de mettre le nez dehors. Inutile de partir me chercher du travail puisque, dans quelques jours, je retournerai chez nous, à Versailles, où je reprendrai mon rôle de Reine, d'épouse et de mère à plein temps.

Aujourd'hui, j'ai le goût d'être *bonne pour Élise*, de me traiter aux petits soins, de changer de coiffure, d'être différente... On sonne.

— Qui est là?
— C'est moi, ouvre!

C'est LUI, c'est Gabriel!.. Je suis folle de joie.

— Quel bon vent t'amène?

— Je passais par là!... Puisque Madame n'a pas le téléphone, il faut bien venir voir Madame!... Je pensais t'inviter à souper à la maison, ce soir...

Il est cassant, hautain et sent le gin à plein nez.

Élise, chère Élise, tu ne vas pas embarquer dans son manège?...

— Et si toi, tu soupais ici; ça ferait différent, qu'en penses-tu? Ça te plairait de souper chez moi?

— Chez toi!... Chez toi!... Tu ne vas tout de même pas appeler «chez toi» ce trou minable!

Il devient arrogant:

— Mon «pauvre» chérie, combien de temps encore vas-tu t'amuser à jouer les grandes filles?

Il jette un regard circulaire dans la pièce et sourit d'un air méprisant. J'essaie de rester calme mais la moutarde me monte au nez. Il s'avance vers moi, reprend ses gants qu'il avait déposés sur le comptoir et, en passant, m'en donne un petit coup sec sur la joue...

— Enfin, si ça t'amuse de te donner de la misère!.. Tchao!

Il sort en haussant les épaules. Je claque la porte. Gabriel n'aura été à Biarritz que cinq minutes, pas plus, juste le temps de me perturber. J'ai le cœur au bord des larmes. Surtout, ne pas rester seule, ne pas m'écrouler. J'enfile mon manteau et descends téléphoner.

J'appelle tante Madeleine, qui ne sait rien encore de ce qui m'arrive. Je lui raconte tout, rapidement, pêle-mêle, en bousculant les mots.

— Il faut que je parle à quelqu'un, sinon je vais craquer!

Elle m'invite à souper avec elle. J'accepte. Je remonte à l'appartement, laisse un mot aux enfants et m'assure qu'ils ont de quoi manger. Je peux partir tranquille, ils savent se débrouiller.

Tante Madeleine a déjà préparé du café.

— Passons dans la cuisine, nous serons mieux pour parler...

S'il est une personne capable de m'écouter et de me comprendre, c'est bien tante Madeleine, qui, en fait, n'est pas du tout ma tante mais une amie de la famille.

Elle était venue chez mes parents, pour la première fois, le jour de ma naissance. Étant jeune infirmière, elle assistait le docteur Masson qui venait accoucher ma mère. À cette époque, les enfants naissaient à la maison et, l'atmosphère s'y prêtant, une grande amitié était née de la rencontre de garde Madeleine Simon et de ma mère. C'est ainsi, qu'avec le temps, elle est devenue tante Madeleine, ma presque mère. Mon récit lui fait de la peine:

— Vous formiez un si joli couple et puis Gabriel est tellement intelligent!... Quel dommage!

— C'est vrai qu'il est intelligent, mais il a un problème, ma tante, un bien gros problème: il boit!

— Je sais. D'ailleurs, tu te rappelles combien j'ai essayé de lui parler dans ce sens!...

C'est vrai, tante Madeleine a été la première à déceler chez Gabriel une certaine façon de boire qui lui a mis la puce à l'oreille. Elle a tenté à plusieurs reprises d'intervenir mais en vain; finalement, craignant de briser notre belle amitié, elle n'a plus insisté. Avant le décès d'oncle Paul, tante Madeleine et son mari étaient devenus des habitués de Versailles, ils nous rendaient visite régulièrement une ou deux fois par mois et chaque fois nos rencontres se prolongeaient jusqu'au lever du jour.

— Gabriel faisait tellement rire ton oncle avec les anecdotes de son enfance!

— Devant un tel auditoire, je le soupçonne d'avoir inventé certains détails de toute pièce, juste pour vous amuser!

Il y avait tant de choses à raconter, tant de détails à donner, qu'il est près de minuit quand je me retrouve au métro. Je n'ai pas l'habitude de sortir seule le soir. J'ai la frousse en voyant tous ces hommes rôder autour de la station Mont-Royal; ils me dévisagent, ils ont bu, je frissonne.

Le vendeur de billets me regarde en souriant:

— Je vous dis qu'y en a des hommes chanceux!

Je passe le tourniquet sans répondre; «des hommes chanceux...» s'il savait. Je prends brusquement conscience de ma solitude. Jamais je ne me suis sentie aussi délaissée, aussi abandonnée. Non, monsieur-le-vendeur-de-billets, aucun homme ne m'attend; ce soir, je ne ferai pas l'amour, ni demain, ni jamais. J'ai trente-huit ans, je suis vieille, je suis seule et J'AI PEUR!

En sortant de l'ascenseur, j'entends du bruit venant de l'appartement, des rires joyeux. Ils sont plusieurs...

«Merci, Mon Dieu, j'avais tellement le trac à l'idée de me retrouver seule...»

Ils sont tous assis par terre et s'amusent à conter des histoires. Je me joins à eux.

Ils proposent bientôt une sorte de virée: Alexandre ira coucher chez François, tandis que Dodo, la copine de Mélanie dormira sur les coussins, à la place d'Alexandre. Le branle-bas s'organise, je les laisse faire, ils sont heureux!

* * *

Samedi le 12 février...

Biarritz est le lieu de rassemblement pour la réunion de ce soir. Les garçons s'affairent, sortent, reviennent tandis que les filles se coiffent et se font belles. C'est samedi! Notre premier samedi à Biarritz. Ils sont une dizaine dans la place qui se préparent à partir mais qui ne partent pas; ils n'en finissent plus de s'organiser. Ce soir, François sera conférencier et Mélanie le remerciera. Toute cette joyeuse bande fait partie d'un mouvement de jeunes ayant un ou des parents alcooliques; leurs réunions sont basées exactement sur le même principe que les «A.A.» et l'anonymat est de rigueur. Je ne connais que les prénoms et parfois l'initiale du nom de famille des amis de mes enfants. Inutile de questionner sur la condition familiale ou le travail du père ou de la mère, ils respectent trop les conventions du groupe pour se permettre d'être indiscrets.

Recroquevillée dans ma robe de chambre, bien installée au milieu de mon lit, j'essaye de faire fi de leurs bavardages. J'ai monopolisé les trois oreillers et je lis. Je lis, j'ai le temps de lire, quelle chance!

— Maman, est-ce que je peux faire des sandwiches pour tout le monde?

Je n'en reviens pas de voir jusqu'à quel point les jeunes semblent s'accommoder de la situation.

— Oui, tu peux, mais vas-y doucement sur le beurre, je n'en ai plus beaucoup.

Et voilà Mélanie en train de nourrir son armée. Je n'ose pas lui dire que la nourriture coûte cher et que mon compte de banque diminue de jour en jour. D'ailleurs, à quoi bon, puisque, d'ici quelques jours nous rentrerons chez nous.

Encore deux semaines de réclusion et je suis certaine que Gabriel et moi reprendrons la vie commune. La scène d'hier n'était qu'une réaction normale. Il faut que Gabriel chemine et Dieu sait combien certains cheminements sont difficiles à faire. Je n'ai pas perdu espoir.

— Veux-tu un sandwich, maman?
— Oui, merci, c'est gentil!

Je me joins à la troupe pour souper. Je n'ai pas envie de manger toute seule. C'est bon!

— Qui veut du lait?
— Mélanie, fais du thé, c'est moins cher!
— O.K. Qui veut du thé?

Toutes les mains se lèvent, comme à l'école.

«Mon Dieu! Donnez-nous aujourd'hui notre pain quotidien... Amen!»

Enfin, ils sont tous partis, la place est libre! Je suis seule. J'ose à peine me l'avouer, mais j'espère la visite de Gabriel, un Gabriel qui aurait réfléchi et qui voudrait tenter un rapprochement... Malgré moi, je l'attends déjà: ma pensée l'attend, mon cœur l'attend, mon corps l'attend...

Élise, chère Élise...

Oui, oui, je sais, je ne devrais pas, mais comme je n'ai rien d'autre à faire. J'ai pris mon bain, je me suis inondée de Givenchy, j'ai bouclé mes cheveux et revêtu une robe beaucoup trop «habillée» pour passer la soirée toute seule. J'ai l'air d'une «guidoune» qui attend son «chum» dans un motel «cheap»... J'ai allumé ma lampe «sexy» et refait le lit deux fois pour être bien certaine qu'il n'y a aucun pli sur les draps. Je regarde autour de moi, le coup d'œil est bon; tout est en place.

Installée sur le divan, je joue au scrabble en regardant un film stupide à la télévision. Les images vacillent mais je n'ai pas le goût de me relever pour ajuster mon appareil. Je n'ose pas sortir, au cas... On sonne. C'est lui!... j'ai l'intuition que c'est LUI... Un dernier coup d'œil dans le miroir je suis parfaite! J'entends des pas dans le corridor, je regarde par le judas, mon flair ne m'avait pas trompée... MON AMOUR approche... MON AMOUR est là!

— Salut!
— Salut!... je ne te dérange pas?
— Penses-tu?... entre.

Je ferme la télévision et ouvre la radio pour donner de l'ambiance. Gabriel vient s'asseoir près de moi. Il est tendre et gentil. Il s'est fait beau. Il a «trimé» sa moustache et porte une chemise blanche avec un foulard marine, ça lui va bien. Son parfum embaume toute la pièce. Avant de partir, je ne pouvais plus supporter cette odeur mais ce soir, c'est différent, je me laisse griser.

Il me prend par l'épaule, m'embrasse sur le front, sur la joue, dans le cou... je devrais l'arrêter mais j'ai le goût de le laisser faire; après tout, c'est toujours «mon» mari, et puis, j'ai 38 ans, et puis, je ne suis plus une enfant, et puis, et puis... et puis, nous voilà dans le lit. La chambre est toute rouge, à cause de la lampe sexy, Sardou chante à la radio: «Je vais t'aimer comme on ne t'a jamais aimée...» Ça promet!

Gabriel se lève précipitamment et se rhabille à toute vitesse.

— Tu pars?
— Oui, ma cocotte, je pars. J'ai renoncé aux «5 à 7» à la sauvette il y a trois ans, ce n'est pas pour recommencer aujourd'hui avec *ma propre femme*. Si jamais Madame veut se faire baiser, Madame viendra à la maison. Il part.

Je reste étendue sur le lit durant un bon moment après son départ. Je ne suis ni heureuse ni malheureuse, je suis neutre. J'enfile ma robe de chambre et ouvre la porte patio pour faire aérer la pièce. Je dois absolument chasser l'odeur tenace de son parfum qui m'est de nouveau devenue insupportable. Je me détends dans un bon bain chaud en essayant de faire le vide dans ma tête et dans mon cœur. Je suis encore perdue dans mes pensées quand Mélanie revient.

— Brrr! y fait bien froid ici!

— J'ai fait aérer... tu peux fermer la porte.

Je sors du bain et prends une tasse de chocolat chaud avec ma fille. J'apprécie de plus en plus ces moments-là.

— Alexandre n'est pas revenu avec toi?

— Il est resté chez nos amis, il va rentrer plus tard. Il ne pouvait pas téléphoner, tu comprends?...

Évidemment que je comprends; maudit téléphone! C'est vraiment embêtant de devoir sortir dès qu'on veut rejoindre quelqu'un. Enfin, ça achève. Je pense finalement que la réaction de Gabriel, tout à l'heure, démontre jusqu'à quel point il est en ébullition. Il est très important de ne pas brusquer les choses. Il faut laisser mûrir le fruit; ça s'en vient.

Mélanie et moi dormons depuis un bon moment quand le bruit de la clé dans la serrure me réveille. Alexandre entre sur le bout des pieds, accompagné d'un copain à qui il fait signe de ne pas faire de bruit. Comme la porte s'ouvre directement sur le lit, il lui est impossible d'entrer en passant inaperçu. Je lève la tête.

— Salut P'tite mère! Je te présente Michel. Il habite à Drummondville, il est en visite à Montréal.

Le gringalet me tend la main en passant par-dessus notre Mélanie-au-bois-dormant. Il fait noir dans la pièce et je ne vois qu'une barbe et des cheveux longs. Ils marchent tous les deux sur la pointe des pieds. Alexandre chuchote:

— Fais pas de bruit, tu vas réveiller ma sœur...

Je tente une timide intervention:

— Alexandre, as-tu pensé où il va coucher?
— Pas d'problème, Y a son sac de couchage...
— Oui, mais où?...
— Pas d'problème, j'vais m'tasser...

Pas d'problème, deux solutions... Notre invité de la dernière heure s'installe allègrement sur le plancher, tout près de mon lit, la tête «côté salon» et les pieds «côté cuisine». Tous les problèmes étant réglés, je m'endors en demandant la sérénité!...

* * *

— Combien de toasts que tu veux?
— Deux!

Je m'éveille en sursaut. Les garçons sont déjà debout. Ils déjeunent. J'avais oublié que nous avions de la visite.

— Bonjour, madame!
— Salut!

À ma grande surprise, le copain ramené cette nuit est un solide gaillard d'environ vingt-deux ans. Je l'avais imaginé beaucoup plus jeune, quinze ou seize ans, comme Alexandre.

— On t'a pas réveillée M'man?
— Non, non, ça va.

J'ai les cheveux en broussaille, la bouche épaisse; la difficulté réside dans le fait de sortir du lit en passant par dessus Mélanie, d'enjamber le sac de couchage et d'entrer dans la salle de bain sans se casser le cou. Ouf rendue! Par ici la bonne douche. Je me brosse les dents, je me coiffe et sors de là déguisée en «vraie mère».

Le désordre est indescriptible. Le sac de couchage de notre «survenant» largement étalé sur le plancher voisine les coussins d'Alexandre, tandis que son sac-à-dos prend tout l'espace disponible entre le réfrigérateur et le comptoir, sur lequel les miettes de rôties et les confitures font la fête. Il y a des bas, des pantalons et des chandails sur tous les meubles. On a tendance à oublier que l'appartement n'est qu'une grande pièce avec alcôve; pour trois, c'est petit mais pour quatre, c'est minuscule.

Mélanie se réveille à son tour, toute surprise de trouver le grand Michel chez nous. Après une bonne bataille d'oreillers et de coussins avec notre invité, elle s'empiffre d'énormes tartines de beurre d'arachide et de lait. Sitôt le déjeuner terminé, je mets tout le monde à contribution et, le temps de le dire, le salon est rangé, le lit refait et la cuisine astiquée; nous n'avons toujours qu'une seule pièce, mais, vue comme ça, elle paraît plus grande. Mes trois mousquetaires quittent la place pour aller se réfugier chez François.

Étendue sur le lit, les bras allongés, les yeux fermés, je repense à la soirée d'hier avec une certaine amertume; finalement, je n'ai pas fait ce que je voulais faire, pas dit ce que je voulais dire, je n'ai pas su trouver les mots. J'ai essayé de rester calme en évitant de faire des reproches mais tant de sujets sont devenus tabous que nos rencontres se transforment vite en un chassé-croisé épuisant. Et pourtant, nous nous aimons... je suis sûre que nous nous aimons...

On sonne à la porte. J'ouvre le micro:

— Qui est là?
— C'est moi!...

Malgré moi, je frissonne en entendant la voix de Gabriel.

— Monte!

— Non, écoute, j'allais voir un film et si ça te chante, je t'emmène...

— J'arrive!...

Nous allons dans un cinéma spécialisé voir un documentaire sur le Brésil. Gabriel est amoureux fou du Brésil. Les prises de vue sont excellentes et le langage cinématographique passe un message que des milliers de mots ne pourraient traduire. Nous reparlons du film en sortant, comme nous avions l'habitude de le faire autrefois. Nous faisons quelques pas dans le parc et Gabriel m'invite à manger . L'éclairage du restaurant est violent, les banquettes sont dures, ce n'est certainement pas le décor rêvé pour les conversations intimes mais qu'importe, c'est ce soir ou jamais.

— Écoute-moi bien, Gabriel, cette comédie risque de devenir du guignol; je ne suis pas partie de la maison juste pour le plaisir d'aller vivre dans des conditions difficiles. Il faut que la situation change ou alors, il faut couper les ponts.

Je parle calmement, fermement, mais sans colère. Je mets cartes sur table; il n'est pas question que je retourne à la maison si Gabriel ne cesse pas de boire. Par contre, nous ne pouvons pas continuer de sortir ensemble comme si de rien n'était; je ne suis pas un pantin qu'on manipule à volonté.

— Je te demanderai donc, dans ces conditions, de ne plus revenir... Tu pourras voir les enfants aussi souvent qu'il te plaira mais, pour ma part, c'est terminé. Je n'ai plus envie de me torturer avec de faux espoirs. J'ai posé un geste important et je dois en assumer toutes les conséquences.

Gabriel regarde fixement dans le vide, sans dire un mot; je parle à un fantôme. Je décroche:

— Tu veux bien me ramener chez moi?

— Comme tu voudras!

Nous revenons à Biarritz en silence et Gabriel me laisse à ma porte. Je descends sans me retourner, je ne regrette rien car, pour une fois, j'ai dis ce que je voulais dire. Nous ne nous reverrons plus et c'est bien mieux ainsi puisque ces rencontres nous étaient devenues trop pénibles. Finalement, je me sens soulagée, presque heureuse. En entrant je me laisse choir sur le lit comme une poupée de chiffon. Je pense à Gabriel qui ne reviendra pas et je fais à l'instant mon premier pas vers le détachement.

* * *

Lundi le 14 février...

La Saint-Valentin, la fête des amoureux! Bien calée dans mon fauteuil, je termine tranquillement la lecture du livre que Lorraine m'a prêté, tentant de meubler ma solitude en ce lundi sombre et pluvieux. On frappe à la porte. Une Jacqueline bronzée et reposée me fait la surprise d'une visite impromptue. Elle est accompagnée de Pauline, une amie rencontrée il y a quelques semaines à un meeting «Al-Anon». L'amitié apporte un rayon de soleil dans mon quotidien. Biarritz reçoit, Biarritz est en fête!

J'invite mes deux petites amies à venir jouer à-la-madame-qui-reçoit, dans mon grand salon avec vue imprenable sur la mer. Pauline, visiblement amusée, fait le tour du propriétaire: côté chambre, côté cuisine, côté salon... Vue panoramique dans toutes les pièces en restant sur place!

— Heureusement, ma chère Pauline, cette situation n'est que temporaire...

Je garde quand même toujours espoir que, d'ici la fin du mois, Gabriel aura pris la décision qu'il doit prendre.

Je fais du thé, comme il se doit, et offre les petits biscuits que Jacqueline a eu l'amabilité d'apporter. Tout se passe comme dans le Grand Monde. Pauline nous parle de sa nouvelle voiture, Jacqueline de son voyage aux Bermudes et moi... de Gabriel. Parlant de Gabriel, le voilà tout à coup qui arrive comme un cheveu sur la soupe, le paletot négligemment jeté sur ses épaules, une grosse boîte de chocolats à la main.

— Je m'excuse de te déranger Mon Chérie, mais je ne pouvais pas prévoir...
— Tu ne me déranges pas, entre!

Nous agrandissons le cercle et voilà qu'en faisant la connaissance de Pauline, Gabriel engage la conversation sur un ton que je ne lui connaissais pas. Lui, habituellement hautain et réservé, se livre ouvertement devant une inconnue. Il parle de son problème d'alcool, raconte son enfance et donne à Pauline des détails précis sur certains points de son enfance dont, à ma connaissance, il n'a jamais parlé à personne; même Jacqueline, qui le connaît pourtant depuis vingt ans, n'en croit pas ses oreilles. Gabriel parlant de sa mère, Gabriel parlant du quartier de sa jeunesse, il y a de quoi vous couper le souffle. Nous sommes sous le charme devant cet homme qui toute sa vie a fait la cour aux femmes en leur racontant des histoires et qui, spontanément, sans flirt, sans avances et sans la moindre raison apparente, s'affranchit complètement devant une étrangère.

Pauline écoute, sourit, trouve le mot qu'il faut pour encourager les confidences et c'est dans cette atmosphère quasi euphorique que les enfants ont la surprise de se retrouver en rentrant de l'école. Accompagnés de deux copains, ils ont tôt fait de piller le réfrigérateur à la recherche d'un bout de fromage ou d'un morceau de saucisson. À la grande joie de tous, Gabriel offre de payer la pizza, tandis que nous irons terminer la journée en beauté au Bar B.Q. le plus proche.

Gabriel et moi partons devant et réservons une grande table près du mur, juste en-dessous d'un énorme tableau de bois sculpté.

— Un café, s'il vous plaît!
— La même chose...

À mon grand étonnement, Gabriel commande un café. Il me regarde tendrement en serrant mes mains dans les siennes comme pour les réchauffer, il tremble:

— J'ai pris mon dernier verre hier soir; j'ai versé du gin dans deux verres, un pour toi et un pour moi, et je les ai vidés lentement dans l'évier, *à notre santé*! Je ne bois plus, tu as gagné!

Tout s'embrouille dans ma tête. Gabriel parle et je ne l'entends plus, je ne le vois plus. J'ai tellement rêvé de l'entendre dire: «Je ne bois plus», que je n'arrive pas à le croire. Il y a pourtant une faille dans son histoire; comment lui expliquer que ce n'est pas pour que je gagne, qu'il doit arrêter de boire, mais pour lui, uniquement pour lui?...

— Vas-tu revenir à Versailles?
— Laisse-moi au moins un autre vingt-quatre heures pour y penser!

Je connais trop bien les conséquences de sa maladie pour me laisser séduire par ses intentions, si bonnes soient-elles. Retourner à Versailles, sur le champ, uniquement parce qu'il a pris la résolution de ne plus boire, ce serait trop simple; j'ai des réserves. Je pense sérieusement qu'il vaudrait mieux nous donner un peu de temps, le temps de me faire à cette idée et le temps de laisser Gabriel s'affermir dans sa sobriété.

Nos amies nous rejoignent. Gabriel se lève.

— Tu pars?
— Oui, j'ai à faire, excusez-moi...

Il m'embrasse et me glisse à l'oreille:

— J'aurais aimé passer la soirée en tête-à-tête avec toi, mais dans les circonstances... Rejoins-moi à Versailles après souper...
— Non, pas ce soir, je n'irai pas!
— Je t'attendrai quand même, au cas...

Je regarde l'homme que j'aime s'éloigner et ne ressens nulle envie de partir avec lui. Inutile de précipiter les choses en écourtant ce repas avec mes amies; Gabriel a décidé d'arrêter de boire, tant mieux, mais je n'entrerai pas tête première dans son jeu. Mieux vaut attendre! Annoncer ses intentions, c'est bien, persévérer, c'est mieux! Ce soir, je dormirai à Biarritz!

* * *

Je suis inquiète. Déjà vendredi et je n'ai eu aucune nouvelle de Gabriel depuis lundi. J'ai téléphoné plusieurs fois mais sans succès. Je sais qu'il devait se rendre à Québec pour quelques jours mais j'espérais une visite à son retour; du moins, son attitude me permettait de le croire.

Je l'attends. Depuis ce matin, je ne suis sortie que le temps d'aller chez le dépanneur chercher du lait tout en surveillant les voitures. Je trouve la journée longue. Je déteste le vendredi; les gens sont particulièrement actifs ce jour-là et ça me rend triste. L'ennui me paralyse. Assise dans mon coin, je reste sans bouger, j'attends. Chez moi, c'est un état, je suis «attendante.»

Je descends au sous-sol faire du lavage. Quelle heure est-il? Huit heures quarante. Les aiguilles de la montre sont ensemble: Gabriel viendra! Je mets une première brassée de linge dans la machine à laver en me cassant le cou pour regarder par la fenêtre en même temps. Un pigeon blanc rôde près de la maison; s'il se pose sur le balcon du troisième étage, Gabriel viendra! Si... si... si...

Elise, chère Élise, ça dure depuis des heures.

J'entrevois la perspective d'une longue soirée de solitude. Je n'ai pas le courage de rester dans mon trou comme une taupe en attendant que les enfants reviennent de leur danse à l'école; il faut que je fasse quelque chose. Et si j'allais rater la visite de Gabriel? Partir et apprendre par la suite qu'il est venu à Biarritz pendant mon absence, ce serait trop bête!

Je n'y tiens plus. J'enfile mon manteau et sors téléphoner une Xième fois à Versailles. La boîte est occupée par un gros barbu qui n'en finit plus de parler.

Je fais les cent pas sur le trottoir. Qu'est-ce qu'il peut bien avoir à raconter celui-là? On n'a pas idée de monopoliser un téléphone à ce point. Je piétine sur place, j'ai froid! D'où je suis, je peux, tout à mon aise, surveiller la porte d'entrée de mon building, tout en ayant une vue d'ensemble des autos qui sillonnent la rue en tous sens. C'est l'heure de pointe et le boulevard Henri-Bourassa ressemble à une ruche; toutes les autos veulent avoir priorité: virages à gauche, virages à droite, je suis en train de me donner un torticoli... Enfin, c'est pas trop tôt!

«Mon Dieu, faites que Gabriel soit là!» S'il n'a pas répondu après quatre coups, je raccroche... un... deux... trois...

— Allô, j'écoute!
— Bonjour, c'est moi, tu es seul?
— Bien sûr!
— Je peux venir?
— Si tu veux!
— Alors, attends-moi, j'arrive!
— J'irai t'attendre à l'arrêt d'autobus, comme d'habitude...
— À tout de suite!

Pour économiser des sous, je marche jusqu'au terminus d'autobus de Laval. Je presse le pas, j'ai hâte de revoir mon Gabriel.

De l'autobus, j'entrevois notre lieu de rendez-vous. Mon cœur bat à tout rompre. Gabriel est là!... Je descends et cours vers lui; il court vers moi. Tout se passe au ralenti comme dans les réclames de shampoing... Je lui saute au cou. Il me serre si fort dans ses bras que j'étouffe. Nous nous embrassons, nous nous regardons puis nous nous embrassons encore, et encore, et encore...

Nous prenons allègrement le chemin de Versailles mais, à peine avons-nous roulé durant quelques secondes, que c'est l'arrêt total; la voiture refuse obstinément d'avancer. Nous sommes coincés au beau milieu de la rue. Faisant contre mauvaise fortune, bon cœur, nous attendons patiemment la remorque en nous bécotant tendrement. Le temps passe. Quand nous arrivons enfin au garage, c'est pour nous faire dire que le «transformateur» est fini; inutile d'espérer le remplacer ce soir. Il est près de onze heures, je n'ai plus le temps de me rendre à Versailles, les enfants vont rentrer et ne sauront pas où je suis. Notre soirée d'amoureux a fondu comme glace au soleil. Gabriel me prend par l'épaule:

— Et si nous soupions ensemble, demain soir, chère Madame?

— Excellente idée, cher Monsieur!
— Je passerai te prendre vers sept heures.

Le temps d'une étreinte et me voilà dans un taxi. Gabriel disparaît de ma vue. Je me blottis confortablement dans le coin de la banquette... Je suis heureuse!

Samedi le 19 février...

À Biarritz, c'est la corrida... Olé! Je suis passée à l'épicerie; ça coûte cher! J'ai beau étirer mes sous, mon compte de banque fond à vue d'œil; Dieu sait combien de temps je pourrai tenir le coup. Je compte bien profiter du souper de ce soir pour parler ouvertement avec Gabriel. Nous devons faire quelque chose; la situation s'éternise, la fin du mois arrive, je ne voudrais pas me retrouver dans l'obligation de renouveler mon bail juste pour quelques jours.

Mon Amour arrive à sept heures, comme prévu, et m'amène au chic «New Espana», rue Saint-Laurent. Décidemment, c'est ma journée castagnettes et tango... re-olé! Le souper est délicieux mais froid, comme Gabriel, qui ne parle pas, ne sourit pas. Je savoure à peine ma paella tant je me sens fébrile. Je renonce à dire ce que je m'étais promis. Le silence est de rigueur.

En sortant, Gabriel m'invite à monter «chez lui», à Versailles. J'hésite un peu pour finalement accepter en espérant que, le feu de bois aidant, la communication deviendra plus facile.

Il fait bon à Versailles! Le feu prend bien dans la cheminé, la bûche d'érable embaume tout le salon. Je m'installe à ma place habituelle, presque dans l'âtre. Gabriel fait du café. Il n'a pas bu d'alcool de la soirée; ça me rassure. Il vient s'asseoir près de moi et joue dans mes cheveux. La conversation, d'abord anodine, tourne vite au vinaigre:

— Tu n'as jamais été foutue de...
— Tu étais toujours absent...

Les «jamais» et les «toujours» fusent à profusion. Je ne veux pas parler «des femmes», il ne faut pas, je me retiens mais soudain, crac, ça y est:

— Rosine, parlons-en de Rosine, et de Muriel, et de Gisèle; penses-tu que je ne le savais pas?

C'est trop tard, c'est parti, c'est lancé, et pourtant, je ne voulais pas... Les reproches s'accumulent; la dispute est de taille. J'ai peur, je veux rentrer chez moi. Je n'ai pas assez d'argent pour prendre un taxi et il n'y a plus d'autobus à cette heure. Je suis à la merci de Gabriel qui me ramène à Biarritz à une vitesse folle. Il est furieux. J'ai appris à mes dépens à redouter ses colères. Je ne remettrai jamais plus les pieds à Versailles, c'est juré!

Je me retrouve sous les couvertures, encore tremblotante. Je me colle près du corps de Mélanie, sa chaleur me fait du bien. Tout est calme. Je profite de la lueur rouge de la lampe pour lire quelques pages de mon livre de chevet. La peur s'en va, le sommeil vient.

Élise, chère Élise, quitte ce bateau en flamme...

* * *

Les «copains» se sont amenés sans avertir: impossible de prévenir, *nous n'avons pas le téléphone*. Ils sont huit, assis par terre, se racontant des histoires. Je ne sais plus où me mettre. Je fourre les draps sales et les oreillers dans un sac et descends chez mes parents; ça leur crève le cœur de me voir dépenser tant d'argent dans les machines à laver du building mais je préfère m'en accommoder et ne profiter de leur offre que pour les gros lavages. J'évite, autant que faire se peut, de mêler mes parents à mon histoire. Il leur est extrêmement difficile d'accepter ma séparation, même si celle-ci n'est que temporaire. Ils sont trop mal placés pour comprendre, ça les rend mauvais juges, car, comme dit ma mère: «On ne l'a jamais vu chaud». Elle a raison, Gabriel n'était jamais «chaud»; il ne bafouillait pas, ne titubait pas; il la «portait bien», comme on dit.

Je marche lentement, mes deux sacs de lessive au bout des bras. Je respire profondément. Ma solitude et la responsabilité des enfants commencent à me peser. Pourvu que j'aie la force de tenir le coup... Il y a du printemps dans l'air, bien que nous ne soyons qu'en février; bientôt le mois de mars, bientôt un deuxième loyer à payer. Je m'empresse de chasser cette idée. Si seulement je pouvais avoir enfin une conversation à cœur ouvert avec Gabriel, nous mettre à nu, nous re-marier, connaître un jour des retrouvailles; si Gabriel ne recommence pas à boire, tous les espoirs nous sont permis, ce n'est qu'une question de temps...

Le coup de sonnette spécial annonce ma visite. Mon père a l'air content de me voir... Mais non, je ne dérange pas! Toute la famille est réunie pour la visite rituelle du dimanche. Je m'arrête un instant dans la salle de lavage, puis les retrouve à la cuisine. Assis autour de la grande table, ils parlent de l'été, des vacances, chacun apportant ses projets et ses rêves de soleil. Je m'ennuie. Je voudrais être seule et entourée à la fois. Je déteste les dimanches.

Sitôt mes deux périodes de séchage terminées, je reprends mes sacs et le chemin de Biarritz...

— Tu ne soupes pas avec nous?
— Non, je vous remercie, les enfants m'attendent!

Huit enfants m'attendent! Comment nourrir huit adolescents affamés avec un pain et une seule boîte de jambon? Je suis devenue experte dans l'art de trancher mince.

Un sandwich chacun, précédé d'un bol ou d'une tasse de bouillon; c'est selon. Puisque je n'ai que trois bols, trois tasses et trois cuillères, certains devront attendre leur tour... Au dessert, une délicieuse pastille de menthe et une tasse de thé pour finir; encore là, la rotation est de rigueur. Tous pour un et un pour tous! Je m'en suis sortie avec les honneurs de la guerre. Ils partent pour la soirée, me laissant seule avec moi-même. Je pourrai, pour une fois, profiter de l'appartement à ma guise. Mon programme: un bon bain chaud dans une salle de bain romantiquement éclairée à la bougie, ensuite, me coucher très, très tôt et lire jusqu'à l'épuisement.

On frappe à la porte. Mon Dieu, pourvu que ce ne soit pas Gabriel!... Je regarde par le judas, c'est Antoine, j'ouvre.

— Élise, Gabriel vient de téléphoner chez tes parents et demande que tu le rappelles immédiatement, c'est urgent!

Je prends mon manteau et descends téléphoner. Qu'est-ce que Gabriel peut bien me vouloir encore? Il répond au premier coup, il pleure:

— Mon Chérie, viens vite!
— Es-tu malade?
— Je n'en peux plus, viens-t-en, vite!

Le temps de remonter à l'appartement, de prendre mon sac, d'écrire un mot aux enfants et me voilà dans un taxi, en route pour Versailles.

Élise, chère Élise, tu avais juré...

Gabriel m'attendait près de la porte. Il se jette dans mes bras en sanglotant:

— Je t'aime!... Je t'aime!... Je t'aime!...

Ses larmes mouillent mes cheveux, mon cou, mes joues. Je lui trouve l'air bizarre; pourtant, il n'a pas bu. Brusquement, il se jette sur le divan et se tord de douleur; il tremble de tous ses membres, il geint, ses yeux virent à l'envers, une écume blanche lui sort de la bouche, son front est couvert de sueurs. Soudain, il se met à frapper sa tête contre ses genoux, brutalement, dans un mouvement sec et saccadé.

Complètement impuissante, j'assiste à cette scène, figée sur place, ne sachant absolument pas quel geste poser, incapable de penser. Tout va trop vite. Appeler la police, l'hôpital, un médecin?... Avant même que j'aie eu le temps de me décider, Gabriel a repris ses sens. Toute cette crise n'a duré que quelques minutes qui m'ont paru des heures.

— Veux-tu que j'appelle un médecin?
— Non, c'est inutile, tout va bien...

Gabriel se lève, calme, lucide, à croire que j'ai rêvé et qu'il ne s'est absolument rien passé. Je l'aide à enfiler sa robe de chambre, le dernier cadeau que je lui ai offert avant mon départ. J'allume un bon feu puis nous nous étendons l'un près de l'autre sur le tapis, près du foyer, heureux comme au temps de la bohème, quand, un an avant notre mariage, nous partagions un petit appartement du quartier Rosemont avec cinq copains. J'étais la seule fille de la bande, à l'heure où les communes n'étaient pas encore à la mode.

Nous nous rappelons tous ces souvenirs avec une certaine nostalgie. Le feu aidant, nous nous sentons plus proches. Je lui parle de la vie, des enfants et, pour la première fois depuis des mois, nous faisons des projets. Sa décision est prise, il se fera désintoxiquer, je l'aiderai à s'en sortir, puis je reviendrai à Versailles avec les enfants... Comme nous allons être heureux!

Jamais je n'ai ressenti autant de bonheur à faire l'amour avec Gabriel. Quel amant extraordinaire! Quand je pense que...

Élise, chère Élise, crois-tu vraiment que ce soit le moment de te rappeler ses maîtresses?

Tous les deux enlacés, nous restons là, sans dire un mot, émerveillés par ce silence...

— Quelle heure est-il?
— Onze heures et demie...
— Je dois partir!
— Déjà?
— Les enfants vont s'inquiéter...

Gabriel insiste pour me ramener à Biarritz mais je refuse. Il doit se reposer.

— Alors, tu prendras un taxi!

Il me tend un billet de cinq dollars. C'est la première fois qu'il me donne de l'argent depuis mon départ; c'est bon signe.

Je m'arrache à ses bras à l'arrivée du taxi. La séparation est pénible.

— 20 Henri-Bourassa, ouest...

De la fenêtre, Gabriel m'envoie la main. Drôle de hasard, Aznavour chante «La Bohème» à la radio: «Je vous parle d'un temps que les moins de vingt ans ne peuvent pas connaître...» L'image de Gabriel s'éloigne peu à peu. «C'est là qu'on s'est connus, moi qui criais famine et toi qui posais nue...» Gabriel disparaît. Ma vie se déroule maintenant comme dans un film.

Je me revois servant timidement de modèle à Gabriel, rejetant du même coup mon soutien-gorge et mes préjugés par-dessus bord. «Épuisés mais ravis, fallait-il que l'on s'aime et qu'on aime la vie...» Le chauffeur me regarde dans son rétroviseur . Je suis une inconnue et il ne saura jamais rien de cette femme qui vient de quitter son mari/amant, pour retrouver leurs enfants dans son appartement de transit. Je fredonne tout bas: «La Bohème, la Bohème...» L'auto traverse le pont Papineau et s'engage sur le boulevard Henri-Bourassa direction ouest... Je vis la dernière scène d'un beau roman qui finit bien.

— Juste sur le coin, c'est là!

«On était jeunes, on était fous...»

— Ça fait trois piastres et vingt!
— Voilà, gardez tout!

«La Bohème, la Bohème, ça ne veut plus rien dire du tout...»

* * *

Je n'ai pas dormi de la nuit; l'inquiétude me ronge. Gabriel doit se rendre à Ottawa ce matin avec son auto et je crains que la crise d'hier ne le reprenne. Je sors chercher du lait et en profite pour appeler à la maison: pas de réponse; donc, il est parti. Je fais d'une pierre deux coups en téléphonant à Jacqueline. Elle viendra tout à l'heure. En rentrant, je croise le concierge; autant l'aviser tout de suite que je quitterai l'appartement dans quelques jours...

— Disons, au plus tard dans une semaine!
— Comme ça, c'est ben vrai que vot' mari va mieux?
— On dirait!

En entrant dans l'ascenseur, je crains que mes ailes ne se coincent dans la porte... JE VOLE! Jacqueline arrive, je lui raconte tout en détails.

— Si je m'écoutais, je crois que je profiterais de l'absence de Gabriel pour retourner à la maison et lui faire une surprise!

— Ne crois-tu pas, ma très chère Élise, qu'une surprise, tu lui en as déjà fait une en partant?

Elle a raison. Je suis folle. Mieux vaut attendre son retour et faire les choses convenablement, de sang-froid. Demain, à la première heure, j'irai téléphoner...

* * *

Je prends le temps de me faire belle avant de sortir pour téléphoner. Je suis prête à toutes les éventualités: ou bien Gabriel m'invite et je vais à Versailles, ou bien je l'invite et il vient à Biarritz mais, de toute façon, nous nous voyons!

— Allô, j'écoute!

— Bonjour, c'est moi!

— Tu me surprends en pleine popote; je préparais un rôti de veau... Tu aimes?

— J'adore!

— Alors, je t'invite!

L'autobus de Montréal, l'autobus de Laval, puis vingt minutes de marche. Mon Dieu, faites que je sois un oiseau! La porte d'entrée n'est pas verrouillée; j'entre directement et aperçois Gabriel dans la cuisine. Il s'avance pour m'embrasser; sa démarche est nonchalante. Il approche; il sent l'alcool! Tout s'écroule. Je compose:

— Tu sais que l'anniversaire de Mélanie est dans cinq jours?

— J'avais pensé lui organiser une fête surprise; qu'en dis-tu?

Mélanie en rêve depuis des années. La seule fois où je lui ai organisé une réunion d'amis, nous avons eu la tempête du siècle et la fête avait été remise aux calendes grecques. J'hésite. Disons que pour le moment, je n'ai pas particulièrement le cœur à ça. Gabriel parle de cadeaux, de surprises, d'amis mais je ne l'écoute pas; à vrai dire, ça ne m'intéresse pas. Je suis obnubilée par le verre de gin qu'il tient à la main et qu'il vient de «rafraîchir» pour la deuxième fois.

Je regarde le Grand Chef préparer son dîner. Je ne l'aide pas. Je me sens étrangère dans ma propre maison. Je lui demande même la permission de me prendre un verre de jus de tomates. *Je suis de la visite*. Je ne m'y retrouve plus. Qui croirait que j'ai vécu durant huit ans dans cette maison? C'est comme si, soudainement je me sentais détachée des choses qui m'entourent. Nous avons accumulé des meubles, des livres, des bibelots qui nous ont attachés et qui, peu à peu, nous ont étouffés. Objets inanimés, avez-vous donc une âme?...

Nous avons vécu dans ce musée imaginaire, dans cette projection de nous-mêmes, et toutes ces attaches sentimentales m'effraient. Je me sens observée, presque épiée, par des êtres sans vie, par des choses muettes, immuables surveillant tous mes moindres gestes. Ici, chaque objet a sa place bien précise et aucun d'eux ne pourrait être déplacé sans perturber le fragile équilibre de tout l'environnement.

Élise, chère Élise, ne laisse surtout pas tes souvenirs te prendre à leur piège...

J'ai soif de choses vivantes, de fleurs, de plantes, d'objets qui traînent parce qu'on les a posés là, par hasard, sans souci d'esthétique. Je veux m'évader de ces témoins du passé. Partir! recommencer! non, pas recommencer, on ne recommence jamais, mais continuer, m'engager sur des chemins nouveaux.

Je me promène dans la maison. Je retrouve ma trace, mon odeur, mon cahier de poèmes; je l'ouvre:

«Comme un oiseau blessé je recourbe mon aile, cachant en moi le fruit de ma stérilité. J'attends le renouveau de la saison nouvelle qui naîtra du Printemps que je porte en moi-même...»

Comme il y a longtemps que j'ai écrit ça! Peut-être un jour pourrai-je relire toutes ces pensées sans souffrir... Je referme mon livre aux trésors et l'emporte.

— Le dîner est servi!

Gabriel a mis le couvert des jours de gala, sans rien oublier, il joue à merveille *le monsieur qui reçoit une dame à dîner.*

— Excuse le désordre, je n'ai pas eu le temps de ranger la vaisselle...

Tiens, tiens, lui aussi! Il s'affaire, ouvre une bouteille de vin, sert le potage:

— J'ai mis deux heures à préparer ce potage; goûte moi ça!
— C'est délicieux!
— Tu n'as jamais très bien réussi tes potages!
— Mais si, quand même!

«De mon temps» Gabriel faisait parfois la popote; il jouait alors au Grand Chef et répétait à tout venant qu'il m'avait appris à faire la cuisine:

— Quand nous nous sommes mariés, tu n'étais même pas foutue de faire cuire un œuf!

Là, il exagère! Je n'étais pas un cordon-bleu, c'est vrai, mais je me débrouillais fort bien et, pour ce qui est de m'avoir appris à faire la cuisine, si je l'avais attendu, nous aurions crié famine depuis longtemps; enfin, passons.

— Tu as fait un bon voyage?
— Excellent! J'ai signé deux nouveaux contrats.

Je sais qu'il ment mais je ne veux pas jeter de l'huile sur le feu. Le vin me tourne un peu la tête. Je refuse d'en boire un deuxième verre; tant pis, il finira la bouteille! Je me sens triste et regrette déjà d'être venue. Comme un pantin tourbillonnant au milieu de la scène, Gabriel me fait son baratin sur sa façon «extraordinaire» de ranger la maison:

— Ce n'est, en somme, qu'une question d'organisation; tu n'as jamais su, c'est tout!

À l'entendre, il reçoit énormément et tous ses nouveaux amis admirent sa façon «extraordinaire» de faire la cuisine:

— J'ai préparé un repas aux fruits de mer pour vingt personnes, en un tournemain, la semaine dernière...

Ah! oui! Avec quel argent?... Il me raconte des histoires, il me fait pitié. Il paraît avoir complètement oublié la soirée de dimanche alors que moi, j'en tremble encore. À mesure que le dîner avance, l'alcool prend le dessus. Habituée à la métamorphose du docteur Jeckill en monsieur Hyde, je me méfie du moindre changement d'intonation de sa voix.

Je voudrais m'en aller mais je suis prise au piège. Que diable suis-je venue faire ici? Sitôt le repas terminé, je vais prétexter une course urgente et m'en aller.

La conversation s'engage sur un terrain glissant. Gabriel prétend avoir consulté un avocat qui lui a dit que:

1- Attendu que je suis partie de mon propre chef, j'ai perdu tous mes droits sur tout ce qu'il y a dans la maison.

2- Attendu qu'il est prêt à assumer la garde des enfants et tout disposé à les faire vivre, *à condition qu'ils vivent sous son toit*, je n'ai aucun recours pour lui demander une pension alimentaire.

Je connais suffisamment la loi pour me rendre compte qu'il invente ses arguments de toute pièce. La moutarde me monte au nez mais je refuse d'embarquer dans son jeu. Il parle fort et vite. Il me cite des noms de gens, que je ne connais pas, qui auraient eu gain de cause dans des cas similaires.

— Raymond n'attend qu'un coup de téléphone pour sévir...

— Raymond?

— Raymond Dastou... tu connais?

Là, je n'y tiens plus, j'éclate de rire. C'est loufoque! Comment peut-il imaginer que je vais croire une histoire pareille? Raymond Dastou, cette sommité du Criminel, s'occuper d'un petit divorce à deux sous, alors que le demandeur ne travaille qu'à la pige et n'a pas les moyens de payer la moindre note d'honoraires.

— Voyons donc, tu n'imagines tout de même pas que je vais te croire! Maître Dastou s'occupe du Criminel...

— Il le fait pour moi, par amitié, et puis, de la façon dont tu es partie, en enlevant les deux enfants, ça relève du Criminel!

Ça ne se peut pas! Gabriel a toujours charrié dans les ligues majeures mais cette fois-ci, vraiment, c'est le «boutte du boutte». Je retiens mon envie de rire; ce n'est pas le moment de mettre le feu aux poudres.

— Dans ce cas, tu diras à ton ami, maître Dastou, que mon avocat communiquera avec lui sous peu; pour ce qui est des meubles...

— Les meubles sont ici et restent ici; tu n'as plus aucun droit; m'entends-tu?... AUCUN DROIT!

L'heure est venue de fuir avant l'orage. Voyant que je vais sortir, Gabriel m'arrête en mettant son bras dans l'embrasure de la porte. Je ne veux pas revivre la scène de la tête sur le mur une deuxième fois. Je ne bouge pas. Il s'éloigne et va s'asseoir sur le divan:

— Alors, pour l'anniversaire de Mélanie, qu'est-ce que je fais?

— Je ne sais pas, je t'appellerai demain!

Je sors sans ajouter un mot. Je prends une grande respiration. Sur le chemin du centre d'achat, je revis malgré moi, quelques scènes récentes. Je marche lentement, je ne pleure pas mais j'ai le cœur au bord des larmes.

J'arrête à la banque. Il ne reste que trois cent quarante dollars à mon compte; j'en avais sept cent vingt au départ. Nous sommes rendus au premier mars, le loyer est dû aujourd'hui et, si je reste là encore un mois, je serai complètement à sec. J'ai la trouille! À quoi bon?.. Je louerai donc l'appartement pour un deuxième mois; après, je verrai. Gabriel vient de faire un pas en arrière; ce n'est pas la fin du monde. Ce n'est peut-être qu'une question de semaines, de jours, qui sait? Il me reste assez d'argent pour tenir le coup quelque temps; et avec le temps...

Je rentre à Biarritz complètement abattue. Je me «garroche» à plat ventre sur mon lit et pleure toutes les larmes de mon corps. J'étais sortie, toute heureuse à la pensée de retrouver l'homme que j'aime, rêvant déjà de me jeter dans ses bras en lui annonçant mon retour et voilà que je me suis butée à ma plus féroce ennemie: la BOUTEILLE! Tout est à recommencer. Quand j'ai raconté à Jean la scène de dimanche, il m'a appris que Gabriel avait alors fait une crise de sevrage et que, si jamais l'incident se reproduisait, je devrais lui donner un verre d'alcool et le conduire à l'hôpital... Si j'avais su!

Mélanie revient de l'école:

— Allô! As-tu vu papa?

— Oui!

— On retourne à la maison?
— Non, pas tout de suite...

Je la prends près de moi et lui explique qu'il vaut mieux attendre encore un peu et retourner à la maison dans des conditions favorables que de précipiter les choses et devoir repartir un peu plus tard. Elle comprend. Elle sait que j'ai envie, moi aussi, de retourner à la maison et de retrouver une vie familiale mais pas à n'importe quel prix, pas à n'importe quelle condition.

Alexandre arrive à son tour:

— T'as vu P'pa?
— Oui!
— On retourne à soir?
— Non.

C'est Mélanie qui s'empresse de le mettre au courant des derniers développements. Je constate avec surprise qu'elle emploie exactement les mêmes mots que moi pour parler à son frère qui ne semble pas contrarié outre mesure à l'idée d'habiter Biarritz encore un mois.

Je descends payer mon loyer, bien décidée à ne donner aucune explication. Le concierge me fait un drôle de petit sourire. Je fais le chèque: cent quatre-vingts dollars; ça me crève le cœur.

— Comme ça, vot' mari reste encore à l'hôpital?
— C'est ça, il reste à l'hôpital!
— Aye, c'est long son affaire!
— Très long...
— Heureusement que vous sortez pas mal, sans ça vous vous ennuieriez...

Je préfère ne pas répondre et faire fi de ses commérages.

Jacqueline m'attend dehors. Nous allons ensemble à un meeting Al-Anon, le premier depuis mon départ de la maison. En entrant dans la salle, un slogan épinglé sur le mur me rappelle ma première visite à une assemblée de ce genre quand, vivement encouragée par Monique et Jean, je suis venue chercher de l'aide auprès de ces gens qui, tout comme moi, vivent quotidiennement en présence d'un être cher aux prises avec un problème d'alcool. Gabriel m'avait fait, ce jour-là, une de ses célèbres crises puis était sorti en claquant la porte. J'ai enfin crié: «Au secours!» J'ai téléphoné au numéro indiqué dans le bottin, on m'a donné une adresse, j'y suis allée. Après un long moment d'hésitation, j'ai osé pousser la porte de la grande salle où se tenait le meeting. Une grande femme souriante s'est avancée vers moi, la main tendue, en me disant:

— Je m'appelle Pauline!

— Et moi Élise...

Je rencontrais Pauline et découvrais du même coup une oasis de tendresse et de compréhension. La poignée de main de cette femme me disait: «Tu n'es pas seule;*tu ne seras plus jamais seule*!» Quel réconfort!

Durant ce premier meeting ma pensée s'envolait souvent vers Gabriel. Où était-il? Que faisait-il? Peut-être soupait-il dans un grand restaurant en excellente compagnie? Qui était cette femme à qui il avait parlé la veille? J'imaginais Gabriel avec une autre femme, belle, très belle, plus belle que moi; jeune, très jeune, plus jeune que moi; on les imagine toujours plus jeunes et plus belles que soi. Soudain, comme ce soir, mon regard s'était posé sur ce slogan écrit en grosses lettres bleues: EST-CE SI IMPORTANT?

Sans savoir exactement ce qui venait de se passer, je me suis sentie tout à coup beaucoup plus calme; je ne souffrais plus. Ces quelques mots avaient réussi à me ramener sur terre. L'important d'abord et l'important, ce soir-là, c'était Élise, seulement Élise.

Je me souviens d'être alors revenue à Versailles complètement regénérée. Gabriel était rentré, il m'attendait et je me rappelle que je n'ai pas résisté quand il s'est approché pour m'embrasser. Nous avons fait l'amour puis nous avons parlé, parlé, parlé jusqu'à ce que le jour commence à poindre derrière les arbres.

Ce soir, assise dans cette salle bondée de gens sympathiques, je comprends encore mieux l'ampleur du problème de Gabriel. J'espère que bientôt il se rendra compte de l'emprise de l'alcool sur lui. Sa réaction des derniers jours montre bien jusqu'à quel point il est en ébullition. Je ne dois pas brusquer les choses; le fruit va mûrir, ça s'en vient.

* * *

Mercredi le 2 mars...

Comme convenu, je téléphone à Gabriel afin d'organiser avec lui la fête en l'honneur de «notre» fille. Une compagne de classe se chargera d'inviter une vingtaine de copains, y compris Luc, son grand ami, son confident, confiné dans une chaise roulante depuis bientôt dix ans. J'ai beaucoup hésité avant d'appeler mais je n'ai pas le droit de priver Mélanie de cette fête au nom de mes différends avec son père.

Gabriel est charmant. Sa voix est joyeuse et il élabore des tas de projets pour amuser les jeunes.

— Seulement, Mon Chérie, la maison aurait bien besoin d'un peu de ménage, tu comprends?

— Je peux venir t'aider, si tu veux!...

Belle dinde! belle niaiseuse! Évidemment qu'il veut; il ne demandait même que ça. Quand donc cesserai-je de me rabaisser au rang de servante de Monsieur? Aussitôt qu'il est gentil, je tombe tête première dans son jeu. J'en arriverais même à rêver me retrouver à quatre pattes en train d'astiquer ses parquets.

Quelle conne je fais!

Je remonte à l'appartement furieuse contre moi-même. J'ose à peine m'avouer la concession que je viens de faire à Gabriel; je regrette déjà ma proposition. Ai-je été assez stupide? Quels motifs ont bien pu me pousser à lui offrir mes services de femme de ménage?

Je voulais sauver la face. Comme la plupart des amis de Mélanie ignorent que son père et moi vivons temporairement séparés, j'ai eu peur de passer pour une mauvaise ménagère. Dans le fond, je ne peux pas supporter l'idée de recevoir tous ces jeunes sans avoir fourré mon joli nez partout. Versailles doit être digne d'une jeune fille ayant fait son cours d'enseignement ménager chez les religieuses. Donc, puisque nous recréerons pour un soir un semblant d'harmonie familiale: papa-maman-frérot-sœurette, tout sera *impeccablement parfait*. J'ai promis que j'irais, j'irai!

* * *

Vendredi le 4 mars

Gabriel est au rendez-vous, à l'entrée principale du centre d'achat. Il me tend les bras, m'embrasse chaleureusement sur les joues puis, m'entraînant par la main, m'invite à choisir avec lui le cadeau de Mélanie. Nous achetons une longue robe indienne et une bague de pacotille, comme elle les aime. Gabriel paiera la robe et moi la bague. Je pense aux sous qui me restent; je me sens très pauvre. Gabriel n'a pas l'air de s'en soucier le moins du monde; au contraire, il semble trouver tout naturel que je ne lui demande rien.

Il joue le monsieur au-dessus de ses affaires mais on ne m'y prend pas; je connais trop bien le prix du gin et l'état de ses finances. Il tente de me jeter de la poudre aux yeux en regardant des bottes d'un prix fou et en ayant l'air de réfléchir sérieusement. Il s'achète des bas, une cravate et une petite culotte de soie comme on en voit sur les immenses tableaux publicitaires du métro...

— Je t'invite à dîner au restaurant!

Installée à une petite table romantique, Gabriel mélange le menu et me sert le dessert avant le potage: un ami, que je ne connais pas, doit lui présenter sa sœur; ils dîneront ce soir dans un restaurant du centre-ville...

— Je regrette infiniment mais je ne pourrai pas t'aider à faire le ménage!.. Je n'ai pas à te dire quoi faire, je suis certain que tu te débrouilleras comme une grande. Pour le reste, ne t'inquiète pas, tout est sous contrôle; j'ai donné la commande d'épicerie, il n'y a qu'à la ranger dans les armoires... Je reviendrai probablement assez tôt pour te ramener chez toi; sinon, je te paierai un taxi...

Je sens que je vais éclater. D'accord, c'est moi qui suis partie; d'accord, il est libre; d'accord, il peut sortir avec qui lui plaît; mais là, ça suffit! Je ne jouerai pas *le Chandelier*. Je ne torcherai pas la cabane à Monsieur; Monsieur se torchera tout seul. Je rage à l'idée d'aller nettoyer les toilettes pendant que ce Casanova fera le joli cœur à une pauvre conne qui se laissera prendre au jeu du pauvre homme abandonné par sa femme. Je le regarde et il me dégoûte. Il a l'air tellement sûr de lui que ça me coupe les jambes. Je refuse de l'écouter plus longtemps; je pars.

Je me réfugie chez Jacqueline. Je pleure tant que je n'ai pas la force de lui raconter ce qui vient de se passer. Nous restons assises sur le divan; moi, me mouchant et elle, attendant que je puisse vider mon sac...

— Et maintenant, que comptes-tu faire?

— J'irai à Versailles demain, comme convenu, pour ne pas punir Mélanie; ce n'est pas sa faute si son père se conduit comme un imbécile, mais je ne lèverai pas le petit doigt... Si tu savais comme je le déteste!

Après m'avoir écoutée patiemment durant plus d'une heure, Jacqueline me ramène à Biarritz. Les enfants ne sont pas encore rentrés de l'école. Je m'étends sur le lit et pleure jusqu'à épuisement. Je dors encore quand Mélanie revient vers quatre heures.

Sitôt après le souper, les copains s'amènent et c'est le grand départ pour la danse du vendredi soir. Je pense à Pauline qui connaît toutes les adresses des meetings des Alcooliques Anonymes; je descends l'appeler. J'ai besoin de rencontrer des hommes et des femmes qui s'en sont sortis et de demander conseil.

Pauline connaît une adresse boulevard Crémazie. Le meeting est à neuf heures, j'ai juste le temps de m'y rendre. Je marche rapidement, à petits pas. Je cherche l'entrée... la deuxième porte après la cour... j'y suis! On m'accueille avec la chaleureuse poignée de main traditionnelle. Une jeune femme prénommée Micheline me conduit à la salle de conférence et me présente Fernand. Tous ces gens, que je ne connais pas, réussissent à me calmer. Je me sens entourée, comprise, presque heureuse...

La conférencière s'avance. Je suis déçue. J'aurais préféré entendre le message d'un homme afin de faire des comparaisons avec Gabriel.

— Je m'appelle Yvonne et je suis une alcoolique!

Sa confession me touche profondément. Elle me donne un message d'espoir. Je reprends confiance en la vie. Comme quoi, homme ou femme, tous les humains se ressemblent, j'ai retrouvé Gabriel dans les paroles de cette femme.

L'heure du café arrive. Fernand s'approche de moi et m'invite à le suivre au buffet. Je n'y tiens plus. J'éclate. Impossible de retenir mes larmes, je sanglote. Je me sens complètement ridicule. Fernand me rassure:

— Tu sais, on en a déjà vu d'autres...

Cet homme est gentil. Il a l'air bon. Sa simplicité me plaît.

— Et si je t'invitais à prendre *ce* café que tu as failli boire tout à l'heure?

J'accepte. Je le connais à peine depuis quelques heures mais je sens intuitivement que je peux lui faire confiance. Et puis, je suis une grande fille... et puis, je sais me défendre... Et puis... et puis... et puis... Toutes les recommandations, que je fais régulièrement à ma fille, me reviennent. Je regarde Fernand du coin de l'œil. Je suis sûre que c'est un honnête homme; en tout cas, je suis au moins certaine qu'il est sobre.

Juste le temps de tourner le coin de la rue, nous trouvons un petit restaurant, qui fera très bien l'affaire. Nous nous installons à la première table, près de l'entrée.

— Excuse-moi, je vais téléphoner à ma femme.

Le téléphone est situé juste derrière nous. Je m'attends à ce qu'il raconte une histoire du genre: café-qu'on-va-prendre-avec-un-copain ou ami-qu'on-va-reconduire-chez-lui... Non, à ma grande surprise, il lui dit LA VÉRITÉ:

— Je suis au restaurant avec Élise, une jeune femme que j'ai rencontrée au meeting. Elle avait besoin de parler et je l'ai invitée à prendre un café. Je la reconduirai chez elle ensuite... Je ne rentrerai pas tard, tu peux m'attendre...

J'avoue que ça me donne un choc. Moi qui suis habituée aux: «NE M'ATTENDS PAS ET COUCHE-TOI»... Nous commandons deux cafés. Fernand me parle de lui, de sa vie avec celle qu'il appelle un peu cyniquement *«Madame Ex»*, comme pour plagier Bazin, de son divorce, de son entrée dans les Alcooliques Anonymes, de sa rencontre et de son mariage avec Ginette, celle à qui il a parlé tout à l'heure. Il semble heureux et très amoureux d'elle.

Je l'écoute et malgré moi, je ne peux m'empêcher de m'identifier à *Madame Ex*; j'ai un petit pincement au cœur en pensant que je pourrais un jour perdre mon Gabriel. S'il fallait que ça m'arrive... que nous en arrivions à divorcer, que Gabriel rencontre une autre femme et qu'il arrête de boire *pour elle*... ça ne serait pas juste! J'ai trop souffert pour que ce soit une autre qui en profite...

J'ose partager mes craintes avec mon nouvel ami; il me rassure:

— Ne crains rien Élise, nous ne vivons que ce que nous sommes prêts à vivre... *ne tire pas sur les carottes*...

Je ris. La radio du restaurant est ouverte et Aznavour chante «La Bohème!» Je me sens poursuivie par cette chanson... L'heure est aux confidences. Fernand s'amuse beaucoup du récit que je lui fais de notre vie à Biarritz... Le temps passe vite:

— Je te ramène chez toi?
— Si ça ne te dérange pas...
— Ça me fait plaisir!

Sur le chemin du retour, nous parlons de Proust; Fernand adore Proust...

— C'est ici, juste sur le coin!
— Qu'est-ce que tu fais dimanche?
— Rien de spécial.
— Et si tu venais souper à la maison? Je suis sûr que Ginette serait ravie de faire ta connaissance...
— C'est à voir!
— Donne-moi ton numéro de téléphone, j'en parle à ma femme et je te rappelle...
— *Je n'ai pas le téléphone!*
— Alors, prends le mien et appelle-nous dimanche midi... c'est promis?
— C'est promis!

J'ai passé une merveilleuse soirée. Je pense m'être fait un nouvel ami assez extraordinaire. Je remonte à l'appartement par l'escalier de service; je n'ai pas envie de me retrouver encore une fois dans l'ascenseur.

Les enfants sont là. Ils regardent le dernier film de la soirée:

— On peut continuer de le regarder M'man?.. C'est bon!
— Dis oui, maman, on n'a pas d'école demain...
— C'est d'accord, mais moi, je me couche.

Je me glisse sous les couvertures. Soudain je me mets à trembler. La pensée de Madame Ex m'envahit. Je voudrais crier. J'AI PEUR!

«Mon Dieu! faites que ça ne m'arrive pas... faites que je ne divorce pas... faites que Gabriel ne se remarie pas... Amen!»

* * *

Samedi le 5 mars...

C'est l'anniversaire de Mélanie et, honnêtement, je n'envisage pas cette soirée avec enthousiasme. Prétextant une visite chez un copain, Alexandre est allé aider son père «à ma place». Mélanie a l'air triste. Elle ignore absolument tout de ce qui se mijote et l'invitation «officielle» à un souper de famille à Versailles lui fait peur.

— Si seulement je pouvais inviter Josée, ça serait moins plate!

— Et pourquoi pas?... Téléphone-lui.

— Et papa?

— Oh! pour ton père, tu sais, une personne de plus ou de moins...

Ravie d'éviter le vase clos, elle court téléphoner à sa copine qui, j'en suis sûre, comprendra le manège. Malgré moi, je pense souvent à Gabriel aux prises avec tous les préparatifs de la fête et je dois avouer que ça me réjouit un peu; il m'a si souvent laissée seule avec une réception sur les bras. Dans le fond, j'essaie de me donner bonne conscience en résistant à la tentation d'aller fouiner dans les armoires et derrière les portes. Et s'ils allaient laisser de la poussière?.. L'idée de ne pas être indispensable me chicote un peu. Je souhaiterais que ce soit assez propre pour ne pas avoir honte et juste un peu sale, pour me donner raison.

Élise, chère Élise, tu as brisé tes chaînes et tu marches encore en traînant ton boulet...

Josée a joué le jeu et accepté de venir souper avec nous.

— Elle va se rendre directement chez papa...

Mélanie se languit. Elle trouve la journée longue et traîne ses quatorze ans tout neufs aux quatre coins de l'appartement.

— Papa vient nous chercher à quelle heure?

— Sept heures!

— C'est long!... Si au moins on avait le téléphone. Pourquoi t'installes pas le téléphone?

— Premièrement, parce que je n'ai pas d'argent et deuxièmement, parce qu'on ne fait pas installer le téléphone juste pour un mois.

— Un mois!... Un mois!... j'pense, comme c'est là, qu'on y retournera jamais...

— Faut pas dire ça; on ne sait pas ce qui peut arriver, un miracle est toujours possible.

— Ouais!... Ouais!... je sais, «la jument peut parler»; ben elle est mieux de parler vite, ta jument, parce que moi là, j'commence à être pas mal tannée!

Elle a raison, la situation s'éternise. Je vais devoir poser d'autres gestes; mais lesquels?... On sonne.

— C'est papa!

Gabriel nous attend dans l'auto. Je suis machinalement Mélanie qui descend déjà l'escalier en courant.

«La plupart des gens sont heureux dans la mesure où ils ont décidé de l'être...» J'ai lu ça, quelque part et je suis bien décidée à ne pas gâcher l'anniversaire de ma fille. Gabriel est souriant, décontracté, content.

— Je vous ai préparé de petites surprises...

Nous tournons dans l'entrée du garage. Josée nous attend sur le balcon. Nous ouvrons la porte; rien ne pourrait laisser croire que vingt personnes sont cachées quelque part. Nous enlevons nos manteaux. J'ai le trac; j'ai toujours le trac dans ces moments-là. Mélanie, qui ne se doute absolument de rien, se dirige vers la cuisine, la porte s'ouvre, ils sortent tous en même temps...

surprise! surprise!

Mélanie pousse un cri de joie en apercevant la chaise roulante de son ami Luc qui brille dans le noir.

— Oh! non, c'est pas vrai, c'est pas lui!

Le jeune homme devient vite le centre de la fête. Mélanie est toute à son bonheur. Gabriel s'affaire, prépare des plats, sert des rafraîchissements tandis que moi, je regarde; je joue la comédie, je suis la-mère-dans-la-séance. Alexandre a minutieusement fait le choix des disques et le feu de bois aidant, je me sens presque heureuse. Les garçons sont bien élevés; ils font danser la vieille dame. Je blague et m'amuse avec eux; ou du moins, j'en ai l'air. Surtout, ne pas aller dans la cuisine; éviter de me retrouver seule avec Gabriel. À mesure que la soirée avance, notre hôte s'impatiente. Visiblement fatigué, il me rejoint:

— J'espère que ça achève...

— Il n'est que dix heures; ce ne sont plus des enfants. Nous ne pouvons quand même pas les mettre à la porte...

— J'me lève de bonne heure, moi, demain matin!

— C'est dimanche!

— Je le sais que c'est dimanche mais je me lève à six heures pareil...

— Ah! bon!

— On s'en va faire du ski de fond...

— Qui ça, on?

— Ann-Lyz et moi...

— C'est ton souper d'hier soir?

— C'est ça!

Je m'éloigne de Gabriel avant de gâcher la sauce. Je n'ai plus du tout le cœur à la fête. Quelle idée de poser cette question!

Assis dans un coin, Gabriel ne dit plus un mot. Quelques-uns de nos invités sont partis; ceux qui restent bavardent tranquillement au coin du feu. Soudain, c'est la crise, pas du côté de Gabriel mais du côté d'Alexandre qui «fesse» à grands coups de poings sur sa sœur tandis que des copains essaient vainement de les séparer. Ça pète le feu. Personne ne sait lequel a commencé. Alexandre réagit extrêmement violemment; il frappe du poing sur la porte tandis que sa sœur pleure et crie à tue-tête. C'est comme si, tout à coup, l'émotion étant trop forte, il fallait que ça éclate.

Alexandre enfile son manteau et se sauve précipitamment; Gabriel part à ses trousses et le ramène par le collet. Les pieds d'Alexandre ne touchent plus terre. Je crains le pire. Finalement, son ami François réussit à le calmer et lui propose de sortir prendre un café au restaurant; parler devrait lui faire le plus grand bien. Je le vois partir avec soulagement. Cette querelle aura fait l'effet d'une douche froide sur tout le monde; la place se vide. Je m'empresse de plier bagages avant que la soirée ne se gâte davantage.

Mélanie et moi préférons attendre notre taxi dehors. L'atmosphère de la maison est devenu insupportable. Gabriel ouvre la porte, me tend un sac de provisions puis referme la porte avec fracas. Je sursaute. Mélanie est curieuse:

— Qu'est-ce qu'y a dans le sac, maman?

Je fouille un peu. Gabriel y a mis les reste de la fête: gâteau, croustilles, etc... et toutes les vieilles affaires qui traînaient dans le réfrigérateur depuis mon départ; je rage! J'ai une envie folle de sonner et de lui lancer le sac à la figure.

Élise, chère Élise, n'as-tu pas ton quota de crises pour aujourd'hui?

Mélanie a sangloté longtemps avant de s'endormir. Étendue près d'elle, les yeux fermés, je pleure en silence. Que s'est-il passé? La crise d'Alexandre a été si subite, si inattendue... Je refoule des cris de haine et des hurlements de colère. Je voudrais rejeter Gabriel de tout mon être: C'est *fini!... fini!... fini!...*

* * *

Revenu aux petites heures du matin, Alexandre a fait la paix avec sa sœur puis ils sont partis joyeusement chez François pour le reste de la journée. Moi, je suis encore sous le choc; la soirée d'hier m'a bouleversée; j'ai du mal à m'en remettre. Soudain, je me rappelle l'invitation de Fernand; il a bien dit qu'il attendrait mon téléphone. J'ose appeller; Ginette répond:

— Ah! c'est toi, Élise; comme je suis contente! J'espère que tu acceptes notre invitation?

— Si ça ne vous dérange pas!

— Penses-tu, nous sommes ravis, au contraire!

Sa voix douce, claire et chantante me rassure; je suis la bienvenue. J'ai vraiment hâte de connaître cette femme dont Fernand m'a parlé avec tant de tendresse; elle a su conquérir ce bel ours mal léché et le soutenir dans sa sobriété nouvelle.

J'arrive vers trois heures. Mes nouveaux amis habitent un appartement fort accueillant; des livres, partout des livres, ce qui n'est pas pour me déplaire, et des plantes dans tous les coins. Il fait doux chez eux. Le souper est excellent, servi sans prétention, pas de petits plats dans les grands, mais une simple «cuisine maison» fleurant bon la marjolaine et le thym.

Ginette est une fille saine, pas compliquée; pas du tout le genre *poupée* par laquelle une *Madame Ex* s'attend d'être remplacée. Cette pensée m'attriste; je voudrais tellement croire que Gabriel ne pourra jamais me remplacer. Ça me secoue de les voir heureux comme ça, tous les deux. C'est comme si, tout à coup, le sang de *Madame Ex* se mettait à couler dans mes veines.

Fernand parle de son problème d'alcool avec une telle sincérité, une telle honnêteté, que j'ai du mal à croire que cet homme, qui est devant moi, a déjà pu porter des masques et se cacher sous des faux-fuyants. Ah! si seulement Gabriel pouvait l'entendre! Assise près de lui, Ginette sourit, acquiesce, rétorque, anime la conversation; cette femme a de la couleur, de l'arôme, du bouquet, comme un bon vin.

Nous causons théâtre, musique, littérature, surtout littérature; Fernand m'a beaucoup parlé de Proust; il y revient. Ayant lu trois fois «À la recherche du temps perdu...», il le défend avec un tel enthousiasme qu'il me donne envie de le lire. Quelle soirée agréable! Je me retire avec regret.

— N'oublie pas de nous rappeler!

— Non, non, c'est juré!

Ginette me tend la main, nous sommes devenues amies. Fernand m'embrasse fraternellement; je dis: *fraternellement* parce que c'est exactement le sentiment que j'éprouve pour lui; je le perçois comme un grand frère... M'étant grisée d'amitié, je vais pouvoir passer une bonne nuit.

* * *

J'y ai beaucoup réfléchi, et ce matin, ma décision est prise: je vais demander de l'aide au Bien-Être Social! Je ne peux, pour l'instant, retourner à la maison et je n'ai pas le droit de laisser mes enfants souffrir de la situation. D'ici quelques jours, je n'aurai plus un sou en banque.

Heureusement, il fait beau! Je cherche l'adresse: au bout de la rue, deuxième porte à droite, deuxième étage, au fond...

— Pardon, monsieur, je cherche le Département du Bien-Être Social...

— Prenez un numéro!

— Mais...

— Prenez un numéro pis assizez-vous, c'est icitte, y vont vous appeler.

Assise au fond d'une grande salle bondée de monde, mon numéro onze entre les mains, j'attends! Une vieille femme tient le numéro quatre-vingt-sept. Le *préposé aux numéros* prend une voix de théâtre et crie:

— Le numéro souéssante et touâ!

Une jeune femme toute maigre, toute frêle, se lève et se dirige vers le bureau. Le *préposé aux numéros* se précipite derrière elle:

— Aye! là, madame, r'donnez-moé vot' tiquette!

Elle lui tend son billet qu'il replace religieusement sous la pile puis, s'adressant à la foule ou se parlant à lui-même:

— J'vous dis que si j'lé watchais pas, y z'en voleraient des tiquettes... Y en a qui les z'emportent cheux-z-eux pis qui essayent de s'en r'sarvir un aut'jour. Heureusement que chus là!

Heureusement qu'il est là! Je regarde autour de moi; quelle misère peut bien amener tous ces gens à cet endroit? Je me sens mal à l'aise. Mon éducation bourgeoise en prend un coup. Moi, Élise Desmarais-Lépine, la petite fille éduquée chez les sœurs des Saints-Noms-de-

Jésus-et-de-Marie, moi, la fille de mon père, la «fraîche-pète» du quartier, je me retrouve assise dans cette salle, mon numéro onze entre le mains, attendant que le *pré-posé aux numéros* m'appelle.

Un jeune homme se lève et va vers la droite.

— Aye! là toé! Où céque tu t'en vas?
— J'm'en vas pisser, Calike, j'ai ben l'droit!
— Que cé ton numéro?
— C'pas de tes maudites affaires!
— Aye! là, toé là! fas pas l'fras O.K.!
— Va donc chier!

Notre préposé, s'adressant à nouveau à la foule, ou à lui-même:

— J'vous dis qu'on en voué des pouilleux. Ça travaille pas pis ça rise de ceusse qui ont des d'jobbes.

La salle se vide peu à peu. Mon tour n'arrivera-t-il donc jamais?... Je comprends qu'il faut se lever de bonne heure pour être servi.

— Le numéro... ONZE!

Bingo!... une porte, un long corridor... un monsieur «figé» me fait un sourire «figé». Nous passons dans son bureau:

— Votre nom?
— Élise Desmarais-Lépine
— Nom de votre mari?
— Gabriel Lépine...
— Votre numéro d'assurance-sociale?
— 239-539-695
— Votre adresse?
— 20 Henri-Bourassa, ouest...
— Des enfants?
— Deux!

Il n'a pas levé le nez de sur sa feuille. Il se redresse et me regarde sévèrement par-dessus ses lunettes:

— Que c'est que vous voulez?

— Je venais voir si vous pouviez m'aider...

Je lui raconte mon histoire de A à Z: mon départ, ma situation actuelle, le problème de Gabriel...

— Lui avez-vous demandé d'arrêter de boire?

Quelle question! Je ne connais pas une seule femme d'alcoolique qui n'ait demandé, au moins mille fois, à son mari d'arrêter de boire; d'ailleurs ce qui est parfaitement inutile puisque ce dernier ne peut y arriver sans aide. Or, Gabriel ne veut pas d'aide!

— Va falloir le faire arrêter! Êtes-vous prête à le faire arrêter?

— Je ne vois pas du tout ce que ça pourrait donner. Comment un homme, qui boit et qui ne travaille pas, pourrait-il arriver à prendre davantage ses responsabilités envers les siens, si on le fait arrêter?

— Vous êtes toutes pareilles! Entéka! Y va falloir faire une enquête...

— Faites-la!

— On peut pas aider l'monde de même, vous savez, sans ça, Aye! on finirait pas... L'*Inspecteur* va passer chez vous!

— Quand?

— On n'avertit pas!

— Pourquoi?

— Posez pas de question, c'est comme ça, c'est comme ça, c'est tout!

— Ah! bon!

Mon *préposé aux enquêtes préliminaires* se lève, je me lève aussi puis, retrouvant mes bonnes manières, je lui tends la main. Je vois dans son regard naître un conflit: Un *préposé aux enquêtes préliminaires* a-t-il le droit de serrer la main d'une *bénificiaire en probation*?... Après un long moment d'hésitation, il me tend une main timide et froide, que je serre chaleureusement.

En passant, je fais un large sourire au *préposé aux numéros* qui, devant tout le monde, mord à belles dents dans un énorme sandwich au Paris-Pâté, le reste de son lunch, y compris les cornichons, largement étalé sur son pupitre de *préposé*. Il avale sa bouchée, se cure les dents avec sa langue et s'apprête à appeler le numéro suivant:

— Le numéro...

Je suis dehors. Il fait soleil et je me sens libre. J'ai fait ce qu'il fallait faire, j'ai osé poser le geste. Il ne me reste plus qu'à faire part de ma démarche à Gabriel qui, humilié par cette perspective, ne manquera pas de réagir; dans le fond, je n'espère que ça, le faire réagir.

«Mon Dieu, faites que la petite bourgeoise que je suis n'ait pas à vivre cette situation humiliante, mais faites que ça produise, quand même, l'effet que je souhaite... Amen!»

* * *

J'ai attendu toute la semaine que l'*inspecteur du Bien-Être Social* daigne me rendre visite. «On n'avertit pas»! À l'exemple du Christ dans l'Évangile, il viendra comme un voleur.

On sonne. Pas de doute, c'est LUI! Un dernier coup d'œil autour de la pièce: tout est parfaitement en ordre. J'ai allumé ma lampe «sexy» pour le coup d'oeil...

Je l'invite à s'asseoir. Il hésite et, finalement, s'installe du bout des fesses sur le coin du divan. Il est quand même gentil. Il me questionne sur Gabriel, sur les enfants, sur les raisons qui ont motivé mon départ... Contrairement à la première entrevue, je ne me sens pas sur la sellette; il ne me parle ni de faire arrêter Gabriel, ni de placer les enfants... Il prend des notes. Je fais la conversation:

— Pour travailler, je vais travailler; seulement, retourner sur le marché du travail, à trente-huit ans, après des années... D'ici peu de temps, je serai certainement en mesure de voler de mes propres ailes...

Il a l'air de me croire et j'en suis heureuse. Je ne voudrais surtout pas donner l'image d'une femme qui trouve *naturel* de vivre aux crochets de la Société. Mon éducation bourgeoise remonte à la surface:

— Vous savez, je n'ai pas l'intention de vivre sur le Bien-Être Social toute ma vie... C'est *temporaire*!

Les enfants arrivent sur ces entrefaites. Monsieur l'inspecteur les questionne un peu, pas beaucoup. Pour eux, c'est normal, ça n'a rien d'effrayant; ils ne sont pas conscients de mes préjugés.

Monsieur l'inspecteur, sérieux, voire même impassible, referme solennellement son «attaché-caisse», emportant avec lui mes espoirs et mes complexes. À ma grande surprise, il me tend la main:

— Je ferai mon rapport et vous donnerai des nouvelles sous peu. Au revoir!
— Au revoir et merci!

Fiou! C'est terminé! J'enlève mes souliers et me jette en riant sur le lit. L'examen est fini! Est-ce que je passerai la rampe? Est-ce que j'aurai de l'aide? J'aimerais tant le savoir aujourd'hui...

«Mon Dieu, faites que ça marche!... Amen!»

* * *

La vie me reprend peu à peu à son rythme. Les jours s'écoulent lentement, presque monotones. Étendue sur le lit, je passe la plus grande partie de mes journées à «faire le vide» en fixant le plafond; sa texture granuleuse me rappelle celui du salon de Versailles et j'en arrive à ne plus très bien savoir où je suis. Je me sens démunie; les quelques démarches faites en vue de me trouver du travail se sont avérées vaines et je me terre dans mon trou en attendant que quelqu'un me trouve. Je ne mange presque pas, donc, je maigris et retrouve peu à peu ma taille de jeune fille. Je me suis remise à faire des exercices tous les jours afin de garder la forme; le grand écart n'est pas pour demain, mais j'y gagne en souplesse et en énergie. Je redécouvre les merveilleuses ressources de mon corps. Entre-temps, je lis; je dévore tous les livres que Lorraine et Jacqueline veulent bien me prêter. Je termine à l'instant «Les mots pour le dire» de Marie Cardinal et, juste pour m'amuser, j'ai tenté de reproduire au fusain le portrait présenté sur la page couverture; c'est très ressemblant, je suis assez fière de moi, pour un premier essai...

Depuis que je vis à Biarritz, j'ai le goût d'explorer des sentiers nouveaux, de m'aventurer dans des voies inconnues. J'en arriverais même à chérir ma solitude si l'idée de Gabriel ne venait constamment assombrir le tableau; pauvre Gabriel, je n'ai reçu aucune nouvelle de lui depuis l'anniversaire de Mélanie, il y a déjà deux semaines...

On sonne. Parlant du loup... Il entre et lance deux enveloppes sur le comptoir.

— Tes chèques d'allocation familiale étaient arrivés...

— C'est gentil de t'être un peu soucié de mes besoins d'argent...

— Tu devrais faire ton changement d'adresse!

— Si je ne l'ai pas encore fait, c'est que je n'avais encore aucune raison de le faire; je ne voyais pas la nécessité de tout chambarder pour recommencer en sens inverse d'ici peu...

— Tiens, tiens, tu veux donc revenir à la maison?

— Je n'ai pas dit ça!

Il a bu. Ses yeux cernés et sa figure rougie lui donnent l'air fatigué. Comme je voudrais pouvoir l'aider. Je le sens maintenant mal à l'aise, pressé de repartir. Moi, je voudrais qu'il parte parce qu'il me dérange et le retenir parce que je me suis ennuyée de lui. Juste au moment où je commençais presque à m'habituer à son silence, il vient perturber ma solitude.

Élise, chère Élise, t'ennuyais-tu vraiment de lui ou du SOUVENIR de lui?...

Je ne le reconnais plus. L'étranger que j'ai devant moi ressemble si peu au Gabriel d'avant l'arrogance, d'avant la violence. Redeviendra-t-il jamais l'homme que j'ai tant aimé?

— Tu veux du thé?... C'est tout ce que j'ai!

— Ça ira!

Gabriel se promène dans la pièce en regardant partout. Soudain, apercevant le dessin au fusain, il se met à rire:

— Alors, on tend dans le dessin maintenant, Ma Chère?...

— Je vous ferai remarquer qu'on tend mais qu'on ne prétend point, Mon Cher!

Spontanément, nous venons de retrouver notre façon pompeuse de blaguer: tous ces «mon cher» et ces «ma chère» dignes de Versailles. Gabriel prend le portrait dans ses mains:

— Non, mais c'est bon, tu sais, c'est vraiment bon!

— Merci!... le thé est prêt!

En s'approchant, il voit le roman de Marie Cardinal laissé sur le divan:

— C'est bien, ce livre?

— Excellent! Nous avons vécu des expériences tellement similaires; je te jure, j'aurais pu l'écrire...

— Mon pauvre Chérie, encore une fois, on aura fait avant toi ce que tu aurais pu faire!

Celle-là, j'la prends pas! Je suis tellement furieuse que je vais éclater. Je lui montre la porte:

— Va-t-en, sors de chez moi!

— Tu ne vas quand même pas appeler «chez toi» ce trou minable?...

— J'ai dit: «DEWOR»!

Il se dirige lentement vers la porte et sort dignement, la tête haute. Je claque la porte dans son dos puis m'écrase sur le lit, épuisée, effondrée. Je pleure, je rage, je suis complètement découragée. Et moi qui pensais que ces deux semaines d'absence auraient pu être positives... Encore une fois, j'ai perdu le contrôle de mes émotions et me suis laissée emporter. J'aurais dû le laisser partir... Je n'aurais pas dû le retenir... J'aurais dû... je n'aurais pas dû... À quoi bon tous ces reproches? Alexandre arrive tout excité:

— Aye! M'man, j'viens de croiser P'pa dans l'entrée... Y est v'nu?

— J'avais reçu du courrier!

— Y t'a parlé de son souper?

— Non...

— Aye! Shit! Y dit qu'y a reçu dix personnes à souper samedi passé, pis qu'y leur a fait du homard, du crabe, des scampi... J'y ai dit qu'y aurait pu m'inviter, y m'a dit qu'y avait pensé mais qu'y a pas pu m'appeler... La prochaine fois, y va m'inviter, y me l'a promis... Aye! quand c'est que tu vas le faire poser?

— Poser quoi?

— Le téléphone!

— On ne fait pas poser le téléphone, comme ça, pour quelques semaines; et puis... et puis, je n'ai pas d'argent, tu le sais!

Mélanie rapplique à son tour. Elle est tellement essoufflée qu'elle a du mal à respirer.

— J'ai rencontré papa. Je te dis qu'y avait d'l'air bien... on dirait qu'y boit plus. J'y ai demandé quand est-ce qu'on se verrait pis y m'a dit qu'y le savait pas, qu'y partait pour Québec ou pour Ottawa, j'm'en souviens pas, pis qu'y viendrait me chercher bientôt. J'y ai dit que j'aimerais ça aller en voyage avec lui, pis y m'a dit qu'y m'amènerait une bonne fois... Aye! j'ai hâte!... As-tu de l'argent? Je voudrais téléphoner...

Je suis brisée. Gabriel joue à impressionner les enfants en leur jetant de la poudre aux yeux: des soupers, du homard et des voyages... Mélanie continue à tourner le fer dans la plaie:

— J'y ai demandé, à papa, si y voudrait qu'on retourne à la maison pis y m'a dit: «n'importe quand, la porte est ouverte!» Aye! pourquoi qu'on n'y retourne pas?

— Parce qu'on ne retourne pas comme ça!... La situation était devenue insupportable; vous vous en souvenez?... Or, rien n'a changé! Il ne pourrait être question que je retourne à la maison avant que votre père ait compris et qu'il ait fait une démarche pour arrêter de boire...

— Aussi bien dire qu'on n'y retournera jamais!

— Faut pas dire ça, on sait jamais... De toute façon, vous êtes libres, tous les deux, de retourner avec votre père, si vous le désirez; je ne vous retiens pas et je ne vous en voudrais pas.

— Et toi?... Tu veux dire que tu ne viendrais pas?

— Pas pour le moment, ma chouette. Dans quelque temps, je ne dis pas, mais il faudrait que la situation change...

— Ou que la jument parle?

— C'est ça!

— Ben, dans ce cas-là, moi, je reste avec toi...

Elle me prend par le cou. Alexandre s'approche maladroitement:

— Moi aussi, M'man!

Je suis heureuse et malheureuse. J'ai envie de les embrasser et j'ai le goût de pleurer. Cette visite de Gabriel m'a beaucoup secouée; c'est toujours pareil, je m'ennuie de lui, j'ai envie de le voir et, dès qu'il arrive, je deviens crispée, tendue, prête à bondir... Je réalise pour la première fois, aujourd'hui, l'écart qui sépare le Gabriel dont je m'ennuie du Gabriel que je vois; loin de moi, je pense à lui comme aux beaux jours, avec ses grands yeux gris, son beau sourire et sa voix tendre; Dieu que les souvenirs sont tenaces! Ils nous amènent parfois à déformer complètement le présent, à l'embellir. Chaque visite, chaque rencontre me permet d'espérer que ce sera le Gabriel «d'avant» qui sera au rendez-vous...

— Je peux préparer le souper?

— Si tu veux...

Mélanie s'affaire autour du poêle; elle nous mijote un repas de quêteux: des crêpes et du sirop d'érable; je n'ai pas souvenance d'en avoir mangé depuis l'ère du Carême...

* * *

C'est samedi soir, il est sept heures et je suis seule. Enroulée dans ma vieille robe de chambre et les bigoudis sur la tête, je joue au scrabble toute seule, pour ne pas penser, pour ne pas pleurer.

Ginette et Fernand me font la surprise d'une visite impromptue, juste pour prendre de mes nouvelles.

— Tiens, je t'ai apporté quelques livres...

Fernand me tend trois bouquins; ce geste me touche profondément, les livres prêtés nous reviennent si rarement.

— Accordez-moi deux minutes, je me coiffe et je reviens...

Je me faufile dans la salle de bain. Par le miroir, j'aperçois mes deux amis, assis côte à côte sur le divan et je ressens une réaction de *Madame Ex,* en voyant Fernand passer affectueusement son bras autour de l'épaule de sa Ginette; j'imagine mon Gabriel enlaçant une autre femme et cette idée me bouleverse...

Élise, chère Élise, à quoi bon tourner le fer dans la plaie?

Je reviens vers eux, coiffée et vêtue décemment. Nous bavardons comme des pies. La présence de Ginette me fait du bien; je lui sais gré d'être devenue mon amie et je n'ai pas le droit de lui faire porter l'odieux d'une situation que je ne connais pas, uniquement parce que je la compare à la mienne. Quelle chance j'ai eu de rencontrer sur ma route deux personnes aussi charitables!

Vers onze heures, Fernand et Ginette repartent, bras dessus, bras dessous, en laissant derrière eux une grande fille de trente-huit ans, comblée par l'amitié et déchirée par l'ennui. Je reprends machinalement ma partie de scrabble là où je l'avais laissée en attendant que le sommeil vienne me surprendre et m'emporter.

* * *

Lundi le 28 mars

Enfin lundi!... Le lundi, je recommence à vivre et à espérer. Il fait beau! Si ce n'était de la petite crise qu'Alexandre a faite ce matin, j'aurais le cœur en fête. J'arrive de la banque; j'ai retiré les trente-cinq dollars qui me restaient et j'ai fermé mon compte. Toute ma fortune dort maintenant dans le fond de ma poche. En prenant mon courrier, j'ai trouvé une lettre du Bien-Être Social que je ne me décide pas à ouvrir. Mon Dieu, s'il fallait que ma demande soit refusée?... S'il fallait qu'elle soit acceptée?... Je ne saurais dire ce que je crains le plus. Je déchire l'enveloppe en tremblant: *acceptée!...* ma demande est acceptée! Je pleure. Est-ce de joie ou de panique? Élise Desmarais-Lépine vivra désormais aux crochets de la Société, j'en frissonne.

Je ne peux plus reculer. Comment annoncer cette nouvelle à Gabriel? Je n'ai pas le courage de lui téléphoner, encore moins de le rencontrer, le plus simple serait de lui écrire. Pourvu que ça produise l'effet que *je* souhaite. Je m'accroche à cette idée de toutes mes forces; Gabriel va comprendre, il va cesser de boire et revenir à de meilleures dispositions à notre égard. Je suis certaine que Dieu ne permettra pas que moi, la femme *parfaite* j'aie à vivre cette humiliation. Je souffre dans mon orgueil parce que Gabriel ne veut rien entendre; ce n'est pas juste... Il va sûrement se produire un miracle...

Mon chéri,

La situation étant ce qu'elle est, tu comprendras certainement... etc. etc. etc.

Je pèse chaque mot et lui explique, en détails, la raison de ma démarche, en évitant que ma lettre trahisse mes émotions. Je termine en l'avisant de la visite probable d'un inspecteur du Bien-Être Social dans les jours qui viennent.

La crainte de cette visite imminente devrait le faire réfléchir.

Élise, chère Élise, tu fais du chantage!...

Ma lettre est déjà dans la boîte quand je réalise que je fais du chantage; chantage, chantage, le mot me fait mal. Je pose un geste en espérant ne pas devoir en subir les conséquences; mes intentions ne sont pas honnêtes, ma démarche est fausse. Je constate avec effroi que je suis orgueilleuse. J'ai quitté la maison en espérant culpabiliser Gabriel et je me retrouve coincée, prise à mon propre piège, sans le sou. Est-ce si mal de chercher de l'aide? Pourquoi me sentir tellement humiliée? Je n'ai qu'à prendre ce qui se présente en essayant de m'en sortir le plus vite possible. Oh! pour ça, oui, le plus vite possible!

Et les enfants, comment vont-ils le prendre? Je n'ai pas le temps de me poser la question, Alexandre est déjà là. J'évite les détours inutiles:

— J'ai reçu des nouvelles du Bien-Être Social...
— Ah! oui... et puis?
— C'est accepté!
— Wow! C'est «au boutte»!

Mélanie arrive à son tour. Alexandre s'empresse de la mettre au courant:

— M'man a reçu une lettre du Bien-Être...
— Ah! oui?
— C'est accepté!
— Youppi! Youppi! Youppi!

Je suis effondrée. Je hurle mon écœurement:

— Comment, nous allons *vivre sur le Bien-Être Social* et c'est tout l'effet que ça vous fait?
— Voyons donc, M'man, y a rien là!

Et dire que pour moi, tout est là, justement. Je leur prête mes réticences de bourgeoise en oubliant qu'ils n'ont pas les mêmes préjugés que moi face à ce genre de situation. Je ne pense qu'à leur faire partager mon ressentiment en leur imposant mon point de vue pour me justifier. Je voudrais tant qu'ils comprennent l'odieux de cette histoire et qu'ils en éprouvent du même coup un dégoût profond pour leur père qui les laisse tomber. J'avoue que leur attitude me donne une grande leçon d'humilité: prendre les choses pour ce qu'elles sont sans les charger de toutes nos réserves. Accepter l'aide qu'on nous offre simplement, sans orgueuil.

— Vas-tu faire poser le téléphone?

La question de Mélanie me surprend; franchement, je n'y avais jamais songé. Il faut réfléchir. Faire poser le téléphone, c'est accepter de vivre dans cet appartement pour un certain temps, c'est rendre officielle et quasi permanente une situation officieuse et temporaire, j'hésite, j'ai peur! Ce geste ne risque-t-il pas de mettre en péril toute tentative de rapprochement, de signifier la rupture complète des négociations?

— Dis OUI maman!
— Mais si jamais votre père?...
— Ça fait deux mois que tu nous dis ça!
— Oui, mais...
— Si on s'en va, tu le cancelleras...
— M'man, s'il te plaît, dis OUI...

Mélanie se jette à genoux:

— Dis oui, maman, je t'en supplie!

Alexandre fait de même et tous les deux se mettent à tourner autour de moi, en marchant sur leurs genoux et en riant à belles dents, comme deux enfants qu'ils sont encore.

— C'est d'accord!
— (en chœur) YOUPPI!

Ils se lèvent, m'embrassent, sautent de joie; c'est l'euphorie totale. Je connais très peu de parents de ma génération ayant vécu une scène semblable parce qu'ils acceptaient de faire poser le téléphone.

* * *

Jeudi le 31 mars...

J'ai guetté le facteur tous les jours de la semaine; j'espérais une lettre de Gabriel: rien! Un chèque du Bien-Être Social: rien! Je deviens folle. Je me sens fébrile, toujours prête à pleurer. J'ai fait quelques démarches pour me trouver du travail sans trop savoir où aller. Je cherche au hasard, à tâtons, n'importe où...

Aujourd'hui, pourtant, j'ai la certitude que ça marchera. Je fais de l'autosuggestion: si l'ascenseur arrête au deuxième étage, il y aura une lettre; s'il passe tout droit, il n'y en aura pas. L'ascenseur arrête au deuxième, c'est de bonne augure. Mon cœur bat, je compte les secondes: cinq, quatre, trois, deux, un..., rez-de-chaussée. Je cours vers la boîte aux lettres; il y a quelque chose! Je m'énerve, ma clé tourne mal dans la serrure, j'ouvre: des timbres de Pâques... Je suis déçue. Demain déjà le mois d'avril, le loyer à rencontrer et je reçois des timbres de Pâques! Deux mois! Je suis partie depuis deux mois et je tourne en rond, la situation est toujours la même, aucun progrès. Des copains ont appris aux enfants qu'une petite auto rouge était restée garée devant la maison durant toute la fin de semaine. Y aurait-il une nouvelle châtelaine à Versailles? Je crains le pire. Mon intuition me dit qu'une autre femme m'a remplacée dans la vie de Gabriel... Ann-Lyz?... Peut-être!

Élise, chère Élise, tu ne vas pas te laisser abattre?

L'important d'abord c'est de renouer avec la vie et la vie, pour le moment, se résume à faire poser le téléphone; après ça, nous verrons.

Je dois fournir des références: je n'en ai pas, le nom de mon employeur: je n'en ai pas, celui de mon ancien propriétaire: je n'en ai pas, et pour ce qui est du nouveau, je ne suis à Biarritz que depuis deux mois; alors, comme référence... Je demande donc qu'on envoie *mon* compte chez mon père, qui lui a des références, un propriétaire et une adresse stable.

— Nous vous inscrirons sous quel nom?
— Élise Desmarais-Lépine
— Lequel des deux?

La voix de la téléphoniste m'agace; le ton est sec et cassant. Elle s'impatiente:

— Alors, lequel des deux noms inscrirons-nous?

J'hésite. Je n'ai jamais porté mon nom *de jeune fille* depuis mon mariage, le faire maintenant signifierait presque un début de séparation...

— Élise Lépine!
— Je vous conseille de ne mettre que votre initiale...
— Pour quoi faire?
— À cause des téléphones obscènes...

Elle me répond froidement, comme si les téléphones obscènes allaient de soi. Mon sang de femme ne fait qu'un tour; je «bouille». Encore une fois, on me demande de me cacher, de me camoufler PARCE QUE JE SUIS UNE FEMME! En inscrivant E. Lépine dans l'annuaire, j'accepte d'être confondue avec Eugène, Édouard ou Éloi; et pourquoi pas Élise, Églantine ou Émilie? Parce que les méchants messieurs sont à l'affût d'oreilles attentives pour déverser leurs obscénités. Allez-y messieurs les obsédés, fouillez parmi les initiales, il y a des milliers de femmes qui se cachent parce qu'on leur a conseillé de le faire. C'est tellement plus facile de les cacher que de les protéger. Le jour où toutes les femmes oseront inscrire leur prénom dans le bottin, il y aura place pour une féminité qu'on étale à part égale, nom pour nom et les «méchants obsédés» n'auront plus que l'embarras du choix. Je refuse la cachette, je refuse l'anonymat; s'il y a des risques alors tant pis...

— Le téléphone sera installé lundi!

Les enfants jubilent en apprenant cette nouvelle. Pour ma part, je suis un peu inquiète; j'ai eu beau rapailler tous mes sous, il ne me reste en tout et pour tout que trois dollars; je les remets à Mélanie qui part chercher de quoi souper et de quoi faire les lunchs demain matin. Elle me rapporte la monnaie: sept sous; sept pauvres petits sous qu'elle dépose religieusement sur le comptoir. Le compte de banque est vide, mon sac est vide et toutes nos poches sont vides. Notre fortune?: sept sous!

— Aye, Maman, il ne nous reste que sept sous?

— Ça ne nous a jamais coûté plus cher que ça pour dormir et, pour ce soir, nous avons de quoi manger. Demain est un autre jour; tout va s'arranger, tu verras... surtout ne t'inquiète pas.

— Mais, maman, c'est la *pauvreté?*

Je la serre très, très fort dans mes bras:

— Mais non, ma *bichette,* c'est la *bohème!*

Je fais trois tasses de thé avec le seul sachet qui nous reste puis nous mangeons, assis par terre, en regardant un film à la télévision; les images sont *toutes croches* mais tout est calme et nous sommes heureux!

* * *

Vendredi le 1er avril...

Comme mon grand-père disait souvent: «Avant l'temps c'est pas l'temps et après l'temps c'est plus l'temps» Le chèque du Bien-Être est arrivé «juste à temps». Trois cent soixante dollars pour un mois, ce n'est pas une fortune mais, en comptant les sous, nous arriverons. Cette somme représente exactement la moitié du montant que j'avais en banque au moment du départ de Versailles et nous avons tenu le coup durant deux mois; donc, en étirant un peu nous pourrons joindre les deux bouts... Fiou!

Je sors dans la rue, il fait beau et je me sens bien. Contrairement à ce que j'aurais pensé, ce chèque du Bien-Être-Social me libère en me permettant une certaine autonomie vis-à-vis de Gabriel. Mon humeur d'aujourd'hui m'incite à prendre *le bon du bon* sans me faire de bile. Je téléphone d'abord à Jacqueline afin de lui apprendre la nouvelle puis je marche jusqu'à la banque la plus proche où j'ouvre un nouveau compte, pour un nouveau départ. En revenant, j'arrête chez mon ami l'épicier acheter un peu de viande; nous n'en avons pas mangé depuis si longtemps. Je reviens à Biarritz complètement regénérée. Le concierge est dans sa loge; aussi bien en profiter pour lui payer le loyer du mois d'avril. Je ne sens plus le besoin de lui jouer la comédie de la dame-qui-a-un-mari-à-l'hôpital et je fais mon chèque sans rien dire, en ayant l'air «naturel»; je n'ai pas de compte à lui rendre, après tout... si, pourtant:

— Il est possible que je parte avant la fin du mois; ça dépend de mon mari, vous comprenez?

Le concierge se mords les lèvres pour ne pas rire et moi, je me mords la langue. Je sors de la loge furieuse contre moi. Je croise Alexandre près de l'ascenseur:

— Salut, M'man!... J'ai trouvé du travail!...

— C'est vrai!... Où ça?

— À la fruiterie du coin. Je vais travailler tous les soirs de quatre à sept et le samedi de huit à quatre. Ça me paye une piastre et demie de l'heure, plus les pourboires... je peux me faire jusqu'à trente-cinq piastres par semaine... Je commence lundi!

— C'est formidable!

— As-tu eu ton chèque?

— Oui, ce matin, trois cent soixante dollars...

— WOW! On est riches!

— C'est pour un mois!

— Ça fait rien, c'est beau pareil!... Eh! *Sacrifice* que ça va bien!

Il me charge de ses livres et part chez François en précurseur de la Bonne Nouvelle. Quand mon fils est heureux, y a «pas d'problème et deux solutions»! Il nous croit riches et se voit déjà en charge d'un énorme comptoir de fruits avec un salaire de président de compagnie. Qu'il savoure son bonheur même si le montant des pourboires possibles risque d'être bien en deçà de ses espérances, il en fera l'expérience lui-même. Un travail de livreur à la fruiterie, ce n'est pas éternel alors à quoi bon gâcher sa joie?

Je rentre à l'appartement, Mélanie arrive tout essoufflée:

— Je suis montée par l'escalier, ça va plus vite!... Je viens de parler à Alexandre, il m'a tout raconté... Aye! Je te dis que ça va bien nos affaires!

La voyant si joyeuse, je me mets à pleurer. Elle s'approche:

— Pourquoi tu pleures?

— C'est de joie, ma bichette, c'est de joie!

Ce soir nous aurons de la viande pour souper!... Qu'importe mon amour-propre blessé puisque ceux que j'aime sont en sécurité...

Sitôt le repas terminé, Alexandre et Mélanie partent danser à l'école. Je ne me sens pas le courage de passer la soirée toute seule. Je rapaille deux poches de linge sale et décide d'aller faire du lavage chez mes parents. Je descends la rue lentement. Il «pluviote». Je voudrais ne pas penser à Gabriel mais tout m'y porte. Il y a plein de gens dans la rue; c'est la cohue du vendredi soir, les autobus sont bondés et les autos font la queue. Partout des couples, partout des gens heureux. Chacun semble avoir sa chacune et moi je suis seule, effroyablement seule...

Élise, chère Élise, la lumière est rouge!

Le camion m'a frôlée de très près; j'ai eu peur. Il m'arrive fréquemment de ne pas avoir le réflexe qu'il faut, d'avoir la tête dans les nuages.

La pluie mouille ma figure, c'est *bon!* Je regarde le ciel, c'est *beau!* L'instant présent est *bon et beau!* Je croise un homme qui me sourit; je presse le pas. Il faut que j'apprenne à contrôler ma peur, que j'arrive à sortir seule, le soir, sans paniquer à chaque rencontre.

Je tourne le coin de la rue... la maison de mes parents, le jardin, le perron... la porte s'ouvre presque par enchantement. Mon père guettait par la fenêtre comme quand j'étais jeune. Je mets mon lavage en branle et rejoins maman dans la cuisine.

— Assieds-toi, je viens de faire du thé!

Mon père arpente de long en large le grand corridor reliant le salon à la cuisine. Il tend l'oreille mais n'intervient pas. Mes parents ignorent encore tout de mes démarches; je leur donne un choc. Ma mère réagit:

— Tu n'as tout de même pas l'intention de rester là?
— Pour le moment, oui; après, je ne sais pas...
— Et Gabriel?
— Je n'ai pas de nouvelles...
— Es-tu bien sûre qu'il boit tant que ça?
— MAMAN!
— Non mais, comme je le disais à ton père, moi, personnellement, je l'ai jamais vu chaud..., hein Maurice?

Passant près de la cuisine, Maurice, mon père, acquiesce d'un signe de la tête, comme il le fait chaque fois que sa femme lui pose une question.

Ils ne comprennent pas; tout va trop vite. J'ai tenté de leur cacher la vérité durant trop longtemps; j'ai eu tort, maintenant que tout s'écroule, ils sont dépassés par les évènements et je n'ai pas envie de discuter, d'expliquer ou de justifier quoi que ce soit, du moins pour le moment. Mon lavage étant terminé, je les remercie de leur hospitalité et repars sous la pluie avec mes deux sacs de linge propre, le cœur plus gros qu'en arrivant.

Les enfants sont déjà rentrés. La pièce est pleine de joyeux copains; il y en a cinq assis par terre, trois sur le divan, deux sur les petits bancs et un à la toilette. Le lit a complètement disparu sous l'amoncellement de manteaux. Je reste bouche bée. Alexandre jubile:

— Salut M'man! On fête *ma première job!*

Je souris, je ris, je voudrais les embrasser. Et moi qui me croyais seule!... Comment pourrais-je être seule puisqu'ils sont tous là?

— M'man, peux-tu me prêter un peu d'argent pour acheter de la liqueur et des chips?... Je vais te le remettre.

Alexandre anticipe déjà sur sa première paye. Je lui donne quelques dollars. Pauvres enfants!... ils n'ont pas été gâtés ces derniers temps... De les voir comme ça entourés d'amis, tassés les uns sur les autres, ça me fait tout drôle. Ils se racontent des histoires en riant de bon cœur et je me saoule de leurs rires.

— J'en connais une autre; c'est celle du gars qui...

Ne voulant pas les déranger, je prends l'appareil de radio, du papier à lettres et une bougie et me réfugie dans la salle de bain maintenant libérée. Du fond de ma cachette, j'entends leurs rires et leurs éclats de voix; je me sens *seule* et *pas seule* à la fois.

Assise sur le bord de la baignoire, mon papier à lettres sur les genoux, j'écris à Gabriel en écoutant le troisième concerto de Mozart. J'ai éteint la lumière et allumé la bougie dont la flamme vacillante projette sur le mur des ombres chinoises impressionnantes...

«Mon bel Amour,

Je t'aime à fleur de bouche, à fleur de peau et à fleur d'âme...»

Je m'étends sur cinq pages, lui criant mon Amour dans des mots brûlants et tendres, me livrant toute entière, sans réserve et sans haine, et signe: *«toujours ta Douce...»* comme au temps des amours.

Je tourne et retourne mille fois cette lettre passionnée entre mes doigts. Je ne l'enverrai pas mais la garderai précieusement pour l'offrir à Gabriel le jour des retrouvailles.

— Maman, maman, ouvre la porte, je veux te parler...

Mélanie me force à sortir de ma cachette secrète.

— Maman, j'ai quelque chose à te demander... Oh! et puis non, laisse faire, tu voudras pas...
— Demande toujours.
— Jasmine et Dodo aimeraient ça coucher ici...
— Toutes les deux?... Mais où vas-tu les mettre?

— Ben, c'est ça, justement, si Alexandre allait coucher chez François, tu pourrais coucher par terre sur les coussins et nous, on dormirait dans le lit...

— Toutes les trois?

— Oui, oui, toutes les trois... Veux-tu?... Dis Oui!

— Oh! et puis, après tout, pourquoi pas?

— YOUPPI!... On va descendre appeler leur mère...

Aussitôt dit, aussitôt fait. Elles partent en courant suivies d'Alexandre et de François qui, sans en avoir l'air avaient déjà préparé tout leur campement.

J'installe les coussins sur le plancher tandis que mes trois saltimbanques s'entassent dans le lit, comme des sardines. Elles se poussent, ricanent, tirent la couverture et se calment finalement, vaincues par le sommeil.

Comme chanterait Pauline Julien: «Ce soir, j'ai l'âme à la tendresse...» Je ne veux penser qu'à Gabriel, qu'à mon Amour pour Gabriel; et, me grisant de mes espoirs de retrouvailles, je m'endors en rêvant déjà...

* * *

Ma nuit sur le plancher a été dure, j'ai le dos en compote; je plains Alexandre. Assise à l'indienne au milieu du lit, j'en profite pour faire un peu de raccommodage tandis que les jeunes, de nouveau réunis, regardent la télévision.

Je trouve les samedis presque aussi difficiles à passer que les vendredis et tout autant que les dimanches; en fait, je trouve tous les jours difficiles à passer. Je suis sortie faire quelques courses tout à l'heure et puis plus rien. Les week-ends sont vraiment pénibles, les amis n'existent plus. Quand les enfants partiront, vers sept heures, je me retrouverai encore une fois, toute seule, à jouer au scrabble ou à faire des mots croisés; me voilà devenue une experte en scrabble et en mots croisés.

Depuis ce matin, je suis impatiente, un peu maussade; je broie du noir et ne sais plus ce que je veux. Avec tout ce monde dans la place, je me sens agressée, envahie; je manque d'oxygène. J'oscille entre le besoin d'être seule et la peur de la solitude.

Dodo, Jasmine, Mélanie, François, Alexandre et moi: six à table! Au menu, des fèves au lard et du jello aux cerises; ça bourre et ça ne coûte pas cher.

— Est-ce que je peux servir des verres de lait?

— Prenez du thé, avec deux sachets vous pouvez en faire six tasses...

— On en a rien que trois!...

La blague d'Alexandre ne me fait pas rire. J'empoigne la bouilloire avec nervosité et verse de l'eau dans les trois tasses et dans trois verres.

— Tenez, buvez dans des verres; vous n'en mourrez pas!

Je ne me reconnais pas. Je commence à ressentir des appétits physiques qui influencent sans doute mon caractère. Je suis comme une chatte en chaleurs: *J'ai le goût de faire l'amour!*

À peine mes cinq mousquetaires ont-ils franchi la porte que déjà la solitude me pèse. Je n'ai pas envie de lire, pas envie de regarder la télévision, pas envie de faire des mots croisés, je n'ai envie de rien. J'ai les bleus! Je viens de prendre mon deuxième bain de la journée et je n'ai plus rien à faire.

J'ouvre la radio; la musique me rend encore plus nostalgique. En regardant par la porte patio, j'aperçois tout au fond, la piscine qui semble sortir de terre après une longue hibernation; puis, tout autour, des portes, des dizaines de portes, toutes semblables à la mienne. Qui se cache donc derrière ces portes? Suis-je la seule à m'ennuyer, la seule à pleurer, la seule à hurler?

Je me jette sur le lit et chiâle comme je n'ai encore jamais chiâlé. Je mords mon oreiller de toutes mes forces. J'ai l'horrible sensation de m'engloutir dans un immense trou noir, de me noyer: *au secours!... je vais mourir!... j'ai peur!...* Un puissant ressort, semble vouloir me projeter au-dehors de moi.

Haletante et complètement épuisée, je suis sur le point de m'endormir quand les enfants reviennent en claquant la porte. Ils se sont disputés et rentrent au bercail en continuant leur guerre. J'invite Mélanie à se coucher près de moi et à se taire; si Alexandre n'a plus de réplique, il va finir par s'arrêter; mais Alexandre ne s'arrête pas...

— Faites pas semblant de dormir, vous dormez pas... Vous allez m'écouter...

— Alexandre, ça suffit, essaie de dormir...
— Non, je dormirai pas!
— Alors, laisse-nous dormir!
— Non, je me tairai pas pis vous dormirez pas...

Mélanie s'impatiente et lui lance un oreiller:

— Ferme ta gueule!

Alexandre réplique en lui lançant une orange qui me passe à deux pouces du nez et va s'écraser sur le mur. C'est la pagaille! Je tente d'inciter Mélanie à se taire pour ne pas envenimer la situation mais elle crie de plus belle. Je sers d'arbitre entre ma fille survoltée et mon fils hors de lui. La crise prend des proportions alarmantes; mes enfants me font peur, ils sont plus forts que moi et je me sens complètement impuissante à calmer ces deux furies. La douceur, les supplications, l'autorité, la force, rien n'y fait. Le voisin frappe à grands coups dans le mur et nous crie des injures; je suis découragée!

Alexandre délire, il dit n'importe quoi. Mélanie a fini par s'endormir tandis que son frère parle tout seul, à haute voix. Couchée dans mon lit, je ne dis rien, bien décidée à laisser passer la crise sans encourager l'escalade. Ça me fait mal d'entendre les cris et les reproches de ce fils qui, à ce moment précis, me rappelle tellement son père. Je tremble de tous mes membres; va-t-il finir par s'endormir?

Enfin, le sommeil le gagne et je peux à mon tour me perdre dans mes pensées. Je suis bouleversée. Tout tourne dans ma tête: la fuite, la violence, la haine... Il est près de sept heures, le jour se lève, je n'ai pas fermé l'œil de la nuit.

* * *

En se levant, Alexandre s'excuse, il ne comprend pas ce qui lui a pris, il a perdu complètement le contrôle de ses émotions. Quant à Mélanie, elle avoue qu'elle voyait rouge et ne savait plus du tout ce qu'elle disait. Il faut croire que la marmite bouillait trop fort; il vaut mieux ne pas en faire un drame, mais il faudra tenter de prévenir ce genre de crises.

Mes deux chérubins partent, chacun de leur côté, souriants, heureux... l'orage est passé. Je descends téléphoner à Lorraine. Elle m'invite à souper et j'accepte avec plaisir. Ma sœur est une fille amusante qui aura tôt fait de dédramatiser mes émotions. J'arrête à la pharmacie pour acheter de la teinture. Nous ferons une scéance de coiffure mutuelle. J'en ai besoin. J'essaie, dans la mesure du possible, de ne pas trop me négliger; je me coiffe, me maquille et prends soin de moi. Je fais de l'exercice tous les jours et, avec le peu que je mange, je retrouve graduellement ma taille de jeune fille.

Tandis que je la coiffe, je raconte à Lorraine ma soirée et ma nuit d'hier. J'en suis encore toute chamboulée. Elle me suggère de rencontrer son patron afin de lui demander conseil. C'est une excellente idée! Je sais que cet homme s'occupe activement de la réhabilitation des jeunes délinquants et nul doute qu'il pourrait me venir en aide. Nous convenons qu'à la prochaine alerte je lui ferai signe.

Quand je rentre, vers dix heures, mes deux chérubins sont couchés et dorment déjà du sommeil du juste. Je profite de ce moment de calme pour écrire à Gabriel une de ces lettres que je ne lui enverrai pas mais qui me permettent d'épancher mon trop plein de tendresse et compensent pour mes séances d'apitoiement, d'impuissance et de colère. Je me sens toujours envahie par une envie folle de faire l'amour et, pour moi, l'Amour, c'est Gabriel; ça n'a jamais été personne d'autre que Gabriel...

Mon Amour,

Ce soir, je m'ennuie de toi, de ton corps, de tes caresses. Je me rappelle certains jours où on avait particulièrement bien fait l'amour; je me sentais alors si belle de toi que j'en criais de joie. Souviens-toi de ces matins, propices à la tendresse, on s'aimait, juste à l'aube, comme au soleil levant. Oh! combien, ces jours-là, je goûtais tes caresses! Se pourrait-il qu'il n'y ait plus pour nous d'autres matins?

Notre couple en prend un sacré coup, nous marchons sur la corde raide en essayant de garder l'équilibre. Je ne veux rien brusquer. Vois-tu, j'espère encore. Je crois en notre Amour...

Tendrement,
Ta Douce.

Je laisse mes larmes couler lentement sur mes joues; elles sont brûlantes, je suis fiévreuse. Combien de temps cela va-t-il durer? Je crie que je n'en peux plus et pourtant je suis là; donc, *j'en peux encore...*

* * *

Lundi le 4 avril...

J'ai le téléphone! Je n'en reviens pas; je renoue avec la vie, c'est merveilleux! Ils sont venus le poser ce matin et, depuis ce temps, je regarde l'appareil et je le trouve *beau*. Quand je pense qu'il y a des gens qui ne se donnent jamais la peine de regarder leur téléphone et de le trouver beau!... Je l'ai déjà épousseté trois fois, il brille. Évidemment, ce serait plus évident si tout brillait autour de lui; je frotte, j'astique, je change les meubles de place; je ferais n'importe quoi pour le mettre en évidence.

Pour la première fois de ma vie, j'ai un téléphone à mon nom. J'ai déjà communiqué mon nouveau numéro à tous mes amis. Je suis folle de joie. Je ne me rendais pas compte que ça me manquait à ce point-là. Alexandre arrive:

— WOW! le téléphone!

Et, le temps de le dire, le voilà qui compose le numéro de François. Mélanie entre à son tour:

— Est-ce qu'on a le téléphone?... Aye, fais ça vite, Alexandre, y faut que j'appelle Dodo.

— M'man, dis-y de pas m'achaler, je parle avec François...

— Maman, dis-y qu'y fasse ça vite...

Je vois de belles batailles en perspective. Alexandre sort et Mélanie prend sa place. Dodo n'est pas à la maison.

— As-tu appelé papa?

— Non, pas encore.

À vrai dire, je n'ai pas osé téléphoner à Gabriel; j'avais peur de perdre le contrôle de mes émotions.

— Je vais l'appeler, moi, papa...

Pendant qu'elle compose le numéro, j'essaie de rester indifférente; je change les draps du lit. Mes jambes ont du mal à me porter tant elles tremblent.

— Allô papa!

- - -

— C'est Mélanie! (qui d'autre?) Je t'appelle pour te dire qu'on a le téléphone...

- - -

— Maman? oui, elle est là, attends...

Elle me tend l'appareil.

— Papa veut te parler.

Je n'ai plus le choix.

— Oui, allô!
— Bonjour Mon Chérie!

Mes mains sont moites, j'ai du mal à tenir le récepteur. Gabriel est gentil, drôle, désinvolte. Nous parlons de la pluie et du beau temps. Il ne me parle pas du fameux Bien-Être Social et je n'ose lui demander s'*ils* sont allés chez lui, de peur de rompre le charme.

— Tu m'excuseras, Mon Chérie, mais je dois te quitter, *mon amie* m'attend, nous allons au théâtre...
— Alors, bonne soirée!
— Rappelle-moi...
— Oui, oui, c'est ça, on se rappellera...

Et me voilà, à nouveau, complètement chavirée, bouleversée. Gabriel a réussi, en quelques phrases à débalancer complètement mon équilibre émotif. Il va au théâtre avec *son amie*. C'est bien ce qu'il m'a dit: «Mon amie m'attend, nous allons au théâtre...» C'est sans doute cette Ann-Lyz; comme je la hais, comme je hais Gabriel, comme je me hais!

Élise, chère Élise, sur qui pleures-tu?

* * *

Alexandre vient de faire une crise épouvantable. Il a poussé Mélanie violemment contre le mur et m'a lancé son oreiller par la tête. Il criait si fort que le voisin a frappé dans la porte; impossible de le calmer, et Mélanie qui envenimait la situation en lui répondant des injures. Dans ces moments-là, il est évidemment plus prudent de se taire et d'éviter de donner prise; mais c'est bien difficile à comprendre à quatorze ans. Mélanie s'est finalement sauvée par l'escalier de secours tandis que je retenais Alexandre suffisamment longtemps pour qu'elle ait le temps de prendre son autobus.

Alexandre était claqué en rentrant de sa première journée de travail; il avait transporté des sacs de pommes de terre durant trois heures; pauvre lui, il n'a pas l'habitude... J'essaie de trouver une excuse au comportement de mon fils quand je me rappelle la proposition de Lorraine. J'appelle son patron qui accepte de me rencontrer immédiatement.

Quel homme affable. Ce géant à la stature impressionnante se révèle être d'une douceur et d'une bonté peu communes. Je lui parle des crises d'Alexandre et lui fais le récit de notre situation à Biarritz. Il m'écoute attentivement, calmement:

— Ma chère dame, il va vous falloir agir et prendre des procédures afin de forcer votre mari à s'impliquer. Il est responsable de ses enfants. Un jeune homme de l'âge d'Alexandre ne supporte pas les demi-mesures. Vous êtes assise entre deux chaises; ou bien vous faites une coupure nette, ou bien vous retournez chez vous. Une fois qu'on a ouvert la porte, il faut sortir!

Il a raison. Je sais trop bien qu'il a raison mais je suis clouée par la peur. Je parle longuement de cette conversation avec Lorraine qui me conseille de me renseigner sur mes droits. J'appelle l'Aide juridique. On me fixe un rendez-vous avec un avocat du nom de Boileau… et moi, qui me sépare pour alcoolisme!

* * *

Mercredi le 6 avril…

Mon rendez-vous est à 2 heures. Jacqueline m'accompagne. Maître Boileau s'avance et nous invite à passer dans son bureau. J'ai froid. Je me sens toute petite.

— Séparation ou divorce?
— Séparation… pour commencer.

Et c'est reparti!

— Votre nom?
— Élise Lépine
— Votre nom de fille
— Desmarais
— Nom du mari?
— Gabriel Lépine
— Numéro d'assurance-sociale
— 239-539-695
— Votre adresse?
— 20 Henri-Bourassa Ouest,

J'ai l'impression qu'on n'en sort pas; c'est comme une cassette. Maître Boileau prend des notes.

— Y a-t-il une autre femme?
— Oui!
— Quel est le motif de la séparation?
— Alcoolisme!
— Vous avez des preuves?
— Bien sûr!
— Et des témoins?
— Aussi!

Il se reconcentre sur ses papiers, écrit quelques notes, toussote, prend un appel de l'extérieur et revient à ma cause.

— Nous disons donc: alcoolisme et adultère.
— Je ne vous ai jamais dit ça!
— Vous m'avez dit, tout à l'heure qu'il y avait une autre femme...
— C'est vrai, mais je ne suis pas partie pour ça!
— Pour adultère, c'est plus facile!
— Je m'en fous, je ne suis pas partie pour ça!
— Réfléchissez encore un peu et revenez me voir dans quelque temps. Vous n'êtes pas prête.!

Mais, je le sais bien que je ne suis pas prête. Je suis encore amoureuse de Gabriel et, sans cet alcool qui détruit toute possibilité de communication entre nous, rien de tout cela ne serait arrivé. Je ne serais jamais partie.

J'hésite à prendre des mesures définitives. Je l'aime et j'espère toujours. Je veux nous laisser une dernière chance. Je rêve d'un couple fort, mûri par l'épreuve et solidifié par une expérience partagée.

Quoi de plus beau qu'un couple qui se retrouve? Nous sommes encore jeunes, nos plus belles années sont devant nous; si seulement je pouvais gagner du temps!

* * *

C'est Jeudi saint, ce qui ne veut à peu près plus rien dire pour la génération actuelle qui n'a pas souvenance de la merveilleuse coutume de la visite des sept églises, quand nous partions en bandes, les garçons d'un bord, les filles de l'autre, marchant d'église en église en accumulant des indulgences qui devaient alléger notre tourment éternel.Une œillade fugitive échangée au passage d'un jeune adolescent pré-pubère, suffisait à nous faire rougir jusqu'aux oreilles, compromettant d'un coup sec toute la valeur *spirituelle* de notre pèlerinage... Quels bons souvenirs!

Pâques approche à grands pas et, pour l'occasion, Gabriel a invité ses enfants au restaurant. Ils sont ravis, mais moi, je me sens rejetée, laissée pour compte. J'ai beau me répéter qu'un dîner c'est bien vite passé, je n'en ressens pas moins un certain malaise.

Il m'arrive d'autre part une surprise complètement imprévisible: un chèque du Bien-Être social que je n'attendais pas du tout! Le chèque précédent valait pour le mois déjà en cours, alors que celui-ci couvre le mois d'avril. J'ose à peine le croire; ces trois cent soixante dollars tombent comme la manne dans le désert; nous n'avons plus rien à nous mettre sur le dos. Grâce à ce cadeau extraordinaire, mes enfants «étrenneront» cette année, comme tous les ans, et Gabriel pourra constater que je me débrouille fort bien sans lui.

Nous partons en fin d'après-midi, bien décidés à dépouiller les magasins. Ça sent le printemps! Je me grise de l'air nouveau. Accrochée à mon bras, Mélanie dévore les vitrines tandis que son frère court en avant à la recherche d'un comptoir d'aubaines. Nous trouvons des vêtements en solde; Alexandre s'achète un veston en simili cuir, un chandail, un pantalon, des souliers, des bas et des petites culottes.

Mélanie choisit un pantalon marine, une blouse ample, un gros gilet de lainage, des souliers, des bas, quelques sous-vêtements et un grand foulard amusant. C'est merveilleux de voir sourire mes enfants. Ils se taquinent, s'éloignent de moi, me rejoignent comme quand ils étaient tout petits. Ils gambadent de joie, on dirait deux petits veaux dans un pré.

Et si nous allions souper au restaurant?

— Youppi!

— J'aurais envie d'une grosse poitrine de poulet!

Et ce disant, Mélanie écarquille ses yeux qui brillent de convoitise. Comme c'est bon du poulet lorsqu'on est heureux!

«Mon Dieu! Merci pour cette surprise!..»

* * *

Vendredi saint, Alexandre travaille à la fruiterie et Mélanie est partie chez Dodo. Je suis seule. Pour ne pas me laisser gagner par la mélancolie, je me force à rester concentrée sur le livre que Lorraine m'a prêté quand le téléphone de Gabriel vient troubler ma quiétude:

— Bonjour Mon Chérie, je te dérange?

— Non...

— Tu dormais?

— Je lisais!... Qu'est-ce que je peux faire pour toi?

— Rien de spécial, je voulais simplement t'inviter à te joindre à nous pour le repas de dimanche...

L'invitation me prend au dépourvu; j'hésite. Je sens au son de sa voix que Gabriel n'a pas bu. Et si c'était une occasion de rapprochement?... Il ne serait évidemment pas question que j'aille à Versailles; mais, au restaurant, c'est différent... J'accepte.

Je n'aurais jamais cru qu'il puisse être aussi difficile de trouver un restaurant convenable le midi de Pâques; ou bien les grands restaurants n'ouvrent qu'à cinq heures, ou bien ils refusent de prendre une réservation pour ce jour-là; c'est du moins ce que Gabriel m'affirme, quand il me rappelle après plusieurs tentatives infructueuses. J'ai une idée!...

— Et si tu venais dîner à Biarritz?

Le silence de Gabriel me fait peur; et s'il allait refuser? Je me vois déjà préparant joyeusement le dîner de Pâques traditionnel.

— C'est d'accord! C'est une bonne idée!

IL ACCEPTE! Je n'en crois pas mes oreilles, Gabriel accepte... Je suis folle de joie. Je retrouve une vigueur oubliée depuis longtemps. J'ai des ailes! Vite, il faut faire le ménage, décorer, préparer la fête! Je lave le tapis à genoux, avec une petite brosse, je descends les rideaux, je lave les vitres; c'est Pâques et, pour Pâques, tout doit être beau!.. Je suis heureuse à en crier. Quelle grande joie!..

Gabriel va venir fêter Pâques avec nous *ALLÉLUIA!*

* * *

Je n'ai pas dormi de la nuit tant la perspective de ce dîner de Pâques me rend fébrile. Il y a une foule de choses à faire et pas une minute à perdre. Je traverse d'abord à l'épicerie pour acheter le jambon traditionnel. Mon ami le boucher, renouant avec une vieille coutume, a garni tous les jambons de fleurs de papier multicolores pareilles à celles qu'on attachait aux roues des bicyclettes et à l'attelage des chevaux quand j'étais petite. Je m'émerveille et le boucher me donne gentiment une bonne douzaine de fleurs pour me faire plaisir. Je dois certainement refléter mon état d'âme puisque tout le monde me parle, tout le monde me sourit; mon enthousiasme est communicatif.

J'arrête à la fruiterie où travaille Alexandre, un Alexandre débordé en cette veille de Pâques. Il me salue au passage puis enfourche sa bicyclette et part effectuer ses livraisons. J'achète un ananas, des cerises pour le décorer, et puis des fruits, toutes sortes de fruits... Il faut des bonbons, du chocolat, un gâteau et des jonquilles, un énorme bouquet de jonquilles. Je n'ai rien oublié?... Si, les bougies!

Élise, chère Élise, tu assumeras donc, finalement, tous les frais de ce repas?...

Ce chèque inattendu me permet mille petites folies douces. Je reviens à Biarritz chargée comme un mulet. Je prépare des tas de petits plats qui embaument la pièce. On sonne.

— Tenez, madame Élise, c'est pour vous!
— Merci beaucoup!

Le jeune livreur de l'épicerie me remet un énorme sac rempli de fleurs de papier, avec les compliments de mon ami le boucher. Je suis ravie. Je sème des fleurs partout, sur le comptoir, sur les meubles, j'en pique jusque dans les rideaux. Biarritz est pavoisé de fleurs en l'honneur de Gabriel. Vive Pâques! Vive le printemps!

Mélanie pousse un cri de joie en ouvrant la porte:

— Oh! maman, c'est super beau!

Elle me prend les mains puis nous dansons en riant et en tournant tout autour de la pièce. Alexandre nous surprend dans nos élans artistiques.

— WOW! Aye! c'est au boutte!... Tiens, M'man, c'est pour toi!
— Que tu es gentil!

Il a touché sa première paye et m'offre une magnifique plante verte que je m'empresse d'installer à la place d'honneur. Il fait bon chez nous. Biarritz a le cœur en fête. Demain, nous allons nous retrouver tous les quatre pour célébrer... Si la jument pouvait parler!

* * *

Dimanche le 10 avril...

Pâques! Enfin Pâques! Nous attendons l'arrivée de Gabriel d'une minute à l'autre; tout est fin prêt! J'ai changé les draps, rangé les coussins et parfumé la pièce. Le buffet est dressé sur le comptoir et j'ai piqué des fleurs même dans les plats. On ne peut rêver Pâques plus fleuries.

— Quelle heure est-il, M'man?
— Onze heures et demie!

Gabriel m'avait dit: «Vers onze heures...» Je brûle d'impatience. Le téléphone sonne. *Mon Dieu! faites que ce ne soit pas lui...* C'est lui! *Mon Dieu! faites qu'il vienne...* Il viendra, mais plus tard, dans une heure...

— Le temps de prendre une douche et de me raser, tu comprends?

Je suis dégonflée. Je sais bien, pourtant, que Gabriel n'a jamais été là où il devait être au moment où il devait y être. Depuis le temps que je le connais, je devrais m'y être habituée; mais non, j'espère encore; je l'attends à l'heure convenue et me désespère s'il n'arrive pas. Encore le téléphone... Maudit téléphone! *Mon Dieu! pourvu qu'il ne change pas d'idée...* Je réponds en tremblant: c'est Pauline!

— Ouf! si tu savais comme j'ai eu peur!
— Élise, je t'invite à dîner si tu veux!

Chère Pauline, ça lui faisait mal de me savoir seule en ce jour de fête.

— Je te remercie, mais il y a du nouveau: Gabriel s'en vient et nous dînerons, tous les quatre ensemble, ici même, à Biarritz! Si tu savais à quel point je suis heureuse!

Ai-je besoin de le dire; moi qui lui casse constamment les oreilles avec Mon Gabriel, avec mes peurs et mes espoirs en Gabriel, avec Mon Amour pour Gabriel? D'ailleurs, n'est-elle pas la seule personne qui ait réussi à lui enlever son masque?

Je retiens Pauline au bout du fil le plus longtemps possible; peut-être pour empêcher Gabriel de se décommander? Je ne raccrocherai qu'à son arrivée; j'ai peur du vide. Assise près de moi, Mélanie joue aux cartes toute seule tandis qu'Alexandre lit dans son coin. On sonne: trois coups!... C'est lui! Les enfants se précipitent pour aller répondre pendant que je me compose une attitude. Je continue ma conversation téléphonique jusqu'à ce que Gabriel entre dans la pièce; je lui fait «bonjour» de la main puis, prenant ma voix la plus douce je dis à Pauline, qui comprend le manège:

— Alors, c'est ça, à ce soir!...

Je raccroche. Gabriel me regarde d'un air intrigué. Il s'approche et m'embrasse tendrement sur la joue. Je le remercie des fleurs qu'il m'offre et les dépose dans un vase, sans lui souffler mot de mon téléphone. Il a apporté deux énormes œufs de Pâques au bout desquels, il a percé un trou et glissé un billet de vingt dollars. Alexandre et Mélanie sont contents; un œuf et vingt dollars!... rien d'autre, depuis notre départ! Gabriel donne également à chacun un sac de voyage à l'emblème d'une célèbre compagnie d'aviation; y aurait-il une nouvelle hôtesse de l'air dans les parages?

Élise, chère Élise, ce n'est vraiment pas le moment!

Pour ne pas rater son effet, Gabriel porte sur l'épaule, en plus de tout ce qu'il a dans les bras, un énorme sac de voyage qu'il aurait très bien pu laisser dans l'auto. Il s'en débarrasse en le jetant négligemment sur le lit. Il affiche un air détendu, joue le monsieur au-dessus de ses affaires:

— Je suis revenu des Cantons de l'Est, *spécialement* pour dîner avec vous...
— C'est *trop* gentil!

Nous avons convenu d'éviter les sujets épineux; mais, y en a-t-il d'autres? Je passe des hors-d'œuvres, sers des canapés; tout est bon, tout est réussi! Nous nous amusons ou plutôt, nous faisons semblant de nous amuser comme avant; comme avant quoi? Même Alexandre et Mélanie ne sont pas naturels. Ils jouent les enfants contents.

Sitôt le dessert terminé, Gabriel se lève et reprend ses affaires:

— Vous allez m'excuser, on m'attend!

Il embrasse les enfants et me donne un petit baiser sec sur le front:

— Je ne serai pas de retour avant mercredi... Tchao!

Il part, va vers l'ascenseur puis revient sur ses pas; il frappe, j'ouvre:

— Dis-moi, Mon Chérie, tu vas chez tes parents?
— Peut-être!... Pourquoi?
— Embrasse-les pour moi...
— Je n'y manquerai pas!

Il hésite un moment et ajoute:

— Je croyais t'avoir entendu dire: «À ce soir...» à ta mère, tout à l'heure, en arrivant...
— Ce n'était pas ma mère!
— Ah! bon!... Eh! bien, je me sauve... Tchao!

— C'est ça, re-Tchao!

Il sort, le sac en bandoulière, les cheveux en bataille. Va-t-il vraiment quelque part? Je n'en sais rien et ça m'est égal. Je n'ai pas ressenti, en le voyant, le grand Bonheur que j'attendais. Je referme doucement la porte derrière lui puis, m'appuyant sur le chambranle, je pousse un grand soupir pour expulser à jamais Gabriel de ma vie.

— Venez, les enfants, j'ai besoin d'un coup de main pour ranger l'appartement avant d'aller souper chez grand-maman!..

* * *

Jeudi le 14 avril...

Je n'ai pratiquement rien foutu de toute la semaine; j'ai laissé la vie me reprendre tranquillement; j'ai fait le plein par le vide. Étendue sur mon lit, comme je le fais si souvent, je regarde le plafond et me perds dans mes rêves. Je connais tous les détails, toutes les bulles du plâtre, et navigue, par plafonds interposés, entre Biarritz et Versailles. La sonnerie du téléphone me sort de ma léthargie:

— Bonjour, Mon Chérie, c'est moi!... Tu es libre pour dîner?

— Euh!... Oui!

— Alors, je t'enlève.

Juste le temps de réparer des ans... et le voilà; à l'heure, pour une fois. Il n'a pas bu et paraît très calme. Peut-être a-t-il pris de nouvelles résolutions?... Quoi qu'il en soit, je suis contente de le voir. Rendus au restaurant, nous parlons simplement, presque tendrement. Gabriel flirte un peu et je le laisse faire; son baratin commençait à me manquer. Je décide de le reconquérir; et ça marche assez bien, merci! Quand il m'invite à la maison, j'accepte en me disant qu'il est toujours *mon mari.*

Je ne suis pas retournée à Versailles depuis l'anniversaire de Mélanie. Il fait un temps superbe et le soleil d'avril inonde le salon, répétant à l'infini la délicate silhouette de mes beaux rideaux de dentelle.

Gabriel va de la chambre à la cuisine, s'affairant à ranger ce qui traîne:

— J'ai reçu des amis, hier soir, excuse le désordre...

Je le laisse à sa besogne et me promène partout dans la maison, sans découvrir la moindre trace de visite, si ce n'est un plat de chips et des bonbons.

Gabriel me rejoint. Il met un disque et m'invite à danser. Il me serre dans ses bras et m'embrasse tendrement; ça me fait tout drôle. Et si je devenais la maîtresse de mon mari? La situation peut paraître cocasse mais, dans le fond, je suis sincère avec moi-même, Gabriel est toujours l'homme que j'aime. Mes désirs d'Amour me reprennent et, au son d'une musique langoureuse, nous passons dans la chambre...

— Madame est servie!

L'amour nous ayant creusé l'appétit, Gabriel a préparé un petit gueuleton: du pain, du pâté, du fromage... et du vin. Ce goûter impromptu et charmant risque de tourner au vinaigre et, le vin aidant, la situation pourrait se corser. Évitons de briser l'envoûtement.

— Tu veux bien me ramener à Biarritz?

— Certainement! Juste le temps de nourrir l'oiseau et d'arroser les plantes... Je pars pour le week-end!

Tandis qu'il s'affaire, je retourne dans la chambre chercher mon linge. Le sac de voyage de Gabriel traîne près de la porte; curieuse comme une «b'lette», je l'entr'ouvre: il est vide! Je le referme soigneusement.

Élise, chère Élise, n'as-tu pas honte?

Gabriel a terminé sa besogne, il joue maintenant au monsieur qui part pour quelques jours et tente de m'impressionner en mettant ses bâtons de golf dans la valise de l'auto puis, jouant le monsieur qui a oublié quelque chose, il retourne sur ses pas et revient, l'instant d'après, son fameux sac de voyage sur l'épaule. Il s'avance vers moi, tout souriant:

— Heureusement, je l'avais préparé ce matin!

Quel menteur! Je retiens une forte envie de rire. Il me raconte des histoires; il va faire un petit tour et revenir bien sagement à la maison, certain que je le crois parti en week-end avec une autre... Je gagne des points.

Il arrête à ma porte et m'embrasse longuement avant de me laisser descendre. Je ne saurais dire exactement pourquoi je me sens aussi heureuse.

— Bonsoir, Mon Chérie... Bonne soirée!
— Bonsoir... et bon voyage!..

* * *

C'est vendredi, les enfants sont à l'école et j'en profite pour flâner au lit, les orteils en éventail, en prenant toute la place. Je pense très fort à Gabriel; si fort que, lorsque le téléphone me fait sursauter, j'ai la certitude que c'est lui.

— Bonjour, Mon Amour!... Je te réveille?
— À peine, quelle heure est-il?
— Dix heures!
— Déjà?... Mais toi, qu'est-ce que tu fais là; tu n'es pas en voyage?

— Je suis revenu ce matin, j'avais envie de te voir... Es-tu libre ce soir?

— En principe, oui, pourquoi?

— J'ai à te parler!

— Ah! oui..., et de quoi?

— De nous. Écoute, je ne sais plus où j'en suis; j'ai besoin de toi.

C'est la première fois que Gabriel tente une telle démarche. Je suis prête à l'aider à condition qu'il s'implique davantage.

— Je t'ai dit que je partais pour le week-end...

— Avec une autre?

— Oui!

— Et alors?

— Je n'ai plus envie de partir, j'ai envie d'être avec toi, de faire l'amour avec toi...

— Et l'Autre?

— Je lui expliquerai, elle comprendra; d'ailleurs, je n'ai aucun secret pour elle...

Piquée au vif, je deviens sarcastique, voire même cassante:

— Bon, dans ce cas-là, il n'y a plus de problème; tu l'appelles et tu lui dis: «Écoute, *baby*, hier, j'ai revu *ma* femme, on a baisé, et j'aurais le goût de remettre ça; tu comprends?» Je suis sûre qu'elle va comprendre!

— Tu es cruelle!

— Je ne suis pas cruelle, je suis réaliste. Il n'y a pas de demi-mesure: ou tu lui dis la vérité, ou tu ne la lui dis pas!...

— Je pourrais ne partir que demain...

— Et venir, en dilettante, me faire l'amour en attendant? Il n'en est pas question!

— Tu ne veux pas?

— Non! Je ne pourrais pas faire l'amour avec toi en pensant que demain tu repars avec elle; ou c'est elle, ou c'est moi!

Moi, qui ai horreur des ultimatums, voilà que je place Gabriel devant le choix classique de la troisième scène du deuxième acte.

— Mais tu ne comprends pas! Je suis coincé entre deux feux: d'une part, j'ai envie d'être avec toi, et, d'autre part, j'ai promis d'être avec elle...

— Alors, vas-y!

— Écoute, j'y vais, je lui parle...

— Tu lui dis tout?

— Je lui dis tout et je reviens le plus vite possible; je serai là dimanche, demain peut-être...

— Fais comme tu veux.

— Qu'est-ce que tu en penses?

— Je n'en pense rien du tout; c'est ton affaire. Tu es libre de faire ce que tu veux de ta fin de semaine. Pour ma part, je ne te demande qu'une chose: laisse-moi faire ce que je veux de la mienne. Que tu reviennes demain ou dimanche, je ne veux pas le savoir. Je n'ai pas l'intention de passer mon temps à attendre ton coup de téléphone. Je veux bien respecter ta vie privée mais je te demande également de respecter la mienne. Lundi, si tu n'as pas changé d'avis, tu me rappelleras et nous verrons...

— Alors, pour ce soir, c'est non?

— C'est non!

— Bon, je te rappelle...

— Pas avant lundi!...

— C'est promis!... Ah! oui, j'oubliais: JE T'AIME!

Il raccroche. Tout tourne dans ma tête. *JE T'AIME! JE T'AIME!... JE T'AIME!... JE T'AIME!...* combien de fois me l'a-t-il dit? Je me promène de long en large en me répétant *JE T'AIME, JE T'AIME*... J'aurais envie de le caresser, de m'appuyer sur son épaule, de le toucher, de l'embrasser. J'ai encore dans le corps ce goût de lui, cette chaleur qui m'est familière. J'ai hâte à lundi!

* * *

Samedi le 16 avril...

J'assiste avec Jacqueline et Pauline à la réunion annuelle du mouvement Al-Anon. Des centaines d'hommes et de femmes, venus de tous les coins de la Province se rencontrent dans le but de partager leur vécu avec ceux et celles qui sont aux prises, comme eux, avec les difficultés encourues par la présence d'un être aimé souffrant de cette terrible maladie qu'est l'alcoolisme. Il règne dans cette salle une ambiance extraordinaire de calme et de sérénité.

Je raconte en deux mots à Jacqueline mes péripéties des derniers jours; elle m'écoute en riant:

— Tu seras donc toujours amoureuse folle de cet homme?.. C'est désespérant!

Dans la salle voisine de la nôtre se tient une session intensive d'un groupe participant au «renouement conjugal». Me voilà repartie; je rêve de rapprochement, de cheminement, de retrouvailles... Élise et Gabriel!... Gabriel et Élise!... C'est écrit dans le ciel, c'est ÉTERNEL!... Quand Gabriel téléphonera, lundi, je lui parlerai tendrement; la tendresse que je ressens pour cet homme, je ne l'ai jamais ressentie pour personne d'autre; elle est unique. Gabriel est mon mari, non pas «après tout», non pas «malgré tout», mais «par-dessus tout»! Je l'ai librement choisi pour ami, pour amant, pour mari et lui ai toujours donné la meilleure part. Je sens qu'il est sur le point de prendre conscience de la perturbation qu'il a créée autour de lui. Il y aura bien sûr, dans un premier temps, une période de sevrage extrêmement pénible, suivie d'une convalescence longue et difficile, puis, enfin, le retour à la vie; cette Vie qui est toujours la plus forte...

— Et moi, je serai là, pour l'aimer, pour l'aider, amoureusement et fidèlement...

Jacqueline me ramène à la réalité:

— Tu sors de ton vingt-quatre heures, ma vieille!

Mon désir de dépassement est si grand que je me fous complètement qu'en ce moment il soit avec une autre; je ne ressens aucune jalousie, aucune amertume, je suis juste bien!

* * *

Je n'ai pas envie de passer toute la journée du dimanche à Biarritz; je me rabats sur Monique et Jean, mon oasis, mon refuge. Il fait beau! si beau, que nous pourrons manger «côté cour» dans ce petit coin dînette que mes amis ont aménagé à l'arrière de leur maison. Le «côté jardin» n'est encore qu'un espoir, en ce tout début de printemps, mais de jeunes pousses fraîchement plantées et de timides tulipes montrent déjà le bout du nez. Ici, le temps n'existe plus, ici, c'est nulle part!..

Nous bavardons tranquillement en profitant du soleil quand le téléphone de Mélanie vient interrompre notre quiétude. Elle crie et pleure au bout du fil; j'arrive à peine à l'entendre:

— Alexandre a fait une crise; il a voulu me donner un coup de pied, je me suis penchée, il est passé à côté et son pied a défoncé le mur du salon...

Je suis effondrée. Je les avais laissés seuls sachant qu'ils devaient partir dans quelques heures. Les crises d'Alexandre sont vraiment imprévisibles.

— Écoute-moi bien, ma Bichette, laisse la ligne ouverte, pour que j'entende ce qui se passe, et sauve-toi... Prends l'autobus et viens me rejoindre. Tu connais le chemin?

— Oui!

— Alors, je t'attends!

J'entends Mélanie marcher jusqu'à la porte, l'ouvrir, la refermer; puis j'entends Alexandre lancer des objets dans la pièce. Il s'approche du téléphone et referme le récepteur.

Qu'est-ce qui se passe? Pourquoi ces crises subites chez un enfant si doux, presque trop doux? Sans doute supporte-t-il mal de vivre en vase clos avec sa sœur et moi; il n'a pas de place, il étouffe. Comme c'est difficile d'élever des enfants dans des conditions aussi restreintes; je n'étais pas préparée, j'ignore quelle attitude prendre...

Heureusement que le comportement de Gabriel, ces derniers jours, est un présage d'espoir. Jean ne partage pas mon enthousiasme; il se méfie. Je suis sur le point de m'enflammer pour plaider ma cause, quand Mélanie arrive, encore toute bouleversée. Elle nous fait un récit détaillé de leur dispute et son exposé me rend craintive. Désormais, je devrai éviter de les laisser seuls, tous les deux. Il m'apparaît évident qu'Alexandre aurait besoin d'aide, mais où trouver la personne qualifiée?... La situation me dépasse.

Après un excellent souper durant lequel les esprits se sont calmés, Jean nous ramène à Biarritz et monte avec nous afin de constater les dégâts. La pièce est déserte. Alexandre a laissé un mot sur le comptoir: «Je suis parti chez Michel, à Drummondville, je vais coucher là!» Ce billet me rassure; au moins, je ne craindrai pas une entrée inopinée de mon cher fils durant la nuit. Il a réussi un coup de maître: son pied s'est enfoncé complètement dans le mur, y laissant un trou béant d'environ dix pouces sur huit. À voir le plâtre répandu sur le lit et sur le tapis, on pourrait croire qu'il a démoli tout le plafond.

Mélanie s'endort sitôt après le départ de Jean. Je nettoie un peu la place en tentant de clarifier la situation dans ma tête. Cette promiscuité devient malsaine; impossible de se retirer dans sa chambre en cas de crise, impossible d'avoir la paix. Seule avec mon fils ou avec ma fille, je n'ai aucun problème; ce n'est que lorsqu'ils sont ensemble que ça se gâte. Ils en sont arrivés à se chamailler pour tout et pour rien.

Dans la mesure du possible, je m'arrange pour laisser Alexandre seul, les soirs où Mélanie doit sortir, afin de lui permettre un peu d'intimité; il peut alors peindre, dessiner ou téléphoner à loisir, sans déranger personne. De plus, lorsque Mélanie couche chez son amie Dodo, je change de camp avec mon fils, lui laissant le grand lit pour lui tout seul. Mais comment désamorcer ses crises?

Je m'installe sur le comptoir pour écrire ma lettre quotidienne à Gabriel. Ce rendez-vous sacré me permet de faire le point sur les événements de la journée. Depuis le début du mois d'avril, je n'ai manqué aucune rencontre et garde précieusement toutes ces lettres avec l'intention de les lui offrir, la semaine prochaine, pour son anniversaire. Je compte beaucoup sur ces écrits pour entamer le dialogue. Il faut absolument que Gabriel comprenne ce qui se passe présentement à Biarritz; qu'il sache ce que nous vivons et comment nous le vivons. La situation actuelle doit cesser. Gabriel ne pourra se cacher la tête dans le sable indéfiniment. Un jour ou l'autre, il faudra que ça éclate. Nous nous enlisons peu à peu dans une situation absurde; j'aime Gabriel, Gabriel m'aime, et nous restons là, attendant patiemment que l'autre capitule.

Quand il apprendra ce qu'il advient de son fils, il ne pourra plus se désister. Il comprendra que ses enfants ont besoin de lui. Nous n'avons plus de temps à perdre; le mois de mai approche et j'envisage mal la perspective de passer l'été à Biarritz. Enfin, Gabriel doit téléphoner demain et l'espoir d'une rencontre positive avec lui me redonne du courage. Nous ferons le point. Nous parlerons une bonne fois à cœur ouvert...

«Mon Dieu! accordez-moi la patience d'attendre à demain!»

* * *

Alexandre a téléphoné, il ne reviendra pas de Drummondville avant demain. Encore une journée de classe de perdue; son année scolaire prend un dur coup. Quoi qu'il en soit, ces quelques jours loin de nous devraient lui faire le plus grand bien. Je n'ai pas réparé son dégât; je tiens à ce qu'il le fasse lui-même, ou alors j'attendrai quelque temps pour le faire, quand je serai bien certaine qu'il a réalisé la portée de son geste.

Gabriel a réussi, encore une fois, à me tenir en haleine. J'attends toujours le coup de fil promis vendredi. Je suis restée accrochée au téléphone toute la journée pour ne pas rater son appel. Mélanie, qui vient d'arriver de l'école, regarde la télévision tandis que je nous prépare des sandwiches. La sonnerie du téléphone me surprend: c'est Gabriel!

— Bonjour, Mon Chérie... écoute ça!

J'ai du mal à l'entendre, la musique joue à pleine force. Il colle le récepteur tellement près des haut-parleurs qu'il m'est impossible de distinguer ce qu'il veut me faire écouter.

— Chéri, chéri, es-tu là?

Il ne répond pas et me laisse en plan. Intriguée de me voir tenir l'appareil sans rien dire, Mélanie s'approche:

— Qu'est-ce qui se passe?
— Ton père me fait écouter un disque mais je n'arrive pas à comprendre à quoi ça rime...
— Laisse-moi l'entendre...

Elle prend l'appareil et donne son verdict:

— C'est: «All by myself...» d'Éric Carmen!
— Connais pas!

Elle me remet le récepteur que j'appuie au creux de mon épaule, tout en continuant de beurrer mon pain, en espérant qu'un jour ou l'autre Gabriel daignera revenir au bout du fil.

La musique cesse enfin. Gabriel reprend la ligne mais, avant même que j'aie eu le temps de placer un mot, il me dit langoureusement:

— You know, I love you so much...

Et il raccroche. Je n'y comprends rien. Sans doute va-t-il rappeler d'un instant à l'autre. Je termine tranquillement la préparation de notre repas et retrouve Mélanie sur le divan pour manger. J'essaie de ne plus penser à Gabriel. Notre conversation s'engage sur Alexandre et son comportement des dernières semaines. J'en profite pour faire le point avec Mélanie afin de lui faire comprendre que son frère vit présentement cette situation sous un tout autre angle que le nôtre; d'une part, il voudrait prendre l'offensive de nous sortir de là et, d'autre part, il se sent impuissant, à la merci de deux femmes qui, elles aussi, perdent quelquefois le contrôle de leurs émotions. Frustré dans son orgueil de petit mâle, il doit redéfinir sa conception du couple et accepter que ce soit sa mère qui mène la barque.

— Tu sais, maman, je l'aime Alexandre...

— Je le sais ma bichette, et, c'est parce que je le sais, que je crois que tu pourras le comprendre et l'aider; ne serait-ce qu'en évitant de le provoquer... Veux-tu du café?

— S'il te plaît!

Elle s'installe dans le lit avec son café et un livre, tandis que je me ronge les sangs à côté du téléphone, attendant depuis plus d'une heure que Gabriel rappelle. Je n'y tiens plus; tant pis, je l'appelle: un coup... dix coups... vingt coups... Il n'est pas là.

Je voudrais lire mais je ne parviens pas à fixer mon attention sur le texte. À tout instant, je tente à nouveau de rejoindre Gabriel, sans succès. Encore une fois, il aura réussi à monopoliser toute ma journée, toute ma soirée et probablement toute ma nuit...

* * *

Vendredi le 22 avril...

Alexandre est rentré bien sagement au bercail. Je lui ai fait part de mes intentions quant au maintien de la paix dans notre vie quotidienne et j'ai tout lieu de croire qu'il tiendra compte des règles que nous avons établies. Ce soir, il est parti joyeusement danser à l'école, avec sa sœur, et tous les deux semblaient vouloir collaborer pour que la rencontre soit agréable.

Gabriel n'a pas donné signe de vie de toute la semaine. Je tourne en rond tel un ours en cage depuis cinq jours; il n'est pas question que je passe une heure de plus pendue au téléphone, attendant que Monsieur daigne appeler Madame. Ce cher Ange paraît avoir énormément de mal à choisir entre la blonde et la brune; au fait, est-elle brune?.. Vous pouvez toujours hésiter, Monsieur le Don Juan; s'il n'en tient qu'à moi, vous n'hésiterez pas longtemps; ma patience a des limites et je n'éprouve aucune envie de jouer à qui perd gagne. Veuillez me considérer dans la catégorie «hors-concours»; c'est terminé, j'ai passé l'âge.

Un coup de fil de Pauline me sort de ma coquille. Son invitation tombe pile; il y a longtemps que je ne me suis pas offert le plaisir d'assister à un meeting ouvert des Alcooliques anonymes; j'y rencontrerai certainement des figures sympathiques.

Dès notre arrivée, elle me présente Philippe, un grand blond, aux tempes grisonnantes, ressemblant un tout petit peu à Frank Sinatra. Il a des yeux superbes, d'un bleu profond et clair.

— Vous avez des yeux d'aviateur!

Ma remarque le fait rire, d'un rire malin qui accentue des dizaines de petites rides autour de ses yeux, les rendant encore plus pétillants, plus moqueurs.

— Vous avez visé juste; je suis aviateur, ou du moins, je l'ai été, jusqu'à ce qu'un accident stupide me force à renoncer à mes ailes!

— Vous avez été blessé?

— Oui, très sérieusement... j'ai abattu dix arbres!

— Oh! là là!... Et vous n'avez jamais piloté depuis?

— Jamais!... Autrefois, j'étais pilote de guerre...

— Laquelle?

— La Grande!... la Vraie!... Je ne sais pas si vous vous souvenez, en mil neuf cent quarante-et-un...

— J'avais deux ans!

— Ouais!... Évidemment! Ma chère Élise, une guerre nous sépare, vous êtes née avec elle, et moi je l'ai faite...

Et ce disant, il ponctue sa réplique d'un geste militaire digne des plus grandes comédies de Broadway, puis m'entraîne vers l'avant de la salle pour écouter le conférencier. En quelques mots, cet homme m'a séduite par sa simplicité et son sens de l'humour remarquable. Sitôt le meeting terminé, nous reprenons notre bavardage. J'apprécie grandement qu'il n'essaie pas de flirter avec moi. Il me parle d'égal à égale; «d'homme à homme» comme il dit en riant... Il doit bien avoir une vingtaine d'années de plus que moi, mais il ne les paraît pas. Il a le teint frais de ceux qui prennent le temps de vivre.

— J'espère que j'aurai bientôt le plaisir de vous revoir... de *te* revoir, Élise...

— Bien sûr! Voici mon numéro de téléphone; appelle-moi quand tu voudras...

Nous nous quittons sur une bonne poignée de main, comme si nous nous connaissions depuis toujours. Pauline me ramène chez moi. Je me couche non sans avoir remercié Dieu pour ces journées bénies qui nous apportent une amitié nouvelle.

* * *

Lundi le 25 avril...

Quant Gabriel téléphone finalement, avec une semaine de retard, je feins d'être très occupée:

— Tu m'excuseras mais je n'ai pas le temps de te parler, je dois sortir!

— Je voulais simplement t'avertir que «tes» chèques d'allocation familiale sont arrivés déjà depuis quelques jours...

Je n'ai plus le sou et j'attendais après cet argent pour finir le mois; je n'ai donc pas les moyens de jouer l'indépendante. Je suis tiraillée par des sentiments ambigüs; d'une part j'ai une envie folle de revoir Gabriel et, de l'autre, je crains en le voyant de me raccrocher à l'espoir de le reprendre. Quoi qu'il me fasse, j'essaie toujours de le justifier...

— Alors, Mon Chérie, pour ces chèques, qu'est-ce-que je fais?... Je pourrais te les porter, en m'en allant vers quatre heures...

— Tu vas chez elle?

— Tu le sais très bien!

Pourquoi, diable, ai-je dit ça? Bien sûr que je le sais; je me suis fait mal pour rien. Je m'en veux d'avoir posé la question et lui en veux de m'avoir répondu. Je me ravise:

— C'est que je ne serai pas là vers quatre heures!

— Ah! bon!...

— J'ai une vie privée, moi aussi!

— C'est ton droit.

— Tes enfants y seront; tu n'auras qu'à sonner, ça te donnera une occasion de les voir...

— Tu sais, ça commence à m'emmerder ton histoire de chèques; qu'est-ce que tu attends pour effectuer ton changement d'adresse?

— Patiente encore un peu, ça achève...

— Je trouve que toute cette histoire a assez duré; si, d'ici trois jours, tu n'as pas pris de procédures, c'est moi qui en prendrai!... C'est clair?

— Fais comme tu voudras...

Je raccroche sans lui dire un mot de plus. J'ai un «motton dans la gorge». Le téléphone sonne à nouveau...

— Allô!

— Bonjour Comtesse!

— Philippe! Comme je suis contente!...

Je reçois mon nouvel ami avec une grande scène de larmes. Quand les écluses sont ouvertes, il n'y a plus rien pour m'arrêter... Au bout du fil, je sens Philippe complètement désarmé.

— Excuse-moi, je t'en prie...
— Veux-tu venir manger avec moi?
— Si tu savais comme ça me ferait du bien!
— Alors, c'est un rendez-vous: midi tapant, Place Ville-Marie, juste à l'entrée du restaurant de l'hôtel...
— J'y serai!
— À tout de suite!...

Je cours comme un chien fou, essayant de tout faire à la fois: m'habiller, me maquiller, me coiffer, faire le lit, ranger la vaisselle; si jamais Gabriel s'avisait d'entrer... Surtout, ne pas oublier de laisser un mot aux enfants... Cet appel de Philippe m'a redonné le goût de vivre.

Onze heures trente! J'entre dans le métro... Onze heures quarante-cinq!.. dernier arrêt: Bonaventure. Je me faufile dans la foule, Philippe doit m'attendre. J'ouvre la porte, il est là! Je suis heureuse de le revoir.

Il s'asseoit devant moi, face à la fenêtre; il a tout le bleu du ciel dans les yeux. J'avais presque oublié qu'ils étaient si bleus. Philippe me sourit; comme il a un beau sourire! Il prend ma main dans la sienne et me voilà toute intimidée à l'idée qu'on nous regarde. Pourtant, il n'y a rien de moins clandestin que notre rendez-vous; seule l'amitié nous unit...

— On vous ouvre une demie?

Le garçon nous indique les deux demi-bouteilles de vin déjà étalées sur notre table. Philippe ne boit plus depuis bientôt vingt-cinq ans, il dit simplement: «non, merci!» en souriant puis enlève les deux bouteilles et les dépose sur une autre table. Je regarde autour et constate que sur chaque table, une demi-bouteille de vin blanc et une demi-bouteille de vin rouge attendent d'éventuels preneurs et invitent à la consommation; ça me choque! Je ne conçois pas qu'on incite les gens à boire de cette façon. J'imagine la difficulté, pour celui ou celle qui vient d'arrêter de boire, de résister à la tentation de dire *OUI* au garçon qui s'approche en disant: «Alors, on vous ouvre une demie?» Aucune personne au régime ne pourrait résister à un morceau de gâteau au chocolat qui lui serait présenté de la sorte. Et pourtant...

— Et si nous parlions de ton Gabriel?

Je lui raconte tout, en détails, y compris l'ultimatum.

— Remarque que je n'ai jamais été impressionnée par les ultimatums de mon mari; je sais trop bien qu'il ne fera rien...

— Mais toi, tu devras faire quelque chose!

— Qu'est-ce que tu veux que je fasse?... Gabriel refuse d'arrêter de boire...

— Ce n'est pas ton problème, c'est le sien!

— Oui, mais...

— Oui, mais, tu as peur!

— C'est vrai!

— Alors, attends!

— Que j'attende quoi?

— De ne plus avoir peur... la peur n'existe pas dans l'Univers, elle n'est qu'en toi...

— Je n'en peux plus.

— Mais oui, mais oui, *tu en peux encore*; quand on n'en peut vraiment plus... ON AGIT!

J'ai crié sur tous les toits, durant des années, que je n'en pouvais plus; et pourtant, je restais là... Le jour où vraiment la situation m'est devenue insupportable, je n'ai pas crié, je suis partie!

Quel repas agréable! Philippe s'avère d'excellente compagnie. Notre amitié germe et prend forme. Nous devenons de plus en plus intimes.

— Philippe, dis-moi, quand je serai très vieille, seras-tu encore mon ami?

— Mais, je serai très, très vieux!... N'oublie pas qu'une guerre nous sépare...

— Je ne l'oublie pas, mais, quand j'aurai quatre-vingt-six ans...

— J'en aurai cent quatre!

— Qu'importe?... En ce temps-là, la différence n'y paraîtra plus!

— Tu es complètement folle!

— Je le sais et j'aime ça! Donc, quand j'aurai quatre-vingt-six ans, j'aurai une grande maison, un grand salon et une balançoire de jardin que je peinturerai rose, d'un joli rose...

— Dans le salon?

— Pourquoi pas? J'ai toujours rêvé d'une balançoire rose dans mon salon! Et puis, j'aurai des amis, tout plein d'amis, et aussi un piano; un vieux piano, bien sûr, puisque j'aurai de vieux amis. Et toi, tu viendras souvent chez moi et tu joueras du piano...

— Parlant de piano, connais-tu l'histoire du gars qui...

Et le voilà reparti. Nous rions à nous en tenir les côtes. Ça me fait du bien. Nous sortons, bras dessus, bras dessous, et marchons lentement longeant les vitrines de la rue Sainte-Catherine. Philippe me fait visiter ma ville:

— Regarde, tu vois cet édifice là-bas?

— Où ça?

— Là, tu vois?.. Eh bien! Crois-le ou non, cet édifice-là a été construit par un alcoolique qui, de la taverne du coin, a remis deux fois le plan du premier plancher, aux contracteurs, si bien qu'au deuxième étage, tu vois, il y a une porte absolument inutile qui ouvrirait dans le vide si on s'avisait de la percer... Et cette gargouille...

— Laquelle?

— Là-haut, juste en dessous de la corniche; je parie que tu ne l'avais jamais remarquée.

— Jamais!

— Eh bien, ma chère Comtesse, cette gargouille-là est l'œuvre d'un célèbre ivrogne qui, un soir de cuite, aurait sculpté la tête de sa belle-mère avec une face de diable!

Philippe me prend par l'épaule. Nous continuons notre promenade comme deux touristes un peu fous qui se perdraient dans la foule, en oubliant le jour et l'heure. Je suis une femme, Philippe est un homme et nous formons un couple pareil aux milliers de couples que je croise dans la rue tous les jours.

— Et ce clocher, là-bas?..

En levant la tête, Philippe aperçoit l'horloge de bronze du clocher:

— Merde, déjà deux heures et demie! Je rencontre un client à trois heures... Tu rentres directement chez toi?

— Non, je vais flâner encore un peu.

— Je te téléphonerai plus tard... Sois bonne!

Il me dit: «sois bonne» d'un ton paternel et gentil qui ne me choque pas venant de lui, puis il descend la rue allègrement en se retournant à deux reprises pour me faire signe de la main.

Perdue parmi la foule, je reprends conscience de ma solitude et les paroles de Philippe me reviennent à la mémoire: «*Quand on n'en peut vraiment plus, on agit!...*» Il est étonnant de constater qu'au moment d'agir, le geste à faire s'impose de lui-même. Je peux, si je le veux, me libérer des entraves m'empêchant de vivre une vie saine et heureuse. Je dois retrouver en moi ma capacité d'émerveillement devant un lever de soleil, un arbre qui bourgeonne, un oiseau qui s'envole...

Depuis notre arrivée à Biarritz, un énorme pigeon blanc vient tous les jours roucouler près de la porte. En entrant dans l'appartement, son chant plaintif et monotone attire mon attention. Je m'approche lentement, sans faire de bruit, j'ouvre la porte doucement et m'asseois sur le rebord pour admirer mon visiteur. Ma présence ne semble pas du tout l'importuner. Je me laisse prendre à son jeu en me grisant de cette nouvelle sensation de bien-être. L'arrivée de Gabriel perturbe un peu ma séance de contemplation.

— Salut!... ça va?
— Ça va!
— Voilà tes chèques!
— Merci!
— Bon!... Eh bien... Au revoir!...
— C'est ça, au revoir!

Je referme la porte aussitôt, inutile de prolonger davantage cette rencontre, la présence de Gabriel m'ennuie; je m'aperçois que je commençais presque à m'habituer à son absence. Il ne m'a pas reparlé des fameuses démarches qu'il était censé faire; de toute façon, je me sens de taille à faire face à Goliath: j'ai ma fronde!

Je retourne à mon pigeon blanc et lui raconte, en confidence, que moi aussi, j'ai des ailes...

* * *

Vendredi le 29 avril...

Gabriel célèbre, aujourd'hui, son trente-huitième anniversaire de naissance et, malgré la déception ressentie lors de sa dernière visite, j'hésite à passer cet événement sous silence. Tel les grands artistes du romantisme, Gabriel a toujours prédit qu'il mourrait à trente-sept ans; maintenant, il n'a plus le choix, il faut qu'il vive!

Je le rejoins au téléphone vers midi. Joyeux, de bonne humeur, il me propose une balade en voiture et un petit souper en tête-à-tête dans un restaurant de mon choix. Peut-on refuser pareille invitation? Surtout, que j'ai ma petite idée...

Élise, chère Élise, encore une fois, tu organises ta mise en scène à ta façon et, encore une fois, tu seras déçue si tout ne tourne pas comme tu le souhaites.

Je me fais belle avec la minutie de la jeune épousée; je suis *on ne peut plus prête!* Au premier coup de sonnette, je descends rapidement par l'escalier et rejoins Gabriel dans la voiture.

— Salut!... bon anniversaire, encore une fois!

— Merci! hum, tu sens bon!

Son étreinte amoureuse m'étourdit. Nous nous embrassons à en perdre le souffle, nous moquant éperdument des témoins possibles.

— Où allons-nous?

— Où tu voudras!

— Si j'osais, je t'inviterais à Versailles...

— Alors, ose!

Nous faisons demi-tour, nous engageant directement sur le pont Papineau. Gabriel caresse doucement mon genou:

— Tu sais que tu as de belles jambes?

— C'est toujours agréable à entendre!

Il sourit. Il y a longtemps que je ne l'avais pas vu sourire. Nous arrivons à Versailles. Tout est impeccablement propre; Gabriel a fait le grand ménage. M'attendait-il?... Je remarque un gros paquet de sucettes à l'orange et une photo de chat trônant sur la tablette de la cuisine. Ils s'empresse de me rassurer:

— C'est Caruso, le chat de qui tu sais! J'ai reçu des amis hier soir, et j'avais acheté des bonbons pour leurs enfants.

Je n'ai aucune envie de savoir qui c'était. Surtout ne pas me laisser envahir par la jalousie. Je jette un coup d'œil rapide autour de la maison: aucune trace de femme. Si *Elle* vient ici, *Elle* prend bien garde de ne rien laisser traîner. J'entre dans la chambre; j'ouvre mes tiroirs, rien n'a été touché.

Je m'attarde dans la bibliothèque; tout y paraît comme avant mon départ, même le livre que je lisais est resté ouvert à la même page, sur ma table de travail. Suis-je partie depuis plus d'une heure?

Je retrouve Gabriel au salon. Il a servi l'apéritif et mis un disque de Serge Lama. Je profite de ce moment romantique pour lui offrir mes lettres, mes trente-trois lettres d'amour, écrites fidèlement, soir après soir.

— Voilà, c'est mon cadeau d'anniversaire!

Gabriel prend le petit paquet de lettres enrubané et le dépose sur la table à café.

— Je les lirai plus tard... quand je serai seul!

Je lui donnerai mon deuxième cadeau, le livre des Alcooliques Anonymes, dans un moment plus propice. Assis par terre, en face de moi, Gabriel tient ma main dans la sienne. Lama chante: «*Mais d'aventure, en aventure, de train en train, de port en port, jamais encore, je te le jure, je n'ai pu oublier ton corps...*» Gabriel devient rêveur.

— À quoi penses-tu?

— À Michou, c'est le disque que je lui ai offert quand nous avons rompu...

— Mais... tu m'avais dit qu'il n'y avait jamais rien eu entre Michou et toi... Tu m'avais juré!...

— Voyons, Mon Chérie, ne soit pas naïve!

Je reçois le choc en plein cœur. Un certain chatouillement prend naissance au bas de ma colonne vertébrale, monte le long de mon dos et se prolonge violemment dans mon bras; je lui lance le livre des Alcooliques Anonymes à la tête. Je suis enragée, je vois rouge!

— Tu m'écœures! Tu m'écœures! Tu m'écœures!

Je hurle ma colère. Bien sûr que je savais qu'il y avait eu Michou, on me l'avait assez dit, mais je ne voulais pas le savoir, je refusais de voir l'évidence et préférais jouer à l'autruche, à celle qui ne sait pas, qui ne croit pas.

Gabriel me regarde avec un petit sourire malin au coin des lèvres puis se penche et ramasse le livre.

— Grande idiote, je savais bien que tu étais jalouse!

— Rends-moi mon livre!

— Jamais de la vie, tu me l'as lancé par la tête, je le garde, j'y tiens!

— Tu ne le liras pas!

— Qu'est-ce que tu en sais?

— Rien, tu as raison, garde-le!

Voilà, le livre est donné; peut-être pas exactement comme je l'aurais souhaité, mais qu'importe?

— Et si nous allions souper?

— Laisse-moi le temps de me refaire une beauté...

J'ai les yeux gonflés, rougis, mon mascara a coulé sur mes joues à force de pleurer; je reconnais mal la figure barbouillée et la tête décoiffée que me renvoit la glace. Je regrette d'avoir fait cette scène mais il était temps que l'abcès crève. Michou hantait mes souvenirs depuis trop longtemps; maintenant que j'ai vidé mon sac, je me sens soulagée.

Gabriel range notre champ de bataille tandis que je me *«répare»*. Il est déjà près de dix heures et demie et nous n'avons toujours pas soupé. Alexandre et Mélanie téléphonent pour souhaiter un bon anniversaire à leur père et m'aviser qu'Alexandre couchera chez François pendant que Dodo partagera le lit de Mélanie. Ils semblent voir d'un bon œil ma présence à Versailles et me donnent le feu vert quand je parle d'y passer la nuit.

Nous partons à la recherche d'un restaurant où, avec cette tête, je ne risque pas trop d'être remarquée. Le premier Bar B.Q. fera très bien l'affaire. Nous mangeons peu et parlons beaucoup. Je me décide à mettre le fameux Bien-Être Social sur la table et lui parle de ma vie avec les enfants. Après un long entretien, Gabriel accepte de faire un effort afin que nous puissions nous retrouver.

Il faudra nous voir plus souvent, nous parler plus ouvertement; qui sait, si en y mettant tous les deux de la bonne volonté nous ne pourrons envisager de reprendre la vie commune dans un avenir rapproché? Cette idée me transporte de joie. Nous revenons à Versailles la tête pleine de projets, rêvant déjà de retrouvailles...

* * *

Le soleil commence à poindre à travers les rideaux de la chambre; il est sept heures et il fait beau! Je me réveille un peu étonnée de me retrouver dans les bras de Gabriel. Je m'étire de tout mon corps et accapare toute la place, dès qu'il se lève pour se diriger vers la salle de bain. J'écoute les oiseaux chanter, c'est déjà le printemps! Soudain, j'entends Gabriel tousser et cracher, et je me remets à trembler comme autrefois...

Élise, chère Élise, que fais-tu là?

Devant un café crème, nous reprenons notre entretien d'hier mais le cœur n'y est plus; j'ai perdu mon enthousiasme, je n'y crois plus. Nous touchons, à quelques reprises, à des sujets épineux mais évitons, d'un commun accord, de nous laisser emporter. Ce piétinement sur des charbons ardents me fatigue. Je rêve de me retrouver seule à Biarritz. Ce matin, Versailles me pèse.

Gabriel ramasse la vaisselle de notre déjeuner:

— As-tu l'intention de passer la journée ici?

— Pas question, il faut que je rentre!

— Je ne t'envoie pas, tu sais!

— Je sais!... Je préfère rentrer!

— Dans ce cas, si tu le permets, je vais organiser ma journée!...

— Je t'en prie!

Il se dirige vers le téléphone et demande quelqu'un dont je ne comprends pas le nom. Il lui parle anglais mais je ne veux même pas entendre ce qu'il dit ni savoir ce qu'il fera. Je sors de la pièce et m'enferme dans la salle de bain pour m'habiller rapidement, sans même prendre le temps de me maquiller. Gabriel a terminé son appel. J'ai hâte de partir!

— Je te ramène à Biarritz?

— Quand tu voudras!

— Alors, allons-y tout de suite!

— Veux-tu toujours garder mon livre?

— Oui, oui, je vais le lire, je t'assure!

Je n'y crois pas mais je m'en fous. Je n'ai plus qu'une idée en tête, monter chez moi, prendre un bain et m'installer confortablement dans mon lit avec un bon livre et un café. Ne plus penser à Gabriel, ne plus rêver de Gabriel, me vider de Gabriel. *Je m'ennuie de moi*, j'ai envie de me retrouver, d'être seule!

* * *

Mercredi le 4 mai...

Le matin, à Biarritz, c'est la grande foire! Chacun s'affaire de son côté mais le côté des uns frôle de tellement près le côté des autres qu'il se produit des étincelles. Quand Alexandre fait des siennes, les oreillers «revolent» et les toasts aussi.

«Mon Dieu! donnez-nous aujourd'hui notre bataille quotidienne!... Amen!»

À la guerre, comme à la guerre! Le premier calmé part en claquant la porte, pendant que je retiens l'autre furie suffisamment longtemps pour laisser au premier le temps de sauter dans l'autobus et de prendre les devants. Bien que je sois devenue une mère-arbitre de première classe, je ne peux encore arriver à prévoir les batailles: ou bien nous avons droit à la grande scène de la vingt-troisième heure et à un petit démon qui se lève frais et dispos le lendemain matin, ou bien, c'est le contraire, notre ange se couche de bonne humeur et se réveille de mauvais poil.

Après le départ pour l'école, je dois compter au moins une bonne heure pour me remettre de mes émotions. Ce matin, je prends mon temps; je suis encore en robe de chambre, en train de siroter mon deuxième café, quand Gabriel arrive à l'improviste. Que peut-il bien me vouloir à cette heure? Il aurait pu téléphoner, il ne m'a pas donné de nouvelles depuis cinq jours. Je regarde par le judas de la porte et vois venir un Gabriel tout souriant, tenant un livre à la main. J'ouvre. Il me tend le livre:

— Tiens, c'est pour toi!... pour la Fête des Mères!...

— La Fête des Mères?... Mais ce n'est pas aujourd'hui, que je sache!

— Je sais, mais je pars ce soir pour cinq jours, chez qui tu sais; comme dimanche nous irons chez sa mère, j'ai pensé venir te porter ton cadeau aujourd'hui!

Les bras m'en tombent! Si je comprends bien, Monsieur vient, mercredi, porter un cadeau à sa femme, pour la Fête des Mères de dimanche, parce que, dimanche, il doit se rendre chez la mère de sa blonde... C'est pas beau ça?... C'est pas émouvant?... J'en reste coite, aucun manuel de bienséance ne m'ayant jamais appris quelle attitude adopter dans ces cas-là! Le plus drôle, c'est qu'en dix-sept ans de mariage, Gabriel ne m'a jamais offert de cadeau à la Fête des Mères: «LA NOSTALGIE N'EST PLUS CE QU'ELLE ÉTAIT!..» heureusement qu'il n'a pas inscrit de dédicace!

Je le remercie de son livre, que je lirai certainement avec plaisir, puis l'invite à prendre un café. J'en prendrai moi-même volontiers une troisième tasse, ne serait-ce que pour faire passer la pilule. Gabriel prend ma main dans la sienne:

— J'ai une autre nouvelle pour toi!

— Encore?... (je m'attends à tout)

— J'ai décidé d'aller me faire désintoxiquer!

— !!!

— Si! si! J'ai fait des démarches dans ce sens, j'ai téléphoné à Roberval mais, tu ne me croiras jamais, ils m'ont demandé de dire à l'alcoolique de téléphoner lui-même; ils n'ont pas voulu prendre ma demande en considération.

(Gabriel a raison, je ne le crois pas)

— Pour une fois que je suis décidé à me faire traiter, y a personne qui veut m'aider... J'ai tout essayé!... J'ai téléphoné partout!...

— Partout?

— Puisque je te le dis!

— Même aux A.A.?

— Même aux A.A.!

— ???

— C'est vrai, je t'assure, mais eux non plus ne me croyaient pas; ils ont carrément refusé de m'aider parce qu'ils pensaient que je leur faisais une blague.

Je connais trop bien le grand dévouement des Alcooliques Anonymes pour croire ce que Gabriel raconte. Je sais qu'il ne dit pas exactement ce qui s'est passé. Il a probablement téléphoné chez les A.A., mais en leur disant quelque chose du genre: «Envoyez, vendez-la moi, votre salade, je suis prêt à l'acheter!...» Or, les A.A. n'ayant aucune salade à vendre, ont dû lui conseiller simplement de passer les voir, le jour où il serait vraiment décidé.

— Je n'ai pas bu depuis ta dernière visite!

Là, je le crois, il ne sent pas l'alcool. Il a terriblement maigri ces derniers temps. Comme il a changé! Qu'est devenu le jeune homme mince, élégant, au regard superbe que j'ai épousé? J'ai peine à le reconnaître.

— Présente-toi chez les A.A., au lieu de téléphoner, je suis certaine qu'ils vont t'aider...

— C'est rien que du «bull shit»!

— Alors, je n'ai plus rien à te dire.

Je sais pertinemment que ce n'est pas du «bull shit» comme il dit, j'ai de trop bons amis dans ce mouvement pour douter de leur honnêteté. Les A.A. aident volontiers ceux et celles qui veulent s'aider mais ils ne peuvent absolument rien pour ceux qui s'obstinent ou celles qui refusent d'être aidées. J'évite de m'impliquer davantage dans la démarche de Gabriel; l'alcoolique a trop souvent tendance à faire faire son travail par les autres, attendant sa guérison de par l'extérieur. J'ai pris la ferme résolution de ne vivre désormais que ma vie, sans essayer de vivre celle de Gabriel.

Il termine son café d'un trait, se lève et sort sans se retourner...

«Mon Dieu! Je remets Gabriel entre tes mains...»

* * *

Dimanche le 8 mai...

Aujourd'hui, c'est vraiment la Fête des Mères! Gabriel ne m'a donné aucune nouvelle depuis quatre jours; j'imagine qu'il est parti, tel que prévu, *chez qui je sais*. J'essaie de ne pas trop penser à lui; j'espère seulement qu'il a tenu le coup et demandé de l'aide.

Mélanie a passé la nuit à Duvernay, chez son amie Josée qu'elle n'avait pas revue depuis le jour mémorable de son anniversaire. J'ai changé de camp avec Alexandre afin de lui permettre de mieux se reposer. Il dort encore, recroquevillé comme un gros nounours ébouriffé. Dieu qu'il est sage quand il dort! Je cherche de toutes mes forces un moyen de lui venir en aide.

Étendue par terre, sur mes coussins, je regarde le jour se lever lentement sur le béton du mur d'en face: Biarritz se réveille, Biarritz s'anime... Je rêvasse encore quand Mélanie arrive avec un gros bouquet de pissenlits dans une main et un petit sac de papier dans l'autre. Elle me tend les fleurs et le sac:

— C'est pour toi!... J'ai trouvé des croissants à trois pour un dollar; j'en ai acheté six... pour ta fête! Bonne fête, maman!

Elle se jette dans mes bras et se met à sangloter dans mon cou.

— Qu'est-ce qu'il y a, ma bichette?
— Maman, tu sais pas, c'est épouvantable, y a une autre femme qui vit chez nous...
— Mais tu savais que ton père sortait quelquefois avec une autre femme; je te l'ai dit...
— Voyons, maman, tu comprends pas: ELLE COUCHE CHEZ NOUS! Toutes mes amies l'ont vue...
— C'est vrai, M'man, moi aussi je l'ai vue...

Venant de l'alcôve, la voix d'Alexandre me fait sursauter. En deux bonds, il quitte son lit et nous rejoint.

— Quand je suis allé chez P'pa, l'autre jour, il était dehors dans le jardin avec *Elle* et la tenait par l'épaule. J'ai viré de bord avant qu'il me voie puis je suis parti chez mon ancien ami!

Je suis bouleversée, je cherche mes mots. Quoi leur dire? Comment leur faire comprendre ce que je ne suis même pas certaine de bien comprendre moi-même? Dois-je prononcer les phrases traditionnelles du genre: «Votre père n'est qu'un homme, après tout!...» ou alors leur faire croire: «Qu'un homme c'est pas pareil...» Je refuse d'utiliser de telles âneries. Mieux vaut leur dire carrément la vérité.

Je place le bouquet de pissenlits bien en évidence sur le bout du comptoir, je réchauffe les croissants et, tout en déjeunant, leur parle calmement de ma vie avec leur père, de mon attitude envers les femmes qu'il a eues dans sa vie et, plus particulièrement, envers cette dernière qui, semble-t-il, n'a pas encore réussi à prendre toute *ma* place, puisque Gabriel revient toujours.

— J'essaie présentement de ramener votre père vers nous, mais, pour réussir, il ne faut surtout pas que je sois jalouse; ça gâterait tout. Je crois que j'ai encore une chance et je m'accroche à cette idée plus fortement qu'à toutes les pensées négatives qui pourraient me hanter.

Mélanie me regarde avec ses beaux grands yeux mouillés de larmes:

— Ça te fait rien que papa aime une autre femme?
— L'aime-t-il?... Je n'en sais trop rien. De toute façon, pour le moment, j'essaie de ne pas compliquer les choses. *On ne peut être blessé que si l'on accepte de l'être;* or, moi, je refuse; je ne donne ni à Gabriel, ni à cette femme, la permission de m'atteindre...
— T'aimes plus papa?
— Tu sais très bien que je l'aime encore; seulement, je l'ai quitté parce que je ne pouvais plus vivre avec lui; maintenant, je dois le laisser vivre en attendant que la situation change.

Je leur ai dit ce que je pouvais leur dire et ils ont compris ce qu'ils pouvaient comprendre; rien de plus. Alexandre nous sort quelques blagues de son cru pour détendre l'atmosphère et le déjeuner se termine gaiement.

— Si vous êtes d'accord, nous irons chez votre grand-mère assez tôt...

Ces paroles provoquent une réaction chez Alexandre qui se lève, prend son manteau et sort en claquant la porte.

— Où va-t-il?
— Je n'en ai pas la moindre idée!
— Il ne t'a même pas souhaité bonne fête!

— Laisse-le faire. Je crois que, pour le moment, ton frère a de la difficulté à prendre certaines émotions; ça va revenir avec le temps...

Vers deux heures, je me rends chez mes parents avec Mélanie. En nous accueillant, mon père s'étonne de l'absence d'Alexandre.

— Ne t'inquiète pas, il viendra plus tard...

Je n'ose dire que dans le fond, je souhaite de toutes mes forces que mon fils ne vienne pas. Il est parti vêtu d'un vieux pantalon tout usé, d'une vieille chemise, le tout agrémenté d'une chevelure tellement longue qu'elle lui donne l'air d'une «moppe».

Élise, chère Élise, n'y aurait-il pas en toi un vieux reste d'orgueil?

On sonne! Mon Dieu, faites que ce ne soit pas lui!... J'entends la voix de ma mère:

— Bien oui, c'est Alexandre!

Je voudrais me voir ailleurs; si seulement je pouvais me cacher sous la table, comme quand j'étais petite.

— Mon Dieu Seigneur, tu es donc bien beau!

«Qu'ouie-je? Qu'entends-je?» Je rêve. Ma mère ne parle certainement pas du même garçon. Elle revient à la cuisine suivie d'Alexandre; je reste sans voix. J'ai devant moi un jeune homme très élégant; il a revêtu son habit propre, mis une chemise blanche, un foulard, et, comble de joie, il est impeccablement coiffé.

— Où as-tu fait faire cette coupe de cheveux?
— Chez François, sa sœur est coiffeuse... Je suis ton cadeau: *bonne fête M'man!*

Cette fois-ci, je le sais, je pleure de joie!

* * *

Le mois de mai me semble encore plus difficile à passer que tous les autres. Il fait beau, trop beau pour être seule; partout on voit des couples se promener, main dans la main, et moi je n'ai personne.

Par bonheur, j'ai des amis merveilleux qui m'invitent tour à tour, tantôt à souper, tantôt à sortir, et qui me téléphonent régulièrement afin que le vide de ma vie soit moins lourd à porter. Philippe vient tout juste de m'appeler; nous avons jasé durant plus d'une heure. Ses rendez-vous quotidiens, d'âme à âme, m'apportent un bien-être extraordinaire.

Ce soir, je suis seule et, comme je le fais souvent quand je suis seule, je me retrouve sur le toit et passe de longues heures appuyée sur le garde-fou de l'immense balcon gris qui me rappelle «la galerie des sœurs» du temps où j'allais à l'école.

Inlassablement, je regarde au loin, là-bas, derrière les arbres, c'est Versailles! J'imagine Gabriel travaillant dans le jardin, entrant dans la maison, s'attardant dans le boudoir... En fermant les yeux, je sens sa présence derrière moi, il me prend par l'épaule puis me serre très, très fort dans ses bras et m'emporte...

Je frissonne. Au-dessous, il y a la rue, les autos, le vide... Et si je me jetais en bas, pour ne plus souffrir, pour en finir?

Élise, chère Élise, qu'est-ce qui te prend?

Je deviens folle, j'ai peur de moi. Je m'écrase dans un coin comme une pauvre enfant battue. Je pleure. Je pousse de petits hurlements sourds qui me viennent des entrailles...

«Mon Dieu! se pourrait-il que la situation soit sans issue?... Se pourrait-il qu'il n'y ait plus pour moi aucun espoir de bonheur?...»

Je sais pourtant qu'il ne faut jamais attendre son bonheur de quelqu'un d'autre mais le trouver au fond de soi; je le sais, mais, malgré tout, je doute, je m'apitoie, je me prends en pitié, me remettant corps et âme entre les mains de Gabriel.

Je me sens mieux, plus calme, et l'idée d'avoir pu, tout à l'heure, vouloir me suicider, m'apparaît maintenant complètement ridicule; me tuer, juste au moment où Gabriel commence à parler de remise en question... quelle absurdité!

Je reprends mon poste d'observation et regarde passer les autos sur le boulevard Henri-Bourassa. Je m'amuse à jouer à la grande dame en visite à Paris; le boulevard Henri-Bourassa devient les Champs Élysées. Je voyage en rêve, laissant le vent de mai caresser doucement ma figure. Je pars, loin, très loin, oubliant peu à peu Versailles et Gabriel. Plus rien ne me retient, je m'envole...

* * *

Lundi le 23 mai...

Les enfants sont en congé. Mélanie pique-nique au parc avec des amis tandis qu'Alexandre aide le concierge à nettoyer la piscine. Il fait beau comme en juillet. Biarritz s'anime; la cour intérieure fourmille, chacun ayant descendu sa chaise ou son coussin pour se faire bronzer sur le mouchoir de poche gazonné accessible à tous les locataires. Les transistors se font la guerre...

Je viens de passer plus d'une heure au téléphone avec Philippe qui m'appelle régulièrement, une ou deux fois par jour, pour demander de mes nouvelles. Il est drôle, ses plaisanteries me font rire et apportent du soleil dans mon quotidien. Philippe et Fernand, deux présences masculines positives dans ma vie actuelle; ils me donnent un son de cloche différent, qu'aucune de mes amies n'est en mesure de m'apporter. Ils sont l'envers de ma médaille...

Joyeuse et souriante, Barbara s'amène les bras chargés d'un énorme bouquet de marguerites et d'un colis surprise très lourd et extrêmement froid; j'ouvre: quarante livres de poulet congelé, dépecé et prêt à cuire...

— Où diable as-tu pris ça?

— J'ai un ami boucher; c'est un cadeau!

— Et les enfants qui adorent le poulet; ils vont se régaler!... Tu dînes avec moi?

— Si tu veux!

— Une omelette et du yaourt, ça te va?

— C'est parfait!

Tout en mangeant, j'observe Barbara, qui mord à belles dents dans une tartine beurrée, et ne peux m'empêcher de songer au temps qu'il nous a fallu pour devenir amies... Au moment de son idylle avec Marc-André, elle me voyait comme une ennemie possible, une rivale dans le cœur de son amoureux qui ne ratait jamais une occasion d'établir des comparaisons entre elle et moi. Se méfiant de mon amitié pour mon neveu, elle me fuyait comme la peste et ce n'est qu'après plusieurs rencontres que nous avons finalement mis cartes sur table, établissant le processus d'apprivoisement qui a fait de nous les amies que nous sommes.

Quand, après deux ans de mariage, elle a pris la décision de se séparer de Marc-André, je l'ai aidée de mon mieux à remonter la pente, en l'invitant le plus souvent possible à partager notre quotidien; hélas partager notre quotidien, c'était aussi partager nos scènes et nos disputes. Gabriel s'enlisait dans une situation difficile et Barbara ne pouvait qu'assister, impuissante, à ses crises.

Elle se détachait de Marc-André avec peine. Moi, étant l'amie des deux, je refusais de jouer dans le dos de l'un ou de l'autre; Marc-André savait que je voyais souvent Barbara, tandis que Barbara savait que Marc-André me téléphonait fréquemment. Les ayant tous les deux assurés de ma discrétion et de mon impartialité, ils acceptaient les règles du jeu et évitaient de me placer dans une situation compromettante. Quand, au moment de leur séparation légale, Barbara m'a proposé d'être son témoin, j'ai accepté mais, à la condition que Marc-André soit au courant de mes intentions. D'accord avec ma prise de position, il a tout simplement décidé de ne pas se rendre à la Cour, le jour du procès, de sorte que, mon témoignage aidant, tout s'est passé très rapidement et sans problème; en moins de dix minutes, ils étaient séparés. Depuis, Marc-André a «refait sa vie» avec une autre femme et Barbara a découvert le mode de vie qui lui convient. Elle respire la joie de vivre et ses fleurs lui ressemblent; elles seront le prolongement de sa visite à Biarritz!

— À quoi penses-tu?
— À notre amitié, à tes fleurs...
— Élise, je suis heureuse!
— Ça se voit!...

À peine Barbara a-t-elle franchi la porte que Jacqueline prend la relève; on dirait un complot. La sollicitude de mes amis me touche et moi, grande profiteuse devant l'Éternel, je me gave d'amitié, de tendresse et de chaleur humaine...

— Quel bon vent t'amène?
— Une envie folle d'aller me promener au parc Lafontaine! Ça te chante?
— Oh! oui, je n'y suis pas allée depuis des années!

Nous garons l'auto près du parc et marchons tranquillement dans l'allée ombragée qui contourne l'étang. Nous croisons des amoureux enlacés, des vieux, des «mômans» entourées d'une foule d'enfants; c'est jour de congé, où sont donc tous les hommes?...

Nous parlons, ou plutôt, *«je»* lui parle de Gabriel, de mon Amour pour Gabriel, de mes espoirs en Gabriel, et mon amie m'écoute attentivement comme si je lui racontais tout ça pour la première fois. Aujourd'hui, je sais que Gabriel est avec l'Autre, mais je ne veux pas en tenir compte; je refuse de prendre la chose en considération.

Cette situation devient de plus en plus difficile à supporter. Je voudrais trouver toutes les solutions, résoudre tous les problèmes à la fois. Mes idées deviennent confuses, je m'embrouille.

— Si seulement tu pouvais arriver à lâcher prise!

— Je sais bien que tout est là. J'essaie, par tous les moyens de diriger la vie de Gabriel alors que j'ai du mal à diriger la mienne. Je m'acharne, sachant parfaitement que je ne peux améliorer que moi...

— L'important d'abord!...

— Oui mais...

Je constate soudain qu'à chacune des interventions de Jacqueline, je réplique par un «oui, mais...» posant immédiatement une restriction mentale à toutes ses questions: «oui, mais... s'il fallait que Gabriel arrête de boire, sans moi?» (peur de ne pas être indispensable) «oui, mais... s'il fallait qu'après avoir arrêté de boire, Gabriel ne me revienne pas?»(peur de le perdre) «oui, mais... s'il fallait que je demande le divorce et qu'ensuite Gabriel arrête de boire pour une autre?»(peur d'être évincée, peur d'être remplacée) Jacqueline freine mes élans:

— *Oui, mais*, tu n'en es pas là!...

C'est vrai, j'oublie souvent l'instant présent; or, ici, maintenant, il fait beau et je suis bien. Pourquoi est-ce tellement difficile de savourer le temps qui passe? Prédire l'avenir, imaginer ce qui pourrait arriver si... si... et si l'imprévu arrivait, si un jour la jument parlait?

Je retrouve mon sourire et goûte la chaleur du soleil sur mon visage. Les yeux mi-clos, je regarde le ciel à travers les branches chargées de bourgeons et je repense à mon enfance à la campagne, à mon grand-père qui me dirait:

«Élise, chère Élise, regarde un peu si le Bon Dieu est Bon!»

* * *

Vendredi le 3 juin...

J'ai payé mon cinquième loyer avec le chèque du Bien-Être Social arrivé ce matin. Toute la semaine, j'ai couru à la recherche d'un emploi, signant des tonnes de papiers, remplissant tous les questionnaires et répondant à toutes les exigences demandées. Je me suis même inscrite dans deux agences de placement, à titre de secrétaire à la pige; moi, qui déteste le travail de bureau! Il ne me reste plus qu'à attendre qu'on daigne solliciter mes services.

Les enfants arrivent de l'école tout excités; ils sont pressés. Alexandre prend les devants:

— M'man, habille-toi vite, on t'amène danser!

— Danser?... Où ça?

— Il y a un anniversaire chez les A.A., ce soir; j'y vais avec Mélanie et puis on t'amène...

— Dis «oui», maman!

— C'est où, votre truc?

— À Longueuil!

— Rien que ça?

— C'est pas si loin, M'man, envoye donc!

— Pourquoi pas?... D'accord!

Je suis aussitôt emportée dans un tourbillon affolant: préparer le souper, laver mes cheveux, me coiffer, me maquiller, m'habiller...

— Mais, qu'est-ce que je vais mettre?

Mélanie tranche la question:

— Mets ton pantalon noir avec ta blouse rose; t'es «crotte» là-dedans!

Être «crotte» ou ne pas être «crotte»? Telle est la question. Pas le temps d'y réfléchir davantage, j'opte pour la suggestion de ma fille: pantalon noir et blouse rose. On s'habille en vitesse, on mange en vitesse, on part en vitesse... je me laisse conduire.

Une heure et demie dans le métro et l'autobus; dans quelle galère me suis-je embarquée? Et tout ça pour aller danser! J'assiste pour la première fois à un anniversaire chez les Alcooliques Anonymes où il y a également de la danse.

En entrant, je suis chaleureusement accueillie par toute la bande des jeunes habitués de Biarritz. Tous ces adolescents sont tellement gentils avec moi! Soudain, ils se dirigent en courant vers un nouvel arrivant, comme si une vague de fond les emportait, et je me retrouve seule, au milieu de la salle, entourée de chaises vides. La plupart des gens s'attardent à l'arrière et bavardent entre eux; moi, je ne connais personne.

Je remarque toutefois dans un groupe, un grand roux avec une petite barbe; cet homme n'est pas particulièrement beau mais il a du charme, son genre me plaît. On se bouscule gentiment pour prendre place; je le perds de vue.

— La chaise est libre?

Je lève les yeux vers mon interlocuteur: c'est lui! Il me désigne le siège réservé pour Mélanie que j'aperçois assise à l'avant de la salle avec ses amis.

— Vous pouvez vous asseoir!

Il s'installe puis m'offre une cigarette:

— Vous fumez?
— Non, merci!
— Vous avez de la chance!... Vous permettez?
— Bien sûr!

Il allume sa cigarette. Nous échangeons un regard furtif. Je remarque qu'il a de belles mains longues et fines et des yeux pers légèrement bridés. Il doit avoir environ quarante-cinq ans.

Le conférencier s'avance vers le podium. Tout le monde se tait. Mon voisin approche légèrement sa chaise de la mienne. Je sens son regard posé sur moi et je rougis comme une collégienne. Il se penche vers moi, me tend la main et chuchotte:

— Je m'appelle Adrien!
— Et moi, Élise!

Je me sens belle. Est-ce que je lui plais?... Est-ce que je peux plaire encore?

Élise, chère Élise, t'as donc bien fait de t'habiller «crotte»...

Sitôt le meeting terminé, les jeunes me rejoignent et je perds à nouveau Adrien dans la foule. Sans trop en avoir l'air, je le cherche un peu des yeux quand soudain je l'aperçois près du buffet. Il me fait signe de le rejoindre.

— Je vous attendais, me dit-il en me tendant une assiette. Alexandre et Mélanie, trop heureux de voir leur mère casée, s'éloignent joyeusement pour rejoindre ceux de leur âge.

Je fais le tour du buffet avec Adrien. En prenant de la salade, j'apprends qu'il est veuf; aux sandwiches au jambon, que ça fait quatre ans; aux œufs farcis, il me parle de son travail et, au dessert, je sais tout de lui.

La danse commence. Adrien m'invite. Rock ou disco? Je ne saurais dire, mais ça bouge. Un peu gauche, au début, je suis vite retombée sur mes pattes et m'amuse maintenant de toutes mes forces. Mon partenaire danse bien; je me sens rajeunie de dix ans. Le jeune discothécaire s'en donne à cœur-joie: rock-disco-rock-disco-rock... Nous sommes épuisés.

«Only you»! Enfin un «plain». Adrien me prend dans ses bras, me serre très fort, je suis bien. J'avais oublié cette sensation grisante d'un corps d'homme contre le mien. Joue contre joue, corps contre corps, les yeux fermés, nous dansons langoureusement emportés par la chanson des Platters... *«Only you and you alone can thrill me like you do...»* Et dire qu'on appelle ça «les plaisirs démodés»!

— Maman, j'ai pris dix cents dans ta sacoche?

En me tapant sur l'épaule, Mélanie a rompu le charme. Adrien me regarde stupéfait puis nous éclatons de rire; n'étions-nous donc pas seuls au monde? Me voyant danser pour la première fois avec un étranger, ma fille a trouvé ce prétexte pour rappeler sa mère à l'ordre. Elle se dirige maintenant vers le comptoir à café, tandis qu'Adrien et moi reprenons notre danse, mais en surveillant tous nos gestes, tels deux adolescents se sentant épiés par leurs parents. La soirée file à une vitesse folle.

— Adrien, quelle heure est-il?

— Onze heures et demie!

— Déjà? Il faut que je me sauve avant que le métro de minuit ne se change en citrouille.

— Reste encore, je te ramènerai chez toi!

— J'habite Ahuntsic!
— Et alors?
— C'est loin!
— Je sais!
— Mes deux enfants sont avec moi!
— Je sais!
— Mon appartement n'a qu'une seule pièce!
— Ça aussi, je le sais, tu me l'as dit!
— Alors, c'est d'accord!

De cette façon, Adrien n'aura pas de mauvaise surprise; je ne voulais pas que subsiste la moindre équivoque, puisqu'il est définitivement hors de question que j'amène cet homme à Biarritz avec l'intention de partager quelques moments intimes avec lui. Non pas que l'idée, de prime abord me déplaise, mais l'exiguïté des lieux et les circonstances actuelles ne me permettent pas d'envisager une telle aventure.

Vers une heure et demie du matin, tous les quatre entassés dans la petite auto d'Adrien, nous faisons le chemin du retour en riant et en blaguant. Mon nouvel ami est patient et roule prudemment. Comment pourrais-je ralentir le temps?

— Nous voilà!... Si le désordre ne te fait pas peur, je t'invite à prendre un café!

— Tu sais, j'en ai vu d'autres; va pour le café!

Pendant que l'eau bout, je m'empresse de ranger un peu. Adrien jase avec Alexandre:

— J'ai été professeur d'escrime pendant dix ans!

Il n'en fallait pas plus pour emballer mon fils qui, à ces mots, se précipite derrière le divan pour sortir son épée, son plastron, son masque; le temps de le dire, la pièce est transformée en arène de combat. Adrien enlève son veston. Les jeux sont faits: feinte-parade-riposte... touché!

Indifférente aux films de capes et d'épées, Mélanie s'est retirée dans la salle de bain. J'entends couler l'eau dans la baignoire. Nous buvons notre café sans elle, puis Adrien se retire avant qu'elle ne quitte son refuge.

Le départ d'Adrien me laisse un peu rêveuse. Mélanie sort de sa cachette, les yeux rougis, le regard triste:

— Il t'aime, cet homme-là, maman!

— Comment peux-tu dire ça, c'est la première fois que je le vois!

— Je le sais, il t'aime... puis toi aussi, tu l'aimes!

Elle se jette sur le lit en sanglotant. Je m'approche mais elle me repousse et se retourne vers le mur.

— Mélanie, ma bichette, écoute-moi!

— J'veux pas t'écouter... Si tu commences à sortir avec lui, nous autres on va rester seuls... Papa de son bord puis toi du tien... ça va être beau!

Je la laisse pleurer toutes les larmes de son corps, attendant patiemment que l'orage passe. Assise sur le bord du lit, je caresse tendrement ses cheveux...

— Mélanie, je vais te parler comme à une amie; cet homme-là me plaît beaucoup, c'est vrai, tu as raison. Quant à savoir si je lui plais?...

— Tu le sais!

— Je le voudrais bien, mais, n'exagérons rien, je n'ai rencontré Adrien...

— Tu parles d'un nom!

— Je disais donc, que j'ai rencontré Adrien par hasard, ce soir; il a été très gentil avec moi, je te l'accorde mais sans plus. Nous avons dansé, c'est tout!

— Pas mal collés!

— Pas plus collés que toi et tes copains. Vous voulez qu'on soit jeune, qu'on accepte votre façon de vivre, mais, dès qu'on y prend goût, ça vous choque. De toute manière, je n'ai absolument rien à me reprocher; j'ai passé une soirée agréable et, si jamais Adrien m'appelle et m'invite à sortir, je me ferai un plaisir d'accepter. C'est un homme charmant...

— M'man a raison; moi, je l'ai trouvé «ben correct»!

— Toi, tu dis ça parce qu'il fait de l'escrime!

— Quoi qu'il en soit, mes chers enfants, je n'ai nullement l'intention de refaire ma vie dans les semaines qui viennent et je me considère assez grande pour prendre mes décisions toute seule en ce qui concerne mes sorties...

J'embrasse Mélanie sur la joue:

— T'inquiète pas, ma bichette, si jamais j'ai des décisions plus importantes à prendre, je vous en parlerai comme je l'ai toujours fait. Sur ce, il serait sage de penser à dormir...

Appuyée près de moi, Mélanie s'endort, épuisée d'avoir trop dansé et trop pleuré. Je n'arrive pas à fermer l'œil. Comme il est difficile de s'envoler avec deux enfants sur les ailes. Comment leur expliquer?... Comment faire comprendre à une fille de quatorze ans que sa mère a besoin de se sentir femme? Le sourire d'Adrien me revient constamment à la mémoire; ça ne peut être le coup de foudre? Pas à mon âge? J'ai terriblement chaud malgré la porte patio toute grande ouverte. J'envie presque Alexandre de dormir sur le plancher.

Je tourne et me retourne sans arrêt dans mon lit. Mes fantasmes m'assaillent. C'est une de ces nuits de juin où on ne pense qu'à faire l'amour... Faire l'amour! J'en ai des frissons sur tout le corps. Décidément cette soirée m'a rendue folle! Je sens mon cœur battre en touchant mes tempes; j'ai la tête chaude. Comment pourrais-je aller me rafraîchir dans un bain en ne dérangeant personne? Je fais couler l'eau lentement puis me glisse dans ce nectar presque froid en souhaitant me «raplomber» les idées. Un bon massage avec la serviette me fouette le sang. Je me sens mieux.

J'ai hâte au matin. Je sais qu'Adrien doit partir tôt pour la journée; j'aimerais tant qu'il me téléphone en se levant. Osera-t-il? Peut-être craindra-t-il de réveiller les enfants?...

«Mon Dieu! faites qu'il m'appelle...»

Six heures... mes fantasmes reprennent de plus belle. Le jour commence à poindre et je n'ai pas encore dormi. Si je m'écoutais je monterais sur le toit pour admirer le lever du soleil mais je n'ose le faire de peur d'inquiéter les enfants. J'ai faim. Je me lève sur la pointe des pieds, ouvre doucement le réfrigérateur...

— Qu'est-ce que tu fais, M'man?
— J'ai faim!
— Moi aussi!
— Veux-tu des biscuits?
— Oui!

Je suis reconnaissante à mon fils de veiller cette heure avec moi.

* * *

Samedi le 4 juin...

Jacqueline vient nous chercher vers dix heures. Après avoir reconduit nos enfants à La Ronde, nous revenons toutes les deux chez elle. La journée nous appartient. Installées près de la piscine, jus de fruits, chips et revues de mode à portée de main, nous rôtissons en paix...

Je lui fais le récit de ma soirée d'hier. Elle éclate de rire:

— C'est pas possible, je ne te reconnais plus!

Mes yeux lancent des éclairs, je pète le feu. Je n'omets aucun détail, y compris la crise de larmes de Mélanie et ma nuit tumultueuse, dont je commence d'ailleurs à ressentir les effets; je baille sans arrêt. Jacqueline propose que je dorme un peu, le temps qu'elle aille au centre d'achats. Elle part. Je m'installe sur la chaise longue, en prenant grand soin d'éviter l'ombre. Je rêve d'être bronzée comme une star d'Hollywood. Le sommeil de la nuit revendiquant ses droits, je m'endors profondément...

Le bruit familier de la clôture glissant sur ses gonds me réveille brusquement. Le périple de Jacqueline ayant duré plus longtemps que prévu, je suis restée étendue, à la même place, en plein soleil, durant près de deux heures... je suis brûlée! J'ai du mal à bouger. Jacqueline me badigeonne de crème médicamenteuse pour calmer la douleur, puis je me retourne sur le ventre afin de faire rôtir un peu mon dos, histoire de ne pas avoir l'air d'un demi-Thermidor...

Quatre heures! Je n'y tiens plus et retourne à Biarritz. Adrien m'a dit qu'il reviendrait chez lui vers cinq heures; je ne veux pas rater son appel... Je réalise tout à coup que je ne sais rien de lui, malgré tout ce qu'il m'a raconté. Je connais son prénom, pas son nom et ne sais ni son adresse, ni son numéro de téléphone... Où avais-je donc la tête?

Je plonge dans un bain tiède pour apaiser mon coup de soleil. Je lave mes cheveux, les coiffe soigneusement, épile mes sourcils, mes aisselles, mes jambes... OUCH! Je mets du poli à ongles jusque sur mes orteils. Je n'ai rien oublié: poudre, parfum, bijoux... je me suis même fabriqué une espèce de mixture avec du fond de teint et de la crème pour bébé afin d'adoucir ma peau et masquer l'inesthétique dégradé de mon coup de soleil. Je suis prête à toutes les éventualités!...

Je meurs de faim mais je n'ose pas manger... au cas où Adrien m'inviterait au restaurant; je suis fatiguée mais j'évite de m'étendre sur le lit, de peur de défaire ma coiffure, et je ne veux pas enfiler ma robe, de crainte de la froisser. Je tourne en rond, comme une tigresse en jupon. *J'attends que le téléphone sonne!* Je me déteste, je déteste Adrien, je lui en veux de me faire attendre. Comme une adolescente je suis là, attendant bêtement que le Prince Charmant daigne m'appeler. Je me trouve totalement ridicule... Je me morfonds pour un homme qu'hier soir, à cette heure, je ne connaissais pas encore.

Adrien a dit qu'il téléphonerait; soit, mais m'a-t-il promis que ce serait aujourd'hui? Je constate que je transpose sur cet homme mes sentiments personnels et, qu'en lui prêtant mes intentions, je me déçois moi-même. Je lui en veux de ne pas répondre aux avances que j'espérais qu'il me fasse. Au fond, ce n'est pas tant son attitude qui me dérange que ma réaction face à cette attitude. Je m'en veux de rester là, par ce temps superbe, enfermée dans mon propre piège, à regarder ce maudit téléphone qui ne sonne pas.

Je me lance en pleurant sur le lit. Pauvre petite moi qui aurais tellement besoin d'être aimée. Je voudrais faire l'amour toute la nuit puis m'endormir, au matin, tendrement blottie dans les bras tout chauds d'un homme... Le téléphone!... Je me précipite pour répondre:

— Bonsoir Comtesse!

— Philippe!... Mon bon Philippe!... Mon merveilleux Philippe!...

— J'avais envie d'aller me promener avec toi; tu veux bien?

— Oh! oui... Oh! oui... je veux bien!

Vivement, je me pulvérise de l'eau froide sur la figure pour réparer le ravage causé par les larmes. J'enfile une longue jupe douce, un chandail léger; je suis prête! Philippe a vraiment eu une merveilleuse idée!

Le sentier longeant la rivière des Prairies invite au romantisme. Philippe me tient la main; nous nous promenons en goûtant pleinement la saveur de cette superbe nuit d'été.

Tout en marchant, je raconte à mon grand ami mon aventure fantasmatique avec Adrien. Philippe rit de bon cœur:

— Pauvre lui, il ne saura jamais quelle nuit d'amour il a raté!... Que diriez-vous, Comtesse, d'un cornet de crème glacée pour vous changer les idées?

— J'avoue qu'une petite distraction genre «cramaglace» s'avérerait d'un grand bienfait en l'occurence!

Philippe achète deux énormes glaces au chocolat que nous dégustons avec délices, assis sur un banc, près de la rivière. Nous nous racontons mille choses merveilleuses puis reprenons, tout en bavardant, le chemin de Biarritz. Nous nous quittons à ma porte.

— Bonne nuit, Comtesse... sois bonne!

— Ai-je le choix?

J'entends mon téléphone sonner du bout du corridor mais, le temps d'arriver, de sortir ma clé et d'ouvrir la porte, mon interlocuteur a raccroché. Peut-être était-ce Adrien?... Je ne le saurai jamais; mais ça n'a, tout à coup, plus du tout d'importance.

* * *

Vendredi le 10 juin...

Adrien n'a pas donné de nouvelles de toute la semaine et je mentirais en disant que je n'en attendais pas.

Je ne me faisais pas trop d'illusions mais j'espérais quand même... A-t-il été trop occupé?... A-t-il perdu mon numéro?...

Je me souviens que, la semaine dernière, Adrien m'a demandé, à plusieurs reprises, si j'avais l'intention d'assister à l'anniversaire de son groupe A.A., ce soir, à Longueuil. Je ne lui ai dit, ni «oui» ni «non»; donc, je me réserve le droit de décider. Qu'ai-je à perdre, sinon des illusions? Mieux vaut en avoir le cœur net. J'emprunte quelques dollars à Jacqueline et descends au meeting, toute seule, en autobus, comme une grande. Heureusement que les enfants ne sont pas avec moi, je me sens déjà suffisamment ridicule comme ça. J'ai le trac. Je suis folle, complètement folle. Mon cœur bat à tout rompre. Je suis une petite fille qui s'en va rejoindre un petit gars, puis sa mère le sait pas. Quelqu'un a déjà dit: *«Si j'aurais su, j'aurais pas v'nu!...»* Je regrette presque mon embardée.

Surtout, ne pas rater mon entrée; avoir l'air parfaitement naturel: «je suis là, simplement, par hasard...» à deux heures d'autobus de chez moi, faut l'faire! J'ouvre la porte doucement mais fermement. Du premier coup d'œil, j'aperçois Adrien, au fond de la salle, s'entretenant fort amicalement avec une jeune femme; tiens, tiens, je n'avais pas pensé à ça! Il vient vers moi:

— Bonsoir, Élise, je vous présente Diane...

Le «vous» me surprend, d'abord, puis me fait rire. Rien ne va plus. J'ai du mal à retrouver, en cet Adrien-là, mon Prince Charmant de la semaine dernière. Le contact ne s'établit pas. Peut-être est-ce mieux ainsi?... Au même instant, dans un coin retiré de la salle, je répère Raymond, un membre A.A. que je connais à peine, mais suffisamment cependant, pour l'aborder et lui demander de ses nouvelles. Voilà ma chance!

— Si «vous» voulez bien m'excuser, Adrien, je dois rejoindre un ami!

Raymond est seul, ça tombe bien! Comme prévu, il m'invite à m'asseoir près de lui, ce qui rend mon histoire d'autant plus vraisemblable. Nous restons ensemble à l'heure du café et quittons tout naturellement la salle en même temps à la fin du meeting. Adrien et Diane nous escortent jusqu'à la porte. Une dernière poignée de main, un dernier sourire et le mot «*fin*» de ma belle aventure. Raymond profite un peu de la situation dont il ignore évidemment tous les dessous.

— Je te raccompagne?

— Laisse-moi au métro, tu seras gentil!

— Je vais te ramener jusque chez toi, si tu veux...

Encore! Il y a décidément sur cette Terre une quantité incroyable de mâles intéressés à me ramener au bercail. L'idée de ne pas me retaper tout le chemin du retour en autobus, n'est certes pas pour me déplaire. Mettons, d'abord les choses au point:

— J'habite Ahuntsic!

— Et alors?

— C'est loin!

— J'ai tout mon temps!

— Je vis avec mes deux enfants!

— Je le sais!

— Dans une seule pièce!...

— Allez, monte!

Le trajet se fait en douceur. Raymond n'est pas du tout mon genre mais je lui trouve un certain charme... Nous approchons de Biarritz. Il est absolument hors de question que cet homme monte chez moi. Je ne veux pas que Mélanie confonde sa mère avec la Cantinière du Régiment.

— Me voilà rendue!
— Je peux monter?
— À cette heure?... Pas question, les enfants sont couchés...
— Ils se couchent tôt!
— Très tôt!
— Et si nous allions quelque part?
— Non, merci, c'est gentil mais je suis fatiguée!
— Alors, tant pis... ce sera pour une autre fois...
— C'est ça, une autre fois, peut-être...
— Bonsoir!
— Bonsoir!... Merci!
— Tu ne m'embrasses pas?
— Mais si, bien sûr...

Je lui donne la plus amicale *bise sur la joue* jamais reçue de toute sa vie, puis je descends de la voiture avant qu'il n'ait eu le temps de s'en remettre.

* * *

Dimanche le 19 juin...

Je ne peux plus ignorer que la belle Ann-Lyz passe maintenant tous ses week-ends à Versailles; Alexandre l'a vue, les voisins l'ont vue, tout le monde l'a vue. Je ne peux supporter l'idée qu'elle vive dans *ma* maison et qu'elle dorme dans *mon* lit; ça me fait mal au ventre, MAUDIT! Quand je pense que je suis partie pour faire réfléchir Gabriel et que je me retrouve dans cette situation ridicule, je rage...

C'est aujourd'hui la Fête des Pères. Les jeunes ont organisé un meeting spécial auquel les parents sont invités. Gabriel a promis qu'il viendrait; les enfants comptent sur sa présence mais je connais bien les promesses de Gabriel; ayant appris à mes dépens à ne pas trop m'y fier.

J'ai bien essayé à quelques reprises de préparer le terrain afin d'éviter une trop grande déception:

— Tu sais bien M'man que P'pa nous fera pas ça...
— Y nous l'a promis!
— Pis promis, c'est promis...

Je démissionne. Je préfère ne plus m'en mêler. Je m'installe dans mon lit pour lire. Le téléphone sonne. Alexandre répond.

— Salut, P'pa!

— — — — —

— Viens-tu au meeting?

— — — — —

— Oh! P'pa, tu nous l'avais promis...

— — — — —

— Oui, un instant!

Il me tend l'appareil:

— C'est P'pa... Y veut te parler.

Je me lève à reculons; je n'ai vraiment pas envie de lui parler.

— Allo!
— Qu'est-ce que c'est que cette histoire de meeting?
— Tu le sais bien, Alexandre t'en a parlé, c'est un meeting spécial que les jeunes ont organisé pour la Fête des Pères... Tu avais dit que tu irais...
— Mais il n'en est absolument pas question. J'ai des principes, MOI!... Je fête la Fête des Pères à la maison paternelle, MOI!

Il s'emporte et parle avec un faux accent français qui me tape sur les nerfs. Il a du trémolo dans la voix; il joue le père noble, le père digne... Il s'enflamme:

— Je suis CHEZ MOI et je fête la Fête des Pères CHEZ MOI! J'ai des principes; si TES *enfants n'en ont pas, c'est que TU n'as jamais été foutue de leur en donner, des «PRINCIPES...»*

La moutarde me monte au nez. Je n'y tiens plus:

— Tes PRINCIPES, dans le cul, mon bonhomme! Quand on a autant de principes que tu prétends en avoir, on ne baise pas sa blonde dans le lit de *sa femme*. Tu as transformé Versailles en bordel. Tu te vautres avec Elle dans *mon* lit, dans *mes* draps...

— Mon Chérie, tu es vulgaire...

— Oh! oui, je suis vulgaire mais jamais autant que toi. Je suis vulgaire et ça me donne une satisfaction que tu ne peux pas imaginer. Tu me dégoûtes, tu m'écœures, JE TE HAIS!

Je raccroche, furieuse et terrassée. Je me laisse tomber sur le divan en sanglotant.

— Je le hais! Je le hais! Je le hais!

Je n'arrive pas à m'expliquer ma réaction; moi, qui ne me choque à peu près jamais, je viens de faire à Gabriel une scène vulgaire et avilissante. Je me suis abaissée à lui crier des ordures et devant Alexandre par-dessus le marché! Qu'est-ce qui m'a pris? J'ai honte de moi et, en même temps, je me sens soulagée; Gabriel sait maintenant que je sais.

Je n'ai pas pu supporter qu'il déçoive les enfants. J'ai voulu les venger en l'insultant. Des *principes*... il me fait rire avec ses *principes*. Monsieur se soucie de nous comme de sa première chemise mais il a des *principes*... Monsieur a refait «sa» vie; mais nous sommes encore mariés, que je sache!

Je tourne comme un ours en cage. La vapeur me sort par les oreilles. Je vocifère et crie des injures:

— L'écœurant, il va me payer ça!... l'écœurant, l'écœurant!

Alexandre me regarde fixement:

— M'man, peux-tu me dire ce que tu attends?

* * *

Lundi le 20 juin...

J'ai téléphoné à Maître Boileau qui m'a donné rendez-vous, à son bureau, mercredi prochain. Deux jours, il ne me reste que deux jours pour décider si je prendrai une séparation ou un divorce. Soudain, l'étau se resserre, les évènements se précipitent. Qui d'autre que mon amie Pauline pourrait m'aider à y voir clair?... Je l'appelle:

—«Oui, mais»... j'hésite à demander un divorce, tu comprends?

— Élise, ne prends pas de demi-mesures, si tu demandes une séparation, tout sera à recommencer au moment du divorce,

— «Oui, mais»... imagine que Gabriel s'amende, qu'il arrête de boire et revienne à de meilleures dispositions, une fois le divorce prononcé...

— Vous n'aurez qu'à vous re-marier!

Tiens, c'est vrai, comment n'y ai-je jamais pensé? Vu sous cet angle, la démarche me paraît moins terrible. Je dirais même que, dans les circonstances, le divorce devient la solution rêvée pour favoriser nos retrouvailles. Ça change tout! Je demande le divorce, Gabriel arrête de boire, fait un cheminement et me revient transformé, amoureux comme aux premiers jours. Puis nous nous re-marions! Pom! Pom! Pom! Pom!..

Je fouille dans mes papiers, ramasse les documents nécessaires puis repasse dans ma tête tous les arguments possibles. Surtout, ne pas céder sur la raison du divorce; je suis partie pour alcoolisme et je divorce pour alcoolisme. Inutile de mêler les cartes.

* * *

Mardi le 21 juin...

— Bonjour, je suis la secrétaire de Maître Boileau, je viens confirmer votre rendez-vous avec Maître Boileau, demain après-midi, deux heures!

— Merci, mademoiselle, j'y serai!

Je reçois cet appel comme un choc à la poitrine. J'ai peur soudain. Hier, j'étais bien décidée à me rendre jusqu'au bout de ma démarche, mais ce matin, j'hésite. J'ai les mains moites, de grosses gouttes de sueur coulent le long de mes poignets. Je m'étends sur mon lit pour méditer un peu. Je n'arrive pas à me calmer, je tremble de tous mes membres.

«Mon Dieu, faites que... faites que... que Votre Volonté soit faite!...»

Enfin, je décroche, lâche prise, et m'abandonne à un demi-sommeil réparateur. La sonnerie du téléphone me tire de ma torpeur.

— Allô!

— Bonjour, madame, je suis la mère de François, mon fils est-il chez vous?

— Non, je ne l'ai pas vu...

— Je vous remercie!... Au revoir, madame!

— Non, s'il vous plaît, ne raccrochez pas. J'AI PEUR!

— *Qu'est-ce que je peux faire pour toi?*

Ce tutoiement me plaît, je me sens en confiance. Je parle ouvertement et me livre complètement à cette inconnue à la voix douce.

— Élise, pourquoi n'irais-tu pas voir le Père Benoit?

— Oh! moi, tu sais, les curés...
— C'est un homme formidable, tu verras! Appelle-le et dis-lui que c'est moi qui t'envoie.

Je n'ai rien à perdre; ça me fera du bien de parler à cœur ouvert avec quelqu'un qui peut comprendre...

— Je voudrais parler au Père Benoit, s'il vous plaît!
— Il vient tout juste de partir... Un instant, je vais vérifier...

Les secondes qui s'écoulent me paraissent éternelles. Une autre voix me répond.

— Le Père Benoit, s'il vous plaît!
— C'est moi!

La surprise me coupe le souffle, je n'arrive plus à trouver mes mots. Je me reprends et lui explique brièvement la raison de mon appel.

— Je ne vois vraiment pas quand je pourrais vous rencontrer. Vous m'attrapez au vol; j'étais parti et suis revenu parce que j'avais oublié mes clés...
— Bon, tant pis, excusez-moi de vous avoir dérangé et merci de m'avoir écoutée...
— Non, attendez, venez ce soir, à sept heures, à mon bureau, je m'arrangerai.
— Comptez sur moi, j'y serai!

Je pars vers six heures pour ne pas être en retard. Le Père Benoit m'a demandé de lui téléphoner dès mon arrivée au terminus d'autobus; il viendra m'y chercher pour m'emmener jusqu'à son couvent.

La place est déserte. Il fait froid pour la saison, je frissonne sous mon châle de laine. Ayant encore quelques minutes à perdre, le chauffeur lit son journal en attendant de reprendre sa route. Il ouvre la porte de l'autobus:

— V'nez donc vous réchauffer un petit peu en dedans, ma bonne dame!

J'accepte son invitation et m'installe sur le premier banc, près de la porte. En moins de deux minutes, cet homme affable me raconte toute sa vie: il a trente-neuf ans, bientôt quarante, et il est toujours célibataire, bien qu'il ait déjà vécu durant plus de trois ans avec une veuve, mère de trois enfants... Je l'écoute plutôt distraitement, sans attacher la moindre importance à ses propos. Nous n'en sommes encore qu'au tout début de son palpitant récit, quand une petite auto bleue ralentit puis s'arrête juste derrière nous:

— V'là vot' mari, si j'me trompe pas!...

Je lui souris et descends de l'autobus sans le démentir. Je suis un peu surprise en apercevant au volant de la voiture, un homme encore assez jeune, superbement beau et particulièrement élégant. Il baisse la fenêtre:

— Vous êtes bien Élise?
— C'est ça!...
— Je suis le Père Benoit... montez!

N'ayant pas frayé avec les curés depuis de nombreuses années, je m'attendais inconsciemment à rencontrer un vieux monsieur en soutane, sentant la poussière et l'encens.

L'air franc de ce curé-là me plaît. Le temps d'un sourire, d'une poignée de main, et nous voilà en route. Le paysage est extraordinaire. Les jardins somptueux entourant le couvent sont bordés d'arbres immenses; quel calme, quelle paix!

Mon nouvel ami m'invite d'abord à faire le tour du propriétaire: le réfectoire, l'immense salon avec vue imprenable sur la rivière puis enfin la chapelle, blanche, impeccablement propre, invitant à la prière et au recueillement.

Nous passons dans son bureau, une pièce minuscule remplie de souvenirs:

— Je peux vous offrir un café?

— S'il vous plaît!

J'ai l'impression de connaître cet homme depuis toujours. Je me sens en confiance et me livre sans réserve, sachant qu'il connaît particulièrement bien les problèmes des alcooliques et qu'il a une très grande expérience de la vie et des gens. Je me confie à «une grande oreille attentive» qui comprend exactement ce que je veux dire quand je parle de déchirement, de colère et de ressentiment. Nous parlons ouvertement de la vie, du mariage, de l'amour, de ce que je vis aussi bien que de ce que j'ai vécu...

À mesure que la soirée avance, mes idées s'éclaircissent; le Père Benoit partage entièrement le point de vue de Pauline: demander directement le divorce...

— Avec les alcooliques, on ne prend pas de demi-mesures!

À notre insu, la soirée s'éternise; il est déjà plus de minuit quand le Père Benoit consulte sa montre...

— Merde!... Oh! pardon!... Je n'aurai plus d'autobus à cette heure!

— Je vais vous ramener chez vous!

Nous sortons de son bureau en marchant sur la pointe des pieds et en chuchotant pour ne pas déranger les pensionnaires du couvent qui dorment déjà à cette heure. Nous poussons doucement l'énorme grille de l'entrée mais les charnières résonnent comme un glas dans la nuit. Nous retenons un fou-rire...

Le petit sentier menant à la voiture longe la rivière, le ciel est constellé d'étoiles et le rayon de la lune passant à travers le feuillage touffu des arbres produit, telle une ombre chinoise, une immense dentelle de lumière blanchâtre sur le gazon. Je m'arrête un instant pour admirer le spectacle...

Élise, chère Élise, y a pas d'erreur, le Bon Dieu est Bon!

* * *

Mercredi le 22 juin...

Jacqueline vient me chercher vers une heure et m'accompagne au bureau de Maître Boileau. Après une attente interminable, il nous reçoit enfin! Nous entamons les procédures: premièrement, prendre une saisie sur les meubles afin d'éviter une vente précipitée et, deuxièmement, déposer une requête en divorce, en bonne et due forme. Mon avocat me regarde par-dessus ses lunettes:

— Nous disons donc, pour alcoolisme et adultère?
— Alcoolisme seulement!
— Comme vous voulez, mais il faudra des preuves...
— J'en ai!

Je tiens mon bout férocement sachant que la loi est ainsi faite et qu'il est plus facile de prouver l'adultère d'un homme que son alcoolisme; même si les retombées sont flagrantes, les avocats et les juges refusent parfois obstinément de les voir. Quelle est la différence entre le «buveur social», si bien vu dans notre Société, et l'épouvantable alcoolique? Où se place la démarcation? Puisqu'on retrouve dans la «Magistrature» le même pourcentage d'alcooliques que dans le monde ordinaire, la part des choses n'est pas facile à faire. Le cocu, c'est toujours un autre, mais l'alcoolique, ça pourrait être soi; on n'est jamais sûr, ça fait peur!

Maître Boileau prend consciencieusement en note tous les détails que je lui donne. Comprend-il mieux mon point de vue? Je ne le crois pas. Il griffonne des tas de papiers que je relis attentivement avant d'y apposer ma signature.

La saisie sera prise dans les quarante-huit heures. Les huissiers se rendront à la maison dès que la cause sera enregistrée à la Cour...

— Ce qui devrait se faire assez rapidement!

Suivront alors les préliminaires: avis de divorce, garde des enfants, pension alimentaire, etc., etc., Je ne me fais pas trop d'illusions à ce sujet; mon avocat demande soixante-quinze dollars par semaine, mais, étant donné la situation financière de Gabriel, mes chances sont minces d'obtenir quoi que ce soit.

Une dernière signature, les jeux sont faits, advienne que pourra! Je sors de là soulagée, je viens d'enlever un manteau de plomb de sur mes épaules. Je me sens déjà divorcée, libre, différente, prête à prendre un nouveau départ.

Sitôt rentrée à Biarritz, je téléphone à Gabriel pour lui faire part de ma démarche. Il est surpris:

— Un divorce, si vite?... Tu aurais pu attendre encore un peu!

— Pour quoi faire? Je pense, au contraire, qu'il est grandement temps qu'il se passe quelque chose...

— Tu aurais dû te contenter d'une séparation...

— Pour recommencer plus tard?... Non, merci!

— Si ça t'amuse de jouer les divorcées...

— Cette conversation ne nous mènera nulle part; ma décision est prise, les papiers sont signés, je n'ai pas l'intention de revenir là-dessus... Oh! oui, je voulais t'avertir, j'ai dû prendre une saisie sur les meubles...

— Tabarnak!

— C'est la routine!

— Mais, Mon Chérie, tu n'as qu'à venir les chercher, TES MEUBLES, je ne t'en empêche pas!...

— Tu sais très bien que, je n'ai ni l'argent pour le faire, ni la place pour les mettre...

— Fourre-toi les où je pense!

Il crâne, je le sens de plus en plus nerveux. Soudain, il se met à pleurer...

Élise, chère Élise, tu ne vas pas le laisser te reprendre à son jeu?

— Écoute, Gabriel, ça ne sert à rien de pleurer...

— Fuck you!

Il raccroche violemment. Je reste là, figée sur place, paralysée. Cette conversation pénible m'a bouleversée mais je ne regrette nullement mon geste, puisqu'il est parfaitement en accord avec mes convictions profondes.

«Mon Dieu! pourvu que j'aie la force de tenir jusqu'au bout...»

* * *

Vive les vacances, au diable la rentrée! Les enfants ont tout l'été devant eux; quelle perspective! Ils n'ont qu'une envie, se précipiter dans la piscine et s'en donner à cœur joie. On sonne, c'est Gabriel. Impossible de l'éviter, l'appartement est si petit que je ne peux me cacher nulle part, pas même sous le lit. Il entre triomphalement dans la pièce, les bras chargés de sacs à ordures qu'il lance majestueusement sur le lit:

— J'ai fait le ménage et je te rapporte les guenilles qui t'appartiennent!

Je retiens avec peine une envie folle de lui lancer les sacs par la tête. Jamais je n'ai ressenti une telle sensation de mépris.

Gabriel avance de quelques pas, dépose les deux chèques d'allocation familiale sur le bout du comptoir et se dirige vers la porte:

— Je reviendrai un autre jour, pour ta «quincaillerie»!

Ma quincaillerie! ma quincaillerie! C'est de ma boîte à bijoux qu'il s'agit. Je ne possède que des breloques mais j'y tiens. Les quelques bijoux de valeur que je possédais se sont tous envolés, perdus comme par enchantement. N'aurais-je pas été un peu naïve?

Je claque la porte dans le dos de Gabriel. Je suis furieuse et ne partage pas du tout l'enthousiasme de Mélanie qui s'empresse d'ouvrir les sacs, espérant y trouver quelque trésor. Elle revient vite à la réalité. En vérité, Gabriel ne nous a rapporté que de vieilles nippes trouvées dans le fond des armoires et tout juste bonnes à être jetées aux vidanges.

À part quelques T-shirts délavés, rien ne vaut la peine d'être conservé. Encore une fois, ce cher Gabriel aura réussi à décevoir tout le monde.

— Maman, penses-tu que tu pourrais réparer cette robe-là?

— Nous verrons ça une autre fois, veux-tu?

Jacqueline vient me chercher pour faire des courses et nous partons en laissant Mélanie rêver à ce qu'elle pourrait bien récupérer. Je suis survoltée. Je parle nerveusement, sans arrêt, voulant tout raconter à la fois.

— Le mieux serait de te distraire; je t'invite au cinéma!

L'idée de me retrouver dans le noir et de faire le vide en regardant des images, m'apparaît comme une thérapie-miracle! Je téléphone pour avertir les enfants de mon retard. Alexandre me répond, tout excité:

— Oh! Aye, M'man, j'ai rappelé P'pa!

— Pourquoi?

— Y avait oublié ma collection de monnaie!...

La collection de monnaie! La fameuse collection de monnaie! Il ne nous manquait plus que ça; une grosse valise encombrante contenant tout un bazar de pièces étrangères auxquelles Alexandre tient énormément.

— Mais, où diable allons-nous la mettre? La pièce est déjà tellement pleine que nous avons du mal à bouger...

— Pas d'problème, inquiète-toi donc pas... Y va t'apporter tes bijoux!... Pis toi, qu'est-ce que tu voulais?

— Vous dire que Jacqueline m'invite au cinéma mais que je serai là pour souper...

— Pas d'problème, on va s'arranger. Salut!

— Salut!

Je regarde le film sans le voir, tant je suis aveuglée par mes larmes. Je ne pourrais dire si je pleure de rage ou d'impuissance. Je constate que je n'aime pas que les enfants communiquent directement avec leur père; je voudrais qu'ils restent à l'écart, comme si le problème ne les concernait pas, comme si j'étais la seule personne capable de tout arranger. Je leur demande de se fier entièrement à moi et ne leur reconnais pas le droit d'agir par eux-mêmes, de peur qu'ils ne mêlent *mes* cartes.

Élise, chère Élise, tu es jalouse et tu deviens envahissante!

J'essaie de manipuler tout le monde; c'est affreux! Je rejette sur mes enfants mes désirs de vengeance et les trouve inconscients s'ils ne réagissent pas exactement comme je le souhaite. Chaque fois qu'ils parlent de rendre visite à leur père ou de l'appeler, je les en empêche prétextant que ce n'est pas le moment. Dans le fond, je crains qu'ils aillent à Versailles et y rencontrent l'Autre; ils doivent la détester, puisque je la déteste; ils doivent mépriser leur père, puisque je le méprise... mépriser... *mépriser,* le mot me fait terriblement mal. Ça ne me ressemble vraiment pas de mépriser qui que ce soit; je sais bien que ce n'est pas vrai, que je ne méprise pas Gabriel... Je l'aime! Je souffre parce que je l'aime!...

«Mon Dieu! qu'il est difficile de faire la part des choses! L'amour et la haine se côtoient, se succèdent, s'entremêlent et s'entrecroisent tour à tour. J'aime!... Je hais!... Je ne sais plus où j'en suis...

En sortant du cinéma, je convaincs Jacqueline de venir visiter des appartements avec moi. Nous allons au hasard, cherchant aveuglément; rien ne me convient: les loyers sont terriblement chers. Il doit pourtant bien y avoir, quelque part, le quatre pièces qu'il me faut... Suffit d'être à l'affût!

Je reviens à Biarritz fourbue et triste. Je suis accueillie par un groupe de jeunes naïades se trémoussant en costumes de bain autour d'une Mélanie radieuse:

— On fête les vacances!... Le concierge nous a permis d'inviter nos amis!

L'appartement est pavoisé de serviettes mouillées; il y en a jusque sur le balcon.

— Tiens, j'ai rapporté mon séchoir à cheveux...

La jeune inconnue qui enjambe la porte patio semble venir de nulle part. Elle reste figée en m'apercevant. Mélanie se charge des présentations:

— C'est Martine, notre nouvelle voisine... elle nous prête son séchoir à cheveux!

Tandis que ma fille s'affaire à coiffer ses copines, je fais la connaissance de celle qui partagera désormais notre balcon conjoint. Martine a vingt ans, arrive de la Gaspésie pour travailler à Montréal et pense demeurer dans cet appartement meublé jusqu'à ce qu'elle ait gagné l'argent nécessaire pour emménager dans ses propres affaires.

Alexandre arrive suivi de deux autres «apollon»:

— Aye, je te dis que c'est l'fun la piscine, M'man!
— Eh! bien, tant mieux!
— Et toi, ton cinéma?
— J'ai vu un excellent film... puis j'ai visité des appartements en revenant...
— Oh! Aye, M'man, on va pas déménager asteure que la piscine est ouverte?
— Il faudra bien le faire un jour!
— Pas tout de suite?... Aye, on devrait rester ici pour l'été; pas vrai Mélanie?
— Ça serait le fun!... dis «OUI», maman!
— S'il vous plaît, M'man, s'il vous plaît!

Et la séance de supplication recommence. Tous les jeunes se joignent à Alexandre et Mélanie. Ils se mettent à genoux et tournent autour de moi en riant:

— Envoye, dis «OUI», on t'en supplie, maman!
— De toute façon, pour le moment, nous restons là jusqu'à nouvel ordre!
— Allons-y les amis, tous en chœur: YOUPPI!

Qui aurait cru que cette nouvelle serait aussi bien accueillie? C'est peut-être la bonne solution, pour le moment, le temps d'entreprendre les procédures judiciaires et de savoir un peu mieux où je vais. L'appartement est toujours aussi petit mais la piscine ajoute soudain un élément nouveau, une ouverture sur le monde. Les enfants adorent se baigner et, si le concierge leur permet d'inviter des amis les jours de semaine, ils passeront un bel été. À quoi bon les inquiéter inutilement en leur projetant mes craintes?

* * *

Vendredi le 24 juin...

C'est la Saint-Jean-Baptiste! Appuyée sur le bord du balcon, je regarde les enfants s'ébattre dans la piscine et je repense au téléphone de Philippe, tout à l'heure.

— Sois bonne pour Élise!

Me disait-il, me reprochant gentiment ma façon trop souvent négative de prendre les choses.

On dirait que j'éprouve un malin plaisir à m'apitoyer sur mon sort. Je ressasse les mêmes histoires, les racontant mille fois en pesant sur la plaie pour éviter qu'elle se referme. Je joue et rejoue sans arrêt les mêmes cassettes: *Oui, mais... oui, mais... oui, mais...*

Ce matin Philippe m'a secouée un peu plus fort que d'habitude:

— Tu attends ton Bonheur de Gabriel et uniquement de Gabriel; c'est faux, tu le sais mais tu te complais dans ta douleur, savourant ta misère, la laissant grandir et te délectant de la souffrance que ça t'apporte... Comtesse, tu oublies que ton bonheur ne dépend que de toi, jamais des autres!

C'est difficile à avaler; je sens trop bien que mon ami a raison. J'adore les séances d'apitoiement; je pleure sur mon sort: pauvre petite Élise, comme elle me fait pitié! Heureusement que j'ai de bons amis, qui savent trouver les mots pour me remettre en piste et me placer constamment face à face avec moi-même. Je leur dois beaucoup de mes réflexions. L'amitié de Philippe est gratuite; il m'encourage dans les moments difficiles, me parle de la beauté de la vie et me fait découvrir le bon côté des choses...

— Salut! Y a quelqu'un?

Jacqueline passe timidement sa tête dans l'embrasure de la porte restée débarrée à cause du va-et-vient des enfants.

— Entre, voyons...
— Je ne te dérange pas?
— Comme tu vois!... Quel bon vent t'amène?
— La Saint-Jean!... Je venais vous inviter à venir célébrer avec nous...
— Excellente idée!...

Nous attendons qu'Alexandre et Mélanie se soient séchés puis nous partons, un drapeau fleurdelisé à la main, célébrer notre fête nationale au Centre de la Nature, à Laval. J'ai le trac. Le chemin menant au parc passe devant la maison, «notre maison»; j'ai peur de ma réaction s'il fallait que Gabriel soit dehors avec Elle... Je ne veux pas le voir, je vais fermer les yeux.

Élise, chère Élise, n'es-tu pas assez grande pour regarder la vérité en face?

Nous approchons. Je vois déjà la fameuse auto rouge garée devant la porte. Mon Dieu, pourquoi cette maudite auto rouge me fait-elle si mal?... Nous arrivons, plus que quelques mètres, Jacqueline accélère, nous voilà passés. Je n'ai rien ressenti; c'est drôle à dire mais JE N'AI RIEN RESSENTI, rien, pas le moindre choc, tout comme si nous étions passés simplement devant la maison d'un voisin. Jacqueline me regarde en souriant:

— Ça va?
— Ça va!... Pourquoi as-tu accéléré?
— Pour ne pas tourner le fer dans la plaie...

Des milliers de personnes se sont entassées dans le parc, transformant le Centre de la Nature en mer humaine. Je n'arrive pas à m'intéresser au spectacle; ma pensée s'accroche à Gabriel qui, à quelques rues d'ici, passe la journée avec l'Autre. Je suis jalouse. J'ai mal à crier. Je souffre à retardement. Je voudrais aller à la maison et leur arracher les yeux. C'est trop dur pour mes forces, je ne peux plus le prendre, je veux mourir...

— Jacqueline, veux-tu me ramener chez moi?

— Comme tu veux!

— J'ai envie de me retrouver seule, tu comprends?

— Tu es sûre?

— Oui, oui, certaine, je ne ferai pas de bêtise, je vais dormir, c'est promis!

— Laisse les enfants ici, je les ramènerai plus tard...

— Tu es gentille!

Au lieu de rentrer à l'appartement, je monte sur le toit. Ici, personne ne peut me voir, personne ne peut m'entendre; c'est ma cachette, mon trou, ma planque. Seule avec ma peine, je me laisse aller et pleure toutes les larmes de mon corps. Je hurle de toutes mes forces, frémissant de tous mes membres. Les sanglots me sortent des tripes, mes os craquent et se brisent dans ma tête. J'ai mal à l'âme, je n'en peux plus, je m'écroule...

Mes jambes ne me portent plus; doucement, mollement, je me laisse glisser par terre, comme un chiffon. Je divague, tout s'embrouille, je m'enfonce dans un brouillard profond... Serait-ce donc si simple de mourir?

Quand je reviens à moi, il fait nuit noire et les lueurs du feu d'artifice de minuit colorent le ciel, telle une aurore boréale. Recroquevillée dans mon coin, je reste assise par terre, sans bouger, contemplant le spectacle. Je suis vidée. Je sors de mon rêve la figure mouillée de larmes avec un goût de sel amer dans la bouche.

La fête est finie. Je me relève avec peine, redescends l'escalier doucement puis, me glisse dans mes draps complètement épuisée. Les enfants reviennent et se couchent sans faire de bruit. Je sens leur présence rassurante et m'endors en paix.

* * *

Le week-end me paraît interminable. Tout le monde ayant voulu profiter pleinement du long congé; même les amis se sont envolés. La cour intérieure de Biarritz est déserte et les enfants en ont profité pour inviter des amis à se baigner.

— Pourquoi ne venez-vous pas vous faire bronzer?

Équipée de crème solaire et anti-solaire, de lunettes fumées, de revues de mode et d'un tas de bonnes choses à grignoter, Martine s'apprête à se livrer corps et âme aux rayons brûlants du soleil. Je la rejoins et partage avec elle la couverture de laine qui la protège des irrégularités du terrain.

Étendues côte à côte, les yeux fermés, nous nous laissons pénétrer par cette bonne chaleur envahissante. Je rêve: Je suis sur une plage des Antilles, les enfants se baignent dans la mer... ce n'est pas le luxe mais ça y ressemble!

— Voudriez-vous me mettre un peu de crème dans le dos?

Martine me tend la bouteille, je lui badigeonne généreusement le dos et les épaules.

— En voulez-vous?
— Pourquoi pas?

Elle me frotte à son tour et nous rions de nous voir tellement «graissouses» comme on dit chez nous. Je m'entends merveilleusement bien avec ma nouvelle voisine qui passe maintenant la majeure partie de son temps avec Mélanie; elles sont devenues inséparables, comme deux sœurs dont l'une serait un peu plus âgée que l'autre. Elles vont au cinéma ensemble, se promènent dans les magasins ou regardent la télévision, étendues sur la peau de chèvre dans le salon de Martine.

Je reprends ma place au soleil tandis que ma voisine rejoint Alexandre et Mélanie près de la piscine. Je me laisse emporter par mes pensées. Je me sens plus calme, ma crise d'hier m'a fait du bien. Pourquoi ai-je tant pleuré? Qu'est-ce qui m'a poussée à agir ainsi? J'essaie de comprendre exactement ce qui s'est passé afin d'être mieux en mesure de faire face à la situation. Je ne veux pas tenter de me justifier mais essayer d'y voir clair en y réfléchissant sérieusement, sans me leurrer. J'ai nié trop longtemps que la présence de cette femme dans la vie de Gabriel me faisait mal; il fallait que ça sorte, que ça éclate. En quittant la maison, je me suis placée, malgré moi, dans une situation équivoque. Je veux que, désormais, mes décisions soient en accord avec mes convictions profondes.

Je retrouve en moi des ressources oubliées depuis longtemps; je me repense, la batterie se recharge. Je me sens un peu plus forte d'une crise à l'autre. Je réapprends à prier: la sérénité d'accepter ce que je ne peux changer; ça paraît simple mais on ne l'acquiert pas du premier coup... Le courage de changer les choses que je peux; changer les *choses*, pas les gens; je ne peux changer personne, sauf moi. La sagesse de connaître la différence; tout est là! Que dois-je accepter avec sérénité? Que dois-je changer avec courage?

Ne vivre que vingt-quatre heures à la fois ou, comme Philippe le dit souvent: «*Quand vingt-quatre heures à la fois, c'est trop, ne vivre que trois heures et quart à la fois...*» Une heure à la fois, une minute à la fois, une seconde à la fois: vivre *ici* et *maintenant*. On ne peut traverser une période de vie difficile qu'en restant dans le présent... Pour l'instant, le sommeil me gagne, je ne résiste pas, je dors déjà...

* * *

Lundi le 27 juin...

Alexandre a seize ans! Je suis partie avec un jeune garçon et me retrouve avec un jeune homme me dépassant maintenant de plusieurs pouces; ça me fait tout drôle. Aidée de Martine, Mélanie a fabriqué un superbe gâteau pour souligner l'anniversaire de son frère; le résultat est magnifique.

Je devine à sa nervosité que mon fils espère un téléphone de son père; pourvu qu'il ne soit pas déçu! Gabriel a le don d'oublier ces choses-là.

— Penses-tu que papa va t'appeler?
— Je le sais pas pis je m'en sacre!...

Mélanie se tait pour ne pas envenimer l'atmosphère. La journée se passe sans trop de heurts, chacun y mettant du sien pour éviter la catastrophe.

Il est six heures, les enfants s'apprêtent à partir pour leur réunion du lundi soir et Gabriel n'a toujours pas appelé son fils. Je tente de lui changer les idées:

— Tu pourras inviter quelques amis à partager ton gâteau, si tu veux...

J'avais dit: «quelques amis»; ils reviennent vers huit heures: ils sont vingt! Vingt, avec Martine et moi, ça fait vingt-deux, dans une seule pièce, avec un seul gâteau, trois assiettes et trois verres. Je me sens comme les apôtres avec leurs cinq pains et leurs deux poissons... cinq pains et deux poissons, ce n'est pas assez, paraît-il, aussi longtemps qu'on n'a pas commencé à les partager; après, il en reste encore, et encore, et encore... La sérénité, le courage, la sagesse...

Chacun mangera un petit, petit, petit morceau de gâteau, dans une serviette de table, fournie par Martine puis ils boiront à tour de rôle: on verse un verre de liqueur, on boit la liqueur, on rince le verre et le voisin recommence le manège... on verse, on boit, on rince, on verse, on boit, on rince, ainsi de suite, jusqu'à plus soif.

Alexandre a l'air inquiet.

— Y a personne qui m'a appelé?

— Non, personne...

Ma réponse le déçoit; je ne dois pas laisser la mélancolie gâcher la fête. Il fait une chaleur épouvantable, nous sommes tassés comme des sardines; j'ai une idée!

— Et si nous montions tous sur le toit?

Proposition acceptée à l'unanimité! Nous passons par l'escalier de secours, à la file indienne, sans faire de bruit. Il fait beau! Le ciel est à la fête. Je partage avec ces jeunes mon faux Paris, mes faux Champs-Elysées, mon rêve!

Assis en rond sur la galerie, comme des scouts autour d'un feu de camp, tout ce beau monde s'amuse ferme. Un grand gaillard mène le bal; debout au milieu du cercle, il organise les jeux de groupe et dirige les chansons à répondre qui, soit dit en passant, ne sont plus celles de mon enfance. Martine et moi faisons vraiment partie de la troupe. Ici, perdus entre ciel et terre, nous sommes au centre de nulle part. Personne ne sait où nous sommes, personne ne peut nous entendre; où pourrait-on trouver meilleur endroit pour s'amuser?

Nous redescendons vers onze heures; chacun reprend ses affaires et retourne chez lui. Mélanie se couche aussitôt tandis qu'Alexandre, heureux et malheureux, contemple les cadeaux que ses amis lui ont offerts, en pensant à son père qui ne l'appellera pas...

— Il va peut-être appeler demain?

— C'est pas demain, ma fête, c'est aujourd'hui!

Il installe ses coussins sur le plancher et s'y étend à plat ventre, la tête profondément enfoncée dans son oreiller. Il ne veut surtout pas qu'on le voit pleurer...

* * *

Alexandre ne pardonne pas à son père d'avoir oublié sa fête.

— Je vais l'appeler, moi, pis je vais y dire ce que j'en pense!

Sans que j'aie eu le temps de lui faire part de mes réticences, il compose déjà le numéro de Gabriel.

— Salut P'pa, t'as rien oublié?

— (silence)

— Hier?... C'était ma fête!

Ça y est, Gabriel est furieux! Je l'entends crier au bout du fil. Alexandre me tend l'appareil:

— Y veut te parler!

Je me résigne à affronter l'orage.

— Allô!

— Espèce d'idiote, tu aurais pu me prévenir!

— De quoi?

— De l'anniversaire d'Alexandre!

— Tu ne te rappelles plus la date de naissance de tes enfants maintenant? (J'avoue que j'éprouve un malin plaisir à le culpabiliser).

— Tu sais parfaitement que je n'ai aucune mémoire pour ce genre de choses...

— Ce «genre de choses», comme tu dis, il faudra que tu apprennes à t'en souvenir. Je ne serai pas ton pense-bête. Tu n'as que deux enfants, que je sache, et, par conséquent, que deux dates à retenir; note-les quelque part, n'importe où, mais ne compte plus sur moi pour te les rappeler...

Gabriel raccroche. J'en veux un peu à Alexandre de m'avoir placée dans cette situation délicate; je n'avais nulle envie d'être confrontée à son père à son sujet. Il est toujours difficile de composer avec ce genre d'évènements et je ne connais pas un seul couple qui ne soit ébranlé dans de telles circonstances. Les enfants apprenent d'ailleurs très rapidement à se servir de leur droit d'appartenance «aux deux» pour manipuler, même inconsciemment, et tirer leur épingle du jeu.

Je me suis laissée prendre au piège mais c'est la dernière fois! Désormais, je n'embarquerai plus dans les discussions qui ne me concernent pas et je refuserai catégoriquement de me défendre à la place des enfants...

Élise, chère Élise, tu dis ça...

* * *

Les crises d'Alexandre s'accentuent. J'espérais que la venue des vacances nous apporterait l'accalmie; mais non, ce n'était donc pas une question de surmenage ou de fatigue puisqu'il se repose et que ça continue. Je vois maintenant venir les crises; un je ne sais quoi dans son regard change subitement, sa bouche se resserre et il devient sourd à toute intervention. Ses scènes deviennent de plus en plus violentes et j'ai dû, tout à l'heure, téléphoner à Jean pour lui demander d'intervenir. Ayant perdu tous mes moyens de défense, je me retrouvais impuissante devant mon fils, physiquement plus grand et plus fort que moi.

Mélanie et moi avons parfois peur de lui; il s'en sert pour nous intimider. Je crains d'ailleurs de le laisser seul avec sa sœur; à deux, nous pouvons toujours nous défendre; mais, seule, Mélanie serait complètement à la merci de son frère.

Depuis quelque temps, Alexandre a pris la malheureuse habitude de nous empêcher de dormir en parlant sans arrêt. Il profère des menaces, tente de nous faire perdre notre sang-froid et nous harcèle jusqu'à épuisement. Étendues toutes les deux dans le noir, nous vivons une situation énervante à laquelle, nous essayons de ne pas donner prise; mais, après des *heures* de jérémiades, il y en a toujours une qui, à bout de nerfs, finit par dire: «C'est assez, je veux dormir!»; ce qui a pour effet de mettre le feu aux poudres. Alexandre se lève alors, furieux, s'approche du lit, nous bouscule, nous pousse et, pour peu que j'aie le malheur de répliquer, la scène dégénère en bataille générale. Et dire que je suis partie pour éloigner la violence!.. J'ai parfois le goût de le renvoyer chez son père mais quand je lui en parle, il pleure, dit qu'il regrette, et le beau temps revient pour quelques jours.

La crise d'aujourd'hui a dépassé les bornes; Alexandre m'a frappée. Il a crié, sacré, hurlé puis, complètement épuisé s'est endormi sur le divan, les poings encore serrés de rage. Devant l'énormité de cette scène, j'ai moi-même perdu le contrôle de mes émotions et, pour le punir, lui ai retiré la permission d'aller passer le week-end chez un de ses amis. Je regrette maintenant mon geste; je déteste les punitions, particulièrement quand elles n'ont aucun rapport avec l'acte commis. Alexandre se réveille; il est calmé.

— Bonjour, tu as bien dormi?
— Oui... je m'excuse pour tout à l'heure, M'man...
— Tu fais des excuses mais tu recommences toujours!

— Je ne sais pas ce qui m'a pris, j'ai vu rouge...

— Quoi qu'il en soit, ça ne peut plus continuer; aimerais-tu retourner chez ton père?... Tu es libre, tu sais...

— Je le sais mais ça m'tente pas!... J'en peux plus H'stie!

Il donne un coup de poing sur le comptoir puis se met à pleurer...

— H'stie, c'est de ma faute si t'en es là!

— De ta faute?... Qu'est-ce que tu dis là?

— Si t'avais pas été enceinte de moi, t'aurais jamais marié P'pa!

Je reçois ce cri en plein cœur. Se pourrait-il qu'il croit vraiment ce qu'il vient de dire?

— Alexandre, mon chéri, te rends-tu compte de ce que tu dis? J'ai épousé Gabriel parce que je l'aimais, uniquement parce que je l'aimais... Tu m'entends?

— T'étais quand même enceinte de moi!

— C'est vrai, je ne le nie pas, mais, le fait d'être enceinte n'a fait que rapprocher d'un mois la date de notre mariage, qui aurait eu lieu un mois plus tard, de toute façon. J'aimais Gabriel et je t'ai fait par *Amour* avec le seul homme que j'aimais, et que j'aime encore. J'aime Gabriel, je t'aime et j'aime ta sœur; je vous aime tous les trois; c'est clair?

Je le prends dans mes bras comme quand il était tout petit et le serre tendrement sur mon sein.

— Moi aussi, je t'aime, M'man!

Je caresse ses cheveux. Nous pleurons ensemble puis nous faisons la paix.

— Écoute, j'ai longuement réfléchi à ce que je t'ai dit tout à l'heure et je retire ma punition; j'ai agi sous l'impulsion du moment en t'imposant un châtiment n'ayant rien à voir avec la faute commise. Tu pourras donc aller à Saint-Sauveur, comme prévu.

— Merci!

Il m'embrasse affectueusement puis s'en va préparer sa valise. Le priver de ce week-end signifiait le priver de se détendre, de bien manger et de bien dormir, dans un vrai lit, ce qui ne lui arrive pas souvent. Je compte beaucoup sur cet éloignement pour lui permettre de reprendre son souffle. Je profiterai de ces quelques jours pour faire le point avec Mélanie et l'inviter à coopérer...

Alexandre s'affaire, sort un pantalon, choisit un chandail:

— J'aimerais ça que tu me coupes les cheveux, M'man!

Voilà une proposition qu'une mère ne peut décemment refuser. Je m'apprête donc à jouer au barbier quand je reçois un appel de Gabriel; il est furieux! Si je comprends bien ce qu'il me raconte, les huissiers, après être allés à Versailles plusieurs fois, sans succès, ont obtenu un bref de la Cour et sont entrés dans la maison avec l'aide d'un serrurier, durant l'absence de Gabriel, afin de procéder à la saisie demandée et de dresser la liste complète des objets qui nous appartiennent...

— C'est toi, qui leur a donné la clé!

— Comment voulais-tu que je le fasse; j'ignorais tout de cette démarche...

— Fais pas l'ignorante, Tabarnak!

Gabriel crie tellement fort que je dois tenir le récepteur à six pouces de mon oreille. Je tente de m'expliquer mais c'est inutile, il est convaincu de ma complicité avec les huissiers. Au lieu de m'emporter et de crier à mon tour, je raccroche sans lui laisser la chance de terminer sa phrase.

Il rappelle aussitôt et recommence à gueuler de plus belle; je raccroche une seconde fois. À la troisième tentative, je décroche et raccroche immédiatement, sans dire un mot. Je laisse ensuite la ligne ouverte en espérant qu'il a compris.

Je termine ma besogne et mon petit garçon, gentil et bien coiffé, s'en va, le sac au dos, heureux de s'envoler.

Je referme la porte derrière lui et m'apprête à me faire un café quand je me mets à trembler de tous mes membres; mes jambes ne me portent plus. Je m'écrase sur le lit, j'ai froid, je claque des dents, je suis incapable de contrôler ces tremblements. Je réagis malgré moi, dans mon corps, à toute la violence de cette journée...

«Mon Dieu! aidez-moi, je vais craquer!»

* * *

Dimanche le 3 juillet...

Il fait un temps de rêve et je suis seule.

Alexandre est toujours à Saint-Sauveur tandis que Mélanie passe la journée à Duvernay.

Bien confortablement installée dans mon lit, après avoir monopolisé tous les oreillers, je me prélasse, les jambes étendues, les orteils en éventail, entourée d'une pile de livres et de mots croisés. Mon grand projet de la journée: flâner, lire, me reposer. Hier, j'ai renoué le contact avec tous mes amis; j'ai téléphoné à tante Madeleine, soupé avec Fernand et Ginette et fait un saut chez Monique et Jean pour leur souhaiter un bon voyage à la veille de leur départ pour l'Europe; ils partent, ce matin, fêter leur vingt-cinquième anniversaire de mariage dans les «vieux pays»... Quand Philippe m'a appelée tout à l'heure, j'ai complété ma provision d'amitié et de tendresse pour la journée. Je n'ai plus qu'à cuver mon vin d'amour...

La sonnerie du téléphone me dérange un peu:

— Élise, c'est Pauline, prépare-toi, je t'enlève...

— Tu m'enlèves?

— Mon frère Roger nous invite à passer l'après-midi sur son yatch; ça te chante?

— Ça me chante!

— Ma sœur Astrid vient également; nous serons trois femmes et un homme, un harem, quoi!

— Fantastique!

— Rencontre-nous rue Laurier près de Garnier...

— En face du cinéma?

— C'est ça! Tu connais?

— C'est le quartier de mon enfance!

— Alors, à tout de suite!

Une journée magnifique sur le Saint-Laurent, ça ne se refuse pas. Je marche jusqu'au métro. Il fait beau et je me sens belle; j'ai maigri, l'image que me renvoient les vitrines me plaît assez. J'ai remis une longue jupe de ratine orange que j'adorais mais qui ne m'allait plus, et une blouse blanche qui fait valoir mon teint bronzé... Mélanie dirait que je suis «crotte»!

En arrivant rue Delanaudière, je constate qu'on a coupé tous les arbres, sans les remplacer. On a fait de cette rue, autrefois ombragée, une rue plate, déserte et nue. Il n'y a plus personne sur les balcons, ni sur les trottoirs; mon quartier aurait-il perdu son charme? Je reconnais les nervures de l'asphalte et redeviens petite fille; il me prend soudain une envie folle de «courir-sans-piler-sur-les-craques-pour-ne-pas-laver-la-vaisselle-du-diable...» Un coup d'œil autour de moi; personne ne me regarde?... Prête, pas prête, j'y vais! Je retrousse un peu ma jupe et me mets à courir, en faisant de grandes enjambées pour-ne-pas-piler-sur-les-craques. Je pense aux gens qui pourraient me voir et je ris en imaginant leur tête: «Quoi, ne serait-ce pas la petite Élise Desmarais, la «fraîche-pète» de la paroisse, qui s'amuse comme une petite fille sur le trottoir de son enfance?...»

— Veux-tu bien me dire ce que tu fais?

Je lève la tête et aperçois Pauline, les deux poings sur les hanches, riant de me voir sautiller comme une gamine.

— Je garde la forme, ma chère!
— Roger nous attend... Tu connais Roger?
— Non!

Pauline fait les présentations:

— Élise, voici Roger... Roger, voici Élise...
— Salut!
— Salut!

Pour nous rendre à la Marina de La Ronde, nous devons traverser l'île Sainte-Hélène. Il y a du monde partout; pas un coin de gazon libre. La pelouse est entièrement couverte de corps étendus; on dirait un champ de bataille, après la bataille... Par ici la grande séance de «grillage de bédaines» à ciel ouvert. Le Sainte-Hélène Bar B.Q. vous offre au menu aujourd'hui: de gros monsieurs ventrus, des petits maigres pas de fesses, des cuisses de nymphettes et de belles poitrines rebondies débordant des costumes de bain. Il y en a pour tous les goûts. Chacun y trouvant, au dessert, sa petite ration de soleil. C'est *numéro un*, pour tous!

Je découvre, pour la première fois, la superbe marina de La Ronde. Le yatch de Roger n'attend que nous; c'est une vraie maison flottante, tout y a été pensé, mesuré, calculé, encastré, sans un seul pouce d'espace perdu.

En costume de bain, les cheveux au vent, je me fais bronzer sur le pont arrière du bateau. Un vent léger et chaud caresse ma peau. Le ron-ron du moteur, qui me fatiguait au début, finit par me bercer. Je ne pense qu'à être bien et JE SUIS BIEN!... Aujourd'hui, ici, maintenant, JE SUIS HEUREUSE!

Roger a apporté du vin et du fromage. Nous grignotons en chantant en chœur des chansons un peu grivoises. L'après-midi se passe bellement. Le soleil commence à descendre lentement à l'horizon, notre hôte fait demi-tour et nous ramène tranquillement à bon port. Le soleil couchant embrase maintenant les édifices du centre-ville, enflammant entièrement le panorama qui s'offre à nous. Le bateau arrive à quai. Roger s'envole aussitôt vers une nouvelle conquête. Astrid s'en va préparer le souper de sa marmaille. Pauline m'invite au restaurant.

Je reviens à Biarritz un peu avant dix heures, fatiguée, heureuse et bronzée. Mélanie vient d'arriver. Je lui raconte ma journée sur le yatch...

— T'es pas mal «au boutte», la mère!...

«Au boutte»... «Au boutte» de quoi?... de mon rouleau? Le poids de ma situation me retombe soudain sur les épaules. Mon Dieu! c'est épouvantable! Je n'ai pas pensé à Gabriel de toute la journée! C'est la première fois que ça m'arrive. Ma douleur reprend sa place, telle une boule de plomb dans ma poitrine. Comment ai-je pu être aussi heureuse alors que je suis si malheureuse?

* * *

Lundi le 4 juillet...

Surprise!... Je reçois un appel de l'Agence; ils ont du travail pour moi; trois semaines à plein temps, au poste de réception d'une compagnie de disques renommée.C'est le grand luxe! Dire que j'avais pratiquement oublié cette demande d'emploi.

Que vais-je mettre? Depuis que je les partage avec ma fille, mes vêtements s'usent à vue d'œil. Nous avons maintenant la même taille et je n'ai pas les moyens de renouveler notre garde-robe; je n'ai plus de souliers convenables; les semelles de la seule paire que je possède commencent à être percées et le moindre caillou me fait grimacer.Ce travail tombe à point.

J'arrive à l'heure convenue et je commence tout de suite comme ça, après quelques conseils d'usage. En principe, c'est simple; répondre au téléphone et acheminer adéquatement les appels ne demande aucune préparation universitaire. Oui, mais, voilà, je ne connais aucun des cinquante employés de la boîte et le standard ne dérougit pas.

— Je voudrais voir monsieur Gendron!
— Un instant!
— Un colis pour monsieur Labelle!
— Donnez-le moi!
— Signez-là!
— Excusez-moi... La ligne de madame Fleury est présentement occupée... d'accord, ne quittez pas...
— J'ai un rendez-vous...
— Assoyez-vous!... Allô! non, il n'est pas là, je peux lui faire un message?...

Ce n'est pas un bureau, c'est une gare!

J'occupe l'îlot central du hall d'entrée: décor superbe, éclairage tamisé et, pour donner le ton de la maison, musique quadraphonique. D'énormes haut-parleurs camouflés aux quatre coins de la pièce diffusent à tue-tête une musique infernale tirée directement de l'enregistrement «numéro Un »de la semaine. Impossible de répondre au téléphone avec un bruit pareil. Je tente de baisser le son de temps en temps mais il semble que mes patrons soient sourds puisqu'ils le relèvent machinalement chaque fois qu'ils passent.

Je travaille dans un tourbillon continuel de gens qui vont et viennent, s'agitant nerveusement pour un rien; producteurs, musiciens et chanteurs se bousculent entre le livreur, le facteur et le petit-chien-de-la-Vedette qu'on verra très bientôt en premier plan sur la pochette du nouveau microsillon de sa «Môman»!

Dans mon heure de lunch, je m'occupe à faire du lèche-vitrines; les boutiques du building annoncent déjà les nouveautés d'automne. Inutile de m'informer des prix: c'est trop cher! J'ai tout juste ce qu'il me faut pour me payer une brioche et un café; si je m'offre un morceau de fromage, je n'aurai plus d'argent pour retourner à Biarritz. Ce travail imprévu occasionne des dépenses pour lesquelles je ne possède aucun fonds de dépannage; demain, j'apporterai mon lunch.

Je n'imaginais pas qu'on puisse téléphoner autant; pas une seconde de répit. Le temps passe vite; bientôt cinq heures. J'ai faim. Que vais-je préparer pour souper?... J'espère avoir fait bonne impression; sait-on jamais, je garde espoir de me trouver du travail...

L'autobus est bondé; les gens se bousculent pour s'asseoir. Je reste debout, près de la porte arrière, perdue dans mes pensées...

Alexandre est revenu de Saint-Sauveur, un peu plus tôt cet après-midi; je retrouve mon fils calme et reposé, son séjour lui a fait le plus grand bien. Martine enjambe la porte patio, une énorme tarte aux pommes encore fumante entre les mains:

— Je ne dérange pas?

— Entre, voyons!
— Je voulais souligner le retour d'Alexandre!...
— Comme c'est gentil!... Tu soupes avec nous?
— D'accord!

Je prépare du poulet pour tout le monde. Ce soir, je me sens soudain mieux en mesure de prendre en charge le bien-être de ceux que j'aime. La présence de Martine me réconforte; l'amitié qu'elle apporte à Mélanie rend la vie à Biarritz moins difficile à supporter.

Quand Philippe vient à son rendez-vous de onze heures, j'ai déjà les bigoudis sur la tête et n'attends que son «bonsoir, sois bonne...» pour me retirer pour la nuit.

* * *

Mercredi le 6 juillet...

Troisième journée de travail; mes patrons ont l'air satisfaits. Chaque matin, je redouble d'ingéniosité et trouve de nouvelles combinaisons de vêtements qui, même si elles ne sont pas toutes de la dernière élégance, me donnent l'illusion d'avoir «une garde-robe».

Il pleut mais peu importe le temps qu'il fait puisque mon bureau n'a pas de fenêtre. Les gens autour de moi sont de plus en plus gentils et mon travail me rend heureuse.

Entre deux appels d'affaire, je reçois un coup de fil de Jacqueline; je reprends contact avec ma réalité:

— Je suis sans nouvelles de Gabriel depuis plusieurs jours, ça m'inquiète; sa réaction face à la saisie a été d'une telle violence...
— Je peux te dire qu'il était à la maison dimanche, j'ai vu l'auto rouge devant la porte...

Et crac! Je reçois le coup directement en plein cœur, l'auto rouge, la *maudite* auto rouge!... Jacqueline tente de me rassurer mais la tête me tourne, je vais m'évanouir!... Je raccroche.

Le patron m'apporte une serviette d'eau froide tandis que la secrétaire achemine les appels à ma place. Qu'est-ce qui m'a pris? Pourquoi le téléphone de Jacqueline m'a-t-il fait cet effet-là? Je repense à un livre que Pauline m'a donné dans lequel l'auteur écrit que «les idées de fait» nous font très souvent plus mal que «les faits»; Comme c'est vrai!

J'étais bien, je ne pensais pas à Gabriel, ou en tout cas, j'y pensais moins, et il a suffi d'une toute petite phrase glissée innocemment à mon oreille par quelqu'un qui m'aime et cherche à me rassurer pour que je me retrouve soudain complètement chavirée. Ma réaction est idiote, absolument idiote, d'autant plus idiote que, dimanche, je me faisais bronzer au soleil sur le yatch de Roger et ne me souciais pas plus de l'auto rouge possiblement garée devant la maison de Gabriel que de n'importe quelle auto rouge garée devant n'importe quelle maison. Je permets donc à une «idée de fait» de venir me perturber aujourd'hui, mercredi, alors que le «fait» ne m'a pas dérangée dimanche!...

Je prends subitement conscience d'une chose étrange, j'ai la sensation profonde d'un changement irréversible. Un déclic vient de se produire en moi et j'ai la certitude qu'à partir de maintenant, ma vie ne sera jamais plus pareille; je ne pourrais l'exprimer encore clairement, mais je le sais, je le sens.

Je dois rappeler Jacqueline et lui expliquer pourquoi j'ai raccroché tout à l'heure. Comment lui faire part de ce qui m'arrive? Comment lui transmettre ce que je perçois déjà avec une telle intensité? Un jour, demain peut-être, j'y arriverai...

* * *

Vendredi le 22 juillet...

En entrant au travail, on m'apprend que l'Agence retient ma première paye en garantie, et que, par conséquent, je ne recevrai, la semaine prochaine, qu'une seule semaine de salaire pour deux semaines de travail. Je suis déçue, je comptais tellement sur cet argent, je n'ai plus le sou. Je devrai, encore une fois, me rabattre sur Gabriel afin qu'il m'apporte au plus vite les chèques d'allocation familiale. Chaque mois, je me promets d'effectuer mon changement d'adresse puis je me ravise à la pensée que cela pourrait retarder l'émission des chèques à venir.

Je profite de l'accalmie de l'heure du lunch pour rejoindre Gabriel à la maison. Il est froid, hautain, presque arrogant. Quand je lui demande la faveur de laisser mes chèques à Biarritz, en passant, il refuse catégoriquement:

— Mais, Mon Pauvre Chérie, je n'ai pas le temps!... Je pars pour le week-end dans quelques heures et ne peux me permettre de me plier à tes enfantillages... J'irai lundi!

J'insiste, il crie, je pleure, il hurle, nous raccrochons! Il ne me reste que deux dollars et un billet d'autobus; je suis découragée.

Élise, chère Élise, ne te laisse surtout pas dominer par la peur!...

Ce n'est certes pas en me tourmentant que je vais résoudre mon problème. Je pense à Lorraine; peut-être pourra-t-elle me prêter un peu d'argent jusqu'à lundi? Mon patron s'approche:

— Pourriez-vous rejoindre monsieur Ben Cassidy à Calgary?

— Tout de suite!

Je corrige rapidement mon maquillage pour effacer le ravage des larmes puis me remets immédiatement au travail en tentant de penser le moins possible à ce qui m'arrive jusqu'à cinq heures.

Sur le chemin du retour, j'achète une pinte de lait et un pain; heureusement qu'il reste encore du poulet... Je croise Alexandre dans le corridor:

— As-tu eu ta paye?
— Non, la semaine prochaine...
— Qu'est-ce qu'on va faire?
— Je vais appeler Lorraine; ne t'inquiète pas!

Il me regarde tendrement, sourit et part retrouver ses amis. Je rentre et me lance en pleurant sur le lit. Je suis complètement à plat. Mon Dieu! combien de temps cette situation va-t-elle durer? Jusqu'où est-on capable *d'en prendre encore?*... Je n'en peux plus d'être dans le noir! Je n'ai aucune nouvelle de mon avocat, j'ignore quand se régleront les préliminaires de mon divorce; tout ce que je sais, c'est qu'il me reste encore du travail pour deux semaines; après?...

* * *

Samedi le 23 juillet...

Malgré de nombreuses tentatives, je n'ai pu rejoindre Lorraine; j'ai téléphoné cent fois, hier soir et encore ce matin, sans réponse. Je n'ai plus rien, c'est la panne sèche!

Mélanie a été invitée pour deux jours chez son amie Dodo où, au moins, elle aura de bons repas; ça me rassure. De son côté, Alexandre s'affaire à fouiller minutieusement les poubelles du quartier à la recherche de bouteilles de bière vides laissées par les ouvriers du building. La revente de ces bouteilles lui permettra peut-être de se rendre au pique-nique annuel des gens de la paroisse faisant partie du mouvement charismatique; il s'y est fait de nouveaux amis et depuis, ses crises ont sensiblement diminué...

— Aye, M'man, j'ai quatre piastres et quarante!

Satisfait de sa recette, Alexandre part content, les cheveux au vent, le sac en bandoulière, heureux comme un roi!

Je reste seule. Une dernière tentative pour appeler Lorraine: rien... Résignée, je me recroqueville dans mon lit avec un livre. Le samedi, les amis deviennent silencieux, même Philippe est parti chez son frère et ne reviendra que lundi; je n'attends donc rien, ni personne. Je n'arrive pas à me concentrer sur ma lecture; lire, lire, lire, je ne fais que ça depuis des mois. Les mots s'embrouillent, se mêlant à mes pensées lointaines: j'imagine l'Autre tendrement blottie dans les bras de mon Gabriel et je voudrais mourir. Mon Dieu! faites qu'il se passe quelque chose!... J'ai faim, la tête me tourne, je n'ai plus rien à manger, je vais m'évanouir: AU SECOURS!

Le téléphone!

— Salut M'man, nous sommes sauvés!
— Que veux-tu dire?
— J'ai été engagé à la cantine pour la journée; je mange gratis et je gagne dix piastres!... C'est au «boutte»!

Il parle vite, si vite que j'ai du mal à le suivre tant il est fier d'apporter sa pitance:

— Je te le dis, M'man, nous sommes sauvés!

Je veux y croire. Il n'y a jamais lieu de désespérer. «C'est quand la nuit est la plus noire que l'Aube est la plus proche...»

Élise, chère Élise, ne l'oublie jamais.

On frappe à la porte: c'est Lorraine!... Je lui tombe dans les bras en sanglotant...

— Nous allions souper au restaurant et avons pensé faire demi-tour pour venir te chercher!

Chère Lorraine, cher Antoine, soyez à jamais bénis pour ce détour, pour cette pensée. Il n'y a pas de hasard. Alexandre a dit: «*Nous sommes sauvés!...*» NOUS SOMMES SAUVÉS!... Une grande chaleur m'envahit soudain, j'ai la certitude profonde que mon fils a dit vrai et que tout va s'arranger. Lorraine accepte spontanément de me prêter le montant de mes chèques, jusqu'à ce que Gabriel me les apporte. Nous partons, tous les trois, partager un souper que je n'oublierai jamais...

* * *

Vendredi le 29 juillet...

Cette deuxième semaine de travail a passé beaucoup plus rapidement que la première; je prends de l'expérience et mes compagnons me deviennent de plus en plus familiers, si bien que je ne me sens plus du tout étrangère dans la boîte. J'aime l'atmosphère de ce bureau, la musique y est toujours aussi forte mais je m'y habitue; à moins que je ne devienne sourde?

Me retrouver chaque matin dans le métro et sentir que je suis utile à quelque chose; c'est épatant! Aujourd'hui, c'est jour de paye, ma première paye: cent soixante-dix dollars. Quelle somme énorme! Je n'ai plus qu'une envie: revenir à Biarritz et dévaliser l'épicerie!

Martine et Mélanie m'accompagnent, nous faisons notre premier vrai marché depuis le mois de février...

— Maman, est-ce que je peux acheter des menthes roses?

— Si tu veux!

— Et des biscuits?

— Bien sûr!

Des menthes roses et des biscuits, quel luxe! Un vent nouveau de liberté me grise. Me sentir capable de nourrir convenablement mes enfants avec de l'argent gagné en travaillant me donne une satisfaction incroyable. Je reprends confiance en moi.

Je suis intelligente, en bonne santé, il n'y a donc aucune raison pour que je ne m'en sorte pas.

Je découvre Biarritz avec des yeux neufs; tout est changé! Je me sens joyeuse, taquine, enjouée, j'ai le goût de rire, de chanter de mettre des fleurs partout, partout!... Pourtant, l'appartement est toujours aussi petit, Gabriel est toujours aussi inconscient, mais je m'en fous. Pour la première fois, depuis mon départ, je me sens vraiment libre; la différence tiendrait-elle aux quelques dollars de plus que j'ai en poche?... Peut-être!

* * *

Lundi le 1er août...

Déjà le mois d'août?... Je retourne au travail pour la dernière semaine puis ce sera de nouveau la monotonie des jours qui se succèdent lentement, inutilement. J'adore cette sensation d'être «une femme qui travaille», qui peut gagner sa vie et celle de ses enfants sans devoir de compte à personne. J'aimerais qu'on me propose encore du travail pour quelque temps mais, hélas, je sais bien que c'est impossible, la réceptionniste régulière revient à son poste lundi prochain. Il paraît que les commentaires de mes patrons à l'Agence ont été des plus élogieux; j'ai peut-être une chance pour plus tard, qui sait?

Je ne me suis quand même pas beaucoup gâtée ces derniers temps, aucune folie, aucun dîner au restaurant, juste un lunch dévoré à la sauvette entre deux appels, dans une petite salle attenante à mon bureau. Aujourd'hui, c'est décidé, je me paye la traite: une brioche au jambon, un café et un énorme éclair au chocolat!...

En me rendant au casse-croûte, je regarde les vitrines et rêve que je suis une nouvelle Élise, bien coiffée, bien maquillée, s'offrant une nouvelle robe et du parfum, du «vrai» parfum!

«Mon Dieu, pourquoi faut-il que ce ne soit qu'un rêve?»

Je reste pensive tout l'après-midi. Dans le métro, je me vois revenant à Biarritz les bras chargés de cadeaux pour Alexandre et Mélanie... J'arrête à l'épicerie, tout le monde me regarde avec un merveilleux sourire; aurais-je vraiment l'air de mon rêve?

Sur le palier, je croise mon ami le «superintendant» qui s'affaire à laver les vitres de la porte d'entrée. Je prends les devants:

— J'irai vous porter mon loyer tout à l'heure!
— Y a pas de presse!

Je me dirige vers la boîte aux lettres: rien! Le chèque du Bien-Être Social n'est pas arrivé comme prévu, il ne me reste plus assez d'argent pour payer le loyer, je devrai gagner du temps... J'appelle l'ascenseur; on dirait que ce building a cent étages. Je piétine sur place... enfin! La porte s'ouvre, je monte, mais juste avant qu'elle ne se referme, j'entends:

— Pis votre mari, pas de nouveau?
— Pas de nouveau!

Comment ce jeune homme pourrait-il être encore dupe de ma petite comédie? Il se paye ma tête, c'est sûr.

Élise, chère Élise, tu ne vas pas te tourmenter pour ce que pense ton concierge?

Si, pourtant, puisque j'hésite à lui dire la vérité. Peut-être ai-je peur d'y faire face moi-même? Peut-être suis-je en train de me prendre à mon propre jeu, de croire à mon histoire?... Je longe le corridor, m'empresse d'entrer puis referme brusquement la porte derrière moi. Je respire un bon coup. Ici, je suis à l'abri! Et le loyer? Comment, diable, vais-je payer le loyer? Se pourrait-il que mon travail actuel retarde l'émission de mon chèque ou que ma déclaration ait affolé l'ordinateur? Ça serait trop bête!

J'ai trouvé! Demain, je ferai un chèque au concierge, qui ne le remettra au propriétaire que mercredi, qui ne le déposera à sa banque que jeudi, et moi, jeudi, j'aurai ma paye et pourrai déposer les fonds nécessaires pour couvrir le montant du loyer... Fiou! Je suis fière de ma trouvaille. Je commence à patiner de plus en plus vite avec les évènements. Tout s'apprend, paraît-il, si on y met du temps.

* * *

Vendredi le 5 août...

L'Agence retient ma dernière paye; on se chargera de me la faire parvenir, par retour du courrier, en même temps que celle qu'ils ont déjà gardée en réserve. J'en ai plein le dos du courrier! Je passe la majeure partie de ma vie à guetter le facteur; ça m'énerve!

Quoi qu'il en soit, il ne me reste que trois dollars et un chèque susceptible d'arriver à ma banque avant les provisions pour le couvrir. On a beau dire, travailler occasionne certaines dépenses supplémentaires, ne serait-ce que le transport et les dîners. J'ai sans doute dépensé un peu plus que d'habitude pour les repas des enfants; enfin, nous en sommes là!...

C'est vendredi, il fait beau et pourtant je suis triste. Tout le monde semble aller quelque part, avec quelqu'un;

moi, je suis seule. Je n'ai personne et je ne vais nulle part. Le retour à Biarritz m'apparaît comme une montagne à surmonter. J'ai le goût de chiâler. Des débordements de tendresse m'étouffent. Bien sûr, il y a Alexandre et Mélanie mais ça ne remplit pas toute ma vie...

Enfin chez moi! Je me suis parlée toute seule tout le long du trajet. Quelle vieille folle je fais! J'aperçois, de la rue, l'enveloppe brune familière dépassant de la boîte aux lettres: MON CHÈQUE! Je reçois un choc; deux cent trente-sept dollars, au lieu de trois cent soixante. Je suis effondrée! Je pensais bien qu'on m'enlèverait une certaine somme pour compenser le travail de l'Agence, mais pas tant que ça!

Je regrette presque d'avoir été honnête en déclarant l'argent reçu; je me retrouve «en dessous» pour le mois qui vient. Et combien m'enlèvera-t-on sur le chèque du mois prochain? Quand j'aurai déposé les cent quatre-vingts dollars du loyer, il ne me restera que cinquante-sept dollars pour passer le mois... quelle farce!

* * *

Vendredi le 19 août...

Rien ne va plus! Je n'ai toujours pas reçu le chèque de l'Agence, ni les chèques d'allocation du mois dernier, que je dois déjà à Lorraine; les chèques de ce mois-ci doivent également être arrivés et je devrai encore une fois me résigner à téléphoner à Gabriel pour quêter ce qui m'appartient.

— Allô!

— Bonjour!

— Oh! C'est toi, Mon Chérie!... Que me vaut l'honneur?

— Tu as reçu mes chèques?

— Bien sûr, ce matin même, je pensais justement te les apporter tout à l'heure...

— Quand ça?
— Disons, vers trois heures, ça te va?
— Parfaitement!
— À tout à l'heure!
— À plus tard!

Sa voix, sa belle voix m'a fait mal. Nous ne nous sommes pas parlé depuis des semaines; comme j'aurais aimé le garder plus longtemps accroché au bout du fil juste pour entendre sa voix. Il ne faut pas que je cède à cette tentation, je risquerais de pleurer et de mettre encore plus de venin dans nos rapports.

Il a dit: «vers trois heures» et je l'attends déjà. Je me suis faite belle avec le plus grand soin, sans oublier le moindre détail. J'ai mis la jupe qu'il aime et le chemisier qui me sied le mieux. Assise toute droite sur le divan, je guette l'heure comme un chat guette une souris.

Vers trois heures, Gabriel téléphone pour dire qu'il sera un peu en retard; je joue celle que ça ne dérange pas du tout puis je recommence à l'attendre sans savoir quoi faire pour passer le temps. Je ne veux ni froisser ma jupe ni me décoiffer. Aucune lecture ne parvient à capter mon attention durant plus de cinq minutes. J'ai les bleus. Je m'ennuie de Gabriel; j'aurais le goût de faire l'amour avec lui. La radio diffuse une chanson qui me poigne aux tripes. Je me mets à pleurer à fendre l'âme. Mon mascara coule sur mes joues laissant de grands sillons noirs sur mon visage; je suis laide à faire peur! Le téléphone sonne, c'est encore lui:

— Excuse-moi, Mon Chérie, mais je n'ai pas le temps d'arrêter chez toi; je te demanderais donc de descendre afin que je puisse te remettre tes chèques sans avoir besoin de stationner la voiture... Ça ne te dérange pas?

— Pas du tout!

Je suis profondément déçue! Encore une fois, je m'illusionnais en pensant qu'il allait venir chez moi, que je pourrais le voir, lui parler... Il sera là dans quelques minutes, j'ai tout juste le temps de me préparer et de descendre.

Je le surveille du grand portique de l'entrée. J'aperçois sa voiture au loin, il approche, passe devant la maison, tourne au coin suivant et vient s'arrêter devant la porte. Le temps d'ouvrir la portière de l'auto, de prendre les chèques et le voilà reparti. Je le regarde aller sans y croire, tout s'est passé si vite, je n'ai rien vu; un geste trop bref, impalpable et flou, comme dans un rêve et puis plus rien. Dieu sait quand je reverrai Gabriel!... Gabriel!... Gabriel!...

Je n'ai pas le courage de m'enfermer dans l'ascenseur; je remonte à l'appartement par l'escalier de service, en comptant les marches...

Élise, chère Élise, comme tu es vieille!

* * *

Dimanche le 28 août...

Il pleut! En se levant Alexandre décide de se faire cuire des œufs; comme sa sœur est dans ses jambes, il la plaque contre le mur; j'interviens, il me bouscule, me pousse sur le réfrigérateur en sacrant, puis il lance le poêlon et la spatule à l'autre bout de la pièce. Il sort en claquant la porte. Mélanie pleure et moi je tremble. Que faire avec cet adolescent qui grandit trop vite?

L'arrivée de Dodo ramène le sourire sur la figure de ma fille. Elles s'installent sur le tapis pour jouer au scrabble.

J'ai soif d'un peu de solitude. Je sors me promener. Je marche lentement et descends machinalement la rue menant chez mes parents. Je sonne: personne; la voisine me dit les avoir vus partir ce matin avec Lorraine et Antoine; tant pis.

Je reprends ma route tranquillement en regardant les arbres. Les feuilles rougissent un peu... déjà! J'ai le cœur au bord des larmes en pensant aux enfants. Gabriel m'a abandonnée à mon sort; ce n'est pas juste. Je ne me sens plus la force de continuer toute seule.

Je me réfugie sur le toit du building et me mets à hurler de toutes mes forces. Les sanglots m'étouffent. Les râles restent pris entre ma gorge. Je voudrais mourir. Je me laisse tomber à genoux, la tête cachée dans mes mains, puis je me recroqueville dans mon coin et laisse peu à peu la vie me reprendre. Le vent frisquet me redonne des couleurs. Ça va mieux!

Je descends retrouver les filles. Nous jouons une dernière partie de scrabble à trois. Alexandre revient, il s'excuse, il est calmé. Comment lui faire comprendre à quel point je l'aime? Je me sens parfois coupable de faire subir à mes enfants une situation aussi aberrante. Ils doivent trouver que je les ai mis dans un sacré pétrin. Ai-je le droit de leur faire vivre une situation pareille? Quels sont les moyens de nous en sortir? Il n'est pas question de retourner vivre avec leur père dans les conditions actuelles et ce dernier nous laisse pourrir comme si ça ne le regardait pas.

* * *

La rentrée des classes approche et, avec leur accord, j'ai pris l'importante décision de changer les enfants d'école. Il me faut ramasser les papiers nécessaires et courir les bulletins.

Mélanie a toujours peur du changement mais, une fois lancée, elle s'adapte assez rapidement. Pour Alexandre, c'est différent, il envisage un nouveau départ et j'espère qu'il en sera ainsi.

L'inscription a lieu cet après-midi. Il fait beau et, comme la nouvelle école est située à quelques rues de Biarritz, je fais le trajet à pied pour économiser. Je retrouve mon âme d'écolière; l'odeur de craie, les planchers cirés, tout me rappelle mon enfance. Je m'attarde dans les corridors pour regarder dans les classes par-dessus les vitres à demi-givrées. Est-ce tellement différent? Il me semble que non; les salles de toilette en marbre dont les murs sont craquelés et les longs abreuvoirs que nous prenions d'assaut à l'heure de la récréation; tout m'apparaît à la fois pareil et différent. Dans quel esprit mes enfants entreront-ils dans cette nouvelle école? Y verront-ils, comme moi, un pas vers la libération, une première rupture d'avec la banlieue? Versailles me semble loin, les souvenirs s'estompent; il y a combien de temps déjà?

En sortant, j'aperçois la voiture de Jacqueline garée près de la cour d'école...

— Qu'est-ce que tu fais là?

— Je suis passée à l'appartement et les enfants m'ont dit que tu étais ici; j'allais faire des courses, veux-tu venir avec moi?

— Avec joie!

Le long du trajet, j'élabore mon plan en trois temps: changer les enfants d'école, trouver un appartement convenable dans le quartier, ce qui ne devrait pas être trop difficile, et, finalement récupérer mes meubles à Versailles. Les procédures de divorce étant maintenant dûment engagées, je dois être en mesure d'agir dans les plus brefs délais possibles afin de sauvegarder les quelques biens qui me resteront au moment de la saisie.

Nous profitons du chemin de retour pour visiter quelques appartements «à louer» dans les rues voisines de Biarritz: trop petits, trop sales, trop chers... Le temps n'est pas encore venu...

* * *

Mercredi le 7 septembre...

Première journée d'école, première crise du matin. Alexandre lance ses couvertures, brise sa tasse de café contre le mur et bouscule sa sœur qui se sauve à toutes jambes en voyant venir l'orage. À bout de nerfs, je frappe Alexandre qui me rend ma gifle; furieuse, j'ouvre le tiroir de la cuisine, sors une longue cuillère de bois et menace de le frapper s'il ne quitte pas immédiatement la place. Il part en coup de vent me laissant complètement épuisée. Je ne sais plus du tout comment venir à bout de cet adolescent survolté. Il faut absolument que je fasse quelque chose; mais quoi?

En fin d'après-midi, mon fils revient, calme et de bonne humeur, accompagné de sa sœur avec laquelle il a fait le chemin du retour.

— Tiens, M'man, j'ai rapporté ma liste!
— Moi aussi!

Je panique! Je ne pensais pas que ce serait si cher. Alexandre et Mélanie vont faire la tournée des magasins du quartier, à la recherche de la meilleure aubaine et reviennent après avoir pris des notes: Les règles de plastique sont moins chères au restaurant du coin tandis que les cahiers sont en solde à la papeterie et les crayons offerts à meilleur marché à la pharmacie. Ils ont tout noté, tout calculé; au moins cher et au mieux, il y en a encore pour quarante-cinq dollars. Je n'ai que soixante dollars en banque pour finir le mois!... et les souliers qui ne tiennent plus le coup!

Sachant qu'elle a un peu d'argent de côté et que ça ne la gêne pas, je me rabats encore une fois sur ma bonne Lorraine et lui emprunte cent dollars, «sur mon honneur». Si j'ajoute cette somme aux cinquante dollars qu'elle m'a prêtés quelques jours après mon départ, ça fait cent cinquante dollars «sur la glace». Je les lui remettrai certainement un jour, mais Dieu seul sait quand!

Elle m'apporte cette somme spontanément, discrètement, trop heureuse de me dépanner. Ça me permettra de faire face à la situation: l'achat des effets classiques et de souliers neufs. Voilà au moins deux problèmes de réglés.

Je remarque dans ses yeux un pétillement inusité. Ma sœur me cacherait-elle quelque chose? Son sourire s'illumine:

— Je suis enceinte!
— C'est pas vrai!... Tu en es sûre?
— Je viens de l'apprendre!
— Quelle grande joie!

Antoine regarde Lorraine avec admiration et la soutient comme si elle était en porcelaine. Je les embrasse.

— Si vous saviez comme je vous aime, tous les deux... tous les trois!

* * *

Jeudi le 15 septembre...

Je m'apprête à aller au grand congrès des Alcooliques Anonymes quand Gabriel téléphone. Il pleure, dit qu'il n'en peut plus, qu'il veut arrêter de boire et réclame de l'aide. J'en ai les jambes coupées. Bien sûr que je trouverai quelqu'un qui acceptera de s'occuper de mon Gabriel; bien sûr, je verrai des amis, je leur parlerai... Cet appel de Gabriel me comble de joie; on ne peut aider un alcoolique à s'en sortir à moins qu'il ne le demande; or, Gabriel arrive au bout de son rouleau et me crie: «Au secours»!

Je me joins au ralliement des gens heureux et croise dès le hall d'entrée plusieurs figures familières: Monique et Jean, Fernand accompagné de Ginette, Pauline et puis Philippe qui m'emmène prendre un café. Entourée de tous ces gens que j'aime, je fais provision d'accolades et de poignées de mains. Je suis heureuse! J'aperçois Adrien; nous échangeons quelques mots, un sourire puis je retourne vers Philippe. Je baigne dans une mer d'amitié, de chaleur, de tendresse; partout je ne croise que des amis, des amis, des amis... Quelle soirée extraordinaire!

J'en avais presque oublié Gabriel. Ce n'est certes pas le moment de le laisser tomber; je dois lui prouver combien je l'aime. Je parle de sa démarche à quelques amis qui ne partagent pas mon enthousiasme. Ils acceptent, non sans une certaine réticence, d'aider mon Gabriel, mais à une seule condition: *Gabriel devra téléphoner lui-même!* Je ferai le message, on verra bien!

* * *

Deuxième journée du congrès des A.A. Mélanie s'est levée tôt pour se rendre à la répétition de la création collective à laquelle elle participera cet après-midi. Je suis seule avec un Alexandre enragé depuis son réveil; je sens la soupe chaude. La guerre éclate quand je lui demande de se calmer. Il me pousse avec force, je le gifle à la figure, il réplique en me frappant les bras à grands coups de karaté.

Élise, chère Élise, qu'y a-t-il de plus inutile qu'une telle scène de violence?

Je regrette d'avoir giflé Alexandre; c'est maladroit et ça ne règle jamais rien. Je sais très bien que le problème est plus profond, mais aujourd'hui, je n'ai pas le cœur à la psychanalyse; je suis vidée. Je m'enferme dans la salle de bain tandis qu'Alexandre crie à tue-tête de l'autre côté de la porte.

«Mon Dieu, donnez-moi le courage, la sérénité...»

Le bruit de la douche parvient à peine à couvrir le son de la voix d'Alexandre qui continue ses litanies. Je me savonne vigoureusement afin d'activer la circulation du sang; je voudrais faire peau neuve. La voix s'est tue. Je sors prudemment de ma tranchée et trouve Alexandre endormi en travers du lit, comme un petit enfant vaincu par la fatigue. Je m'habille tout doucement et pars sans faire de bruit.

Je rejoins Jacqueline au coin de la rue puis nous allons ensemble au congrès. Elle a dressé la liste des messages qui lui semblaient les plus intéressants. Nous entendons des témoignages d'amour tellement touchants que soudain je n'ai plus aucun doute quant à la réhabilitation de mon Gabriel. Jamais issue ne m'est apparue aussi proche.

* * *

Vendredi le 23 septembre...

Je vis en pleine euphorie! Gabriel n'a pas bu depuis une semaine; je lui ai donné les prénoms et les numéros de téléphone de mes amis A.A qui avaient accepté de l'aider; il leur a téléphoné, il en a même reçu deux à Versailles. Je constate avec joie que ses intentions étaient sérieuses. Il m'appelle tous les jours et même plusieurs fois par jour; il est question de rapprochement, de rencontre. Gabriel commence à voir la vie différemment, à entrevoir au loin une lueur d'espoir. Même les enfants s'aperçoivent d'un changement d'attitude de la part de leur père, sans toutefois soupçonner quoi que ce soit puisque, respectant le désir de Gabriel, je ne leur ai pas soufflé mot de ces démarches.

Quand, ce matin, Gabriel a exprimé le désir d'une rencontre à trois, j'ai tout de suite proposé le Père Benoit comme intermédiaire. La diplomatie et le tact de mon ami nous seront certainement d'un grand secours. Il s'agit là d'une mission délicate pour le médiateur mais j'ai pleinement confiance dans le talent de notre arbitre.

Nous avons décidé de nous rendre directement à Versailles vers sept heures. Gabriel s'est donné un mal fou; il a préparé des canapés, des amuse-gueule, du café... et étalé des revues pornographiques un peu partout dans le salon, dans l'intention bien évidente d'impressionner, sinon de choquer, notre invité. Par bonheur, le Père Benoit en a vu d'autres et, le temps de le dire, d'un geste simple et naturel, il dépose sa serviette de cuir sur les seins plantureux d'une blonde ingénue, jette nonchalamment son cahier de notes sur le pubis roux d'une femme panthère et, mine de rien, ramenant vers lui le cendrier le plus proche, recouvre du même coup le derrière rebondi d'une danseuse créole... Olé!

Agité, nerveux, Gabriel crâne et tente sans arrêt de faire bifurquer la conversation par des blagues intempestives. Le Père Benoit reste impassible, ramenant invariablement notre entretien sur des sujets plus sérieux: notre mariage, notre vie de couple, notre séparation et enfin, notre divorce prochain. Nous avons un conciliateur de premier ordre. Il nous écoute tour à tour, nous interroge en nous incitant à nous exprimer plus clairement et facilite même le dialogue en nous suggérant le mot juste au bon moment.

Gabriel s'avère un être difficile à cerner et à comprendre; ce patineur de fantaisie joue avec les mots comme un chat avec une souris. Finalement, il se détend et parle ouvertement, sans barrière, permettant une approche en profondeur des problèmes qui nous préoccupent. Cette soirée longue et fatigante nous ouvre finalement des horizons nouveaux.

Quand le Père Benoit me laisse à ma porte, vers deux heures du matin, je suis épuisée mais heureuse. La situation ne peut que s'améliorer; j'y mettrai pour ma part toute ma bonne volonté.

«Mon Dieu! Aidez-moi à garder l'Espoir!»

* * *

Le mois de septembre s'écoule calmement, beau, ensoleillé, chaud et coloré. Je mène une petite vie tranquille, fréquente régulièrement mes amis et fais de longues promenades, en compagnie de Martine, le long de la rivière des Prairies. Je pense continuellement à Gabriel et rêve de le retrouver guéri ou, tout au moins, plus calme et plus serein. Il me téléphone maintenant tous les jours et nos conversations deviennent de plus en plus sincères. Nous nous aimons toujours; cependant, les plaies sont tellement vives et le passé refait si facilement surface, qu'il faut déployer énormément de doigté pour ne pas mettre le feu aux poudres. Certains griefs encore chauds exigent que nous agissions prudemment; nous marchons sur des œufs...

Mon fidèle Philippe m'appelle également deux fois par jour; parfois, nous bavardons tard dans la nuit, échangeant des confidences et nous rappelant des souvenirs. Philippe est *mon ami du bout du fil,* il me conseille, me console, me comprend. Il me parle de sa jeunesse, de la guerre qu'il a faite alors que je n'étais encore qu'une enfant. Que de choses nous séparent, que de choses nous rapprochent et nous lient, simplement, sans contrainte, dans une amitié bonne, tendre, sans arrière pensée.

* * *

Mardi le 27 septembre...

J'éprouve depuis quelque temps des étourdissements et des chaleurs qui m'inquiètent; j'ai un mal fou à m'endormir, je ressens des besoins physiques si ardents que je n'arrive pas à les apaiser. Je m'ennuie de Gabriel; la pensée de sa main chaude sur mon sein me rend toute vacillante.

Son coup de téléphone tombe à point. Il me parle tendrement, je lui réponds doucement, il devient câlin, je me fais câline; bref, ça s'annonce bien! Il m'invite à dîner, j'accepte. Je décide de reconquérir *mon* mari et refuse de m'avouer vaincue. L'Autre ne pourra prendre *ma* place que si je lui laisse la permission de le faire. JE SUIS PRÊTE! Nous allons manger en amoureux puis je lui fais découvrir mon «bord de Seine». Nous longeons la rivière, main dans la main, en parlant de Versailles, des enfants. Je nous sens très proches l'un de l'autre. Il me parle de lui, je lui parle de moi mais nous évitons de parler d'Elle.

Gabriel m'invite à Versailles; j'hésite un peu puis me laisse convaincre. Cet homme est toujours *mon* mari et je l'aime...

Assis par terre, au coin du feu, nous bavardons simplement. Gabriel me bécote, ça me plaît. J'aime sentir la chaleur de son corps près du mien. Je reprends peu à peu toute *ma* place; je dirais même qu'en ce moment, je me fous éperdument de l'Autre.

— Tu sais, je lui dis tout...
— Vraiment?
— Elle saura que tu es là ce soir!
— Ça m'est égal, Elle est dans *ta* vie, pas dans la mienne.

Je réalise subitement que l'Autre ne peut entrer dans *ma* vie que dans la mesure où je le lui permets. Elle ne peut donc me faire mal que si j'accepte de souffrir. Cette constatation me soulage et me libère.

Je passe une merveilleuse soirée auprès d'un amant aux petits soins; néanmoins, je me sens étrangère dans ma propre maison. Bien que l'Intruse n'ait laissé aucune trace, sa présence hante la place. Elle téléphone vers onze heures. Gabriel lui parle en anglais mais je comprends qu'il n'ira pas chez Elle comme convenu. Il l'informe de ma présence puis raccroche. Nous ne parlerons pas de ce téléphone puisque cette femme ne fait pas partie de *ma* vie. J'ai une conquête à faire et nulle ne pourra m'empêcher de la faire; j'ai le goût de me battre jusqu'au bout. Avec les loups on hurle, on ne bêle pas; je me sens d'attaque!

— Tu sais, j'aurais bien envie de rester pour la nuit...
— À tes risques et périls!

Gabriel me donne trois choix: Je couche dans le lit et il dort sur le divan, il prend le lit et moi le divan, nous dormons ensemble dans le lit ou sur le divan. J'opte pour le grand jeu et choisis le lit pour deux...

Nous nous dirigeons à pas lents vers la chambre, vers NOTRE chambre... Gabriel devient nerveux:

— Nous sommes dans une situation embarrassante, ne trouves-tu pas?
— Que veux-tu dire?
— Tu es là, dans mes bras, tu es toujours ma femme et pourtant, je me sens maladroit...

— Pourquoi?

— Parce que je sais que je vais finir par faire l'amour avec toi...

— Et alors, tu n'en as pas envie?

— Si, justement!

— Où est le problème?

— Je ne veux plus mentir!

— Ce sentiment t'honore!

— Et il m'emmerde! Elle sait que tu es là...

— Et alors?

— Elle saura également que nous avons fait l'amour ensemble...

— Tu ne voudrais tout de même pas que je me sente coupable de coucher dans *mon* lit avec *mon* mari? Dis-lui ce que tu voudras, je m'en fiche puisqu'Elle n'existe pas pour moi: SHE IS NOBODY... NOTHING! Crois-moi, il vaut mieux qu'il en soit ainsi, sans quoi je ne pourrais être là.

— Pour moi, c'est différent!

— Sans doute, mais je n'ai pas à en tenir compte.

— Non, écoute, je suis sûr qu'Elle comprendra...

— Si tu préfères, je peux partir...

— Mais non, voyons, tu es là et je suis content!

— Alors, arrête de me parler d'*elle*, tu lui diras ce que tu voudras, je m'en moque. Je suis là, tu es là, parlons de nous!

— Tu as raison!

— Embrasse-moi!... Tu n'as pas envie de m'embrasser?

— Oh! oui...

Nous nous embrassons à en perdre le souffle puis nous faisons l'amour et plutôt deux fois qu'une. Étendus l'un près de l'autre, sans bouger, sans parler, nous frôlant avec une infinie tendresse, nous nous endormons amoureusement enlacés... le soleil se lève.

Quand je me réveille , Gabriel est déjà levé, il a préparé le petit déjeuner et l'a déposé sur la table de chevet: du jus d'orange, des biscottes, du café et des raisins, de gros raisins verts que Gabriel s'amuse à me faire attrapper avec les dents, comme dans les films porno: «LES ORGIES D'ÉLISE...» Quel programme!

La sonnerie du téléphone nous dérange. Gabriel s'énerve: c'est «*Elle*! Je l'entends lui parler toujours en anglais; le ton monte, la «madame» n'est pas contente... Je me verse un deuxième café mais le charme est rompu. Cette situation tourne au ridicule. Qui a déjà entendu l'histoire du monsieur qui se fait enguirlander par sa maîtresse parce qu'il a couché avec sa femme? Soudain, je vis et me regarde vivre et je ris à m'en taper les cuisses.

Gabriel raccroche brusquement puis vient me retrouver dans la chambre. Il essaie d'avoir l'air naturel.

— Ça va?
— Oui, oui, tout va très bien!

Il s'approche, m'enlace, m'embrasse, s'enroulant avec moi sous la couverture.

— Tu n'as pas froid?
— Non, je suis bien!

Il se passe alors quelque chose d'étrange; je regarde le plafond, il ne m'est pas tombé sur la tête, le lit ne s'est pas écroulé et l'idée que l'Autre y couche ne me gêne plus du tout. Rien ne s'est effondré, tout est comme avant mais plus rien n'est pareil. En recouchant dans *mon* lit, je l'ai désacralisé, j'ai démythifié le Symbole. *Ma* chambre n'est plus un Tabernacle, c'est une chambre,*mon* lit n'est plus un Autel mais un lit et Gabriel n'est plus un Dieu mais un homme, juste un homme que je n'ai plus du tout envie de disputer à une Autre. Je lui cède la place, je m'en vais, je tourne la page, JE SUIS LIBRE!

Quelle sensation indescriptible! J'ai l'intuition que je ne referai plus jamais l'amour avec Gabriel; ça ne me fait ni mal, ni peur, je le sais, c'est tout!

Gabriel se lève précipitamment en regardant sa montre:

— Merde! midi!... et j'ai promis à Qui-tu-sais de dîner avec Elle!... Je te ramène chez toi?
— Non, merci, je préfère marcher!

Nous quittons Versailles ensemble. Gabriel va vers sa voiture tandis que je continue ma route à pieds. Il a tôt fait de me dépasser, je le regarde s'éloigner au bout de la rue. Je souris à la vie et me grise du vent frisquet d'automne qui me fouette le sang. Tout est consommé!...

Il fallait que je vienne, il fallait que je fasse cette démarche afin de replacer les choses à leur place en leur redonnant la mesure qui leur convient. Je ne regrette rien, je suis exorcisée...

* * *

Il me reste Alexandre dont les crises sont de plus en plus violentes. Je n'en viens pas à bout. On m'a conseillé de le faire voir par une psychologue; au point où j'en suis, tous les moyens sont bons.

Le docteur Anna Schmidth nous a donné rendez-vous après la classe; cette femme est mon dernier espoir.

— Le docteur Schmidth vous attend!

Cette grande femme brune, froide et distante, nous observe, derrière d'énormes lunettes teintées, et nous écoute en prenant des notes. Je suis terriblement nerveuse, je me sens sur la sellette. Alexandre parle sans arrêt, répondant même aux questions que le docteur Schmidth me pose. Son langage est agressif et il a bien du mal à retenir certains mouvements de colère. Ce garçon souffre, je le sais et me sens complètement impuissante à l'aider. D'ailleurs, comment pourrais-je le faire alors que je suis moi-même tellement impliquée? Pour le moment, cette entrevue nous amène à dialoguer un peu plus, mais est-ce suffisant?

Le docteur Anna Schmidth se lève brusquement:

— Je verrai votre fils toutes les semaines, Madame!

Puis, s'adressant à Alexandre:

— Tu viendras le mercredi après l'école!

Elle nous reconduit à la porte sans le moindre sourire. Alexandre a l'air satisfait de cette rencontre. Malgré moi, je pense à ces visites du mercredi en me disant: «Voilà au moins une journée où je n'aurai pas à subir les crises de mon fils puisqu'il pourra se défouler ailleurs». J'en arrive souvent à souhaiter qu'il sorte ou qu'il couche chez un ami.

Je deviens envahissante. Je veux tout régler, tout contrôler. Je ne fais pas confiance à la Vie; j'empêche la jument de parler en la bâillonnant au départ. Me sentant responsable de tout ce que vivent mes enfants, je les manipule et les laisse me manipuler.

«Mon Dieu, je vous confie ma volonté et ma vie mais pour MES enfants, laissez faire, je vais m'en occuper moi-même... merci pareil!»

* * *

Dimanche le 16 octobre...

Quelle belle journée! La nature embrasée déploie ses couleurs automnales au soleil. Me sachant seule, Pauline m'invite à me joindre à elle et à sa sœur Astrid pour une balade à la montagne. Nous sommes trois femmes, trois folles, trois collégiennes en vacances courant à toutes jambes dans les feuilles mortes: Pauline ramasse les plus belles pour son herbier tandis qu'Astrid se perd dans la nature en récitant des vers classiques. Je choisis le plus gros chêne et m'asseois dans l'herbe, m'appuyant sur son tronc énorme. J'observe autour de moi et me laisse réchauffer par le soleil, je reprends espoir. C'est une journée simple comme j'ai appris à les aimer. AUJOURD'HUI, je suis heureuse et mon Bonheur dépend de moi et de ma façon nouvelle de voir la vie: *«On ne peut être heureux que dans la mesure où on accepte de l'être!»*

En revenant, nous nous perdons un peu dans la montagne, ce qui nous oblige à faire un grand détour pour retrouver notre route; ce crochet vaut la peine, le paysage est magnifique!

Astrid nous invite à souper:

— Potage, fromage et vin d'Alsace, ça vous va?

Au dessert, Pauline me dévoile ses talents de cartomancienne. Elle me fait le «grand-jeu»:

— Je vois du travail pour toi, ma vieille... Brasse les cartes... Il y a un homme, un homme aux cheveux gris... Il est très près de toi... Brasse encore!

Je reprends les cartes, les brasse, les coupe... Pauline recommence son baratin:

— Tiens, regarde, il est là, près de la dame de cœur... c'est un homme assez jeune, assez beau...
— Tu vois ça dans les cartes?
— Je vois tout dans les cartes, moi, madame l'incrédule et je ne dis plus rien à celle qui ose douter...
— Sais-tu s'il est libre?

— Peut-on jamais savoir?... Tu travailles en tout cas, c'est sûr!

— Ne verriez-vous pas où, par hasard, Madame la voyante?

— Je ne vois rien par hasard: tout est là! Je vois du monde, beaucoup de monde, ça bouge autour de toi...

— J'ai trouvé! Je fais du théâtre, j'ai toujours rêvé de faire du théâtre...

— Avec tes allures de clown, je te verrais beaucoup mieux dans un cirque!

Pauline est vraiment amusante quand elle joue les romanichelles. Il y a longtemps que je n'avais pas autant ri; ce bain de fraîcheur me fait du bien. Je reviens à Biarritz imprégnée de la forte odeur des feuilles mortes, la tête pleine d'images colorées et de rêves en maraude... Pauline a dit: « du travail... un homme...» J'installe mon oreiller dans un coin du divan et regarde le dernier film avec les enfants. La chaleur de ma tasse de thé me réchauffe. La soirée finit bien et demain c'est congé!

* * *

Gabriel téléphone tous les jours depuis notre dernière rencontre. Peu à peu, je m'aperçois que je suis en train de le reprendre «sur mes épaules»; je m'inquiète de lui et me surprends à poireauter près du téléphone en attendant qu'il sonne. Gabriel me rattrape dans son giron et ça me fait peur.

Je refuse d'être esclave de ses attitudes, je refuse de l'attendre, je refuse d'aliéner ma liberté intérieure. Mon affection pour Gabriel me fait oublier ma sérénité personnelle. Aujourd'hui, personne ne répondra à l'appel de Gabriel; je n'attends plus, je sors!

Je constate avec effroi que je me leurre sur mes intentions. Je ne suis certainement pas aussi désintéressée que je veux me le faire croire. J'use de moyens détournés pour diriger la vie de Gabriel. Je deviens son *ange gardien*, celle par qui son Bonheur doit arriver...

Élise, chère Élise, ne serait-ce pas là ta façon de te venger d'Elle?..

En vérité, je lui ai laissé le lit mais je suis restée omniprésente, offrant en échange, à Gabriel, un amour platonique plus écrasant, plus envahissant que le premier. Je suis orgueilleuse, je souffre à la pensée que *mon* Gabriel pourrait vivre sa vie sans moi, être heureux sans moi... L'Autre ne peut pas l'aimer autant que je l'aime; *moi* seule connais Gabriel, *moi* seule sais où il doit aller et ce qu'il doit faire, *moi* seule, *moi* seule, *moi* seule!...

Qui suis-je pour penser pouvoir diriger la vie de Gabriel par mes propres moyens? Je ne suis pas de taille; d'ailleurs, personne n'est de taille à diriger toute autre vie que la sienne. Il m'est déjà tellement difficile de devenir ce que je veux être; comment puis-je m'attendre à ce que Gabriel devienne exactement ce que je veux qu'il soit?

«Mon Dieu accordez-moi l'humilité»

* * *

Mardi le 1er novembre...

Neuf mois! Voilà neuf mois que je suis partie; le temps de me remettre au monde. Et moi qui croyais que ça ne durerait que quelques jours.

Je recommence à vivre, j'accepte, je m'ouvre à la Vie, à l'Amour!

«Mon Dieu, donnez-moi aujourd'hui ma Tendresse quotidienne, mon Amour quotidien... Amen!»

Ces paroles, je les prononce du plus profond de moi. Il faut prononcer la Parole, il ne suffit pas de penser, il faut dire, il faut demander. Je ressens subitement une grande Chaleur, une grande Paix: *«Tout ce que vous demanderez, en Mon Nom, vous sera accordé...»* Il a dit: «TOUT». Je demande la Sérénité, le Courage, la Sagesse. Je ne veux plus souffrir inutilement par ma faute. En refusant de délier les autres, je me fais prisonnière de mon propre boulet, j'accepte que les choses qui me font mal me retiennent; or, tant de choses me font mal: de vieux souvenirs, des prénoms, des lettres... Je ne pardonne pas!

Allongée sur mon lit, les yeux fermés, je me laisse envahir par une sensation nouvelle de bien-être, j'ai tout à coup l'âme au pardon. Je me délivre de toutes les idées noires qui me trottent dans la tête et me torturent et, pour la première fois de ma vie, comprenant pleinement le sens profond du mot, je *pardonne*. Je pardonne tout, sans restriction et sans réserve, j'efface les souvenirs, prononce les prénoms et détruits les lettres. Je délie, j'affranchis, je me libère...

Le coup de fil de Philippe me surprend en pleine séance de méditation:

— Bonjour, Comtesse, je te dérange?
— Pas du tout, je pardonnais!

Il rit de cette voix cristalline qui lui est particulière. Comme nous nous disons tout, je lui fais part de la démarche intérieure que je viens de faire. Il ajoute:

— Tu sais, Comtesse, ce qu'il y a de merveilleux avec le Pardon, c'est qu'une fois qu'on a vraiment TOUT pardonné, *on ne peut plus ne pas avoir pardonné...*

Et vlan dans les tibias! Je n'y avais jamais pensé, je suis foutue! Philippe vient de m'enlever d'un coup sec une de mes plus belles distractions: mes «parties d'apitoiement» quand, certains soirs, après un bon bain chaud et une minutieuse toilette, je m'installais sur le divan et relisais de vieilles lettres de Gabriel ou ressassais dans ma tête les vestiges de mon douloureux passé, en écoutant des chansons d'amour, tristes de préférence. Je pleurais sur mon sort, m'apitoyais sur mon pauvre «petit moi» et m'endormais finalement, complètement épuisée en avalant mes larmes. Par mon Pardon, je viens de renoncer, pour toujours au plaisir de souffrir.

Élise, chère Élise, tu étais masochiste!

Que celle qui ne l'a jamais été me jette la première pierre. Tant qu'on n'a pas TOUT pardonné, on n'a RIEN pardonné; or, j'ai TOUT pardonné, même à moi, même à l'Autre. Je me suis délivrée d'un fardeau bien trop lourd. Désormais, je suis libre, et tout peut m'arriver, ceci, cela ou autre chose... et si la jument voulait parler?

* * *

Mercredi le 2 novembre...

Quand j'ai pris la décision d'aller faire du lèche-vitrines au centre-ville, je n'imaginais certainement pas rencontrer Louise, une amie d'enfance que je n'avais pas vue depuis des années. Elle me reconnaît tout de suite.

— Élise Desmarais!... c'est pas possible!...
— Louise Béliveau!... Il y a des siècles!...

Elle est radieuse. Je retrouve son sourire et la petite pointe de malice au coin des yeux qui me la rendait si sympathique.

— Ma chère Élise, je ne sais plus où donner de la tête, on m'offre trois emplois à la fois.
— Et moi qui me cherche du travail!... Tu ne pourrais pas me refiler quelque chose?
— Mais oui, dis donc, c'est une idée!. J'ai un ami qui m'a téléphoné ce matin, sa secrétaire est enceinte et quitte

le bureau pour trois mois; il cherche quelqu'un pour la remplacer jusqu'en février... ça t'intéresse?...

— Et comment donc! N'importe quoi pour me permettre de déménager.

— C'est seulement pour trois mois!

— Ça ne fait rien, c'est déjà ça de pris. Sais-tu s'il y a beaucoup de travail à faire?

— Il m'a parlé du téléphone...

— Est-ce qu'il faut taper à la machine?

— Je ne crois pas; il sait que je ne tape pas, alors...

— Écoute, c'est à voir!

— Tiens, voilà mon numéro, appelle-moi demain, j'en saurai plus long.

Quelle heureuse rencontre! Je n'y crois pas encore; c'est merveilleux! On m'apporte du travail sur un plateau d'argent. Je pourrai acheter du linge, trouver un appartement, déménager...

Élise, chère Élise, trois mois, seulement trois mois...

Je sais bien que trois mois ce n'est pas long mais je veux travailler. Peu m'importe ce qui me permettra de faire le grand saut, je veux sauter. Au mieux, je peux me trouver un travail équivalent dans trois mois, forte de l'expérience acquise, au pire, je me sers de ce surplus d'argent pour déménager et je reviens sur le Bien-Être Social une fois les trois mois terminés. Cette perspective de travail me rend folle de joie. Je rentre à Biarritz tout excitée.

Élise ayant sur sa tête un pot au lait bien posé sur un coussinet, prétendait arriver sans encombre à la ville...

* * *

Gabriel arrive à l'improviste, juste après le départ des enfants pour l'école. Je suis encore toute endormie, je n'ai pas pris mon deuxième café.

— Tiens, regarde ce que j'ai trouvé...
— Qu'est-ce que c'est?
— Un fossile datant d'avant l'arrivée des blancs sur le continent...
— C'est magnifique!
— Je suis allé passer quelques jours dans la région d'Oka et j'ai rapporté plusieurs pièces qui, bien que sans grande valeur, sont extrêmement intéressantes; celle-ci est la plus représentative...

Il y a longtemps qu'il ne s'était pas adonné à ce genre d'activité; lui qui a toujours eu un faible pour la recherche archéologique. Je suis contente de voir qu'il reprend goût à la vie. Je le regarde avec des yeux neufs. Je le trouve ravagé physiquement. Aurait-il recommencé à boire? Je ne le sais pas et ne veux pas le savoir. Pour aujourd'hui, je m'en fous.

— Je pense fortement partir pour le Brésil un de ces jours...

Je l'écoute me parler de voyages et d'expéditions possibles; qu'y a-t-il de fondé dans tout ça?... Qu'importe, ce qui compte c'est qu'il s'en sorte et qu'il s'engage à fond dans quelque chose qu'il aime.

— Tu veux prendre un café avec moi?
— Non, je te remercie, on m'attend!
— Je ne te retiens pas.

Il se dirige vers la porte en laissant mes deux chèques d'allocation sur le comptoir:

— Arrange-toi pour faire ton changement d'adresse, je ne ferai pas ton facteur tout le temps...
— Dès que j'aurai trouvé un appartement, je le ferai, c'est promis. Pour l'instant, ça risquerait de retarder le prochain chèque et j'ai besoin d'argent.
— Bon, eh! bien, tchao!...

— C'est ça, tchao!

Il est parti et je n'ai même pas eu envie de lui parler de mes projets de travail. C'est comme si je n'avais pas voulu qu'il interfère dans ma vie privée. D'ailleurs, je ne sais même pas si je travaillerai; j'ai essayé de rejoindre Louise tout à l'heure mais me suis heurtée à un répondeur automatique: «J'ai dû m'absenter pour quelques heures, au son du timbre, veuillez laisser votre message, je vous rappellerai dès mon retour!»... Voilà, c'est fait, je n'ai plus qu'à attendre.

Je suis soudain prise d'une «déménagite» aiguë. Je sors acheter le journal. je décide de jouer le tout pour le tout et de sauter sans filet. J'arrête à la loge du concierge et lui donne un mois d'avis. Je partirai le 1er décembre; je ne sais ni où, ni comment, mais je sais que je partirai. Pour moi, ce geste est important. Cet avis d'un mois signifie non seulement que je dois trouver un appartement le plus tôt possible mais surtout que j'accepte de briser les liens avec la maison en allant chercher mes meubles à Versailles. J'ai la certitude de faire le pas qu'il faut; advienne que pourra.

* * *

Ça marche! Mon amie Louise vient de téléphoner et ça peut marcher; le docteur Gauthier, attend mon téléphone. Je tremble. Un coup, deux coups, trois coups... Mon Dieu, faites que ça marche! quatre coups... Mon Dieu, j'ai peur!...

— Allô!
— Le docteur Gauthier, s'il vous plaît.
— C'est moi!
— Je suis Élise Lépine...
— Oh! oui, bonjour!

— Je vois que Louise vous a parlé de moi... elle m'a dit que vous cherchiez quelqu'un pour remplacer votre secrétaire...

— C'est exact!

— Hé bien, moi, je cherche quelqu'un qui cherche quelqu'un pour du travail... Ça tombe bien, n'est-ce-pas?

— En effet... (il rit, c'est bon signe) Venez me rencontrer à la Clinique demain, disons vers deux heures, ça vous va?

— C'est parfait!

— Alors, à demain...

Je crois que je vais m'évanouir de joie. Je tourne en rond. Il faut que je parle à quelqu'un. Je traverse chez Martine où les enfants se sont attardés après l'école. Je leur annonce la bonne nouvelle...

— Les enfants, ça marche!... enfin, ça peut marcher; je rencontre le docteur Gauthier demain.

— (en chœur) YOUPPI!

* * *

Jeudi le 3 novembre...

Je pars un peu plus tôt pour ne pas risquer d'arriver en retard à un rendez-vous pareil. Je dois donner l'image d'une jeune femme sérieuse, ponctuelle, responsable... Je suis là une bonne dizaine de minutes à l'avance. Je monte majestueusement le grand escalier menant à la réception de la Clinique:

— Le docteur Gilbert Gauthier, s'il vous plaît?

— Quatrième étage, au bout du corridor...

Les planchers cirés reflètent les portes du couloir; ça sent le couvent. Comme dans les films d'animation, je marche sans avancer; on dirait même que mon but s'éloigne au fur et à mesure que j'approche; j'ai le trac!

La porte est entr'ouverte mais je ne vois personne; je frappe...

— Entrez, entrez!

J'entre presque timidement; quelle surprise! Je vois tout à coup apparaître la plus belle tête grisonnante qu'on puisse imaginer; Dieu, qu'il est beau! Ses cheveux, son sourire, ses yeux, tout est beau, beau, beau!... On lui donnerait environ quarante-cinq ans...

— Si vous voulez bien vous asseoir!

Je l'examine un peu. Il a une bonne tête, il a l'air doux, ça me plaît. Je sens que j'aurais du plaisir à travailler avec lui.

— Louise vous a bien dit qu'il s'agissait d'un emploi temporaire?

— Elle m'a parlé de trois mois...

— C'est exact! Ça vous convient?

— Tout à fait!

— Vous avez de l'expérience?

— Très peu...

Et sur ce, je lui tends mon curriculum vitae; comme je ne possède aucun diplôme ronflant, j'ai ajouté deux pages: une *j'aime!* l'autre *je n'aime pas!*

J'AIME:

le théâtre, la vie, les enfants, les fleurs, la musique de Vivaldi, le pouding au chocolat, etc., etc., etc.

JE N'AIME PAS:

le cirque, la bêtise, les hypocrites, les gens envahissants, le sirop d'érable, etc., etc., etc.

Le docteur Gauthier enlève ses lunettes, les dépose sur son pupitre puis éclate de rire:

— Mais, je ne vais pas lire ça, j'aurais l'impression d'être indécent!

Il dépose mon curriculum, sur le coin de son bureau et se cale dans son fauteuil:

— Vous tapez à la machine?

— Non!... Louise m'a dit que ce n'était pas nécessaire!

— Pas vraiment, c'est surtout pour le téléphone...

Élise, chère Élise, pourquoi lui as-tu menti?

À vrai dire, je tape assez bien à la machine, mais j'ai *dit non* parce que je n'ai pas du tout envie de devenir une «dactyloteuse», une esclave de la machine à écrire. Aussitôt qu'une femme avoue qu'elle sait taper, on ne lui demande même plus si elle sait penser.

Le docteur Gauthier se lève et vient vers moi en me tendant la main:

— Alors, c'est entendu!... Je vous attends jeudi prochain à neuf heures!

Jeudi? seulement jeudi? comme ça semble loin! Pourquoi pas lundi? Pourquoi pas demain? Je voudrais retenir le temps, rester encore un peu, faire durer ce moment. Il me regarde en souriant:

— Si vous saviez comme je suis content!

— À jeudi!

— À jeudi!... Je suis content, tellement content!

S'il savait à quel point, moi aussi, je suis contente. Je m'éloigne à regret. J'aurais envie de me retourner, de lui envoyer la main, de lui sourire mais une infirmière s'approche, je n'ose pas.

Je suis folle de joie! Il faut absolument que je partage mon bonheur avec quelqu'un; j'arrête chez Pauline et la surprends dans son jardin en train d'habiller ses rosiers. L'été des indiens est terminé, déjà l'hiver est à nos portes.

— Entre, je vais nous faire du café!

Nous nous installons dans le boudoir puis je lui raconte tout ce qui vient de m'arriver. Mon bonheur lui fait plaisir...

— Élise, tout va s'arranger pour toi, j'en suis sûre!

Puis, jouant les cartomanciennes, elle prend sa tête entre ses mains en écartant les doigts:

— Jé-voua-dou-trravail-et-oune-hômme-aux-chéveux-grris...

— Ha! ha! ha! sacrée Pauline!... Pourquoi pas?

* * *

Jeudi le 10 novembre...

Je pensais que ce jeudi-là ne viendrait jamais. La présence de quelques amis, les nombreux téléphones de Philippe ne parvenaient pas à faire passer le temps; enfin, j'y suis!

J'arrive en plein trafic, c'est jour de bureau et le docteur Gauthier reçoit lui-même ses patients:

— Bonjour, bonjour!... bienvenue chez nous!

Il m'accueille avec le même sourire jovial, la même simplicité que lors de notre première rencontre. Bien qu'il soit débordé, il prend le temps de m'expliquer calmement mon travail qui, pour le moment, consiste à recevoir les patients, sortir les dossiers et répondre au téléphone. Je rentre immédiatement dans le feu de l'action.

Tout en travaillant, je mijote des plans; ce travail est une vraie bénédiction qui me donnera le coup de pouce nécessaire pour aménager dans un nouvel appartement. Je vais enfin pouvoir aller chercher mes affaires! L'exiguïté de Biarritz commence à me peser; il faudra trouver quelque chose de plus grand et de moins cher: de plus grand, afin de respirer un peu, et de moins cher, pour pouvoir joindre les deux bouts. Je ne dois surtout pas oublier que je ne travaille que pour trois mois et que, les trois mois écoulés, je devrai revenir au Bien-Être Social jusqu'à ce que je trouve un nouvel emploi. Le «Bien-Être Social», j'en ai des crampes rien que d'y penser...

— Vous venez dîner?

La question du docteur Gauthier me surprend mais son invitation ne se refuse pas.

Nous descendons à la cafétéria et cherchons une petite table un peu à l'écart afin de pouvoir bavarder en paix. J'observe mon nouveau patron du coin de l'œil: des yeux brillants, un air souriant; à première vue, il n'a rien d'un coureur de jupons, son attitude est franche, simple, correcte. Mais, quel genre d'homme est-ce? J'ai appris, par Louise, sa récente séparation d'avec sa femme, mais rien de plus. Vit-il seul? Y a-t-il une autre femme dans sa vie? Je l'ignore. De toute façon, ça ne me regarde pas. Nous parlons du travail à faire, des bureaux à organiser, des dossiers à classer; rien d'intime, rien de personnel.

Aussitôt le repas terminé, le docteur Gauthier me quitte pour l'après-midi. Je trouve la place vide et le temps long. Vers quatre heures, je ferme boutique et retourne sagement à Biarritz en autobus.

Les enfants ont laissé un petit mot sur l'armoire: «nous sommes chez Martine!» Je les rejoins. Martine a préparé un pot-au-feu:

— Élise, pour célébrer cette première journée de travail, je vous invite à souper tous les trois...

Elle dresse le couvert sur la table basse du salon et ouvre une bouteille de vin:

— Je porte un toast à Élise!...

Les verres tintent les uns contre les autres, dans un cliquetis chaleureux. Chacun s'empresse autour de moi. Mélanie devient curieuse:

— Alors, maman, raconte!

— Il n'y a rien à raconter, je suis heureuse!

* * *

Deuxième journée de travail, même scénario mais déjà je me sens moins nerveuse; je reçois les patients plus calmement. Ce n'est qu'une question de routine et je commence à m'y faire.

Vers midi, le dernier patient s'en va, le docteur Gauthier aussi. Je descends à la cantine acheter une pomme et un yaourt; je mange à mon bureau en lisant le journal, puis je m'occupe à ranger les filières d'une façon différente. Le temps passe et mon patron ne revient pas.

«Mon Dieu! faites qu'il arrive avant mon départ!...»

J'entends des pas dans le corridor, c'est lui!

— Bonjour, bonjour!

Il me tend une enveloppe:

— Je suis passé à la banque et j'ai pensé que ça vous arrangerait peut-être d'être payée tout de suite...

— Je vous remercie, c'est gentil, vraiment gentil!

J'apprécie tellement son geste. Il a tenu compte de ma situation et me paye tout de suite mes deux jours de travail, en argent comptant, pour m'éviter le désagrément de courir à ma banque. On rencontre si peu de gens attentifs aux autres; le docteur Gauthier pourrait bien être de ceux-là; quelle chance!

Je m'apprête à partir quand mon patron reçoit un appel: une voix de femme; ne voulant pas être indiscrète, je m'éloigne à regret.

* * *

Le samedi, quelle pagaille! Je range, j'astique, je nettoie; c'est fou ce qu'un petit appartement peut se salir vite, surtout quand on fait la cuisine à côté du lit, au beau milieu du salon.

J'ai les bigoudis sur la tête et m'amuse comme une folle à récurer le fond du four, quand Gabriel arrive avec des fleurs:

— Tiens, c'est pour toi!
— Merci! entre...
— Je ne te dérange pas?
— Tu vois!

Je dépose les fleurs dans une bouteille sans pouvoir m'expliquer la raison de son geste. Cet homme est une énigme que je ne suis pas près de déchiffrer.

— Veux-tu du café?
— Si tu en prends aussi, d'accord!

Je profite de ce tête-à-tête pour informer Gabriel de ma décision de quitter Biarritz à la fin du mois et dresser la liste des meubles que j'ai l'intention d'emporter. Écrasé dans le fauteuil, il me regarde fixement sans dire un mot; je change de sujet:

— As-tu des projets pour les Fêtes?
— Nous irons chez les parents de Qui-tu-sais...
— Tu peux la nommer, ça ne me gêne pas!... Au fait, je voulais te dire que tu peux inviter les enfants, si tu veux!
— Mais je ne serai pas seul!
— Je le sais et ça m'est égal!

Je me lève pour chercher du lait puis reviens m'asseoir en face de Gabriel en ajoutant avec un air de femme du monde:

— D'ailleurs, moi non plus, je ne serai pas seule...
— Ah!... bon!... c'est sérieux?

— Qui sait?... peut-être!

Élise, chère Élise, pourquoi as-tu dit ça?... Il n'y a personne dans ta vie... PERSONNE!

C'est sorti tout seul. Je ne sais pas ce qui se passe mais je n'ai pas du tout envie de me dédire et laisse Gabriel sur l'impression qu'il y a peut-être quelqu'un...

Mélanie arrive puis nous parlons d'autre chose.

* * *

Ayant monopolisé tous mes amis pour m'aider à trouver un appartement, chacun m'appelle à son tour pour me signaler une adresse ou me proposer de m'accompagner. J'ai déjà ratissé au peigne fin tout le quartier Ahuntsic: trop petit, trop sale, trop cher. Il faudra voir ailleurs. Même la femme de ménage de la Clinique s'en mêle: Ce matin, en entrant au bureau, j'ai trouvé une petite note avec deux adresses; j'irai voir ça de plus près à l'heure du lunch.

Je m'apprête à partir quand le docteur Gauthier m'interpelle:

— Vous sortez?

— Oui, Marie-Rose m'a donné des adresses...

— Il fait très froid; voulez-vous que j'aille avec vous?

— Je n'aurais jamais osé vous le demander mais puisque vous me l'offrez si gentiment...

Le premier appartement me déprime: vue sur la cour, sans soleil, sans balcon; je ne veux pas sortir d'une cage pour tomber dans une prison. Le deuxième est plus grand; il me plaît beaucoup mais n'offre aucune facilité pour faire la lessive. Avec deux adolescents, il faut prévoir au moins le minimum, ne serait-ce qu'une «machine à tordeur», mais il n'y a aucune place où la mettre...

Le docteur Gauthier se promène, les mains derrière le dos, il regarde attentivement chaque détail et pose certaines questions auxquelles je n'aurais pas pensé, n'ayant pas l'habitude de ce genre de chose...

— Qu'est-ce que vous en pensez?
— Je préfère attendre!
— Vous avez raison!... Allons dîner!

Nous allons au restaurant. La serveuse nous désigne une petite table près de la fenêtre. J'admire le paysage:

— Tiens, il commence à neiger!
— Vous aimez la neige, Élise?
— Vue de l'intérieur, oui; j'ai horreur du froid... et vous, Gilbert?

Il me regarde en souriant et, pour la première fois, oubliant le travail et la Clinique, nous ne parlons que de *nous!*

* * *

Samedi le 19 novembre...

Je suis «tombée en amour» avec le quartier Côte-des-Neiges, c'est là que j'aurais envie de vivre; reste à communiquer mon enthousiasme aux enfants. Alexandre s'en fout, un quartier ou un autre, pourvu qu'on parte. Mélanie se montre plus réticente, elle hésite, il faut voir. Elle peut difficilement faire un pas en avant sans rester un petit peu sur le pas d'en arrière. Je comprends très bien que, dans sa tête, l'idée de déménager sur Côte-des-Neiges élimine pour toujours l'espoir de retourner à Versailles, de retrouver ses amis; là-bas, c'est le concret, le connu, Côte-des-Neiges c'est l'aventure et l'aventure, à quatorze ans...

J'achète le journal et propose à Martine de m'accompagner, Mélanie vient aussi. Nous sommes à la mi-novembre et les appartements à louer se font rares. Nous allons visiter ceux qui sont disponibles immédiatement: trop petits, trop sales, trop chers...

Nous arpentons le quartier de long en large. Mélanie nous suit deux pas derrière, sans dire un seul mot. Je tente par tous les moyens de l'intéresser à ma démarche, rien à faire, elle se ferme à toute suggestion, nous refusant même le moindre sourire.

Il se fait tard. Je renonce temporairement à poursuivre mes recherches. Je vais garder l'œil ouvert; quand le temps sera venu, je trouverai bien.

En rentrant je croise le concierge:

— Oh! oui, je voulais vous dire qu'il se pourrait que je garde l'appartement... encore un mois...

Puis je file par l'escalier de service avant qu'il ait eu le temps de s'en remettre...

* * *

Comme elle n'a pas d'école, Mélanie me fait la surprise d'une visite impromptue à mon bureau, dans l'intention bien évidente de rencontrer «mon docteur»; or, le docteur Gauthier est absent, j'ignore s'il reviendra avant la fin de l'après-midi.

Ma fille m'aide à classer des dossiers, à brocher des feuilles, soudain la porte s'ouvre:

— Bonjour!... bonjour!... Mais, c'est la belle Mélanie!

Surprise, elle se retourne et aperçoit «mon docteur», c'est le coup de foudre! Elle le trouve «sharp», «crotte», «au boutte», bref, il lui plaît!

En revenant chez nous, elle m'avoue avoir réfléchi avant de me donner son accord pour venir habiter près de la Clinique:

— Seulement, j'aimerais mieux ne pas changer d'école...

— Mais c'est trop loin pour voyager...

— Ça m'est égal!

— Enfin, nous verrons, veux-tu?

À peine sommes-nous rentrés qu'Alexandre nous pique une crise sans aucune raison apparente. Tout éclate pour une pécadille, un sandwich mal taillé, un verre de lait trop petit, pour rien... Après avoir tout mis sans dessus dessous, il est parti en claquant la porte tandis que Mélanie, désemparée, a trouvé refuge chez Martine. Effondrée, bouleversée, je reste seule...

«Mon Dieu! aidez-moi à trouver quelque chose, JE N'EN PEUX PLUS!..»

* * *

Lundi le 28 novembre...

Le vingt-huit novembre, notre anniversaire de mariage, le dix-septième. J'aurais préféré passer ça sous silence et le téléphone de Gabriel me trouble un peu. Ironiquement, il profite de cet appel pour me parler des procédures de divorce qui suivent leur cours et m'affirme être d'accord pour divorcer tout en refusant obstinément de prendre un avocat. Je me bats contre un moulin à vent; Don Quichotte se sent vidée!

Me voyant un peu triste, Gilbert m'invite dans son bureau. Il a fait du café. Ces instants d'intimité me plaisent. Je parle ouvertement à cet homme qui sait si bien ce que le mot *hurler* veut dire. Notre bavardage s'éternise un peu au delà du rituel habituel, il est déjà presque l'heure de nous quitter.

Ce soir, je voudrais ne pas rentrer à Biarritz; les enfants sortent avec Martine et je crains la solitude, ce grand vide qui va me prendre à la gorge sitôt que j'aurai passé la porte. Je ne veux pas être seule... J'AI PEUR! Il faut absolument que je fasse quelque chose pour reculer l'échéance. Je prends mon courage à deux mains et propose à Gilbert de venir avec moi prendre un verre à la brasserie...

— C'est moi qui vous invite!

Le voilà tout à coup embarrassé, gêné. Il me sourit mais d'un sourire un peu crispé; je crains d'avoir gaffé.

— Je regrette Élise, mais j'ai vraiment trop de travail; merci quand même!

— Je n'insiste pas.

— Ce sera pour une autre fois!

— C'est ça!

Pourquoi ne lui ai-je pas avoué franchement ce que je ressentais? Je n'ai pas osé lui parler de ma peur, de mon angoisse. Rendue dans l'ascenseur, j'étouffe, j'ai besoin de me retrouver à l'air libre. Je sors de la Clinique mais je suis incapable de traverser la rue; devant moi, c'est le trou noir, le gouffre. Il n'y a plus aucune lumière, plus rien qu'un immense espace vide, noir et profond. Je panique et reste sur le trottoir, incapable d'avancer. Je ne saurais dire combien de temps a duré cet état de choc mais quand une bonne dame pose gentiment sa main sur mon bras pour m'offrir de l'aide, je suis appuyée sur un arbre et tremble de tout mon corps.

— Vous n'avez besoin de rien?

— Non, non, ça va mieux, merci!

Je me sens mal à l'aise, j'ai le cœur gros et parviens difficilement à retenir mes larmes; rendue dans le métro, je n'y tiens plus, j'éclate, je pleure comme une enfant en essayant de camoufler mes larmes dans le collet de mon manteau. Je regarde par la fenêtre en espérant qu'on ne me remarque pas. Je n'arrive pas à m'expliquer ce qui m'arrive. Je ne suis pas fâchée contre Gilbert, je ne lui en veux pas d'avoir refusé mon invitation, je me reproche peut-être un peu ma maladresse, demain, je lui parlerai, je lui expliquerai...

Je tourne la clé dans la serrure quand le téléphone se met à sonner; je m'empresse de répondre: Philippe, mon bon Philippe, qui ne pouvait mieux tomber, juste à temps pour me consoler. Nous parlons, parlons, à en oublier le boire et le manger.

* * *

Je reviens à la Clinique un peu craintive; pourvu que ma démarche n'ait pas indisposé Gilbert au point de compromettre nos rapports. Nous avons eu jusqu'à présent une relation franche et sincère, je dirais même amicale, et il serait dommage que cela finisse à cause d'une maladresse. Pourquoi lui ai-je offert d'aller prendre une bière puisque je n'en bois pas? Dans le fond, j'ai dit la première chose qui m'est passée par la tête. Peut-être a-t-il pris cette invitation en mauvaise part? Les hommes ne sont pas encore habitués à ce genre de choses; peut-être est-il de ceux *qui ne peuvent pas le prendre?*

Le docteur Gauthier est très occupé et je devrai attendre notre pause-café pour lui parler. Ses consultations terminées, il me rejoint dans mon bureau. Son regard me rassure, il n'est pas fâché. Il prend l'offensive:

— Je veux m'excuser pour hier soir, Élise, j'avoue que, sur le coup, votre invitation m'a un peu surpris mais, l'instant d'après, je me suis ravisé et suis sorti pour vous rejoindre... vous étiez déjà partie.

— Je ne voulais pas me retrouver toute seule...

— Je comprends!... Nous dînons ensemble?

— Entendu!

Je le rejoins à la cafétéria. Nous dînons en tête-à-tête dans un coin retiré, sous le regard moqueur de quelques confrères. Gilbert me parle spontanément de lui, de son travail, de sa vie de célibataire depuis sa récente séparation, et pour la première fois, de cette femme mystérieuse qui lui téléphone presque tous les jours:

— C'est une amie de ma sœur; nous allons assez souvent au théâtre, au cinéma, au restaurant, rien de plus...

Cette relation ne semble pas, du moins, pour l'instant, correspondre aux pré-requis d'une liaison durable. Il me parle de cette femme sans enthousiasme, sans aucune flamme dans les yeux; de toute façon, sa vie privée ne me concerne pas et les quelques détails qu'il veut bien me donner ne me servent qu'à mieux le connaître. Il me parle en ami, je fais de même, c'est tout. Je suis convaincue qu'il est honnête et, quand il pose une question, il écoute la réponse; j'ai connu suffisamment d'hommes pour apprécier cette qualité rare.

Nous retournons au bureau. Il redevient mon patron, je redeviens sa secrétaire, nous reprenons nos rôles, jusqu'à quatre heures.

* * *

Il fait un temps superbe, le soleil inonde la place. Tout en compilant des dossiers, je me perds dans mes pensées, je rêve. Gilbert termine un appel puis entre précipitamment dans mon bureau.

— Élise, je dois rencontrer *ma* secrétaire pour dîner, il semble qu'elle ait quelque chose d'important à me dire; il est possible qu'elle accouche un peu plus tôt que prévu...

J'avais presque oublié que je n'étais pas *sa* secrétaire, que je n'étais là qu'en transit, dans une situation temporaire. Combien de temps me reste-t-il au fait?

— Avez-vous une idée de la date de son retour?
— Début février, si tout va bien!
— Ah! bon!...
— Ça ne vous ennuie pas trop de dîner toute seule?
— Pas du tout, j'ai un bon livre!

Je le regarde partir, non sans une certaine crainte. Je panique à l'idée de ne plus travailler pour lui, de ne plus travailler tout court. Je n'ai toujours pas trouvé d'appartement et, si je ne déménage pas maintenant, il sera trop tard; après, je ne pourrai plus envisager la dépense.

Je passe l'heure du dîner à tourner et retourner des chiffres; je n'y arriverai jamais. Le spectre du Bien-Être Social me hante; il faut absolument que je me trouve un autre emploi, j'ai besoin et j'ai envie de travailler.

Je regarde par la fenêtre, en formant avec mon souffle des cernes de buée sur la vitre. Je trouve le temps long. J'ai déjà mon manteau sur le dos et m'apprête à partir quand je vois Gilbert apparaître dans l'embrasure de la porte. Il s'avance vers moi en souriant:

— Élise, je vous invite à souper!

Cette invitation ne me déplaît certes pas mais elle m'étonne. Je suis trop surprise pour répondre. Gilbert insiste:

— Êtes-vous libre ce soir?
— Vous le savez bien!
— Alors, je vous enlève...

J'appelle les enfants qui s'apprêtaient justement à partir au cinéma avec Martine, qui obtient souvent des billets gratuits et leur fait profiter de sa chance; je peux donc accepter l'invitation de Gilbert, je suis libre...

Mon patron m'amène dans un petit restaurant fort sympathique. Le garçon, nous prenant pour des amoureux, nous donne le coin le plus discret de l'endroit. Gilbert a l'air enjoué de quelqu'un qui cache quelque chose. Nous parlons de la pluie et du beau temps. Je suis triste.

Nous commandons l'apéritif. La flamme de la bougie fait briller les yeux de mon partenaire. Il a un petit sourire malin. Il lève son verre et le frappe contre le mien:

— Félicitations!

— Félicitations? mais pourquoi?...

— Pour votre nouvel emploi!

— Comment ça?

— Gisèle ne reviendra pas après son accouchement; elle a décidé de poursuivre ses études et a pensé m'avertir à l'avance... Si vous l'acceptez; enfin, si «tu» l'acceptes, la place est à toi!

Je n'ose en croire mes oreilles; la jument parle encore une fois. J'avais tout envisagé, tout prévu, sauf ça; dans mon optique, il ne semblait y avoir que deux issues: ou bien je me trouvais un autre emploi ou bien je «retombais» sur le Bien-Être Social. Encouragée par le premier tutoiement de Gilbert, je continue:

— Crois-tu que je ferai l'affaire?

— Pourquoi pas?... Tu es consciencieuse, honnête, travaillante... que faut-il de plus? Tu t'occuperas des patients, du téléphone, du courrier, et pour le reste...

— J'ai un aveu à te faire; si tu me promets de n'en parler à personne: *Je sais taper à la machine!...*

— Merveilleux! Si tu veux t'occuper également de la correspondance, je ne demande pas mieux, j'ajouterai simplement un supplément à ton salaire puisque ça m'évitera de payer la secrétaire de la Clinique. Tu vois, tout s'arrange pour le mieux!

Jamais souper n'a été plus joyeux. J'ai le cœur en fête. Je vois apparaître la fin de mes problèmes; ça m'étourdit. Le vin me tourne légèrement la tête, je ris pour un rien. Je suis heureuse et la vie est belle!

Je grimpe l'escalier en courant, tant j'ai hâte de me retrouver chez moi; il n'y a personne, mais je m'en fous, la solitude ne m'atteint plus. Je tourne et virevolte comme une toupie aux quatre coins de la pièce. Je voudrais monter sur le toit et crier ma joie au monde entier: *fini la misère, fini la faim, fini la peur!*

— Élise, qu'est-ce qu'y t'arrive?

Martine entre la première suivie d'Alexandre et de Mélanie qui ont l'air aussi étonnés qu'elle de me voir si emballée.

— Gilbert m'engage pour de bon!... Vous vous rendez compte?... J'ai l'emploi!... Je deviens officiellement la secrétaire particulière du célèbre docteur Gilbert Gauthier!
— Comme je suis heureuse pour toi!... Élise, y faut fêter ça!... Attendez-moi.

Les enfants restent figés, comme si ma nouvelle les avait changés en statues de sel... Après quelques minutes d'hésitation Mélanie sort de sa léthargie:

— Tu vas travailler tout le temps?
— OUI!... C'est magnifique!... Non?
— Moi, je suis content pour toi, M'man!

Alexandre s'avance, je le serre dans mes bras et fais signe à Mélanie de nous rejoindre, elle m'embrasse très fort...

— Mes enfants, nous allons enfin pouvoir vivre convenablement sans rien demander à personne!
— Regardez ce que j'ai apporté!

Martine revient avec des croissants, du pâté et une tarte aux bleuets.

— Je vais faire chauffer la tarte!... Qui veut du thé?

Toutes les mains se lèvent. Je fais bouillir de l'eau tandis que Martine installe une nappe sur le tapis du salon. Nous dégustons ce pique-nique impromptu assis à l'indienne comme autour d'un feu de camp.

— Je porte un toast à notre nouvelle vie!

Je lève ma tasse de thé et la frappe allègrement sur celles des autres. Nous trinquons tous les quatre en riant, nous grisant simplement du plaisir d'être ensemble...

* * *

J'ai la tête pleine de projets fous et une seule envie, partager mon enthousiasme avec mon amie Jacqueline. Sans lui souffler mot de quoi que ce soit, je lui ai donné rendez-vous à mon bureau. À peine a-t-elle passé le pas de la porte que je lui saute au cou:

— Tu sais pas ce qui m'arrive?... J'ai le job à plein temps!

— Quel job?

— Celui-ci!

— C'est pas vrai?

— Mais si, je t'assure! Je ne voulais pas te le dire pour te faire une surprise...

— Pour une surprise, c'en est une!

— C'est incroyable! J'ai un patron extraordinaire!

— Je ne te trouve pas très objective...

— Attends, voir...

Gilbert entre sur les entrefaites. Je lui remets quelques dossiers puis il retourne à son cabinet. Jacqueline me regarde en souriant. J'attends son verdict avec impatience:

— Alors, comment le trouves-tu?

Elle lève le pouce en signe d'approbation:

— Ma vieille, il est «A.1»!

— Il me plaît beaucoup, tu sais...
— Pas besoin de le dire!... D'ailleurs, toi aussi, tu lui plais...
— Tu crois, vraiment?
— Ça crève les yeux!... En tout cas, si vous ne voulez pas que ça se voit, vous devriez porter une cagoule...
— Je peux donc accepter l'emploi?
— Avec ma bénédiction!
— Merci beaucoup!
— As-tu bientôt fini?
— Le dernier patient vient d'entrer dans le bureau de Gilbert, je peux partir...

À peine avons-nous quitté la Clinique qu'un accident nous barre la route, nous forçant à faire un détour. Nous nous retrouvons donc, par hasard, rue Linton...

— Jacqueline, regarde, là, sur le coin!

Une pancarte «appartement à louer» vient d'attirer mon attention; Jacqueline ralentit... La maison est bien située, bien éclairée...

— On y va?
— On y va!

Une jeune femme charmante nous accueille. Elle paraît surprise de nous voir...

— C'est pour l'appartement!
— Déjà?... Je viens tout juste de mettre l'écriteau!...

Elle nous précède et nous fait visiter un appartement superbe avec balcon donnant sur la rue, de grandes fenêtres, une salle de bain impeccable...

— C'est combien?
— Deux cent vingt-cinq jusqu'en juillet et deux cent cinquante pour le prochain bail... chauffé, eau chaude fournie...

Ce loyer est évidemment un peu plus cher que prévu mais puisque désormais je peux compter sur un salaire régulier.

— Et pour laver?

— La salle de lavage est juste en-dessous; suivez-moi, je vais vous montrer!

Nous descendons au sous-sol. Une salle de lavage propre, spacieuse et offrant toutes les commodités que je recherchais... Mon amie me fait de grand signes d'approbation.

— J'aimerais quand même en parler à mes enfants!

— Vous en avez combien?

— Deux!... deux adolescents de quatorze et seize ans...

— Je suis prête à attendre votre réponse jusqu'à demain...

— Voici mon numéro de téléphone; appelez-moi si jamais un locataire éventuel se présentait...

— C'est promis!

Je crois que je peux lui faire confiance; de toute façon, je n'ai pas le choix, il serait impensable que je prenne une décision importante qui nous concerne tous sans en parler aux enfants.

J'invite Jacqueline à partager notre souper et c'est autour d'une énorme pizza que nous élaborons les premiers plans de notre future demeure.

* * *

J'ai carte blanche, Alexandre et Mélanie me font confiance. Je vais signer mon bail à l'heure du lunch.

Ça y est, les jeux sont faits!. Ce grand saut dans le vide m'excite et m'effraie à la fois. L'idée d'emménager m'emballe tandis que je tremble à la pensée d'aller chercher mes meubles à Versailles. À ce sujet, je suis dans le noir, mes relations avec Maître Boileau ne sont pas agréables; nous ne sommes pas sur la même longueur d'ondes. On croirait que ma décision de divorcer pour alcoolisme l'embarrasse. Il me ramène toujours la même rengaine: «*pour adultère ça va plus vite!*» Or, moi, *je refuse de divorcer pour adultère...*

Je me souviens soudain d'un certain Maître François T., membre des Alcooliques Anonymes, dont Philippe m'a souvent vanté les mérites. Nul doute que cet homme saisira mieux le but de ma demande et qu'il saura en tenir compte. Philippe accepte de servir d'intermédiaire et Maître T. me rappelle aussitôt. Inutile de lui expliquer mon cas, il en connaît tous les détails; il me précède, il me devine. Nous parlons le même langage. Je me sens enfin comprise et, soulagée d'un poids énorme, je confie ma cause à cet homme en toute tranquillité. Je n'aurai qu'à me présenter au bureau de l'Aide Juridique pour signer les papiers nécessaires au transfert de mon dossier.

* * *

Vendredi le 16 décembre...

Je rentre du travail un peu plus tôt que d'habitude et me retrouve en plein «bordel»: tout est sans dessus dessous! Les enfants participent ce soir à un gala de bienfaisance à l'école et le rassemblement général a lieu chez nous. Ils sont sept dans la pièce à se piler sur les pieds. La douche, le séchoir à cheveux, le fer à repasser, tout fonctionne en même temps. Martine prépare des sandwiches tandis que Mélanie, installée sur le coin du poêle, se bat avec le glaçage d'un gâteau au chocolat inclinant légèrement vers la gauche.

— Salut tout le monde!

— Maman, aide-moi, j'arrive pas à le glacer!

— Oh! M'man, pourrais-tu repasser ma chemise?

— Madame, voudriez-vous attacher ma robe, s'il vous plaît?

Tout le monde veut un coup de main en même temps. Je remonte une fermeture-éclair, attache une épingle de sûreté, recouds un bouton tout en terminant la décoration du gâteau de Mélanie. Alexandre nettoie un bout du comptoir pour me permettre de repasser sa chemise tandis que Martine vide le réfrigérateur pour faire de la place aux sandwiches. Le divan est recouvert de sacs contenant des victuailles pour le buffet; il y aurait de quoi nourrir une armée.

Les jeunes ont apporté des vêtements de rechange; ils se bousculent en s'habillant, se taquinent et parlent tous en même temps.

Les voilà prêts; Dieu qu'ils sont beaux! Toutes les filles portent des robes longues tandis que les garçons revêtent fièrement le complet et la cravate. Mélanie a eu la chance de recevoir un magnifique tailleur de velours rouge, dont la jupe longue était devenue trop petite pour Barbara. Cet ensemble lui va à ravir, elle le porte évidemment avec ma plus belle blouse; comment refuser une faveur pareille à Cendrillon un soir de bal?

Ils partent, les bras chargés de paquets; heureusement, l'école n'est qu'à quelques coins de rue.

— On va prendre un taxi!

— Je pense qu'il va falloir en prendre deux!

Ils discutent entre eux le prix du voyage et en séparent les frais. C'est un merveilleux soir de fête!

Fiou!.. la place est vide; enfin, quand je dis *vide*, entendons-nous. Je jette un regard circulaire autour de la pièce... pas un pouce carré de libre. L'évier déborde de vaisselle sale; c'est fou ce que ça peut être salissant de faire *un* gâteau à quatorze ans! Alexandre a préparé des carrés de céréales à la guimauve... c'est collant! Le lit et le divan disparaissent sous des tonnes de linge, des sacs de papier traînent partout et la salle de bain n'est pas montrable...

Je n'ai pas envie de ranger tout ça; les enfants auront toute la journée de demain pour le faire. Personne ne verra le désordre, je sors!

Il fait beau! Il a neigé et tout est blanc; la pleine lune fait briller la neige sous un ciel étoilé. Je me sens profondément heureuse. Noël approche, un vent de fête flotte dans l'air. Partout les vitrines incitent à la joie et à la dépense.

Je marche lentement, au hasard, sans but précis, j'entre machinalement dans une librairie et me rappelle que Gilbert n'a pas encore lu «Jonathan Livingston le goéland...» Je décide de lui offrir ce bouquin pour Noël.

Je suis déçue, il ne leur reste aucun exemplaire de ce livre:

— Nous en recevrons la semaine prochaine!
— Merci, je n'ai pas le goût d'attendre!

Je viens de trouver un but: partir à la recherche d'une autre librairie où je pourrai trouver cette petite merveille. Je descends tranquillement la rue Lajeunesse en respirant, à pleins poumons, ce vent froid qui me colle les narines. Il fait bon et je pense à Gilbert...

Élise, chère Élise, serais-tu, par hasard, amoureuse de cet homme?

Je longe le parc; la tempête y a laissé un immense tapis blanc, sans aucune trace de pas. Quelqu'un a écrit dans la neige: *«MICHELINE JE T'AIME!»* Oh! comme ce soir j'aimerais m'appeler Micheline! Je retiens une envie folle de me rouler dans la neige, comme une petite fille, en criant son nom et le mien à tue-tête: *GILBERT et ÉLISE... ÉLISE et GILBERT*, puis de graver nos initiales à jamais dans un cœur, sur un arbre: *G.* aime *E*... Au fait, m'aime-t-il?

Après plus d'une heure de marche, je trouve enfin le livre que je cherchais, dans une tabagie du coin, entre cent revues porno et mille recettes de cuisine... Toute fière de ma trouvaille, je reviens à Biarritz en autobus, trop claquée pour me retaper le trajet du retour à pied.

MERDE! J'avais complètement oublié le désordre. Je n'ai plus la force de faire le moindre ménage et me contente de jeter le tas de vieux jeans en vrac dans un coin afin de libérer mon lit; j'allume ensuite une bougie pour faire plus romantique et camoufler le décor. J'enfile ma robe de chambre, me prépare un café et m'installe confortablement sous les couvertures. Je lis tout en grignotant un bout de fromage; je me perds peu à peu dans mes rêves, je fais des plans, je décore, je pars...

Mélanie revient avec Dodo:

— Alexandre va coucher chez François avec deux autres copains et Dodo va prendre les coussins... O.K.?

— O.K.!

«BIENVENUE À BIARRITZ, CAMPING OUVERT À L'ANNÉE LONGUE!»...

* * *

Mardi le 20 décembre...

Avant de me rendre au travail, je passe au bureau de l'Aide juridique signer les formalités nécessaires au transfert de mon dossier à Maître François T. Quelques papiers à consulter, deux ou trois signatures et le tour est joué; je peux retourner à la Clinique en paix. Je trouve le chemin du retour interminable, j'ai hâte de revoir Gilbert et de lui offrir son livre que j'ai minutieusement emballé. J'ai écrit sur la carte: «il faut savoir oser le geste...»! Après coup, je me demande si j'ai bien fait; Gilbert ne va-t-il pas interpréter ce geste comme une avance?

Élise, chère Élise, qui n'ose rien, n'a rien!...

Oui mais... oui mais... J'entre dans mon bureau tout en jonglant encore avec mes «oui, mais...» Gilbert est occupé au téléphone. Il semble avoir une conversation fort sérieuse avec une dame. Je me bouche les oreilles, ce ne sont pas mes affaires! J'aperçois, sur mon pupitre, une enveloppe blanche posée bien en évidence près du téléphone. Je l'ouvre rapidement... l'enveloppe contient une carte et la carte... un chèque de cent dollars... «À Élise, pour un Joyeux Noël, d'un patron bien content!...» Je n'en crois pas mes yeux! Je suis émue, j'ai du mal à retenir mes larmes. Dieu sait à quel point ce chèque est le bienvenu!

Gilbert entre au même moment. Je lui tends mon petit paquet:

— Tiens, c'est pour toi!
— Pour moi?... Élise, tu n'aurais pas dû!...

Il déballe son cadeau, lit le mot dans la carte, relève la tête, sourit puis me tend les bras. Nous nous embrassons sur les joues, presque timidement.

— Et si je faisais du café?

Gilbert fait chauffer l'eau tandis que j'ouvre le courrier du matin. L'odeur du café frais embaume rapidement la place.

— À quelle heure allons-nous dîner?
— La technicienne a fait les réservations pour une heure!

Nous rejoignons les autres employés de la Clinique dans un restaurant du Vieux-Montréal. Comme par hasard, on nous a désigné deux fauteuils côte à côte. Gilbert me regarde différemment, presque tendrement. Qu'y a-t-il de changé? Il existe soudain une espèce de complicité entre lui et moi; à tel point que les autres convives ne semblent plus faire partie du même dîner que nous. Les yeux de Gilbert brillent d'un éclat particulier; mes joues se colorent à mesure que le vin coule... Mon Dieu! si seulement nous pouvions avoir des cagoules!

Je rentre à Biarritz un peu rêveuse, déçue que personne ne soit là pour m'accueillir avec mon Bonheur. Trois œillets dans un vase m'attendent sur le coin du comptoir; il y a une petite carte: «Et voilà, c'est reparti, mais à trois cette fois-ci... Félicitations!... Joyeux Noël!... Je t'aime!...» et c'est signé: Alexandre. Je pleure de joie. N'y tenant plus, je traverse chez Martine; ils sont là, tous les trois, décorant joyeusement le petit arbre que notre voisine vient d'acheter.

— Élise, qu'est-ce que tu as?
— Qu'est-ce que t'as M'man?
— Maman, pourquoi tu pleures?

Je reste figée sur place, incapable d'avancer; j'ai les jambes coupées. Ils me rejoignent et je les embrasse en les serrant très fort dans mes bras:

— Si vous saviez comme je vous aime... tous les trois!
— Élise, j'ai préparé du ragoût et de la tourtière et je vous invite; ce soir, ce sera mon réveillon!

Nous nous assoyons près de l'arbre sous lequel Martine vient de déposer une foule de petits paquets. Il y en a un pour chacun de nous. Elle a pensé m'acheter de l'ombre à paupières et du mascara...

— Comme c'est gentil! Justement, j'en avais besoin...

— Tiens, maman, c'est pour toi!

Connaissant ma passion pour la correspondance, Mélanie m'offre du papier à lettres; j'adore écrire à ceux que j'aime!

— Merci, ma Bichette, merci!... Et toi aussi, mon Alexandre, je te remercie pour tes fleurs; les œillets roses sont mes favoris!

Je profite du dessert pour leur annoncer ma surprise: ce chèque de Gilbert qui nous arrive comme marée en carême.

— Moi aussi, j'ai une surprise pour vous!
— Une bonne surprise, Martine?
— Je ne sais pas; elle m'attriste en tout cas...

Martine se lève, va mettre un disque puis revient près de nous. La flamme de la bougie fait briller davantage ses beaux yeux verts mouillés de larmes.

— Je retourne à Gaspé, chez mes parents...
— Pour toujours?
— Oui, Mélanie, pour toujours!
— Ça veut dire qu'on te reverra plus?
— Mais non, je viendrai vous voir souvent... c'est promis!

Voilà bien le genre de promesse qu'on fait habituellement pour dorer la pilule. Nous nous reverrons, bien sûr, mais où et quand?... La présence quotidienne de Martine m'a si souvent tirée du désespoir dans lequel je m'enlisais parfois. Je garderai toujours une place de choix dans mes souvenirs pour cette *presque fille* qui a tant partagé de tendresse avec nous.

Martine verse encore un peu de vin dans mon verre. Je la regarde comme si je voulais imprimer à jamais ses beaux traits fins dans ma mémoire; le vert de ses yeux, le roux de ses cheveux, son teint pâle... ses «rousselures»... J'ai du mal à retenir mes larmes.

— Et tu pars quand?
— Pour le Jour de l'An...

Martine me tend un mouchoir en riant. Noël approche, l'heure est à la fête, et pourtant, moi, ce soir, je suis heureuse et malheureuse...

* * *

Jeudi le 22 décembre...

Gilbert est allé à l'aéroport; son «amie» s'envole pour deux semaines au soleil.

Mon *patron* revient juste à temps pour recevoir son premier patient. La salle d'attente se remplit peu à peu ne nous laissant aucune occasion de parler de choses personnelles. À peine a-t-il le temps de dresser une liste de toutes les courses à faire avant la fin de la journée.

— À midi, si tu veux, nous irons ensemble chercher le cadeau de noce de Marie-Claude...

Gilbert marie sa fille aînée. La veille de Noël, à cinq heures, Marie-Claude épousera un Mauritanien; la cérémonie aura lieu à la mosquée, dans le rite musulman traditionnel. Seuls quelques parents et amis très intimes sont invités à la noce qui suivra dans un grand restaurant tunisien de Montréal. Le père de la mariée ne sais plus où donner de la tête; les réservations, les vêtements, les fleurs... Dans son «bachelor» d'homme divorcé, il n'a pas encore suffisamment de vaisselle pour recevoir des invités. Il faudra des coupes, des verres et des tasses à café...

— Es-tu prête?
— J'arrive!

Nous nous rendons chez une artiste qui a fabriqué un batik superbe représentant une scène d'hiver à la campagne; les teintes sont tout en douceur et le dessin d'une finesse incomparable. Gilbert a eu bon goût; même si je ne connais pas Marie-Claude, je suis sûre qu'elle appréciera.

Il fait gris et les trottoirs sont glissants. En sortant, Gilbert me tend la main pour m'empêcher de tomber; je m'accroche à son bras. Nous marchons lentement et, pour la première fois, il me parle de ses enfants, de sa mère, en ajoutant des détails personnels et intimes... Il fait toujours aussi gris mais le soleil apparaît soudain; une énorme boule jaune transperce les nuages. Nous passons sous un arbre immense tendant ses branches dénudées et formant une gigantesque silhouette crochue devant ce cercle lumineux. J'arrête Gilbert un instant:

— Regarde, lève la tête, admire un peu ce spectacle!

— Magnifique!

— Le bon Dieu est bon!

Ma remarque le fait sourire. Il me prend tendrement par l'épaule. Nous continuons notre route chaleureusement appuyés l'un contre l'autre. Un petit *je-ne-sais-quoi* s'accentue de jour en jour entre nous, comme une espèce de tendresse, de complicité indéfinissable; ce n'est peut-être pas encore de l'amour mais ça lui ressemble!...

* * *

Vendredi le 23 décembre...

Le bureau est fermé pour le congé de Noël; quatre longs jours sans voir Gilbert...

Élise, chère Élise, tu ne vas pas te remettre à compter les jours?...

À quoi bon me torturer, puisque je n'y peux rien; de toute façon, Noël s'en vient, aussi bien que ce soit un joyeux Noël. Il n'en tient qu'à moi pour que Biarritz prenne un air de fête. Je me mets en frais de tout astiquer, rien ne doit être oublié: placard, armoires, vitres, salle de bain; tout brille, tout reluit, tout sent bon!

À peine revenu de l'école, Alexandre repart chez François:

— Je vais l'aider à décorer son arbre de Noël!

Je ne sais si c'est l'esprit des fêtes ou l'approche de notre déménagement mais je trouve mon fils beaucoup plus calme ces derniers temps. Par contre, Mélanie est mélancolique, elle vit dans ses souvenirs; Noël à Versailles, c'était la fête, les cadeaux, le réveillon!... Elle espère un téléphone de son père qui n'a pas donné de nouvelles depuis qu'il a appris que j'avais enfin trouvé un appartement et que j'irais bientôt chercher mes meubles... Je sens ma fille au bord des larmes.

— Écoute, bichette, j'ai une idée!

— Quoi?

— Le soir de Noël, après le souper, il y aura le dépouillement de l'arbre de Noël chez mes parents...

— Je le sais!

— Oui mais, ce que tu ne sais pas c'est qu'en disposant de quelques dollars nous pourrions offrir à chacun une petite bagatelle...

— Tu veux dire que nous autres aussi on donnerait des cadeaux?

— De petits cadeaux, bien sûr, mais je voudrais profiter un peu de l'argent que Gilbert m'a offert pour faire quelques surprises. Veux-tu m'aider?

— Oh! oui!

Je la vois s'animer. Elle retrouve son sourire.

— Que dirais-tu d'aller magasiner sur Côte-des-Neiges? Nous pourrions en profiter pour aller voir notre nouvel appartement!...

— Bonne idée!

Nous partons joyeusement comme deux copines.

Nous achetons quelques livres de poche que Mélanie agrémentera de jolis signets faits à la main, des vases amusants dans lesquels nous planterons des pousses prélevées à même les quelques plantes que nous avons à Biarritz, un agenda pour grand-papa, un carnet d'adresses pour grand-maman...

— Et une cuillère à spaghetti pour oncle Antoine!

Nous nous amusons follement. Mélanie n'a pas sa pareille quand il s'agit de démontrer un brin d'ingéniosité.

Un peu de papier, quelques rubans, et nous voilà équipées pour emballer nos trésors. J'ai dépensé un peu moins de trente dollars; il me reste donc assez d'argent pour le bouquet, l'apothéose: le souper chez Mc Donald. De la vitrine du restaurant, on peut voir notre futur appartement situé juste en face...

— Tu vois ce grand balcon au premier étage? C'est là, c'est chez nous! La fenêtre double est dans ta chambre...

— On va rester juste en face du Mc Donald?

— Eh! oui!

Ça la rassure; le quartier lui plaît, le Mc Donald aussi. Nous revenons de notre expédition les bras chargés. Je fais du thé puis nous nous installons toutes les deux par terre pour envelopper nos cadeaux.

Je savoure le calme de ces instants d'intimité avec ma fille. Tout est tranquille. La radio diffuse des airs de Noël; nous chantons!... Alexandre téléphone, il dormira chez François.

Quand nous nous couchons, vers minuit, tout est rangé, la place est propre et les paquets enrubannés lui donnent un air de fête...

* * *

Samedi le 24 décembre...

Gabriel ne verra pas les enfants pour Noël; il a téléphoné tout à l'heure, juste avant de partir pour quelques jours chez les parents d'Ann-Lyz, et leur a promis de les amener dîner au restaurant à son retour. Mélanie a pleuré un peu mais le sommeil a fini par la consoler; Alexandre le prend très mal; étendu sur le lit, il vocifère contre son père en frappant à grands coups dans son oreiller puis, finalement vaincu par l'épuisement, il s'endort à son tour. Je m'allonge près de lui en évitant de faire du bruit. Nous sommes le vingt-quatre décembre, la veille de Noël et, contrairement à ce que j'aurais pensé, je ne ressens aucune tristesse, je dirais même que je me sens bien. J'échafaude des plans, j'organise mon déménagement... dans une semaine! Je me défends de penser à Gabriel fêtant avec Ann-Lyz; je leur refuse le droit de gâcher mon Noël.

Brusquement, Alexandre se lève et se dirige vers la salle de bain, il y a de l'orage dans l'air! Il revient à la cuisine, ouvre le réfrigérateur, le referme violemment; il va nous faire une crise. Je décide de rester couchée et d'éviter d'envenimer les choses. Il sort un poêlon en faisant le plus de tapage possible. Je ne bronche pas. Je ne dors évidement pas mais je garde les yeux fermés en essayant de conserver mon calme. J'entends le bruit de la viande qui grésille mais résiste à la tentation d'aller la faire cuire à sa place. Soudain, Alexandre se met à sacrer, à frapper du poing sur le poêle, sur le réfrigérateur, sur le mur; il me fait peur.

— Alexandre, mon chéri, qu'est-ce qui se passe?

— Toi, ça te fait rien, ça te dérange pas que P'pa soye pas avec nous autres pour Noël... ça te dérange pas, tu t'en fous!

— Mais non, je ne m'en fous pas, seulement que veux-tu que j'y fasse?

— Moi, je pensais qu'on serait tous ensemble à Noël; j'aurais voulu qu'on soye ensemble, tu comprends?...

— Mais oui, je comprends, mais je n'y peux rien; si ton père est parti jusqu'à mardi, c'est pas ma faute!...

Il repart à sacrer, traitant son père de tous les noms. Ne pas s'arrêter aux mots mais tenter de découvrir ce qui se cache derrière ces mots. Je laisse Alexandre crier sans intervenir; je n'ai aucune envie de rentrer dans son jeu, surtout pas aujourd'hui.

Il fait la crise la plus épouvantable qu'il n'ait jamais faite; il crie, il hurle. Si seulement il pouvait pleurer! Il a mal, très mal, et je n'y peux rien. Le calmer impliquerait que je me batte avec lui; or, je ne suis pas de taille et dans ces moments-là, quoi qu'on lui dise, il n'entend pas.

Il s'est préparé un hamburger qu'il mastique avec rage. Il lance son couteau, il lance la moutarde; Dieu merci, le contenant est incassable! Soudain, il saisit le poêlon sale et le projette rageusement à l'autre bout de la pièce, éclaboussant tout de taches de graisse. Mélanie reste couchée sur le divan faisant semblant de dormir malgré l'orage. Alexandre prend son manteau et sort...

La tête me tourne, j'ai mal à hurler; mon Dieu, jusqu'où cela peut-il aller? Je n'ai plus la force... Mélanie me rejoint sur le lit, elle pleure et moi je tremble, incapable de faire un geste; je voudrais crier mais le cri reste prisonnier au fond de moi, j'ai la gorge serrée, j'étouffe. Je prends ma fille dans mes bras, nos corps se mêlent; nous pleurons doucement, jusqu'à épuisement puis, à bout de larmes, nous nous endormons serrées l'une contre l'autre.

La sonnerie du téléphone retentit brutalement dans le noir: c'est Alexandre qui appelle pour demander pardon. Pauvre enfant!

— Inquiète-toi pas, M'man, je suis au Café Chrétien avec des amis, on prépare la Messe de Minuit...

Le Café restera ouvert toute la nuit pour accueillir ceux qui n'ont nulle part où aller en cette nuit de Noël; Alexandre y veillera jusqu'à l'aube. Je lui donne «la permission de la nuit»; il peut veiller tranquille, je ne l'attendrai pas.

— Et si nous allions à la Messe de Minuit, toutes les deux?

Souriante et reposée, Mélanie accepte joyeusement ma proposition. Pendant qu'elle se coiffe, je répare rapidement les dégâts d'Alexandre; nos jolis cadeaux sont tachés, quel dommage!...

Nous marchons rapidement toutes les deux dans la nuit. Il fait un temps magnifique, extraordinaire; il y a du divin dans l'air! La vieille chapelle du Sault-aux-Récollets, située tout près de la rivière-Des-Prairies, est une toute petite église rococo, ornée de fleurs et d'angelots dorés.

À l'instant du Minuit Chrétien, de très jeunes enfants, vêtus de longues robes blanches, apportent précieusement le Petit Jésus de bois et le déposent solennellement dans la Crèche; c'est à la fois «quétaine» et émouvant.

Le Christ est venu pour apporter la Paix dans le monde, aux Hommes de Bonne Volonté!.. «Je vous donne Ma Paix, Je vous laisse Ma Paix...» Je me sens en

Paix; je pense à Alexandre et je lui laisse Ma Paix, je pense à Gabriel, à Ann-Lyz et je leur laisse Ma Paix puis je pense à Gilbert et je lui laisse Ma Paix... Je regarde Mélanie, debout, là, près de moi, je veux qu'elle soit heureuse et je lui laisse Ma Paix.

Je pense enfin à tous ceux que j'aime et qui sont mes amis; à Philippe, à Jacqueline, à Fernand et Ginette, à Pauline, à Barbara, à Monique et Jean, à ma famille, à mes parents... et je leur laisse Ma Paix!

J'éprouve une Foi profonde n'ayant rien de comparable à la foi de mon enfance, toute faite d'interdits et de mystère, mais une Foi forte et chaude comme une flamme vivifiante. Jamais je n'ai ressenti un tel bien-être; je vibre en harmonie avec l'univers. Des jours meilleurs s'en viennent, je les entrevois et JE LES ACCEPTE!

«Mon Dieu, donnez-nous AUJOURD'HUI notre Pain quotidien, notre Amour quotidien notre Paix quotidienne... et que Votre Volonté soit faite, Amen!»

Le sens profond de ces cinq petits mots: QUE VOTRE VOLONTÉ SOIT FAITE m'apparaît soudain d'une clarté cristalline.

Dieu est Vie, Dieu est Santé, Dieu est Amour et si j'accepte que Sa Volonté soit faite, j'accepte la Vie, j'accepte la Santé, j'accepte l'Amour... J'ai cru pendant trop longtemps que Sa Volonté ne pouvait impliquer que quelque chose de triste; comme la plupart des gens, je courbais l'échine en disant à Dieu: «envoie-les moi, tes malheurs, Seigneur!» puis j'attendais *le pire.* Aujourd'hui, je dis QUE VOTRE VOLONTÉ SOIT FAITE en attendant le *meilleur*, certaine qu'il n'en tient qu'à moi de lever la tête et d'ouvrir les mains.

«Il est né le Divin enfant...» «Les Anges dans nos campagnes...» «Çà, bergers, assemblons-nous...» Un jeune prêtre, maigre et filiforme invite la foule à chanter en chœur. Il bat la mesure en faisant virevolter ses bras en l'air dans de grands gestes comiques, à croire que d'un instant à l'autre il pourrait s'envoler...

Je sors de cette Messe de Minuit complètement transformée, encore transportée par cette sensation de paix profonde. Sur le perron de l'église, nous croisons Lorraine et Antoine qui nous invitent à monter dans leur voiture mais nous préférons rentrer à pied, lentement, dans la nuit. Mélanie me tient la main comme lorsqu'elle était enfant. Nous arrêtons prendre un café chez mes parents avant d'aller dormir. La nuit sera bonne!

* * *

Dimanche le 25 décembre...

NOËL!... NOËL... NOËL!... Il faisait déjà jour quand Alexandre est entré sur la pointe des pieds pour se coucher aussitôt sans faire de bruit. Incapable de me rendormir, je rêve les yeux ouverts; le téléphone sonne. Je veux tellement m'empresser de répondre que je m'«enfarge» dans le banc de fer forgé qui va s'écraser sur le plancher à deux pouces de la tête d'Alexandre, profondément endormi. Fiou!...

— Allô!

— Bonjour Comtesse! Joyeux Noël!

— Philippe! J'ai l'impression qu'il y a un siècle!..

— À peine quelques jours; j'arrive de New York où je suis allé chez ma sœur, la pauvre, je ne l'avais pas vue depuis deux ans...

— Ce n'est pas ça qui appauvrit une sœur, tu sais!...

— Et vous, Comtesse, comment vont les Amours?

— Quelles Amours?

Je lui raconte les derniers évènements qui ont bouleversé ma vie. Philippe me connaît et me devine beaucoup trop, ça me fait peur!

— Excuse-moi, mais il faut absolument que j'aille me laver les cheveux...

— Je te laisse, sois bonne!...

J'avale un café en vitesse puis saute sous la douche:

— Les enfants, si quelqu'un téléphone pour moi, prenez le message... ou plutôt, non, je viendrai! J'ai pensé: «Et si c'était Gilbert?» J'ose à peine me l'avouer mais j'espérais son appel.

Chantons, dansons, amusons-nous! Après un copieux souper dans un chic restaurant du centre-ville, nous revenons à la maison pour le traditionnel dépouillement de l'arbre de Noël. Toute la famille est réunie dans le salon, sauf papa qui nous fait la surprise d'arriver déguisé en Père Noël, comme il le faisait jadis pour Alexandre et Mélanie. Quelle merveilleuse idée! Le légendaire bonhomme à barbe blanche distribue personnellement les étrennes aux enfants sages qui les méritent. Sortant de sa besace quatre alléchantes bonbonnières enrubannées, le Père Noël s'écrie:

— Ho! Ho! Ho!... Pour Élise, Estelle, Lorraine et Johanne!

Chacune des sœurs Desmarais s'empresse de dénouer le ruban de satin rouge retenant son sac. La tension monte; laquelle finira la première?... Je gagne le concours par un quart de seconde suivie de près par mes trois sœurs. Nous vidons le contenu de la bonbonnière sur nos genoux: du nougat, de la réglisse, des poissons à la cannelle qui brûlent la langue; puis, tout au fond, minutieusement dissimulé dans une papillotte, un billet de cent dollars!

— Tu pourras acheter ta balançoire!

Depuis le temps que je casse les oreilles de ma sœur Lorraine avec ma fameuse balançoire! Je doute fort que cet argent serve à contenter un caprice aussi farfelu mais ça ne coûte rien de rêver.

La fête se termine tard dans la nuit. Je me suis grisée de la tendresse des miens et j'ai goûté cette soirée autant que j'ai pu, en essayant de ne vivre que l'instant présent. La balançoire rose, ce n'est pas pour demain, mais, un jour, peut-être, qui sait?

* * *

Lundi le 26 décembre...

Ce congé de Noël me semble interminable. Pour ne pas couper court aux réjouissances, ma sœur Estelle a invité toute la famille à souper, afin de terminer les vacances en beauté. Elle s'est donné un mal fou pour préparer ce repas; tout est beau, tout est bon, mais je ne fais pas vraiment partie de la fête; j'ai la tête ailleurs. Je n'ai qu'une envie: me prélasser dans mon lit.

— Vous allez m'excuser mais je travaille demain!

Quelle chance! Voilà une bonne raison pour me retirer, je suis crevée, jamais vacances ne m'auront paru aussi longues. Je ne suis pas fâchée de me retrouver seule avec moi-même.

Étendue dans le noir, je n'arrive pas à fermer l'œil. L'imminence du déménagement me frappe; je ne vais tout de même pas déménager au Jour de l'An! c'est impensable! J'ai une idée! Je vais parler au concierge et tenter d'obtenir la permission de demeurer ici jusqu'au 2 janvier. J'élabore un plan: vendredi, le 30 décembre, je vais chercher mes meubles à Versailles et les emporte à mon nouvel appartement; nous passons le Jour de l'An à

Biarritz puis, le lendemain, j'emménage définitivement au Château Linton! Tiens, je viens de lui trouver un nom!

Tout est clair dans ma tête. Je connais mon scénario dans les moindres détails. Il ne me reste plus qu'à mettre le moteur en marche.

* * *

Mardi le 27 décembre...

Enfin de retour au travail! Je traverse le long corridor à grands pas. J'aperçois de loin la porte du bureau de Gilbert: fermée! Et s'il fallait qu'il ne vienne pas? Une impression de solitude m'envahit soudain. Je me sens triste à pleurer. Je m'installe à mon bureau sans enthousiasme et travaille sans hâte quand le téléphone de Gabriel vient briser le silence:

— Bonjour, Mon Chérie! Tu as passé de belles Fêtes?

— Assez belles, merci!

— Tant mieux!... Écoute, je ne te dérangerai pas longtemps, je voulais t'informer de mon intention d'inviter les enfants au restaurant demain midi...

— Leur en as-tu parlé?

— Pas encore, je préférais te le dire d'abord...

— C'est très gentil mais je préférerais que tu t'adresses à eux directement pour ce genre de chose.

— Oui mais voilà, je ne serai pas seul...

— Tu veux dire que tu seras avec Ann-Lyz?

— C'est ça!... Tu n'y vois pas d'inconvénient?

— Aucun!

— Alors, c'est parfait!

Je prends mon courage à deux mains:

— Oh! oui, je voulais justement te téléphoner... j'irai chercher les meubles à Versailles vendredi!

— D'accord!
— Tu seras à la maison?
— Bien sûr!
— Alors, c'est entendu, à vendredi!
— À vendredi!

Ouf! le message est fait! Je craignais que Gabriel ne s'objecte, ce qui aurait possiblement retardé notre installation, mais il paraît dans de bonnes dispositions.

J'ai le cœur gros, ce coup de fil de Gabriel m'a chavirée. Et Gilbert qui n'arrive toujours pas!... Je me suis fait des idées et suis déçue parce que les choses ne se déroulent pas exactement comme je les avais imaginées. J'ai trop pensé à Gilbert et à nos retrouvailles; pauvre idiote! J'avais pourtant juré de ne plus jamais attendre et me voilà surveillant le couloir à chaque seconde...

Élise, chère Élise, n'entends-tu rien venir?

Un bruit de pas familier, une porte qui s'ouvre: c'est lui! Il arrive directement du Nord, coiffé d'une énorme toque de fourrure à vous faire rêver de troïka!

— Bonjour!... Bonjour!... Ça va?... Ça va?...

Gilbert répète toujours deux fois ses «bonjour» et ses «ça va?» Je me moque gentiment:

— Et toi?... Et toi?... Ça va?... Ça va?...

Nous rions de bon cœur. Comme c'est doux de le retrouver; si je ne me retenais pas, je lui sauterais au cou.

— J'ai passé deux jours chez ma sœur à Sainte-Adèle!
— Et le mariage?
— Magnifique, je te raconterai... As-tu dîné?
— Non!
— Allons-y!
— Est-ce qu'il fait encore froid?

— Un peu moins, il neige!

Nous descendons à la cafétéria, la température nous enlevant toute envie de mettre le nez dehors. Nous retrouvons aussitôt notre intimité quotidienne.

— Gabriel a téléphoné tout à l'heure...

— Ah! oui?

— Il amène les enfants au restaurant demain à midi... avec Ann-Lyz!

Gilbert ne dit rien, il attend une réaction qui ne vient pas.

— C'est bizarre, mais ça ne me fait rien du tout!

— Ils la connaissent?

— Alexandre l'a vue, mais pour Mélanie, ce sera la première fois... Tu sais, il fallait bien que je m'y attende. Je me suis souvent demandé quelle serait ma réaction le jour où je saurais qu'ils sont tous les quatre ensemble: les deux enfants, leur père, et l'Autre à *ma* place... Au fait, est-elle vraiment à *ma* place?... Je ne me sens pas du tout menacée, les enfants savent tout naturellement faire la part des choses; et puis, avec le temps, on accepte plus facilement ce qui nous paraissait inacceptable au premier abord...

Gilbert me donne une tape amicale sur la main:

— Élise, demain soir, nous fêtons notre Noël à nous!

— Tiens! Tiens!

— Tu te fais belle, je me fais beau et nous allons danser!... Ça te va?

— Il y a si longtemps que je n'ai pas dansé!

Cette invitation a pour effet de chasser complètement les idées noires; je suis heureuse!

Gilbert me quitte sitôt le repas terminé, un cas urgent le réclamant à l'hôpital. Je reste seule à la Clinique mais je ne me sens plus triste du tout, je suis déjà DEMAIN!

* * *

Mercredi le 28 décembre...

C'est une journée comme les autres; j'ai tellement de travail que je n'ai pas le temps de penser à Gabriel qui dîne en ce moment avec «ses» enfants... et l'Autre. D'ailleurs, je refuse d'y penser puisque cet évènement *ne fait pas partie de ma vie.*

Ce soir, je sors avec Gilbert et rien ne peut ternir ma joie à moins que je n'y consente. Je fredonne tout en préparant les dossiers. Il reste à peine une heure avant que Gilbert me ramène à Biarritz... Le dernier patient parti, nous affrontons le trafic de l'heure de pointe. Gilbert me laisse à la porte:

— Veux-tu monter cinq minutes?

— Non, je préfère aller directement chez moi pour me changer, je reviendrai te chercher vers sept heures!

— À tout à l'heure!

Je descends de la voiture, monte l'escalier, rentre chez moi et me retrouve nez à nez avec Gabriel. Je reste figée sur place. Qu'est-ce que Gabriel fait là, «chez moi», avec «mes» enfants? Il s'avance majestueusement, me tend les bras et m'embrasse amicalement sur les joues. Je n'ose demander s'ils ont eu un bon repas ni si Elle était là...

— Vous m'excuserez mais je suis pressée!

Mélanie se fait curieuse:

— À quelle heure qu'il vient te chercher, Gilbert?

— À sept heures!

Je me dirige vers la salle de bain en souriant de la complicité de ma fille qui a profité de l'occasion pour faire remarquer subtilement à PAPA que MAMAN a, elle aussi, quelqu'un dans sa vie...

Je me prélasse dans mon bain tandis que Gabriel s'attarde auprès des enfants. Je les entends rire et réalise jusqu'à quel point je suis détachée de ce qui m'entoure. Je me sens étrangère à ces rires qui parviennent jusqu'à moi et je n'ai pas du tout envie d'y être mêlée. Je suis bien!

Gabriel semble attendre que je sorte de mon refuge pour partir; aussi bien en finir tout de suite puisque je n'y échapperai pas. Je m'enroule dans mon peignoir et fais face à la musique.

— Alors, Madame, on déménage toujours vendredi?
— Toujours!

Il met son paletot sur le bout de ses épaules, ramasse ses gants et m'en donne un petit coup sec sur le bout du nez en passant devant moi:

— Alors, à vendredi, Madame!... Tchao!
— C'est ça, TCHAO!

Enfin parti! Je réchauffe le souper des enfants tandis qu'ils me parlent abondamment de leur dîner avec leur père en évitant soigneusement de me parler d'Elle. J'hésite à leur poser les questions pour lesquelles je ne suis pas prête, à recevoir les réponses.

Sitôt le repas terminé, Alexandre et Mélanie se précipitent chez Martine avec laquelle ils ont élaboré toute une stratégie lui permettant de rencontrer Gilbert. Dès que ce dernier sonnera, je devrai frapper dans le mur afin de donner la chance à Martine de se coller l'œil au judas de sa porte pour le voir passer; puis, prétextant avoir un besoin urgent de son fer à repasser, laissé exprès chez nous, pour les besoins de la cause, elle s'introduira dans l'appartement et en profitera pour reluquer à son aise.

Gilbert arrive à sept heures pile! Tout se passe comme prévu; il sonne, je cogne dans le mur, il monte, Martine le surveille, il entre et elle vient frapper à ma porte. Oui, mais voilà, les deux enfants la suivent et ils sont tellement tordus de rire que le prétexte ne tient plus. Je brise la glace:

— Tu peux entrer, Martine! Gilbert, je te présente ma voisine, Martine, qui mourait d'envie de te connaître...

Elle entre timidement suivie de ses deux complices. Le sourire de Gilbert a vite fait de la mettre à son aise. Même Alexandre, qui le rencontre pour la première fois, paraît charmé par la bonhommie et la simplicité de «mon docteur». Gilbert a conquis Biarritz en un instant.

Martine ramène les enfants chez elle puis nous partons tous les deux, je dirais presque «en amoureux». Comme il y a longtemps que je ne suis pas «sortie».

Nous allons dans un restaurant japonais; là où l'on prépare le repas directement sur la table, avec une précision digne des plus grands jongleurs. Gilbert est détendu, souriant. Nous buvons du saké très chaud, le sirotant lentement, savoureusement. Pour la première fois, nous nous rencontrons juste pour le plaisir d'être ensemble, sans prétexte, pour rien.

— Et si nous allions danser?

— Excellente idée!

Nous traversons à la discothèque située de l'autre côté de la rue. Il fait froid mais il ne neige pas; la nuit est étoilée. J'accroche Gilbert par le bras en me serrant frileusement contre lui.

Pris d'assaut par l'effet affolant des lumières et le son étourdissant de la musique, nous avons besoin de quelques instants pour nous mettre dans l'ambiance. Nous commandons un digestif avant de nous jeter dans la jungle, puis nous nous lançons bravement dans cette mer humaine grouillante et colorée. Faisant fi du rythme, nous dansons tendrement enlacés. Je passe une soirée de rêve. Gilbert respecte notre pacte d'amitié et ne tente pas de profiter de la situation; j'en suis touchée, même si je meurs d'envie de me blottir dans ses bras. Nous vivons présentement une amitié saine, enrichissante, teintée certainement d'une lueur amoureuse que ni l'un ni l'autre ne veut mettre au grand jour de peur de briser quelque chose de plus précieux encore, cette base de confiance qui nous devient chaque jour plus estimable qu'une aventure de passage.

Gilbert me ramène à Biarritz. Une simple accolade, une chaleureuse poignée de main puis nous nous quittons sagement sur un dernier sourire.

Je rentre sur la pointe des pieds en évitant de réveiller les enfants. Je n'ai pas envie de leur raconter ma soirée, pas pour l'instant. Je préfère m'allonger sur mon lit et réfléchir à ce qui m'attend. Cendrillon revient au bercail consciente que les jours qui s'en viennent seront difficiles à vivre.

* * *

Jeudi le 29 décembre...

Je viens de téléphoner à Gabriel pour confirmer mon intention d'aller chercher mes meubles à Versailles demain. La conversation a été tellement pénible que j'en suis encore toute bouleversée. Bien sûr, il le savait déjà, bien sûr, nous en avions parlé à plusieurs reprises mais, dans le fond, il n'y croyait pas. Pourquoi faut-il que ce soit si difficile de récupérer ce qui nous appartient? Quoi qu'il en soit, le geste sera posé comme il devait l'être.

C'est dur de vider une maison dans laquelle on a vécu huit ans, surtout à quelques heures du Jour de l'An! À Versailles, la célébration du Jour de l'An était devenue une véritable tradition; parents et amis se retrouvaient chez nous sans autre forme d'invitation. Il y avait à boire et à manger pour tout le monde et la fête se poursuivait souvent jusqu'à l'aube alors que les derniers invités s'attardaient encore un peu, le temps de prendre avec nous le café du matin.

Je sais que cette brisure est aussi cruelle pour Gabriel que pour moi mais je n'ai pas le choix... Bill, un ami de Barbara a offert gentiment de venir m'aider à déménager avec son camion; dans la situation actuelle, une offre pareille ne se refuse pas.

Appuyée sur mon pupitre, la tête enfouie dans les mains, je tente de retrouver mon calme quand Gilbert s'approche derrière moi:

— Ça va pas?
— Non, ça va pas!

Il m'entraîne dans son bureau où du café chaud nous attend. Je profite de cette pause pour analyser avec lui les implications de mon geste.

— Il est évident qu'en allant chercher mes affaires, je mets un terme à bien des choses; la maison cessera d'être Versailles, la brisure sera définitive et le départ, sans retour... Je ne ressens pas de remords. C'est dur, c'est tout!
— Élise, regarde par la fenêtre comme il fait beau! J'ai des courses à faire; si ça te plaît, nous fermons boutique et je t'emmène avec moi!...
— Si tu veux!

Nous partons aussitôt et Gilbert m'entraîne un peu malgré moi dans les dédales des grands magasins. Son enthousiasme me gagne rapidement; je m'amuse finalement autant que lui. Nous dévalisons les comptoirs de cadeaux: un pour sa mère, un pour sa sœur... Nous faisons les cent coups, nous payant la tête des gens, comme deux adolescents.

— Élise, comme nous sommes biens ensemble!

Je lui prends la main. C'est vrai que nous sommes bien. Nous avons tant de goûts en commun, tant d'idées qui s'accordent. Je retrouve chez cet homme la même complicité que chez mon amie Jacqueline. Nous pensons la même chose en même temps; nous avons le même sens de l'humour...

Gilbert me ramène à Biarritz assez tôt pour que j'aie le temps de me reposer avant d'entreprendre la corvée du déménagement.

— Tu veux monter, cinq minutes?

— Cinq minutes, pas plus, tu dois te coucher tôt!

— Promis!

Les enfants sont sortis, nous sommes seuls. Gilbert me prend tendrement dans ses bras, nous nous embrassons pour la première fois. Je ressens le même grand frisson qu'à seize ans. Cette étreinte me chavire; une douce caresse, des lèvres chaudes, il y avait si longtemps!... Un bruit de clé dans la serrure nous ramène à la réalité. Alexandre suivi de François, de Mélanie et de Dodo, quatre mousquetaires envahissent la place. Gilbert salue tout ce beau monde et quitte le bateau me laissant sur le pont encore rêveuse... Je me prépare une grosse tasse de chocolat chaud que je sirote, assise dans mon lit, en savourant le temps présent. *Ce soir, ici, à cette heure, je suis heureuse!*

* * *

Vendredi le 30 décembre...

Barbara et Bill arrivent tôt, ils sont seuls, le copain qui devait les accompagner s'est désisté, il nous faut absolument une autre paire de bras...

— Je vais y aller, moi, M'man!

J'aurais préféré tenir Alexandre à l'écart de cette tâche difficile.

— Oh! et puis pourquoi pas?... arrive!

Voilà un déménagement qui ne sera pas facile à faire! L'entrée du garage n'ayant pas été déblayée depuis le début de l'hiver, nous nous enfonçons dans la neige jusqu'aux genoux. L'escalier n'a pas été pelleté non plus et le perron s'est transformé en glissoire. Il y a juste assez de place pour poser un pied en biais au milieu de chaque marche. Bill nous rassure:

— Y a rien que cinq marches, ça se saute bien!

Vêtu d'un pantalon noir, d'un veston de satin bleu et d'un foulard de soie, Gabriel nous attendait:

— Je vous ai préparé du café!

Il est gentil, tellement gentil qu'il m'énerve. Son air condescendant, ses allures de baron qu'on saisit et qui crâne me mettent en rogne. Sans perdre de temps, nous organisons le premier voyage. Il faut trier et empaqueter au fur et à mesure. Je m'aperçois que Gabriel s'est chargé de faire un premier tri: tout ce qui avait un peu de valeur est parti!... Le système de son s'est envolé de même que la plupart des livres, les plus chers, les plus beaux: les livres d'Art, les encyclopédies, les dictionnaires, les reliures plein cuir; je n'ai droit qu'à deux boîtes de livres de poche. Heureusement que la valeur d'une idée vaut mieux que la reliure sous laquelle on la présente!... Les disques aussi se sont volatilisés, des centaines de disques, accumulés au fil des ans; il n'en a laissé qu'une douzaine environ: Mary Poppins, Noël de Ti-Blanc et la veillée du Jour de l'An de la famille Thibault. Où sont passés les disques que Gabriel lui-même m'avait offerts en cadeaux? Qu'est-il advenu de Vigneault, de Brassens, de Moustaki et des autres?... Et les sculptures? Où donc a-t-il caché nos sculptures? Nous en avions toute une collection! Bien sûr ce n'était pas des originaux de grande valeur mais ces reproductions me plaisaient; toutes les têtes ont disparu, plus de têtes, COUIC!... comme en quatre-vingt-neuf!

— Tu peux emporter toutes les plantes, si tu veux!

Comme c'est gentil!... Elles n'ont pas été arrosées depuis si longtemps qu'il n'en subsiste que quelques tiges jaunies et fanées; enfin, peut-être méritent-elles encore d'être ranimées.

Une grande maison de deux étages, ça fait beaucoup de pièces à vider, beaucoup de recoins à visiter. Je n'ai ni le temps ni le courage de ratisser la place; tant pis si quelques souvenirs demeurent enfouis au fond des armoires ou dans la cave! Nous sommes à deux jours du Nouvel An, j'en suis consciente; je ne vais pas agir comme une voleuse et tout mettre à sac... Commençons par la cuisine:

— Je prends la vaisselle blanche et bleue et te laisse l'autre, d'accord?
— Je m'en sacre!

J'emballe soigneusement ma collection de porcelaine de Delft, enfin, ce qu'il en reste!...

J'ai toujours eu une préférence pour la porcelaine blanche et bleue; il y en a partout, sur les murs, les tablettes, les meubles, même le plancher est recouvert de tuiles de Delft, mais je ne peux évidemment les emporter, pas plus que le four fixé dans le mur, la cuisinière et le lave-vaisselle encastrés dans le comptoir ou que le réfrigérateur emboîté dans les armoires. Gabriel joue au propriétaire:

— Tout ce qui est encastré reste encastré et sera vendu avec la maison!

Je retiens une envie folle de l'emmurer dans la cave et de l'offrir en prime aux futurs propriétaires. Je n'ai pas le goût de me battre; je me suis passé de tout ce bazar durant près d'un an et n'en suis pas morte.

Bill et Alexandre sortent les boîtes au fur et à mesure; le camion étant très petit, il faudra faire plusieurs voyages.

J'emporte les quatre chaises de la cuisine et laisse la table à Gabriel qui y tient beaucoup. Je prendrai celle de la salle à manger. Ce chassé-croisé nous satisfait tous les deux. Je n'emporte rien d'autre dans cette pièce; le bahut, la table basse et le petit secrétaire ne me seraient d'aucune utilité.

Les chambres des enfants sont sens dessus dessous; rien, absolument rien n'a été touché depuis notre départ; même les lits sont restés défaits, pendant onze mois!... Je vide les tiroirs et fais un tri rapide avant de me laisser gagner par l'émotion. La poupée de Mélanie espérait, sagement couchée sur le plancher, qu'on vienne la ramasser. Je la range minutieusement dans une boîte. Bill n'attendait que ces derniers bureaux pour partir avec le premier chargement. Nous convenons que Barbara et Alexandre iront avec lui tandis que je resterai à Versailles pour préparer le deuxième voyage.

Je me retrouve seule à seul avec Gabriel. Il pleure. J'ai peur de me laisser attendrir.Il s'approche de moi et me serre dans ses bras m'étouffant presque par son étreinte; il sanglote dans mon cou. Son haleine pue l'alcool; cette odeur me glace. Je me dérobe en douceur et m'affaire à mettre de l'ordre dans mes papiers en attendant le retour de mes compagnons. Étendu sur le divan du salon, Gabriel fait maintenant semblant de dormir. Je sais qu'il me suffirait de m'approcher et d'appuyer ma tête sur son épaule pour que nous refassions l'amour «comme si de rien n'était»...

Je me réfugie dans la bibliothèque, ma pièce préférée; tous les meubles qui s'y trouvent me viennent de ma grand-mère, ce sont des souvenirs auxquels je tiens, j'emporte tout; tout, sauf la bibliothèque plein mur, en bois de rose, que Gabriel a si habilement «encastrée» entre deux fausses colonnes de plâtre.

Mes déménageurs sont de retour. Bill entreprend la deuxième corvée. Gabriel se lève et vient vers moi:

— Achevez-vous?

— Bill fait de son mieux pour empiler les choses mais je crains qu'on doive faire un troisième voyage...

Gabriel grimace. Il doit se rendre à un cocktail à cinq heures; je lui propose de me confier sa clé.

— Je la laisserai dans la boîte aux lettres, cela me permettra de passer le balai et de faire un dernier tour d'horizon avant de partir. Je ne voudrais pas laisser la maison dans un tel désordre...

Il devient arrogant:

— T'as pas été foutue de faire le ménage pendant dix-sept ans, tu ne vas pas commencer maintenant... De toute façon, je n'irai pas à ce cocktail!

— Dans ce cas, peut-être ferions-nous mieux d'aller manger un peu avant de revenir? J'ai la migraine!

— Fais ce que tu voudras!

Alexandre monte dans le camion de Bill et moi dans la voiture avec Barbara. Le temps d'aller livrer notre chargement et de casser la croûte dans un restaurant et nous voilà de retour sur le chemin de Versailles. Il pleut un peu, la route devient glissante. Encore un coup de cœur puis tout sera terminé. Je me sens soulagée. Barbara s'étonne encore de l'attitude de Gabriel:

— Franchement, je pensais qu'il prendrait ça plus mal!

— C'est tellement plus facile pour tout le monde...

Bien sûr Gabriel a lancé quelques petites pointes acides, mais rien de vraiment méchant; tant mieux, je ne sais si j'aurais pu le supporter.

Il pleut maintenant très fort; une neige mouillante embrouille les vitres rendant la visibilité très mauvaise. Nous avançons extrêmement lentement. Impossible de faire mieux sans danger.

Nous garons la voiture et le camion devant la maison. Toutes les lumières sont éteintes, ça m'étonne. Je sonne... pas de réponse; je «re-sonne»... toujours pas de réponse. Je tourne la poignée doucement, la porte n'est pas verrouillée, j'entre suivie de Bill que le silence intrigue.

— Gabriel!... Gabriel!... es-tu là?

Aucune réponse. Je m'inquiète. Nous faisons le tour des pièces, aucune trace de Gabriel. Soudain, j'entends un petit bruit sourd venant de la salle de bain:

— Gabriel?... Gabriel!

J'ouvre la porte. Gabriel est étendu dans le bain, il a bu, tellement bu qu'il a du mal à parler. Il sursaute, devient rouge de colère et se met à frapper du poing violemment dans l'eau éclaboussant le plancher et les murs. Il crie:

— T'as vu l'heure?

— Quatre heures!...

— J'ai un cocktail, Moi! Il faut que je parte, Moi!... T'as fait exprès pour me faire manquer mon cocktail! T'as fait exprès!...

— Mais, tu m'as dit que tu n'y allais pas!...

— J'ai JAMAIS dit ça!!!

Le téléphone sonne. Nous sommes sauvés par la cloche. Gabriel sort du bain, enfile sa robe de chambre et va répondre: c'est Elle!

Nous profitons de cette trêve inespérée pour sortir le reste des choses que nous avions eu la merveilleuse idée d'empiler près de la porte avant de partir tout à l'heure.

Gabriel parle fort. Rien que de l'entendre gueuler au téléphone, j'ai des frissons dans le dos. Vivement qu'on en finisse avec ce cauchemar. Gabriel revient vers nous, fulminant, fou de rage. Il me bouscule, me lance des objets à bout de bras. Je ne saurais dire d'où me vient mon calme mais sa colère ne m'atteint pas.

Bill et Alexandre sortent le dernier meuble, Barbara descend la dernière boîte tandis que j'emporte la grosse plante que j'avais spécialement gardée pour la fin pour ne pas risquer de briser le vase dans lequel elle est empotée. Je m'apprête à sortir avec mon précieux fardeau quand Gabriel s'approche, ouvre la porte et me donne une pousée dans le dos. Je bute sur le paillasson; Bill arrive juste à temps pour me retenir et m'empêcher de tomber dans l'escalier. Gabriel referme la porte si violemment que toutes les vitres de la maison résonnent.

C'est fini!... enfin, fini!... Je respire. Avant de monter dans la voiture, je me retourne une dernière fois pour regarder la maison, le terrain, les arbres... je ne ressens aucune tristesse; je peux partir tranquille, je ne reviendrai pas.

Nous allons démarrer quand Gabriel sort précipitamment sur le balcon pour nous crier à tue-tête:

— BONNE ANNÉE PAREIL!...

Puis il rentre en reclaquant la porte. Je me cale dans le fauteuil avant de la voiture. J'ose à peine ouvrir les yeux. La maison peut brûler, le ciel peut s'effondrer, je ne veux plus me retourner...

Je suis claquée, vidée. Où Barbara et Bill trouveront-ils la force d'aller fêter? Pauvre Bill... quel anniversaire! En voilà un au moins qu'il n'est pas prêt d'oublier.

Le calme de Biarritz contraste merveilleusement avec la fébrilité de Versailles. Je trouve un petit mot de Mélanie: «Suis partie chez Dodo...» Alexandre se lave et part rejoindre François. Je reste seule. Bienheureuse solitude!... Bienheureux silence!... Je m'étends sur mon lit et tente de faire le vide dans ma tête; oublier cette journée qui me paraissait tellement difficile à passer.

Je regarde autour de moi. L'aventure tire à sa fin: onze mois!... Nous aurons vécu à Biarritz durant onze mois; je n'en reviens pas. Au moment de signer mon premier bail, si on m'avait dit que je le renouvellerais dix fois, je n'aurais jamais voulu le croire, j'aurais reculé, j'aurais eu peur!

Peut-on jamais prévoir le cheminement qui nous mènera au bout de la route? Une certaine «grâce d'état» nous est toujours donnée de sorte qu'on a finalement la force de vivre ce qu'on n'aurait jamais cru pouvoir vivre. J'ai souvent eu peur de sombrer mais j'ai mené la barque à bon port. Nous en sommes à la première escale, dans deux jours nous reprendrons le large vers des cieux plus cléments et lentement, très lentement, ces souvenirs s'éloigneront derrière nous.

Élise, chère Élise, ce soir commence le compte à rebours...

* * *

Samedi le 31 décembre...

La Saint-Sylvestre! Pour perpétuer une tradition vieille de quinze ans, j'ai invité tante Madeleine et sa fille Huguette à souper avec nous. J'ai dressé un buffet sur le comptoir; nous mangeons sur nos genoux et buvons du vin dans des tasses, ce qui ne nous empêche pas d'avoir le cœur à la fête. Ce petit repas intime prend une signification toute particulière à l'orée de cette nouvelle année, de ce nouveau départ. Nous trinquons à l'enterrement de Biarritz!

Nous allons terminer la soirée chez Johanne et Robert; ils ont invité beaucoup de monde, les deux familles se retrouvent au grand complet. Pour la première fois, je n'accueillerai pas la nouvelle année chez moi. Je craignais un peu l'approche fatidique de MINUIT; or, contrairement à ce que j'aurais prévu, je ne me sens pas du tout triste, je suis même plutôt calme; je me sens libre, je suis bien... Robert compte les secondes:

— Neuf!... Dix!... Onze!... Douze!... MINUIT!

Alexandre et Mélanie se jettent dans mes bras pour m'embrasser. Notre étreinte en dit long. J'ai envie de rire, de blaguer, d'être heureuse.

— Mes chers enfants, je vous souhaite une Bonne Année!...

Nous avons gagné une dure bataille mais la guerre n'est pas finie... Robert verse du champagne dans mon verre. Le pétillement des bulles me chatouille les narines. J'aperçois mon reflet dans le grand miroir du salon et lève mon verre: «À MA SANTÉ!»

Élise, chère Élise, je te souhaite une Bonne Année!

* * *

Dimanche le 1er janvier...

Drôle de Jour de l'An! Nous avons dormi tard. Vers midi, François est venu chercher Alexandre et Mélanie qui passeront l'après-midi chez lui.

Je suis seule, je n'ai jamais passé un Jour de l'An toute seule. J'ai reçu une quantité incroyable de téléphones et Philippe m'a fait la surprise d'une courte visite pour me souhaiter une bonne année; avec des amis comme ceux-là, comment pourrait-elle être mauvaise?

Assise à l'indienne sur le divan, je lis en me bourrant de chocolats aux cerises que mon ami m'a apportés. Gabriel ne me manque pas, j'en ai pris mon parti; notre dernière rencontre m'a fait comprendre qu'il valait mieux qu'il en soit ainsi et je suis contente finalement de me retrouver seule avec les enfants. Les réunions «papa-maman» dans de telles circonstances amènent souvent les enfants à s'accrocher à de faux espoirs; on se prend à vouloir renouer des liens et il y a toujours quelqu'un qui en souffre. Le téléphone!... encore le téléphone!... Mon Dieu, faites que ce soit Gilbert!...

— Allô!

— Bonjour, bonjour!... Ça va, ça va?

— Oh! oui, oh! oui, ça va, ça va!...

— Je voulais te souhaiter une bonne année!

— Une bonne année à toi aussi, Gilbert!... Qu'est-ce que tu fais?

— Je suis chez mon frère, j'arrive du cinéma; j'ai bien pensé t'inviter mais je n'ai pas osé...

— Il faut toujours oser le geste... rappelle-toi!

— Tu as raison!... Tu es seule?

— Oui, enfin, pour le moment...

— Je pourrais passer te voir?

— Bien sûr!... Tu peux même venir souper, si tu veux!

— Ça me ferait tellement plaisir!

— Écoute, j'ai une idée, ce soir nous allons veiller chez mes parents et, si ça te plaît, je t'emmène!

— Mais, je vais les déranger!

— Penses-tu?... Ils seront ravis, au contraire!

— Alors, j'arrive!

Je suis «folle comme un balai», comme dirait ma grand-mère! Je tourne en rond: l'appartement est impeccable, le souper est prêt, je suis habillée, maquillée, coiffée, que me reste-t-il d'autre à faire que de terminer tranquillement la lecture de mon livre en attendant l'arrivée de Gilbert ou des enfants?... Merde!... les enfants! Comment diable vais-je l'apprendre aux enfants? Si Mélanie allait me refaire la crise «Adrien»?. Et mes parents? J'ai dit à Gilbert qu'ils seraient ravis mais au fond je n'en suis pas si sûre; ne trouveront-ils pas indécent de voir leur fille accompagnée d'un autre homme que son mari, au Jour de l'An?

Je n'ai pas encore trouvé de réponse quand Alexandre entre en courant. Allons-y carrément:

— J'attends de la visite!...

— Ah! oui?... Qui ça?

— ...Gilbert!

— WOW! C'est «au boutte» ça, M'man!

Mélanie arrive à son tour. Alexandre se charge de la mettre au courant:

— Gilbert s'en vient souper!

— C'est vrai, maman?

— Oui!

— YOUPPI!... Est-ce qu'il vient aussi chez grand-maman?

— Peut-être!

— YOUPPI!

Ma fille est heureuse, sa réaction me soulage. Mes deux enfants ont l'air d'accepter déjà ce que j'ai tant de mal à m'avouer.

Le regard de Mélanie s'assombrit:

— Est-ce que grand-maman le sait?
— Pas encore...
— Vas-tu l'apppeler?
— Pas tout de suite!

Au fait, pourquoi l'appellerais-je? Je suis une grande fille libre de passer la soirée du Jour de l'An avec qui lui plaît! Tout compte fait, je n'appellerai pas. Je préfère miser sur l'effet de surprise et sur le charme de Gilbert pour plaider ma cause.

Je dresse la table sur le comptoir. Alexandre allume la bougie traditionnelle qui ne brûle, tous les ans, que le temps du souper du Jour de l'An. Ce rituel date de notre arrivée à Versailles et, pour la première fois, la tradition se perpétuera hors-les-murs.

Gilbert s'amène un peu avant six heures. Il s'asseoit sur le plancher, comme tout le monde et paraît très confortable dans cette posture, à croire qu'il a toujours mangé comme ça. Installée tout près de lui, Mélanie le taquine, tandis qu'Alexandre, assis un peu à l'écart, observe la scène en ajoutant son grain de sel de temps à autre. Notre «impromptu de Biarritz» se déroule dans la bonne humeur.

Il est plus de neuf heures quand nous prenons le chemin de chez mes parents. Nous y allons à pied, les enfants marchant devant; Gilbert me tient la main. Le ciel d'un bleu d'encre accentue davantage la blancheur de la neige.

— Gilbert, regarde, une étoile filante!

Je fais un vœu pour qu'il y ait encore pour nous des jours heureux. Les enfants courent maintenant à toutes jambes; bientôt, nous les perdons de vue.

Annoncé par nos deux précurseurs, Gilbert est accueilli à bras ouverts par mes parents et tous les membres de la tribu. Cette famille, ce n'est pas une famille, c'est un clan! Je les trouve vraiment extraordinaires; ils doivent faire fi de leurs principes, ce qui ne va certainement pas sans déranger un peu leurs convictions religieuses très profondes. Ils m'ont tous assez vue pleurer pour me vouloir heureuse, même s'ils ne comprennent pas très bien le fond de ma démarche; car, comme dirait ma mère: «Gabriel, on l'a jamais vu chaud...»

Je chasse rapidement les idées sombres pour ne penser qu'à savourer le bonheur du moment. Gilbert parle à tout le monde et semble fort à l'aise parmi les miens. Comme il est beau! Sa crinière argentée fait l'envie de tous. Nous dansons appuyés l'un contre l'autre, je me grise de l'odeur légèrement épicée de son parfum; ça sent bon!

Aux petites heures du matin, nous retournons à Biarritz à pas lents. La neige craque sous nos bottes et le son se répercute en écho. La nuit est paisible; si seulement ça pouvait être de bonne augure pour l'année nouvelle!

Gilbert me laisse à ma porte; un baiser, une douce étreinte et c'est fini. J'aimerais le garder près de moi pour la nuit. La soirée a passé si vite.

— Je peux venir t'aider, demain, si tu veux?

— C'est pas de refus, un jour comme celui-là, tous les coups de main sont les bienvenus...

— À onze heures, ça te va?

— Ça me va!

La pensée de le revoir bientôt me rend déjà la corvée du déménagement moins lourde. Il démarre, je regarde l'auto s'éloigner dans la nuit puis je monte chez moi la tête encore pleine d'airs de danse et de paroles tendres.

Les enfants s'endorment à peine rentrés. Je réalise tout le travail à faire avant de déménager. Inutile de me coucher, je n'arriverai pas à fermer l'œil. Quelle heure est-il?... Quatre heures! J'entr'ouvre la porte du réfrigérateur pour me donner un peu de lumière et commence à trier le contenu des armoires. Assise entre les boîtes, je vide les tablettes une à une, ne gardant à portée de main que le strict nécessaire. Ça me fait tout drôle de penser que, dans quelques heures, c'en sera fini de Biarritz, de la bohème, de la piscine et du grand balcon sur le toit. Cet appartement est tout plein de souvenirs, de cris, de hurlements, de larmes et de rires aussi...

Alexandre et Mélanie se lèvent. Le temps de le dire, la pièce est encombrée de tout ce qu'ils doivent emporter. Alexandre n'en finit plus de trier ses affaires, il a l'âme d'un grand collectionneur ce qui nous donne souvent droit à certains colis assez cocasses: roches, papiers de tablettes de chocolat, argent, timbres, papillons, etc..., etc...

— Faites attention, dans cette boîte-là, y a ma collection de grenouilles en porcelaine!...

Encore! C'est fou tout ce qu'on peut accumuler en quelques mois. La pièce est jonchée de bagages.

— Les enfants, vérifiez bien le dessous du bureau, le coin du sofa et l'arrière du divan...

Autant d'endroits de rangement, autant de choses à emporter. On sonne! Onze heures pile, c'est Gilbert!

Quand Gilbert promet *un coup de main*, c'est tout un coup de main!. Le temps de le dire tout est rangé, identifié, numéroté. Quand Lorraine, Antoine, Johanne et Robert arrivent, il ne reste plus qu'à placer les boîtes dans les trois autos.

Tous les bagages étant descendus, je n'ai plus qu'à verrouiller la porte; j'hésite, regardant une dernière fois derrière moi.

Élise, chère Élise, attends-tu d'être changée en statue de sel?...

Je referme doucement la porte, en laissant tous mes souvenirs à l'intérieur, puis je rejoins les autres. Mélanie monte avec Johanne et Robert, Alexandre prend place dans la voiture d'Antoine et de Lorraine, je pars seule avec Gilbert. La caravane se met en branle, les autos bondées se suivent à la queue leu leu. Peu à peu l'image de Biarritz s'estompe à l'horizon, balayant du même coup presque une année de ma vie...

* * *

Château Linton!

— Bienvenue au Château Linton!
— WOW! C'est beau, maman!

Mélanie fait le tour des pièces, reluquant dans chaque coin. Sa chambre est vaste, spacieuse, peut-être un peu plus petite que celle d'Alexandre mais mieux éclairée.

— Aye! Mélanie, regarde ce que j'ai trouvé!

Alexandre apporte une grosse boîte de jouets et tous les deux s'affairent à découvrir des trésors oubliés depuis longtemps. Ils retrouvent leurs meubles, leur lit, moi, j'ai laissé *mon* lit à l'Autre; même désacralisé, je n'avais pas envie d'y dormir avec des fantômes. Un jour, plus tard, dans quelques mois, je m'achèterai un beau matelas tout neuf; d'ici là, je me contenterai d'un petit grabat de caoutchouc mousse appartenant autrefois à Alexandre.

Après avoir déchargé les autos, mes «déménageurs» me laissent le plaisir de ranger mes affaires à ma guise. Gilbert reste afin de m'aider à déplacer certains meubles un peu trop lourds pour moi toute seule.

Les jeunes ont installé leur vieux tourne-disques dans le corridor et n'en finissent plus de s'extasier en reconnaissant les titres des quelques dizaines de disques provenant de leur petite discothèque personnelle; Gabriel n'aurait pas eu l'indécence de fouiller jusque-là.

Le Château s'anime, chacun s'occupe d'organiser «son» coin à son goût en attendant de penser «décoration». Mélanie rêve déjà d'un papier peint marron fleuri de minuscules marguerites blanches et jaunes; elle a vu cette petite merveille chez une amie...

— Je t'assure, maman, ce sera joli!

Gilbert nous rejoint dans la chambre d'Alexandre:

— Et si je vous invitais à souper, tous les trois?

Cette proposition ne reçoit pas l'accueil qu'il aurait cru. Mélanie fait la moue:

— J'aimerais mieux faire des plans pour ma chambre...

Alexandre ajoute:

— François s'en vient m'aider, je voulais placer mes livres...

— Et si je vous payais du Mc Donald?

Inutile d'insister, l'offre est acceptée à l'unanimité. Alexandre traverse en courant acheter le nécessaire, pendant que je déblaie la cuisine afin de leur préparer une petite place pour manger. Il y a si longtemps qu'ils n'ont mangé sur une table; je me demande s'ils savent encore ce que c'est...

— Viens souper, Mélanie c'est chaud!

Alexandre vide son sac devant sa sœur qui s'en lèche les lèvres:

— WOW! ça a l'air bon!

Assis dans la cuisine, Gilbert partage leurs rires et leurs taquineries pendant que j'en profite pour effacer sous la douche, les traces du déménagement. J'entends le son de leurs voix qui me parvient à travers le bruit de l'eau coulant sur ma tête et sur ma figure. Je me sens bien; absente et présente à la fois, je savoure cette intimité nouvelle qui me permet de m'éloigner des autres tout en les sachant là.

Laissant nos deux décorateurs en herbe, chacun dans «sa» chambre, faisant des plans, nous allons, en amoureux, visiter un petit restaurant coréen récemment ouvert à quelques rues du Château. Je découvre mon nouveau quartier et je suis heureuse!

Nous avons tout notre temps pour savourer le bonheur d'être ensemble. Les yeux de Gilbert brillent d'une lueur nouvelle. Il prend tendrement ma main dans la sienne, massant doucement mes doigts, caressant ma paume:

— Tu as des mains quasi parfaites!...
— Qu'est-ce qu'elles ont d'imparfait?

Il rit, renversant tout le poids de son corps sur sa chaise, puis rougit timidement comme s'il avait commis une gaffe. La serveuse apporte l'addition.

— Et si je t'invitais à venir terminer la soirée chez moi?

Élise, chère Élise, rappelle-toi les conseils que tu donnes à ta fille!...

— Excellente idée!

Gilbert habite un de ces immenses buildings sans âme, où les appartements sont tellement impersonnels qu'on ne peut qu'y vivre en transit. Au moment de sa séparation, il a sous-loué cet appartement d'un professeur qui partait faire un stage en Angleterre.

— Je te sers un cognac?

— Non, merci, jamais de cognac, du cointreau, si tu en as!

Il disparaît dans sa minuscule cuisine puis revient avec deux verres et me rejoint sur le divan. J'appuie ma tête sur son épaule me laissant bercer par la musique de Mozart diffusée à la radio.

Il m'embrasse dans le cou et je le laisse faire; ses caresses me ramènent à la vie, éveillant en moi des désirs refoulés. Je me sens femme et ne résiste pas à la douce chaleur de ses lèvres sur ma bouche. Nous nous embrassons longuement, langoureusement, puis, tout naturellement, nous faisons l'amour: comme ça, simplement, sans faire d'histoire. Allongés côte à côte sur l'épais tapis du salon, nous restons enlacés, sans bouger, trop occupés à nous regarder sourire, à nous regarder vivre!

J'ai fait l'amour pour la première fois avec un autre homme que Gabriel; je ne pensais jamais que ça pourrait m'arriver. Bien sûr, je m'imaginais parfois dans d'autres bras mais, chaque fois, le spectre de Gabriel venait brouiller l'image me laissant croire que je serais incapable de détacher ma pensée du seul homme que j'aie jamais aimé. Or, ce soir, j'ai fait l'amour avec Gilbert et uniquement avec Gilbert, sans penser une seule seconde à Gabriel. Repue et comblée, je ne ressens aucun malaise, aucune ambiguïté, je suis savoureusement bien!

Je rentre au Château sur la pointe des pieds et trouve les enfants en train de jouer sagement aux cartes dans la cuisine.

— Est-ce qu'on peut finir notre partie, M'man?

— Dis oui, maman, on n'a pas d'école!

— C'est d'accord, à condition de ne pas faire de bruit je travaille demain et *je suis fatiguée*... bonne nuit!

Je les embrasse et me fraie un chemin à travers les boîtes pour atteindre mon grabat installé temporairement dans un coin du salon. Étendue dans le noir, je me fais du cinéma; un beau film en couleur dont je suis la vedette et Gilbert le héros. J'ignore où me mènera cette aventure mais je suis convaincue que je devais vivre cette expérience et qu'elle ne peut être que positive. Nous ne nous sommes fait aucun serment, aucune promesse, nous nous sommes aimés spontanément, sans contrainte, sans réserve, juste parce que nous en avions envie. Cet homme arrive dans ma vie sans que je l'aie cherché et je veux faire face à cette situation nouvelle avec des yeux neufs.

Ma vie semble subitement prendre un tournant imprévu; tout chavire autour de moi me forçant à retrouver mon équilibre et me guidant vers un horizon inconnu. Je n'ai pas peur! Je suis prête à vivre pleinement ce que je dois vivre. «Demandez et vous recevrez!...» Je demande le Bonheur, la Paix, la Santé, l'Amour... Je demande TOUT! J'ouvre les mains et je tends les bras, certaine de ne recevoir que le Meilleur!

* * *

Mardi le 3 janvier...

Il est huit heures trente! C'est le retour au travail après le long congé du Nouvel An. Dieu qu'il s'en est passé des choses en quelques jours! Je sors de chez moi et trouve Gilbert m'attendant patiemment à la porte en lisant son journal...

— Qu'est-ce que tu fais là?
— Je n'ai pas osé sonner chez toi pour ne pas réveiller les enfants...

Il est tout sourire, tout bonheur!...

En arrivant à la Clinique, nous reprenons nos rôles instinctivement et sans aucune difficulté. Gilbert travaille dans son bureau, moi dans le mien, à peine nous croisons-nous le temps d'échanger des dossiers ou de fixer un rendez-vous pour un patient. Sitôt le bureau terminé, nous quittons la Clinique.

— Je te ramène au Château?
— Tu peux même venir souper, si tu veux!...
— Voilà une invitation bien tentante!
— Et bien intéressée; il n'y a rien à manger et j'aimerais que tu me conduises à l'épicerie la plus proche...
— Allons-y!

Notre premier marché en «amoureux»! Je profite de l'auto de Gilbert pour faire des provisions et garnir un peu les armoires et le réfrigérateur. Je me sens riche et libre.

— As-tu assez d'argent?
— Qu'est-ce que tu crois?... que je t'ai amené pour payer la note?... Non, rassure-toi, j'ai ce qu'il faut!...

Nous avons les bras chargés de sacs remplis à ras bord. Mon «petit-moi-pourvoyeur» s'en trouve satisfait. Nous pourrons enfin manger à notre goût sans constamment compter nos sous.

Mélanie m'enlève un sac et l'emporte à la cuisine:

— Qu'est-ce que tu as acheté?... Oh! du pâté de foie! Menum!

Elle aperçoit Gilbert planté dans l'entrée, n'osant s'approcher plus avant de crainte de mouiller le plancher...

— Tiens, salut!... Tu viens souper?
— Ta mère m'a invité...
— Bonne idée!...

Elle prend ses sacs tandis qu'il enlève ses bottes. Gilbert m'aide à ranger les emplettes, il offre même de laver les tablettes avant d'y déposer la nourriture. Tandis que les enfants se préparent un gueuleton rapide avec du fromage, du pâté et du pain, nous entreprenons le grand ménage de la cuisine. Nettoyage et récurage vont bon train. Nous grattons partout, dans tous les coins. Je pose du papier blanc sur les tablettes des armoires qui sont maintenant dignes de recevoir notre mangeaille.

François et Dodo sont arrivés et nos quatre copains s'affairent maintenant à décorer les chambres. J'ai mis la table pour deux, une jolie nappe, une bougie et quelques fleurs; on se sent plus détendus, plus proches. Je revis. Je suis chez moi et j'invite qui me plaît. Quelle sensation grisante!

— Et si nous passions au salon?

Gilbert me suit en riant. Je peux me permettre de recevoir «comme du monde» et de changer de pièce à ma guise; les Châtelaines se font rares mais il en reste!...

Allongés à la romaine, sur mon grabat, nous écoutons la radio tout en bavardant. Le temps passe à son rythme, nous en goûtons chaque seconde...

— Je dois m'en aller!
— Déjà?
— Je pars pour Québec vers six heures demain matin...
— Oh! oui, c'est pourtant vrai, j'avais oublié!
— Je te rappelle en revenant...

Gilbert me quitte. J'en profite pour mettre un peu d'ordre dans mes affaires. Soudain, la crise éclate: Alexandre hurle, Mélanie crie tandis que François et Dodo assistent impuissants à la scène. Avant même que j'aie eu le temps de comprendre, Alexandre se sauve en courant et Mélanie s'enferme dans sa chambre, refusant obstinément de me parler. François suit Alexandre et Dodo en profite pour retourner tranquillement chez elle.

Je me sens tout à coup terriblement seule. Je suis claquée, le surménage des derniers jours, les émotions, les crises... Je prends mon bain puis m'installe pour la nuit avec un livre. Alexandre n'est pas rentré mais je m'en fous; qu'il fasse ce qu'il voudra, qu'il aille où il voudra, JE M'EN FOUS!...

Il passe minuit quand le bruit de la clé dans la serrure me réveille. Alexandre revient seul et passe directement dans sa chambre. Que dois-je faire: lui parler ce soir?... attendre?...Je décide d'attendre; ce soir, je ne me sens pas le courage de l'affronter, je tremble...

* * *

Jeudi le 5 janvier...

Gilbert n'est pas à la Clinique ce matin. Je consulte l'agenda: ALLER À L'AÉROPORT DE DORVAL À DIX HEURES!... C'est écrit, noir sur blanc, depuis plusieurs semaines et je l'avais complètement oublié. Peut-être bien que je voulais l'oublier, l'ignorer... Quoi qu'il en soit, l'amie de Gilbert revient du Sud ce matin et, tel que promis, Gilbert doit être au rendez-vous. Quel sera l'issue de cette rencontre? J'essaie de rester calme et de ne pas trop y penser. Gilbert est libre, aussi libre que je le suis et, s'il décide de continuer sa route avec elle, je ne ferai pas d'histoire. Je tente de me convaincre que nous resterions bons amis quoi qu'il arrive. Pourrions-nous continuer à travailler ensemble? Pourquoi pas? Après tout, nous n'avons fait l'amour qu'une fois, une seule fois... À moins d'être Zola, il n'y a pas de roman à faire avec ça!

Je m'achète une pomme. Je n'ai pas faim. Je me force à me concentrer le plus possible sur mon travail mais le cœur n'y est pas. Je me promets de ne poser aucune question, de ne faire aucune allusion, de le laisser libre.

— Bonjour, bonjour!

Je frémis en entendant sa voix dans mon dos. Je me retourne et aperçois un Gilbert radieux. Je m'efforce de sourire. Il s'approche et me prend par les épaules.

— Élise, j'ai un aveu à te faire: JE T'AIME!

Je reste bouche bée, stupéfaite. Il est inutile qu'il m'en dise plus long, j'ai compris. Il m'aime et je crois bien que je l'aime aussi. Si nous n'étions pas à la Clinique, j'aurais envie de l'embrasser.

— Ce soir, nous soupons ensemble!

L'invitation de Gilbert ne se refuse pas. Nous passons au château. Alexandre est seul.

— Où est ta sœur?
— Elle garde la petite fille de la concierge pour la soirée...
— Et toi?
— Moi, je m'en vais chez François!
— Je vais te faire cuire un steak...
— Pas la peine, j'ai mangé!

Je profite de l'occasion pour lui faire quelques recommandations concernant sa conduite. Il ne s'agit pas de l'accabler de reproches mais de lui faire comprendre à quel point son attitude agressive et violente nous perturbe, sa sœur et moi.

— Je n'endurerai plus ce genre de scène. Si notre mode de vie ne te convient pas, tu as le choix d'aller chez ton père ou alors je demanderai qu'on te place en institution ou en foyer...

Il se lève et part en claquant la porte.

Élise, chère Élise, pourquoi faire des menaces que tu ne mettras pas à exécution?...

Gilbert m'enlève. Nous découvrons le restaurant «Le péché véniel...», un coin fort sympathique, chaleureux. Une bûche d'érable flambe dans la cheminée, semblant rythmer avec ses flammes le concerto *Brandebourgeois* diffusé en sourdine.

La présence de Gilbert à mes côtés me rassure. Je voudrais que le temps s'arrête. Mais combien de fois déjà ai-je souhaité que le temps s'arrête? Le temps passe, ou plutôt, nous passons dans le temps, et mieux vaut qu'il en soit ainsi puisque les peines s'estompent et que les souvenirs demeurent. Chaque moment de la vie est précieux... Gilbert s'approche pour m'embrasser. Son «je t'aime» murmuré à mon oreille me donne envie de pleurer de joie. Je ne veux goûter que l'instant présent, me gaver sans laisser de miette...

* * *

Samedi le 7 janvier...

Alexandre et Mélanie vont fêter les Rois chez leur tante Raymonde. Comme chaque année la sœur de Gabriel reçoit toute la famille; cette année, il n'y manquera que moi qui serai remplacée par «la Nouvelle». Pour la première fois, les enfants se retrouveront dans la famille de leur père en compagnie d'Ann-Lyz. Au début, cette idée me chiffonnait un peu, puis je me suis ravisée en me disant qu'au fond, personne ne remplace jamais personne et que cette femme aura sa place bien à elle, sans que quiconque songe à lui donner la mienne.

Ils sont partis rejoindre Gabriel et je n'ai plus qu'un désir: ÊTRE BONNE POUR ÉLISE! Quand Gilbert arrivera tout à l'heure, je serai la plus belle!

Gilbert et moi ne nous quittons plus, sauf pour la nuit; il dort chez lui, je dors chez moi. Nous passons de longues soirées au Château à écouter de la musique, à lire, à être bien! Tout à l'heure, nous irons souper chez lui; il fait très bien la cuisine...

Éclairage tamisé, nappe de dentelle, bougeoir de cuivre et vin d'Alsace. Quelle table romantique!

Gilbert nous prépare un apéritif; je l'entends secouer vigoureusement le shaker de métal, les glaçons rebondissent au rythme de la musique, tel un bruit de castagnettes...

J'ai enlevé mes souliers et me suis installée confortablement sur les coussins du divan; Madame Récamier m'envierait, certainement!

— Tchin-tchin!
— Tchin-tchin!

Gilbert frappe son verre contre le mien. Son cocktail est onctueux, savoureux, je déguste à petites gorgées ce nectar légèrement rosé, parfumé de grenadine.

— As-tu faim?
— Un peu!...
— Tout est prêt...

Je passe mes bras autour de son cou. Il m'enlace, se fait câlin.

— ... mais tout peut attendre!...

D'un commun accord, oubliant momentanément le repas, nous prolongeons notre étreinte dans un doux corps à corps. Nous faisons l'amour au ralenti, sans nous presser, savourant chaque caresse jusqu'à la lie.

Penché sur moi, Gilbert me regarde en riant:

— Je suis heureux... et j'ai faim!

— Moi aussi!

Je m'enroule dans une robe de chambre trop grande, lui dans un peignoir de ratine et, sur la pointe des pieds, nous allons prendre d'assaut le réfrigérateur et le fourneau, Gilbert réchauffe la paella tandis que je tourne la salade.

— Il faudra déboucher la bouteille de vin et trancher du pain... où sont les couteaux?

Nous soupons en amoureux, nous bécotant entre chaque bouchée. Le regard de Gilbert et mes cheveux en bataille en disent long sur nos ébats. Je me sens délicieusement bien. Perdue au vingt-deuxième étage d'un building inconnu, personne ne m'attend, plus rien ne me retient, je suis libre... libre et amoureuse à en crier.

Gilbert me met de la mousse au café sur le bout du nez. Je ris...

— Alors, comment la trouves-tu?

— Délicieuse!...

La mousse est moelleuse comme je l'aime. Je lèche la cuillère.

— Tu es barbouillée!

— C'est vrai?... C'est bon!

Nous prenons un café, deux cafés, trois cafés... puis Gilbert me ramène au Château. Il est tard, très tard!

— Tu entres un peu?

— Je ne sais si je dois?...

— Pourquoi pas?...

— Et les enfants?

— Ils ne sont pas encore de retour!

— À cette heure?

— On voit bien que tu ne connais pas Raymonde; elle sait si bien s'y prendre pour garder ses invités jusqu'à l'aube... Allez, viens, je sais que, si je reste seule, je vais faire le guet à la fenêtre jusqu'à ce qu'ils arrivent; j'ai horreur de ça mais je sais que je vais le faire... Que veux-tu, on ne refait pas une vieille sentinelle!...

Allongés sur le grabat, nous écoutons la radio en nous faisant mille confidences. Nous avons tant de choses à nous dire, tant d'années à rattraper. La porte s'ouvre. Mélanie et Alexandre chuchotent...

— Fais pas de bruit, M'man doit être couchée!
— Ben non, regarde, ils sont là!

Mélanie se lance sur le grabat et pose sa tête sur mes genoux. Alexandre s'asseoit par terre et tous les deux se mettent à nous raconter leur soirée en détails; ils ont dansé, dansé, dansé et ils ont ri, ri, ri, bref, ils se sont amusés ferme et tout s'est bien passé. Je ne leur pose aucune question sur leur père ni sur Ann-Lyz. Mélanie baille et s'étire:

— Excusez-moi, je vais me coucher... Qu'est-ce que vous faites demain?
— Nous avions pensé aller au musée des Beaux-Arts; veux-tu venir avec nous?
— Oh! moi, tu sais, les musées...

Alexandre se retire dans la salle de bain. Gilbert se lève et s'apprête à partir; Mélanie le regarde, étonnée:

— Où est-ce que tu vas?
— Chez moi!
— À l'heure qu'il est, tu serais aussi bien de dormir ici... bonne nuit!

Elle nous embrasse et se dirige vers sa chambre. En passant, Alexandre ajoute:

— Mélanie a raison..., reste donc!... salut!

Gilbert reste figé au milieu de la place, sans savoir quoi faire. Je souris de le voir si timide. Il guette un geste, un signe de ma part. Je saute sur l'occasion et abonde dans le sens des enfants:

— Tu peux rester, si tu veux... puisque nous partons tôt demain!

Inutile d'insister, il a compris. Les enfants vont se coucher, nous restons seuls tous les deux:

— Mais, où vais-je dormir?

— Avec moi!... maintenant que la glace est brisée, sans hypocrisie, sans détour, nous dormirons ensemble. Plus de cachette, finie la clandestinité!... Aide-moi!

Nous installons notre campement pour la nuit. Nous partagerons le petit grabat. Serrés l'un près de l'autre, nous dormirons ensemble, toute une nuit!... *Notre première nuit!*

— Bonne nuit!... Je t'aime!...

— Bonne nuit, mon Amour!... Je t'aime aussi!

Gilbert me prend dans ses bras. Blottie au creux de son épaule je goûte la chaleur de son cou, la douceur de son corps. Il m'embrasse tendrement, me caresse; nous ne ferons pas l'amour, bien sûr, mais nous ferons la *tendresse!*

* * *

Dimanche le 8 janvier...

En arrivant au Musée des Beaux Arts, j'éprouve un malaise, un serrement à la gorge; j'étouffe, je manque d'air.

Élise, chère Élise, que fais-tu dans cet antre de la Mort?

Le Musée m'apparaît soudain comme une immense tombe dans laquelle seraient conservés les vestiges et les débris des civilisations anciennes. Ça sent le pourri, le moisi, la décrépitude. Je vais pleurer, il vaut mieux que je sorte. Je n'ai jamais rien ressenti de tel auparavant; et Dieu sait combien de fois j'y suis venue, seule ou avec Gabriel. Le Musée, c'était Gabriel, ses recherches, ses trouvailles, sa vie. J'ai rejeté tout ça! Je n'ai vraiment plus aucune inclination pour l'archéologie, la poussière et la Mort. Je veux VIVRE, VIVRE, VIVRE, sans socle et sans vitrine; VIVRE pour VIVRE. Je laisse la Mort aux autres; qu'ils la conservent, qu'ils la caressent, sans moi! J'ai fini de m'accrocher au passé, plus de squelettes, plus de fossiles mais de la VIE; juste l'instant présent et la vie qu'il comporte. Le Musée peut s'écrouler, je n'y reviendrai pas!

Dès mon retour au Château, je fais une rafle dans mes souvenirs. J'ai l'âme au débarras. Je trie, je déchire, je jette. Tout ce bazar me semble d'une inutilité consommée. Je découvre les joies du détachement.

* * *

Mercredi le 11 janvier...

Journée tranquille, il neige. Je reçois un coup de téléphone de l'Agence pour laquelle j'ai travaillé l'été dernier. On m'offre un emploi temporaire au sein d'une grosse compagnie de publicité qui organise une énorme campagne de promotion à travers toute la Province. Si ça m'intéresse, je travaillerai sur un ancien «switch board» et acheminerai les appels dans les différentes régions déterminées par le programme. J'ai déja fait ce genre de boulot quand j'étais étudiante. Prise au dépourvu, j'accepte de rencontrer le responsable du projet après mon travail à la Clinique.

Je rejoins Gilbert et lui fais part de cet appel; il paraît surpris:

— Et tu comptes accepter?

— Je ne sais pas, c'est à voir!... Il n'est évidemment pas question que je néglige mon travail ici pour autant...

— N'as-tu pas peur de t'épuiser?

— Je ne crois pas. Et puis, j'ai tellement besoin d'argent, je ne peux pas me permettre de refuser de l'ouvrage.

— Enfin, tu es assez grande pour savoir ce que tu dois faire!

Je me rends au Comité sitôt le bureau terminé. Gilbert m'attend dans l'auto. Cette nouvelle démarche le tracasse un peu. On me propose un contrat de dix semaines, peut-être onze, durant lesquelles je devrai travailler tous les soirs jusqu'à onze heures, le samedi de neuf à quatre et le dimanche de quatre à onze. Je refuse.

Trente-neuf heures de travail supplémentaire par semaine, c'est physiquement impossible. En discutant un peu, j'arrive à libérer les lundis et les jeudis soirs et obtiens qu'on m'accorde un dimanche sur deux. Ça me convient. On m'offre cinq dollars l'heure: je refuse. J'en réclame huit et en obtiens sept. Je me sens forte de mon expérience et de l'urgence du travail à faire. Après réflexion, on accepte toutes mes revendications. Je me réserve le droit de ne donner ma réponse, qu'après avoir consulté Alexandre et Mélanie.

Dans l'ascenseur, je fais des calculs rapides: vingt-neuf heures multipliées par sept dollars: ça fait deux cent trois dollars par semaine avec dimanche, et cent cinquante-quatre, les semaines sans dimanche... Près de mille huit cents dollars en quelques mois; c'est énorme!

Je rejoins Gilbert dans la voiture. Il me regarde, un peu inquiet:

— Et alors?

— Je commence demain!

— C'est pas vrai?

— Non! Je blague. Je dois d'abord en parler aux enfants...

Je lui explique en quelques mots les conditions qu'on m'a faites. Il sursaute:

— Mais nous ne nous verrons plus!

— Si, les lundis, les jeudis et les dimanches, comme dans le «Bon Vieux Temps!»...

Il s'efforce de sourire. Comment lui faire comprendre ce que je ressens?

— Tu sais, Gilbert, dix semaines, c'est vite passé. Et puis, pense un peu à tout ce que je vais pouvoir nous payer avec cet argent; nous n'avons plus rien à nous mettre sur le dos, les enfants ont grandi, ils ont besoin de bottes, de manteaux, je pourrai profiter des ventes... Il faudrait un aspirateur, un téléviseur... celui qu'Antoine nous a prêté ne fonctionne plus.

Je parle sans arrêt, essayant de lui vendre ma salade ou peut-être essayant de me la vendre à moi-même. Il me regarde tendrement:

— Fais ce que tu voudras, Mon Amour, je respecterai ta décision et, si je peux t'être utile, compte sur moi.

Forte de l'appui de Gilbert, il ne me reste plus qu'à convaincre les enfants. Ils devront collaborer en se prenant en main le plus possible. Beaucoup de travail veut également dire beaucoup de sous; nous en profiterons tous.

* * *

Mercredi le 25 janvier...

Je cumule mes deux emplois depuis près de quinze jours. Ces journées fort longues me fatiguent un peu. Gilbert me seconde admirablement auprès des enfants, passant fréquemment ses soirées au Château, leur préparant des repas ou regardant la télévision, sa télévision, qu'il a apportée à la maison pour que les jeunes ne s'ennuient pas. Quand Alexandre doit sortir, Mélanie descend veiller chez les concierges et garde leur petite fille à l'occasion. Cette nouvelle relation me rassure; Carmen et Claude habitent juste en dessous de nous et sont conscients des crises d'Alexandre; au besoin, Mélanie pourrait toujours se réfugier chez eux.

Gilbert me rejoint tous les soirs après mon travail. Nous soupons ensemble, vers minuit, au restaurant ou au Château, si bien que je ne dors jamais avant deux heures du matin. Je regrette parfois de m'être embarquée dans cette galère. Sur le plan financier, ça m'arrange drôlement mais je crains que les enfants en souffrent à la longue même si l'éclaircie des derniers temps tend à me laisser croire que la tempête est définitivement passée...

* * *

Jeudi le 26 janvier...

J'avais réservé cette soirée de congé pour aller magasiner avec Gilbert et Mélanie mais Alexandre en a profité pour déclencher une scène à propos du tourne-disque qu'il voudrait bien monopoliser dans sa chambre où je lui ai permis de l'installer, le temps d'un party. Tout a commencé quand Mélanie a voulu s'introduire dans la chambre de son frère pour écouter un disque et qu'il lui a interdit d'entrer dans son royaume; j'ai alors insisté pour que le tourne-disque revienne à sa place, dans le corridor, afin que nous puissions tous en bénéficier en terrain neutre.

Alexandre s'est mis à sacrer, me traitant de tous les noms; *je ne l'ai pas pris* et j'ai réagi en lui donnant une gifle sur la bouche. À son tour, Alexandre, *n'ayant pas pris la gifle*, m'a poussée violemment sur le réfrigérateur. Le conflit s'est envenimé jusqu'à ce qu'Alexandre se sauve en claquant la porte et que Mélanie aille se réfugier chez les concierges.

Je me sens dépassée par l'ampleur de ces crises; Alexandre et Mélanie sont maintenant plus grands et plus forts que moi, si bien que j'en arrive à crier à tue-tête pour faire valoir mon Autorité, ce qui n'arrange évidemment rien. À quoi bon me démolir pour tenter d'imposer ma volonté? Dès que nous répondons aux impératifs dictés par la Société, nous tombons dans le piège des stéréotypes parent vs enfant et les «tu ne parleras pas comme ça à ta mère!» ou les «je vais te montrer qui c'est qui mène!» l'emportent alors sur les vrais contacts humains.

La querelle s'est aggravée parce que ni Alexandre, ni moi, n'avons réagi d'une façon authentique; chacun de nous étant motivé par les réactions en chaînes engendrées par son orgueil blessé. Ce n'était plus Élise et Alexandre mais la «Mère» et le «Fils» qui s'affrontaient, *qui ne le prenaient pas!*

Qu'un adolescent de seize ans se révolte et «sacre» sa colère; ce n'est certes pas souhaitable, mais, est-ce vraiment si grave? En réagissant aux blasphèmes, j'interromps la communication, me blessant moi-même en m'offusquant de paroles qui ne sont rien d'autre que l'expression du mal qu'elles cachent. Ma réaction devient négative parce qu'elle tend à punir pour ce que *je ne prends pas*, c'est-à-dire le «blasphème», m'empêchant du même coup de percevoir l'essentiel, c'est-à-dire le malaise que cette attitude révèle...

Gilbert arrive et me trouve en larmes.

— Qu'est-ce qui se passe?
— C'est encore Alexandre!...
— Crois-tu que j'y sois pour quelque chose?
— J'y ai pensé, figure-toi; Alexandre pourrait fort bien éprouver une certaine jalousie à ton égard, mais le fait que ses crises aient commencé bien avant ta venue dans ma vie m'amène à rejeter cette hypothèse.
— Je pense qu'Alexandre aurait besoin d'aide...
— Il voit toujours madame Schmidth, de temps en temps...
— Ce n'est visiblement pas suffisant!

À force d'en parler, nous arrivons à la conclusion qu'un psychologue, voire même un psychiatre, pourrait certainement lui être d'un grand secours; je ferai les démarches nécessaires.

«Mon Dieu, faites que je trouve la personne que je cherche... vite!»

* * *

Jeudi le 2 février...

Un an! Un an déjà que je fuyais Versailles!..

— Bon anniversaire, Élise!

Gilbert se retourne vers moi et m'enlace tendrement, me pressant contre son corps encore tout chaud de la chaleur de la nuit. Gilbert s'étire et regarde sa montre.

— Quelle heure est-il?
— Six heures!
— Si tôt?
— À quelle heure les enfants se lèvent-ils?
— Pas avant une heure!...

Il me regarde en souriant. Nous sommes sur la même longueur d'ondes... un petit câlin en catimini sous les couvertures au cas où les enfants?... Quel délice!

Blottie au creux de l'épaule de Gilbert, les cheveux en bataille, la figure étincelante de bonheur, je regarde le soleil levant jouer à travers les fines lattes du rideau de bambou accroché à la fenêtre. La journée s'annonce magnifique! J'ai trente-neuf ans et je me sens belle, beaucoup plus belle qu'à vingt ans...

— Élise, je suis heureux!
— Moi aussi!... je t'aime!... et j'ai faim!
— Si je nous faisais des crêpes?
— Bonne idée!

Nous nous levons sur la pointe des pieds et allons préparer notre festin. Le réveil sonne. Les enfants se lèvent...

Encore toute endormie, Mélanie entre dans la cuisine:

— Je te dis que ça sent bon! Qu'est-ce que vous faites?
— Des crêpes... tu en veux?
— Oh! oui, fais-en beaucoup!
— WOW! Ça sent les crêpes!...

Alexandre sort de la salle de bain et vient s'écraser sur la chaise la plus proche. Je fredonne tout en préparant le café.

— Aye, dis donc, M'man, c'est ta fête!
— Exactement!
— C'est vrai, maman, c'est ta fête!...

Ils m'embrassent chaleureusement tous les deux. Je n'ose leur souligner l'autre anniversaire...

— C'est prêt!

Gilbert dépose une grande assiette sur laquelle une douzaine de crêpes encore fumantes se tiennent en équilibre. Chacun pige dans le tas puis arrose abondamment sa crêpe de sirop d'érable. Voilà bien un déjeuner de fête comme je les aime.

Le téléphone de Gabriel fait l'effet d'une douche écossaise.

— Bon anniversaire, Mon Chérie!

Aurais-je enfin trouvé le moyen pour qu'il n'oublie jamais plus ma fête?

— Je voulais simplement te dire que J'AI VENDU LA MAISON!

Je reste figée. Jamais je n'aurais pensé pouvoir entendre ça sans pleurer. La nouvelle me laisse parfaitement indifférente et je ne trouve que des questions banales à lui poser.

Quand, par simple curiosité, je lui demande quelques détails, il se raidit, devient cassant:

— Tu sais, Mon Chérie, vendre une maison en plein hiver!... J'ai vendu à perte, c'est tout ce que je peux te dire...

C'est à croire qu'il a peur que je lui réclame une part du gâteau; il peut bien le manger tout seul, je m'en fous. Ma liberté n'a plus de prix! La pension alimentaire qu'il ne paie pas, le travail qu'il fait ou pas, l'argent qu'il possède ou pas, je m'en balance. Aujourd'hui, fort égoïstement, je ne veux penser qu'à ma fête.

Son téléphone aura tout de même réussi à me chambouler. Je me rends au bureau en ressassant des idées noires. Je rage de le voir aussi irresponsable, aussi désinvolte.

— C'est moi qui suis partie, d'accord; mais pour quelles raisons?... et dans quelles conditions?

— Élise, chère Élise, à quoi bon regarder en arrière puisqu'il fait si beau devant?

Gilbert m'aide à me «dépomper» en me parlant calmement du nouveau sens que j'ai donné à ma vie. Quand on a le cœur trop plein de ressentiment, il n'y a plus de place pour la tendresse.

— Ce soir je vous invite, toi et les enfants, nous irons fêter ton anniversaire dans un grand restaurant!

Il me tend son mouchoir pour que j'essuie mes larmes. Mon sourire a repris ses droits.

* * *

Lundi le 6 février...

Alexandre nous a fait vivre une fin de semaine infernale; j'ai travaillé sous pression tout le temps. Mélanie s'est évadée en allant passer deux jours chez Dodo. L'intensité des crises de mon fils s'accentue de jour en jour; ça ne peut plus durer, je ne permettrai pas à la situation de se détériorer davantage. Il semble toujours n'y avoir qu'une solution: trouver de l'aide spécialisée et forcer Alexandre à se faire traiter... Mais qui donc acceptera de s'occuper de lui? Jusqu'à maintenant, j'ai réussi à contacter certains centres qui se vantent d'aider les jeunes mais qui refusent de me recevoir sans la présence de mon fils; or, je veux lui éviter d'être trimbalé d'un psychologue à l'autre. Je me sens complètement seule face à un monstre d'incompréhension. J'ai beau leur expliquer qu'Alexandre est en train de se noyer et *que je fais un premier tri moi-même, pour être bien certaine de trouver la personne compétente entre toutes*, ils restent insensibles à mes prières et refusent de m'aider, *à moins qu'Alexandre demande de l'aide pour lui-même...*

Je pense avoir enfin trouvé la perle rare, un certain Pierre B., psychologue, qui utilise une méthode «choc» avec laquelle, paraît-il, il obtient des résultats foudroyants. Il m'a donné rendez-vous à deux heures; en voilà au moins un qui aura compris le caractère confidentiel de ma démarche…

Gilbert m'accompagne. Je suis terriblement nerveuse, je parle fébrilement, presque avec un sanglot dans la voix:

— Vous comprenez, docteur, *je ne le prends pas!*

Il regarde fixement le bout de ses souliers et me dit calmement:

— Mais oui, ma chère madame, *vous le prenez!*…
— Oh! non, docteur… si vous saviez… je n'en peux plus!

Il se lève de sa chaise, s'avance lentement vers moi et, sans perdre son flegme, donne un coup de poing magistral sur la table en disant d'une voix forte: *JE NE LE PRENDS PAS!*

— Avez-vous compris, madame? Quand *on ne le prend pas*, ON L'AFFIRME, on ne le pleurniche pas…

Je ne m'affirme pas assez, c'est vrai, mais j'ai tellement horreur des scènes de violence que je me replie sur moi-même sitôt que quelqu'un élève un peu la voix.

— Alors, docteur, acceptez-vous de vous occuper de mon fils?

— Certainement, madame, mais à une condition: VOTRE FILS DEVRA TÉLÉPHONER LUI-MÊME!… Sinon, il n'en est pas question!

Et vlan! Me revoilà face au même dilemme: amener Alexandre à faire cette démarche lui-même.

— Je le connais, docteur, il ne voudra jamais...
— Et si le docteur Gauthier lui parlait?...

Gilbert reste stupéfait:

— Moi, mais je le connais à peine?...
— Qu'importe, je crois tout de même que vous êtes présentement mieux placé que sa mère pour aborder le sujet.
— Je veux bien essayer si vous pensez que ça puisse être efficace...

Le docteur Pierre B. se cante dans son fauteuil:

— Docteur Gauthier, vous représentez actuellement une présence masculine nouvelle dans la vie de ce jeune homme. Il vous écoutera plus que vous ne le croyez. De toute façon, nous avons affaire à un adolescent révolté et beaucoup trop rébarbatif à toute intervention venant de sa mère...

Gilbert accepte ce rôle ingrat. Nous convenons d'une rencontre en tête à tête avec Alexandre; il ne reste plus qu'à trouver une occasion, un prétexte. Il parlera à Alexandre, lui remettra le numéro de téléphone de Pierre B. puis laissera le reste à sa discrétion. Je me sens un peu mise de côté et ça me fatigue, moi qui connais si bien mon fils, qui sais exactement ce dont il a besoin. IL FAUT qu'Alexandre accepte d'être aidé, IL LE FAUT!

Élise, chère Élise, lâche prise, décroche, te voilà encore en train d'organiser la vie d'un autre...

* * *

Vendredi le 10 février...

L'intervention de Gilbert auprès d'Alexandre nous a donné droit à quelques jours d'accalmie. Peut-être mon fils a-t-il enfin compris qu'il devait s'amender? Quoi qu'il en soit, un peu de silence et de paix, c'est bon à prendre!

Aujourd'hui, j'ai d'autres chats à fouetter; Barbara m'a demandé d'être son témoin à l'occasion de son divorce d'avec Marc-André. Comme la cause ne passera pas avant trois heures, nous avons convenu de nous rencontrer au restaurant de la place Desjardins pour dîner. Gilbert nous y rejoint et s'étonne de nous retrouver de si bonne humeur. À ma droite, mesurant cinq pieds et sept pouces et pesant cent quarante livres, l'intimé Marc-André Lajoie; à ma gauche, mesurant cinq pieds et un pouce, la demanderesse Barbara Brunet-Lajoie. Mariés voilà trois ans, pour le Meilleur et pour le Pire, ils divorcent à présent pour le Pire et le Meilleur! Je serai le témoin, l'arbitre mais resterai l'amie des deux parce que je les aime.

— Êtes-vous bien certains qu'il s'agit d'un divorce?

Gilbert s'amuse du spectacle sans toutefois trop bien comprendre notre attitude; qu'y a-t-il de sérieux dans tout ça? Comment lui expliquer la grande complicité qui existe entre nous? Comme au moment de leur séparation, je ne viens pas témoigner «contre» Marc-André mais «pour» Barbara; il a d'ailleurs été clairement entendu que cette solution était la meilleure et la plus simple pour mettre fin sans grabuge à une union sans issue.

La grande ressemblance qui existe entre Marc-André et son oncle Gabriel m'apparaît encore plus évidente en ce jour solennel; la même désinvolture, le même panache! Barbara chiffonne nerveusement le bout de son châle de laine rose. Je la sens fébrile, voire mal à l'aise même à l'idée d'étaler son linge sale devant tout le monde.

Nous profitons de ce repas pour fignoler notre mise en scène puis nous nous séparons, mine de rien, dès notre arrivée au Palais de Justice. L'Honorable Juge ne doit pas se douter de notre connivence; du monde qui s'accorde dans son dos, «Y aime pas ça!»

Assise avec Gilbert au fond de la salle d'audience, j'attends patiemment tandis que Barbara, debout à la barre, expose ses griefs contre Marc-André devant un Juge indifférent s'obstinant à tripoter ses papiers. Seul, sans avocat pour le défendre, Marc-André prépare sa riposte, une riposte bien inoffensive puisqu'elle ne visera qu'à corroborer les accusations «d'adultère» portées contre lui. Pour adultère, ça va plus vite, en cinq minutes tout est fini sans même que j'aie à témoigner.

On appelle déjà une autre cause mais nous sortons tous les quatre avant d'entendre les noms des prochains combattants. Marc-André et Barbara s'embrassent tendrement sur les joues pour se dire «au revoir» avant de se séparer définitivement, peut-être pour toujours. Ils n'avaient pas d'enfant et comme Barbara n'a pas demandé de pension, ils n'auront désormais aucune obligation de se rencontrer. Ayant passé le cap du «désamour» qui embrouillait leur horizon, ils sont maintenant libres de vivre le Meilleur en tentant d'oublier le Pire...

* * *

Jeudi le 2 mars...

Je suis de plus en plus fatiguée; travailler tous les soirs et la fin de semaine en plus de mon ouvrage à la Clinique, c'est trop! Ce matin, rien ne va plus; je n'ai pas fermé l'œil de la nuit et j'ai du mal à me lever; tout tourne, je me sens si faible que je vais tomber. Une grande chaleur m'envahit, me rend toute molle. Je ressens une douleur abominable au ventre...

— Gilbert, aide-moi!

— Que se passe-t-il?

— Je ne sais pas, j'ai peur!

Gilbert se lève rapidement et m'amène dans la salle de bain. J'ai peine à me tenir sur mes jambes. Il m'aide à m'asseoir puis me lave la figure vigoureusement à l'eau froide. J'ai peur de m'évanouir. La brûlure au ventre devient insupportable, je veux retourner dans mon lit. Gilbert me soulève. Soudain je pousse un cri d'horreur en apercevant l'eau de la toilette rougie de sang. Je fais une hémorragie intestinale et Gilbert m'ordonne aussitôt de garder le lit toute la journée.

— Et le bureau?

— Je m'arrangerai, ne t'inquiète pas!

Il doit partir, me laissant seule, étendue sur mon grabat, les jambes en l'air avec un sac de glace sur le ventre.

— Je reviendrai te voir tout à l'heure, en attendant, essaie de dormir un peu... je t'aime!

Je m'assoupis mais la douleur se fait plus persistante, plus aigüe, ça brûle!... J'appelle Gilbert à la Clinique:

— Gilbert, je n'en peux plus, l'hémorragie s'aggrave!

— J'aimerais que tu ailles à l'hôpital le plus vite possible... mais j'ai encore des patients à voir, je suis seul, tu comprends?

— Bien sûr! T'inquiète pas, je vais appeler Jacqueline, et lui demander de me conduire; où veux-tu que j'aille?

— Rends-toi à l'Hôtel-Dieu. J'appelle Belmont pour qu'il te reçoive. Rappelle-moi si jamais Jacqueline ne peut pas...

— Elle pourra!

Je ne me trompais pas, mon amie arrive avec la rapidité d'une ambulance, ayant tout quitté sur-le-champ pour me venir en aide.

— Qu'est-ce qui t'arrive?... tu es livide!

Livide!... je le crois, quand, à peine descendue de voiture, les infirmiers arrivent à mon secours. Je chancelle. Tout le monde s'empresse autour de moi. On m'installe dans une chaise roulante et j'entends qu'on appelle le docteur Belmont d'urgence au micro. Il me reçoit immédiatement. Gilbert lui a déjà parlé, il m'attendait. Son air jovial m'inspire confiance; c'est un grand bonhomme, doux, humain et qui m'examine avec beaucoup de tact, mais la douleur est si forte que je ne peux m'empêcher de crier. Une infirmière m'apporte une serviette mouillée et un verre d'eau; elle aide ensuite le docteur Belmont à me coucher sur une civière. Le médecin s'éloigne pour se laver les mains puis revient vers moi; il me regarde pardessus ses lunettes:

— Je vais vous garder ma p'tite dame!

— Me garder?!! Mais c'est impossible!... mes enfants, mon travail, le Château?...

— Il faudra bien qu'on se passe de vous pour quelque temps, je ne peux pas vous laisser partir comme ça!

Je vais demander qu'on vous trouve une chambre...

Il sort me laissant seule avec Jacqueline qui s'approche de moi et me prend la main. Je pleure, je suis à bout et n'ai plus la force de me battre. Je m'accroche à mon amie qui se penche et appuie sa joue contre la mienne, nous pleurons, nos larmes se mêlent. Elle murmure à mon oreille:

— Tu sais, ce n'est pas la première guerre que nous faisons ensemble...

— Ni la dernière, j'en suis certaine!...

On vient me chercher. Je demande la permission de téléphoner à Gilbert pour le rassurer. On m'accorde deux minutes, deux petites minutes...

— Allô! Gilbert... on me garde à l'hôpital!...

Je ne peux retenir mes larmes. Gilbert à l'autre bout du fil pousse un grand soupir de soulagement:

— Je suis content! C'est pour ton bien, il faut absolument que tu te reposes!

— Mais, les enfants?... que va-t-il arriver aux enfants?

— Je passerai au Château, tout à l'heure pour les avertir... Tout ira bien, tu verras!

Je me rappelle tout à coup que nous avions des billets pour le spectacle de Jean Lapointe: pour une fois que je prenais congé...

— Vas-y quand même avec les enfants!

— Je vais demander aux concierges de les accompagner; ils s'en feront un plaisir, j'en suis sûr...

— Et toi?

— J'irai te voir!

— Sens-toi bien libre; tu sais, je ne suis plus une enfant...

— Je sais et je me sens parfaitement libre, crois-moi; je choisis d'aller te voir et j'ai hâte!... en attendant, laisse-toi gâter et repose-toi...

Comment me reposer avec toutes les idées noires qui me trottent dans la tête. J'ai terriblement peur. Sans trop oser me l'avouer, je crains le pire. Les enfants sont si jeunes et je n'ai presque pas d'assurance-vie!... Jacqueline me sourit comme si elle savait parfaitement à quoi je pensais. Elle serre ma main très fort pour bien me faire sentir qu'elle est là!

Une infirmière m'installe un soluté. Jacqueline s'asseoit sur le bord de mon lit. Elle sort un mouchoir et s'essuie les yeux. Un petit reniflement régulier attire mon attention:

— Jacqueline, que se passe-t-il? Qu'est-ce que tu as?

— Rien, c'est rien, nous en reparlerons!

— Mais tu pleures?

Ses larmes se transforment en sanglots. Elle enfouit sa tête dans les couvertures pour étouffer ses râles...

— Tu es sûre qu'il n'y a rien de grave? Je peux tout entendre, tu sais!

— Ce n'est pas le moment de t'ennuyer avec mes histoires...

— Mais qu'est-ce qui se passe?

— Je vais divorcer!

— Toi?... mais je croyais que votre voyage aux Bermudes avait replacé bien des choses?

— J'évitais de t'en parler; tu avais bien assez de soucis comme ça!

— Que s'est-il passé?

— J'ai d'abord demandé une séparation pour «cruauté mentale», puisqu'il n'y avait pas d'adultère...

— Et alors?

— Il s'est retourné aussitôt puis a rappliqué en demandant le divorce, pour le même motif, contre moi... séparation pour «cruauté mentale» vs divorce pour «cruauté mentale»... et que le meilleur gagne!

— Quelle salade! Que vas-tu faire?

— Pour l'instant, rien; je reste sur mes positions et *il* reste sur les siennes en attendant les préliminaires...

— Et vous continuerez à vivre sous le même toit?

— Faut bien, celui qui part prend tous les torts...

— Pauvre toi!... Si jamais je peux t'aider, tu sais...

— Je sais, et je t'en remercie...

Je me tasse et lui fais une petite place près de moi, elle appuie sa tête sur mon oreiller. Nous restons ainsi, l'une près de l'autre, en silence. Le jour est tombé sans que nous ressentions le besoin de faire de la lumière. J'aperçois bientôt la silhouette familière de Gilbert à travers le rideau; quelle présence rassurante!

— Bonjour, bonjour!...

Il allume la veilleuse; en voyant son merveilleux sourire, je me sens déjà mieux!

— Je te laisse entre bonnes mains, je reviendrai te voir demain.

Jacqueline m'embrasse puis me quitte. Gilbert la remplace sur le bord du lit.

— Tu as vu les enfants?
— Oui, je suis allé au Château, je leur ai parlé de toi et les ai rassurés sur ton état puis j'ai donné nos billets aux concierges et laissé tout ce beau monde au métro... là, tu es contente? Tu sais tout!
— Et Alexandre?
— Il était de très bonne humeur quand je l'ai quitté... C'est ça qui te tracasse?
— Oh! oui, si tu savais comme je suis inquiète!
— Rassure-toi, je leur ai promis d'aller coucher au Château durant ton absence...
— Veux-tu bien me dire ce que j'ai fait au Bon Dieu pour mériter un homme pareil?...

Élise, chère Élise, ne pose pas tant de questions...

* * *

Le soleil me réveille. Où suis-je donc? L'infirmière, en entrant dans ma chambre, une seringue à la main, me ramène à l'évidence. J'ai taché mon lit; l'hémorragie continue de plus belle. Je suis sérieusement inquiète; qu'arrivera-t-il de moi?

Après plusieurs prises de sang, des cultures et des tests de toutes sortes, on m'installe enfin dans un lit tout propre et on m'apporte mon petit déjeuner: un jello et du thé! Je n'ai pas faim, de toute façon...

Je téléphone au Comité pour les avertir de mon état. Mes patrons sont gentils; on se débrouillera sans moi pour quelques jours. Pourvu que ce ne soit pas trop long; je sais fort bien que toute la tâche retombera sur les épaules de ma compagne qui devra prendre les bouchées doubles. Le docteur Belmont vient de m'annoncer qu'on me fera un lavement baryté dans trois jours; donc, pas question de quitter l'hôpital avant le milieu de la semaine prochaine, aussi bien me résigner tout de suite...

On m'apporte mon dîner: un jello et du thé!

Gilbert me téléphone. Quelle joie de l'entendre dire ses fameux «bonjour, bonjour!... ça va, ça va?»... Je voudrais lui dire deux fois «je t'aime», mais deux fois, ce n'est pas assez, c'est cent fois, mille fois, qu'il faudrait le lui dire!

Je passe une partie de l'après-midi à parcourir les interminables corridors de l'hôpital en chaise roulante: électrocardiogramme, radiographie des poumons, etc...

Il semble que le médicament prescrit par le docteur Belmont ne produise pas l'effet souhaité; je saigne toujours abondamment, on a dû changer mes draps à plusieurs reprises.

On m'apporte mon souper: un jello et du thé!

Alexandre et Mélanie arrivent seuls...

— Où est Gilbert?

Mélanie me rassure:

— Nous avons rencontré ton docteur près du poste des infirmières et Gilbert a demandé de consulter ton dossier...

Alexandre arpente la chambre de long en large sans dire un mot. Gilbert revient, les bras tendus, la bouche fendue jusqu'aux oreilles:

— Mon Amour, c'est bénin!... M'entends-tu? C'EST BENIN!... BENIN!
— Tu en es sûr?
— Absolument!...
— Ouf!... si tu savais comme j'ai eu peur!
— Et moi, donc...

Il s'asseoit près de moi et me serre amoureusement contre lui. Je n'ai plus peur, je laisse enfin couler mes larmes. Debout au pied du lit, Alexandre me regarde fixement sans trop comprendre tandis que Mélanie s'approche gentiment pour m'embrasser...

— Je t'aime, maman!... Pleure pas!
— Non, je ne pleure plus, là, c'est fini!... Je voudrais un mouchoir!

Alexandre me tend la boîte de «kleenex» qui traînait sur la table; ce geste anodin brise la glace, je lui fais signe de venir près de moi, il avance timidement, en souriant, puis, tel un prestidigitateur, sort de son chandail le programme du spectacle de Jean Lapointe qu'il a eu la merveilleuse idée de faire autographier pour moi: «À Élise, prompt rétablissement, avec Amour, Jean L...» Cette pensée me touche; le message d'amour de cet homme que je ne connais pas me parvient par l'entremise d'Alexandre; déclaration par personne interposée. Je prends la main de mon fils dans la mienne, nous restons silencieux durant de longues secondes...

— Et alors, si vous me racontiez cette soirée?

Ils parlent tous les deux en même temps. J'ai droit à tous les détails, à toutes les mimiques, soudain, mes enfants s'animent, ils sont heureux... Une voix nasillarde vient interrompre nos retrouvailles: «LES VISITES SONT MAINTENANT TERMINÉES, LES VISITEURS SONT PRIÉS DE SE RETIRER!» Gilbert regarde sa montre:

— Déjà?
— Je voudrais vous garder près de moi...
— Il faut te reposer!...
— Je sais, je suis lasse, mais je vais passer une meilleure nuit maintenant que je suis rassurée...
— Salut, M'man!
— Salut, Alexandre!
— Je vais t'appeler en me levant demain matin, d'accord?
— Si tu veux, ma bichette!

Je les embrasse une dernière fois et les regarde s'éloigner non sans un brin de mélancolie. Gilbert s'attarde encore un peu, il revient sur ses pas et prend ma tête entre ses mains:

— Élise, si tu savais comme je t'aime!
— Gilbert, si tu savais comme je t'aime!

Il m'embrasse puis disparaît dans le corridor, en me laissant une merveilleuse impression de douceur, de tendresse... Qui a dit que la tendresse est le repos de la passion?...

* * *

Dimanche le 5 mars...

— On vient vous faire une petite piqûre!

L'infirmière tire le rideau; comme il fait beau!

— Vous avez bien dormi?
— Comme une reine!... en supposant, bien sûr, que la Reine ait bien dormi!
— Tendez le bras droit... voilà, c'est fini!

Mon infirmière-vampire repart avec deux fioles de mon beau sang rouge. Je sonne, il va falloir changer mon lit, l'hémorragie n'est pas encore sous contrôle. On m'installe dans le fauteuil avec interdiction formelle de me lever, de toute façon, je ne m'en sens pas la force.

— Venez, on va vous aider...

M'appuyant fortement sur l'épaule d'un jeune infirmier, je retrouve mon lit refait et la fraîcheur des couvertures propres. Je suis bien. Une nouvelle compagne de chambre occupe maintenant le lit voisin, elle dort encore, je lis et médite un peu avant le déjeuner: un jello et un café noir!

Quel jour sommes-nous? Oh! oui, c'est dimanche! C'est dimanche et c'est l'anniversaire de Mélanie; comment ai-je pu l'oublier? Pauvre chouette! Le téléphone sonne, c'est sûrement elle! Je réponds en chantant: «Chère Mélanie, c'est à ton tour...» mais j'entends une fille affolée qui pleure et hurle au bout du fil:

— Maman, maman, c'est affreux, Alexandre va tout casser!

— Ne t'énerves pas, passe-le moi...

Elle appelle son frère:

— Alexandre, maman veut te parler!

Il répond de la cuisine:

— Je veux pas y parler, h'stie!

Elle reprend l'appareil:

— Il veut pas te parler!...

— J'ai entendu!... mais qu'est-ce qui se passe?

— Il m'a lancé une bouteille de shampoing par la tête, y en a partout dans la cuisine, sur le plancher, sur le plafond, sur les murs...

— Vous êtes seuls?

— Dodo vient d'arriver!

— Et Gilbert?

— Il a eu une urgence à la Clinique, je l'ai appelé, il s'en vient.

Alexandre sacre à tue-tête, je l'entends s'engueuler avec Dodo qui tente de le calmer. Une porte s'ouvre, une porte claque...

— Il est parti!... Attends, ne quitte pas, Gilbert arrive...
— Bonjour, bonjour!
— Gilbert!... pauvre toi, tu tombes en pleine corrida!
— C'est fini! T'inquiète pas, je vais manger avec les filles puis nous irons te voir...
— Merci, merci d'être là!
— À tout de suite!

Je referme l'appareil et me mets à trembler. Je me sens molle, je suis à bout de force. J'ai de nouveau souillé mon lit. J'appelle «au secours», j'ai besoin d'aide...

L'infirmière nettoie mes draps avec le sourire de celle que ça ne dérange pas.

— Si seulement je pouvais me lever...
— Le docteur Belmont vous l'interdit!

Je me mets à pleurer, ça déborde, j'éclate. Douce et patiente, l'infirmière s'attarde un peu près de moi; je lui livre le trop plein de mon cœur. Elle m'écoute attentivement:

— Quelle épouvantable sensation d'impuissance! Il faut que mon fils soit aidé, ça ne peut plus continuer comme ça. Je suis en train d'y laisser ma santé!...

Elle va vers le lavabo et me rapporte une serviette imbibée d'eau froide:

— Tenez, lavez-vous la figure, ça va vous faire du bien!

Je me cache la face dans la ratine glacée. Je respire la vapeur froide et retrouve peu à peu ma sérénité.

— Maintenant, Élise, il faut vous reposer, c'est un ordre!

Elle borde mes couvertures solidement puis referme la porte doucement derrière elle. Je me laisse emporter dans un demi-sommeil, je flotte... L'infirmière revient:

— Voilà votre dîner!

— Un bouillon, un jello et du thé... quel régal!

— J'ai une surprise!

Elle retire un napperon de papier dissimulant un minuscule gâteau orné d'une bougie jaune:

— C'est pour l'anniversaire de votre fille...

— Comme c'est gentil!

Et je remets ça, je pleure de plus belle, je suis intarissable. J'ai encore les yeux rougis quand Gilbert fait son entrée suivi de Mélanie, de Dodo puis de Lorraine et d'Antoine qu'ils ont croisés dans l'ascenseur. Lorraine est en beauté!

— Tu sais que papa et maman sont partis pour la Floride avec Estelle, Johanne et Robert?

— Oui, je sais, surtout ne leur apprends pas ce qui m'arrive, maman voudrait revenir avant l'heure, tu la connais...

Nous faisons le pacte du silence, ils ne doivent pas gâcher leurs vacances pour ça.

J'exhibe le gâteau de Mélanie et entonne la chanson d'usage après avoir allumé la bougie. Nous chantons tous en chœur: «Chère Mélanie, c'est à ton tour, de te laisser parler d'Amour...» Elle fait un vœu avant de souffler la chandelle qui arrive déjà presque à son déclin. Armée de fourchettes en plastique et d'assiettes de carton, elle partage son festin avec Dodo. Ma fille a retrouvé son sourire. Elle s'arrête net entre deux bouchées:

— Oh! oui, j'oubliais, Philippe a téléphoné!

— C'est vrai?... quand ça?

— Hier soir, il partait pour New-York et voulait te dire «au revoir» mais il était trop tard pour qu'il t'appelle à l'hôpital... il t'embrasse et te souhaite «bonne chance»!

Cher Philippe, comme son amitié me fait chaud au cœur. Je remarque tout à coup le gros ventre de ma sœur; le bébé commence à prendre beaucoup de place, ça me fait tout drôle:

— Est-ce qu'il bouge?

— Bien sûr, touche...

Je pose délicatement ma main sur le bedon rebondi de ma sœur cadette, le bébé bouge un peu et ce mouvement me rappelle de merveilleux souvenirs qui datent maintenant de quinze ans; mon bébé a quinze ans, déjà! Gilbert nous observe d'un air malin puis, s'adressant à Mélanie et à Dodo:

— Les filles, que diriez-vous d'une invitation au restaurant pour célébrer l'anniversaire de Mélanie?

Je vois leurs figures s'animer rien qu'à l'idée d'une poitrine de poulet croustillante; car, connaissant ma fille, je sais qu'elle finira par entraîner Gilbert dans une rôtisserie. Ce dernier me lance un regard complice:

— J'avais pensé qu'on pourrait peut-être aller manger du poulet?... et que la soirée serait encore plus agréable si Bernard nous accompagnait...

Les yeux de Mélanie s'éclairent, ceux de Dodo interrogent:

— Qui c'est Bernard?

— C'est le fils de Gilbert, tu vas voir s'il est «crotte»!

Bernard, vingt-et-un ans, six pieds deux pouces et beau comme un dieu! Je me rappelle qu'à quinze ans je rêvais pour beaucoup moins; la soirée sera bonne.

Mes invités me quittent en voyant l'infirmière s'amener avec des draps. Je les regarde filer vers la Vie; ce soir, ils feront la fête et Mélanie retrouvera son sourire. La présence de Gilbert à ses côtés me rassure.

Je m'allonge sur mon lit fraîchement refait et profite du silence pour méditer un peu. Je suis calme, mes inquiétudes pour Mélanie se sont apaisées, mais je ne peux m'empêcher de songer à Alexandre; qu'adviendra-t-il d'Alexandre? Je me laisse emporter par mes pensées quand une Parole de délivrance me vient à l'esprit:

«Mon Dieu, je remets mon fils entre vos mains!...»

Je capitule et m'en remets entièrement à une Puissance Supérieure à la mienne. Je n'ai plus la force de lutter; me tracasser au sujet d'Alexandre n'arrange rien et risque même, dans les circonstances, d'aggraver mon état.

On m'apporte mon souper: «re-bouillon», «re-jello» et «re-thé»... mais comme on a déposé le plat contenant le jello sur le bol de soupe, c'est une espèce de jus rouge qui bouge dans mon plat à dessert. Je commence, à mon tour, à entretenir des fantasmes de poulet rôti!

Ce soir, je n'attends personne. Ma compagne de chambre a obtenu la permission de sortir et je pourrai commencer calmement la lecture du livre que Lorraine m'a prêté. Des pas s'approchent de ma chambre, la porte s'entr'ouvre doucement et une figure aimée apparaît...

— Pauline! Comment as-tu su?

— Jacqueline m'a téléphoné! Tiens, c'est pour toi!

Elle me tend quelques fleurs enrubannées de dentelle; son bouquet lui ressemble...

— Alors, Élise, qu'est-ce qui t'arrive?

— Rien, j'ai simplement trouvé un bon moyen de me payer des vacances...

Elle rit en inclinant légèrement la tête, dans un geste qui lui va si bien qu'on croirait qu'elle est la seule à le faire. Chère belle Pauline, se rend-elle compte de l'espoir que son amitié m'apporte? Nous ne nous sommes pas vues depuis Biarritz, voilà au moins un siècle ou deux! Je lui parle de mon travail, de Gilbert, du Château; pourquoi est-ce que j'hésite à lui parler d'Alexandre? Je ne veux plus lui laisser la chance d'ombrager mes instants de bonheur. Ce soir, je désire que ma joie soit complète sans qu'aucune pensée négative ne puisse la ternir.

Assise rien que sur une fesse sur le bord du lit, Pauline écoute attentivement le récit des dernières semaines. Je lui raconte tout pêle-mêle, sautant des bouts, revenant sur d'autres. Je me retrouve dans cette femme aimante; elle se fait miroir, elle se fait conscience. Durant plus d'une heure, elle reste là, à mes côtés, réchauffant ma vie de sa chaleur bienfaisante, comme un rayon de soleil par un après-midi d'automne, puis elle me quitte en laissant derrière elle un doux parfum de Nina Ricci embaumant ma chambre de son odeur délicate.

Je lis: «le cadran solaire ne marque que les heures ensoleillées!...» Je souhaite que les mauvais souvenirs de cette journée s'estompent peu à peu, en laissant toute la place à la Sérénité!

* * *

Lundi le 6 mars...

J'ai passé une bonne nuit. J'ai faim mais ce matin je n'ai pas droit à mon délicieux petit jello mou; c'est écrit sur mon lit: «A JEÛN!». Le docteur Belmont a prescrit un lavement baryté et j'attends patiemment qu'on vienne me chercher.

Un jeune infirmier arrive avec une chaise roulante; on m'y installe. Alors commence une course à obstacle dans les couloirs encombrés de l'hôpital. Mon chauffeur privé me gare dans un coin d'où je peux observer à mon aise les allées et venues des condamnés au baryum. On vient finalement me chercher, c'est mon tour de monter sur la table, une immense table grise et froide. Vêtu d'un long tablier de vinyl noir, portant des gants noirs et un masque, mon bourreau s'approche de moi, descend une énorme caméra sur mon ventre, place un écran devant ma figure et disparaît derrière avant d'éteindre la lumière. Nous sommes dans la noirceur la plus complète. Je me sens étourdie, j'ai mal au cœur...

Mon bourreau injecte lentement le liquide, mon ventre gonfle comme un ballon...

— Pre-nez une GRANDE res-pi-ra-tion! Res-pi-rez! Res-pi-rez!

Il parle avec une voix d'outre-tombe, en séparant les syllabes, d'un ton monotone. J'ai de plus en plus mal au coeur; tout tourne autour de moi, la table bouge, je vacille, mon ventre éclate, je vais mourir!

Je ne suis plus qu'un énorme ballon, incapable de bouger, incapable de m'en aller, je suis à la merci de ce bourreau qui n'arrête pas de répéter comme un robot:

— (bip! bip!) Pre-nez de GRANDES res-pi-ra-tions! Res-pi-rez! (bip! bip!) Res-pi-rez bien!

Je n'en peux plus, je sens que je vais vomir.

— Arrêtez, j'ai mal au cœur!

— (bip! bip!) Vous n'a-vez pas mal au cœur! (bip! bip!) Pre-nez de GRANDES res-pi-ra-tions! (bip! bip!) Res-pirez! Res-pi-rez pro-fon-dé-ment!

— J'AI MAL AU CŒUR!!!

— (bip! bip!) Vous pen-sez que vous a-vez mal au cœur! (bip! bip!) Vous n'a-vez pas mal au cœur! (bip! bip!) Si vous n'y pen-sez pas, vous n'au-rez pas mal au cœur! (bip! bip!) Res-pi-rez! (bip! bip!) Res-pi-rez PRO-FON-DÉ-MENT! (bip! bip!) Pre-nez de GRANDES res-pi-ra-tions!

— J'AI MAL AU...

Une infirmière se précipite à mon secours:

— Arrêtez! Attendez! Elle vomit!

Mais mon bourreau ne voit pas, il n'entend pas, il n'arrête pas. Tandis que l'infirmière me nettoie en tâtonnant dans le noir, mon robot, caché derrière son écran, continue de répéter comme un automate:

— (bip! bip!) Vous n'a-vez pas mal au cœur! (bip! bip!) Res-pi-rez PRO-FON-DÉ-MENT! Pre-nez de GRANDES res-pi-rations! (bip! bip!) C'est TER-MI-NÉ (bip! bip!).

L'infirmière rallume mais «Monsieur bip-bip» est déjà loin. Il ne saura jamais ce qui vient de se passer. Inconscient des dégâts qu'il laisse sur son passage, il traverse d'une salle à l'autre, sans regarder derrière, pour la plus grande gloire de la médecine gastro-entérologique, Amen!

On me soutient pour me ramener à ma chaise roulante. Je retourne à ma chambre, soulagée que ce soit enfin terminé. En passant près d'une autre salle, j'entends mon bourreau-robot qui remet ça:

— (bip! bip!) Res-pi-rez! Res-pi-rez PRO-FON-DÉ-MENT!...

Je souris malgré moi en pensant au patient ou à la patiente actuellement sous l'emprise de «Monsieur bip-bip». Cette scène m'apparaît tout à coup du plus grand ridicule et j'imagine avec plaisir ce qui arriverait si un beau jour *le ridicule tuait!*...

* * *

Mercredi le 8 mars...

Enfin libérée! Quand Gilbert vient me chercher après le bureau, il y a longtemps que mes valises sont prêtes. Je ne suis pas fâchée de quitter l'hôpital. Il résulte de toute cette histoire, à la lumière des différents tests, que mon hémorragie n'était en somme qu'une réaction nerveuse. Je suis au bout de ma corde, mon corps se révolte et réagit: *JE NE SUIS PLUS CAPABLE DE PRENDRE LA COLÈRE!*

Je reviens chez moi affaiblie. Je suis contente de rentrer au Château tout en ayant la désagréable sensation de retourner dans la fournaise. Alexandre a l'air heureux de me voir mais, à peine suis-je arrivée qu'il s'enfuit, sans raison, en claquant la porte. A-t-il réfléchi? A-t-il téléphoné à Pierre B.? Je n'ai pas osé le lui demander.

Je dois me reposer et profiter des quelques jours de congé qui me restent pour récupérer mes forces. Encore quelques semaines et cette fichue campagne de publicité sera terminée. «Que diable allais-je donc faire dans cette galère?»

Gilbert a préparé le souper pour Mélanie et moi. Nous bavardons gaiement tous les trois quand Alexandre revient accompagné d'un copain qui le suit dans sa chambre. Ils écoutent de la musique à tue-tête et quand je lui demande gentiment de bien vouloir baisser le son, je me bute à un refus obstiné et à une porte verrouillée...

Il est plus de minuit et la musique est toujours aussi forte. Je profite de l'instant de silence entre deux disques pour frapper à la porte de la chambre d'Alexandre:

— Voudrais-tu baisser le son du tourne-disque, s'il te plaît?

Je reçois pour réponse quatre grands coups de poing venant de l'autre côté de la porte puis la musique repart de plus belle. Mélanie pleure dans sa chambre parce qu'elle ne peut pas dormir. Je ne sais plus quoi faire; Gilbert hésite à s'en mêler craignant d'envenimer les choses, j'en arrive à souhaiter qu'un voisin impatient appelle la police, ce que je n'ose faire moi-même.

Élise, chère Élise, l'heure est venue de mettre le pied à terre.

Quand le Christ a chassé les voleurs du Temple, il l'a fait à coups de bâton et non en leur demandant de bien vouloir sortir... il faudra faire face sans avoir peur.

Vers deux heures du matin, la musique cesse enfin; j'espère que le fameux copain va déguerpir, mais non, il semble que ce soir nous aurons un invité au Château. Si seulement il ne sentait pas si mauvais! Allons, allons, laissons là ces considérations de bas étage et essayons de dormir un peu. Je me mets au neutre pour la nuit.

* * *

Jeudi le 9 mars...

Quand nous nous réveillons, vers huit heures, Alexandre et son acolyte sont déjà partis en laissant derrière eux une odeur que plusieurs heures d'aération auront du mal à dissiper.

Bien que je sois encore en convalescence, j'irai quelques heures à la Clinique afin d'aider Gilbert à organiser les prochains bureaux.

J'ouvre la porte du vestiaire pour prendre mon manteau: ô! horreur! ô! calamité!, le petit copain d'Alexandre a eu la merveilleuse idée de pendre son parka juste à côté de mon manteau de fourrure; ce joyeux compagnonnage ayant duré plusieurs heures, les poils touffus de ma petite bête se sont imprégnés de cette odeur épouvantable. Il faut le sentir pour le croire! La plus racée des mouffettes en rougirait de honte; se faire damer le pion par un vulgaire petit renard puant, elle en mourrait, la pôvre! Il fait froid, je n'ai pas le choix, il faut que je sorte avec «ça» sur le dos. J'essaie d'y mettre un peu de mon parfum mais au contact il se corrompt; quelle peste! Espérons que le vent glacial de notre hiver québécois redonnera à mon renard ses lettres de noblesse!

Vers onze heures, le directeur de l'école que fréquente Alexandre me rejoint au téléphone et c'est sans surprise que j'apprends que mon fils ne s'est pas présenté en classe depuis plusieurs jours; je n'ai aucune idée de ce qu'il peut faire de ses journées.

— Si votre fils ne revient pas en classe demain matin, je me verrai dans l'obligation de sévir...

— Je lui parlerai dès ce soir, c'est promis. Merci d'avoir appelé...

Voilà qui est plus facile à dire qu'à faire. Je pratique mon entrée en matière en répétant plusieurs fois: «Alexandre, ça ne peut plus durer, il faut que je te parle!...» «Alexandre, j'ai à te parler!...» «Alexandre!» «Alexandre!» «Alexandre!» MERDE!

Je suis en train de préparer le souper quand mon fils s'amène avec l'air innocent de celui qui revient de l'école.

— Alexandre!... Alexandre, viens ici, j'ai à te parler!

Il me rejoint dans la cuisine.

— Que c'est que tu veux?
— Où étais-tu?
— C'est pas de tes affaires!
— Le directeur de l'école m'a téléphoné!
— Je m'en sacre!
— Peut-être, mais moi, je ne m'en sacre pas. Il faut que ça cesse, tu m'entends? Je te donne trois choix: ou bien tu appelles Pierre B. et tu demandes de l'aide, ou bien tu retournes chez ton père, ou bien j'appelle le Service Social et je demande qu'on te place!...

Il me regarde, la bouche crispée, les dents serrées; on dirait qu'il a des fusils à la place des yeux:

— Ton Pierre B. je l'ai dans le cul!... Je l'ai appelé après-midi et puis j'y ai dit de manger de la marde et puis de se mêler de ses maudites affaires...

J'essaie de rester calme mais mon corps se révolte et tremble intérieurement. Alexandre s'avance vers moi en me regardant fixement et me pousse violemment sur l'armoire.

— En tout cas, ma «crisse», tu m'auras pas!
— Alexandre, ça va faire!

Venant du salon, la voix de Gilbert retentit comme un coup de fouet. Alexandre reste figé sur place, il ne s'y attendait pas.

— Toi, t'as rien à me dire, t'es pas mon père, t'es même pas de la famille!

Gilbert nous rejoint. Il s'adresse à Alexandre sur un ton calme, ce qui contraste drôlement avec la verbosité de cet adolescent survolté.

— Alexandre, tu as raison, je ne suis pas ton père, ni ton parent d'ailleurs, mais Élise est la femme que j'aime et je n'accepterai jamais que tu lui parles sur ce ton en ma présence; c'est clair?

Alexandre s'en va dans sa chambre, en ressort avec un sac sur le dos et part en me criant:

— Attends-moi pas, je reviens pas coucher.

Toutes les vitres du Château ont vibré quand il a fermé la porte. Je me sens soulagée. Il ne reviendra pas coucher? J'en suis fort aise; peu m'importe où il passera la nuit pourvu que ce ne soit pas sous mon toit. Il se réfugiera probablement chez son père ou chez son ami François, en leur demandant un gîte pour la nuit.

Il faudra tout de même que je me renseigne auprès du Service Social pour connaître mes recours. Il ne faut jamais faire de menace qu'on n'est pas prêt à mettre à exécution; j'ai été formelle, j'ai dit que j'agirais, j'agirai!

«Mon Dieu, donnez-moi le Courage de changer les choses que je peux...»

* * *

Vendredi le 10 mars...

Gilbert a dormi au Château, craignant de me laisser seule avec Mélanie de peur qu'Alexandre revienne durant la nuit et nous rende la vie difficile. La crise d'hier m'a bouleversée plus que je ne l'aurais cru; je vais profiter de mes derniers jours de convalescence pour me reposer un peu.

Après avoir déjeuné avec Gilbert, je retrouve la chaleur des couvertures et m'y attarde avec plaisir quand je reçois un appel inattendu:

— Madame Lépine?

— C'est moi!

— Je suis Maître Bissonnet, avocat à la Cour du Bien-Être Social, section Aide à la Jeunesse...

Je reste sans voix. Je ne sais plus quoi dire ni quelle attitude prendre. Maître Bissonnet continue:

— Votre fils est venu me consulter et j'aimerais vous rencontrer à mon bureau lundi matin, disons vers onze heures, ça vous va?

— J'y serai!

J'ignore ce qui arrive mais je me sens soulagée en voyant qu'il se passe enfin quelque chose.

J'ose espérer que cette rencontre imprévue nous permettra d'amorcer un dialogue, puisque toute communication semble devenue absolument impossible entre mon fils et moi, qui sait si l'intervention d'un tiers ne mènera pas à une certaine entente, à une sorte de traité de paix, signé en terrain neutre?

Je rejoins Gilbert à la Clinique comme il est trop occupé pour que je lui raconte ce qui vient de se passer; je l'invite à souper...

— D'accord, mais à une condition: je prépare le repas et tu te reposes...

— Promis!

Je m'allonge sur le grabat de mon salon-chambre et me propose de lire quand Alexandre revient en trombe avec deux amis; ils s'enferment tous les trois dans sa chambre. C'est la guerre froide.

Je lis sans lire depuis un bon moment lorsque j'entends le rire familier de Gilbert qui vient de rencontrer Mélanie sur le pas de la porte.

— Bonjour! bonjour!

Il me rejoint sur le grabat tandis que Mélanie fait un détour pour voir ce qui se cache dans le réfrigérateur. Je viens à peine de commencer le récit du téléphone de Maître Bissonnet quand la porte de la chambre s'ouvre; Alexandre s'approche, l'air agressif:

— J'ai consulté un avocat!

— Je sais!

— Il va te téléphoner!...

— C'est déjà fait, je le rencontre lundi!

— Je te dis que tu vas te faire ramasser, ma vieille, c'est le meilleur avocat en ville, à ce qui paraît, il n'a jamais perdu une cause...

— C'est impressionnant!

— En tout cas, je t'avertis, je m'en vais puis c'est pas toi qui va m'en empêcher!

— Je n'en ai nullement l'intention; je t'ai donné trois choix, TU ES LIBRE!

Alexandre s'agite, marche de long en large, se frotte les mains, s'asseoit, se relève, se rasseoit. Ses deux amis le regardent sans dire un mot; ils ne sont là, semble-t-il, qu'à titre de «témoins». La tension monte. Mélanie ne bouge pas, Gilbert n'ose pas sortir et moi, je m'efforce de garder mon calme bien que je me sente très fébrile. Soudain, Alexandre me regarde furieusement en me criant:

— Arrête donc de crâner et puis dis-le donc que tu m'aimes!

Sa phrase me coupe le souffle. J'hésite un instant sentant fort bien que ma réponse doit refléter exactement le fond de ma pensée; dire «je t'aime, reste, ne t'en vas pas», ça serait trop facile et ça ne règlerait rien.

«Mon Dieu, s'il vous plaît, aidez-moi à trouver mes mots...»

Je le regarde à mon tour, droit dans les yeux puis, tendrement, doucement, je lui dis:

— Alexandre, JE T'AIME, je te le dis et te le répète devant ta sœur, devant Gilbert et devant tes amis, JE

T'AIME... je t'aime assez pour te laisser vivre les conséquences de tes actes; un jour tu comprendras qu'il fallait que je t'aime beaucoup...

Sans ajouter un mot, Alexandre se lève, prend son manteau et sort suivi de près par ses deux acolytes. Je suis vidée. Je ne me débats plus, je laisse la Vie me reprendre. J'ai la conviction d'avoir dit exactement ce qu'il fallait dire; il n'était pas question de pleurer ou de le supplier de rester, ce genre de situation a des limites. Je suis partie de Versailles pour fuir la violence et n'ai pas l'intention de la subir sur un autre plan.

J'appréhende toutefois l'entrevue de lundi; ce genre de rencontre me prend au ventre et comme je ne suis pas encore tout à fait remise de mes malaises, je crains la récidive.

«Mon Dieu, donnez-moi la santé et la force... je remets mon fils entre vos mains!...»

Élise, chère Élise, tu as déjà remis ton fils entre Ses mains; crois-tu donc qu'Il n'a pas de mémoire?... Il est Santé, Il est Amour, Il est Vie! Dors bien, Il veille.

* * *

Dimanche le 12 mars...

Une oasis dans le désert! Nous fêtons l'anniversaire de Marie-Claude et, pour bien souligner l'évènement, Gilbert a voulu que sa mère et moi partagions sa joie. Il voulait que ma première rencontre avec sa fille aînée se fasse simplement autour d'un bon repas dans une ambiance intime et chaleureuse. Le restaurant qu'il a choisi est romantique à souhait. Marie-Claude et son mari nous y attendaient déjà depuis un bon quart d'heure. Amhed se lève et vient à notre rencontre; il est plus grand et plus mince que je ne l'imaginais. Son teint doré, sa barbe noire encadrant délicatement son visage lui donnent un air racé; on dirait un Roi Mage!

Marie-Claude attend que je m'approche, elle me tend la main et s'avance spontanément pour m'embrasser, puis elle regarde son père d'un air amusé, Gilbert est heureux entouré de ses femmes, il ne manque qu'Anabelle, la cadette, pour que le harem soit complet. Madame Gauthier retient mal un petit sourire au coin des lèvres qui en dit long sur sa tendresse pour son fils.

Marie-Claude et Amhed, assis en face de moi, se taquinent à savoir lequel des deux aura la dernière bouchée. Ils ont goûté à tous les plats, commentant chaque saveur, chaque fumet, leur joyeuse gourmandise réjouit tout le monde. J'observe Marie-Claude et constate qu'elle ressemble étrangement à Mélanie; ce n'est pas une question de traits, c'est plutôt une question d'attitude, d'allure. Elle est très belle, sans fard et sans artifices, je lui envie ses longs cheveux noirs qui descendent jusqu'au bas du dos.

La lueur de la bougie donne des reflets d'ambre au teint d'Amhed, faisant briller ses yeux de braise; il est beau à faire rêver! Je comprends Marie-Claude de s'être laissée prendre à son charme exotique. Je suis étonnée de constater jusqu'à quel point ces deux jeunes tourtereaux s'expriment librement sur leur façon d'envisager la vie. Ils se sont connus voilà quatre ans, ont partagé le même appartement jusqu'à leur récent mariage et attendent qu'Amhed ait terminé ses études d'ingénieur minier pour aller s'installer dans son pays.

— Ça ne te fait pas peur, Marie-Claude?

— Oh! non, Élise, je savais à quoi je m'engageais quand j'ai épousé Amhed!

— Mais, c'est un grand saut dans l'inconnu!

— Je sais, mais ça ne me fait pas peur!

Elle dit ça avec une telle conviction que je la crois sans peine. Il faut, beaucoup de courage et de conviction pour vivre une relation profonde en étant de races et de cultures aussi différentes. C'est le genre de défi que seul un amour solide peut permettre de surmonter...

— Que ça sent bon!

Madame Gauthier s'exclame en voyant le serveur flamber des crêpes Suzette sous nos yeux. Gilbert est l'heureux fils d'une «vieille femme indigne», dernière de la lignée des «vraies savoureuses»; à quatre-vingts ans, elle en paraît dix de moins et s'étonne encore de n'avoir plus vingt ans. Par quel secret a-t-elle conservé cette capacité d'émerveillement?

Y aura-t-il encore, parmi nous, de ces femmes exemplaires, de celles qui en ont trop vu pour s'énerver et qui ont compris que rien n'est important si ce n'est *l'instant présent*, qu'on vit, qu'on savoure et qui passe? En reste-t-il beaucoup qui «amourent» la vie? Je l'espère, en tous cas, pour les autres et pour moi!

Quand Gilbert me laisse au Château, je constate avec étonnement que je n'ai pas pensé à Alexandre de toute la soirée. J'ai apprécié cette première rencontre avec Marie-Claude et Amhed et me suis grisée de la présence de madame Gauthier sans me laisser perturber par mes problèmes. J'ai vécu l'instant présent et me suis donné la permission d'être heureuse.

Élise, chère Élise, le cadran solaire ne marque que les heures ensoleillées...

* * *

Lundi le 13 mars...

Mon rendez-vous chez l'avocat m'énerve un peu et Gilbert a préféré m'accompagner; je ne suis pas encore très forte, toutes ces démarches me fatiguent énormément.

Nous arrivons un peu plus tôt que prévu. Maître Bissonnet nous reçoit immédiatement. Je lui donne ma version des faits, c'est la seule que je connaisse, en essayant de mettre en lumière les difficultés de communication entre mon fils et moi. Tout en m'écoutant très attentivement, Maître Bissonnet se frappe régulièrement le front avec la paume de sa main...

— Je vois, je vois!... Madame, dans les circonstances, seriez-vous prête à reprendre votre fils à la maison?

— Mais, je ne l'ai jamais mis à la porte! Je lui ai simplement dit qu'il n'était plus question qu'il nous ostracise continuellement, sa sœur et moi. Il a vécu, comme nous, une période extrêmement difficile mais il semble qu'il aura du mal à s'en sortir sans aide. Or, il refuse obstinément d'être aidé et je refuse d'être ostracisée!...

— Je suis tout à fait d'accord avec vous, votre fils a besoin d'aide; d'ailleurs, je comptais demander au Juge une évaluation psychologique du comportement d'Alexandre, avec votre permission, bien entendu!

— Nous sommes d'accord!

— Alors, si vous acceptez, je vais le faire venir et nous allons voir ce qu'il va décider.

Il sort et revient immédiatement suivi d'Alexandre; un Alexandre au regard dur, à la mâchoire serrée, pâle, amaigri, les yeux cernés jusqu'au milieu des joues. Maître Bissonnet l'invite à s'asseoir près de lui:

— Donc, Alexandre, si j'ai bien compris, tu maintiens ta décision de t'en aller en institution?

— C'est ça!...

— Bon!... J'en ai parlé avec ta mère et, si c'est vraiment ce que tu souhaites, elle n'y voit pas d'inconvénient...

Alexandre me regarde, je tente un léger sourire, il détourne la tête. Maître Bissonnet se lève et se dirige vers la porte:

— Maintenant, si vous voulez bien me suivre, nous allons passer immédiatement devant le Juge...

— Le Juge?... si vite?

— Votre fils n'est pas encore majeur et, comme il y a des formalités à remplir, c'est vous qui devrez signer les papiers!

Je suis estomaquée. Je réalise que, d'après la Loi, c'est moi qui avoue mon impuissance à élever mon fils et demande à la Vénérée Cour de le prendre en charge; c'est aberrant! du guignol! du grand guignol! Je veux absolument voir où cette comédie va nous mener. Comme je suis bien décidée à jouer le jeu d'Alexandre jusqu'au bout, je signe.

Maître Bissonnet amène Alexandre. Gilbert me prend par l'épaule puis nous sortons ensemble.

Nous attendons dans l'antichambre de la Vénérée Cour. Un fonctionnaire, vêtu d'un complet classique pour faire sérieux et de souliers «Pepsi» pour faire jeune, arpente le corridor en faisant le guet devant la porte. Gilbert et moi, assis dans un coin, observons Alexandre qui, debout de l'autre côté de la salle, s'entretient avec «son» avocat. Quelle situation absurde! On nous appelle enfin:

— Lépine versus Lépine!

Monsieur «Pepsi» nous indique le chemin à suivre, le «bon» chemin, bien entendu! Nous entrons dans la salle d'audience; une pièce intime, aménagée avec recherche mais conservant tout le côté *officiel et constipant* de la Justice humaine. Sur un podium de Juge, il y a un pupitre de Juge, une chaise de Juge et un monsieur très digne avec une tête de Juge. À sa droite, une sténographe «officielle» est assise dans une boîte tout aussi officielle qu'elle et à sa gauche, dans sa «boîte à Maître» l'avocat, *qui n'a encore jamais perdu une cause*, tourne en rond comme un ours en cage avant la représentation du cirque. Au fond de la salle, une Travailleuse Sociale travaille socialement à se «faire une idée d'ensemble» du problème tandis que Gilbert, seul dans la «boîte aux curieux» tente de m'encourager par son sourire. Nous sommes confiants, Maître Bissonnet nous a parlé on ne peut plus sensément, nous laissant croire qu'il a très bien compris le cas d'Alexandre; tout devrait donc se terminer pour le mieux.

Étant devenue, malgré moi «la demanderesse» je me retrouve assise à côté d'Alexandre, face au Vénéré Juge qui me prie de lui expliquer en quelques mots, et très clairement, ce qui m'a amenée à venir implorer la Vénérée Cour de bien vouloir prendre mon fils en charge et comment j'en suis arrivée là. Voilà tout un programme pour une femme qui ne savait pas, ce matin même, que la vie la conduirait là.

Je me sens un peu prise de court. Pour bien expliquer, il faut remonter dans le temps, parler de Gabriel, de mon départ de Versailles, de Biarritz, bref, remuer beaucoup de souvenirs qui, racontés sans détails risquent de fausser le portrait. Je suis terriblement nerveuse, les mots se bousculent, je tremble. J'évite de trop accabler Alexandre; c'est un adolescent qui se cherche, qui a mal, et je ne vois pas la nécessité de l'écraser sous le poids des accusations. Au contraire, je voudrais tellement l'aider...

Vient maintenant le tour d'Alexandre; à l'entendre, je le gifle et je le bats; il ramène même l'histoire de la cuillère de bois sans mentionner, bien sûr, que je l'ai remise dans le tiroir sans le toucher. Il donne l'image d'un pauvre petit garçon à la merci de sa mère et de sa sœur. Je le regarde, je l'écoute et n'en reviens pas; il a vraiment l'air de vouloir à tout prix être placé sous la tutelle de la Cour. C'est que son fameux copain lui a parlé de la façon extraordinaire dont lui-même s'en était tiré en passant par là: ne plus travailler, se trouver un petit appartement pas cher et recevoir un chèque de «Bien Être» tous les mois; la belle vie, quoi!

Qui pourrait blâmer Alexandre de l'avoir écouté, de l'avoir cru? Son mirage était tellement beau! Seulement, voilà, son copain a dix-huit ans, il est «majeur» et n'a personne au monde pour s'occuper de lui; ça change drôlement le portrait.

Le Vénéré Juge, après nous avoir écouté d'un air affligé et peiné, s'apprête maintenant à prononcer Son Jugement. Il parle lentement, d'une voix paternaliste et condescendante:

— Mon garçon, je te félicite. Il est rare, en effet, qu'on voit un jeune de ton âge s'adresser à la Cour pour demander d'être aidé; il faut beaucoup de courage pour faire ce que tu as fait. Il est évident qu'actuellement *ta mère n'est pas dans son état normal!* Nous allons donc te prendre sous Notre Protection pour quelque temps. Tu iras dans un Centre d'Accueil pour les trois prochaines semaines; après quoi, vous reviendrez me voir, ta mère et toi afin que Nous décidions ce que Nous allons faire à plus long terme!...

Puis, s'adressant à la Travailleuse Sociale:

— Madame, je vous confie ce jeune homme; voyez à lui trouver un gîte aujourd'hui même!

L'avocat qui *n'a encore jamais perdu une cause*, se lève et tente une timide intervention:

— Votre Honneur, puis-je me permettre de suggérer une évaluation psychologique de ce jeune homme?

Le Vénéré Juge le regarde d'un air hautain et lui répond sèchement:

— Je n'en vois pas la nécessité!

Son Honneur sort! Le tour est joué. Le Grand et Vénéré Juge a jugé: *«crise d'adolescence classique»!* «Nous te protégerons mon petit garçon, viens pleurer sur la 'tite n'épaule de ton Bon Papa Juge; pôvre 'tit garçon que sa môman comprend pas! Va voir la Bonne Madame qui va te trouver une belle 'tite place dans une Bonne Institution où tu pourras coucher ce soir!...»

Ta mère n'est pas dans son état normal! Et comment que je ne suis pas dans mon état normal, je voudrais l'écrabouiller! C'est incroyable! C'est moi qu'on juge et qu'on évalue et ce, en quelques minutes; quelle farce! La Grande Sagesse a parlé, le Jugement de Salomon a été rendu et Son Honneur s'est retiré. L'avocat, qui *n'a jamais perdu une cause*, me regarde avec l'air impuissant de celui qui vient de perdre la première; il me fait pitié, il ne comprend rien à la séance dans laquelle il vient de jouer.

Alexandre suit docilement la Travailleuse Sociale. Je n'ai pas envie de le retenir. Je ne peux plus permettre à sa petite personne de m'envahir au point d'en être complètement démolie; je n'accepterai plus jamais que quiconque projette sur moi sa haine et son ressentiment.

En descendant, nous rencontrons Alexandre dans l'escalier. Gilbert offre d'aller le reconduire à sa nouvelle demeure:

— C'est sur notre chemin!

— Non, laisse faire, c'est correct, quelqu'un m'attend; merci pareil!

— Comme tu voudras!

— Je vais aller chercher mes affaires à la maison vers six heures... Salut!

— Salut!

En sortant, nous apercevons le fidèle compère-compagnon d'Alexandre, faisant les cent pas sur le trottoir. Ce «quelqu'un» qui l'attend a l'allure d'un enfant balotté par la vie.

J'incite Gilbert à démarrer avant qu'Alexandre ne sorte. Je ne veux pas revoir mon fils tout de suite, je ne m'en sens pas le courage. Il me laisse au Château et retourne à la Clinique.

Mélanie ne sait rien encore de ce que nous venons de vivre. À son grand étonnement, je lui raconte notre rencontre avec l'avocat, le simulacre de procès et le verdict du Vénéré Juge.

— Voyons donc, maman, tu sais bien qu'Alexandre va revenir!
— Non, je ne crois pas, mais pour l'instant ça m'est égal; l'important, vois-tu, c'est qu'il chemine, peu importe la route qu'il emprunte. J'ai confiance. Et puis, tu sais... la jument...

Elle sourit. Nous faisons du thé, comme au temps de Biarritz. La vie lui aura au moins appris à ne plus avoir peur. Alexandre passera trois semaines dans un Centre d'Accueil? La belle affaire! Il n'y a pas de quoi en faire un drame, il n'en mourra pas.

Mon Dieu, donnez-moi le sens des proportions qui me permettra de faire la différence entre un «incident» et un «désastre»...

Tel qu'annoncé, Alexandre s'amène à six heures, accompagné d'un autre pensionnaire du centre d'accueil. Il me dit un «bonjour» discret et file directement dans sa chambre où il ramasse quelques objets personnels qu'il entasse dans un sac-à-dos, empile du linge dans une petite valise puis repart comme il est venu. Au moment de sortir, il hésite un instant avant de me dire:

— Je reviendrai chercher mes autres affaires plus tard...

Il quitte le Château tranquillement, sans claquer la porte.

Gilbert m'a donné rendez-vous à sept heures au restaurant «Péché Véniel», situé rue Saint-Denis. En voyant Mélanie bouleversée par le départ précipité de son frère, j'hésite à la laisser seule et l'invite à se joindre à nous.

Gilbert s'est installé tout près du foyer. Nous soupons tous les trois en évitant soigneusement de parler d'Alexandre si ce n'est pour mentionner certains faits en les ramenant à leur juste proportion. Le repas s'éternise et la chaleur de la bûche qui flambe dans l'âtre a tôt fait de nous jeter du sable dans les yeux. Je n'ai pas envie de me retrouver toute seule sur mon grabat; j'invite donc Gilbert à le partager. Je ne me sens pas triste, je me sens *neutre*.

Allongés l'un près de l'autre, nous sirotons un dernier café en essayant de faire l'autopsie de cette journée épuisante; j'ai tout passé au peigne fin, tout ressassé mille et mille fois dans ma tête, je suis épuisée.

Gilbert a du mal à garder les yeux ouverts. Je vais me rabattre sur un livre pour calmer mon insomnie:

— Ça ne t'ennuie pas que je lise un peu?
— Pas du tout!

Je prends mon livre de chevet, l'ouvre à tout hasard et le referme aussitôt. Gilbert s'étonne:

— Tu ne lis pas?
— J'ai lu!

Du premier coup, mes yeux sont tombés sur cette phrase écrite en caractères gras: DÉLIEZ-LE ET LAISSEZ-LE ALLER!

J'éteins la lumière et me glisse contre Gilbert; ce soir, je n'ai envie de rien d'autre que d'être là. En cet instant, du plus profond de moi, je délie mon fils et le laisse aller, confiante qu'il porte en lui une Force et une Puissance capable de le diriger vers la Lumière...

* * *

Vendredi le 24 mars...

Ce soir, je reprends le collier au Comité de Publicité après plus de trois semaines d'absence. Il est grand temps que ce travail finisse; j'ai perdu mon enthousiasme de la première heure. Je suis sans doute trop bouleversée, trop perturbée par le départ d'Alexandre. J'en ai assez de placer des centaines d'appels tous les soirs pour une bande d'étudiants trop affairés à compiler les résultats de leurs sondages pour se rendre compte qu'ils abusent parfois de mes services... En entendant mes jérémiades, Gilbert éclate de rire:

— Mais, je ne t'ai jamais vue aussi négative; qu'est-ce qui t'arrive?

— Je ne sais pas. La fatigue, sans doute. Avoue que j'ai eu mon quota ces derniers temps. Je m'ennuie de moi, je m'ennuie d'Élise, la savoureuse, qui prenait le temps de vivre. Je n'ai plus une minute à moi et je rêve du jour où je pourrai enfin m'occuper de mes affaires!... Tu comprends?

— Bien sûr! Écoute, je propose que nous allions dans les magasins avec Mélanie et Dodo et que nous profitions de cette belle journée qui commence pour nous remettre en piste.

— Tu as raison, nous allons savourer ce Vendredi saint ensoleillé et nous enivrer de cette fièvre de Pâques qui, chaque année, nous annonce le printemps.

Devant les vitrines décorées de fleurs, de lapins en chocolat, je retrouve mon âme de petite fille et me laisse facilement prendre à mon jeu. J'ouvre mon cœur à la saison nouvelle; j'achète une tonne de jonquilles pour fleurir mon Château. Gilbert me prend par l'épaule et me serre affectueusement contre lui.

— Je t'aime!

— Moi aussi!

Je suis comblée, aimée, heureuse et amoureuse. Cette balade me regénère, me redonne envie de prendre la rame et de ramener mon bateau à la rive. J'ai retrouvé mon sourire.

— Tu sais, dans le fond, mon travail ne me déplaît pas tant que ça; c'est juste le premier coup de barre qui est difficile à donner, ensuite, ça va tout seul!

Après avoir cassé la croûte dans un petit restaurant voisin du Comité, Gilbert repart avec les filles.

— Je reviendrai te chercher à onze heures!

— Tu es gentil!

Les étudiants se sont cotisés pour m'offrir des fleurs avec une carte qu'ils ont tous signée. Ce geste me touche et déjà le travail me paraît moins difficile à porter.

* * *

Samedi le 25 mars...

Le Comité est fermé jusqu'à mardi; je suis en vacances. Pour la première fois, depuis notre arrivée au Château, je me retrouve complètement seule. Gilbert est de garde à la Clinique jusqu'à minuit et Mélanie passe l'après-midi chez Dodo. À moi la belle vie!

La «ménagite» aiguë me prend; j'ai le goût de frotter, d'astiquer, de décorer!... Et si je nous préparais un petit réveillon? On peut tout aussi bien réveillonner à Pâques; pourquoi pas?... Je sors acheter une dinde que je ferai cuire lentement tout en jouant à la parfaite ménagère.

Quand Mélanie revient, vers six heures, elle décide de faire un dessert spécial; ce souper-surprise que nous ne prendrons qu'à la toute fin de la soirée, l'amuse et la motive. Elle brasse un délicieux gâteau aux bananes et au chocolat dont elle seule a le secret.

— Vas-tu m'aider pour le glaçage?

— Je vais t'apprendre; aujourd'hui, j'ai le temps...

Elle termine son chef-d'œuvre puis s'affaire à ranger sa chambre; ma «ménagite» serait-elle contagieuse?... Vers neuf heures, brisée de fatigue, je la retrouve étendue à plat ventre sur son lit, profondément endormie. Je tire la porte de sa chambre et me réfugie dans la salle de bain où je goûterai les délices parfumés d'un bain de mousse. Pour mieux apprécier ces instants de volupté, j'ai allumé quelques bougies et ouvert la radio: musique langoureuse pour les amoureux de la nuit... j'en profite!

Je m'enroule dans mon peignoir de ratine, me verse une tasse de thé bouillant et m'applique ensuite à me faire belle... Il y a longtemps que je ne me suis pas sentie aussi bien, aussi libre. J'ai fait de ma journée tout ce dont j'avais envie, rien d'autre. Il ne me reste plus qu'à attendre en lisant le retour de Gilbert, qui sera là dans moins d'une heure.

— Bonsoir! bonsoir!

Le bruit de la clé dans la serrure me réveille; je me lève précipitamment mais retombe aussitôt sur le grabat;

engourdie, courbatue, je reviens d'un long sommeil; des millions d'aiguilles alourdissent mes jambes et mes bras.

— Excuse-moi, ma chouette, je ne voulais pas te déranger...

— Je t'attendais, je ne dormais pas... enfin, oui, un peu; je crois même que j'ai rêvé...

Il rit de me voir aussi confuse. Il s'asseoit près de moi, je l'attire et le serre dans mes bras. Allongés l'un contre l'autre, nous prolongeons notre étreinte; le repas peut attendre!...

— Peux-tu me dire ce qui sent si bon?

— De la dinde, mon cher, j'ai préparé un réveillon!

— Un réveillon?... Pourquoi?

— Parce que j'en avais envie!... J'ai promis de réveiller Mélanie!

J'entre dans la chambre sans faire de bruit. Mélanie dort comme une enfant. Elle sent ma présence et ouvre les yeux:

— C'est l'heure?

— Oui, tout est prêt!

— Donne-moi encore cinq minutes!

— Aimerais-tu mieux rester couchée?

— Un réveillon, c'est un réveillon!

— Tu as raison!

— J'arrive!

Je sors les assiettes et Gilbert les porte sur la table dressée bellement pour la circonstance. Mes jonquilles trônent fièrement au milieu de la vaisselle des grandes occasions qui, chez nous, ressemble à s'y méprendre à notre vaisselle ordinaire.

Mélanie nous rejoint, encore molle de sommeil. Ce souper nocturne prend des airs de festin. Nous nous retrouvons tous les trois seuls après la tempête; bénissant ce bon temps, ce temps de réjouissances.

* * *

Dimanche le 26 mars...

C'est un jour de Pâques pas comme les autres; notre réveillon s'étant terminé tard dans la nuit, nous avons dormi jusqu'à midi puis Gilbert est retourné à la Clinique pour le restant de l'après-midi. Mélanie dort encore, elle reprend le sommeil perdu des derniers jours. Je vais profiter de cette journée de répit pour mettre un peu d'ordre dans mes affaires; j'ai des comptes qui traînent, comme dirait Gilbert: «Je vais faire des heureux!»

Je suis toute absorbée par mes calculs quand Alexandre arrive avec un copain, sans aucun doute un autre pensionnaire du Centre d'Accueil. Je n'ai eu aucune nouvelle de lui depuis son départ et n'ai pas tenté d'en avoir non plus.

— Je m'en viens chercher le reste de mes affaires!
— Entre! vas-y!

Il fait signe à son ami de le suivre dans sa chambre, tandis que je continue mon ouvrage sans plus m'en occuper. Il a verrouillé la porte de l'intérieur. Je l'entends bardasser, parler fort et sacrer; je ne serais pas du tout étonnée qu'il nous fasse une crise. Il vire les tiroirs à l'envers, mettant tout à sac et fracassant certains objets contre le mur. Je ne bouge pas. Je le laisse faire. Il sort subitement de sa chambre, les bras chargés de choses appartenant à sa sœur qu'il jette en vrac dans la chambre de cette dernière. Mélanie réveillée par l'impact, se met à pleurer et à crier:

— Laisse-moi tranquille! Va-t'en! Va-t'en!

Je retrouve l'atmosphère des beaux jours! Je n'ai même pas le goût d'intervenir. Je me lève et ferme la porte de la chambre de Mélanie en suggérant fortement à Alexandre de se dépêcher. Je m'étonne moi-même de me sentir aussi calme. Je n'ai plus qu'un seul désir: qu'Alexandre déguerpisse.

Il part enfin, mais en laissant sa chambre dans un état indescriptible. Je respire lentement pour calmer ma colère puis je referme la porte doucement enfermant son désordre jusqu'à ce que je me sente le courage de ranger la pièce.

* * *

Lundi le 27 mars...

Je rêvais depuis longtemps de ce merveilleux matin de semaine où je n'aurais pas à me lever au son du réveil. Toute une longue journée, sans Clinique et sans Comité. Flâner sans me presser, avoir enfin du temps à consacrer à mes plantes, à mon Château... Quel bonheur!

Je comptais évidemment sans le soudain élan paternel de Gabriel qui, bouleversé par le téléphone d'Alexandre lui annonçant *que j'avais demandé qu'on le place en Institution*, décide de rappliquer et d'exiger des comptes.

— Écoute, Gabriel, je préférerais te rencontrer afin que nous puissions discuter tranquillement...

Je refuse de lui donner ma version des choses au téléphone; je me méfie et j'hésite à me laisser aller aux confidences, de peur que ça ne se retourne un jour ou l'autre contre moi. Je me souviens trop bien de toutes ces conversations inutiles et épuisantes, ne menant nulle part et se terminant la plupart du temps par une séance de «claquage de ligne».

— Je regrette, Mon Chérie, mais il n'est absolument pas question que je me déplace uniquement pour satisfaire tes caprices...

— Alors, je n'ai rien à te dire!

— Tu aurais au moins pu me prévenir!

— Je n'en ai pas vu la nécessité sachant très bien que notre fils s'en chargerait.

— Mais, je suis Son Père!

— Je le sais!

— Alors, explique-toi...

— Gabriel, je te l'ai dit et te le répète: «je n'ai pas l'intention de discuter de cette affaire au téléphone» Est-ce assez clair?

— Et si moi, j'avais envie que tu en parles?

— Je n'en parlerais pas, même si tu devais rester au bout du fil pendant cent ans!

Il a raccroché, encore une fois; il finit toujours par raccrocher, pour me rappeler l'instant d'après en espérant m'avoir fait peur. Je n'ai pas vu Gabriel depuis plusieurs mois et je commençais à chérir ce silence. Je pousse un grand soupir pour expulser de moi le souvenir même de cet appel.

Élise, chère Élise, tu ne vas pas laisser cet incident perturber toute ta journée?

Bien sûr que non! Pourtant, je ne peux m'empêcher de penser que dans quelques temps, je devrai me retrouver en Cour, face à face avec Gabriel. Son téléphone vient de me rappeler que le divorce approche: J'ai peur!

«Mon Dieu, la peur n'existe pas dans l'Univers, elle n'est qu'en moi; je te donne ma peur afin que tu la transformes en Force...»

Je suis encore assise sur mon grabat, perdue dans mes pensées, quand je reçois un appel de Maître François

T. m'annonçant que la date du divorce a été fixée au 19 avril prochain. Je comprends maintenant un peu mieux l'intervention de Gabriel qui devait sans doute avoir reçu la même nouvelle.

Gabriel a toujours eu tendance à mêler les cartes. Or, ce qui se passe actuellement dans la vie d'Alexandre, doit rester dans la vie d'Alexandre. Notre divorce, c'est autre chose, ça se classe dans une autre colonne.

J'ai beau me répéter que c'est moi qui l'ai voulu, que j'ai posé le geste et qu'il est temps maintenant d'aller jusqu'au bout, n'empêche que ça me fait encore tout drôle de penser que bientôt, très bientôt même, je serai divorcée. «Divorcée» ce mot qui me faisait frémir, ce mot que j'osais à peine prononcer...

Gilbert arrête quelques minutes au Château et me retrouve en larmes. La coupe déborde.

— Ne te dérange pas, je vais faire du café!

Il disparaît dans la cuisine. Heureusement qu'il me connaît assez pour savoir que mes «déprimes» ne sont que passagères. J'ai suffisamment apprivoisé ma solitude pour ne plus en avoir peur; quant à ma sécurité, elle repose de plus en plus sur mes épaules et je me sens maintenant assez forte pour m'assumer.

— Tu veux du sucre?
— Non, merci!...

Gilbert dépose la cafetière sur la table et me rejoint sur le grabat... Il me tend son mouchoir en riant.

— Tu vois comme je suis, Gilbert, je m'inquiète présentement pour des *idées de faits* et non pas pour des faits. Qu'y a-t-il de changé depuis que j'ai reçu le téléphone de Maître François T.? Rien, absolument rien, si ce n'est que je connais la date exacte de mon divorce. Par contre, si je m'arrête à savourer l'instant présent, je me rends compte qu'il fait beau, que je suis en agréable compagnie, en train de siroter un excellent café... «y a rien là!» comme dirait Mélanie.

Je joue à Don Quichotte et me bats contre des moulins à vent. Mon anxiété est telle qu'elle fausse mon optique, m'empêchant de voir les choses comme elles sont; or, mon anxiété n'existe pas dans l'Univers, pas plus que ma peur, elles ne sont qu'en moi... qu'en moi! Je suis donc libre d'en faire ce que je veux et même de m'en libérer... quelle chance!

* * *

Jeudi le 13 avril...

Gabriel n'a pas rappliqué et nous voilà rendus à notre deuxième visite à la Cour du Bien-Être Social. La convocation est pour neuf heures. Gilbert m'accompagne; nous précédons l'arrivée d'Alexandre qui ne tarde pas à nous rejoindre en compagnie d'une jeune femme âgée d'environ vingt-cinq ans qu'il s'empresse de nous présenter:

— Micheline Alarie, psychologue au Centre d'Accueil...

Je suis heureuse de constater que quelqu'un s'occupe enfin de lui. Après les politesses d'usage, Alexandre se retire dans un coin avec la jeune femme qui lui parle discrètement à l'oreille. Ils ont l'air de bien s'entendre; tant mieux pour Alexandre.

Le fonctionnaire aux souliers «Pepsi» lit «officiellement» son journal en guettant le son de la cloche qui lui indiquera que son travail commence. Au premier coup de sonnette, il se lève et, toujours aussi «officiellement» nous invite à pénétrer dans l'Enceinte Sacrée.

Mise en scène identique. Je me retrouve, encore une fois, assise à côté d'Alexandre attendant que la Vénéré Juge daigne nous imposer un Jugement à plus long terme. Il s'adresse d'abord à moi, en me toisant d'un air hautain:

— Madame, êtes-vous prête à reprendre votre fils chez vous?

La question est directe, imprévue et demande réflexion. Je prends le temps de ramasser mes idées et lui réponds en le regardant droit dans les yeux:

— Votre honneur, le retour d'Alexandre, chez nous, ne peut se faire qu'à la condition qu'il soit prêt à se conformer aux exigences qu'il connaît et à respecter notre mode de vie...

Le Vénéré Juge se penche sur son pupitre de Juge et s'adresse très paternellement à Alexandre qui s'obstine à fixer le bout de sa chaussure:

— Et toi, mon garçon, es-tu d'accord pour retourner chez ta mère dans ces conditions?

Sans lever les yeux, Alexandre répond sans hésitation:

— NON!

— Tu sais que le Centre d'Accueil où tu te trouves présentement doit fermer ses portes prochainement et qu'on devra te trouver un autre foyer?

— Je le sais.

— Tu devras donc déménager dans un autre Foyer d'ici la fin de la semaine; es-tu bien sûr que c'est ce que tu souhaites?

— OUI!

— Bon!... Alors, Madame la Travailleuse Sociale, si vous voulez bien trouver un autre gîte à ce jeune homme, le plus rapidement possible; pour ma part, je vous reverrai ici, dans trois semaines... C'est terminé!

Le Vénéré Juge se retire puis nous sortons tous ensemble. Toute cette séance n'aura duré que quelques minutes. La Travailleuse Sociale me rejoint:

— Pardon, madame, puis-je vous voir un instant?
— Certainement!

Elle m'entraîne dans une petite salle retirée. Que peut-elle bien me vouloir? Il me semble que la décision du Juge était assez claire.

— Je voulais vous demander s'il vous serait possible de donner un peu d'argent de poche à votre fils; le Bien-Être Social se charge de défrayer les coûts de logement et de nourriture mais ne s'occupe pas des «petites dépenses» et, vous comprenez, à son âge...

J'hésite à lui répondre. Après tout, je ne suis pour rien dans la décision du Juge et ne me sens aucunement coupable ce qui arrive à mon fils actuellement. Il a voulu se foutre dans un pétrin, qu'il y reste...

Élise, chère Élise, tu sais bien qu'il n'est pas bon de couper tous les ponts; combien de jeunes deviennent voleurs ou «pushers» pour payer «leurs petites dépenses»?

— Combien devrais-je lui donner?
— Je ne sais pas, moi, peut-être dix dollars?... C'est trop?..
— Non, ça ira!

Je rejoins Gilbert. Nous reconduisons Alexandre et sa compagne à la station de métro la plus proche; c'est à deux pas, en cinq minutes nous y sommes. Alexandre m'embrasse sur la joue avant de descendre; je lui remets les dix dollars demandés et le regarde s'éloigner, les mains dans les poches, en sifflotant, sans se retourner... Il me faut en ce moment beaucoup plus de force pour le laisser partir que pour le retenir.

DÉLIEZ-LE ET LAISSEZ-LE ALLER!... jamais plus je ne le retiendrai.

* * *

Dimanche le 16 avril...

Le travail au Comité de Publicité est enfin terminé et, pour la première fois depuis des mois, nous pouvons goûter la paix d'un dimanche «d'effouérage» comme nous les aimons. Nous écoutons de la musique tout en popotant un petit souper de fête pour célébrer nos retrouvailles. Le téléphone sonne...

— Maman, c'est pour toi!
— Qui est-ce?
— Papa!
— Merde!

Je m'essuie les mains et me dirige sans enthousiasme vers l'appareil resté décroché sur la table.

— Allô!
— Bonjour «Mon Chérie»! Ça va?...
— Ça va!...
— Écoute, je voulais simplement te dire qu'Alexandre est chez moi!
— Et alors?
— Je voulais t'informer que j'ai l'intention de prendre Mon Fils avec moi... Tu n'y vois pas d'inconvénient?
— Aucun!
— Alors c'est entendu!... Oh! oui, Mon Chérie, j'oubliais, à propos, nous divorçons mardi, je crois...
— Mercredi!
— Pardon?
— Pas mardi, mercredi; nous divorçons mercredi!... Ton avocat ne te l'a pas dit?

— Je n'ai pas d'avocat et n'ai pas l'intention d'en avoir un...

— Tu vas te défendre tout seul?

— Je ne me défendrai pas, je n'irai tout simplement pas!... Je n'ai pas l'intention de me rendre ridicule uniquement pour faire plaisir à Madame! C'est un luxe que je n'ai pas les moyens de me payer; je n'ai pas l'Aide Juridique, Moi!

— ...C'est comme tu voudras!

— Alors, à un de ces jours!... Tchao!

— C'est ça, TCHAO!

Je retourne à la cuisine. Au regard de Gilbert, je devine que je suis rouge comme une tomate. Je m'asseois avant de pouvoir parler. Mélanie s'approche:

— Qu'est-ce que t'as, maman?

— Alexandre est allé se réfugier chez son père!

J'ai beau me l'entendre dire, je n'arrive pas à le croire. Ça m'a fait un choc sur le coup mais maintenant je me sens presque soulagée. Je n'aurais jamais imaginé pouvoir vivre pareille situation; je voulais par-dessus tout la garde de mes enfants, je l'aurais défendue farouchement, et voilà que par un drôle de retour des choses Alexandre se retrouve chez son père sans que j'aie envie de faire quoi que ce soit pour le ramener vers moi. Dans le fond, c'est une bonne chose; ils auront certainement de bonnes prises de becs mais ils règleront ça entre hommes.

Gilbert m'apporte une tasse de café.

— Tiens, bois ça pour te remonter!

— Merci!... Oh! oui, Gabriel m'a également parlé du divorce...

— Et alors?

— Il ne viendra pas!

— Mais qu'est-ce que tu vas faire?

— Y aller quand même et obtenir mon divorce «par défaut». Pour ça, il faudra que je renonce à demander une pension...

— Tu n'as aucun recours?

— Si, j'ai des recours: je peux faire saisir son salaire mais il ne travaille pas «officiellement», veux-tu bien me dire ce qu'on peut saisir quand un homme n'a pas de revenu calculable?...

— C'est tout?

— Non! Je pourrais également le faire arrêter, mais ça donne quoi?... Gabriel ne m'a pas donné un sou depuis mon départ; il a signé les préliminaires et rien n'a changé. Vois-tu, je n'ai plus envie de me battre avec un «zombie». Et puis, dans la mesure où il garde Alexandre, je m'arrangerai bien avec Mélanie...

Je ne veux plus avoir affaire à Gabriel. J'ai tourné la page pour de bon; il ne me reste plus qu'un geste à poser avant d'être vraiment libre. Ma liberté n'a pas de prix, je travaillerai aussi fort qu'il le faudra mais je ne me ferai plus jamais «entretenir» par personne.

* * *

Mercredi le 19 avril...

Je divorce, tu divorces, il ou elle divorce; ici, tout le monde divorce! La salle des pas perdus fourmille de gens agités, nerveux, qui se regardent en chiens de faïence; lui d'un côté, elle de l'autre, les témoins tiraillés entre les deux.

Il n'y a aucun inconvénient à ce que Gilbert soit dans la salle puisque Gabriel ne viendra pas. Tout mon «fan club» est là: Jacqueline, Lorraine et Barbara qui sera mon témoin. Toutes sont venues m'apporter leur support moral. Je me sens beaucoup moins nerveuse que je ne l'aurais cru. Nous passons tout l'avant-midi à regarder des couples se déchirer dans l'arène; la moyenne d'un combat: trente minutes...

— Vous jurez de dire la Vérité, toute la Vérité, rien que la Vérité?... Levez la main droite et dites «je le jure!»

— Je le jure!

Le lavage peut enfin commencer. Le «demandeur», (habituellement la femme), sort son linge sale en premier:

— C'est pour ADULTÈRE votre Honneur!

Pour adultère ça va plus vite, il me semble l'avoir déjà dit... Le Juge écoute distraitement puis demande solennellement:

— Avez-vous des témoins?

L'avocat s'empresse de répondre:

— Certainement, Votre Honneur!

S'avance alors la mère, la sœur, la voisine ou l'amie qui vient nous dire qu'elle a tout vu, tout entendu, à croire qu'elle était là tout le temps à écornifler les allées et venues de «l'intimé» (habituellement le mari); on ne nous cache rien, pas même le nom de la concubine:

— Elle s'appelle Ginette Untel et puis elle reste au vingt-deux quatre-vingt-douze de la rue Quelquepart; c'est une grande rousse aux yeux verts, je le sais, Votre Honneur, je les ai vus, de mes yeux vus!

Le témoin retourne à sa place en baissant la tête pour éviter le regard de «l'intimé» qui s'avance à la barre pour la deuxième brassée. Il acquiesce, la plupart du temps, aux reproches qui lui sont faits: C'est vrai, il couche avec Ginette Untel, habitant au vingt-deux quatre-vingt-douze rue Quelquepart! Il avoue tout, le front baissé, l'air piteux, les mains jointes dans le dos comme lorsqu'il était à l'école. Le «demandeur» regarde «l'intimé» fixement, avec arrogance; elle fait face, elle compose, elle feint d'être outragée et quand le Juge lui demandera, sous la Foi du serment:

— Lui avez-vous pardonné?

Elle répondra sans hésiter:

— NON! Votre Honneur!

Dans le fond, elle se fout de Ginette Untel comme de l'an quarante, mais pour la forme, il faut jouer le jeu. Son avocat l'a d'ailleurs bien avertie: SI L'ADULTÈRE A ÉTÉ PARDONNÉ, LE DIVORCE NE PEUT ÊTRE ACCORDÉ... Alors, la main posée sur l'Évangile, message d'Amour et de Pardon, elle JURE! Quel cirque!

La preuve étant faite et les faits confirmés, il est temps maintenant de passer aux choses moins importantes: la pension alimentaire et la garde des enfants. Le «demandeur» (habituellement la femme) obtient presque automatiquement, dans la plupart des cas, la garde des enfants que «l'intimé» (habituellement le mari) viendra chercher tous les samedis. Il les cueillera sur le balcon à onze heures pile et les ramènera sur le balcon à cinq heures tapant. C'est fixé, précis et tellement simple; si à cinq heures les enfants ne sont pas à la porte, on appelle la police; donc, plus de problème possible.

On discute ensuite un peu, beaucoup, d'argent; pour lui, elle demande trop, pour elle, il n'offre pas assez. Aucun des deux ne sera satisfait du Jugement quel qu'il soit; pour lui, elle recevra trop, pour elle, il ne donnera pas assez. Ils ne pouvaient plus s'endurer et pourtant ils devront pour longtemps être liés l'un à l'autre, non plus par l'Amour mais par l'Argent. À partir d'aujourd'hui, les jeux sont faits: le chèque arrivera par la poste, toutes les semaines ou tous les mois, sans quoi la femme sera réduite à quémander «son dû» à son ex-époux pourvoyeur qui jouera peut-être à l'écœurer; par contre, si son ex-époux pourvoyeur s'amuse à l'écœurer en ne payant pas, elle pourra le faire arrêter; c'est facile, pratique, efficace, on n'y pense pas assez!...

La Loi n'a pas d'allure mais *c'est la Loi!* À quand le divorce «par consentement mutuel» qui éviterait le salissage inutile? À quand le forfait ou le partage équitable supprimant dans plusieurs cas la pension alimentaire? Ce serait trop simple, et puis nos avocats sont payés pour brasser le linge sale, non? Quel intérêt auraient-ils à ce que les choses changent?

— Qu'on appelle les témoins dans la cause Desmarais-Lépine!

Élise, chère Élise, c'est à ton tour...

Je me sens seule. J'ai l'impression de divorcer d'un fantôme: Élise versus l'Homme Invisible! Je me présente à la barre:

— Nom, prénom, occupation...
— Élise Desmarais, secrétaire.
— Jurez-vous de dire la Vérité, toute la Vérité, rien que la Vérité?... Levez la main droite et dites: «je le jure!»
— Je le jure!

On me montre une pile de papiers officiels que je dois identifier. Le Juge demande ensuite la raison du divorce.

— Pour alcoolisme, Votre Honneur!

Il me regarde un instant, l'air surpris, voilà enfin une petite distraction dans cette journée d'adultères; en effet, je suis la première à invoquer cette cause de divorce; pourtant, je ne suis certainement pas la seule femme à divorcer pour ce motif; mais, comme on dit: «POUR ADULTÈRE ÇA VA PLUS VITE!...»

Je témoigne simplement, franchement, du fond du cœur, il n'est pas question de démolir Gabriel, ni de l'accabler, je ne lui en veux pas. Je n'ai pas honte de mon approche, je suis partie pour ça. Dans le feu de l'action, il me paraît plus sain de parler ouvertement de la difficulté de vivre avec un mari malade à cause de l'alcool, que d'étaler sur la place publique ma haine et mon ressentiment pour un homme adultère, en jouant l'hypocrite et la vierge offensée. L'alcoolisme, c'est clair, ça ne se pardonne pas; on supporte ou on ne supporte pas. Et pourtant, on a peur; le problème vient du fait que l'ayant caché trop longtemps, on imagine mal pouvoir un jour en apporter la preuve.

Pour la forme, Barbara vient confirmer mes dires; témoin de plusieurs scènes entre Gabriel et moi, elle se contente de citer quelques exemples et de relater certains faits.

On m'accorde le divorce et me confie la garde des deux enfants. Chose curieuse, il semble que le séjour d'Alexandre chez son père ne m'en enlève pas la garde «officielle»; je reste entièrement responsable de mon fils, même s'il ne vit plus chez moi... C'est bizarre!

C'est fini! Je suis libre, je tourne la page et m'envole vers ma propre autonomie. Je coupe les liens, tous les liens qui me rattachaient à Gabriel. Élise pour Gabriel et Gabriel pour Élise, c'est terminé! Désormais, c'est Élise pour Élise et Gabriel pour Gabriel. À chacun sa vie. Nous sommes divorcés physiquement, légalement, psychologiquement et monétairement puisque je ne demande rien. Gabriel a trois mois pour en appeler de ce jugement conditionnel de divorce après quoi il deviendra officiel sur simple demande de mon avocat.

* * *

Vendredi le 23 avril...

Ce soir, Gilbert sort en amoureux avec Anabelle, sa fille cadette qui célèbre son dix-neuvième anniversaire de naissance. J'ai fait comprendre à Gilbert qu'il valait peut-être mieux que je ne sois pas de la fête, étant donné l'attitude de sa fille à mon égard. Je ne l'ai entrevue qu'une seule fois, à la Clinique, un jour où elle était venue voir son père. Froide et distante, elle était passée directement dans son bureau en me disant sèchement:

— Je viens voir mon père!

Puis elle était repartie un quart d'heure plus tard, sans même jeter un coup d'œil dans ma direction. Je n'existais visiblement pas pour elle, même si de toute évidence, elle était parfaitement au courant de la qualité de ma relation avec Gilbert.

Mieux vaut ne pas brusquer les choses et attendre patiemment qu'une occasion se présente; imposer ma présence à cette jeune fille risquerait peut-être de compromettre pour longtemps nos contacts futurs.

Gilbert entre dans mon bureau en coup de vent. Il a l'air radieux:

— Élise, j'ai une invitation à te faire... tu soupes avec nous!

— Non, écoute, c'est très gentil mais nous avions convenu que tu irais seul...

— Mais, c'est Anabelle, elle-même, qui t'invite!... Je viens de lui parler à l'instant, elle m'a chargé de te faire cette invitation...

— Tu es sûr que ça ne la perturbera pas?

— Certain!... Et puis, ce n'est plus une petite fille, c'est une femme!

— Puisque c'est comme ça!...

Nous nous rendons directement au restaurant où Anabelle nous attend déjà. Je reconnais sa silhouette dès l'entrée: grande, mince, avec une longue chevelure dorée lui tombant jusqu'au bas du dos; c'est Anabelle-la-bien-nommée!

Quand Gilbert nous présente l'une à l'autre, elle me tend la main en souriant timidement, un peu mal à l'aise; puis, l'apéritif aidant, nous conversons bientôt comme de vieilles connaissances. Gilbert semble ravi de constater que sa fille apprécie vraiment ce tête-à-tête à trois. Un accordéoniste vient jouer des airs musettes près de notre table, les tournedos flambés au cognac embaument l'atmosphère d'un parfum subtil, la flamme s'élève et danse sous nos yeux émerveillés. Anabelle fredonne une vieille chanson française en m'invitant à chanter avec elle. Gilbert nous regarde tendrement en serrant ma main dans la sienne:

— Élise, si tu savais comme je suis content!

* * *

Lundi le 24 avril...

À peine réveillée, le téléphone de Lorraine vient bouleverser toute ma journée; papa a fait une crise cardiaque durant la nuit, on a dû le transporter d'urgence à l'hôpital où il repose présentement aux «soins intensifs»; son état est considéré comme critique, ça m'inquiète.

— Il a fait les cent pas devant le Palais de Justice tout la journée, le jour de ton divorce...

— Pauvre papa, il n'aurait jamais osé entrer!

Sitôt le bureau terminé, nous passons prendre de ses nouvelles: Il va mal, très mal! L'infirmière est formelle:

— Je ne peux vous pemettre de le voir plus d'une minute à la fois!

J'entre la première tandis que Gilbert rejoint ma mère et mes sœurs dans le corridor attenant à la chambre. Il fait sombre. Son lit est entouré d'écrans qu'on surveille constamment du poste central. Il ne parle pas mais l'infirmière prétend qu'il peut entendre. De toute façon, je ne trouverai rien à lui dire, les mots sont bloqués là, au fond de moi. J'ai du mal à retenir mes larmes. Dans cette pénombre, je me sens très proche de lui; nous nous ressemblons énormément tous les deux...

— Excusez-moi, je vais vous demander de vous retirer, je dois lui faire une piqûre!

L'infirmière m'indique la sortie, je retrouve les autres qui attendent impatiemment des nouvelles.

Nous restons là, sans bouger, sans rien dire, jusqu'à ce qu'un médecin vienne nous rassurer:

— Monsieur Desmarais est hors de danger, du moins pour l'instant; nous venons de lui faire une piqûre grâce à laquelle il dormira durant plusieurs heures et je vous conseillerais d'en faire autant. Soyez tranquilles, nous prendrons bien soin de lui.

Gilbert m'enlève, nous allons chercher Mélanie puis nous nous retrouvons tous les trois au «Péché Véniel» devant un bon souper mais je n'ai pas faim. J'ai l'impression que la terre s'est retirée sous mes pieds, que je flotte dans le vide retenue seulement par un fil fragile qui risque à chaque instant de se rompre. Ce soir, ma vie va trop vite, je voudrais l'arrêter.

* * *

Jeudi le 27 avril...

Quand je commence à me trouver plate et laide, il est grand temps que je fasse quelque chose; une visite chez l'esthéticienne, un rendez-vous chez le coiffeur et me voilà une femme neuve. L'image que me renvoie le miroir me plaît assez!

Élise, chère Élise, dis-moi qui est la plus belle?

Il y a si longtemps que je ne m'étais laissée dorloter. Je profite de cet état d'âme pour regarnir ma trousse à maquillage et mettre à profit les conseils que l'esthéticienne m'a donnés: je vais oser les taupes, les mauves, les beiges. Je me sens revivre devant cet étalage de pinceaux et de couleurs.

Dans quelques heures, Gilbert et moi partons pour New York, notre premier voyage en amoureux; j'en rêve!...

Comme je craignais de laisser Mélanie toute seule, j'ai téléphoné à Martine en Gaspésie et, notre bonne amie de Biarritz a accepté spontanément de venir séjourner au Château durant mon absence.

Après avoir bourré le réfrigérateur, arrosé les plantes, laissé de l'argent sur le bout de la table et dressé une longue liste humoristique des choses essentielles à faire, nous effectuons un crochet par l'hôpital pour nous rassurer sur l'état de santé de mon père puis nous nous engageons enfin sur la route de New York.

Le fait de nous retrouver tous les deux seuls sur la route nous donne déjà un avant-goût de vacances. Comme c'est merveilleux de contempler tous ces paysages qui se colorent tour à tour de vert tendre et de rose! C'est un après-midi si beau qu'on voudrait l'étirer jusqu'à toujours! Je fredonne:

«Lorsqu'on est heureux, on devrait pouvoir arrêter le temps...»

Si j'avais pu arrêter le temps, j'en serais encore à quinze ans?... à vingt ans?... à trente ans?...

Nous arrivons à New York à la brunante. Je découvre cette ville énigmatique avec des yeux neufs; j'y étais déjà allée, une fois, avec Gabriel, il y a de ça plusieurs années, et il m'en était resté un souvenir amer de saletés et d'odeurs nauséabondes. Il semble sur ce point que la récente campagne d'assainissement de la ville ait porté fruits.

Nous déambulons lentement sur Broadway; comme ce n'est pas encore la saison touristique, les «vrais» New Yorkais habitent encore New York. Ce soir, je me sens bien dans cette foule cosmopolite qui fourmille et qui grouille à midi comme à minuit. Partout, du monde, des vitrines, des néons... Je voudrais écrire une comédie musicale extraordinaire dans laquelle je jouerais le premier rôle; au milieu d'un public en délire, je danserais et chanterais dans la rue, mon plus grand succès:

«I LOVE GILBERT AND I LOVE NEW YORK!»

* * *

Mardi le 3 mai...

La sonnerie du téléphone retentit brutalement. Le jour commence à peine à poindre; quelle heure est-il?... où suis-je? Je roule en bas du grabat pour atteindre le récepteur; au bout du fil, c'est Lorraine, affolée:

— Élise, c'est affreux!

— Que se passe-t-il?

— C'est papa!

— Il n'est pas?...

— Non, du moins pas encore, il a fait un arrêt cardiaque cette nuit, ils ont dû utiliser les techniques de réanimation.

— Es-tu à l'hôpital?

— Non, maman s'y rend avec Johanne et Robert, elle me rappellera rendue là-bas...

— Téléphone-moi dès que tu auras des nouvelles...

— Promis!

On a beau s'y attendre, c'est le genre de chose qu'on refuse de croire; ça n'arrive qu'aux autres... Les valises près de la porte me ramènent à l'évidence; quand je pense qu'hier encore nous étions à New York!... Nous sommes revenus juste à temps, d'ailleurs, nous revenons toujours juste à temps; il ne m'arrive jamais de penser que je pourrais ne pas être là au moment opportun, sans doute à cause de ma profonde conviction que rien n'arrive que ce qui doit arriver et que rien ne se passe à contre-temps...

— Quelle heure est-il?

— Six heures!

Gilbert, qui a tout entendu, se retourne vers moi et m'attire dans ses bras; sa chaleur me calme, me rassure; je tremble, je voudrais pleurer mais je ne peux pas.

Le soleil entre doucement dans la pièce comme pour nous réveiller tranquillement, sans nous brusquer; il ne peut pas savoir, le soleil, que la vie vient de se charger de le faire à sa place. Autrefois, je ne l'aurais même pas remarqué tant j'aurais été obnubilée par ma peine; Dieu merci, j'ai appris que le soleil brille toujours, malgré l'illusion des nuages, et que, si je ne le vois pas, c'est que je me laisse prendre au jeu des mirages et ne m'élève pas assez haut. Il faut prendre le temps de savourer l'instant présent, lui seul est vrai, lui seul vaut la peine d'être vécu; je refuse de laisser l'inquiétude ternir ce moment de paix.

«Mon Dieu, donnez-moi la Sérénité d'accepter que Votre Volonté soit faite!..»

Gilbert se lève tandis que je m'étire de tout mon corps pour bien sentir le sang circuler dans mes veines; j'ai besoin de me prouver que je suis en vie.

— Le déjeuner est prêt!

Quelle gentillesse! Quelle tendresse! J'enfile ma robe de chambre et retrouve Gilbert dans la cuisine. Nous mangeons tous les deux en tête-à-tête au milieu des bagages qui ne sont pas encore défaits. Il est très tôt, Mélanie et Martine dorment encore, nous bavardons sans faire de bruit.

Je me souviens qu'étant enfant, une femme que j'admirais énormément avait dit devant moi: «Quand il m'arrive un malheur devant lequel je suis impuissante, j'essaie de faire exactement ce que j'aurais fait si cet évènement ne s'était pas produit!»

Je devais défaire les valises et poser mon nouveau tapis de cuisine; je déferai donc les valises puis poserai le tapis, comme convenu, ce qui m'évitera de trop attendre le téléphone de Lorraine. Gilbert me donne un coup de main; je calcule, il coupe, je mesure, nous posons; une vraie équipe de professionnels! Le téléphone!... Enfin!... Je saute par-dessus les outils et cours vers l'appareil.

— Allô!
— Élise, c'est moi!
— As-tu des nouvelles?
— Maman vient d'appeler. Papa a repris conscience, il respire bien mais il ne parle pas. Il est hors de danger pour l'instant; on le surveille constamment. Je me rends à l'hôpital, je te rappellerai!
— D'accord!... Ou plutôt non, je t'y rejoindrai vers cinq heures en partant de la Clinique!
— Je t'attendrai!

Tandis que je parlais avec Lorraine, Gilbert a terminé notre besogne tout seul,

— Comme c'est beau!

— Tu es contente?

— Oh! oui, c'est magnifique!

— Maintenant, il faut que je file à la Clinique!

— C'est pourtant vrai!... Quelle heure est-il?

— Bientôt dix heures!

— Juste le temps de me donner un coup de peigne et j'arrive!

— Non, repose-toi jusqu'à midi, je viendrai te chercher pour dîner...

Je profite du silence du Château, en essayant de faire le vide dans ma tête; faire le plein par le vide, me libérer de mes tensions en prenant de grandes respirations pour me laisser pénétrer d'une énergie nouvelle.

Enroulée dans mon peignoir de ratine, je m'installe sur le grabat avec un livre. J'ouvre la radio, on y joue la troisième symphonie de Beethoven; je lis: «Être sans espoir, c'est nier les merveilleuses possibilités de l'avenir!...» Et moi qui étais sur le point de ne plus espérer...

* * *

Mercredi le 4 mai...

La visite d'hier soir à l'hôpital m'a rassurée sur l'état de santé de mon père, de sorte que, ce matin, j'ai la tête un peu plus tranquille pour affronter une nouvelle rencontre à la Cour du Bien-Être. Le travailleur social assigné à la cause d'Alexandre a convoqué tout le monde; il y en a qui adorent les réunions de famille! Nous arrivons les premiers mais déjà j'aperçois Alexandre et Gabriel qui s'amènent au bout du corridor; ils marchent du même pas, arborent le même sourire, leur ressemblance me frappe. Alexandre s'avance vers moi, m'embrasse, serre la main de Gilbert et le présente à Gabriel qui s'approche à son tour pour m'embrasser. C'est une rencontre des plus civilisées; d'ailleurs, ne sommes-nous pas entre gens «civilisés»?

Autour de nous, la salle est remplie de jeunes qui attendent impatiemment qu'on décide de leur sort. Qu'ont-ils bien pu faire pour en arriver là? Je ne vois que des êtres humains en mal d'aimer et d'être aimés. Pourtant il est difficile de les aider; ils agissent comme de petits chats blessés et griffent quiconque ose les approcher. La plupart d'entre eux se promènent comme des fauves en cage en fumant sans arrêt. Une jeune fille blonde pleure dans un coin, une autre se cache la tête dans ses mains, tandis que Monsieur «Pepsi» lit tranquillement son journal du matin, complètement indifférent à tout ce qui se passe autour de lui. Il en a vu d'autres, il est habitué... au fait, est-ce qu'on peut s'habituer?

Au milieu de tout cette agitation, Gabriel se compose une attitude:

— Alors, «Mon Chérie», il paraît que nous sommes divorcés?

— Tu ne t'en es pas aperçu?

Élise, chère Élise, il vaudrait mieux changer de sujet!...

Visiblement nerveux, Gabriel parle sans arrêt, Alexandre blague, Gilbert sourit calmement et moi, Élise je navigue entre les trois hommes de ma vie, en essayant de faire la part des choses. Je ne peux nier que chacun d'eux occupe une place bien particulière; Gabriel parce qu'il a été, Gilbert parce qu'il est et Alexandre parce qu'il a été, est et restera toujours Mon Fils Bien-Aimé, en qui j'ai mis toutes mes complaisances, amen!

Nous vivons une situation absolument ridicule; même Monsieur «Pepsi» n'en croit pas ses yeux de merlan frit. Il nous regarde fixement comme si nous étions des animaux bizarres; et nous devons, en effet, avoir l'air bizarre; nous sommes là, tous les quatre, assis dans un coin, espérant d'un moment à l'autre en finir avec cette histoire. Les calembours d'Alexandre ont fini par nous dérider tous; à nous voir on ne dirait jamais qu'il y a un problème... Dans le fond, où est-il le problème? Alexandre est d'accord pour aller vivre chez son père, son père est d'accord pour le garder et je suis d'accord pour que son père le garde!... Oui mais voilà, le Juge, lui, il est là pour juger...alors?

Monsieur «Pepsi» nous invite solennellement à le suivre dans la salle d'audience; Gabriel prend place dans la boîte aux témoins face à Gilbert qu'on a planqué dans la boîte des «en cas».

Mon Honneur, Ton Honneur, Son Honneur le Juge analyse les faits à la lumière des derniers évènements. Il replace honorablement ses lunettes sur le bout de son nez puis s'adresse à l'auditoire, en regardant une personne fictive située au fond de la salle.

— Nous pensons, qu'étant donné les circonstances, et compte tenu du consentement de ce jeune homme, d'aller vivre avec son père, il serait opportun que Madame renonce à la garde de son fils au profit du père qui nous apparaît présentement plus apte à en assumer la garde. Nous proposons donc d'enregistrer une demande dans ce sens...

Gabriel lève la main pour demander la parole. Le Juge lui fait signe qu'il peut être entendu.

— Je m'excuse, Votre Honneur, mais je ne demande pas la garde de mon fils; je demande seulement la permission de l'accueillir chez moi temporairement. Je le prends «à l'essai» sans qu'il soit nullement question d'en enlever la garde à Ma Femme!

— Expliquez-vous, mon ami, vous voulez la garde de votre fils ou vous ne la voulez pas?

— Je ne la veux pas du tout. Sa mère a insisté pour l'avoir, qu'elle la garde; mais puisqu'il semble qu'elle ne soit plus en mesure d'en assumer la responsabilité, je veux bien rendre service à la Cour et m'occuper de mon fils, sans plus. Il n'est pas question que j'en dispute la garde à sa mère...

Je vois clair tout à coup dans son jeu, je le vois venir; j'espère seulement qu'il n'aura pas le culot de me demander une pension alimentaire pour s'occuper d'Alexandre, ce serait le bout de l'absurde! Le Juge me regarde:

— Et vous, Madame, êtes-vous d'accord?

— Je suis d'accord pour garder officiellement Alexandre mais à une condition: que son père en assume entièrement la charge, le temps qu'il vivra chez lui. Je m'engage à lui acheter des vêtements pour la valeur de son allocation familiale, sans plus!

— Si les deux parties s'entendent, nous rendrons Notre Jugement dans ce sens. Nous nous retrouverons tous ici, dans trois mois!... La séance est levée!

Nous quittons la salle d'audience. Gabriel et Alexandre m'embrassent, serrent la main de Gilbert et se dirigent vers la sortie. Quand je pense que nous devrons revenir dans trois mois!... De trois mois en trois mois, Alexandre atteindra sa majorité et il n'y aura plus de recours possible. C'est sans doute la façon la plus simple de régler le problème de la jeunesse.

* * *

Lundi le 21 mai...

C'est jour de congé à la Clinique. Après une courte visite à l'hôpital pour voir mon père qui se remet lentement mais sûrement de sa dernière attaque, je rejoins Gilbert au «Péché Véniel». Il a l'air soucieux...

— Qu'est-ce qui se passe?

— Il m'arrive un imprévu, j'ai reçu ce télégramme ce matin, tiens, lis...

— REVIENDRONS PLUS TÔT QUE PRÉVU — STOP — NOUS EXCUSONS DU DÉRANGEMENT — STOP — AIMERIONS REPRENDRE APPARTEMENT PREMIER JUIN — STOP — ATTENDONS RÉPONSE...

— Qui est-ce?

— Le professeur dont j'ai sous-loué l'appartement. Remarque que je pourrais toujours m'objecter mais puisque de toute façon je voulais partir...

— Que comptes-tu faire?

— Je ne sais pas, je vais réfléchir.

Ce qui me fait penser que je dois prendre une décision concernant la chambre d'Alexandre; mon Château est vraiment trop petit pour que je puisse me permettre d'y avoir des recoins secrets, des chambres closes; on n'est plus au temps de Barbe-Bleue!

Je compte aménager cette grande chambre pour moi et, si jamais Alexandre revient, il se contentera du grabat.

C'est une décision difficile à prendre, j'ai l'impression de mettre mon fils à la porte de ma vie. Mon Dieu qu'il est pénible de se détacher par amour et d'accepter que l'oiseau qu'on a couvé s'envole à tire d'aile loin du nid!

* * *

Mercredi le 23 mai...

J'apprends que mes voisins d'en face déménagent et cet appartement conviendrait en tous points à Gilbert; oui mais voilà, ils ne partiront que le premier juillet, or, Gilbert doit quitter le sien dans quelques jours. Je discute de ce problème avec Mélanie qui me dit le plus simplement du monde:

— Veux-tu me dire pourquoi Gilbert ne vient pas habiter avec nous?... C'est vrai, il est toujours ici.
— Parles-tu sérieusement?
— Pourquoi pas?
— Et Alexandre?
— Maman, arrête de te faire des illusions, tu sais très bien qu'Alexandre ne reviendra pas. Et puis, si jamais il revenait, il serait toujours temps pour Gilbert de se trouver un autre appartement ou alors on pourrait déménager dans un appartement plus grand!

Ma fille me surprend parfois par sa logique et sa capacité de raisonnement. À première vue sa solution n'est pas bête, mais jusqu'à quel point suis-je prête à ça?

Élise, chère Élise, ne crains-tu pas d'aliéner ta liberté?

Je tourne et retourne cette idée dans ma tête; je jongle avec, sans arriver à me fixer. A quoi bon me torturer les méninges avant d'en avoir parlé à Gilbert?

* * *

Jeudi le 24 mai...

La nuit portant conseil, je sais maintenant exactement quels arrangements je suis prête à proposer à Gilbert. Je le retrouve à la pause-café:

— As-tu repensé à ton déménagement?
— Oui, je pense louer l'appartement en face de chez toi si tu acceptes de m'offrir l'hospitalité pour un mois...

— J'ai une autre proposition à te faire!

— Laquelle?

— Que dirais-tu de venir vivre au Château?

— Et Mélanie?

— C'est elle-même qui me l'a proposé!

— As-tu envisagé le retour d'Alexandre?

— Bien sûr!... Si jamais il revenait, ce dont je doute fort, il serait toujours temps d'aviser. Tu pourrais te chercher un appartement ou alors nous pourrions déménager tous ensemble dans un cinq pièces... Mais, pour l'instant, nous n'en sommes pas là.

— Ta proposition me surprend; évidemment, nous pourrions partager les dépenses!

— Là, je t'arrête!

— Que veux-tu dire?

— J'y ai pensé toute la nuit. Je ne suis pas du tout prête à aliéner ma liberté; si tu veux venir habiter au Château avec Mélanie et moi, tu es le bienvenu, mais à une condition...

— Laquelle?

— Tu habiteras «CHEZ MOI»!

— Qu'est-ce que ça veut dire?

— Ça veut dire que je paye le loyer, l'électricité, le téléphone et la nourriture...

Il me regarde comme si une brique venait de lui tomber sur la tête. Je bouscule son vieux complexe de pourvoyeur.

— Et moi, qu'est-ce que je paye dans tout ça?

— Toi, tu me gâtes! Tu m'amènes au restaurant de temps en temps, nous allons au théâtre, en voyages, bref, tu m'offres tout ce que je n'ai pas les moyens de me payer...

— Tu parles d'un arrangement!

— C'est le seul que je me sente prête à accepter; je te l'ai dit, j'y ai pensé toute la nuit. Je ne veux plus que qui que ce soit me fasse vivre!

— Mais qui parle de te faire vivre?... Je voulais seulement partager!

— Je sais que pour toi c'est difficile à comprendre mais fais un effort; j'ai présentement un appartement à ma mesure et mon salaire à la Clinique me permet de rencontrer toutes ces dépenses de base; or, il faut que ça reste ainsi. Vivre avec le DOCTEUR GILBERT GAUTHIER c'est bien beau, mais si jamais tu n'es plus dans ma vie, je ne veux pas dégringoler. Grâce au coup de pouce que tu m'as donné en m'engageant à ton service, j'ai acquis de l'assurance et je sais maintenant que je pourrais me trouver facilement un travail équivalent et conserver mes petites habitudes de vie en continuant de vivre à mon rythme. Il faut que le Château reste «mon Château»; pour moi c'est important, tu comprends?

— Mais je vais avoir l'air d'un gigolo!

— Pas du tout! Tu compenseras autrement, c'est tout! Et puis, il y a Mélanie il m'apparaît primordial qu'elle se sente chez elle, libre d'amener des amis et de faire ce dont elle a envie, sans devoir rendre de compte à un tiers.

— J'avoue que j'ai du mal à te suivre!

— C'est pourtant simple: si tu crois être capable de vivre librement auprès d'une femme libre, le Château t'est ouvert!... Sinon, tu te trouves un autre appartement et rien ne change à nos relations actuelles. Ma proposition est surprenante, j'en conviens et je te comprends d'hésiter. D'ailleurs, ce qui te fait hésiter, c'est ta conception stéréotypée des rôles de l'homme et de la femme; ne crois-tu pas qu'il serait temps qu'on en sorte?

— Me donnes-tu au moins quelques heures pour y penser?

— Prends tout ton temps mais rappelle-toi que je ne pourrai désormais partager ma vie qu'avec des gens suffisamment libres pour respecter ma liberté! J'ai acquis mon autonomie en la payant très cher et je ne suis pas prête à l'échanger pour un plat de lentilles...

* * *

Samedi le 26 mai...

Après deux jours de réflexion, Gilbert me donne sa réponse:

— Je suis d'accord avec ta proposition!

— Je suis heureuse de constater que tu as l'esprit assez ouvert pour accepter de vivre hors des sentiers battus!... Quand comptes-tu emménager au Château?

— Demain, si ça te convient, je pourrais avoir l'aide de Bernard...

— Arrive quand tu voudras!

— Qu'est-ce que tu fais ce soir?

— Si tu crois pouvoir me suivre, je t'entraîne dans les magasins... J'ai économisé des sous et je me paye une «folie folle»: la balançoire de jardin dont j'ai toujours rêvé!

— Tu comptes sérieusement installer une balançoire dans ton salon?

— Pourquoi pas?

— C'est une idée originale mais je ne vois pas très bien ce que ça pourrait donner.

— Moi, je vois très bien, fais-moi confiance, je pense l'installer dans le coin, près de la fenêtre, avec d'énormes plantes tout autour; j'aurai mon petit jardin intérieur!

Je trouve la plus extraordinaire balançoire dont on puisse rêver; c'est le coup de foudre! Plancher stable, bancs se balançant individuellement sur pivots; une vraie merveille! Je me vois déjà confortablement installée dans ma balançoire rose, car elle sera rose, *d'un beau petit rose cochon pas salissant*, toute remplie de coussins de dentelle sur lesquels je m'appuierai nonchalamment. Gilbert rit de m'entendre lui exprimer mes fantasmes:

— C'est tout à fait le genre d'originalité qui te ressemble... Et elle coûte combien, cette merveille?

— Trois cents dollars!

— Aimerais-tu que j'en paye la moitié?

— Penses-tu?... Pour que tu partes un jour en emportant la moitié de mon trésor, jamais!

— Alors, permets-moi d'acheter deux fauteuils pour meubler l'autre coin...

— Si tu veux!

— Tu t'assoiras quand même dans mes fauteuils quelquefois?

— Bien sûr!... Aussi longtemps que nous serons ensemble, je m'assoierai dans tes fauteuils et tu te berceras dans ma balançoire mais, si jamais on se sépare, je garderai ma balançoire et tu emmèneras tes chaises; à chacun ses «bébelles», ça fait les meilleurs amis!

* * *

Jeudi le 15 juin...

A-t-on le droit de parler du divorce des autres? Je ne le crois pas, sinon dans la mesure où cet événement nous amène à faire un certain cheminement face à nos propres implications.

Il semble que je sois devenue un témoin fort recherché. Je ne pouvais certainement pas refuser à Jacqueline un témoignage en sa faveur; je dis bien «en sa faveur» parce que c'est à cette seule condition qu'un témoignage peut être valable. Jacqueline étant mon amie depuis toujours, il m'est facile d'aller affirmer qu'elle est honnête, sincère, capable de dévouement et de gestes gratuits, c'est la moindre des choses; de même que de jurer qu'elle est une mère aimante, chaleureuse, et une amie comme on en trouve peu. Je ne vais témoigner *contre* personne, je vais prendre parti pour *elle!*

Je me rends donc à la Cour des Divorces à l'heure convenue; on y joue toujours «à guichet fermé». Je déambule familièrement dans les dédales et me retrouve finalement dans le couloir d'attente, en compagnie de Léon, le frère de Jacqueline, et de Colette, sa femme. La cause est déjà en cours. Comme on interdit formellement aux témoins d'entrer dans la salle d'audience, nous bavardons tous les trois en attendant que notre tour vienne. L'avant-midi passe sans que nous soyons appelés; la Cour ajourne pour le dîner. Jacqueline nous rejoint au restaurant. J'étais impatiente d'avoir des nouvelles:

— Comment te sens-tu?

— Très bien, je suis confiante mais plusieurs points sont litigieux et je doute que le Jugement soit rendu aujourd'hui!

Vers deux heures, nous retrouvons nos places dans le corridor d'attente; n'ayant d'autre solution que de prendre notre mal en patience... trois heures... trois heures et demie... Nous lisons, nous parlons, nous attendons! Forte de mes expériences passées, j'ai apporté des mots croisés; nous faisons des mots croisés. Nous en arrivons même à jouer «au pendu» pour passer le temps; jouer «au pendu» dans une Cour de Justice, faut le faire!

À quatre heures et demie pile, la cause est ajournée. On nous convoque de nouveau pour la séance de demain; le frère de Jacqueline devra perdre une autre journée de travail, sa femme paiera une autre journée à la garderie et je devrai m'absenter de la Clinique une autre fois, sans savoir si notre témoignage sera entendu. L'avocat nous fait revenir «en cas»; combien de personnes se sont retrouvées ici, ce matin «juste en cas»?

J'ai tout juste le temps d'embrasser Jaqueline et de filer au métro où m'attend Alexandre; ce soir, je sors avec mon fils qui a besoin de vêtements décents pour assister au vingt-cinquième anniversaire de mariage du frère de son père. Je veux absolument que mes enfants soient vêtus convenablement pour la circonstance et prétends consacrer le même soin à l'un comme à l'autre...

Alexandre est déjà au rendez-vous. Il paraît de bonne humeur, il y a longtemps que je n'ai eu autant de plaisir à le voir.

Nous faisons la tournée des magasins à la recherche de la bonne aubaine. Alexandre choisit un complet gris pâle, une chemise blanche, un foulard de soie, une ceinture, des souliers, des bas, et des petites culottes. Il a fait de très bons achats, il est content.

Je me sens extrêmement fatiguée, cette journée perdue à la Cour m'a donné la migraine; j'ai faim!

— Et si je nous invitais au restaurant?
— Bonne idée, j'ai l'estomac dans les talons!

Il y a une éternité que je n'ai mangé en tête-à-tête avec mon fils. Nous prenons place sur une grande banquette; Alexandre se lève:

— Si tu veux m'excuser, je vais aller téléphoner *à mes parents* pour les avertir que je ne rentrerai pas pour souper...

Il se dirige vers le téléphone. J'ai le cœur gros, il a dit «MES PARENTS» et ça m'a fait mal...

Élise, chère Élise, ce sont des mots, rien que des mots qui ne peuvent te faire mal que dans la mesure où tu acceptes qu'ils te fassent mal!

La réaction d'Alexandre a été saine, spontanée, c'est moi qui ai des réserves. Il n'y a pas de quoi faire un drame; si Alexandre est bien avec son père, tant mieux, et si Ann-Lyz est gentille avec lui, pourquoi m'en offusquer?... Alexandre revient:

— Tout est correct!

— Je te propose leur filet mignon et leurs frites, elles sont délicieuses!

— D'accord!

Tout en mangeant, nous bavardons pour la première fois depuis des mois. Je ne lui pose aucune question concernant sa vie avec son père; il ne m'en parle pas non plus. Notre conversation en reste aux civilités et au badinage.

J'arrive peu à peu à cet état de sérénité qui permet de se détacher émotivement de ce qui se passe en dehors de soi...

* * *

Vendredi le 16 juin...

Je saute dans un taxi pour me rendre à la Cour. J'ai mal au ventre, je partage le trac de Jacqueline qui attend qu'on décide de son sort. En arrivant près du Palais de Justice nous sommes arrêtés par un attroupement, les fonctionnaires ont déclenché une grève générale empêchant l'accès des lieux. On m'informe que tous les procès sont remis à une date indéterminée. Je cherche désespérément Jacqueline dans la foule puis renonce finalement à la repérer dans cette cohue.

Que de temps perdu, que de démarches inutiles! En fait, on ne sait jamais si la cause pour laquelle on est émotivement impliqué va être entendue à la date prévue. Il m'apparaît inhumain de jouer avec les sentiments des gens à ce point. On se sent comme un condamné à mort à qui on accorderait un sursis, jour après jour...

Je m'engouffre dans le métro le plus proche et rentre au Château profitant de ce congé imprévu pour terminer la blouse que Mélanie portera demain soir. À peine suis-arrivée que je reçois un téléphone d'Antoine:

— Élise, fais un désir de naissance...

— Une fille!

— Non, un garçon, un gros garçon de sept livres et douze onces!

— C'est magnifique!... Lorraine n'a pas trop souffert?

— Pas du tout, j'étais là!

— Et le bébé?

— Il est superbe, il ressemble à son père, c'est tout dire!

— Je ne te trouve pas très impartial, je préfère attendre et juger par moi-même...

— Tu viendras le voir?

— Bien sûr, dès que possible!... J'ai hâte!

Je suis heureuse! Cet enfant est mon premier neveu «de mon bord». Lorraine et Antoine désiraient un bébé depuis déjà tellement longtemps. Quelle joie pour eux qu'il soit enfin là et surtout qu'il soit en bonne santé! On ne se rend pas compte quel Miracle représente la naissance d'un enfant intelligent et en bonne santé! Mes nouvelles relations avec le monde de la médecine m'ont amenée à ne plus considérer une naissance comme un fait divers, une chose banale et sans conséquence...

Mélanie arrive de l'école:

— Tiens, maman, qu'est-ce que tu fais là?

— La cause n'a pû être entendue à cause d'une grève surprise...

— Tu parles d'une affaire!

— Oh! oui, fais un désir de naissance...

— Lorraine a eu son bébé?

— C'est ça!

— Attends, attends, bouge pas... un garçon!

— C'est ça!

— Quand est-ce qu'on va le voir?

— Ce soir, si tu veux!

Un bébé absolument adorable, une jeune maman radieuse et un papa gonflé d'orgueil; quel spectacle réjouissant! Mélanie n'a d'yeux que pour ce poupon qui vient prendre sa place de «bébé de la famille» avec quinze ans d'écart...

Nous revenons au Château le cœur rempli de joie! De l'entrée, on entend la sonnerie du téléphone:

— Vite, dépêche-toi d'ouvrir la porte, ce doit être Gilbert qui appelle de la Clinique!

La clé de Mélanie bloque dans la serrure. La sonnerie se fait persistante. La porte s'ouvre enfin, j'attrape le récepteur de justesse:

— Allô?

— Élise, c'est Ginette!

— Oh! Ginette, quel bonheur de t'entendre! Je voulais justement t'appeler...

— Fernand est mort!

— QUOI?

— Fernand est mort!...

— Mais où?... Quand?... Comment?..

— Ce soir à huit heures à l'hôpital!

— Oh! non!, c'est pas vrai? Je ne le crois pas, je rêve!... Dis-moi que je rêve!

— J'ai essayé de te rejoindre à plusieurs reprises pour te dire qu'il était à l'hôpital, mais...

— De quoi est-il mort?

— Cancer du poumon!... Ils ont tenté l'opération; c'était trop tard!.. Tout s'est passé si vite!... si vite!...

— Quelle histoire!... c'est pas possible!

Ginette parle mais les mots tournent dans ma tête: incinération... demain matin... dans la plus stricte intimité... sept heures... matin... intimité... incinération... Elle raccroche et me laisse effondrée, brisée; j'ai mal à l'âme. Fernand, mon grand ami Fernand!... il n'avait que quarante-cinq ans et était si heureux avec sa Ginette!... Lui qui m'aura appris à ne pas tirer sur les carottes avant qu'elles ne soient poussées!... Je lirai Proust un jour, à sa mémoire...

Trop de choses se sont passées aujourd'hui. Je suis déchirée entre la joie et la peine; à la fois heureuse et malheureuse, je voudrais rire avec Lorraine et pleurer avec Ginette mais je reste figée sans sourire et sans larmes...

«Mon Dieu, je te donne ma Joie, je te donne ma Peine et mon Amour pour mes amis...»

* * *

Samedi le 17 juin...

Mélanie a mis des heures à se faire belle pour assister aux noces d'argent de son oncle et de sa tante. Elle porte fièrement la blouse que je lui ai cousue pour la circonstance. C'est sans doute de l'orgueil, mais je tenais à ce que mes enfants soient aussi élégants que du temps où leur père subvenait à leurs besoins.

Gilbert a gentiment offert de reconduire Mélanie chez Gabriel, assez tôt pour que ce dernier puisse prendre quelques photos avant la soirée. Il fait un temps superbe! Mélanie est radieuse. Elle s'attarde un instant pour nous embrasser, avant de s'éloigner et d'entrer chez son père. Je la regarde aller sans amertume; contrairement à ce que j'aurais crû, je ne me sens pas étrangère à cette fête, pas laissée de côté; je n'y vais pas, c'est tout!

La voiture fait demi-tour puis Gilbert me ramène sagement au Château. Nous ne passerons pas la soirée ensemble, de longues heures de garde le retiendront à l'urgence de la Clinique. Je profiterai donc de ces moments de solitude pour me retrouver face à face avec moi-même, *pour renouer connaissance avec Élise*. Je constate avec bonheur que la solitude ne me pèse plus; je l'ai apprivoisée, assumée, en prenant conscience de mon individualité et de ma capacité de vivre pleinement ma vie, avec ou sans les autres. C'est Abraham Lincoln je crois, qui disait: *«la plupart des gens peuvent être heureux, la plupart du temps, dans la mesure où ils ont décidé de l'être!...»*

J'ai devant moi des heures qui m'appartiennent et il n'en tient qu'à moi de faire en sorte qu'elles soient à mon image. Je vais profiter pleinement du calme et de la tranquillité de cette magnifique nuit d'été pour penser, méditer, rester dans le silence de mon être ou me laisser captiver par une lecture passionnante...

Gilbert me retrouve sur le balcon où, bercée sans doute par le ron-ron régulier des voitures passant dans la rue voisine, je m'étais laissée aller à un demi-sommeil réparateur.

— Oh!... c'est toi!... Quelle heure est-il?

— Minuit et demie!... À quelle heure attends-tu ta fille?

— Certainement pas avant les petites heures du matin! Gabriel a promis de la ramener!... Si je faisais du café?

— Bonne idée!

J'apporte la cafetière sur le balcon. Allongés sur nos chaises, nous bavardons simplement, attendant, sans l'attendre, le retour de Mélanie. Vers quatre heures, la voiture s'arrête devant la maison et Mélanie descend suivie d'Alexandre qui profite de l'occasion pour venir prendre son courrier. Je réalise soudain que, là, juste devant mon nez, se trouve la fameuse auto rouge qui m'a tant fait pleurer. Ann-Lyz est au volant; d'où je suis, je ne peux pas la voir, mais je suis certaine qu'elle me voit. Inutile de jouer à cache-cache puisque Gabriel, passant sa tête par la portière, me fait de grands signes de la main!

— Ça va «Mon Chérie»?...

— Ça va!... Avez-vous passé une bonne soirée?

— Excellente!... Mélanie te racontera!

Au même moment, Alexandre revient, me dit un petit «bonjour» timide, puis remonte dans l'auto; Ann-Lyz démarre aussitôt. En s'éloignant, Gabriel crie dans ses mains en porte-voix:

— Au revoir, «Mon Chérie»!... À un de ces jours!... TCHAO!

Et voilà!... la fameuse auto rouge est repartie comme elle était venue; presque dans un rêve. Je reste là, debout, les coudes appuyés sur le bord du balcon, la tête dans mes mains. Gilbert s'approche, me prend tendrement par l'épaule et pose un baiser sur ma nuque.

— Gilbert, tu as vu?... C'était l'auto rouge!... la «fameuse auto rouge»!...

— J'ai vu!

— Elle n'avait vraiment rien de bien spécial, n'est-ce-pas?

— Absolument rien!

— C'est exactement ce que je me disais: «Comment une petite auto aussi simple, aussi inoffensive, a-t-elle pu me faire aussi mal?»

Gilbert m'entraîne doucement, en me serrant amoureusement contre lui. Nous retrouvons Mélanie qui meurt d'envie de nous raconter sa soirée. Je voudrais me griser à l'infini de la présence rassurante de ces deux êtres aimés. Nous placotons jusqu'au lever du jour, Mélanie se retire dans sa chambre, Gilbert s'endort entre mes bras, tandis que moi, étendue à ses côtés, sur le grabat, je tremble durant des heures, sans trop savoir pourquoi...

* * *

Samedi le 24 juin...

Aujourd'hui, vingt-quatre juin, comme toute bonne Québécoise qui se respecte, je fête la Saint-Jean-Baptiste!

Mais d'abord, pour bien commencer la journée, je prends «officiellement» possession de la chambre d'Alexandre. Il était temps que je me décide. Depuis que Gilbert vit avec nous, les nuits sur le grabat deviennent de plus en plus éreintantes. Dormir par terre, au beau milieu du salon, nous oblige souvent à réduire nos élans amoureux à leur plus simple expression: «bonsoir, bonne nuit!...»

Nous aurons donc une chambre bien à nous, un coin qui nous ressemble, où il fera bon flâner, lire et nous aimer, sans que personne ne vienne violer notre intimité. Le décor est tout en douceur: rose pâle, gris perle et beige avec de gros rideaux de dentelle pendant à la fenêtre. J'ai acheté deux carpettes indiennes, Gilbert a acheté un lit, enfin un lit!, toujours sur le principe du «tes bébelles», «mes bébelles».

Après avoir consacré plusieurs heures à cet aménagement. Gilbert nous invite au restaurant, puis nous irons fêter la Saint-Jean dans le Vieux-Montréal où se rassemblent tous ceux qui pensent, chantent et parlent québécois!...

La place Jacques-Cartier est noire de monde; d'immenses haut-parleurs diffusent des chansons de Vigneault et de Ferland qui nous donnent des fourmis dans les jambes.

Les «gens de mon pays» dansent dans la rue et la bière coule à flot. J'aime me retrouver dans cette foule, solidaire de tous ceux-là qui me ressemblent, ceux-là qui parlent avec mes mots. Ils sont barbus, elles sont échevelées, mais ils sont tous beaux! Ils sont mes frères, elles sont mes sœurs, nous sommes de la même race.

Nous rencontrons des parents, des amis, des voisins. Mélanie se fait «tirer son portrait» dans une boutique de photos «à l'ancienne»; avec son chapeau de plumes, ma fille ressemble à ma grand-mère sur cette photo jaunie. Quel merveilleux souvenir!

Il est tard. Nous dansons dans la rue jusqu'aux petites heures du matin, puis nous rentrons chez nous étrenner *notre* chambre.

* * *

Mardi le 27 juin...

Dix-sept ans! Alexandre a dix-sept ans! Le garçon qui nous attend au «Péché Véniel» est déjà presque un homme. Accompagné d'une jeune fille toute timide, il lui fait les honneurs du repas en sirotant avec elle une vodka-jus d'orange sur glace.

La conversation demeure assez superficielle. Je préfère ignorer ce qui se passe chez Gabriel et Alexandre préfère n'en rien dire. D'un air calme et détaché, il parle sans arrêt avec l'accent pointu de son père; il a le geste de son père, l'élégance de son père et il fume comme une cheminée... comme son père!

Nous commandons des fruits de mer et une bonne bouteille de vin. Connaissant le petit côté gourmet de mon fils, je suis certaine qu'il apprécie énormément ce repas; par contre, il m'est extrêmement difficile de juger s'il en est de même pour sa compagne qui semble trop impressionnée par la volubilité de son chevalier servant pour émettre la moindre opinion. Elle écoute, bouche bée, toutes les énormités débitées par Alexandre, qui parle avec une assurance consommée sur n'importe quel sujet; ce qu'il ne sait pas, il l'invente, à la grande admiration de son interlocutrice. Que celui qui n'a jamais eu dix-sept ans...

Il changera certainement, nous changeons tous, un jour ou l'autre, et je connais beaucoup de jeunes garçons de dix-sept ans, qui commencent invariablement leurs phrases par: «MOI»... C'est normal puisqu'à cet âge, on est certainement la personne la plus intéressante qu'il nous ait été donné de connaître.

Gilbert porte un toast à la santé d'Alexandre. Nous chantons tous en chœur...

Cher Alexandre, puisses-tu découvrir en toi l'être unique et profondément merveilleux qui se cache en chacun de nous; c'est dans le silence intérieur que tu pourras l'entendre... sois patient!

* * *

Mercredi le 28 juin...

Le Jugement préliminaire en divorce de Jacqueline vient d'être prononcé, mais le Jugement-du-Vénéré-Juge est tellement aberrant que plus jamais je ne croirai en la Justice Humaine! Par une décision, prise à l'emporte-pièce, le Vénéré-Mysogyne-en-Robe-de-Juge a décidé que la garde des enfants ne serait pas confiée à la mère, parce qu'une mère «comédienne» c'est moins présent et plus fragile émotivement qu'une mère «ordinaire». Les enfants, surtout les adolescents, ont besoin, c'est bien connu, d'une «poigne solide». Jacqueline s'écroule. Toute la force, toute l'énergie qu'il lui a fallu déployer pour en arriver là! Je ressens une telle impuissance, une telle frustration face à cette décision de la Cour que ça me donne envie de vomir sur la soi-disant Justice de notre Société malade... Comme plusieurs, Jacqueline a été victime du jugement biaisé d'un Vénéré-Mysogyne-en-Robe-de-Juge et il en va des Vénérés-Mysogynes-en-Robes-de-Juges comme des *patates-en-robes-de-chambre*; à force de boursouflures, ils éclatent!

Je ne vais certainement pas abandonner ma grande amie dans un moment pareil. Je la ramène au Château où elle peut enfin laisser libre cours à ses larmes, Gilbert et moi tentons de la consoler de notre mieux mais quels mots trouver pour rendre acceptable une décision aussi injuste? Nous avons devant nous une femme qui ne boit pas, ne sort avec aucun homme, ne maltraite pas ses enfants!... Elle est comédienne?... Et puis après?... Nous ne sommes plus au Moyen-Âge!

Jacqueline, c'est une mère «le fun», qui rit, blague et taquine ses enfants. Elle a le don du merveilleux, du rêve, de la «jouerie» et ses enfants lui ressemblent; de vrais oiseaux de liberté...

Combien de fois s'est-elle assise au piano pour chanter avec eux?... Combien de fois a-t-elle inventé des jeux, des costumes, pour les distraire et les amuser?... Oui, c'est vraiment une mère «le fun», mais «le fun», ça ne pèse pas lourd dans la balance de la Justice. La Justice, «le fun»... connaît pas!

Si à la barre on m'avait demandé de définir Jacqueline dans son rôle de mère, j'aurais vanté sa nature chaleureuse et aimante; mais on ne me l'a pas demandé, pas plus qu'on a demandé à ses enfants de donner leur avis; tout ça parce que Jacqueline, trop confiante en la Justice, a refusé de leur faire subir un interrogatoire déchirant en les amenant témoigner devant le Juge. Et la voilà réduite à quitter la place. Le Jugement stipule que: «Monsieur devra trouver une personne responsable pour s'occuper des soins du ménage et de la garde des enfants»... C'est grotesque!

Nous offrons d'aller avec elle, chercher ses affaires personnelles. Bien sûr, elle pourrait attendre quelques jours pour quitter les lieux, mais l'idée de coucher une autre nuit dans cette maison d'où on la chasse, lui paraît insupportable.

L'auto ralentit devant ce qui fut «chez elle»; aussitôt, ses enfants se précipitent en larmes dans ses bras. On n'entend que des «ça s'peut pas?...», des «c'est pas vrai?... Maman, dis que c'est pas vrai!...» *La plus jeune pleure et crie: «Le maudit juge est fou!... fou!»* Jacqueline s'arrache péniblement à leurs caresses puis entre dans la maison calmement, la tête haute. Je sais bien qu'elle a le cœur gros et qu'elle se retient pour ne pas éclater. Comme toujours, elle essaie de semer le calme autour d'elle en évitant de donner prise à la colère.

J'aide Jacqueline à remplir sa valise; elle ramasse quelques effets auxquels elle est particulièrement attachée: les photos des enfants, leurs cadeaux, quelques livres... Puis, après avoir caressé une dernière fois ces cinq têtes qui lui sont si chères, elle s'engouffre dans l'auto. Elle ne se retourne pas pour regarder derrière. La tête enfouie dans ses mains, elle mord son mouchoir avec rage, retenant mal le bruit sourd des sanglots qui lui barrent la gorge. Nos regards se croisent, elle a compris. Jacqueline, chère Jacqueline, encore une fois, nous faisons la guerre!...

Nous laissons ses bagages au Château puis sortons tous les trois pour souper. Assise dans un coin retiré, Jacqueline ne mange pas mais retrouve peu à peu son sourire; elle parle maintenant de tout ça avec ce merveilleux sens de l'humour qui la caractérise. Que ceux qui s'imaginent l'avoir démolie se détrompent; Jacqueline c'est un poussah qui revient toujours sur son axe quand on croit lui avoir fait perdre l'équilibre.

Nous quittons le restaurant tard dans la nuit. Il a plu, le pavé reluit, étirant à l'infini les traces de lumière qui sillonnent la rue. Soudain, Jacqueline s'arrête et nous fait signe de nous arrêter aussi. Je m'inquiète:

— Que se passe-t-il?

— Attendez, vous allez assister à un événement solennel; recueillez-vous et regardez...

Elle enlève lentement l'alliance qu'elle porte à son doigt depuis près de dix-huit ans, la prend délicatement entre le pouce et l'index, la soulève religieusement au bout de son bras, comme une offrande en disant:

— Que ce qui ne m'a donné que la merde, retourne à la merde!

Puis, elle jette directement ce symbole dans le canal d'égoût, juste sous nos pieds. Soulagée et libérée, elle nous prend le bras en riant. Nous repartons presque joyeusement tous les trois dans la nuit. Jacqueline peut revivre, les jeux sont faits, rien ne va plus... *ITE MERDUM EST!*

* * *

Dimanche le 9 juillet...

L'été est à son plus chaud. Nous avons enfin terminé la décoration du Château et avons réussi à faire de notre appartement un coin où il fait bon vivre. Ma balançoire, bien installée «côté jardin», laisse croire que nous figurons dans un roman de Colette et que les plantes qui l'entourent ne sont là que pour créer cette impression de calme, de repos, de bien-être, si nécessaire à la bonne marche du roman. Tous les amis de Mélanie, qui fréquentent le Château, trouvent ça «au boutte» de pouvoir se balancer à leur aise au beau milieu du salon; la glissoire et le carré de sable, ce sera pour l'année prochaine!

Amhed est à New York pour quelques semaines et notre belle Marie-Claude vient languir son veuvage au Château. Elle et Mélanie sont devenues bonnes copines, ce qui est excellent tant pour l'une que pour l'autre.

La plupart de nos amis sont en vacances: Jean et Monique passent tout l'été à leur chalet, Pauline profite du soleil des Bahamas et Ginette, peu après la mort de Fernand, s'est réfugiée chez ses parents à la campagne. Restent Jacqueline et Barbara qui partagent très souvent, comme ce soir, nos soupers du dimanche, Anabelle et Bernard viennent également tour à tour se joindre à nous. Le Château fait table comble presque tous les soirs.

Ce soir, au dessert, je m'inquiétais de mon fidèle Philippe, qui ne m'avait donné aucune nouvelle depuis des mois. Il me téléphonait tous les jours, et puis plus rien, le silence complet. Ma grand-mère disait toujours: «Quand on parle du loup...» Le téléphone vient interrompre nos bavardages:

— Bonjour Comtesse!

— Philippe!... Je parlais justement de toi!... Qu'est-ce qui t'arrive, depuis le temps?...

—Je me suis retiré du monde, ma chère!

— Toi? Pas possible!... Depuis quand?...

— Trois mois ce soir exactement! Je suis allé d'abord à New York puis chez mon frère à Mont-Laurier; j'avais besoin de me retrouver, de repenser ma vie.

— Mais tu aurais pu téléphoner!

— J'ai essayé, crois-moi, et plutôt deux fois qu'une, mais tu es aussi difficile à rejoindre que la reine d'Angleterre!

— Pas tant que ça tout de même!

— Et toi, Comtesse, comment ça va?

— Merveilleusement bien!

— Et tes Amours?

— Ça va!... Gilbert vit avec nous maintenant!

— Et toi qui ne voulais plus t'y laisser prendre?

— Mais, je ne m'y suis pas laissée prendre; je ne suis pas prise du tout; Gilbert habite avec Mélanie et moi mais je reste la seule et unique locataire de mon Château. Nous vivons «à côté», pas «accottés»... tu comprends?

— Mais qui paye le loyer?

— C'est moi! Il n'est absolument pas question que je le partage avec qui que ce soit!

— Tu ne vas pas me dire que tu fais vivre un docteur?

— Tu peux bien rire!... Mais non, penses-tu! Gilbert fait sa part mais sur un autre plan; il paye ce que je n'aurais pas les moyens de m'offrir. En somme, nous vivons sur le mode Élise et sortons sur le mode Gilbert; ça me convient très bien comme ça, crois moi!

— Tu es la dernière de la race des grandes courtisanes!

— Une poule de luxe, quoi!

— Toi, *une poule de luxe*... tu veux rire? Tu es beaucoup trop affranchie pour ça!

— Alors, disons que je suis une C.A. pour *Courtisane Affranchie!*

— J'aime mieux ça!

— Oh! Dis donc, Philippe, quand est-ce qu'on se voit?

— Demain, si tu veux!

— D'accord! Si on se donnait rendez-vous à sept heures, au «Péché Véniel»... Tu connais?

— Pas du tout!

— C'est un charmant petit restaurant situé rue Saint-Denis; tu adoreras, j'en suis sûre; c'est à deux pas de la rue Mont-Royal!

— Je trouverai, sois sans crainte!... Gilbert viendra avec toi?

— Je ne sais pas, il est à la Clinique, sitôt qu'il arrive, je lui en parle. Si ça lui convient, nous viendrons tous les deux, sinon, j'irai seule. De toute façon, je serai au rendez-vous...

— J'ai hâte à demain!... Sois bonne!

Je ne sais pas exactement ce qui est arrivé à mon ami mais je suis certaine qu'il s'en sortira. Sa dimension spirituelle lui permet toujours de s'élever au-dessus de ses problèmes afin de puiser la force nécessaire pour les surmonter. Quoi qu'il en soit, je suis contente qu'il m'ait donné de ses nouvelles.Je suis vraiment très attachée à cet homme: son amitié m'est extrêmement précieuse. Si un jour, Philippe avait besoin de moi, j'aimerais pouvoir lui apporter une parcelle de la joie de vivre qu'il m'a offerte en temps de crise.

* * *

Lundi le 10 juillet...

Gilbert a spontanément accepté de m'accompagner au «Péché Véniel». Le patron nous accueille amicalement et nous conduit à notre table où Philippe nous attend. . Ce restaurant est devenu notre lieu de rendez-vous privilégié;

il y règne une ambiance particulièrement chaleureuse, on s'y sent chez soi, on devient vite «un habitué» pour finalement faire partie des amis de la maison. Nous en sommes là!

Que je suis heureuse de revoir Philippe! Nous nous retrouvons comme si nous ne nous étions jamais quittés; à croire que nos longs entretiens n'ont jamais cessé. Si mon ami a un peu maigri, en revanche il n'a rien perdu de sa verve; à peine sommes-nous arrivés qu'il parle déjà comme une pie, mais une pie intéressante ayant le sens de l'humour.

Gilbert prend part à notre conversation discrètement sans forcer les confidences. Il respecte trop la complicité qui existe entre Philippe et moi pour s'immiscer dans nos souvenirs du bon vieux temps de Biarritz, alors que Philippe m'a si souvent empêchée de sombrer dans le désespoir.

— Cher Philippe, je te dois mes meilleurs moments de rire de mon époque pré-gilbertaine; pourrai-je un jour assez t'en remercier?...

À ma gauche, Philippe, à ma droite, Gilbert, je regarde ces deux hommes avec une certaine émotion. Je ne peux cacher que j'éprouve pour chacun d'eux un sentiment très profond; pourtant, mon amitié pour Philippe n'enlève rien à mon amour pour Gilbert; et ça, je suis heureuse que Gilbert l'ait si bien compris. Ce qui prouve que les sentiments sincères et honnêtes ne laissent aucune place au fantasme et à la clandestinité.

— Savez-vous que je vous aime, tous les deux?

Ils se penchent vers moi pour m'embrasser. Comme c'est merveilleux de pouvoir exprimer ouvertement ses sentiments, de dire «je t'aime» à tous ceux qu'on aime et de vivre pleinement ces échanges de tendresse.

Deux têtes apparaissent à la fenêtre. Mélanie et Marie-Claude, passant par là, «comme par hasard», cherchent à nous repérer parmi les clients du restaurant. Gilbert les aperçoit et leur fait signe de nous rejoindre. Le cercle s'agrandit et nous terminons la soirée à cinq, dans la bonne humeur et la gaieté.

* * *

Mercredi le 19 juillet...

J'ai du travail par-dessus la tête; l'approche des vacances nous obligeant à doubler nos journées de bureau. Le téléphone de Gabriel vient me déranger.

— Bonjour, Mon Chérie, ça va?

— Ça va!...

— Écoute, j'ai pris une grande décision et je voulais t'en parler!

— Vas-y, j'écoute!

— Je rentre Alexandre dans l'Armée!

Les bras me tombent. Il ne va tout de même pas me vendre la salade du père qui se fie sur l'Armée pour «casser» son fils et lui «mettre du plomb dans la tête»...

— Tu... quoi?

— Je rentre Alexandre dans l'Armée! C'est la seule solution. Ça va lui faire du bien, ça va le «casser», lui «mettre du plomb dans la tête!...

— Une balle aurait fait pareil!

— Quoi?

— Rien... Et Alexandre, il est d'accord?

— Je ne lui en ai pas encore parlé, je voulais avoir ton avis d'abord.

— Et si tu lui demandais le sien?

— C'est inutile, ma décision est prise!... J'ai parlé à l'Amiral en Chef (rien que ça) tout à l'heure, il ne lui restait qu'une seule place; je l'ai réservée pour Alexandre!

— Ah!... bon!...

— Je ne lui laisse d'ailleurs pas le choix: ou il passe ou il casse!

— Gabriel, dis-moi, pourquoi m'as-tu téléphoné?

— Pour avoir ton avis!... Alexandre est aussi Ton Fils, que je sache!

— Je suis pour la Paix! Inconditionnellement pour la Paix!... Tu ne vas tout de même pas me demander d'encourager ta démarche!

— Comme tu n'as jamais été foutue d'en faire un Homme, je devrai le «casser» malgré toi!

— Fais ce que tu voudras mais ne me mêle pas à tes histoires.

— D'accord! D'accord!... ENCORE UNE FOIS, je prendrai TOUTES les responsabilités!... Ça va! Ça va!... J'ai compris!... Ça m'apprendra à te demander ton avis. Désormais, je ferai ce que j'aurais toujours dû faire; j'agirai et je te mettrai au courant après!

— Ce ne sera même pas nécessaire!

— Alors, tu n'es pas d'accord?

— Je te répète que je suis pour la Paix!

— Bon! Eh bien, dans ce cas, je sais ce qui me reste à faire!...

— Fais-le et laisse-moi tranquille!

— Compte sur moi!... salut!

— Salut!

Mettre Alexandre dans l'Armée! Ça me paraît tellement ridicule; lui qui est déjà en pleine révolte contre la Société... Que certains jeunes gens rêvent de s'enrôler et le fassent, je n'ai rien contre; mais que l'Armée devienne le dépotoir de toutes les fortes têtes dont les parents ne viennent pas à bout, c'est archaïque et complètement dépassé! Pourquoi ne pas les enfermer au cachot, au pain sec et à l'eau, comme au temps d'Oliver Twist? Ça vous faisait des

«Hommes», mais à quel prix?... Imaginer un père de famille, un verre à la main, annonçant autoritairement à Son Fils qu'il va l'enrôler dans l'Armée pour en faire un Homme... ça m'écœure!

De toute façon, je ne veux plus me laisser détruire par le sort d'Alexandre; il a choisi de vivre avec son père, qu'il s'arrange avec son père. Nous devons passer à nouveau devant la Cour à la mi-août et je ne doute pas une seconde que le Vénéré Juge, en voyant devant lui *un brave petit matelot avec sa petite coupe de cheveux militaire et ses belles petites bottines cirées*, va s'imaginer que tout est réglé.

Et en avant, MARCHE!... une-deux, une-deux...

* * *

Jeudi le 10 août...

HEUREUX QUI, COMME ÉLISE, VA FAIRE UN BEAU VOYAGE! Nous sommes partis aux petites heures du matin, en direction de la mer... Prévoyant que le voyage durerait plusieurs heures, Mélanie et Dodo ont apporté une provision de jeux de cartes, de livres et de friandises. Leur magnétophone à cassettes nous renvoie les chansons de Diana Summer de manière un peu discordante...

Au bout d'une heure, la musique arrête; nos deux déesses, recroquevillées l'une contre l'autre, se sont endormies. Gilbert et moi ne parlons pas beaucoup, mais ce silence n'est pas lourd; au contraire, c'est une espèce de complicité silencieuse, une transmission de pensée.

Les filles se réveillent par intermittence mais le mouvement monotone de la voiture les rendort aussitôt que nous reprenons la route. Tout est si calme, si tranquille! Je veux goûter chaque seconde de ces vacances. J'ai envie d'être heureuse... Gilbert me prend la main de temps en temps, nous savourons ces brefs moments de tendresse; nous voilà souriants, amoureux comme deux enfants!...

Après quelques heures de repos dans un motel, nous reprenons notre route. Le soleil se lève à l'horizon. Peu à peu la journée s'ébranle et nous voilà maintenant sur le dernier bout de chemin nous menant à Wildwood...

Le motel réservé à l'avance nous attendait. Nous montons les valises. Les filles n'ont qu'une seule idée: LA MER!

Je décroche aussitôt complètement de la ville et de la Clinique, savourant ces vacances comme un bienfait inestimable. Je me regénère, je refais le plein et goûte mes premières vacances de *femme qui travaille*. Je rêve de me laisser dorer, caresser par le soleil. Y a-t-il un plus grand bien-être que de se retrouver seule avec soi-même, confortablement installée sous un parasol, à deux pas de la mer qui gronde, un bon livre dans la main gauche, une boisson rafraîchissante dans la main droite et les orteils profondément enfoncés dans le sable chaud?

Je regarde Gilbert qui se laisse emporter par les vagues; on dirait un gamin qui s'amuse. Il me rejoint:

— Tu ne viens pas?
— Plus tard!... Pour l'instant, je suis bien!

Il se penche pour m'embrasser. À quelques pas de nous, Mélanie et Dodo s'en donnent à cœur joie, elles sont heureuses. Soudain, le temps n'existe plus, nous sommes nulle part... c'est l'Éternité!

* * *

Après une semaine du régime mer, soleil et sable chaud, je me sens d'attaque pour reprendre le cours normal de ma vie. Gilbert présente un hâle à faire rêver, Mélanie a l'air d'une indienne et Dodo, après plusieurs tentatives et de nombreuses brûlures, pourra finalement étaler aux yeux des envieux, son bronzage de magazine.

Le retour au Château se fait sans anicroche. Nous revenons chez nous encore plus amoureux, si c'est possible. Ces vacances nous ont permis de nous retrouver, de mieux nous connaître. Tel que convenu, j'ai laissé Gilbert assumer le coût du motel et j'ai payé le surplus nécessaire pour amener les filles. Je me suis laissée gâter sans que mon autonomie en prenne un coup; il est essentiel que les choses soient claires sur ce point.

— Quand est-ce qu'on arrive?

La voix de Mélanie me fait sursauter.

— Dans quelques heures... rendors-toi!

Aussitôt dit, aussitôt fait. Appuyées sur les serviettes de plage Dodo et Mélanie terminent le voyage dans les bras de Morphée. Gilbert me regarde tendrement:

— Tu sais que je t'aime?
— Oh! oui, je le sais!... Et je t'aime aussi!

Il se tait, je me tais, nous poursuivons notre route en écoutant de la musique douce.

* * *

Dimanche le 20 août...

J'ai invité Alexandre à souper afin de lui remettre quelques cadeaux rapportés du voyage. Il s'amène avec un copain; ce soir, le Château a l'insigne honneur de recevoir sous son toit deux futurs marins de Sa Majesté. Ils arborent tous deux les souliers cirés et la coupe de cheveux «rase-bol» qui ferait la joie de la plupart des pères qui croient que l'éducation de *leur* fils se résume à la longueur des cheveux. Pour ma part, je ne m'habitue pas à voir *mon* fils tondu comme un mouton.

Élise, chère Élise, tu avais pourtant promis de ne pas faire de commentaires...

Nos deux invités se sentent riches, ils viennent de recevoir leur paye: deux cent cinquante dollars comptant, pour deux semaines de travail et, si j'en crois mes oreilles, ils ont eu, hier soir, un de ces «party-de-paye» à se rouler par terre. Il existerait apparemment une coutume qui veut que les jeunes marins se retrouvent les soirs de paye et «payent la traite.» On leur vendrait alors la boisson à moitié prix, ce qui veut dire qu'un verre de «fort» qu'on leur vend ordinairement quatre-vingts sous; leur serait offert ce soir-là pour la modique somme de quarante sous et que la bonne bière de chez nous, que nos petits marins payent habituellement cinquante sous la bouteille, ne leur en coûterait plus que vingt-cinq. C'est aberrant! J'ai du mal à le croire mais j'ai devant moi deux *petits tondus* qui l'affirment; et ils n'ont que dix-sept ans!

Si un jeune homme de dix-sept ans est surpris à boire une bière au Café Campus ou dans un bar du Vieux-Montréal, on l'arrête immédiatement sous prétexte qu'il n'a pas le droit de boire en public puisqu'il n'a pas dix-huit ans. Or, ce jeune homme aura payé sa bière au prix fort et n'aura pas, la plupart du temps, deux cent cinquante dollars en poche. Ainsi donc, si je crois ce qu'ils me disent, *nos petits tondus*, argent en main et avec la bénédiction de l'État, se saouleraient la gueule tous les soirs de quatre heures à six heures, avec une «vente de feu» les soirs de paye. Je connais plusieurs de mes amis des Alcooliques Anonymes qui en auraient long à raconter sur leur première brosse dans l'Armée.

Malgré tout, le souper se déroule gaiement; nos deux compères-compagnons sont de bonne humeur. J'éprouve beaucoup plus de plaisir à revoir Alexandre depuis qu'il ne vit plus sous mon toit; je me sens moins prise par mes émotions quand je le vois. Toutefois, je constate que la Marine commence à lui rentrer dans le corps; il doit se lever à cinq heures tous les matins pour être fin prêt à six heures et demie; tiendra-t-il le coup bien longtemps à ce rythme?.

À la fin de la soirée, Gilbert offre de ramener Alexandre et son ami chez eux. Sur le chemin du retour, nous échangeons nos points de vue sur ce qu'ils nous ont raconté. Je dois avouer que ces confidences m'ont un peu bouleversée; où tout cela va-t-il le mener?

«Mon Dieu!.. est-ce vraiment là Votre Volonté?»

* * *

Samedi le 26 août...

Tour à tour, nos amis reviennent de vacances; la vie reprend son cours normal. Je n'ai pas vu Monique et Jean depuis fort longtemps, nos activités personnelles nous ayant accaparés chacun de notre côté; ce soir, ils sont nos invités.

Revenant d'une longue balade à la montagne qui leur a donné une fringale de tous les diables, Mélanie, Dodo et deux copains ont pique-niqué sur la table de la cuisine, incapables d'attendre l'heure du souper.

Ils se balancent tous les quatre tandis que Monique, Jean, Gilbert et moi partageons nos agapes. On sent un certain malaise dans l'air; Dodo a déjà reçu plusieurs coups de téléphone de sa mère, elle tremble et je la trouve de plus en plus pâle. Cette situation vient quelque peu gâter notre repas. Je n'arrive pas à m'expliquer ce qui se passe, les parents de Dodo savaient pourtant qu'elle devait passer le week-end chez nous...

Dodo se dispute avec sa mère au téléphone. D'où nous sommes, nous pouvons entendre distinctement le père de la petite crier qu'il va la tuer. Il est ivre! Dodo pleure au bout du fil. Sa mère lui ordonne de rentrer immédiatement à la maison. Je ne peux pas laisser cette conversation s'envenimer davantage.

«Mon Dieu, donnez-moi la Sérénité d'accepter les choses que je ne peux changer!...»

Je ne peux certainement changer ni le père ni la mère de Dodo mais rien ne m'empêche d'intervenir pour voir ce qui se passe chez moi.

«le Courage de changer les choses que je peux!...»

Je peux au moins protéger Dodo, l'héberger au besoin, lui offrir de l'aide...

«la Sagesse d'en connaître la différence!...»

Je prends l'appareil:

— Bonsoir, Louise, c'est Élise, que se passe-t-il?

— Dis à Dodo de s'en venir tout de suite!

—Écoute, nous sommes à table, dès que nous aurons terminé notre repas, Gilbert pourra la ramener chez toi!...

— Dis-y qu'elle s'en vienne tout de suite!...

— Mais, il était entendu qu'elle devait coucher chez nous...

— Son père veut plus, c'est tout!

— Louise, ton mari est en colère, ne crois-tu pas qu'il serait préférable que Dodo reste ici, le temps que les esprits se refroidissent?

— Passe-moi ma fille!... Je te dis qu'elle va manger une maudite volée si elle s'en vient pas... Envoye, passe-moi ma fille!

Je tends l'appareil à Dodo qui écoute en silence durant quelques secondes puis referme l'appareil. Elle me regarde, désespérée:

— Mon père s'en vient me chercher!...

— Ne crains rien, nous sommes là!

Jean et Monique ne vont certainement pas s'offusquer d'un repas quelque peu perturbé; ils en ont vu d'autres, eux qui ont aidé tant de gens aux prises avec des problèmes. Dodo nous fait pitié avec ses grands yeux tristes.

Jean prend l'offensive:

— Ma belle Dodo, ton père est complètement saoul, tu sais très bien qu'il ne viendra pas!

— Ma mère a dit qu'y s'en venait!...

— Ta mère a dit qu'il allait venir, mais moi je sais qu'il ne viendra pas!... Tu sais, les «alco», moi je connais ça!

— J'ai peur, je sais qu'y va venir...

— Ne crains rien, nous sommes là et nous avons l'habitude de faire face à des gens qui ont bu... Penses-tu que ton père pourrait me faire peur?

Et ce disant, Jean déplie sa taille d'un mètre quatre-vingt et des poussières, en mettant ses poings sur ses hanches dans un geste autoritaire, ce qui a pour effet de dérider tout le monde, même Dodo. Nous pouvons espérer une légère trêve. Nous tentons de continuer tranquillement notre repas. Dodo s'est retirée un peu à l'écart, je la sens fébrile, nerveuse. La sonnerie du téléphone la fige sur place. Je réponds.

— Élise, passe-moi Dodo!

— Louise, écoute-moi!...

— Je veux qu'elle s'en vienne tout de suite, as-tu compris?... Je te dis qu'elle va en manger une maudite en arrivant!... Dis-y que si elle s'en vient pas tout de suite, c'est son père qui va aller la chercher!...

Élise, chère Élise, tu ne vas pas laisser cette petite partir toute seule dans la tempête?...

Je la regarde, elle est morte de peur. Il y a tant de jeunes qui fuient ou se suicident pour moins que ça...

«Mon Dieu!.. donnez-moi le Courage, la Sagesse... vite!»

— Louise, écoute bien ce que je vais te dire: «JE GARDE DODO POUR LE WEEK-END!» C'est clair?

— Je vais envoyer la police chez vous!... Envoye, donne-moi ton adresse!... Envoye...

— Trois cent soixante Linton, appartement cinq zéro deux!

— J'envoie la police, là!... Je t'avertis... Je l'appelle, là!...

— Fais ce que tu voudras mais Dodo restera chez moi!

Elle raccroche brutalement. J'ai eu la force de garder mon calme. Dodo pleure. Je la prends contre moi:

— Ne crains rien!

— Elle va envoyer la police, je le sais, j'ai tout entendu!...

Comment faire comprendre à cette petite que sa mère n'appellera pas la police? Comment calmer une adolescente survoltée? Dodo a l'air d'un petit chat blessé pris de panique.

Les jeunes viennent tous s'asseoir à table avec nous. Je réchauffe le café. Dodo tremble de tous ses membres. Elle meurt de peur. Pauvre Dodo!... Comment lui expliquer que la Peur n'existe pas dans l'Univers, qu'elle n'est qu'en elle? J'ai eu moi-même si peur déjà!...

Jean fait des blagues, les jeunes rient mais je les sens terriblement nerveux, craignant malgré tout que la police arrive. J'essaie de les calmer:

— Et même si la mère de Dodo appelait la police; que voudriez-vous qu'elle fasse?... Rien, absolument rien...

Un des copains tente une réponse:

— La police pourrait nous arrêter!

— Pourquoi?... Il est neuf heures, vous êtes tous les quatre tranquillement assis avec nous, qui sommes des gens honnêtes, et il n'y a ni drogue, ni alcool dans la place... alors?

Jean redéplie son mètre quatre-vingt et des poussières:

— Vous savez, la police non plus, ça me fait pas peur!...

Les jeunes rient mais la sonnerie du téléphone a l'effet d'un coup de glas. Je réponds. Impossible de placer un mot tant la mère de Dodo hurle au bout du fil. Son père crie encore qu'il va la tuer; belle perspective!

— Louise, Louise, calme-toi, écoute-moi!...

— Dodo est-elle partie?

— Non! Et elle ne partira pas; je te l'ai dit, elle couche chez moi!...

— La police y va, là!... Je l'appelle, là!

— Je l'attends!

Je raccroche avant qu'elle n'ait le temps de rétorquer. Les copains me regardent, l'air éberlué. Le plus grand des deux n'en revient pas;

— Aye!.. je vous dis que vous êtes pas mal «au boutte» de prendre la part de Dodo contre sa mère!... Vous êtes «au boutte!»... sacrifice!... Aye, j'en reviens pas!

— Tut! Tut! Tut!... surtout, ne nous méprenons pas; je n'ai pas pris la part de Dodo CONTRE sa mère, je ne sais d'ailleurs même pas ce qui s'est passé exactement, j'ai pris partie CONTRE LA VIOLENCE; c'est différent! Je ne peux plus supporter la violence et je sais, par expérience, que la seule façon de lui échapper c'est la fuite. On s'enlève de là jusqu'à ce que l'orage soit passé pour revenir ensuite discuter calmement une fois que les têtes sont refroidies. Je ne pouvais pas, en toute conscience, laisser partir Dodo vers cet enfer de cris et de jurons.

Dodo me regarde fixement:

— Je me serais sauvée!

— Il n'y a rien de pire que de traquer un être humain, on peut alors le pousser à faire les pires bêtises. Comme le père de Dodo doit partir dans quelques heures pour ne revenir que la semaine prochaine, Dodo pourra, dès demain, téléphoner à sa mère, qui sera sans doute mieux disposée à lui parler; en tout cas, elle sera certainement moins furieuse. Seule avec elle, Dodo pourra prendre tout le temps qu'il faudra pour s'expliquer...

Le plus petit des deux copains tente une timide intervention:

— Et la police?

— Vous voyez bien qu'elle ne vient pas! Si seulement cela pouvait vous apprendre à ne jamais faire de menaces que vous n'êtes pas prêts à mettre à exécution. Dans la vie, voyez-vous, il y a toujours des moments où il faut prendre une décision, poser un geste; on ne dit pas: «Je vais appeler la police!», on l'appelle; on ne dit pas: «Je vais partir!», on part! Sinon, personne ne nous prend plus jamais au sérieux.

Je ne sais pas s'ils ont compris mais quand les copains partent, Dodo est calmée; elle et Mélanie se retirent dans la chambre et nous pouvons enfin prendre notre troisième café sans être dérangés. Heureusement que tous les soupers du Château ne sont pas du même acabit!

* * *

Mardi le 5 septembre...

ATTENDU que la partie requérante a formé une demande en divorce contre la partie intimée;

ATTENDU que la partie intimée n'a pas comparu dans les délais prévus et que défaut a été enregistré contre elle;

VU la preuve faite et les pièces versées au dossier;

CONSIDÉRANT que la requête est bien fondée;

PAR CES MOTIFS: etc..., etc...

VU que la requête soumise à la Cour aux fins de rendre irrévocable le jugement conditionnel de divorce dans la présente instance;

ATTENDU que le jugement conditionnel n'a pas été porté en appel et que le dossier ne laisse voir aucune raison valable pour qu'il ne soit pas fait droit à la présente requête;

PAR CES MOTIFS:

LA COUR DÉCLARE que le jugement conditionnel prononcé le *19 avril 19..* est maintenant irrévocable et que la partie requérante *Élise Desmarais* dont le mariage avec la partie intimée *Gabriel Lépine* a été célébré le *28 novembre 1960* est divorcée par les présentes de la partie intimée.

Et c'est signé, étampé, en bonne et due forme. Cette attestation de la Cour me fait tressaillir. Bien sûr, je savais que j'étais divorcée de Gabriel; bien sûr, je savais que la demande aux fins de rendre le divorce irrévocable avait été déposée par mon avocat à la date prévue par la Loi; mais je ne me rendais pas vraiment compte de la véracité des faits.

À partir de maintenant, je ne suis plus mariée à Gabriel Lépine, cette union est finie, irrémédiablement finie; je possède un papier officiel qui l'affirme. Pour la première fois, je prends pleinement conscience de l'implication de ce geste. On fait d'abord les démarches qui s'imposent, un peu poussé par les évènements, on vit le cauchemar de la séance à la Cour et puis, on attend; on attend patiemment qu'il se passe quelque chose, mais il ne se passe rien de bien différent de ce qui se passait dans les mois précédents; rien, si ce n'est qu'on peut dire, sinon prouver qu'on est désormais divorcé.

Aujourd'hui, j'ai la preuve, noir sur blanc, que le mariage d'Élise et de Gabriel est de l'histoire ancienne et qu'il n'existe plus que dans la mémoire de ceux qui ignorent les dernières nouvelles ou qui persistent à croire que le mariage est éternel et ne finit qu'avec la mort de l'un ou l'autre des conjoints.

Élise, chère Élise comment quelque chose d'«Éternel» peut-il finir avec la Mort?

Peut-être un jour, dans une autre vie, retrouverai-je le Gabriel que j'ai tant aimé? Ce n'est certes pas mon divorce terrestre et bassement légal qui pourra y changer quelque chose.

Donc, légalement, je suis libre et pourrais me remarier immédiatement si je le voulais; le voudrai-je jamais? Qu'on me montre un seul avantage à un deuxième mariage; quel peut être l'intérêt d'être unis par la Loi alors qu'il est si pénible d'être désunis par Elle?...

Quand tout va bien entre deux êtres qui s'aiment, qu'est-ce qu'un mariage civil peut apporter de plus, si ce n'est une fausse impression de sécurité et la bénédiction de la bienveillante Société qui a tant de mal à accepter qu'on puisse vivre en liberté? Il faut se retrouver face à un divorce pour voir jusqu'à quel point les pseudo lois qui, supposément, nous protègent, n'ont plus de dents, le moment venu, et qu'il ne sert à rien de signer des contrats pour remplacer l'Amour quand il n'existe plus.

Je choisis librement de vivre «à côté»; plus jamais «accotée», «attachée» ou «mariée». J'aime Gilbert en toute liberté et lui suis fidèle en toute liberté. Si jamais rien ne va plus entre nous, il partira de son côté, en emportant «ses bébelles», et je partirai du mien en emportant les miennes...

Gilbert s'approche de moi. J'ai encore le papier de la Cour à la main...

— À quoi penses-tu?

— Je défroissais mes ailes!... Je goûtais avec ivresse une nouvelle sensation de liberté... Je t'aime!

Il me prend dans ses bras. Je sais qu'il comprend ce que je veux dire quand je lui répète qu'il a sa place, bien à lui, dans ma vie. Il ne remplacera jamais Gabriel; qui pourra jamais remplacer personne? Non, Gilbert est là; aujourd'hui, ici, maintenant, il est là! L'instant présent est le seul qui compte; demain, dans cinq ans, dans dix ans?... On verra!

* * *

Vendredi le 8 septembre...

Renseignée par ma sœur Lorraine, Marie, une ancienne voisine et amie de Versailles me rejoint à la Clinique. Elle est affolée:

— Élise, Élise, il faut que tu m'aides... Denis a perdu la tête, il est devenu fou, il veut partir avec les enfants!...

Son mari prend l'appareil:

— Élise, ne l'écoute pas, ma femme est folle, complètement folle!

Marie arrache le téléphone des mains de son mari:

— Élise, écoute-moi bien, c'est lui qui est fou: tu sais ce qu'il a fait?...

Évidemment non, mais je sens que je ne vais pas tarder à le savoir. À travers ses pleurs saccadés. Marie me raconte en détails la dispute qu'ils viennent d'avoir, tandis que Denis, en parlant plus fort qu'elle, intervient constamment pour donner sa version. Bien sûr, il n'est pas fou; bien sûr, elle n'est pas folle; ils sont seulement perturbés, chamboulés, en pleine crise. J'arrive enfin à placer un mot:

— Marie, ma petite Marie, si tu me téléphones de si bonne heure, pour me raconter ta peine, j'imagine que c'est parce que tu as confiance en moi. Je vous propose, à tous les deux, d'aller vous rencontrer immédiatement après mon travail; j'irai même avec Gilbert, si tu veux... À quatre, nous y verrons plus clair...

— C'est d'accord!...

— Alors, sèche tes pleurs et attends-nous...

Nous arrivons un peu après cinq heures. Marie guette à la fenêtre, tandis que le beau Stéphane et la petite Annie s'amusent à ramasser des feuilles mortes, sans se soucier de leur maman qui les regarde les yeux pleins de larmes. Le terrain de leur superbe maison de banlieue est immense. À leur porte, j'imagine un écriteau en lettres d'or: «LA MAISON DU BONHEUR!...»

Je m'arrête un instant sur le bord du chemin. Là-bas, à quelques pas à peine, c'est Versailles! Ma vie fait marche arrière et le film se déroule au ralenti: On se rencontre, on s'aime, on se marie; les premières années sont les plus difficiles mais on espère qu'un jour... Et puis vient un enfant, le premier, quelle merveille; personne, de mémoire d'homme, n'en a vu d'aussi beau. La vie repart à trois; le petit être a ses droits, il fait ses dents, ses premiers pas; on attend le deuxième... Mon Dieu, pourvu que ce soit une fille, pour faire le couple!... Elle naît, mignonne et blonde puis très vite, elle grandit. Le charmant quatre pièces est bientôt trop petit; il faut trouver plus grand et déjà la maison commence à poindre à l'horizon. On la voudrait modeste; juste un coin de terrain pour la joie des enfants avec peut-être un jardin; les légumes sont si chers et les fleurs si jolies! Le dimanche, en famille, on s'en va visiter; pas encore pour acheter, juste pour regarder... Deux fois, trois fois, quatre fois on retourne sur place; sitôt qu'on en trouve une, pas trop loin, pas trop cher, c'est parti pour le rêve!... Ici l'air est plus pur, il fait bon, on respire. Comme c'est merveilleux de pouvoir élever ses enfants à l'abri, loin du bruit et de la pollution!...

Le soir, après le coucher des enfants, on en parle à voix basse; on calcule, on prévoit et puis, enfin, on hypothèque... Avec un peu de chance, on emménage «chez soi» juste à temps pour l'école; le premier entre déjà à la maternelle; maman traîne l'autre au centre d'achats!...

La banlieue s'étend, les voisins s'installent... les taxes montent en flèche, mais en comptant ses sous on peut y arriver. On ne sort plus, ou presque; pas le temps, pas d'argent, mais qu'importe? Quelle joie de recevoir l'été sur la terrasse et l'hiver au sous-sol! À propos du sous-sol, il faudrait l'agrandir, finir la cave, en faire une salle de jeu, construire un bar et prévoir un coin plus vaste pour veiller avec les enfants... Le salaire à lui seul ne comble plus le vide; il faudrait plus d'argent. Le mari vient souper de moins en moins souvent, parfois il téléphone: «... des heures supplémentaires, du travail au bureau... C'est pour le bien de toute la famille!... il faut être *raisonnable*!... On bouscule les enfants pour les faire manger et puis, sitôt qu'ils sont couchés, on pleure à fendre l'âme... Il faudrait en parler calmement mais quand vient le moment, on n'ose plus, on se tait; à quoi bon faire des reproches?...

Un soir, au coin du feu, on met les cartes sur la table. Chacun ouvre son cœur, on croit toucher le point. Ensemble, on tire des plans; on refait la cuisine et on repeint l'entrée... Un jour, un peu plus tard, on ajoute une pièce; on l'adore, on s'en lasse et puis tout recommence, comme une roue qui tourne sans jamais s'arrêter!...

En me voyant songeuse, Marie ouvre la porte et me crie du haut du palier:

— Veux-tu acheter la maison?

Je souris sans répondre puis m'avance vers elle et la serre dans mes bras; elle a les yeux rougis... Derrière, dans la cuisine, j'aperçois Denis, lui aussi a pleuré. Que s'est-il donc passé? Personne ne peut le dire; chacun des deux affirme que l'autre a commencé. Je propose à Denis de lui enlever sa femme: pour ce soir, pour cette nuit, je l'emmène au Château. Il me regarde tristement, passe nonchalamment la main dans ses cheveux en bataille en me disant d'un air résigné:

— ... Je veux bien qu'elle aille avec toi, mais sans les enfants!...

— D'accord, sans les enfants... éloignés l'un de l'autre, vous y verrez plus clair!...

Marie me suit sans résister; de chez elle au Château, elle ne dit pas un mot. Je parle avec Gilbert, respectant son silence...

— Si nous allions marcher, la nuit est merveilleuse?

Je l'entraîne avec moi; nous marchons à pas lents vers le Mont Royal. L'Université de Montréal offre un spectacle de lumière presque spatial, se détachant d'un ciel sombre et profond... Marie ne voit pas qu'il fait beau, puisqu'elle transporte son nuage. Elle se promène dans un monde à part, la tête entourée d'une brume épaisse et noire, lui cachant le ciel et la réalité. Elle ne pense qu'à Denis et ce soir, elle le hait comme jamais elle n'aurait cru pouvoir haïr:

— Si tu voyais comme il est bête, méchant, égoïste, cruel... Il ne me regarde plus... Il ne m'aime plus... Il m'en a fallu beaucoup, tu sais, pour que je t'appelle!...

— Ma belle, ma douce Marie... J'ai hurlé, moi aussi; je comprends ceux qui hurlent...

À force de parler, j'arrive à faire sortir le chat du sac: *Marie s'ennuie de Marie!* Elle ne prend plus le temps de penser à elle, ne lit plus, ne voit plus ses amis... Elle voudrait étudier, travailler, être utile, au lieu de passer son temps à regarder passer le temps par la fenêtre du salon; à trente ans, quelle pitié!...

Nous passons une grande partie de la nuit à bavarder. Parfois, entre deux séances de «braillage», Marie arrive à s'assoupir quelques instants. Au matin, je la retrouve heureuse et souriante:

— Élise, j'ai réfléchi, la nuit m'a fait du bien!

Et comment qu'elle a réfléchi!... La nuit n'aura servi qu'à faire tourner le vent; c'est *elle,* la seule fautive et Denis est un saint. Il devient bon, aimant, travaillant, juste et tendre; tandis qu'elle est méchante, égoïste et sans cœur... Comment un ange comme Denis peut-il aimer un démon comme elle? Quand Denis téléphone, Marie pleure et s'excuse:

— Non, non, c'est moi!... oui, mon chéri, c'est ma faute... non, mon chéri, je t'assure, non, c'est moi. Oh! oui, mon amour... À tout de suite, j'arrive... Non, non, surtout ne te dérange pas, je vais prendre un taxi... Je t'aime!...

Elle raccroche, prend son manteau, son sac et part en m'embrassant rapidement sur la joue.

— Merci, Élise, merci pour tout!

— Veux-tu que j'appelle un taxi?

— Non, non, c'est pas la peine, j'en prendrai un dans la rue... merci encore, merci beaucoup!

Je la regarde aller, joyeuse, presque insouciante. Elle court, hèle un taxi, s'y engouffre et s'envole amoureusement vers son Denis.

Je suis épuisée, claquée, complètement vidée... Gilbert se lève et me rejoint dans la cuisine:

— Marie est partie?

— Oui, elle vient tout juste...

— Que s'est-il passé?

— Je te raconterai; pour l'instant, je n'ai qu'une envie: nous faire un bon café!

* * *

Jeudi le 28 septembre...

L'automne est mordoré, pourpre, écarlate et la nature en fête offre son spectacle ultime, la fin, l'apothéose! Nous filons sur la route de La Malbaie depuis plusieurs heures et je n'en finis pas de m'émerveiller; le Québec est superbe en septembre!

Gilbert se rend à un congrès et, pour la première fois, je l'accompagne. Ces quelques jours de repos, loin du bruit de la ville m'apparaissent comme un havre de paix.

Je rêve de me retrouver seule avec Gilbert, de dormir dans ses bras et d'aller me promener en froissant les feuilles mortes; leur crissement sec, l'odeur des sous-bois!... Partir tous les deux, juste pour le plaisir d'être ensemble, car à la vérité, je n'ai rien à faire là, si ce n'est de me prélasser au soleil tandis que Gilbert entendra les exposés hautement scientifiques de ses confrères; leur langage hermétique impressionne-t-il encore quelqu'un? Je préfère me réfugier dans un livre.

Je n'imaginais pas que la distance fût si grande entre Montréal et La Malbaie. Il fait maintenant nuit noire. La route est extrêmement étroite; la fatigue et l'impression d'être «au milieu de nulle part» me donnent le vertige m'empêchant de jouir pleinement du spectacle unique et inédit que nous offrent les aurores boréales. Je découvre les secrets du ciel de mon pays, un pays immense, aux dimensions de géants.

Nous arrivons, trop tard pour explorer l'endroit où nous passerons les prochains jours. On nous conduit immédiatement à notre chambre. Nous marchons sur la pointe des pieds pour éviter de réveiller tous ces disciples d'Hippocrate... Demain, nous aurons la surprise.

Vendredi le 29 septembre...

Il fait beau à rêver. Après le petit déjeuner dans la chambre, Gilbert me quitte pour assister à la première session de la journée. Je sors me promener toute seule le long du fleuve Saint-Laurent qui, à cette hauteur, se donne déjà des airs d'océan.

Une vieille véranda ensoleillée invite au repos. Je me laisse tenter et m'y installe avec mon livre mais je n'ai pas vraiment envie de lire. Assise à l'écart, j'observe ce qui se passe autour de moi, tout comme si j'assistais à un spectacle auquel je ne serais pas invitée. Je me sens étrangère. Je ne suis pas une femme de docteur, je n'en ai ni l'allure, ni les manières. Je ne porte ni la jupe de tweed, ni le tricot signé qui conviennent et je n'ai pas, non plus, la botte de cuir dispendieuse par laquelle on distingue celle qui a réussi, ou plutôt, celle dont le mari a réussi.

Je reste dans mon coin, j'ai envie d'être seule. J'ai la désagréable sensation d'être épiée, montrée du doigt. Je suis «l'intrigante», la maîtresse du docteur Gauthier, celle qui vient «à la place de l'Autre»!... Et pourtant, je ne suis là à la place de personne puisque la place était libre. Je réalise qu'il m'aurait été impossible d'engager une relation avec un homme qui n'aurait pas été complètement libre. Je chéris trop ma liberté pour m'enliser dans une relation sans issue...

Je réussis à me perdre dans ma lecture. La main de Gilbert sur mon épaule me fait tressaillir. J'ai faim. Nous allons à la cafétéria. Gilbert connaît tout le monde; il sourit, serre des mains, me présente. Je suis mal à l'aise; ma jupe est démodée, ma blouse trop habillée...

Après dîner, nous avons droit à une heure de détente; une heure pour flâner, nous sourire, nous aimer. Main dans la main, nous marchons dans les bois. Nous parlons, nous nous taisons, puis nous parlons encore. Seule à seul avec Gilbert, je reprends confiance; je n'ai plus peur des autres, de ce qu'ils disent, de ce qu'ils pensent...

Élise, chère Élise, depuis quand te soucies-tu tellement de l'opinion des gens?...

Quand Gilbert retourne à son travail, je monte à la chambre dormir un peu en attendant son retour. Vers six heures, nous allons souper dans une petite auberge cachée sous les arbres. Un couple nous y rejoint. Ils sont gentils; nous avons tôt fait de briser la glace. Attablés dans un coin tranquille, loin des regards curieux, nous trinquons à notre amitié naissante. J'apprends avec surprise que ce jeune médecin et sa compagne vivent ensemble depuis bientôt huit ans. J'ose leur faire part du malaise que je ressens; ils comprennent parfaitement. La jeune femme me rassure en souriant:

— Que veux-tu, la marginalité n'a pas sa place dans certains milieux; il leur faut des diplômes, de la légalité; on n'y peut rien... c'est leur problème, pas le nôtre!

Forte de cette nouvelle rencontre, je reviens à l'hôtel complètement rassurée.

* * *

Samedi le 30 septembre...

Gilbert m'abandonne pour tout l'après-midi. Je retrouve l'immense véranda surplombant le fleuve. Tout est calme, si calme qu'on dirait un tableau: aucun mouvement sur l'eau, aucun vent dans les arbres. J'apprécie ma solitude et me laisse bercer par la douceur des choses qui m'entourent. Un bon sang chaud coule dans mes veines, je savoure cet instant précieux.

J'écoute ce qui se passe autour de moi et j'observe en silence certaines situations divertissantes; ainsi, je vois un médecin et sa femme qui se promènent de long en large devant l'Auberge; ils croisent sur leur chemin deux autres médecins faisant de même. Le monsieur galant s'empresse de faire les présentations d'usage: DOCTEUR UNTEL, DOCTEUR UNTEL, Ma Femme! Au même instant, un autre couple s'approche du groupe; notre ami repart de plus belle: DOCTEUR UNTEL, DOCTEUR UNTEL, Ma Femme! Les mains se tendent et le nouveau venu de répliquer: JE SUIS LE DOCTEUR UNTEL et voici Ma Femme! Alors, sans avoir de noms, «Ma Femme de l'Un» et «Ma Femme de l'Autre», s'installent à l'écart pour parler de choses futiles et secondaires, comme la maison et les enfants, tandis que leurs maris DOCTEURS règlent le sort du monde en écrivant *l'Histoire Universelle de la Médecine* en quatre tomes. Je ne peux m'empêcher de sourire...

Élise, chère Élise, l'identité des femmes, ce n'est pas pour demain...

* * *

Ce soir, le Congrès offre son banquet de clôture avec tout ce que cela comporte, y compris l'assortiment complet des discours de circonstance que personne n'écoute, sauf celui qui parle. Tout le monde s'ennuie à mourir mais c'est plus «officiel» qu'un souper sans discours.

En entrant dans la salle je constate avec joie que nos nouveaux amis nous ont réservé deux places à leur table. Je me sens déjà moins étrangère à ce monde qui me faisait si peur.

Le vin aidant, les esprits se réchauffent. Des rires gras fusent de toutes parts. Les distingués confrères retrouvent pour un soir leur âme de carabins. Les *tu* et les *toi* remplacent les *vous* plus officiels et les chansons grivoises retrouvent leurs lettres de noblesses; on parlait «cul» au temps des Rois, que diable!

Le repas tire à sa fin, Gilbert et moi n'avons qu'une idée: nous retirer dans notre chambre et goûter enfin quelques moments de solitude. Nous filons à l'anglaise tandis que nos joyeux copains entonnent pour la dixième fois: «Ils ont des chapeaux ronds... Vive la Bretagne!... Ils ont des chapeaux ronds... Vivent les Bretons!...» Personne certainement ne remarquera notre absence.

On nous monte deux cafés espagnols. Appuyés l'un près de l'autre, nous sirotons ce nectar brûlant en nous amusant des bruits de la fête qui parviennent jusqu'à nous par la fenêtre entr'ouverte. Blottie contre Gilbert, je me grise de sa chaleur. Je suis heureuse! Heureuse non pas *par* Gilbert mais *avec* lui. Sa caresse se fait plus tendre, nous glissons sous les couvertures. Le bruit ne nous dérange plus, nous goûtons notre intimité puis nous nous endormons à l'aube, épuisés mais ravis... Dans quelques heures nous reprendrons la route.

* * *

Jeudi le 5 octobre...

Gilbert se plaignait quelquefois d'une douleur vive au genou droit mais, depuis quelque temps, la douleur devient de plus en plus persistante. Aujourd'hui, le spécialiste consulté a été formel:

— Un ménisque du genou droit est déchiré; une intervention chirurgicale s'impose dans les plus brefs délais.

Gilbert hésite et je le comprends; une intervention chirurgicale, quelle qu'elle soit, vaut toujours la peine qu'on y réfléchisse à deux fois. Dans ce cas précis, il faut prévoir le séjour à l'hôpital, l'immobilisation de la jambe durant plusieurs semaines et de nombreuses séances de physiothérapie afin de redonner force et souplesse au genou opéré.

Faire coïncider une longue convalescence avec le travail à la Clinique n'est certes pas une mince affaire. Aucun patient ne doit être pénalisé par l'absence prolongée de Gilbert, particulièrement ceux recevant un traitement régulier et pour lesquels une continuité de soins est requise. Il faudra donc organiser les bureaux des prochaines semaines de manière à ne léser personne.

Après mûre réflexion, le début du mois de décembre nous apparaît comme la période idéale pour envisager un temps d'arrêt plus ou moins long, en profitant du temps des Fêtes pour prolonger la convalescence de quelques jours. Sa décision est prise, Gilbert entrera à l'hôpital le sept décembre pour être opéré le huit.

* * *

Lundi le 16 octobre...

Jacqueline inaugure «les lundis d'Élise»! Comme les grandes dames de l'époque romantique, j'aurai désormais «mon jour». Au lieu de me languir les soirs où Gilbert doit sortir donner des cours, j'ai choisi d'égayer mon «veuvage» en ouvrant simplement ma porte à tous ceux à qui j'ouvre mon cœur.

J'ai cuisiné un souper fin que Gilbert partage avec nous avant de s'éclipser pour la soirée. Recroquevillées dans la balançoire Jacqueline et moi retrouvons soudainement nos seize ans et nos longs bavardages; que de secrets partagés, que de confidences!... Jacqueline éclate de rire:

— Élise, te rappelles-tu notre première rencontre «à quatre»?...

Cette question réveille en nous une foule de souvenirs loufoques décrivant bien notre façon de vivre au début des années soixante. Nous étions toutes les deux nouvellement mariées et chacune venait de donner naissance à son premier bébé. Je me trouvais tellement chanceuse d'avoir eu un garçon; pauvre Jacqueline! «Sa fille est bien jolie, mais je suis sûre que son mari!... Et puis ça commence tellement mieux une famille!... Et puis, pour le nom!...

Après lui avoir tiré l'oreille j'avais finalement réussi à convaincre Gabriel de m'accompagner chez ma meilleure amie, qui devait, ce soir-là, nous présenter officiellement «son mari».

Nous voulions toutes les deux que cette soirée soit un succès; nous pressentions intuitivement que, de cette rencontre, dépendait notre amitié future. *Il fallait* que nos maris se plaisent, ou alors?... L'idée d'une amitié individuelle ne nous effleurait même pas; nous n'avions pas encore fait la part des choses: c'était «à quatre» ou *pas du tout!...*

Pour la première fois, nous nous rencontions en «Madames»; nous étions nerveuses... nous avions lu *Marie-Claire* et *Jour de France*, mais n'avions pas encore complètement intégré tous les conseils judicieux qui nous étaient donnés. J'avais, comme il convient, ma petite-robe-noire-toute-simple et mon sautoir de perles; des fausses, bien sûr, mais qui ressemblaient à s'y méprendre à des vraies; de son côté, Jacqueline s'était cousue, durant la semaine, la petite-robe-d'hôtesse-du-numéro-d'octobre; que fallait-il de plus pour que tout soit PARFAIT?

Toutes fébriles, assises «bien raides» sur le divan, comme deux «Barbies», nous observions nerveusement nos deux petits maris qui tentaient désespérément de faire connaissance. Nous avions les doigts croisés; il ne fallait surtout pas que ça rate...

Sachant que le mari de Jacqueline était un homme sérieux, tout absorbé par ses recherches, j'avais recommandé à Gabriel de s'abstenir de parler d'art ou d'archéologie, ses deux passions, et de s'intéresser davantage à «la recherche». D'autre part, Jacqueline, connaissant déjà un peu mon artiste de mari, avait cru bon de prévenir le sien de ne pas ennuyer Gabriel avec ses recherches mais de s'efforcer de faire ressortir au maximum ses connaissances artistiques...

Or, ce qui devait arriver, arriva: chaque fois que Gabriel feignait s'intéresser à «la recherche», le mari de Jacqueline écartait le sujet en amenant Beethoven sur le tapis. Pourquoi Beethoven? Parce que Jacqueline n'avait pas mentionné de quel art il fallait parler. Gabriel, craignant alors que l'art ne prenne le dessus, renvoyait la balle dans l'autre camp en reparlant «recherche».

Les deux petites «Barbies» se morfondaient; c'était foutu, nos deux maris ne deviendraient jamais amis; autant voir la réalité en face et nous faire à cette idée... À tout bout de champ, le mari de Jacqueline regardait sa montre avec insistance et si Gabriel ne regardait pas la sienne, c'est tout simplement parce qu'il n'en avait pas. Après quelques secondes de silence, Gabriel prit l'offensive:

— Quelle heure est-il?

Faisant un grand geste du bras pour être bien certain de ne pas se tromper, le mari de Jacqueline répondit, l'air surpris:

— Aye!... y est déjà onze heures moins vingt!
— Pas déjà onze heures moins vingt?

Le mari de Jacqueline tendit sa montre à Gabriel:

— Tiens, regarde!...

À les entendre, on aurait cru qu'il était quatre heures du matin... Je regardai Gabriel en souriant:
— Je crois que nous devrions partir; n'est-ce-pas, chéri?

Vous partez déjà? Nous dit Jacqueline en allant vers le vestiaire chercher nos manteaux...

— Vous reviendrez, n'est-ce-pas? Ajouta-t-elle en fermant la porte derrière nous. J'avais le cœur gros. Je descendis l'escalier en refoulant mes larmes. Que s'était-il donc passé? Jacqueline et moi avions tout simplement voulu diriger la vie de nos maris en leur disant quoi dire et comment le dire, étouffant dans l'œuf toute spontanéité.

Fallait-il que nous fussions dépendantes; nous attendions vraiment qu'ILS fassent notre BONHEUR et ne pouvions être heureuses que s'ILS partagaient ce BONHEUR. Nous permettre des amitiés individuelles, c'était leur en permettre aussi et ça nous faisait peur. Il n'était pas question que l'un des deux aille quelque part sans l'autre, le BONHEUR du couple en dépendait. Nous rêvions de symbiose et d'Amour exclusif...

Jacqueline est morte de rire et moi j'en ai des crampes.

— Heureusement que nos hommes se sont repris par la suite, si l'on en juge par toutes ces soirées qui se sont terminées aux petites heures du matin...

— Que reste-t-il donc des deux petites «Barbies»?

— Il me semble que c'était dans un autre siècle; quand je pense à toutes les contorsions que nous avons pu faire pour nous conformer aux normes de beauté des magazines...

— Élise, te souviens-tu de nos masques aux blancs d'œufs?

— Et de nos masques aux concombres?... on se barbouillait la figure de miel en recouvrant le tout de minces tranches de concombre frais, ce qui devait avoir pour effet de reposer la peau, de la regénérer et de donner un teint de nymphe...

— Certains jours, je m'étendais sur le divan, une poche de thé mouillée sur chaque paupière, pour éviter les rides, levant les pieds en l'air pour faciliter la circulation du sang dans les jambes tout en maintenant une pile de livres sur mon ventre pour stimuler les muscles de l'abdomen!...

Par ici, voyez Jacqueline, la femme-orchestre de la forme physique!

— Quand je pense que nous avons pleuré pour quelques centimètres de tour de taille!

Jacqueline se tapote la figure d'un air espiègle:

— Jacqueline, chère Jacqueline, je t'aime comme tu es!...

Je fais de même en me pinçant les joues:

— Élise, chère Élise, je t'aime comme tu es!...

En revenant, Gilbert surprend deux folles, tordues de rire, se balançant comme deux petites filles.

— Bonjour!... bonjour!...

Je lui tends les bras. Il nous rejoint dans la balançoire et, en moins de deux, partage nos rires et nos moqueries; à le voir se bidonner, je soupçonne fort qu'il a dû, lui aussi, se forcer à rentrer dans un moule à l'époque des «Barbies»...

* * *

Dimanche le 22 octobre...

L'été indien tire à sa fin, l'automne nous offre les derniers accords d'une symphonie sublime. Chaque feuille, chaque couleur rend hommage à la Vie. Je me rappelle qu'à cette époque, l'année dernière, je me promenais à la montagne avec mes amies, traînant ma solitude, sans me douter que je n'étais qu'à quelques jours, qu'à quelques heures de ma rencontre avec Gilbert. Aujourd'hui, je refais cette balade, main dans la main, avec cet homme que j'aime. Le bruit de nos pas, le vent dans nos cheveux, le bras de Gilbert enlaçant tendrement mon épaule dans un geste amoureux, tout me semble participer au bonheur d'être ensemble. Gilbert s'arrête, me prend dans ses bras et me murmure à l'oreille:

— Si tu savais comme je suis content!

«Je suis content», ces mots qu'il prononçait le jour de notre première rencontre pour signifier sa joie d'avoir enfin trouvé quelqu'un qui l'aide à partager sa tâche, il les répète aujourd'hui dans un tout autre sens. Il est content et ça se voit; ses yeux brillent de toute la flamme de son corps. Je lui rends sa caresse:

— Moi aussi, tu sais, je suis contente!

Je retrouve auprès de cet homme toute ma capacité d'émerveillement; je goûte chaque minute, chaque seconde, chaque instant le plaisir de vivre, l'indescriptible volupté d'être vivante... Soudain, Gilbert grimace...

— Ton genou te fait mal?
— Un peu!

Je connais assez bien Gilbert pour savoir que lorsqu'il dit «un peu», ça veut dire beaucoup.

Nous redescendons lentement vers le Château. Mélanie y est déjà, elle s'est retirée dans sa chambre pour écouter de la musique. Gilbert étend sa jambe sur le divan, puis se recueille dans un bon livre; je fais de même. Nous profitons pleinement des dernières heures de ce merveilleux dimanche pour nous consacrer chacun de notre côté à une lecture qui nous passionne. Une douce musique de Mozart berce ces instants de détente inestimables. Mélanie sort de sa chambre.

— Maman, si on jouait au scrabble?
— Excellente idée!
— Je veux jouer aussi!

Nous approchons la table près du divan afin de permettre à Gilbert de jouer sans déplacer sa jambe. Mélanie est heureuse, elle se sent aimée, entourée; elle retrouve spontanément le plaisir des dimanches de son enfance, alors que sa vie était douce et à l'abri des orages...

* * *

Vendredi le 3 novembre...

Novembre, le mois des morts, «le mois triste» comme disait ma grand-mère! Les journées raccourcissent, la brunante tombe de bonne heure et le vent dans les arbres s'amuse à faire peur aux bonnes âmes qui croient encore aux revenants.

Gilbert est surchargé de travail; c'est à peine si nous avons le temps de nous retrouver à la cafétéria pour dîner. Tous les patients qui devaient être vus avant Noël, l'auront été au moment de l'hospitalisation de Gilbert prévue dans quelques semaines. Il est temps que cette intervention soit faite; son genou lui cause des douleurs de plus en plus violentes et il a maintenant du mal à conduire sa voiture.

Je regarde distraitement le calendrier: vendredi le trois novembre... Le TROIS NOVEMBRE!... Un an, il y a un an, jour pour jour, je me présentais timidement au bureau du docteur Gilbert Gauthier, espérant de toutes mes forces obtenir cet emploi de trois mois qui me permettrait de quitter Biarritz pour un appartement plus grand; je n'en demandais pas plus, juste de quoi faire le grand saut sans me casser le cou.

Gilbert m'appelle au micro: «Élise, voulez-vous, s'il vous plaît, m'apporter le dossier Dumouchel...» Le «vous» officiel me fait sourire. J'entre dans son bureau avec le dossier désiré. Il est seul, sérieusement penché sur ses papiers; je pense encore: «comme il est beau!» et j'éprouve en le regardant la même sensation de bien-être que la première fois. Il sent mon regard posé sur lui et relève la tête:

— Que se passe-t-il?
— Rien, je te regardais... Tu es beau!

Il rougit... il rougit toujours quand je lui dis qu'il est beau.

— Tu sais que c'est notre anniversaire?
— Notre anniversaire?
— Un an!...
— Déjà?... C'était hier!...
— Gilbert, je suis contente!
— Moi aussi, Élise, je suis content!... Si tu savais... Écoute, y faut fêter ça! Aussitôt après le bureau je t'enlève et nous allons souper tous les deux seuls, en amoureux!

Quel autre endroit que le «Péché Véniel» eut été mieux approprié pour célébrer cette date mémorable? J'ai réservé «notre table», près du foyer; vin rouge et œillets roses, nous sommes heureux!

Mais à quoi servent donc les anniversaires? Nous constatons soudain que nous n'avons plus du tout besoin de ce genre d'intermède; célébrer un anniversaire, c'est accepter que le temps s'arrête; or, ni l'un ni l'autre n'a envie que le temps s'arrête. La Vie n'est pas un cercle mais une spirale, sans point de retour; la Vie ne revient jamais sur ses pas... Serait-ce la peur de l'inconnu qui nous porte à déposer des pierres blanches çà et là, sur notre route, comme autant de balises nous ramenant à nous-mêmes? Je ne veux plus tourner en rond pour me retrouver à périodes fixes face à face avec mon passé, uniquement pour le plaisir de compter les années.

Anniversaires de rencontre, de fiançailles, de mariage... Je n'avais jamais pu définir exactement le malaise que je ressentais dans ces circonstances; ce soir, j'arrive pour la première fois à mettre le doigt sur le bobo.

Quand on se retrouve à deux pour célébrer un anniversaire commun, ne cherche-t-on pas, inconsciemment, une espèce de symbiose? On veut croire que l'autre se trouve exactement sur la même longueur d'ondes; or, deux êtres humains, si près soient-ils, ne peuvent avoir exactement la même perception d'une même chose, au même moment; encore moins si cette chose est programmée d'avance. Ces soirs-là, nous attendons fébrilement que «quelque chose se passe», comme par magie; le moindre retard, la moindre petite faille au programme et tout s'écroule. Il suffit d'un brin de pluie, d'une entrecôte trop cuite et c'est la catastrophe. Et si, par malheur, «l'autre» ne répond pas exactement à nos attentes, le château de cartes s'effondre ternissant du même coup et pour toujours nos plus beaux souvenirs.

— Gilbert, je n'ai vraiment plus envie que cette soirée soit «spéciale». Je veux retrouver le Gilbert de tous les jours, celui qui me parle amicalement, me regarde tendrement et m'aime profondément...

— Tu as raison, mieux vaut célébrer le jour d'aujourd'hui pour ce qu'il est et ce qu'il nous apporte!...

Nous reprenons simplement une de nos interminables conversations sur la Vie et sur l'Amour; puis nous quittons le restaurant et faisons du lèche-vitrines rue Saint-Denis, en goûtant simplement le plaisir d'être ensemble. Nous redevenons Élise et Gilbert, deux amoureux perdus dans la foule anonyme. Nous retrouvons notre capacité de savourer l'instant présent. Nous sommes heureux *ici* et *maintenant*; c'est le seul temps qui compte. Plus jamais ces anniversaires de couple; plus jamais ces voyages à contre-courant; car il est un temps pour vivre et il est sans retour!...

* * *

Samedi le 11 novembre...

Me rappelant ma promesse d'habiller Alexandre avec l'argent que m'envoient mensuellement nos deux généreux gouvernements, j'ai donné rendez-vous à mon fils à la sortie du métro, à proximité des grands magasins du centre-ville.

Je l'aperçois de loin; comme il a grandi!... Ne l'ayant pas vu depuis quelques semaines, la différence me frappe. Il me dépasse maintenant de plusieurs pouces et son expression «petite mère», bien que toujours aussi agaçante, devient mieux appropriée. Nous partons à l'aventure à la recherche de l'aubaine inespérée. Alexandre essaie plusieurs paletots; contrairement à la plupart des jeunes de son âge, il n'aime pas les jeans et les vêtements sports; si je l'écoutais, je lui achèterais un long manteau à la Sherlock Holmes ou bien une grande cape noire doublée de satin rouge semblable à celle du Fantôme de l'Opéra.

— Puis-je me permettre de te rappeler que tu vas encore quelquefois à l'école et que l'hiver chez nous, il faut compter avec la «slotche»?...

Il opte finalement pour un paletot beige de ligne sobre qui lui va à ravir; le prix est raisonnable, je peux donc lui offrir le long foulard de laine dont il a tant envie. Il hésite entre le brun et le vert:

— Allez! achète les deux!... Au moins je ne craindrai pas que tu prennes froid!...

— Ah!... les mères!

— Je peux t'inviter à souper au Château?

— D'accord!

Gilbert a eu la merveilleuse idée de préparer le souper; il ne nous reste plus qu'à passer à table. Durant le repas Alexandre nous avoue avoir quitté l'Armée; j'imagine la réaction de Gabriel qui se voyait sans doute avec un fils Amiral. Contrairement à nos habitudes, Mélanie a ouvert la télévision; Alexandre y jette un coup d'œil distrait de temps à autre; soudain,son attention est attirée par un certain docteur Alfred Tomatis, qui parle avec calme, assurance et sérénité de sa thérapie de l'écoute...

— Ça, c'est exactement le genre de bonhomme que j'aimerais rencontrer!...

Voyant mon fils aussi impressionné, je prête attention aux propos de cet illustre spécialiste, ce merveilleux phénomène, qui arrive enfin à capter l'admiration d'Alexandre. L'émission se déroule sur le ton de la confidence. Je partage rapidement l'enthousiasme du commentateur qui semble lui-même emballé par les propos de cet homme à l'esprit vif, continuellement à l'affût d'une nouvelle découverte. Il nous parle abondamment de sa thérapie pour le moins révolutionnaire... Longtemps après la fin du reportage, nous reprenons ses paroles analysant ses propos à la lumière de nos faibles connaissances.

— N'empêche qu'il est pas mal «au boutte»!...

Alexandre paraît sous le charme. Par contre, Gilbert a des réserves; il faudra s'informer, demander l'avis de certains confrères; enfin, c'est à voir! Dans mon for intérieur je me promets de procéder à ma petite enquête personnelle visant à récolter tous les renseignements susceptibles de nous éclairer... Je pense: «Et Dieu dit: «Que la Lumière soit!... et la Lumière fut!...»

Je constate pour la première fois que la Parole est au présent et l'action au passé; dès l'instant où la Parole est prononcée, la réponse est déjà donnée!... Si seulement je pouvais trouver la Bonne thérapie, le Bon thérapeute!

Élise, chère Élise, tu tires encore sur les carottes...

* * *

Dimanche le 19 novembre...

Quel beau jour! Comme au temps chimérique des contes de fées, je suis marraine; j'ai enfin un filleul bien à moi! Heureusement que l'enfant de Lorraine et d'Antoine est un garçon, sans quoi j'étais foutue; en effet, quand le baptême est célébré dans le rite bizantin, comme c'est le cas actuellement, le parrain joue le premier rôle pour un garçon et la marraine pour une fille; or, avoir une marraine divorcée est une condition absolument inacceptable quand il s'agit d'une fille mais qui devient secondaire et sans importance quand il s'agit d'un garçon. Ici, le parrain, un parent d'Antoine, offre en ce sens toutes les garanties d'une vie saine et bien rangée. Je rage un peu intérieurement mais j'en prends mon parti; tant pis, je ne serai pas une marraine ordinaire, je serai une «Marraine-Fée», de celles qui apportent des dons et enveloppent la vie de leur filleul d'une espèce de voile de bonheur l'empêchant d'être atteint par la laideur du monde.

J'aime cet enfant qui arrive dans notre famille après un long silence. Je porte précieusement, comme un trésor, ce petit être superbe. Ses immenses yeux noirs s'écarquillent pour mieux voir toutes ces bougies qui l'impressionnent. En apercevant l'Officiant vêtu d'une longue cape noire et la tête recouverte d'un capuchon, le bébé se met à pleurer... L'Officiant s'approche:

— *Retire-toi, Satan!...*

La voix est grave et solennelle. J'ai beau regarder de tous mes yeux, je n'arrive pas à croire que *Satan* soit dans cet enfant. L'Officiant lui souffle maintenant dans la figure:

— *Retire-toi, Satan!*

Les mots accrochent à mes oreilles; je crois profondément au message du Christ et, entièrement confiante en la

Bonté Divine, je refuse de croire à l'emprise de satan; satan n'existe pas!... pas plus que la noirceur n'existe; c'est une absence de Lumière, une absence de Bien, une absence de Christ. ON NE PEUT PAS FAIRE LA NOIRCEUR, si ce n'est en retirant la Lumière. La noirceur, ce n'est pas une réalité en soi; ça n'existe pas!... Le Bon Dieu est Bon!... Mon grand-père me l'a souvent répété et je n'en ai jamais douté; aujourd'hui, je l'affirme à mon tour à cet enfant qui ne se doute pas encore des sept dons précieux que sa «Marraine-Fée» va lui donner. Je me penche sur lui, faisant fi des prières archaïques de l'Officiant et lui murmure tout bas à l'oreille:

— Par le Christ qui t'habite et qui veut que tu SOIS, que tes yeux ne voient que le Bien afin que le mal n'existe pas...
que tes oreilles entendent les sons justes sans se laisser perturber par les fausses notes...
que ta bouche ne prononce que des paroles de Paix puisque tout est dans la Parole...
que tes narines goûtent pleinement le subtil parfum des fleurs et les arômes les plus délicats...
que tes mains se tendent vers toutes les créatures vivantes puisque tout est dans le partage...
et que ton cœur soit tout Amour...
Je t'apporte également le sens de la Justice, le respect de la Vie et de la Liberté...
Maintenant, VA et VIS!

On me demande à présent de dévêtir l'enfant puis de le remettre à l'Officiant qui pourra procéder au baptême par immersion. Au centre, près de l'autel, trône un énorme vase de cuivre dans lequel on a déposé un minuscule bol à mains contenant tout au plus quatre pouces d'eau. La difficulté consiste à asseoir un si gros bébé dans un si petit récipient; notre Amour, qui n'est plus un bébé naissant, se débat «comme un diable dans l'eau bénite»; il n'apprécie pas de se faire mouiller de la sorte et ses contorsions sont de taille. En récitant d'interminables prières, l'Officiant tente avec sa main gauche de maintenir l'enfant assis dans le bol d'eau, tandis que, de sa main droite, il l'asperge sur la tête, le cou et même dans les oreilles, en n'oubliant aucun recoin, tout comme si, profitant de la moindre parcelle de peau laissée sans eau bénite, le diable allait s'infiltrer dans son âme et la dévorer comme de la rouille...

On me tend un bébé dégoulinant qui se débat et hurle de toutes ses forces. Je m'empresse de l'enrouler dans une grande serviette éponge en le serrant contre moi et en lui bécotant le front pour le consoler. Je l'habille de blanc, symbole de pureté, et le ramène à l'Officiant. Je réalise avec étonnement que, mis à part le fait de lui poser la main sur l'épaule pour promettre, en son nom, de renoncer à satan, à ses pompes et à ses œuvres, le parrain n'a pas touché son filleul une seule fois et que c'est toujours à la marraine que revient l'honneur de dévêtir et de revêtir l'enfant; est-ce vraiment le contraire lorsqu'il s'agit d'une fille?... Tout ceci dit sans amertume car j'avoue que j'adore jouer à la mère avec ce beau poupon; enfiler ses toutes petites mains dans son gilet de lainage doux, voilà qui me rappelle de merveilleux souvenirs!

Et nous voilà prêts pour la grande promenade; la marraine, encore elle, portant l'enfant dans ses bras, doit faire le tour de l'église, solennellement précédée par l'Officiant, accompagnée par le parrain et suivie des parents puis de tous les invités, chacun tenant dans sa main un cierge allumé symbolisant la Pureté du nouveau baptisé. La difficulté consiste à marcher sur mes talons aiguilles, sans m'«enfarger» dans ma robe longue, tout en tenant un cierge allumé de la main droite et en portant un bébé de la main gauche...

«Mon Dieu, s'il vous plaît, faites que je ne me casse pas la gueule!»...

Le cortège revient par la grande allée jusqu'à la balustrade. La cérémonie est terminée. Je présente à tous le nouveau baptisé qui répondra désormais au doux nom de Mathieu.

* * *

Mardi le 21 novembre...

Profitant de l'heure du dîner, je passe à la librairie acheter le fameux livre du docteur Tomatis: «L'oreille et la vie...» puis bien calée dans un fauteuil de la salle d'attente je commence ma lecture; c'est passionnant! Si ce n'était de mon travail qui me rappelle à l'ordre, je dévorerais ce livre d'un trait et on me retrouverait lisant encore à la tombée de la nuit.

Je tape à la machine en n'ayant qu'une idée en tête: retourner au Château et terminer ma lecture. Je ne peux d'ailleurs résister à la tentation d'ouvrir mon livre de temps à autre pour lire quelques lignes et en savoir un peu plus long. J'y retrouve Alexandre avec ses problèmes d'apprentissage, ses difficultés scolaires, sa dyslexie et même sa «gaucherie»; tout est là, noir sur blanc entre ces pages.

Je parle abondamment de ma découverte à Gilbert qui, influencé par l'opinion de ses savants confrères, se charge de refroidir mon enthousiasme. On lui a dit: «C'est un fumiste!...», «Sa thérapie n'est pas assez rôdée!...», «Il n'y a rien de prouvé!...» et malgré lui, ces commentaires le laissent perplexe.

— Écoute, Gilbert, je te demande seulement de lire ce livre, après nous en reparlerons; c'est d'accord?

— C'est d'accord!

— De toute façon, j'ai beau scruter le bottin téléphonique et le passer au peigne fin, je n'arrive pas à trouver la moindre trace ni d'Alfred Tomatis, ni de son Centre. J'ai même interrogé certains de tes confrères: tous sont d'accord pour discuter sa thérapie et mettre en doute sa méthode mais aucun ne peut me dire où se trouve son école...

Ne sachant toujours pas où m'adresser, j'ai «envoyé ça en l'air», comme je dis souvent. J'ai renoncé à cette recherche effrénée qui m'animait les premiers jours; en temps et lieu, je trouverai bien.

Au milieu de l'après-midi, Gilbert m'interpelle au micro:

— Élise, pourriez-vous rejoindre le docteur Lambert au Centre de Recherches Cliniques?

Ne connaissant pas le numéro par cœur, je prends l'annuaire et cherche la lettre C: Centre... Centre d'armoires de cuisine... Centre d'astrologie... Centre d'AUDIO... Et si c'était là?... Mes yeux restent accrochés à ces mots durant quelques secondes; j'ai cherché Centre Tomatis, Centre Alfred Tomatis, Institut Tomatis, Institut Alfred Tomatis, sans succès. Se pourrait-il que ce soit le centre que je cherche?

Oubliant pour l'instant le docteur Lambert, je compose nerveusement le numéro indiqué... C'est exact, la méthode employée dans ce Centre est bien celle du célèbre docteur Tomatis!... Je n'en crois pas mes oreilles. Sans hésiter une seconde, je prends rendez-vous pour mercredi, cinq heures... J'entre en trombe dans le bureau de Gilbert:

— EUREKA!... J'ai trouvé!

— Trouvé quoi?

— Le Centre, voyons, le Centre Tomatis!... On m'a fixé un rendez-vous demain soir à cinq heures...
— Déjà?
— Écoute, Gilbert, je ne me demande pas si c'est le bon endroit pour Alexandre; j'en suis certaine!... Tu comprends?

Il rit de bon cœur en me voyant aussi sûre de moi:

— De toute façon, il y a longtemps que j'ai renoncé à me battre avec ta jument... Il ne te reste plus qu'à convaincre Alexandre.

Élise, chère Élise, souviens-toi que ton fils doit s'impliquer lui-même, sans quoi toute tentative de thérapie est inutile...

Je rejoins Alexandre chez son père. Il paraît d'abord surpris de ma démarche puis se ravise et accepte finalement d'assister à cette première entrevue. Je dirais même qu'il semble la désirer autant que moi.

— Alors, c'est entendu, nous nous rencontrerons au Centre, demain, à cinq heures!...
— Oh! oui, M'man, j'ai une nouvelle à t'annoncer...
— Ah! laquelle?
— P'pa a été bien malade...
— C'est vrai?
— Oui, la consigne était de ne pas t'en parler mais j'aime mieux te le dire; enfin, répète-le pas, mais P'pa boit plus!... Rien, pas une goutte depuis deux semaines... Il a été très très malade...
— Je te remercie de me l'avoir dit; à demain...

Même si cette nouvelle me fait plaisir, elle ne me touche pas autant que je l'aurais cru; j'ai tellement attendu ce jour-là que maintenant que nous y sommes, j'ose à peine y croire. Je me rappelle un temps, pas si lointain, où la seule pensée qu'une autre femme puisse avoir la joie de voir *mon* Gabriel parvenir à la sobriété aurait suffi à me mettre dans un état de rage indescriptible. Aujourd'hui, peu m'importe que Gabriel ait cessé de boire pour l'Une ou pour l'Autre puisque je sais qu'on n'arrête jamais de boire pour qui que ce soit; l'important c'est qu'il soit sobre et qu'il persévère dans cette sobriété afin de retrouver sa santé.

Dieu sait pourtant, combien j'aurais aimé diriger la vie de Gabriel; être Élise *le bon Ange Gardien de Gabriel,* guidant ses pensées, le contrôlant dans tous ses actes et l'entrainant à suivre *ma voie!...* Heureusement, j'ai appris que je ne peux diriger et ne changer que moi!... Pourtant, j'essaie encore avec Alexandre!

* * *

Mercredi le 22 novembre...

Piqué par la curiosité, Gilbert décide de m'accompagner au Centre d'Audio; nous rencontrons Alexandre à la porte. J'avoue que je m'attendais à du tape à l'œil: moquette luxueuse, musique de fond et mise en scène de magazine... Ici, rien de tel, un décor simple et sobre prédispose à la détente et à l'écoute. La Directrice nous accueille; ce n'est ni une cover-girl, ni une maîtresse-femme, mais une toute jeune femme, enceinte d'environ cinq mois, gentille, accueillante, chaleureuse, qui, en quelques mots, nous explique sommairement le fonctionnement du Centre et l'application de la méthode puis nous invite à entrer dans le bureau du Consultant qui s'occupera personnellement d'Alexandre.

Nous faisons la connaissance d'un homme charmant à la stature imposante, impressionnant par la simplicité et la cordialité avec laquelle il nous parle du docteur Tomatis et de sa thérapie de l'écoute. Il s'exprime clairement, parle très lentement et s'adresse toujours directement à Alexandre qui suit attentivement toutes les données que cet homme lui expose. Il prend le temps de lui expliquer les diverses phases par lesquelles il devra passer, de même que les difficultés qu'il devra surmonter. Puis, désirant rester un moment seul, en tête-à-tête avec «son sujet», il nous demande de bien vouloir nous retirer dans l'antichambre pour le reste de l'entrevue.

Au bout d'un quart d'heure, Alexandre sort du bureau:

— Ça m'intéresse, j'embarque!

Le Consultant l'arrête:

— Pas si vite, mon garçon, donne-toi au moins quelques jours pour y penser; quand tu sera bien décidé, tu n'auras qu'à m'appeler!...

Il serait facile à cet homme d'insister pour «boucler sa vente» sur le champ; mais non, tel qu'on me l'a mentionné au téléphone, cette première entrevue coûte cinquante dollars, c'est tout. Aucune promesse écrite, aucun acompte; si Alexandre revient on lui facturera les bobines écoutées au fur et à mesure, sans dépôt préalable, sans engagement pour le futur. Cette attitude me plaît. Bien sûr, je suis consciente que cette thérapie risque de me coûter cher, mais si Alexandre en profite... Je suis de plus en plus convaincue d'avoir frappé à la bonne porte.

Gilbert pose quelques questions d'ordre médical et les réponses qu'on lui fait dissipent ses derniers doutes. Il croit, tout comme moi, que nous n'avons rien à perdre puisqu'Alexandre semble «accrocher» à cette méthode. Nous repartons tous les trois enchantés de notre rencontre; j'ai l'âme à la fête:

— Et si je vous invitais à souper?

Nous terminons la soirée au «Péché Véniel» où on nous sert le meilleur lapin chasseur, le meilleur vin et la meilleure musique en ville!...

* * *

Vendredi le 8 décembre...

Gilbert a été hospitalisé hier soir et l'opération était prévue pour huit heures ce matin; il est dix heures et je compte les minutes en attendant le téléphone de l'infirmière qui a promis de me donner des nouvelles aussitôt qu'il sera de retour dans sa chambre. Fidèle à mon habitude de faire dans les moments critiques exactement ce que j'aurais fait autrement, je me suis rendue à la Clinique; enfin, mon corps y est, mais mon esprit erre ailleurs, quelque part dans un hôpital où l'homme que j'aime est endormi, à la merci de ses éminents confrères qui s'affairent autour de lui.

Depuis plus d'une heure, je reste là, clouée sur ma chaise, n'osant sortir, au cas où...

Élise, chère Élise, tu attendras donc toujours?

Non, pas vraiment, je n'attends pas vraiment, du moins pas de cette attente qui vous ronge le corps et le cœur; je suis seulement, un peu inquiète parce que je suis consciente que Gilbert a déjà, réagi négativement aux effets d'une anesthésie.

Onze heures!... il faut absolument que je me change les idées. J'attrape un livre dans mon sac, je lis: «Quelques-unes de vos blessures ont guéri, vous avez même survécu aux plus cruelles; mais que de tourments vous avez endurés pour des maux qui ne vous sont jamais arrivés!» Il ne m'en faut pas plus pour me remettre en piste; ces quelques instants de réflexion me permettent de reprendre mon travail la tête plus tranquille...

J'avais toutes les raisons du monde d'être confiante, l'infirmière vient de m'annoncer que Gilbert dormait paisiblement dans son lit et que tout s'était bien passé. Plus rien au monde ne pourrait me retenir à la Clinique; je ferme boutique et saute dans un taxi:

— À l'hôpital Maisonneuve, s'il vous plaît!..

J'entre dans la chambre sur la pointe des pieds. Gilbert dort encore profondément; je m'approche doucement du lit, il ouvre les yeux, me sourit et se rendort aussitôt. Je m'assois près de lui. Une infirmière vient régulièrement vérifier le soluté; Gilbert se plaint de temps en temps mais ne semble pas vraiment conscient. Il a la figure pâle, les traits tirés; ça me fait tout drôle de le voir en jaquette, de l'autre côté de la clôture, moi qui ai l'habitude de le voir en sarrau blanc, debout auprès du lit d'un malade... On vient lui administrer un calmant qui lui permettra de dormir toute la nuit. Ma présence devient parfaitement inutile et, dans la mesure où je sais qu'il va bien, je peux retourner au Château l'esprit tranquille.

Je fais les cent pas au coin de la rue en attendant un autobus qui ne vient pas. Il fait froid, terriblement froid!.. J'entre dans une pharmacie pour me réchauffer. Je regarde distraitement un étalage de revues quand mon regard est arrêté par un simple livre de poche déposé là comme par hasard: *Du côté de chez Swann*, premier tome de «À la recherche du temps perdu» de Marcel Proust... Fernand!... je pense à Fernand et m'empare du bouquin comme d'un trésor, à croire que tous les clients n'ont d'yeux que pour ma découverte. L'autobus tourne le coin de la rue, je paye et sors en courant serrant mon livre entre mes mains.

Fernand, mon cher Fernand, ce soir, je tiendrai ma promesse et lirai Proust à ta mémoire. Assise sur la banquette avant de l'autobus, la tête appuyée sur la vitre givrée reflétant mon image, je pense à Fernand et me souviens avec tendresse de ses propos sur la valeur du temps qui passe... «La vie ne se comprend que comprise!...» m'avait-il dit un soir de tristesse. Avait-il lu ça quelque part? Prévoyait-il sa fin prochaine?... Qui sait? Comme il en a coulé de l'eau depuis ce temps si lointain et si proche! Je feuillette les pages de mon livre sans oser en commencer la lecture, me réservant ce plaisir pour plus tard, tout à l'heure, dans mon lit!

Élise, chère Élise, tout se croise dans la Vie!

* * *

Lundi le 11 décembre...

Mon Amour revient au Château! Après avoir rempli les formalités d'usage, j'aide Gilbert à descendre en chaise roulante et à prendre place dans un taxi. Blottie contre lui, je retrouve cette chaleur familière, le goût de ses lèvres; il me bécote doucement le front, la joue... Le chauffeur nous regarde avec un sourire complice; nous sommes des amoureux comme il en a vu mille, sauf que nous sommes peut-être un peu plus âgés que la moyenne.

Enfin chez nous! Gilbert éprouve quelques difficultés à se promener avec ses béquilles; je le guide jusqu'à la chambre et l'installe comme un pacha au milieu du lit, entouré d'une bonne demi-douzaine de coussins moelleux.

— Ne bouge pas, je vais préparer quelque chose à manger!...

J'apporte un plateau avec tout plein de bonnes choses à bouffer puis je me glisse à ses côtés; nous grignotons gaiement tous les deux en savourant nos retrouvailles. Ces quelques jours de séparation nous ont rapprochés davantage.

— Je t'aime, Élise!...
— Moi aussi, je t'aime!...
— Je peux venir avec vous?

La belle Mélanie nous rejoint sur le lit; allongée aux pieds de Gilbert, elle nous raconte sa journée spontanément, avec simplicité. Que nous sommes bien ainsi réunis tous les trois! Nous menons une vie calme, sans cris, sans chicanes; comme il me semble loin le temps des tempêtes tropicales!...

— Maman, sais-tu ce que j'aimerais faire?
— Aucune idée!
— Je voudrais sortir les décorations de Noël!
— Déjà?
— Noël est dans deux semaines!
— C'est pourtant vrai!
— Tu veux?
— D'accord!

Mélanie se précipite au sous-sol où se trouve notre casier puis revient les bras chargés d'une énorme boîte contenant les décorations rapportées de Versailles. Nous approchons la boîte afin que Gilbert, puisse participer à notre fête. Nous faisons des découvertes, retrouvant avec joie des trésors oubliés, une foule de petits riens qui sont autant de souvenirs: deux petits soldats en habits de velours, un tambour perlé, quelques boules de satin rose, des guirlandes un peu ternies par le temps... Nous éliminons certaines bébelles et restaurons les autres.

Mélanie retrouve son enfance, s'amusant de tout ce qu'elle découvre. Gilbert s'affaire à démêler un nœud de petites lumières multicolores qui s'allument et s'éteignent maintenant allègrement sur la couverture, formant sur le plafond et sur les murs un kaléidoscope géant. La chambre devient soudain un immense arbre de Noël. Mélanie met un disque de circonstance et nous faisons la fête!

«Mon Dieu! Merci de m'avoir donné cette capacité d'émerveillement!...»

* * *

Mercredi le 13 décembre...

Je me rends à la Clinique, comme tous les matins, pour prendre le courrier et répondre aux messages. Toutes les secrétaires ont décoré leur bureau; le mien est triste et sans joie. Je fouille dans les armoires et trouve un énorme Père Noël en carton que j'accroche sur ma porte puis je repars le cœur content.

Alexandre a commencé sa thérapie au Centre d'Audio et, d'après ce qu'il m'en a dit au téléphone, il se sent déjà plus calme, plus reposé, il dort mieux. La musique filtrée a, paraît-il, le pouvoir d'adoucir les mœurs.

Aujourd'hui, c'est mon tour. On m'a convoquée pour une séance d'enregistrement; à l'aide d'une bobine, ma voix sera retransmise en sons filtrés à Alexandre qui l'entendra exactement comme il l'entendait dans mon utérus; c'est fascinant! Je suis aussi émue que si je le portais à nouveau dans mon ventre; je redeviens enceinte de mon fils de dix-sept ans.

J'arrive un peu en avance afin de relire une dernière fois le texte du Petit Prince de Saint-Exupéry que j'ai choisi pour faire ce test. On m'installe dans une pièce minuscule où j'ai à peine assez d'espace pour bouger. Je mets les écouteurs et m'approche tout près du micro placé à l'extrême droite de ma bouche; la séance d'enregistrement commence.

Jamais je n'ai entendu ma voix avec une telle pureté; le ton est juste et la moindre défaillance dans l'intonation me revient clairement à l'oreille. J'adore réciter ce texte magnifique: la rose... le renard... «l'essentiel est invisible pour les yeux...» «c'est le temps que tu as perdu pour ta rose qui fait ta rose si importante...» Je me grise de tous ces mots remplis de poésie. J'ai la sensation d'être sur le point d'apprivoiser Alexandre: «Tu deviens responsable, pour toujours, de ce que tu as apprivoisé...»

— C'est terminé, vous pouvez sortir!

Je rencontre le Consultant qui m'explique le processus technique par lequel ma voix deviendra inaudible à Alexandre qui n'entendra qu'une espèce de grincement familier, et comment, à un certain moment, on lui fera vivre «l'accouchement sonique» en faisant passer ma voix du son filtré au son réel. Cette expérience m'emballe de plus en plus:

— Quand déciderez-vous du moment de le faire «naître»?...

— C'est Alexandre qui nous le demandera!

— Et s'il ne le demandait pas?...

Le Consultant me regarde en souriant d'un petit air malin:

— Ils le demandent toujours...

Je me sens complètement transformée; à croire que cette séance d'enregistrement m'a rendue plus lucide; j'ai «le cerveau clair»... Je marche jusqu'au métro en récitant le *Petit Prince*.

* * *

Vendredi le 15 décembre...

En partant de la Clinique, j'arrête à l'épicerie prendre quelques victuailles pour le souper. J'ai perdu l'habitude de faire mon marché sans auto. Je me laisse tenter par toutes sortes de bonnes choses et rentre au Château chargée comme un mulet.

— Youhou! C'est moi...
— Bonjour! bonjour!...

Gilbert est dans la cuisine. Il a installé sa chaise près de l'évier et lave la vaisselle avec Mélanie. Depuis qu'il est en convalescence, il ne sait plus quoi faire de ses journées. Il tourne en rond. Comme il n'est pas du genre à se brancher automatiquement sur la télévision, il passe son temps à lire ou à écouter de la musique. Je m'aperçois jusqu'à quel point j'apprécie son aide dans la maison. Nous partageons toutes les tâches domestiques; c'est une merveilleuse habitude qui se prend très, très, très vite.

— Regarde un peu ce que je t'ai acheté!
— Mioum! Ils ont l'air délicieux!

Il regarde les gâteaux que j'ai pris à la pâtisserie et se pourlèche déjà les babines. Quel gourmand il fait!

— Il n'y a rien de spécial?
— Oh! oui, Alexandre a téléphoné. Il participe à une exposition d'artisanat et voudrait que tu y ailles...
— C'est où son truc?...
— À son école!
— Ouach! c'est loin!
— Veux-tu que j'aille avec toi, maman?

La proposition de Mélanie me redonne du courage; je n'avais pas envie de sortir seule, mais avec elle c'est différent...

Il fait un temps épouvantable! Une petite neige mouillante transforme en boue glissante les quelques pouces de neige déjà tombée. En traversant la grande cour de l'école, j'ai du mal à me tenir sur mes jambes tant la chaussée est glissante. Mélanie rit de bon cœur de me voir piétiner nerveusement à petits pas.

La salle d'exposition est située au deuxième étage; il y a beaucoup plus de monde que je ne l'aurais cru. Nous nous frayons un chemin tant bien que mal jusqu'au kiosque où Alexandre expose une série de masques fabriqués à même des noix de coco. Je suis agréablement surprise par la qualité de son travail. Dans l'ensemble, on peut dire que c'est une exposition réussie.

Une jeune femme brune passe quelques commentaires élogieux à l'endroit des travaux d'Alexandre. Elle semble le connaître assez intimement et paraît apprécier grandement ce qu'il fait; j'en conclus qu'il s'agit probablement d'un de ses professeurs. Soudain, je sens un mouvement de foule...

— Bonsoir, Mon Chérie!

Se frayant un chemin, Gabriel s'avance vers moi en me tendant les bras; la pensée d'une rencontre avec «mon Ex» ne m'avait même pas effleuré l'esprit. Il s'approche, me prend par les épaules et m'embrasse affectueusement sur les deux joues; ma voisine le regarde d'un air étonné:

— Vous vous connaissez?

Et Gabriel de lui répondre:

— Mais, bien sûr que je la connais, c'est Élise, c'est Ma Femme!...

Puis, se retournant vers moi:

— Excuse-moi, Mon Chérie, j'oubliais que tu ne connaissais pas Ann-Lyz...

Je reste sans voix, j'ai les deux jambes coupées; je ne peux ni parler, ni marcher, je suis figée sur place. La jeune femme me tend la main timidement; je fais de même. J'entends Gabriel faire les présentations d'une voix théâtrale: «Élise, je te présente Ann-Lyz... Ann-Lyz, je te présente Élise!...» c'est du vaudeville de première classe! Je réalise pour la première fois à quel point nos deux noms se ressemblent: Élise, Ann-Lyz... Ann-Lyz, Élise!... De loin quelques amis d'Alexandre surveillent la scène sans trop savoir quelle attitude prendre; c'est loufoque!

Ayant enfin retrouvé mes sens, je me surprends à lui parler, exactement comme je parlerais à n'importe quelle autre personne qu'on viendrait de me présenter. Il faut dire que je ne l'imaginais pas du tout comme ça; on ne les imagine jamais «comme ça»!... Elle est assez jolie mais n'a rien d'une poupée; c'est une femme ordinaire, en chair et en os, visiblement très amoureuse de Gabriel, un Gabriel qui tourbillonne entre elle et moi comme un papillon entre deux flammes.

Il s'adresse à elle:

— «Fille», as-tu vu cette courte-pointe?

Puis se retourne vers moi:

— Et toi, Mon Chérie, tu as vu cette courte-pointe?

Il l'appelle «fille» et m'appelle «Mon Chérie»; il ne changera donc jamais? Si, pourtant, il a changé; je lui trouve l'air reposé. On commence à remarquer les bienfaits de sa sobriété nouvelle; tant mieux pour lui... et tant mieux pour elle!

Élise, chère Élise, serais-tu enfin devenue une femme libre?...

Moi, Élise Desmarais-Lépine, je suis là, devant cette jeune femme simple et élégante et n'éprouve nulle envie d'être son ennemie; je dirais même que je la trouve plutôt gentille; comment en suis-je arrivée là? Cette «idée» qui m'a tant fait souffrir, ce «fantôme» que j'aurais volontiers écrabouillé, ce «spectre» que j'ai traité de tous les noms, cette «femme», ennemie entre toutes, que j'aurais cru reconnaître parmi mille et à qui je rêvais de crever les yeux et de plumer les ailes et le cou et la tête... ALOUETTE! Elle est là, *ET JE NE LA RECONNAISSAIS MÊME PAS!*

Je m'éloigne du kiosque d'Alexandre et rejoins Mélanie qui se perd déjà dans les dédales de l'exposition sans se préoccuper de ce qui se passe. Nous continuons la visite ensemble; j'ai besoin de me ressaisir en m'éloignant de Gabriel et d'Ann-Lyz. Au tournant d'une allée, Gabriel me rejoint, me prend le bras et m'entraîne un peu à l'écart; je m'étonne:

— Que se passe-t-il?
— J'ai à te parler; j'ai quelque chose d'important à te dire...
— De quoi s'agit-il?
— J'ai pensé qu'il serait préférable que je te l'apprenne moi-même...
— Mais, de quoi parles-tu?
— J'épouse Ann-Lyz en mars prochain!... Voilà!

Il a dit: «voilà» avec la désinvolture de celui qui vient de se soulager d'un poids énorme. Je le regarde sans mot dire; Gabriel, l'homme que j'ai tant aimé, le père de mes deux enfants, m'annonce qu'il épouse une autre femme et je ne sais rien faire d'autre que de le regarder. Planté là, devant moi, il attend une réaction qui ne vient pas. Je ne ressens rien, vraiment rien, aucune douleur, aucune peine; ce monsieur a partagé vingt ans de ma vie mais c'est fini, bien fini: *GABRIEL N'EST PLUS DANS MA VIE!...* Pour ce qui est d'Ann-Lyz, *ELLE N'A JAMAIS ÉTÉ DANS MA VIE*, si ce n'est dans la mesure où je lui ai permis d'y être. Que Gabriel l'épouse ou pas, je m'en fiche...

— Alors?... Tu ne dis rien?
— Que veux-tu que je te dise?... Tu es libre!

— Je sais mais je voulais également te dire... que nous partons pour le Brésil à la fin juin!

— Pour combien de temps?

— Au moins un an!

— Un an?

— Tu sais que j'en rêve depuis longtemps!

— Et... Alexandre?

— Il aura dix-huit ans, il se débrouillera!

Je ne veux pas en entendre davantage, je m'éloigne de Gabriel et rejoins Mélanie; j'ai hâte de quitter la place.

Une espèce de bourdonnement m'envahit; je rage. Alexandre aura dix-huit ans!... La belle affaire! Et comment fera-t-il pour se débrouiller si personne ne l'aide? Que fait-on d'un adolescent qui a peur de devenir un homme? On lui donne sa «majorité» et on s'en lave les mains? À dix-huit ans, plus question qu'il aille en Institution ou dans un Centre d'accueil; alors, où ira-t-il?... Les portes se fermeront une à une, son dossier sera détruit et on le remettra, pieds et poings liés, à son nouveau monde, le merveilleux monde des adultes! Il me revient en mémoire une petite phrase lue au hasard dans une revue «pour adultes»; un monsieur regardant déambuler des putains offrant leurs services aux passants s'écriait: «Bienheureuse majorité à dix-huit ans qui nous permet enfin de goûter à de la morue fraîche!»... *«DE LA MORUE FRAÎCHE!»*... Nos filles et nos fils sont devenus de la morue fraîche pour toute une bande d'exploiteurs: trafiquants de drogue, tenanciers de bordel, propagateurs de pornographie...

Les jeunes vivent une crise épouvantable et, au plus fort de cette crise, on leur déclare: «Vous êtes majeurs!» et ils le croient. Bien sûr il ne s'agit pas de leur fermer la porte des brasseries, de leur interdire d'aller au cinéma ou de leur retirer le droit de vote puisqu'il est un fait que les jeunes sont parfois mieux informés et plus politisés que leurs aînés qui s'encroûtent dans leurs vieilles idées. D'ailleurs, nos hommes politiques savaient ce qu'ils faisaient en laissant miroiter aux yeux des jeunes une utopique majorité au nom d'une Société soi-disant juste; en avançant l'âge de la majorité de vingt-et-un à dix-huit ans, ils ont joué un bien vilain tour aux adolescents: ILS LEUR ONT VOLÉ TROIS ANS!

À peine ont-ils seize ou dix-sept ans qu'on leur tend déjà l'appât chatoyant; ils peuvent envoyer tout le monde «chez le diable», ils seront «majeurs» dans peu de temps!... Ils entrevoient dès lors cette prochaine majorité comme l'ultime délivrance, symbole de leur Liberté et consécration de leur Indépendance; quand l'heure arrive, la peur les poigne: leur père peut les «sacrer dehors», la Société peut les appeler à témoigner, voire même les enrôler, ILS SONT MAJEURS! Il y a de quoi paniquer. On a fait d'eux des adultes avant l'heure en leur accordant en retour le droit de vote et la permission de regarder des films «porno»; on leur donne également l'ordre d'être des femmes et des hommes autonomes, de se prendre en mains, sans pour autant leur en fournir les moyens. Peut-on considérer le Bien-Être Social comme une aide efficace, alors qu'elle force le jeune à mentir pour recevoir sa pitance et l'amène à vivre avec une béquille? Y aurait-il moyen de trouver une forme d'aide qui permettrait au jeune garçon, à la jeune fille, de se prendre en charge petit à petit, tout en lui facilitant l'accès aux études? Comment permettre à l'oiseau de s'envoler du nid «en douceur»?... Quand je pense qu'il y a des jeunes de dix-huit ans qui se marient juste pour obtenir des bourses d'étude valables! Nos gouvernements sont-ils donc aveugles?...

Un poids énorme retombe soudain sur mes épaules. Le souvenir des crises d'Alexandre, son départ, sa décision d'aller vivre avec son père... j'ai des crampes dans le ventre comme au temps de mon hospitalisation.

Je retourne voir Alexandre une dernière fois. Il me fait signe de la main pour m'assurer que tout va bien. Il a l'air heureux. Comment réagira-t-il à l'annonce du re-mariage de son père?

Élise, chère Élise, n'oublie pas que Dieu veille!

Mélanie m'entraîne doucement vers la sortie. Je croise Gabriel qui s'avance pour m'embrasser; je lui tends la joue. Se tenant un peu à l'écart, Ann-Lyz avance la main puis retient son geste, je m'approche et l'embrasse sur la joue comme s'il s'agissait d'une lointaine connaissance... Nous sortons. Mélanie me serre le bras très fort en s'appuyant sur mon épaule:

— Élise t'es pas mal «au boutte»!

Je souris. Quand Mélanie m'appelle familièrement «Élise», c'est qu'elle se sent proche de moi. J'ai d'ailleurs remarqué que, ces derniers temps, ma fille m'appelait de plus en plus Élise et de moins en moins *maman*. Au début, j'avais des réticences: on n'a qu'une mère, etc... mais je me suis vite aperçue que plus elle m'appelait Élise, plus elle se rapprochait de moi. Elle est maintenant capable de me considérer comme un individu et non plus comme un rôle; Élise peut très bien aimer Gilbert; mais *maman*, qui pourrait-elle aimer d'autre que *papa*? Mélanie brise peu à peu le chaînon *papa-maman-bébé*, pour s'ouvrir à Élise et Gilbert de même qu'à Gabriel et Ann-Lyz qui tous sont des individus, non des rôles. Cette démarche lui permet de s'affirmer et de prendre sa place en ayant avec chacun une relation privilégiée. Je la regarde et presse sa main dans la mienne; non, je ne suis pas «au boutte» puisque je n'en suis qu'au tout début de mon cheminement. Je fais confiance à la vie et j'attends que «la jument parle»; quand «la jument parle», le miracle se produit et ce qui arrive ne pouvait entrer dans aucune prévision possible. On ne peut entrevoir l'avenir qu'avec nos yeux du présent, sans pouvoir mesurer le cheminement qui nous en sépare; de même qu'on ne peut juger du développement d'une situation qu'à partir de soi, sans pouvoir imaginer jusqu'à quel point on peut changer...

J'ai appris également à vivre «au présent»; quand on vit au présent, les situations qui se présentent à nous sont toujours à notre mesure. Ce qui paraît énorme à un tout petit enfant peut sembler minuscule à son père qui est gros et grand. Qu'on soit tout petit ou très gros, on a toujours la peau qu'il faut; qui donc a déjà eu peur de manquer de peau? Gabriel m'a annoncé son mariage et la nouvelle ne m'a pas chavirée; elle m'a surprise, bien sûr, mais ne m'a pas brisée; c'est un peu comme si un ami, un cousin m'avait annoncé la même chose...

— Viens vite, Élise, on va rater l'autobus!...

Gilbert nous attendait en regardant la télévision. Son retentissant «Bonjour... bonjour!...» me fait chaud au cœur. Je l'embrasse et prends sa tête entre mes mains:

— Si tu savais comme je t'aime!

Il rit. J'enlève mon manteau mouillé tandis que Mélanie s'affaire dans la cuisine:

— Hé! les amoureux, voulez-vous du café?
— Volontiers!... je suis transie!

Je rejoins Gilbert sur la balançoire...

— Avez-vous passé une bonne soirée?
— Excellente!... Oh oui, tu ne sais pas quoi?... Gabriel se marie!...
— Mélanie le sait?

— Je sais quoi?

Elle apporte le café sur un plateau et le dépose près de nous...

— J'annonçais à Gilbert le re-mariage de ton père...

— Oui, je le savais, j'ai tout entendu!... Il aurait pu me le dire avant!...

— Ça aurait changé quoi?

— Rien!

— Alors?

— Tu as raison! De toute façon, je le vois si peu... J'ai cru entendre qu'il te parlait d'un voyage?

— Oui, ils partent au Brésil à la fin juin... pour un an!

Gilbert fronce les sourcils:

— Et Alexandre?

— Il paraît qu'il sera «majeur»!

— Majeur ou pas, il faudra bien qu'il continue ses études?

— Je sais!

— Que comptes-tu faire?

— Pour l'instant RIEN!

Je décroche, je lâche prise; je ne peux rien changer ce soir; en temps et lieu je verrai bien... Quoi qu'il arrive, je tenterai d'y faire face avec sérénité.

* * *

Samedi le 16 décembre...

Gilbert s'astreint tous les matins à des séances de physiothérapie visant à redonner à son genou toute sa souplesse. Il doit encore se déplacer avec des béquilles mais parvient maintenant à conduire sa voiture sans trop de difficultés. Les Fêtes approchent à grands pas et comme ce soir les magasins sont ouverts exceptionnellement jusqu'à neuf heures, je compte en profiter pour terminer mes emplettes. Je sais par expérience qu'on peut magasiner à loisir le samedi soir avant Noël, les gens n'étant pas habitués à ces heures d'ouverture ne se prévalent à peu près pas des avantages de ce prolongement d'horaire.

Gilbert insiste pour m'accompagner; il a envie de bouger, de voir du monde. Nous descendons directement au centre-ville, un stationnement intérieur nous permettant facilement l'accès aux grands magasins, avantage précieux pour quiconque se promène avec des béquilles. Comme Gilbert ne peut se permettre de rester debout bien longtemps sans se fatiguer, je monte chercher une chaise roulante et en avant pour l'aventure...

C'est un de ces soirs où l'on trouve tout: un séchoir à cheveux pour Mélanie, un long peignoir pour Anabelle, des disques, du ruban, du papier, et tout, et tout... Je dépose les paquets au fur et à mesure sur les genoux de Gilbert, jusqu'à ce que la pile atteigne le menton; je stationne alors la chaise roulante près d'une colonne et descends porter tous nos paquets dans l'auto... J'en suis à mon troisième voyage, quand, croyant retrouver Gilbert à l'endroit où je l'ai laissé plus tôt, je constate que la chaise roulante a disparu. Où donc peut-il être? Je m'adresse aux gens qui m'entourent:

— Pardon, monsieur, auriez-vous vu un monsieur en chaise roulante?... Pardon, madame, il y avait un monsieur en chaise roulante, ici, tout à l'heure, vous ne l'auriez pas vu partir?

On me regarde comme si j'étais la reine des idiotes. Non, personne n'a vu personne en chaise roulante; quelle question! A-t-on idée d'abandonner un «infirme» près d'une colonne? Vraiment, il faut être d'une négligence!...

Tricotant entre les comptoirs avec une habileté consommée, Gilbert apparaît tout souriant, conduisant son engin d'une seule main et portant un énorme paquet sur ses genoux...

— D'où sors-tu?
— J'avais une course à faire!
— Qu'est-ce que c'est que ce paquet?
— Une surprise!
— C'est mon cadeau?
— Peut-être!

Inutile de tenter de deviner ce qui se cache dans ce sac; je ne veux même pas essayer, je déteste les surprises gâchées. J'avoue quand même que ça m'intrigue...

— Élise, je suis fatigué et j'ai faim!
— Moi aussi!
— Alors, allons manger!...

Gilbert reprend ses béquilles puis nous redescendons. J'ai les bras chargés de paquets intrigants. Quand je fais semblant de vouloir brasser les boîtes, Gilbert rigole comme un enfant.

Je l'aide à s'installer dans l'auto puis nous partons. Il se tourne vers moi:

— Élise, je suis heureux!
— Moi aussi, Gilbert, je suis heureuse!

Nous profitons de la première lumière rouge pour nous embrasser; que celui qui a inventé les lumières rouges soit à cet instant mille fois remercié!... Notre voisin de derrière klaxonne pour nous rappeler à l'ordre; s'il allait rater une fraction de seconde de sa lumière, quelle catastrophe! Sitôt que le feu tourne au vert, il démarre à toute vitesse et nous coupe en nous regardant d'un air courroucé. Vigneault chante à la radio: *«le temps qu'on a pris pour dire* «JE T'AIME» *est le seul qui reste au bout de nos jours!...»*. Ce monsieur écoutait sans doute un autre poste...

* * *

Samedi le 23 décembre...

Je rêve d'un Noël comme je les aime, avec un vrai souper de grand-mère, du ragoût, des tourtières et un gâteau en forme de bûche. Une odeur délicieuse embaume le Château; comme dirait la Charlotte de mon enfance: «Ça sent bon le boudin grillé!...»

Tandis que tout mijote, j'astique ma cuisine et fais briller ma collection de porcelaine; puis j'installe de nouveaux rideaux de dentelle aux fenêtres; j'ai gardé de mon enfance ce goût de tout fignoler à la dernière minute afin que la maison reluise de mille feux.

Installé au bout de la table, Gilbert emballe soigneusement les paquets tandis que Mélanie fait la navette entre la cuisine et le salon afin de déposer les cadeaux au pied de l'arbre de Noël. Elle travaille avec la minutie et la patience d'une abeille; pour elle, Noël commence bien avant l'heure, tous ces gestes, tout ce rituel sont aussi importants, sinon plus, que la fête elle-même... Le téléphone sonne:

— Mélanie, veux-tu répondre?... je suis dans la popotte!...

— Maman, viens vite, c'est Lorraine, elle veut te parler!...

Je m'essuie les mains sur mon tablier et prend l'appareil du bout des doigts:

— Allô!

— Élise, papa est à l'hôpital, il fait une pneumonie!

— C'est grave?

— Inquiétant!... Peux-tu venir?

— J'arrive!...

Gilbert et moi quittons le Château précipitamment.

La porte de la chambre est entr'ouverte. Étendu sur le lit, raide comme une barre, mon père dort la bouche grande ouverte; j'ai un mouvement de recul, on dirait un mort... Un frisson me passe dans le dos, c'est à peine si j'ose m'approcher du lit. Sentant notre présence, il ouvre lentement les yeux:

— Qui est là?

— Papa, c'est moi; c'est Élise!

Il me prend la main. Il parle difficilement, à mots coupés en faisant de terribles efforts:

— Quelle heure est-il?

— Six heures!... Six heures du soir!...

— Et ta mère?

— Elle est dans le corridor près de la porte; veux-tu la voir?

— Oui!

Nous nous retirons pour laisser la chance à maman de s'approcher du lit. Je fais les cent pas devant la chambre attendant je ne sais quoi; un Miracle!

Je suis inquiète; combien de temps tiendra-t-il le coup? Un mois?... Six mois?... Un an?... Soudain, je ressens un grand vide comme un deuil profond qui prendrait toute la place; et si mon père allait mourir?

Élise, chère Élise, tu ne vas pas te laisser envahir par une «idée de fait»?... Ton père est encore bien vivant et Dieu seul sait pour combien de temps. Aurais-tu perdu confiance?

Mon Dieu, en Vous la maladie n'existe pas; je vous confie mon père afin que Votre Volonté soit faite!...

Nous sortons de l'hôpital complètement vidés, claqués; il est près de dix heures et nous n'avons pas encore mangé. Nous arrêtons à la rôtisserie chercher trois poitrines et des frites que nous rapportons au Château, où nous retrouvons Mélanie en pleine création. En notre absence, elle a décidé de fabriquer une crèche et la vue de ma fille installée au milieu de toute cette panoplie de papiers multicolores et de ces personnages familiers fabriqués de ses mains me redonne le goût de vivre. Dans les moments difficiles, il faut toujours faire ce qu'on devait faire sans se laisser bousculer par les idées noires. Dans quelques jours ce sera Noël, quoi qu'il arrive!...

J'installe une nappe sur le tapis du salon puis nous mangeons notre poulet, tous les trois assis par terre, en écoutant de la musique de Noël. Ce soir, je suis malheureuse et heureuse... malheureuse et heureuse à en pleurer...

* * *

Noël! Noël! Noël!

Pour qui rêve d'un Noël tout blanc, il est tout blanc! La neige a commencé à tomber vers quatre heures ce matin, lentement d'abord puis de plus en plus fort; la rafale et la poudrerie aidant, on se retrouve vite face à un désert blanc. Je suis un peu inquiète, ne sachant pas du tout si les enfants viendront souper au Château comme prévu. Impossible de sortir la voiture du garage avant que la charrue vienne déblayer l'entrée et dégager la route; personne pourtant n'avait annoncé cette tempête, qui soudainement surprend tout le monde.

Mélanie a réveillonné chez son père et doit revenir tout à l'heure avec Alexandre. Je viens de téléphoner à Gabriel qui m'a appris qu'ils étaient partis depuis plus d'une heure déjà; je guette à la fenêtre espérant un signe de vie à l'horizon. S'ils peuvent seulement se rendre jusqu'au métro, après ce sera plus facile.

De mon poste d'observation, j'aperçois Anabelle, Marie-Claude, et Amhed qui arrivent en skis de fond, emmitoufflés jusqu'aux yeux et les joues rouges comme des pommes d'amour, sauf Amhed qui, avec son teint de mélanine ne prendra jamais les couleurs de l'hiver. En voilà au moins trois de sauvés!

Alexandre téléphone:

— T'inquiète pas M'man, nous sommes rendus au métro; nous attendons le prochain autobus qui nous mènera au Château!...

— Es-tu certain qu'il y a des autobus?

— Y en a pas beaucoup mais y en a!... On arrive!

Ça me rassure; pour l'instant je n'ai plus rien à craindre, ils sont au chaud.

Je mets le souper en branle tandis que Gilbert sert l'apéritif à nos trois sportifs. Dire que pendant tout ce temps le beau Bernard se fait griller la bedaine au soleil de la Floride!

Alexandre et Mélanie arrivent enfin! La «famille» étant maintenant au grand complet, nous pouvons commencer la fête. Je leur donne le choix:

— Préférez-vous déballer les cadeaux d'abord et souper ensuite, ou souper d'abord?

Leur périple dans la neige leur ayant creusé l'appétit, ils optent pour le repas d'abord; le «suspense» n'en sera que plus grand. Très heureux d'être tous réunis, nous mangeons dans la gaîeté et dans la joie; mon ragoût est fumant, mes tourtières dorées à point; on se régale!... À peine ai-je versé le café que déjà tous les yeux lorgnent du côté de l'arbre de Noël avec un pétillement d'envie. Je ne vais pas les faire languir plus longtemps:

— Vous pouvez prendre le café dans la balançoire, si vous voulez!...

Ils se bousculent comme des enfants. Gilbert s'installe dans le fauteuil, ses béquilles à côté de lui, et commence son rôle de Père Noël. On n'entend que des «Oh!» des «Ah!» des «C'est exactement ce que je désirais!» et des «Regardez comme c'est beau!...» Gilbert a son sourire des beaux jours, il est heureux!

— Je vous ai préparé une surprise!

Je vais vers la bibliothèque et décroche les cinq bas de Noël qui la décoraient. J'ai acheté cinq paires de bas de ski que j'ai remplis de surprises comme on le faisait dans mon enfance.

Me servant du deuxième bas pour bourrer le bout du premier, j'y ai ensuite déposé toutes les friandises traditionnelles: une orange pour le soleil, une pomme pour la santé, une patate pour la nourriture et un oignon pour éloigner les larmes; je me rappelle qu'on y ajoutait également un morceau de charbon pour symboliser la chaleur, mais le charbon, par les temps qui courent...

J'ai également acheté des surprises, quelques petits cadeaux «pas chers», et puis des noix, du chocolat, des bonbons, sans oublier un billet de mini-loto pour la chance... j'ai terminé mes «chefs-d'œuvre» par un bâton fort, une canne en sucre, une crécelle, une flûte et un long sifflet de papier de soie. Je les ai ensuite solidement suspendus à de petits clous plantés dans la première tablette de la bibliothèque; faute de foyer, on se débrouille!

Jamais je n'aurais imaginé de joie pareille pour de simples bas de Noël; une si belle tradition ne devrait pas se perdre. Alexandre et Mélanie font une course; c'est à celui ou celle qui finira premier. Marie-Claude sort ses surprises une à une, avec la minutie d'un «désamorceur» de bombe. Surpris, Amhed ne sait pas trop comment s'y prendre pour vider cet espèce de serpent bosselé qui lui bouge entre les mains, tandis que, faisant bande à part, Anabelle s'est retirée dans un coin pour vider son bas, loin de la vue des curieux; elle le fait lentement, avec l'émerveillement d'une petite fille, sans se soucier de ce qui se passe autour d'elle. Quand ils découvrent les billets de loto, il se passe une chose extraordinaire; aucun d'eux ne veut gratter son billet le premier. Ils se regardent du coin de l'œil; qui prendra l'offensive?

— Si je gagne, je sépare!...

La proposition d'Alexandre brise la glace; l'idée leur plaît, la séance de grattage peut commencer. Le rituel ne dure que quelques secondes mais le spectacle en vaut la peine. Aucun d'eux n'a le billet gagnant, sauf Anabelle qui aura droit à un billet gratuit.

— Je vais aller le chercher cette semaine et, si je gagne, je partage, c'est promis!...

On sonne. Après une courte visite à l'hôpital, toute ma famille vient terminer la soirée au Château. Les nouvelles de mon père sont un peu plus encourageantes et il serait le premier à nous vouloir heureux en ce soir de Noël. Nous ramassons rapidement les vestiges du dépouillement et nous voilà prêts pour la danse. Alexandre et Amhed poussent les fauteuils pour faire de la place, Mélanie s'occupe de la musique. Qui aurait cru que cette journée se terminerait aussi joyeusement? Je m'approche de la fenêtre; la neige a cessé, le ciel est maintenant d'un bleu profond parsemé d'étoiles; soudain, j'aperçois une longue traînée de lumière s'éloignant dans le ciel; le bruit des grelots attire mon attention: c'est LUI! «merci Père Noël!» Personne ne voudra me croire mais je suis certaine d'avoir entendu un chaleureux «Ho! Ho! Ho!» venant de son traîneau...

* * *

Jeudi le 28 décembre...

Je passe la journée à la Clinique entre le téléphone et la correspondance accumulée ces dernières semaines alors que je n'ai fait que le strict nécessaire afin de consacrer le plus de temps possible à Gilbert. J'ai hâte que mon patron revienne au travail et que la vie reprenne son cours normal. On prévoit que sa convalescence devra durer encore quelques semaines, des séances de physiothérapie étant prévues tous les jours jusqu'à la fin janvier.

Je rentre au Château assez tôt pour souper avec Mélanie avant d'aller voir mon père à l'hôpital mais en arrivant Gilbert m'apprend qu'on l'a transféré ce matin dans une maison de convalescence située rue Sherbrooke:

— Ta mère semblait soulagée de cette décision!

— J'avoue que l'idée qu'il revienne directement à la maison, sans transition, m'inquiétait un peu!...

Nous arrivons à la Villa Médica juste à l'heure des visites. Troisième étage, près de l'ascenseur, dans une chambre privée immense, mon père repose, les traits tirés, la bouche ouverte... Nous entrons sur la pointe des pieds:

— Gilbert, regarde comme il a maigri!

Il se réveille au bout de quelques minutes et fait un effort pour se soulever dans son lit mais il se met à tousser en poussant de grands râles. Il a pris froid en sortant de l'hôpital; il fait de la fièvre. Il laisse retomber sa tête lourdement sur l'oreiller puis se rendort.

Gilbert a rangé ses béquilles derrière la porte et approche son fauteuil près du lit; appuyée sur la table de chevet, je surveille avec inquiétude la respiration difficile de cet homme que j'aime, qui est mon père, mais qu'au fond je connais si mal. Nous restons silencieux, dans le noir; est-il seulement conscient de notre présence? Je repense à nos dernières rencontres et particulièrement à cette soirée où il racontait à Gilbert ses souvenirs de jeunesse et ses Noëls d'enfant; jamais je ne l'avais entendu parler autant; il s'animait en se rappelant l'époque où il s'occupait activement de politique et, devant Gilbert qui ne connaissait pas ces anecdotes racontées mille fois, mon père retrouvait sa volubilité de collégien. Rien de tel qu'un auditoire neuf pour apprécier de vieilles histoires!

L'infirmière vient lui faire un traitement; je quitte la chambre à reculons et ne retrouve ma voix qu'une fois rendue dans l'ascenseur:

— Il ne sera jamais de retour à la maison pour le Nouvel An!

— Impossible, tu as vu comment il est?

— Maman lui a promis d'attendre son retour pour distribuer leurs cadeaux; elle attendra jusqu'à Pâques, s'il le faut!

Rendue dans le rue, je respire à pleins poumons cet air trop doux pour la saison. Nous montons dans la voiture et roulons en silence dans une sorte de complicité amoureuse...

* * *

Dimanche le 31 décembre...

C'est la Saint-Sylvestre et le Château est en fête! Renouant avec ma tradition de terminer l'année entourée de ceux que j'aime, j'ai invité tous mes amis à célébrer avec moi aux douze coups de minuit. Papa n'y sera pas, bien sûr; Monique et Jean non plus, puisqu'ils sont à Québec. Et Philippe qui ne m'a donné aucune nouvelle depuis si longtemps...

Barbara arrive la première:

— J'ai pensé que tu apprécierais un coup de main pour faire les sandwiches!...

Nous préparons un buffet énorme; je dois être prête à toutes les éventualités: que la mère de la belle-mère de mon amie arrive avec le fils de la belle-sœur de sa cousine, j'aurai de quoi les recevoir. Chez Élise, à la Saint-Sylvestre, la porte est grande ouverte!

Les miens arrivent sitôt après la visite à l'hôpital, suivis de la mère de Gilbert accompagnée de sa sœur, Anabelle vient avec un copain, Marie-Claude et Amhed s'ammènent avec un couple d'amis de New York de passage à Montréal, Alexandre est seul; Jacqueline a rencontré une vieille connaissance, dans la rue, cet après-midi et, comme ils avaient fort envie de se retrouver et de bavarder, elle s'est permis de l'inviter:

— Il était un peu timide mais quand je lui ai dit comment ça se passait chez toi, sa curiosité l'a emporté sur sa timidité!...

Il ne manque que tante Madeleine et Huguette qui ne devraient pas tarder à arriver...

Minuit moins dix, tout le monde est là!... Nous distribuons des serpentins et des crécelles tandis que Gilbert verse le verre de l'amitié à chacun. Nous chantons en chœur: «Faut-il nous quitter sans espoir?...»

Minuit moins trois, la tension monte... Minuit moins deux, les cœurs se serrent... Minuit moins une, Mélanie éteint la lumière... le compte à rebours est commencé:

douze... onze... dix... neuf... huit... sept... six... cinq... quatre... trois... deux... BONNE ANNÉE!

Les crécelles grincent dans un tintamarre infernal, les serpentins lancés de toutes parts ondulent et s'entremêlent dans une danse joyeuse, dans une ronde folle. Tout le monde s'embrasse en tintant son verre à celui du voisin, tandis que Michel Fugain chante: «Tout va changer demain... c'est la Fête!...»

Alexandre s'approche et me serre dans ses bras avec chaleur.

— Bonne Année, M'man!

— Bonne Année, mon grand!...

Jacqueline me tend les bras puis m'embrasse en pleurant. Partout des gens qui s'embrassent, s'enlacent, s'offrent leurs meilleurs vœux pour l'année nouvelle... J'ai gardé Gilbert pour le dessert. Retirés un peu à l'écart, nous nous embrassons amoureusement...

— Et moi?

Mélanie s'avance vers nous et nous prend tous les deux par le cou; un à un, tous nos enfants nous rejoignent et nous voilà entourés, pris au piège, prisonniers de leurs caresses...

Élise, chère Élise, ce soir l'Amour est roi!

* * *

Lundi le 1er janvier...

Quand le réveil sonne midi, j'ai l'impression de n'avoir pas dormi; pas question de s'attarder au lit, la journée s'annonce rude. Nous devons passer voir mon père cet après-midi; cette visite me pèse, je déteste le genre de réaction émotive qui s'empare de nous dans de telles circonstances. Toute la famille réunie autour du lit du père malade pour demander la traditionnelle bénédiction paternelle; c'est pénible!

Nous arrivons les derniers et trouvons papa assis dans son fauteuil. Il a mis la robe de chambre neuve que maman lui a offerte; rasé de près, sentant bon la lotion à barbe, Maurice Desmarais attendait «sa famille». En apercevant tout son monde réuni, il se met à pleurer doucement. Comme il a vieilli en quelques semaines; ses cheveux ont blanchi, il a terriblement maigri. Il appelle Alexandre et Mélanie et les attire vers lui; il ne les a pas vus depuis si longtemps. Les enfants ont un sourire figé, on dirait qu'il leur fait peur. Personne ne sait vraiment quoi dire; trouver des paroles réconfortantes?... Lesquelles? Surtout que Maurice Desmarais ne nous a pas habitués à partager ses émotions. Quand on a eu le «complexe d'Atlas» toute sa vie, il doit être difficile d'accepter que le monde continue de tourner sans qu'on le tienne sur ses épaules!... Finalement, les taquineries de Robert et d'Antoine allègent l'atmosphère et l'après-midi se termine plus agréablement qu'il n'avait commencé.

Anabelle est arrivée au Château en notre absence et à dressé la table pour qu'à notre retour nous n'ayons qu'à nous détendre. Nous aurons donc tout notre temps pour prendre l'apéritif avant le souper.

Je refuse de me laisser attrister par la pensée de mon père, il ne l'accepterait pas lui-même. C'est le Jour de l'An et ce repas doit être une fête. Marie-Claude et Amhed ne tardent pas à se joindre à nous. Je vais chercher notre bougie «symbolique» et la place bien en évidence au centre de la table; comme le veut la coutume, Alexandre l'allume et le repas commence...

Quand à la fin du souper Mélanie se lève à son tour pour souffler la bougie, je ressens une certaine nostalgie;

voilà dix ans que cette bougie toute simple illumine le centre de la table et devient la pièce d'attraction de nos soupers du Jour de l'An. Elle ne brûle que le temps du repas puis retrouve sa place de tous les jours sur la tablette de la cuisine, attendant l'année prochaine. Ses heures de gloire sont éphémères mais combien importantes; entre-temps, personne ne s'aviserait de l'allumer, pas même en cas de panne d'électricité ; elle est devenue presque «sacrée». Dix ans, comme le temps passe!

Élise, chère Élise, ce n'est jamais le temps qui passe mais nous qui passons dans le temps!...

Me voyant songeuse, Gilbert me prend la main; il sourit et mon espoir renaît. Comme la Vie est belle quand on la regarde avec les yeux du cœur! Je me rappelle soudain cette parole de Jésus à ses disciples: «Et Moi, je serai avec vous, jusqu'à la fin des temps!...» *jusqu'à la fin des temps!...* Quelle promesse!

* * *

Mardi le 2 janvier...

Profitant des quelques jours de congé qui lui restent, Mélanie est partie en promenade chez Johanne et Robert et ne reviendra que demain. J'ai envie de passer la journée en robe de chambre à flâner, à lire; je lis d'ailleurs déjà depuis l'aube. Réveillée de très bonne heure, je me suis glissée hors du lit sans déranger Gilbert. J'aime me retrouver seule dans la pénombre du petit matin et profiter pleinement de ces instants propices au calme et à la méditation...

— Élise, Élise, où es-tu?
— Ici, sur la balançoire!

Enroulé dans son peignoir de velours, Gilbert avance en piétinant à petits pas comme une poupée japonaise. Il peut quelquefois remiser ses béquilles mais sa démarche est encore incertaine; parfois même, il boite un peu...

— Tu ne t'endormais plus?

— Non, j'ai lu...

— Alors, continue, je vais préparer un petit déjeuner spécial pour souligner notre tête-à-tête...

— Bonne idée!... Gilbert, tu sais que tu es gentil?

Il part en claudiquant vers la cuisine; exagérant sa démarche pour m'amuser. Je termine le chapitre commencé, ferme mon livre et m'empresse de plonger dans un bain mousseux, parfumé à la lavande. Le Château embaume le bacon et les œufs; l'arôme du café frais parvient jusqu'à mes narines pour mieux me préparer au festin qui m'attend.

J'entends Gilbert fricoter en sifflotant dans la cuisine et je songe à quel point j'ai de la chance de partager ma vie avec un être qui me convienne aussi bien. Constatant que je n'étais plus dans le lit, à ses côtés, il aurait pu, comme beaucoup d'autres, se lever en maugréant; mais non, il me respecte et respecte également mes goûts et mes besoins. Je me sens toujours libre de faire ce que j'ai envie de faire, au moment où ça me plaît: je veux lire, je lis, je veux téléphoner, je téléphone, je veux sortir, je sors. Bien sûr, je tiens compte également des goûts de Gilbert qui peut, lui aussi, à sa guise, lire, téléphoner ou sortir quand bon lui semble, sans que j'y prenne ombrage. Nous en sommes arrivés à vivre ensemble par goût, par choix, par similitude. Sans effort, une merveilleuse complicité s'est installée entre nous; complicité que je ne retrouve chez personne d'autre. Nous avons le même sens de l'humour, ce qui m'apparaît être la condition primordiale à une entente en profondeur; quand on peut rire ensemble, on peut vivre ensemble... autrement?

— Le déjeuner est servi!
— J'arrive!

Nous en sommes à notre troisième café quand Barbara s'amène, les bras chargés de poires en conserves et de pots de confitures maison. Elle est grippée et radieuse...

— Vous ne devinerez jamais ce qui m'arrive!...

Elle me tend son sac:

— Tiens, c'est pour toi, j'ai cru que ces quelques produits de mon jardin t'aideraient à passer l'hiver!...

Elle enlève son manteau et se laisse choir sur la balançoire; Gilbert et moi attendons toujours «sa nouvelle»...

— J'ai été acceptée au cours de céramique de la poterie Bonsecours!...

— C'est pas vrai?
— Si, tiens, regarde, j'ai ma lettre!...

Je suis aussi heureuse qu'elle; elle attendait cette chance depuis tellement longtemps que, même si elle y croyait encore, elle ne l'espérait presque plus. Et la voilà toute contente, les larmes aux yeux et la tête pleine de projets; fini le chagrin et fini Marc-André, ses souvenirs ont perdu le pouvoir de la faire souffrir. Je la serre dans mes bras et l'embrasse sur le front:

— Eh bien, dis donc, tu fais de la fièvre ma petite!...
— Je sais, mais j'avais tellement envie de vous faire partager ma joie; et puis, j'ai pensé que Gilbert pourrait peut-être me faire une ordonnance...

Gilbert la regarde en riant:

— Je veux bien te faire une ordonnance mais à une condition: QUE TU TE REPOSES!

Que voilà de belles paroles en l'air! Demander à Barbara de se reposer, autant demander à un oiseau d'arrêter de voler; ça bouge, cette enfant-là, c'est pas possible...

Nous passons tout l'après-midi à placoter de mille choses puis nous soupons tous les trois, intimement, amicalement; le repas dure et dure encore, jusqu'à ce que la bougie qui nous éclairait en arrive à son dernier souffle....

Gilbert sort chercher des médicaments à la pharmacie, il ne sera pas dit que notre «presque fille» aura manqué de soins.

— Je te propose de dormir au Château!
— Je ne dis pas non, si ça ne t'ennuie pas, bien sûr!
— Penses-tu?

Je prépare la chambre de Mélanie, qui se transforme souvent avec sa permission en «chambre d'ami» pour la nuit. Barbara a besoin d'être un peu dorlotée; je lui frotte le dos avec un onguent sentant le camphre et le thé des bois et lui prête une robe de nuit en finette qui la tiendra au chaud. La sonnerie du téléphone me fait sursauter:

— Qui peut bien appeler à cette heure?

Aussitôt, je pense à mon père et décroche nerveusement l'appareil:

— Allô?
— Mélanie, s'il vous plaît!
— Mélanie est absente; puis-je lui faire un message?
— Non, c'est correct, laissez faire...

La voix au bout du fil me paraît tremblotante, nerveuse; je sens le besoin d'insister:

— C'est toi, Dodo?
— Oui!...
— Y a-t-il quelque chose de spécial?
— Non, non, c'est rien, laissez faire...

— Tu es certaine?

Elle se met à pleurer et me raconte péniblement entre deux sanglots, le drame qu'elle vient de vivre. Son père, encore une fois, est revenu à la maison complètement saoul et, après avoir crié et chicané durant un bon moment, s'est dirigé dans la cuisine, a sorti un long couteau en menaçant sa fille de la «rentrer dans le mur»; affolée, Dodo s'est sauvée, seule dans la nuit, sans savoir où aller...

— Je pensais que Mélanie serait là...
— Et tu voulais coucher chez nous?
— Si Mélanie avait été là...
— Que Mélanie y soit ou pas, la porte du Château est toujours grande ouverte, tu le sais bien! Arrive!... Appelle quand même ta mère, pour la rassurer...
— O.K.! merci, hein!

Et par ici la *cour-des-miracles!*... On ne laisse pas un chien dehors, encore moins une adolescente. Je descends au cabanon chercher notre bon vieux grabat servant à dépanner tout le monde; je prends des draps propres, une couverture chaude, et installe une chambre d'ami improvisée entre la balançoire et l'arbre de Noël qui scintille encore joyeusement sans se douter que la fête est finie.

Gilbert revient de la pharmacie et s'étonne de voir tout ce branle-bas:

— Que se passe-t-il?
— Nous aurons une autre invitée au Château!...
— Qui ça?
— Devine...
— Dodo?
— Tu gagnes!
— Encore de la chicane?
— Eh oui, son père l'a menacée avec un couteau!

— Ouach!... Quelle merde!
— Elle était désespérée; je lui ai dit de venir...
— Tu as bien fait!
— J'ai pensé: «et si c'était ma fille!...» Tu comprends?
— Bien sûr!

Je savais qu'il comprendrait, qu'il approuverait mon geste; Gilbert a, tout comme moi, une sainte horreur de la violence. Il me prend dans ses bras et m'embrasse tendrement, sous l'œil amusé de Barbara, qui n'attend que son médicament pour se mettre au lit...

Je m'installe avec Gilbert sur la balançoire pour attendre l'arrivée de Dodo; pas longtemps, la voilà!... J'ouvre la porte, elle se jette en pleurant dans mes bras. Elle est surexcitée, survoltée, nerveuse; elle parle, parle, sans arrêt, en faisant de grands gestes et fume comme une cheminée. Je ne suis pas là pour lui demander des comptes mais uniquement pour lui offrir un gîte pour la nuit; demain, nous verrons.

Ici, Dodo se sent aimée, protégée, en confiance. Je lui prépare un bain et lui prête une robe de nuit; encore une invitée et je n'en aurai plus... Elle s'attarde dans la salle de bain durant un long moment puis en ressort relaxée, calmée. Assise à l'indienne sur le grabat, notre «réfugiée» s'empiffre maintenant de biscuits au chocolat qu'elle trempe un à un dans sa tasse de lait. Elle paraît détendue, Gilbert arrive même à la faire rire; je ne suis plus inquiète, elle dormira.

— Et si nous allions nous coucher?

Gilbert me précède dans la chambre tandis que je verrouille la porte; nous jouerons à «château fermé» pour la nuit!...

Allongée dans le noir, les yeux grands ouverts, je regarde fixement le plafond dont je connais par cœur toutes les nervures, et repense à cette histoire; où donc nous conduira toute cette violence? Les journaux en sont remplis, la télévision nous en gave; omniprésente, envahissante, elle s'infiltre chez nous, à notre insu; comment l'éviter, comment s'en défendre?... Comme il est important que nos jeunes aient un endroit où aller lorsqu'ils sont mal pris; les ressources possibles sont déjà insuffisantes durant les heures ouvrables; mais le soir, mais la nuit? Il est plutôt rare qu'un père fasse «maison nette» à trois heures de l'après-midi, ou qu'un adolescent fugue à neuf heures du matin. Après cinq heures, il devient quasi impossible de trouver un refuge pour celui ou celle qui se sent traqué et qui ne sait où aller. Quelle joie de connaître un ami qui nous ouvre sa porte; j'en sais quelque chose, moi, qu'on a tant aidée.

J'allume la veilleuse et ouvre mon livre de chevet au hasard; je lis: «la violence et la colère n'existent pas dans l'Univers!...» Merci, Mon Dieu, de me l'avoir appris!...

* * *

Jeudi le 4 janvier...

Enfin débarrassé de ses béquilles, Gilbert fait ce matin son entrée triomphale à la Clinique. Je retrouve l'atmosphère des beaux jours; le téléphone ne dérougit pas, les patients s'amènent aux rendez-vous, la vie reprend ses droits. Nous reprenons nos «rôles»; ici, je suis Élise, la secrétaire de Gilbert, sa «collaboratrice» comme il m'appelle. J'aime mon travail et ne me sens pas du tout diminuée par la profession de Gilbert. Le contact avec le public m'apporte une grande satisfaction; en général, les gens sont très gentils et, lorsqu'ils ne le sont pas, je mets ça sur le compte de l'impatience ou de la douleur.

On me convoque au bureau du personnel; cette entrevue inattendue me fait peur; ne vont-ils pas remettre mon poste en jeu? Le sourire du «préposé aux ressources humaines» me rassure, et j'apprends qu'on m'offre une promotion; la Clinique m'emploie «en permanence» et me charge de l'organisation de tout le bureau. On me confie une tâche importante; désormais, je devrai faire la correspondance et assister aux assemblées du département. Cette marque de confiance me touche, elle me revalorise à mes propres yeux; moi, qui venais timidement solliciter un emploi temporaire, moi, que Gilbert engageait, sous réserves, pour trois mois... La Direction de la Clinique reconnaît ma capacité d'organisation et apprécie mon sens des responsabilités; voilà ce qu'on a écrit sur mon dossier. Personne, à part moi, ne peut savoir l'importance de cette remarque; à partir de maintenant, je sais que, quoi qu'il arrive, je suis capable de gagner ma vie en travaillant et de me débrouiller, avec ou sans Gilbert.

Gilbert m'ayant donné «ma première chance», il fallait maintenant que j'accède à un échelon supérieur par mes propres moyens afin de me rassurer quant à mon avenir. Désormais, je suis une femme qui travaille; et ce, pour le restant de mes jours. Ici ou ailleurs, j'ai la certitude d'être à la hauteur du poste qu'on pourra m'offrir; c'est une sensation de sécurité imprenable puisqu'elle ne tient qu'à moi!

Je croise Gilbert dans la salle d'attente:

— Docteur Gauthier, je peux vous voir un instant?

Il sourit et me suit dans mon bureau.

— Ferme la porte!... Tu le savais?

— Pour ta promotion?... Oui, je le savais, on m'avait consulté...

— Je suis contente!

— Ça changera un peu notre emploi du temps!

— Peut-être, mais je me sentirai désormais moins liée à ton sort et plus libre d'agir. C'est important, tu sais, d'être libre d'agir...

— Tu es un bel oiseau de Liberté!

— Oh oui!... et je n'accepterai jamais plus de vivre en cage. L'aliénation par Amour, c'est fini!... Sur ce, Docteur, je vous libère et vous invite à souper au restaurant, ce soir, pour célébrer ma promotion!...

— Élise, je t'aime!...

— Et moi aussi, je t'aime... À plus tard!

Il retourne à ses patients et moi, à ma paperasse. Jamais je ne me suis sentie aussi forte!

* * *

Mardi le 9 janvier...

Après avoir remué mer et monde pour obtenir l'aide d'une travailleuse sociale, après en avoir rencontré une, d'abord toute seule, ensuite avec sa mère, Dodo, que nous hébergions au Château depuis une semaine, est rentrée sagement au bercail, ce matin. Combien de temps pourra durer cette cohabitation morbide avec son père? Les crises se répètent de plus en plus fréquemment, avec de plus en plus de violence et l'escalade de la violence est malheureusement trop souvent sans retour.

J'espérais que, cette fois-ci, il se passerait quelque chose d'un peu plus décisif, particulièrement de la part de la mère de Dodo qui semble trop prise dans l'engrenage du carrousel pour réagir. Elle a peur, et la peur, quand elle vous ronge, vous coupe du coup toute capacité de réaction. Pour l'instant, elle se contente de crier à tue-tête puis d'abdiquer; sitôt l'orage passé, les choses ne lui paraissent plus aussi terribles; le grand couteau d'un soir n'est plus qu'un petit canif au réveil; et puis, c'était la première fois, et puis, il était ivre, et puis, il a promis qu'il ne recommencerait plus, et puis... et puis... Autant de bonnes raisons pour remettre à plus tard la décision qu'on a peur de prendre. On crie: «JE N'EN PEUX PLUS!...» mais on en peut encore, et encore, et encore, jusqu'au jour où n'en pouvant plus vraiment, on ne crie plus, ON AGIT! Il faut croire que, le temps venu, elle aura le courage; ... il faut croire...

* * *

Jeudi le 11 janvier...

Dans une enveloppe de papier parchemin, adressée à Mélanie, un faire-part annonce le prochain mariage de Dame Ann-Lyz Murphy avec Monsieur Gabriel Lépine... Mélanie reste là, la lettre entre les mains, n'osant lire le reste. Elle me regarde, guettant une réaction, un geste, je brise la glace:

— Et alors, c'est pour quand?
— VENDREDI LE DEUX FÉVRIER!...
— C'est pas vrai?
— Oui, regarde...

Je retiens une grossièreté. Ce n'est pas le moment d'effaroucher Mélanie; ce n'est pas sa faute si son père a choisi exactement la date de notre départ pour re-convoler en justes noces!

Élise, chère Élise, ne perds surtout pas ton calme.

Je me ressaisis en tentant de trouver rapidement une explication plausible à ce geste:

— Tu sais, on ne choisit pas toujours la date qu'on voudrait... c'est sans doute un hasard!...
— Penses-tu?
— Pourquoi pas?
— Mais il avait dit qu'il se mariait en mars!

— Il a dû changer d'idée!... Et puis, dans le fond, que veux-tu que ça nous fasse?... Une date ou une autre, tu sais...

— Vas-tu me faire une robe?

Sa question me prend au dépourvu. Que répondre à cette belle grande fille pour qui un mariage veut encore dire «une nouvelle robe»?... Il n'y a pas si longtemps, il aurait été impensable que je confectionne moi-même cette robe; la seule «idée de ce fait» aurait suffi à me mettre dans un état de colère indescriptible, dans une révolte incontrôlable; or, aujourd'hui, devant «ce fait», je ne vois vraiment pas ce qui m'empêcherait de le faire. Qu'importe que la robe que je lui couds soit portée pour une occasion ou pour une autre? Que ma fille porte pour le mariage de «papa», une robe cousue main par «maman», dans le fond, qu'est-ce que ça change?...

— As-tu une idée de ce que tu aimerais porter?

— Non, je voudrais aller voir des patrons!

— Alors, allons-y ce soir!...

Gilbert étant à Québec pour quelques jours, nous partons seules, ma fille et moi, à la conquête des grands magasins. Nous fouillons tous les cahiers de patrons disponibles. Mélanie sélectionne deux ou trois modèles à la mode puis arrête finalement son choix sur une blouse romantique:

— Cette blouse-là me plaît, mais je préfèrerais une robe!...

— Aucun problème à en faire une robe!

— Tu crois?

— J'en suis sûre!... Achète le patron si tu l'aimes!

— Et tu crois que ça m'ira bien?

— À merveille!... Tu es grande, tu peux te permettre de porter des manches volumineuses... Maintenant allons voir les tissus!...

D'un commun accord, nous fixons notre choix sur un tissu beige, souple et doux, qui donnera à cette robe tout son chic. Mélanie est heureuse:

— Élise t'es bien fine!

— J'ai faim!... que dirais-tu d'un bon poulet?

— Avec un gâteau au chocolat?

— Pourquoi pas!

Assises l'une en face de l'autre, dégustant nos poitrines/frites, nous bavardons comme deux vieilles copines; d'abord en évitant de parler du re-mariage de Gabriel puis, finalement, en abordant carrément le sujet. Dans le fond, je crois que Mélanie est contente de voir son père épouser Ann-Lyz; pour elle, la part des choses est faite: Gabriel c'est Gabriel et Gilbert c'est Gilbert. Chacun de ses deux «pères» a une place bien spéciale dans sa vie et l'affection qu'elle donne à l'un n'enlève rien à l'affection qu'elle donne à l'autre.

— Tu sais, maman, je pense que le mariage de papa c'est une bonne affaire!...

— Tu as raison; s'ils s'aiment et sont heureux, tant mieux!

Elle termine son gâteau au chocolat sans en laisser une miette. Je la sens rassurée; elle aime son père et aurait été peinée que j'aie des réticences face à ce mariage. Or, non seulement je n'en ai aucune, mais j'ai la sensation profonde qu'il me libère; le couple Élise et Gabriel n'existe plus; désormais, c'est Élise pour Élise avec ou sans personne!... Quelle délivrance!

* * *

Vendredi le 12 janvier...

Gilbert est toujours à Québec. J'arrive un peu plus tard à la Clinique, la salle d'attente est déserte. Je ramasse machinalement un journal oublié sur une chaise et rentre dans mon bureau.

La nouvelle fait la manchette et pourtant, je n'y crois pas: le père Benoit, mon ami le père Benoit, poignardé sauvagement par un jeune garçon de dix-huit ans, et pour quelques dollars... C'est aberrant!... C'est fou!... C'est dément!... Une immense douleur me vient du fond de l'âme; on ne fait pas de mal à un homme aussi bon! Peut-être est-il en danger de mort?... Peut-être même est-il mort?... «Deux automobilistes l'ont trouvé sur la route, à deux pas du couvent, il baignait dans son sang»... J'ai des frissons, je grelotte; celui ou celle qui a oublié ce journal ne pouvait pas savoir que la nouvelle me ferait aussi mal.

Je téléphone au Couvent. On me répond qu'il repose actuellement dans un état grave à l'hôpital du Sacré-Cœur; mais les médecins affirment qu'il s'en sortira. Il faut que je lui écrive, que je lui témoigne toute la sympathie que je ressens pour lui:

Mon cher Benoit,

Juste un mot pour te dire que je pense à toi; j'ai appris la nouvelle par l'entremise des journaux... etc...

...Sachant que tu n'as pas de rancune et que tu as déjà pardonné.

Mille pensées affectueuses,

ton amie Élise...

Appuyée sur mon pupitre, je pleure doucement quand la sonnerie du téléphone me surprend:

— Bureau du docteur Gauthier!

— Bonjour Comtesse!

— Philippe! Philippe!... Tu ne sais pas la nouvelle?

— Je viens de l'apprendre!... Ça m'a donné un choc!...

— Je suis complètement bouleversée!
— Je l'ai vu vendredi, j'étais à sa retraite!
— C'est pas croyable!

Philippe, mon bon Philippe, encore une fois tu m'entendras pleurer. Tu es là, toujours là quand ton amie Élise a de la peine, et aujourd'hui, j'ai de la peine, tu ne peux pas te figurer...

Nous parlons longtemps, très longtemps, sans que rien ni personne ne vienne nous déranger. Je retrouve mon ami du bout du fil, mon confident de service:

— Tu sais, Philippe, qu'il y a une éternité que nous nous sommes vus?
— Je sais, mais tu me connais, je suis comme un oiseau sur la branche; tantôt ici, tantôt là... Je repars dans quelques jours pour Mont-Laurier...
— Tu es libre lundi soir?
— Oui!
— Alors, je t'invite au «lundi d'Élise»...
— Qu'est-ce que c'est que ça?
— Il est normal qu'une Comtesse ait «son jour,» ne trouves-tu pas?
— Oui, mais pourquoi le lundi?
— Pourquoi pas?... Gilbert donne des cours à l'Université ce soir-là; j'en profite pour meubler ma solitude...
— Tu es la plus merveilleuse Comtesse que j'aie jamais rencontrée!
— Tu en as rencontré beaucoup?
— Tu es la seule mais tu les vaux toutes!...
— Alors, je t'attends lundi?
— Chez toi?
— Bien sûr!... Tu t'amènes au Château vers six heures... Je t'attends, c'est promis?
— À lundi!

Ce téléphone de Philippe m'a remise en piste. J'ai retrouvé ma sérénité face à un évènement que je ne peux changer. Gilbert revient dans quelques heures; il n'aura été parti que deux jours et pourtant, pendant ce temps, le monde a chaviré!...

* * *

Lundi le 15 janvier...

Philippe arrive à l'heure! Élégant, racé, il me tend une boîte de chocolats, dans un geste «belle époque»:

— Voilà, Comtesse, c'est pour vous!

— Pour moi ou pour toi?

— J'ose espérer, chère Madame, que dans un élan de générosité, vous penserez à m'en offrir.

C'est que je le connais, mon ami Philippe, il n'y a pas plus grand amateur de chocolat, à part Gilbert; bien chanceuse si j'arrive seulement à en goûter quelques-uns...

Nous servons le souper tout de suite, afin que Gilbert puisse en profiter. Assise à côté de Philippe, Mélanie s'amuse de ses plaisanteries; il la fait rire avec ses histoires et ses airs de pitre. Pour peu qu'on l'encourage, Philippe devient cabotin. Le voilà parti dans une éblouissante imitation d'un gars alcoolique montant un escalier le menant au bureau du gérant d'une compagnie de finance. À chaque marche, notre homme révise ses positions, s'invente de nouvelles menteries, tout en baissant graduellement le montant de sa demande. Quand il se retrouve finalement face à face avec le gérant, il lui lance d'un ton arrogant:

— O.K., laisse faire, garde-la ta maudite argent!

Gilbert, qui ne connaissait pas à Philippe ce talent de comédien, rit à s'en tenir les côtes. Mélanie rigole tellement que de grosses larmes coulent le long de ses joues. Il nous a tous eus!

Le repas se déroule dans la joie et c'est à regret que Gilbert nous quitte au dessert:

— J'aurai certainement moins de plaisir à l'Université qu'au Château!...

Mélanie se retire dans sa chambre pour regarder la télévision. Je m'assois dans la balançoire avec Philippe. La conversation devient aussitôt plus sérieuse; finis les calembours et finies les folies, du moins pour un temps. Nous retrouvons spontanément le ton de la confidence et de l'amitié. Philippe me parle enfin de lui, de la soixantaine qui approche; je le sens calme, heureux, profondément transformé...

— Comtesse, il m'arrive une chose extraordinaire!

— Ah! oui, quoi donc?

— Tu ne devineras jamais...

— Raconte!

— On vient de me confier la tâche d'ouvrir une maison de retraite à Mont-Laurier, afin de venir en aide aux alcooliques qui ont du mal à sortir de leur problème...

— Mais, c'est merveilleux!... S'il est un seul homme au monde capable de relever un tel défi, c'est bien toi!...

Cette mission de confiance lui redonne une raison de vivre et le revalorise; Philippe est de ceux qui aiment relever des défis et celui-là est de taille.

— Tu sais, je trouve fantastique que ça t'arrive juste au moment où tu pensais donner un nouveau sens à ta vie!

— Rien n'arrive jamais pour rien, tu le sais bien...

Il me sourit, de son beau sourire un peu triste et me regarde tendrement avec ses yeux *de fond de ciel* qui le rendent si «transparent.» Je crois pouvoir deviner ce qu'il pense: «il suffirait de presque rien...» Eh oui, Philippe, mais tant de choses nous séparent; vingt ans! Vingt années de vécu, d'expériences, de souvenirs... Dire qu'il pourrait être mon père! J'éprouve pour ce grand enfant de près de soixante ans une amitié tellement profonde que je n'accepterais jamais qu'on vienne l'entraver. Je suis heureuse que Gilbert l'ait si bien compris.

— Bon, eh bien, c'est assez parlé de moi; et toi, Comtesse, qu'est-ce qui t'arrive?

— Oh! moi, je suis toujours amoureuse!

— Ça se voit!

— Gilbert est un homme merveilleux, tu sais!... Il me convient parfaitement!

— Tu es heureuse?

— Très!... Et si je mettais de la musique? Vivaldi, ça te va?

— Parfaitement!

— Tu veux du café?

— Juste une demi-tasse!... parlant de café...

Et le voilà reparti dans une histoire de bonne femme qui, durant la guerre...

— Je sais pas si tu te rappelles, en mil neuf cent quarante et un, quand les Allemands...

Décidément, cette maudite guerre nous séparera toujours; en mil neuf cent quarante-et-un, je n'avais même pas conscience qu'il pût y avoir quelque guerre que ce soit sur notre planète et je me fichais des Allemands comme de l'an quarante!...

Quand Gilbert revient vers onze heures, il nous surprend en grande conversation sur la relation existant entre les méfaits de l'alcool sur le comportement et l'absentéisme au travail; deux volets que notre Société et nos Gouvernements se gardent bien d'étudier de trop près. Gilbert se joint à nous, le sujet l'intéresse. Il pose mille questions auxquelles Philippe s'empresse de répondre; connaissant sa matière à fond, il donne tous les détails nécessaires à satisfaire la curiosité de Gilbert, qui voit là un merveilleux sujet de recherche:

— Je pensais proposer une étude sur la relation entre les stéréotypes et le problème d'alcool!

— C'est une excellente idée!... En tous cas, mon cher Gilbert, si jamais je peux t'être d'une quelconque utilité, n'hésite pas!...

— Entendu, Philippe, c'est promis!

— Comtesse, donne-moi mon manteau, je file!

— Donne-nous quand même des nouvelles de temps à autre .

— Je te le jure!

Il sort puis revient vers moi et m'embrasse affectueusement sur la joue.

— Bonsoir, Comtesse, sois bonne!

— Je n'y manquerai pas!

Je referme doucement la porte derrière lui. Je sais que je ne le reverrai pas pour un bon bout de temps mais qu'il réapparaîtra, un de ces jours, à l'improviste... Gilbert me prend par l'épaule:

— On va se coucher?

— Tout de suite!

Élise, chère Élise, dors bien, tu es comblée!

* * *

Jeudi le 18 janvier...

Nous passons la soirée à la Villa Médica. Papa va mieux, tellement mieux qu'on parle de le laisser sortir d'ici quelques jours. Déjà, je le trouve moins pâle, j'ai même l'impression qu'il a un peu engraissé. Maman parle de l'organisation de «son» réveillon comme si nous étions encore à la mi-décembre. Nous fêterons ce *Noël en retard* dans une quinzaine de jours.

Nous restons dans la chambre jusqu'à huit heures puis nous profitons du temps qui nous reste pour faire du lèche-vitrines rue Saint-Denis. Nous marchons lentement, en parlant de nous, seulement de nous, pas des enfants, pas de la Clinique mais de notre bonheur d'être ensemble.

Il tombe une petite neige fine formant un tapis de minuscules étoiles qui brillent sous nos pas. Nous sommes amoureux et, comme tous les amoureux, nous sommes seuls au monde. La rue Saint-Denis est animée, partout des couples qui s'enlacent, s'embrassent; quelle bonne idée! Gilbert me prend dans ses bras et nous nous embrassons à en perdre le souffle; jamais je n'oublierai la chaleur de ce baiser et la sensation de la neige froide mouillant ma figure. Il y a des moments qu'on voudrait conserver dans de toutes petites boîtes pour les ressortir à l'occasion. Ce baiser est un souvenir précieux, je lui réserverai un écrin mais plus tard, beaucoup plus tard, quand je serai vieille; en attendant... j'en prendrais bien un autre!

* * *

Mardi le 23 janvier...

Alexandre a téléphoné et je l'ai invité à souper. Il arrive d'une séance d'écoute mais préfère ne pas en parler; je respecte la consigne.

Sitôt le repas terminé, Alexandre se lève, se verse un deuxième café et revient s'asseoir près de la table. Depuis plus d'une heure, nous sommes là, face à face, à nous dire des banalités, et pourtant, je sens bien que le volcan gronde. Comment trouver la bonne question, le mot juste?

— As-tu passé une bonne journée?
— Bof!...
— Pas mieux que ça?

— Je suis «tanné»... h'stie!
— Tanné de quoi?
— De tout, je suis tanné de tout... je suis «écœuré», h'stie!
— Écœuré de quoi!
— De tout, je suis écœuré de tout!... J'étouffe, h'stie!
— Tu étouffes?
— Oui, j'étouffe, j'étouffe!...
J'étouffe à mes cours,
j'étouffe à la maison,
j'étouffe au Centre... je suis tanné, tanné, tanné... je suis écœuré, j'en peux plus, h'stie!...

Il s'appuie sur la table et se met à pleurer la tête appuyée sur ses bras. J'ai devant moi un grand garçon qui laisse enfin sortir ses émotions.

Alexandre avale ses larmes sans essayer de les essuyer. Je le sens terriblement nerveux; se pourrait-il que les séances d'écoute ne produisent pas l'effet souhaité?

— Alexandre, est-ce que je peux t'aider?

Il ne répond pas et reste accoudé sur la table, la tête cachée dans ses mains. Je répète ma question:

— Dis-moi, est-ce que je peux t'aider?
— Laisse faire, je suis tanné que tu m'aides, je suis tanné de vivre à tes crochets... ça m'écœure, h'stie, ça m'écœure!
— Mais, tu ne vis pas à mes crochets, je paye ta thérapie, c'est tout!
— Je me sens poigné, attaché, j'étouffe!... À mes cours, je me sens renfermé, chez P'pa, je me sens renfermé... puis j'étouffe!...
— Et au Centre?
— Au Centre aussi, j'étouffe; on m'enferme dans une petite pièce grande comme ma main... H'stie!... Je peux

ni m'asseoir, ni m'allonger sans plier les genoux sur moi, comme ça... Ça m'écœure!...

Je constate que la pose qu'il prend pour m'expliquer la position qu'il doit avoir au Centre est un rappel exact de la position fœtale; il replie ses genoux contre son corps, pareil à un fœtus.

— Vous me traitez comme un bébé, h'stie!

Il se met à taper du poing sur la table, non pas violemment mais plutôt dans un geste d'impuissance; je me demande où il va en venir.

— Je suis tanné, tanné, tanné!

Et puis tout à coup, il se lève brusquement et crie:

— JE SUIS TANNÉ D'ÊTRE UN BÉBÉ... H'STIE!

Le mot est lâché! Alexandre s'écroule sur la table et pleure maintenant à gros sanglots. Le fruit est mûr!... Je me rappelle soudain le sourire du Consultant quand il m'a dit: «ils demandent tous à naître...» Mon grand garçon est prêt à naître; dans quelques jours, il s'accouchera lui-même de mon ventre sonore, brisant le cordon qui l'étouffe, il fera son entrée triomphale dans la Vie. Son voyage intra-utérin est terminé, il est temps maintenant qu'il sorte de sa coquille et devienne autonome. L'amour qui nous unit prendra désormais des proportions à sa mesure; il m'aimera librement et en dehors de moi. En surmontant sa *peur de naître*, Alexandre a vaincu l'angoisse fœtale qui l'empêchait de grandir. La route est libre, je me retire; je serai là, quand il faudra, pour lui dire que je l'aime, mais il devra désormais prendre son envol sans moi. L'utérus psychologique s'est ouvert et mon nouveau fils en est sorti vivant...

— Ouf!... J'ai mal à la tête!...
— Te rends-tu compte de ce qui t'arrive?

— Oui, mais je pensais pas que ça se passerait comme ça...
— En as-tu parlé avec ton Consultant?
— Non, je le revois demain...

Je lui tends un mouchoir:

— Tiens, mouche ton nez!

Il rit, il est calmé, la tempête est passée!

* * *

Jeudi le 25 janvier...

Je reçois une longue lettre de mon amie Pauline m'annonçant qu'elle vit maintenant à Chicago, la compagnie pour laquelle son mari travaille ayant été transférée là-bas. Ainsi donc, la belle Pauline a émigré. Je suis assez heureuse du ton de sa lettre, même si elle avoue s'habituer difficilement à ce nouveau mode de vie. Connaissant sa sagesse légendaire, je ne doute pas une seconde qu'elle saura vite tirer parti de toutes ses ressources. Pauline est une femme qui aime par-dessus tout le contact humain, la chaleur humaine; elle y mettra le temps qu'il faut mais finira par se faire une place à Chicago.

Je téléphone la bonne nouvelle à Jacqueline, une Jacqueline que je retrouve en pleine euphorie:

— Élise, j'ai changé d'avocat!... J'ai rencontré une avocate époustoufflante, qui n'a pas peur de poser des gestes. Elle m'a dit que certaines démarches pouvaient être entreprises de façon à faire pencher la balance en ma faveur, lors de l'audience de mon jugement définitif en divorce.
— C'est pour quand?
— Fin mars, début avril!... J'ai confiance! Les préliminaires ont joué contre moi, mais cette fois-ci, nous aurons un nouveau Juge; qui sait? Peut-être ne sont-ils pas tous à

ce point obnubilés par la profession ronflante du mâle qu'ils ont devant eux? Peut-être s'en trouve-t-il quelques-uns d'assez «libérés» pour considérer comme une personne humaine une *femme mère comédienne?...*

Elle ne croit plus en la Justice humaine mais, heureusement, elle croit encore qu'avec le temps, c'est la Vie qui l'emporte. Cette nouvelle rencontre semble lui redonner des ailes. Je l'ai tant vue pleurer; comme il est bon maintenant de l'entendre rire! C'est une femme aimante, chaleureuse, merveilleuse, qui ne méritait certainement pas le «coup de cochon» que la Justice lui a joué. Elle a mis du temps à accepter cette «écœuranterie» dans ses trippes mais, maintenant que c'est fait, maintenant qu'elle est retombée sur ses pattes, plus rien, ni personne ne pourra l'arrêter.

— Je vais redemander la garde de mes enfants, mais cette fois-ci, je jouerai gagnante!

— J'aime te voir aussi optimiste!... Qu'est-ce que tu fais, ce soir?

— Rien, je suis une *mère de cinq enfants libre comme l'air*!... C'est pas beau, ça?

— Alors, amène-toi, je t'invite à souper au Château; il y aura du poulet, du vin et du gâteau au chocolat; à part le vin, devine qui a choisi le menu?

— Mélanie!

— Bien sûr!... Nous souperons vers sept heures!...

— Je serai là!

Je suis certaine que Gilbert sera ravi que nous mangions avec elle. Jacqueline est notre amie; la mienne depuis longtemps, celle de Gilbert depuis un an à peine; mais, qu'importe le temps?...

* * *

Vendredi le 26 janvier...

En quittant la Clinique, nous passons chez mes parents prendre des nouvelles de papa, enfin de retour à la maison après cinq semaines. Nous le retrouvons aidant maman à préparer les festivités de leur *Noël en retard*; l'arbre, les bougies, les guirlandes, tout a été mis en œuvre pour recréer l'ambiance. Dans quelques jours, nous jouerons à la séance de Noël et la date n'a plus d'importance.

Je surprends papa en train de camoufler des cadeaux; avec la complicité de maman, qui nous voit encore comme des petites filles à qui il faut faire des surprises. C'est une scène vraiment touchante! Je crois qu'ils ont eu peur de ne jamais vivre ce Noël-là. Maman a les yeux particulièrement brillants:

— Sais-tu la nouvelle?
— Non, laquelle?
— Ta sœur Johanne attend un bébé!
— Pas possible, depuis le temps qu'elle le désire!... C'est pour quand?
— Le début de juillet!
— Je pense qu'il n'y avait rien de mieux pour vous redonner la joie de vivre!...

En les voyant aussi heureux, je n'ai pas le courage de leur annoncer le prochain mariage de Gabriel. Je les connais, ils en éprouveraient un chagrin bien inutile; je leur apprendrai la nouvelle après coup, dans quelques semaines...

Nous les laissons à leurs préparatifs et partons dans les magasins à la recherche du seul cadeau qui manque. Gilbert a emballé tous les paquets, sauf celui de papa; peut-être par superstition, je préférais attendre qu'il sorte de l'hôpital pour l'acheter.

Voulant éviter tout rappel de la maladie, je rejette d'emblée les idées *pyjama* et les idées *robe de chambre*... Des jeux! je vais lui acheter des jeux, toutes sortes de jeux; durant sa convalescence il aura le temps de jouer à son aise: un scrabble, un jeu de parchési, un jeu de mille bornes; j'ajoute des mots croisés et deux bons livres, le compte y est, à lui de jouer!

Je suis toute fière de ma trouvaille. Je ressens la même excitation que j'éprouvais lorsque les enfants étaient petits et que je m'efforçais de trouver la meilleure cachette pour dissimuler leurs jeux avant Noël; bien inutilement, d'ailleurs, puisqu'ils m'ont avoué plus tard les avoir toujours découverts...

Élise, chère Élise l'émotion en valait la peine...

* * *

Lundi le 29 janvier

Ce soir, au «lundi d'Élise», je reçois Marie-Claude qui vient faire de la couture en prévision de son prochain départ pour la Mauritanie. Les choses se sont précipitées; Amhed, qui avait reçu une bourse, doit maintenant y retourner afin de faire profiter son pays de ses connaissances technologiques. Notre belle enfant s'envolera bientôt vers la lointaine Afrique pour une période indéterminée. Elle me paraît assez emballée par l'idée de cette aventure et compte passer au moins quelques années là-bas. Ils reviendront peut-être un jour, mais, pour l'instant, elle n'y pense même pas.

À peine arrivée, elle déballe une grosse poche de vêtements:

— Élise, crois-tu qu'on pourrait rapetisser cette jupe-là?

— Aucun problème, il n'y a qu'à prendre une couture à l'arrière; viens, je vais l'épingler...

Elle enlève la jupe puis enfile une autre robe:

— Peut-on y faire quelque chose?
— Celle-là, non, vraiment pas...

Je mets la touche finale à la robe de Mélanie tandis que Marie-Claude se bat avec l'aiguille:

— Tiens, prends celle-ci, le chas est plus gros!

Tout en cousant, nous échangeons des confidences. J'apprends à mieux connaître cette jeune femme que j'aime; son dynamisme et sa lucidité peu commune aux gens de son âge, lui permettent d'entrevoir l'avenir avec optimisme.

Cette séance de couture nous rapproche; Marie-Claude me parle d'Amhed, de ses aspirations, de sa vie avec lui, et finalement me parle d'elle. C'est une fille saine, vraie, sans fard, sans artifice, qui respire la santé et le bonheur. À mesure que nous nous connaissons, notre amitié devient plus sincère, plus profonde. L'arrivée de Gilbert dans ma vie m'aura apporté de bien grandes joies; la présence de sa fille en est une, et je bénis ces instants d'intimité qui me permettent de la mieux connaître avant son exil.

Ce soir, nous profitons de ce tête-à-tête pour nous apprivoiser. Quand elle ne sera plus là, je me rappellerai cette soirée, j'imaginerai Marie-Claude, le soir, dans la brousse, allongée sur une natte et regardant les myriades d'étoiles; si, à ce moment-là, elle se rappelle «notre lundi», se souvient que je l'aime et pense à la chance que nous avons eue de nous renconrer, alors, enfin, nous nous serons «apprivoisées»!

— Regarde, Élise, j'ai terminé!
— Tu as bien réussi, je te félicite!

— Pourrais-tu prendre la mesure de l'ourlet?
— Monte sur la chaise...

Mon Dieu! Il faut si peu de choses pour nourrir l'amitié!..

* * *

Mercredi le 31 janvier...

Voilà une journée simple comme je les aime; il n'y a pas eu trop de travail, juste assez pour me tenir occupée. J'ai assisté, pour la première fois à la réunion générale de la Direction de la Clinique et suis entrée de plein pied dans ma nouvelle fonction de «préposée à l'accueil». Je travaillerai donc désormais une partie du temps pour Gilbert et l'autre partie pour la Clinique. Je ressors de cette première rencontre avec une impression imprenable de sécurité. Élise Desmarais peut gagner sa vie *toute seule*, comme une grande; la réussite ne me fait plus peur. Je sais maintenant que j'ai le dynamisme qu'il faut pour me tailler une place au soleil.

Il fait un temps superbe et Gilbert a eu l'excellente idée de ramener Anabelle au Château; cette dernière ne nous fait pas souvent le plaisir de manger avec nous; ses études en théâtre l'accaparent, ne lui laissant aucun loisir. Anabelle adore le théâtre; voilà au moins un point où il nous est facile de nous rejoindre puisque je partage avec elle ce goût du jeu, du texte et de la mise en scène.

Elle dépose son sac près de la porte et me regarde timidement, comme une enfant qui n'ose demander une permission:

— Élise, j'ai un service à te demander!...
— Ah! oui... quoi donc?
— Je voudrais que tu m'aides à faire un travail!
— Quelle sorte de travail?

— Il s'agit de structurer et d'établir un parallèle entre l'oeuvre de Michel Tremblay et celle d'André Gide!...

— Rien que ça?... Faut le faire!... As-tu lu Gide?

— Jamais!... mais je connais assez bien Michel Tremblay.

— Tu as de la chance, j'ai tout lu Gide; à nous deux nous allons y arriver!...

Anabelle sort ses livres et les étale sur la table de la cuisine; ça me rappelle la petite école, quand nous faisions sagement nos devoirs après la classe, tandis que notre mère préparait le souper...

Aujourd'hui, c'est Mélanie qui se charge du repas:

— Maman, à quel degré faut-il mettre le four pour faire cuire le pâté chinois?

— Trois cent cinquante!

— Je dois attendre que la lumière rouge s'éteigne?

— C'est ça!

La joue appuyée dans la paume de sa main, Anabelle se concentre pleinement sur son travail. Nous trouvons des liens, des points communs: deux hommes, deux écrivains, deux enfants élevés presque uniquement par des femmes... deux façons de traiter de l'homosexualité... deux misogynies... Le tableau s'éclaire!

Gilbert s'approche et regarde par-dessus mon épaule; heureux de me voir partager ainsi un bout de vie avec sa fille. Je l'invite:

— Tu peux t'asseoir avec nous, si tu veux!

— Non, merci, je vais descendre faire du lavage; mets-tu de l'eau de javel pour laver tes blouses?

— À peine, juste une mesure... regarde dans le tiroir, il y a une petite tasse de plastique...

Anabelle a chaud. Ce travail demande plus de recherche qu'elle ne l'avait d'abord imaginé. Nous fouillons tous les textes à notre disposition, étudions tous les personnages en comparant les divers caractères. Anabelle devra apprendre à relativiser ce monde impressionnant; un examen, ça se prépare, on y travaille sérieusement, mais, le temps venu, il faut larguer les amarres et laisser le bateau prendre le large; «à la grâce de Dieu!...»

Je regarde cette belle grande fille et l'imagine assez bien jouant Ondine de Giraudoux ou Mademoiselle Julie; elle en a le physique et le talent. On devient comédienne «par en dedans»!; en vivant et en se sentant vivre. Sarah Bernhardt n'aimait pas le théâtre, elle *était* le théâtre et ce rôle qu'elle jouait, elle l'avait assimilé au point qu'il devenait sa vie... Anabelle laisse tomber sa plume:

— Je n'y arriverai jamais!

— Anabelle tu dois persévérer; prends le temps de digérer ce que tu lis. Quand on demandait à Picasso qu'elle était la meilleure façon de peindre une pomme, il répondait: «Je mange d'abord la pomme et peins ensuite *le souvenir de la pomme!...*»

— Je ne suis pas Picasso!

— Non, mais la Vie est une pomme qui ne demande qu'à être mangée; non pas dévorée, mais savourée... Si tu lis bien Gide, tu constateras qu'il nous apprend qu'en fin de compte, il ne nous reste que la saveur des choses et que, plus on est capable de se laisser imprégner par la saveur de la Vie, plus on est capable de témoigner de la Vie! On ne sait bien ce qu'est l'Amour que lorsqu'on a aimé; regarde ce qu'il écrit dans *Les Nourritures terrestres*: «Nathanaël, je t'apprendrai la ferveur...»

Gilbert remonte du lavoir les bras chargés de linge. Il range nos vêtements dans les tiroirs puis revient dans la cuisine:

— Alors, ça avance?... En tous cas, ça sent bon!

Mélanie flattée par cette remarque, s'empresse de lui montrer le pâté chinois parfaitement doré qu'elle vient tout juste de sortir du four. Gilbert la prend par l'épaule:

— Que dirais-tu d'un petit souper romantique dans le salon?

— Avec des bougies?

— Bien sûr!... Apporte les bougies, je mets la table!...

Nous vivons une vie toute simple, une vie tendre et bonne, un monde à découvrir... c'est jamais fini la Vie!

* * *

Vendredi le 2 février...

Dans quelques heures, Gabriel se marie. La robe de Mélanie suspendue derrière la porte de ma chambre me rappelle à cette réalité. Aujourd'hui, je deviens «Madame Ex!...» Comme c'est curieux, je n'en ressens aucune peine, aucun regret, pas une ombre de ressentiment.

Je me réveille en douceur, ouvrant les yeux lentement, comme si une lumière trop forte risquait de m'aveugler. Un rayon de soleil passe faiblement à travers le rideau de dentelle projetant dans la chambre un décor de rêve; et pourtant, je ne rêve pas. Je suis là, dans mon lit, je vis et c'est ma fête... Quarante ans! Quelle merveille! Je connais un bonheur que je ne soupçonnais pas. Je suis toujours la même et pourtant différente; rien, plus rien, de ce jour, ne sera comme avant. Je suis la chrysalide qui devient papillon et, toute surprise encore de ma métamorphose, je déplie tout mon corps pour bien sentir la vie me couler dans les veines. Je porte en moi les mots, les couleurs, les musiques... je vibre, je regarde, je respire, JE SUIS!

Aujourd'hui, c'est ma fête, mais c'est aussi l'anniversaire de ma fuite et de ma libération. La Terre s'est écroulée plusieurs fois sous mes pas; j'ai pleuré, j'ai crié, j'ai hurlé, mais je m'en suis sortie vivante. En tremblant, j'ai vaincu dans mon corps et dans mon âme la souffrance et la peur qui me faisaient mourir et j'en suis à présent au JOUR UN de ma Renaissance. Désormais, je peux faire de ma vie tout ce dont j'ai envie. LIBRE! Je suis libre sans chaîne et sans «enfarge».

J'ai découvert en moi un «Puits de Plénitude». Je suis une Personne qui pense, qui vit, qui bouge... UNIQUE! Je suis unique et profondément merveilleuse; comme toute créature vivante est unique, différente, et par là même, profondément merveilleuse...

Gilbert grogne un peu, ronronne, se retourne et se colle contre mon corps. Je me recroqueville et profite d'un bon «petit deux minutes» blottie au creux de son épaule. Il m'embrasse près de l'oreille et murmure:

— Bon anniversaire, Élise... Je t'aime!

Je me grise de la bonne odeur de son cou, de la douceur de sa peau sur la mienne. Je partage ma vie avec cet homme aimant, uniquement par amour, sans contrat, sans serment. Je vis ce jour avec lui par choix, par goût, et non par peur de la solitude, car la solitude ne me fait plus peur; je l'ai apprivoisée, assumée, faite mienne, et maintenant, je l'aime. Le changement s'est produit de l'intérieur de moi; par le dedans, par la base. Débarrassée des préjugés de mon enfance, je mords à belles dents dans la Vie... Je suis un Océan, je recouvre la Terre et m'étends jusqu'à l'aube en mille éternités. Je vis l'instant présent et sans fin le recrée.

«L'Oiseau n'est plus blessé, j'ouvre à nouveau les ailes, j'ai la Force et la Foi d'être et de m'envoler...»

ÉLISE, CHÈRE ÉLISE, LA JUMENT A PARLÉ!

* * *

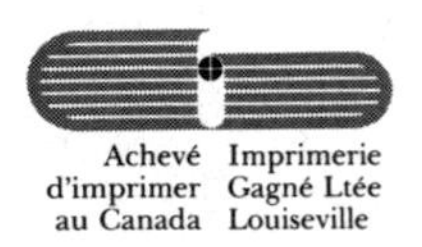
Achevé d'imprimer au Canada
Imprimerie Gagné Ltée Louiseville